感恩故事全集

◎主　编：滕　刚
◎副主编：曹茂昌　郭学荣

花山文艺出版社

图书在版编目(CIP)数据

感恩故事全集 / 腾刚主编. -- 石家庄 : 花山文艺出版社, 2006(2021.8 重印)
ISBN 978-7-80673-867-2

Ⅰ. ①感… Ⅱ. ①腾… Ⅲ. ①散文 - 作品集 - 世界
Ⅳ. ①I16

中国版本图书馆 CIP 数据核字(2006)第 091477 号

丛 书 名: 感恩书系
总 主 编: 滕 刚
书 名: 感恩故事全集
本书主编: 滕 刚

策 划: 张采鑫
责任编辑: 郝卫国
责任校对: 于怀新
特约编辑: 李文生
装帧设计: 红十月工作室
出版发行: 花山文艺出版社(邮政编码:050061)
(河北省石家庄市友谊北大街 330 号)
销售热线: 0311-88643221
传 真: 0311-88643234
印 刷: 永清县晔盛亚胶印有限公司
经 销: 新华书店
开 本: 720 × 1020 1/16
字 数: 450 千字
印 张: 22.75
版 次: 2006 年 8 月第 1 版
2021 年 8 月第 2 次印刷
书 号: ISBN 978-7-80673-867-2
定 价: 78.00 元

感恩是一种生活态度

○雪小禅

感恩是一种生活态度。

从前，我一直不这样认为，我觉得所有一切应该是命中注定或上苍所赐，我和所有红尘中的男男女女一样，多了一颗抱怨的心。

那日，去北京探访一位大书画家，之前早就听说过他的名字，简直是如雷贯耳，以为这等人物一定高傲尊贵，因为，他的一张画可以卖到几万。

去的时候，朋友介绍他苦难的历史，说"文革"中差点儿死掉，但终于隐忍地活了下来。那时，他养菊花；妻子死了，儿女上山下乡了，他每天对着菊花说话，有菊相陪，他活了下来。

我觉得这种历经了沧海桑田的人一定寡言，或者，喜欢独处沉默。

但一切恰恰相反。

开了门，先看到他和蔼可亲的笑，然后说早泡好了铁观音等待着我们呢。屋里有很多只猫、狗和兰花的清香，他笑着说，"全是我闺女和儿子，一点儿也不乖，天天缠着我。"

那些书法和绘画作品，有的还有猫爪子印。

那可是价值几万的东西。他叫着它们的名字："花花，娇娇，爸爸有客人，去那边玩。"

我"扑哧"就笑了，这样可爱的老人！

难怪人家叫他老顽童啊。我名字中有个莲字，他说，"莲"字好啊，出污泥而不染，来，我送你一个"莲"字。他的字价值倾城，我岂敢要？他却说，别嫌不好，算我们初次见面的礼物。

我感动得不知说什么好。阳台上，有盛开的各式各样的花，全是他养的，还有几只并不名贵的鸟；屋里，播放着张火丁的《春闺梦》。他说，下个月火丁在长安大戏院上演《春闺梦》，喜欢吗？喜欢我就等你们一起看。

问他怎么会有这样的心情？他只两个字回答我："感恩。"

"一切已经很好了，"他说，"'文革'中没有死，而且生活越来越好，现在可以听到小鸟叫，看到小猫小狗围绕，可以闻到兰花的香，讨画的人越来越多，活着是多么有意思的事情。"

"已经很好了？"受了很多的苦却说已经很好，讨画的人多也好？放别人，烦也烦死了。

中午请他去外面吃饭，朋友带了一万块钱，准备去王府吃。但是他说："不去，没那个必要，你们实在不理解我。"他转过头问我，"姑娘，会做手擀面吗？"

"当然会。"我说。

"那好，中午咱吃面条！"

你相信吗？在老书法家的家里我亲自操刀上阵，一个小时之后吃上了热乎乎的面条！

外面春光正好，屋里鸟语花香。猫和狗在周围来回溜达着，老书法家时不时哼一段马派京剧，那是一个多么美妙的下午，我好像听到了禅意，看到了芬芳。

想想自己，每天忙些什么，名？利？房子？车子？永远在嫌钱挣得太少，永远嫌名气还不够大，永远在抱怨生活给予的不慷慨，永远在说别人在亏欠自己。

老者告诉我，不懂得感恩的人不知道幸福的滋味。

老者还给我讲了感恩节的来历：1620年，一些饱受宗教迫害的清教徒，乘坐"五月花"号船去北美新大陆寻求宗教自由。他们在海上颠簸折腾了两个月之后，终于在酷寒的十一月里，在现在的马萨诸塞州的普里茅斯登陆。在第一个冬天，半数以上的移民都死于饥饿和传染病。活下来的人们生活十分艰难，他们在第一个春季开始播种。为了生存，整个夏天他们都祈祷上帝保佑并热切地盼望着丰收的到来，因为他们深知秋天的收获决定了他们的生死存亡。

后来，庄稼终于获得了丰收。大家非常感激上帝的恩典，决定要选一个日子来永远纪念。

感恩节是美利坚一个不折不扣的最地道的国定假日。在这一天，具有各种信仰和各种背景的美国人，共同为他们一年来所受到的上苍的恩典表示感谢，虔诚地祈求上帝继续赐福。

可是，大多时候，我们却少了一颗感恩的心！

总是嫌钱赚得不够多，官升得不够快，爱情不够浪漫，房子住得太小了，车子应该换了，同学有的当上了处长，朋友有的赚了千万……总在拿别人的长处和自己的短处比。其实，和自己比呢，十年前我没有爱情，现在我有了；十年前我住单位宿舍，现在我住130平米的宅子，而且是这个城市中最贵的房子；我虽然没有宝马良驹，可骑自行车上班我又环保又锻炼了身体；我虽然没有当多大官，可在单位中人缘挺好；我虽然没有传世之作，可也出了七八本书……原来我这么幸福！

不懂得感恩的人怎么会懂得幸福？老人说得多对啊。

如果没有感恩的心，他能活到现在吗？和他同时代受重创的人有的自杀有的早逝，只有他，如一株顽强的草一样生长着！

如果不懂得感恩他会画出那么好的画吗？会写出那么灵动飘逸的字吗？那得要有一颗大气的慈悲的心才行啊！不然，那些猫爪抓了他的画还不得被剁了爪子？可是他只是说它们，太不乖了。好像说着自己调皮的孩子。

是的，感恩是生活中的大智慧。有了感恩的心，一花、一草、一树、一木、一嗔笑、一落泪、一心酸、一动情……人世间，看花倾城，看叶倾国，那红尘中小小的善和好，足以打动冷漠的心。常怀感恩之心，便不多言回报，只问了耕耘，感谢上苍给了你这么鲜活的生命、慈爱的父母、手心手背的兄妹、纯粹的爱情、美好的生活……这生活中的感恩，多一分付出，便多了一分欣喜。

感恩之心使我们能够知道生活的苦与甜；感恩之心又足以稀释我们心中曾经的积怨和愤恨，并且让它慢慢云淡风轻；感恩之心还让我们生活在自己宁静的世界里，不以物喜，不以己悲，用干净的眼神看待世界，用纯粹的心灵面对生活，用一颗善感的心去贴近生活，用我们丰富的内心之水，去调和生活调色板中的色彩。这样，生活的色彩才不会凝固，才是流动的、鲜活的、跳跃的，而我和你，才会活得如此禅意，如此芬芳。

拥有感恩的心，会看到生活细微处的美妙和动人，会听到风在空气里流动的音乐，会等待着春天到来，会期盼着一个约会，会想念远方的朋友，会在突然的刹那就轻轻笑了，因为，你懂得，生活原本十分美妙，而感恩，是一件幸福的事情。

而我翻看这本《感恩故事全集》，处处动人，字字珠玑，给我爱的慰藉，点亮了感恩的心，让我心自成林，意自达境。

所以，来读《感恩故事全集》吧，那一个个感恩的小故事，是一颗颗敏感而善良的心，为我们奏出了动人的音符。那动人的音符、旋律只有一个——爱和感恩！

目 录

第一辑 父爱是我一生吃不完的麻糖

父爱像高山，坚定而厚重，但总是那样冷峻和难以靠近；父爱像大海，深沉而博大，却总让人看到波涛汹涌，看不到一丝丝温柔；父爱像煤矿，蕴涵丰富，却总是被冰冷的土地掩埋。

但儿女终有一天会理解父亲的爱，因为父亲的爱虽然特别但很坚定。

第二辑 母爱是一剂药

母爱像晶莹的露水一样，清亮透明，无时无刻不照亮我们的心扉；母爱又如早春的鲜花，艳丽多姿，含苞待放地呵护着我们的躯体。每当我们的天空阴霾连连的时候，母爱便悄然而至，为我们排忧解难，拨云见日。

第三辑　无言的情怀

兄弟之间的情感，就像一棵树一样，是血脉相连的，割舍了哪一部分，都会枯萎，只有相互关爱，才会长得更加繁茂。

而爷爷的爱像把伞，给我们挡风遮雨；奶奶的爱像摇篮，摇着我们长大！

第四辑　美丽的守候

真正爱一个人，不是时时刻刻对他说爱的宣言。爱，不在形式，不重标榜，只在心中。当绵绵爱意从心底溢出，无声中，那爱已融化了冬天。

第五辑 以最美的山花报答你

爱自己的孩子是一种本能，爱别人的孩子则是一种超越本能的无私。石老师留在远离繁华的狼窝沟，却将最美的山花拱手相让，因为他有一颗无私的心。生活中，还有许许多多的石老师，他们默默地辛苦工作，像蜡烛，燃烧自己，却照亮无数个孩子的人生之路。

第六辑 风雪中走来的老同学

风雨袭来，可以为你遮风挡雨；困境之中，会为你分忧解难；忧伤之时，能为你拭干泪水……无论成功，还是失败，陪伴在你身边的永远是朋友。

第七辑　高贵的施舍

感恩是你我心中的一股岩浆，与其把它遏在心里凝成僵硬而冰冷的石头，何不适时给它一个喷发的渠道，给世界增添一份温暖？

第八辑　爱的回报是传承

生活中，我们不管做了些什么，在成功的阶梯爬了有多高，我们将始终被人记住的应该是，我们是怎样帮助了不如自己幸运的其他人。

第九辑　珍惜一枝稻草

生活中有很多细节让我们顿悟。我们不缺少，而是容易忽略。幸福是一件很简单的事，要学会珍惜。珍惜生活，珍惜社会给予我们的一切，珍惜淳朴而厚重的乡情。

第十辑　最美丽的跳跃

它们是我们无言的朋友，它们也是我们最忠诚的朋友。在你开心的时候，它会分享你的喜悦；在你失意的时候，它会哄你开心；在你有生命危险的时候，它会毫不犹豫地挡在你的面前。我们真应该多爱护、珍惜我们的伙伴——动物。

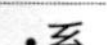

第一辑

父爱是我一生吃不完的麻糖

父爱像高山，坚定而厚重，但总是那样冷峻和难以靠近；父爱像大海，深沉而博大，却总让人看到波涛汹涌，看不到一丝丝温柔；父爱像煤矿，蕴涵丰富，却总是被冰冷的土地掩埋。

但儿女终有一天会理解父亲的爱，因为父亲的爱虽然特别但很坚定。

我震撼了，给老爹的一条短信，老爹竟然整整保存了三年而没有删除！

发给老爹的短信

◆文 / 王学亮

我和老爹的隔膜由来已久。小时候慑于他的威严；上学后再没有时间；工作了，我在省城，老爹在老家，每次回去都是匆匆忙忙的，和他老人家的交流少之又少。每当看到他如银的白发、微驼的背，充满内心深处的是感恩，我自认为和老爹之间的隔膜只能让我把对老爹的爱埋藏在心里，羞于表达。

一切的改变缘于几年前的父亲节那天醉酒后的我发给老爹的短信。

那几个月我一直穿梭在省城的大街小巷找工作。碰到现场招聘的，我就当场递交自己的个人简历；在网上看到"非约勿访"的招聘启事，我就邮寄个人的资料。接到笔试电话我就拿起我唯一的铅笔去参加；收到面试通知我就穿上我平常舍不得穿的新西服赴约。工夫负了有心人，当复印个人资料几乎花去我身上所有的细软、当我唯一的铅笔变成铅笔头、当我的新西服变成旧西服的时候，我还是没有找到所赖以安身立命的单位。

疲于奔命的辛酸、"英雄无用武之地"的悲怆化成"男人哭吧哭吧不是罪"的歌声直刺我的耳膜。一瓶廉价的白酒在父亲节那天的晚上麻痹了我的神经，我控制不住对家的思念，竟然给老爹发了一条短信。我不敢打电话给家里，害怕酒后吐真言，没找到工作的事实只能给老爹老娘徒增伤感，他们也帮不了什么忙。再说，我不习惯于和老爹面对面甚至电话的交流。每次回家，见到老爹的第一句话都是："老爹，俺老娘去哪儿了？"每次往家里打电话的第一声问候都是："老爹，让我老娘接电话！"我不知道老爹每次见到我之后听到的第一句话、每次电话接到的第一声问候都是和老娘有关的，他该是怎样的伤感！我只知道儿子的近况还要通过老娘才能传达给老爹，我的心里满是愧疚。

几个月来，生活的磨砺、生存的压力让我渐渐明白一个男人生活在这个世界上是多么的不易，和老爹的交流也就有了一个所谓的"共同语言"，于是，和老爹的隔膜就似有似无了。即使如此，我发给老爹的短信还是短得不能再短：老爹，我想您、想老娘和家了……不一会儿，我就收到了老爹的回复，老爹的回复也很短，比我给他发的短信还要短，只有四个字：我的儿子……看完短信我禁不住泪水模糊了双眼，老爹把他舐犊情深的爱都浓缩进了这四个字！接下来，又接到老爹的电话，老爹在电话里说，儿子，回来。休息一段时间再说……老爹的话语、声音、语气和腔调像极了《钢铁是怎样炼成的》中保尔的母亲说给保尔的话："我岁数大了……不管养多少孩子，一长大就都飞了……总要等你们生病了，受伤了，我才能见到你们……"

那次，老爹给我的电话打了很长时间，这很不符合他节俭的习惯。

我听话地回到了老家。我没想到，父亲节那天醉酒后的我发给老爹的短信竟然消除了我自认为的和老爹之间的隔膜。在家的那几天，我和老爹说了很多话，比我上学十多年以及工作几年和老爹说的话加起来还要多。我们像老朋友一样谈工作和生活……

也许是消除了和老爹的隔膜改变了我的心境，也许是老爹的生活经验和处世哲学给了我无限的动力，返回省城没多长时间我就找到了我满意的工作。

今年的父亲节，我专门请假回家看望老爹。闲来无事拿起老爹的手机把玩，无意间我看到了一条短信：老爹，我想您、想老娘和家了……我震撼了，给老爹的一条短信，老爹竟然整整保存了三年而没有删除！老娘说："你老爹现在越来越絮叨了，经常拿着手机给我读这条短信……"

晚上吃饭的时候，我端起酒杯给老爹敬酒。发自内心地想说点儿什么，可说出声的，只有几个字："老爹，那条短信……"我看到，老爹的眼睛发红，继而流出了眼泪。也许老爹没有听过"男人哭吧哭吧不是罪"的歌，他极力掩饰自己的真情流露，一只手擦了擦湿润的眼睛，另一只手颤抖着端起桌上的酒杯一饮而尽。

感恩提示

gan en ti shi

我相信"患难见真情"这五个字，甚至有点儿迷信，我一直固执地认为，亲情、爱情、友情，不经受一点儿波涛便成就不了永远的真情。患难真的是一帖绝好的良药，也是一勺恰到好处的味精，使"情"之一字，于平淡处闪放光芒，于乏味时倍增口感。就像父亲保存了三年的短信，让发信的儿子在一瞬间发现父爱无边。那是一种重温，重温在过去坎坷岁月里父亲默默而包容的爱；那是一种震撼，震撼于三年来父亲不露声色却无处不在的情。患难虽小，真情亦真！

（邵孤城）

在手掌深裂口处,他总是要母亲用绣花针缝上。母亲说,每次缝裂口时,真是针针扎在她的心上;老父亲在缝裂口时,总是紧紧咬住牙齿,没哼一声。

手

◆文/凡　夫

我父亲在被我们村的长辈们准备放入棺材的时候,我披着长长的白色孝服。走近,揭起盖在他那瘦瘦躯体上的白布,我拉起他的手,扳起他那僵硬而握不紧的手,他攥紧的拳头并不大,我把他放在我的脸上,额上。

看着他那古铜色苍白的手背,没有一块平滑的的地方,折皱重重叠叠。扳开他的手指,是我前几天给他修的指甲。我足足用了半个小时才修剪完的,他每个指甲足足有3到4毫米厚,坚硬如铁,用商场买来的指甲剪是无法修剪的,用母亲刚在村头磨剪刀拿回的老式剪刀,一点一点地剪,我使尽了平生的力气,屏住呼吸,额头上渗出了汗水,和着我的泪水顺着我的脸慢慢地流淌……

"平儿,我一生没剪过啊!"老父亲说。

"我总是在做活歇着时在石头上磨的,有空就磨。"他笑着望着自己的手指。

我的泪水直往下淌,喉咙哽咽了……

再也无法忍住,呜……呜……

多年郁积在心中的惭愧和感情一下子迸发出来。

……

是这双手把我们兄妹五人拉扯大,一个个送进学堂,一个个走向社会,成家立业。

再扳开手掌一看,这哪里是手啊,没有平面,没有肌肉,就像老丝瓜内芯做的鞋垫一样横七竖八,密密麻麻的血口子。除了四个像小山似的老茧,再也看不见没有裂口的地方,深的裂口还渗着血,没有钱买蛤蜊油,总是找村里的农机员要机械用的黄油,搽在裂口中,我给他买的蛤蜊油,他说一次用一盒还少了。钱要留着你们用,外面什么都要买,我这没办法了,就用黄油可以了。

在手掌深裂口处,他总是要母亲用绣花针缝上。母亲说,每次缝裂口时,真是针针扎在她的心上;老父亲在缝裂口时,总是紧紧咬住牙齿,没哼一声。

有一年,读高中的我放假回家,正是冬天的傍晚,我高高兴兴地回家,刚一进家门,看见一家人都围在火塘边上。没有一个人说话,默默无语,一片寂寞,我正想问一声,不懂事的小弟弟拉着我的手说:"大哥,带糖了没有?"我正在往口袋里拿带给弟弟的3颗小糖时，只听父亲一声吼，"五伢！"

一向严厉的他躺在椅子上颤抖起来，只听到椅子"嘎嘎"地响，我把3颗小糖给了五弟，小心翼翼地走近他身边。

"平儿，好好读书，还有一年就毕业了，我就好了。"他长长地叹了一口气，伸出他那一双手。

我一眼就看见了他那一双手腕上有一道血痕，血迹斑斑，我拉起他的双手，才第一次看见他那双我从没看见过的手。我的眼睛模糊了，双膝跪在他的面前，号啕大哭起来……

哭声中听母亲说，他被村里当做"割资本主义尾巴"的典型批斗了一下午，吊在村口的那棵大枫树下，整整一个下午。我知道每到星期五他就为我上学的钱做准备，利用劳动的空闲抢着砍一担毛柴，星期六的凌晨1点送到30里的街上去卖一块五毛钱，给我一块，那5毛留给弟妹们，早晨回家还得上早工。

我模糊的眼睛望着我那身高不到1．6米、体重不到50公斤的父亲：父亲苍老了。

我再一次号啕起来……

"我不上学了，我帮你……"话音未落，"啪"，我的脸上一阵火辣辣。

"混蛋！"他咆哮起来。

我第一次被打，倒停止哭了，咬着牙，握着拳头……

我理解了他……

是他那一手掌，打出了我的今天，打出了我们兄妹五人的性格和品质——自强，上进，把我们都推上了各自的工作岗位。

这是第三次，也是最后一次看他那双手。

这是中国农民的手。

感恩提示

gan en ti shi

我现在好像很难再被生活中某些事件感动到心酸难耐甚至热泪盈眶，人一天天长大，见惯了周遭的悲欢离合，有时候竟然也会习以为常，虽说偶尔心有波澜荡漾，但真要动情，却已如童话般遥远。但是我还是会被生活中的一些细节所打动，那些很细致入微的体贴和关爱，那些准时的问候和寒暄，或者不经意间的帮助，我会被这些细节上的认真引得对一个人或者一件事物也平添几分好感。文章也一样，依靠细节来感动读者的作品，同样有让读者折服的魅力，比如《手》，读完掩卷，除了"感动"二字，居然再找不出第二个合适的形容词来，特别是母亲用针为父亲缝合手上的裂口一节，让我内心所受到的冲击至今无法平息，成了久久悬挂在心口的一把匕首，时时刺痛我的灵魂。

（邵孤城）

我手里拿着一个鲜红晶莹的冰糖葫芦，那鲜红是血的颜色，那晶莹是汗的光泽，咬了一口，又酸又甜，我不禁掉了泪。

父亲的冰糖葫芦

◆文 / 霍忠义

1997年春节前夕，因为有许多事情要处理，一直到腊月三十我才坐上了回家的列车。车窗外大雪纷纷扬扬，漫山遍野银装素裹，我很激动——一半源于美丽的雪，一半源于已经一年多没有见到的父母。

下了火车又换乘汽车，在乡政府门前停下来时已经是下午5点了，家在6里外的农村，我只能步行回家了。下了车，街上人很少，不远处有一个人正推着自行车卖冰糖葫芦，插在草杆子上的冰糖葫芦依然红得耀目，卖糖葫芦的人身上落满雪花，被许多小孩围在中间。糖葫芦卖得很快，他有点儿应接不暇，有的小孩趁机抓了糖葫芦就跑，他也不敢撵。我想起小侄女叶子，该3岁了，很爱吃糖葫芦，于是我走上前去。

但突然之间，我被自己的发现惊呆了——父亲？那卖糖葫芦的长者竟是父亲！我呆了半晌，才喊了一声：“爸！”父亲回过头来，发现是我，满脸的笑容将原本沧桑的脸挤得更皱，眉上脸上的雪花正簌簌消融成水。我的嗓子仿佛被什么东西堵住，一句话也说不出来：没想到久别的父亲竟这样与我见了面。

一会儿工夫，糖葫芦就卖完了，我们一起回家，我想驮父亲，但父亲执意要带我，他说：“你坐那么长时间的车，太累了。”就这样，我们父子俩在漫天风雪中回到了家。

家里到处堆着山楂，我问母亲：“下这么大雪，父亲怎么还去卖糖葫芦？”两年前的一场车祸使父亲原本强健的身体变得衰弱，更何况，年龄不饶人。

母亲说：“你爸是去接你，顺便卖卖糖葫芦，也不知你到底哪一天回来，已经连续好几天了。”我的鼻子一酸，转身进屋去和叶子玩。

大年初一那天早上5点多钟，我正在酣睡，被母亲推醒：原来父亲已经在做糖葫芦了。母亲让我去帮帮忙。

我到厨房时，父亲已经将糖葫芦做好了，放在案板上晾着。我说：“大年初一为啥还去卖冰糖葫芦？”沉默了半晌，父亲说：“过年哩，娃娃都有压岁钱，大年初一吃的东西才好卖！”

“为挣几个钱连年都不过啦！”我心疼父亲。

父亲无语，自顾自将冷却的冰糖葫芦收入纸箱，拿了插葫芦的草杆子，往自行车上扎。

母亲让我陪父亲一块去，我还要穿大衣同去，父亲却说：“你不用去啦！一会儿就

完。”说完，用一根粗绳将腰中的棉袄一捆，推着车出了门。

父亲走后，我和母亲闲聊，又问母亲：“大年初一也去卖糖葫芦，不值！”

母亲说：“孩子，你爸还不是为了你！”

“为了我？”我很惊讶。

“年前你来信说，年后想和梅子结婚，你爸寻思着，你工作才两年，梅子刚工作，你们没有钱。梅子那么娇贵的女娃子，不嫌你当教师的清贫，可我和你爸过意不去，我们想攒点儿钱，给梅子买个项链，买个戒指，城里兴这个。唉，俗话说：人过四十不学艺，你爸做了一辈子厨师，六十多岁的人，又要学做糖葫芦，可真难为他啦。刚开始不会做，要么把糖烧焦，要么做得太软，糖葫芦粘在一起了。一次你爸去卖糖葫芦，做得太软，拿在手里糖往下掉，两手都是糖，黏得连钱都没法给人找……”

不等母亲说完，我就推车出了门。果然在乡政府门前找到了被许多小孩围住的父亲。正忙着卖糖葫芦的父亲抬头看见我时脸上有一种极复杂的表情掠过，忙于应付的他对我说：“你来收钱。”

卖完后刚回到家，父亲说：“我再做一些，今天能卖！”说罢又钻进了厨房。

但是第二次卖得并不好，剩下许多。晚上，侄女叶子喊着要吃糖葫芦，父亲取了一支，小侄女拿着笑了。父亲给了我一支，说：“快吃，多吃几根，今天卖不完，明天就没法卖了——鲜也不鲜了。”看着剩下的那一大堆冰糖葫芦，我发愁了，母亲说：“没事，卖不成咱自己吃，去年一个冬天我和叶子没少吃你爸卖剩的糖葫芦。”我手里拿着一个鲜红晶莹的冰糖葫芦，那鲜红是血的颜色，那晶莹是汗的光泽，咬了一口，又酸又甜，我不禁掉了泪。

过完春节我要离家时，父亲拿出新新旧旧的2000元钱塞到我的手里说：“给梅子买个戒指，买串项链。”拿着钱我心里酸酸的难受，我实在没有勇气告诉白发的父母，这钱已经没有用了：就在我回家前的两天，梅子因为我没有给她买个订婚戒指就与我吵架，后来又提出分手。

“都说冰糖葫芦酸，酸里面它裹着甜；都说冰糖葫芦甜，可甜里面它透着酸……”每当这首歌响起时，我就想掉泪。

感恩提示

gan en ti shi

记得以前南方黑芝麻糊的广告是这样的：小时候，每当听到芝麻糊的叫卖声……那部广告片一直以来留在我的心中，因为它正好契合了我幼年的某些记忆呀！小的时候，只要货郎的叫卖声响起，便俨然成了我们孩子的节日，好像在那个货郎小小的担子里装着这个世界上所有好吃的一样；那个时候，我们常常羡慕，要是自己的父亲也是一个货郎该多好啊！当年末回家的儿子和卖冰糖葫芦的父亲不期而遇，我能想象出那种充溢着欣喜、尴尬、矛盾和无奈的复杂情绪。天下没有哪个儿子希望年迈的父亲依然为生活奔波，可天下又有哪个父亲不希望在有生之年可以帮扶儿子一把？父母总是这样，捧出一颗心来，不带一棵草去。

（邵孤城）

父亲配制的草药之所以能让我药到病除，里面除了父亲用心良苦寻我的各种药材以外，其中一定还有一种特别的成分，那就是——父亲对我的深深的爱！

药里有种成分叫父爱

◆文/邓军清

听母亲说，我从小体质就弱，稍微受点儿风吹草动的就会发烧，而一发烧，喉咙便开始肿大，直至不能进食。

这样，背着我上医院打青霉素便成了父亲每天做农活前要做的第一件事。

由于长期使用青霉素，我的体内对其逐渐产生了抗体，以致后来发烧时，医生用药的剂量由五六针增加到二三十针。

医生还告诉父亲，我的这种病是从母体带来的一股热毒，根本没法根治。但父亲从来就不相信。为了治好我的病，没多少文化的他竟买了一些中医药方面的书籍自个研究起来。他对母亲说："既然医生说孩子身上带了一股热毒，我们就挖一些清热解毒的草药去一去孩子身上的火气。"

在我的记忆中，那段日子父亲刚忙完农活，就又扛着锄头到离家十多公里的公子山去挖草药。听父亲说药性好的草药一般都长在深山里，有时为了寻找到书里所描述的药，他必须先砍掉一大片荆棘才能找到。

有一次，到了晚上9点钟，父亲依然没有回家，六神无主的母亲便拉着我们兄妹几个点着火把去寻找父亲。当我们来到公子山的半山腰时，父亲听到了我们的呼喊。原来，父亲为了去采一些悬崖边上的金银花，一不小心踏空了，从一棵松树上摔了下去。父亲当时呼救了好几次，却没有一个人听到。

当一家人把父亲拉上悬崖时，父亲的脸上、身上到处都被划出一道道深深的血印，被摔伤的左手红肿得像个刚出锅的包子，胖乎乎的，却死死攥着一些采来的金银花。看到全家人，一天未进食的父亲笑了："我还以为要在这个悬崖脚下呆上两三天呢！"父亲一笑，脸上那些刚刚凝固的血痂又拉出了几滴鲜红的血液，顺着脸往下流。回家的路上，除了父亲，全家人都是边走边哽咽。

父亲摔伤的左手，半个月才渐渐消肿、痊愈。但就在这期间，父亲还坚持去公子山挖草药。

很快的，父亲从山上挖回的树根和采回的树藤，摆满了家里的整个后院。

看到这些根根草草，母亲很是担心，生怕父亲挖回来的药，不仅治不好我的病，还会把我的身体毒坏。父亲也有同样的担心，于是一服药熬好后第一个喝的总是没病的父亲；他喝下去如果没事，第二天才会让我喝。

一次，父亲在喝完一种新药后上呕下泻，呕得两个眼圈直凹陷下去，没过几天整个人都消瘦了一大圈。心疼的母亲结果把父亲的药罐子藏了起来，再也不让父亲去研制草药了：“你这样，不仅孩子的病没有治好，还把自己的身体搞垮了，以后一家人怎么活呀！”

固执的父亲却并没有因此而选择放弃，等母亲出去做农活了，他又开始用家里的饭锅煮他的草药。

精诚所至，后来我一犯病，竟然真的不用打针了，只要喝了父亲熬制的中草药，就会奇迹般地慢慢好起来。慢慢地，父亲的药也变成了我们当地的一种秘方，不仅可以治好我从母体内带来的热毒，还可以医治其他孩子因火气引发的一些疾病。

就这样，父亲的草药一直伴随着我成长，直到我后来到离家几百里外的城市求学，才离开了父亲的药罐子。

在学校里，我发烧时只能往学校的医务室跑。一次，因发烧引起扁桃体发炎，咽喉痛得无法吃进一点儿东西，在医务室打了整整一个星期的点滴也不见好转，吓得班主任连忙给父亲打电话。

第二天凌晨两点多，迷迷糊糊的我突然听到外面有人敲门，宿舍里的同学打开门，我看到的是被雨淋透的父亲给我送药来了。父亲是连夜乘火车于凌晨1点到达学校所在的城市的，此时公共汽车也停开了，父亲就一个人提着一袋药，匆匆走了二十多里的夜路来到学校。

由于是深更半夜，宿舍没有热水，父亲给我喝完药以后就上床睡觉了。不知是我身体烧得发烫，还是父亲一路上吹着冷风，我只觉得那双瘦小的脚一阵冰凉，当我把他两只脚掖在腋下的时候，两滴眼泪情不自禁地流了下来。

第二天，父亲又得赶回家，在上车前父亲乐哈哈地告诉我，现在他的药加了一种保鲜剂，熬好的药用可乐瓶子装着放一个月都没事！

看着父亲的笑脸，我陷入了沉思。我想：父亲配制的草药之所以能让我药到病除，里面除了父亲用心良苦寻找的各种药材以外，其中一定还有一种特别的成分，那就是——父亲对我的深深的爱！

感恩提示

gan en ti shi

以前听“久病成医”这种说法，还觉得有些不可思议。病人就是病人，医生就是医生，只有听说医生医不好自己的病，没听说病人还能自己给自己瞧病的。随着年龄的增长，我开始逐渐接受了这种说法，当然，有一半是耳濡目染，另一半是亲身体验，平时伤风感冒啥的，现在有几个人愿意去医院呢？还不全是自己给自己当医生。《药里有种成分叫父爱》其实讲的也是一个"久病成医"的故事，所不同的是：病的是儿子，成医的是父亲。连真正的医生也束手无策的病，可竟然在父亲的手上奇迹般地妙手回春，这中间不仅仅有药物的疗效，我想，更多的是父亲那种冒着生命危险在草药中灌入的亲情。有时候，亲情是一味看不见的药，它让所有生病的人重新看见生命的阳光和希望。

（邵孤城）

珍惜那块父亲亲手熏的腊肉吧，或者明年，或许后年，你会永远失去这种美味！

父亲的腊肉

◆文／邹洋波

父亲住在大山深处的一个小村里，旧式的婚姻。虽说是"天作之合"，但合得实在很少。在我年少的记忆里，几乎全是喝得醉醺醺、满眼通红的父亲和躲在床角抽泣的母亲。有一回，我勇敢地冲上前保护瘦弱的母亲，却被父亲有力的巴掌扇出丈外，从此，怨恨便扎根心中。上大学走的那天，我才有如释重负般的解脱感。在大山的岔路口，我没理会父亲殷殷的目光，只是倔强地看着母亲说："等我毕业就接您出去。"

三年的大学生活，我坚持不要父亲的钱，一直半工半读。父亲来看过我两次——一次给我送钱；一次接我回家过年，我都避而不见。

毕业后，成了家有了孩子，我不断写信回家，希望母亲能来城里同住，远离可恨的家，却一直没有回音；而我又不愿回那贫瘠的小村，看到那双酒醉后通红的眼睛。就这样一晃，我有10年没回家了。

不记得是从哪年开始，每到过年前夕，我总会收到家乡寄来的腊肉——熏得焦黄焦黄，隐隐散发出松枝的香气。随着腊肉总是附着父亲简短的家信，信末总是千篇一律地捎上一句："明年回不回家过年？"我知道，父亲真的很想我回家，可我怎么也忘记不了10年前的那一巴掌和母亲的抽泣。

有一年，不知什么原因，我一直没收到家中的腊肉，整个春节，心里忽上忽下，不安得厉害。过年后上班的第一天，收发室的小曾把我叫住："有你的包裹。"我拿回家一看，满满一箱腊肉——焦黄焦黄，散发着松枝的香气，顿时心里有种说不出的轻松和激动。而母亲包裹中夹的一张小纸条更让我泪水盈眶："……你爹打了盹，肉全焦了，又重熏……砍松枝时，不小心砍着了手，又不肯让我帮他，说你就喜欢他做的腊肉……又怕赶不上春节，你爹就没日没夜守在火旁不敢合眼……"

那天，我平生第一次放声痛哭。我有什么资格去评价父亲的优劣？我以什么标准去衡量父母之间的感情？10 年的不理不睬又给父亲多大的打击？在他大山似的沉默中，难道真只是那一巴掌和娘的抽泣让我背负了 10 年之久的包袱吗？“穷乡僻壤”不就是我时常向人家介绍家乡的评语么！父亲从不说我什么，只是默默地用一箱箱沉甸甸的腊肉传递着浓浓的父爱与宽容。

第二年春节，我和妻子带着孩子回到大山深处的老家。父亲高兴得像个孩子，拿出熏得黑乎乎的“礼物”（半斤左右重的腊肉）颤巍巍地沿着山间的小路向乡邻们“报喜”。

临走那天，在大山的岔路口，父亲拉着我的手说：“娃，山里住惯了，不习惯城里的生活，别担心咱，倒是你们城里人做的腊肉，赶不上咱用山顶松枝、自个的猪熏得香，今年我再给你熏些去……”

感恩提示

gan en ti shi

以前看过一篇小说，讲的是：一对在外人看来琴瑟和谐的夫妻，突然之间离婚了；而另外一对大吵三六九、小吵天天有的夫妻，却让婚姻维持到了人生尽头。这真的是上天和我们开过的最诙谐的玩笑了：相敬如宾居然没有鸡零狗碎长久！但是，仔细想想又何尝不是这个道理呢？表面上的相敬如宾哪里会开花结果，顶多是演给外人看的一幕话剧罢了；而骨子里的恩爱有时候只能用彼此间的伤害来表达，毕竟那是一辈子的事，那场戏是只演给自己看的，和任何人无关。可是，孩子们年幼的时候怎么会懂呢？当他们明白过来了，父母的人生也就走到了尽头！珍惜那块父亲亲手熏的腊肉吧，或者明年，或许后年，你会永远失去这种美味！

（邵孤城）

这时，父亲站起来，他问了两个问题：一是捐给自己的儿子行不行？二是趁活着捐可不可以？

父爱如灯

◆文 / 尤天晨

他原本在一家外企就职，一次意外，使他的左眼失明。他失去了工作，到别处求职，却因眼睛问题连连碰壁。挣钱养家的担子，便落在妻子肩上，日长月久，妻子开始鄙夷他无能，对他颐指气使。

她日渐感到他的老父亲是个负担，整天拖鼻涕、淌眼泪，让人看着恶心。她不止一次跟他商量，要把老人送到老年公寓去，他总是不同意。有一天，他们为这事在卧室里吵起来，妻子嚷道："那你就跟你爹过，咱们离婚！"他一把捂住妻子的嘴说："你小声点儿，当心让爸听见！"

第二天早饭时，父亲说："有件事我想跟你们商量一下，你们每天上班，孩子又上学，我一个人在家太冷清。我想到老年公寓去住，那里都是老人。"

他一惊，父亲昨晚果真听到他们争吵的内容了！"可是，爸……"他刚要说些挽留的话，妻子瞪着眼，在餐桌下踩了他一脚。他只好把话咽了回去。

一个星期天，他带着孩子去看父亲。一进门，便看见父亲正和室友聊天。父亲一见孙子，就像见了心肝宝贝似的又抱又亲，还抬头问他工作怎么样，身体好不好……他好像被人打了一记耳光，脸上发起烧来。

"你别过意不去。我在这里挺好，有吃有住，还有得玩……"父亲看上去很满足，他的眼睛却渐渐蒙起一层雾来。

等到又一个星期天，他去看父亲，刚好碰到市卫生局的人动员老人们亡故后捐献遗体器官。很多老人都说，他们这辈子活得很苦，要是死都不能保个全尸，太对不起自己了。这时，父亲站起来，他问了两个问题：一是捐给自己的儿子行不行？二是趁活着捐可不可以？

父亲说："我不怕疼！我也老了，捐出一个角膜，生活还能自理；可我儿子还年轻呀，他因一只失明的眼睛，失去了多少机会！要是能将我儿子的眼睛治好，我就是死在手术台上，都心甘情愿……"

屋子里静静的，所有人停止了谈笑，把震惊的目光，投向老泪纵横的父亲。

他满脸泪水，迈着沉重的脚步，一步步走到父亲身边，和父亲紧紧地拥抱在一起。

当天，他不顾父亲的反对，办好有关手续，接父亲回家。至于妻子，他已做好最坏的打算。临走时，父亲一脸欣慰地与室友告别。室友一把眼泪一把鼻涕地埋怨自己的儿子不孝，赞叹父亲的福气。父亲说："别这样讲！俗话说，庄稼是别人的好，儿女是自己的亲，打断骨头连着筋。自己的儿女，再怎么都是好的。你对小辈宽容些，孩子们终究会想过来的……"

说话间，父亲还用手给他捋了捋衬衣上的皱褶。他再次哽咽，感到父亲的爱，在他的眼前照出一条明亮的路。

感恩提示

gan en ti shi

这是一个凄婉、感人而又美丽的亲情故事："他"是一个被生活和命运险些抛弃的残疾人，意外的变故使他左眼失明，业已成为他生活"负担"的父亲面对儿子儿媳为赡养他而引发的争吵，主动提出去老年公寓；儿子来老年公寓看他，尽管"他的眼睛""渐渐涌起一层雾来"，但仍给儿子一种"很满足"的印象；当儿子再去看望他时，却听到了他那催人泪下的"提问"和"告白"：要是能将我儿子的眼睛治好，我就是死在手术台上，心里都是甜的…… 这就是"他"的父亲，也正是我们的父亲。"天下有狠心的儿女，没有狠心的爹娘"，文中父亲的话也恰恰是这句话的最好注脚：庄稼是别人的好，儿女是自己的亲，打断骨头连着筋。

（邵孤城）

爱是无价的，而父亲的爱更是无私的，作为小辈，我们什么时候才能明白老人的心呢？但愿一斤蔬菜、一条鱼，或者一只梨让我们尝出父爱的味道！

父亲送梨

◆文/胥雅月

父亲打来几次电话，催我回家，说是院里梨树上的梨熟了，摘点儿带回城里吃。其实，要不是父亲的腿跌伤了，他早送梨进城了。听父亲在电话中这样说，我总是支吾着答他，说等休息再抽空回家，可心里却想，特意回家摘梨，就像城里没有梨似的。

谁知，中秋节前的一天，父亲突然瘸着腿出现在家门口，还背着一只蛇皮袋。我连忙接过蛇皮袋，挺沉。父亲跟进屋来，提醒说，袋里放的是梨，轻点儿放，别碰伤了。一听父亲是送梨进城的，我没好气地埋怨起来："爸，你大老远送梨来，干吗？至少在进城前，打个电话，好让我去车站接你呀。"父亲遭我一番埋怨，愣住了，良久，才说："你……你们忙，没时间回家摘梨，我又不能看着梨长在树上坏掉呀。再说，中秋节也该用梨敬月呀。"父亲涨红了脸，表示自己进城只是为送梨来的。

妻回来了，一听说父亲特意送梨进城，她和我是同样的心情，刚要说上几句，被我使眼色阻止。不过，她还是冷冷地撂下一句："爸，你以后再这样做，我们就不管你了。知道吗？城里的大街小巷到处都有卖梨的，才3角钱一斤。"父亲被妻呛得没言语了，仿佛自己做错了事。

或许因为我们的话伤害了父亲，中午饭，他吃得很少。我想留父亲住下，可他还是犟着走了。

回到家中，我看到餐桌上一只只青翠的梨，便拿起一只，连皮也没削，一口咬下去，一股甘泉直涌心田。

几天后，我和妻回家看望父母，其实是带着一种愧疚感特意看望父亲的。到家，父亲去了屋后的田里，只有母亲在。母亲沏好茶后，我悄声地说起父亲送梨的事，又顺带怪母亲，怎么让父亲一人进城，背那么重的梨。

母亲听后，重重地叹了一口气，说："今年的梨树呀，你父亲可费了神了。他从天气预报里听说今年雨水多，一开春，就请人在梨树周围竖了四根竹篙。待梨树挂果，再逢雨天。他总是扯上塑料布替树遮雨，说是这样长熟的梨，依然保持原汁原味。他呀，把这棵梨树当做自己的命根子，有虫也不喷药，宁愿自己站在凳子上，踮着脚捉虫。施肥也是农家肥，说这样的梨才算是绿色食品。你爸常挂在嘴边的一句话——人老了，不能为子女做些什么，而子女对我们这么孝顺，我唯有用这树上的梨，让他们甜甜心……"

我再也坐不住了，眼中早已湿热起来。走到院中，见那梨树的旁边，依然静立着竹篙。

感恩提示

gan en ti shi

很多父亲会犯傻：你说菜市场里的蔬菜多便宜，可他偏喜欢步行大半天送进城里，好像唯有他种的蔬菜对得上孩子的胃口；你说孩子小时候喜欢吃鱼，那也不见得孩子一辈子就赖上鱼非它莫属了，可鱼塘里打上来的第一条鱼，父亲还是会毫不犹豫地送到儿子家中。这些，都和父亲的梨一样，最贵重的不是父亲送来的东西的价值，而是父亲浸透其中的爱呀！爱是无价的，而父亲的爱更是无私的，作为小辈，我们什么时候才能明白老人的心呢？但愿一斤蔬菜、一条鱼，或者一只梨让我们尝出父爱的味道！

（邵孤城）

我的眼泪落得急，爸爸，我叫着，爸爸——可惜他再也听不到了，这一辈子的恩情，我怎么能报答您？

恩　情

◆文/缠枝莲

我和他之间不是很和睦，甚至，有点儿水火不容。

他是一个出租车司机，有很多坏习惯，抽烟酗酒说粗话。去开家长会便是我最尴尬的事情，那时我会说谎，说我的家长没空，老师知道我在说谎，但没有点破我。

因为他，我也沾上了不少的坏习惯，比如从十六七岁就开始抽烟、喝酒、打架、早恋，无数次被叫家长。他平时很厉害，但在我们老师面前却中规中矩地站着，像犯了错误的孩子。老师说，没娘的孩子就是不行，邻居们也这么说。好多奶奶给我包子、饺子吃,也有人给他说过对象,最后都黄了。

他脾气不好,挣的钱也不多,有时候还去赌,我们俩的生活可想而知。

我很少叫他爸爸,总是说:“哎……”

“哎”是他的名字,他骂我,小兔崽子。

我逃学会遭到他的毒打,打得我皮开肉绽,他骂我不上进,一定是长大了也想开出租车看人家脸色。

我学习不好,打了架让他去给人家赔礼。我妈死得早,他说我半岁时妈就死了。没有女人的家哪里像家?我们在一起没有吃过饺子,甚至过年也不吃,他不会包,我们只吃馒头炒小菜。他不会缝衣服,我的衣服坏了他常常请院子里的邻居帮忙,最常帮忙的是二寡妇。

我总怀疑他和二寡妇有一腿,因为二寡妇有两个孩子,就是给人做做零活。有人给他们撮合过,但二寡妇不同意。她说,我可不能再嫁给没能耐的男人了,要嫁就嫁给有钱人。但她包了饺子会给我们父子端过来。我很烦他们的关系,因为有邻居指指点点,后来,我砸过二寡妇家的玻璃。

我 18 岁,他逼着我去当兵,说我再混下去就进监狱了。我心不甘情不愿地去了。

他依然在开出租车,依然一个人,我们之间就是书信来往。他的字很丑陋,像他的人。好在我不随他,别人都说我不像他的儿子,我想我可能是随我妈吧。

三年后,我提了干,报考了军官学校,他来信说,好小子,终于上道了。

我上了军校后,知道心疼他了,给他寄酒寄烟。他说,小子,没白养你。我 25 岁那年,他得了脑癌。我回家接他,要带他到大城市治疗,他死活不去。他拉着我的手说,儿子,别费事了,我知道自己再花多少钱也没救了,给你留着钱买房子娶媳妇吧。

我陪着他,他给我说我小时候的笑话,说因为我没妈,还曾让我吃过他的乳房,说着他嘿嘿地笑,我却要哭。

他还说我太不是东西,常常把人打得找上门来,他还要给人赔罪……

总之,我没少给他惹事。我说我对不起您,最大的遗憾是没给您找个老伴,如果有个老伴,您也许不会得这个病,也许不会这么寂寞。他却从来没有埋怨过我,说因为我这个坏小子活得更有滋有味了,他说如果有来生,还让我们做父子吧。

3 个月后他去世,留给我一张 10 万块钱的存单和一封信。

那存单,是他一辈子的心血。那封信,是薄薄的一张纸,上面写着我的生辰八字,也写着让好心人收留我后好好养着,看得出,那好像是一个女子的笔迹。随后是他的字,很难看,他写道,小儿拾于第一医院门口,正啼哭;从此,我命中有子了。

我恸哭,28 年,我才知道我不是他的儿子,而我一直和他对峙,不肯叫他爸爸,以他为辱,因为我一直以为他是世上唯一的亲人,我可以和他吵和他闹,可以叫他“哎”,但是,我没想到他不是我的亲人,我们之间没有任何血缘关系。

在纸条的最后他写道:别怪我,我一直不想告诉你,因为在我心中你应该是我的儿子。

我的眼泪落得急,爸爸,我叫着,爸爸——可惜他再也听不到了,这一辈子的恩情,我怎么能报答您？

感恩提示

gan en ti shi

中央台不久前播出了一部关于养父和养女的纪录片，60多岁的养父再无能力抚养捡来的女儿了，把孩子养到10多岁时，为了给孩子创造一个更好的成长环境，他决定把女儿送出去。女儿在极度的失落和悲伤中最终被送走，被一个好心的企业家收养。女儿一直以为，父亲不要她了，甚至到现在，她还不知道，她仅仅是父亲捡来的孩子。就像《恩情》的主人公一样，当这个女孩终于明白自己不是父亲的亲生女儿时，她的眼泪也一定会像大雨一样滂沱而下——对一个不是自己的孩子也能视如己出，这是多大的情怀啊！

（邵孤城）

我一遍遍为父亲祈祷，将满腔深情一滴滴注进药罐。我深知，人生百味，亲情入药，药效定会倍增，父亲的病很快就会好的。

亲情入药

◆文/麦　花　徒骇河

我天生就像是来吃药的，更像是来折磨自己父母的。

父亲买来一只双耳砂锅药罐。几乎是伴着我的第一声啼哭，那似苦还甜的药香就开始在我家的院子里飘荡着。

3岁那年，我突然添了一种怪病，直腿眦眼，口吐白沫，死攥着小拳头打哆嗦。母亲怀抱着我手足无措，像棵秋天的梧桐，瑟瑟抖着。

父亲连滚带爬请来几位“赤脚”，他们见了我直摇头，有人还劝说父母：“算了吧，这孩子不行了，快‘转生’吧！”

父亲狼嚎一声跳起来，一把将我抱在怀里，兔子般跑到30里外的商河医院。经诊断，得的是“吓惊风”，没有别的好办法，只能吃中草药，父亲就成了给我熬药的火夫。良药入口，把我的小命从死神手里夺了回来。因病情常常复发，父母终年都生活在为我以泪煎药的日子里。

到了和弟弟上中学的年龄。那年头，农民的日子就像盐碱地里的荒草，本来就少皮无毛，家财又早已被我的药罐熬干，哪里还有什么学费。

父亲整日整夜地坐在椅子上抽烟，满地是烟灰和浓痰，屋里到处弥漫着呛人的药味和烟味，他咳得越来越厉害，痰里竟夹杂着缕缕的血丝。

我和弟弟还是如期上了学。后来才知，那学费是父亲偷偷跑到岳桥卫生院卖了血给我们交上的。

一个深冬的早晨，父亲借了辆破自行车送我们姐弟俩去上学。刀子般的北风扯着棉花套子一样厚的雪花，毫不留情地欲将我们吞没。风雪怒吼，盖不住父亲的咳声，他穿着一身白花绽放的破棉衣，弯腰弓背蹬着那辆哗啦乱叫的破车。车把上挂着满满两布包鞋底样的玉米饼子，弟弟坐在车梁上缩成个雪团，我贴着父亲的背坐在车后，怀里抱着那只滚烫的药罐。车子一寸一寸地向前爬行，天地间白雪茫茫……

然而，苍天并没有因此而垂怜我们。

有一天晚上，我正沉醉在书中，忽听到“啪”的一声，有只冰凉的活物落进脖子里，伸手一抓，是只白肚皮吓死人的大壁虎。触电般，我的身子出溜在桌下，不省人事。醒来已是趴在父亲的背上，他正痛哭着疯跑，风箱似的咳着。我极力地想叫一声父亲，可怎么也叫不出声。当父亲把我背到10里外的卫生院时，一头栽倒在门前的台阶上。

这次我得了惊吓性半身不遂。天天在床上接受针灸、吃草药，一躺半年多才渐渐康复。望着父亲为我熬药的背影，常常想：父亲肯定是苍天专门派来呵护我的，要不为何危难关头他都会神仙似的冒出来呢？

谁承想，因病高考落榜又一次摧毁了我，旧病复发。我躺在床上，大睁着双眼无声地流泪，拒绝吃药，意欲绝命而去。父母千呼万唤着我的名字：“妮啊，为了你爹娘的命，就吃上一口药吧……”声声揪心，就是太阳听了也会落泪的。

后来，我努力自学了养鸡、养兔的知识，办起了养鸡和养兔场。22岁那年我同一个刚刚大学毕业的同学订了婚。眼看着婚期越来越近，我的心情就像池塘里的荷花，开得一天比一天鲜亮。

谁知，父亲像丢了什么宝贝似的，常常躲在一边偷偷流泪。为我置办嫁妆，父亲去宅院里刨树，刨一锨土抹一把泪水，倒一棵树哭上一阵，锯一块木板拧一把鼻涕，木板干透打造成家具，可他的眼泪还没有干。为我煎药时也是泪水涟涟，滴滴清泉落进翻滚的药锅里，噗噗作响。

出嫁那天，迎亲的花轿吹吹打打来到门口，送嫁的乡亲堵满了庭院，还是不见父母的身影。唢呐吹了一遍又一遍，父母才从屋里弓身出门，他们的眼睛肿得像红桃。父亲的怀里抱着个红布包裹，一股药香扑面而来，是那只药罐。他们蹒跚来到近前，母亲搂着我直落泪，父亲抖动着杂有白丝的胡须，将红包裹颤颤递给我的丈夫，丈夫郑重地接过来紧紧抱在怀里。说来也怪，这只砂锅药罐伴我嫁给丈夫后，就再也没有用过。

前几天，父亲有病住院，医生建议中西药结合治疗。我又用这只药罐给父亲煎药，眼望着罐里的药沸腾翻滚，我一遍遍为父亲祈祷，将满腔深情一滴滴注进药罐。

我深知，人生百味，亲情入药，药效定会倍增，父亲的病很快就会好的。

感恩提示

gan en ti shi

我们可以对照着《药里有种成分叫父爱》来欣赏这篇《亲情入药》：同样是生病的孩子，同样是为孩子操碎心的父亲；同样是一种怪异的病症；同样因为无微不至的父爱而转危为安……这真的是一种神奇的力量！看一遍类似的故事，我们也许完全把它当成是故事，当成是人世间千里出一的例外。可当我们看到越来越多这样的故事，你又怎么能不相信，我们这个世界确实有这样的奇迹发生！“我一遍遍为父亲祈祷，将满腔深情一滴滴注进药罐。我深知，人生百味，亲情入药，药效定会倍增，父亲的病很快就会好的。”父爱可以入药，子女的爱又何尝不能呢？

（邵孤城）

突然，辅导员刘老师把我叫醒，她说，我父亲为了省15元的住宿费，竟然睡在外面的水泥乒乓球台上。

父　亲

◆文／张枫霞

虽然我是家里唯一的女孩，然而，父亲好像从来没有显出特别的喜欢来。等到上了初中，看到别人的父亲殷殷地关怀女儿，心里便有了比较，认为我这只知道春耕秋收的农民父亲不懂得什么叫“爱”。

小学和初中在父亲的不经意间过去了，上学和放学就像他出工和收工一样，只是顺其自然的事。他不关心我的学习亦如我不关心他的收成。学习和收成原本没有太大的联系。

可是，我考上了县一中，这就意味着父亲的大半年收成都得被我一个人吃掉。母亲望着已不年轻的父亲幽幽地说：“要不，别让妮子上了？”父亲脸上刀刻似的皱纹突然生动地一跳：“哪能！儿子娶媳妇花钱比妮子上学花钱多多了，咱们不能太偏心。”就为这一句话，我第一次被感动了。

在一个骄阳似火的夏日，父亲一头挑着我的行李，一头挑着一筐桃子送我去上学。我跟在父亲身后，望着颤悠悠的扁担和父亲那被扁担磨出老茧的双肩，我又一次被感动了。在心里默默发誓：不学出个样子来，无颜面对父亲。等翻过两座山，骄阳更加炽烈，找到一块小树阴劝父亲休息一会儿。我随手抓起两个桃子，还不及放到嘴里，便被父亲劈手夺去，他瞪我一眼说："这是卖的。有你吃的。"说着从他兜里掏出几个歪裂的小桃子，在衣服上蹭了蹭递给我："这不一样吃吗？"停了停又说："住校可不比家里，动一动就得花钱，饭可以吃差点儿，但一定得吃饱。星期天不要往回跑，家里也不指着你干活，钱和干粮我会给你送去的。"接着他自个笑了："没想到俺妮子还挺聪明，比你两个哥哥强多了。我寻思把桃园好好侍弄侍弄，兴许能挣几个钱，你要有本事啊，考个大学让爹光荣光荣。"这是父亲对我说得最多的一次，看得出他心里非常高兴。

到学校门口，父亲让我一个人进去，他则去卖那筐桃子。等到报到完去城里找他，父亲已经走了。我想，他肯定是饿着肚子走的，翻山越岭，还得走20里地啊！

3年高中，我真的很少回家。父亲总是隔三差五地给我送干粮和桃子，当然都是些歪七裂八卖不出去的小桃子。冬天天短，父亲每次来得起大早，见到我，往往是胡须上结了一层白霜，掏出母亲烙的白面饼，硬邦邦的全是冰凌茬。中午，我们爷俩把饼泡在开水里，就着父亲带来的咸菜，吃得有滋有味。夏日，父亲捎带着卖桃，20里的山路把父亲的脸膛晒成了酱紫色。赶到学校已近中午，我把早已晾好的白开水递过去，父亲一口气就喝一大缸子。父亲向来都是当天来当天走，3年里，他走了他原来几十年走过的路程。我对父亲的情和爱也在这3年里变得缠绵与圣洁。

3年后，我由县城读到了省城，甭说父亲的大半年收成，就是他的全部收成也难以应付我的高额学费了。父亲说："不要紧，先到处借借。不就是4年吗？我用6年时间，6年不行10年，赶我死之前咋也能把它还清。"我无言，我只是在心里对父亲说：我决不会让您用6年10年时间去还债，您就等着我慢慢地还您的债吧。

也和3年前一样，父亲挑着扁担送我去上学，所不同的是这天不是骄阳似火，而是阴雨霏霏。火车上父亲递给我的桃子又红又大，我倒有些不习惯，怪他过于奢侈。"你都成大学生了，吃个好桃子，配！"并且不停地催促我快吃。我双手捧着桃子，一口一口咽下去的却是父亲的心啊！

安排好住宿已经很晚了，我要送父亲到学校的招待所住下，他说什么也要自己去。他说他怕我回来找不到自个的宿舍，我知道，那样父亲一夜都不会安心。所以，也只好随他去了。下过雨后，气温骤然下降了许多，再加上一天的颠簸，我实在是太累了，躺在床上不一会儿就进入了甜蜜的梦乡。突然，辅导员刘老师把我叫醒，她说，我父亲为了省15元的住宿费，竟然睡在外面的水泥乒乓球台上。此刻，即使是铁石心肠的人也会被感动。我扑过去，抱住他，哭着求他："为了我，父亲，请您爱惜自己。"宿舍的7姐妹齐刷刷地站在身后，哽咽着说："就住在我们宿舍，我们可以两个人睡一张床。"

"可是你们是女生宿舍呀？"刘老师还很年轻，和其他人一样，眼里已经含满了泪水。"那又怕什么，他是父亲。"大家异口同声地说。

是啊！他是父亲，他是勤劳又拙朴的农民父亲。

感恩提示

gan en ti shi

父亲的收成和"我"的学习有什么关系呢？当然有关系。"我"考上了高中，"这就意味着父亲的大半年收成都得被'我'一个人吃掉"，可是父亲说"儿子娶媳妇花钱比妮子上学花钱多多了，咱们不能太偏心"，这是父亲第一次感动"我"；"我"考到了省城，"甭说父亲的大半年收成，就是他的全部收成也难以应付'我'的高额学费了"，父亲又说"不要紧，先到处借借。不就是4年吗？我用6年时间，6年不行10年，赶我死之前咋也能把它还清"，这是父亲第二次让"我"感动。父亲为"我"所做的一切不仅感动了"我"，也感动了"我"同寝室的姐妹，当她们得知父亲为了省钱而睡水泥乒乓球台时，她们的决定也是那么一致，理由只有一个，因为"他是父亲"！因为她们知道，孩子的优秀，是每一个父亲最好的收成。

(邵孤城)

我的好运与日俱增，父亲的健康却每况愈下，但直到因心脏病与世长辞，他的鲜花礼物从不曾间断过。

鲜花中的爱

◆文/[美]佳迪·库尔特　译/志　宏

父亲头一次送我鲜花是我9岁那年。那时，我参加了5个月的踢踏舞学习班，准备迎接一年一度的音乐会。作为新生合唱队的一员，我感到激动、兴奋，但我也知道，自己貌不出众，毫无动人之处。

真叫人大吃一惊，就在表演结束来到舞台边上时，我听见有人喊我的名字，而且往我怀里放了一束芬芳的长梗红玫瑰。我默默地望着那朵朵红得像滴血似的玫瑰，她们在一枝洁白的满天星衬托下，静静地绽放着独特的美丽和清香。我的脸儿通红通红的，注视着脚灯的另一边。那儿，我父母笑吟吟地望着我，使劲儿鼓掌。

一束束鲜花伴随着我跨过人生的一个个里程碑，而这些花是所有花中的第一束。

快到我16岁生日了。但这对我并不是一件值得快乐的事，我身材肥胖，没有男朋友。可是我好心的父母要给我办一个生日晚会，这给我的心情愈发增加了痛苦。当我走进餐厅时，桌上的生日蛋糕旁边有一大束鲜花，比以前任何一束都大。

我想躲起来。由于我没有男朋友送花，所以我父亲送了我这些花。16岁是迷人的，可我却想哭。我最要好的朋友弗丽在一边小声说："呃，有这样的好父亲，真运气！"我情不自禁地捧起了那一束玫瑰，整个身心都沉浸在那怡人的馥郁中，花香弥漫成一团透明的雾气，细细密密地浸润着我的心田。我真就哭了。

时光荏苒，父亲的鲜花陪伴着我的生日、音乐会、授奖仪式，毕业典礼。

大学毕业了，我将从事一项新的事业，并且马上就要做新娘了，父亲的鲜花标志着他的自豪，标志着我的成功。这些花带给我的不仅是欢乐和喜悦。父亲在感恩节送来艳丽的黄菊花，圣诞节送来茂盛的百合，生日送来鲜红的玫瑰。后来有一次父亲将四季鲜花扎成一束，祝贺我孩子的生日和我们搬进自己的新居。

我的好运与日俱增，父亲的健康却每况愈下，但直到因心脏病与世长辞，他的鲜花礼物从不曾间断过。终于有一天，父亲从我的生活中逝去了，我将我买的最大最红的一束玫瑰花放在他的灵柩上。

在以后的十几年里，我时常感到有一股力量催促我去买一大束花来装点客厅，然而我终于没去买。我想，这花再也没有过去的那种意义了。

感恩提示

gan en ti shi

父亲——男人的作用是由他的责任心决定的。能够负责任的、尽义务的父亲是真正的男人。父爱是生活中最坚强的后盾，我们曾因为伟岸的父爱而找到了支撑我们奋斗的力量与勇气。我们总习惯赋予玫瑰以特殊的意义，代表纯洁的爱情，象征伟大的友谊，可是在《鲜花中的爱》中，玫瑰是父亲的心，父亲用最美的玫瑰告诉女儿，“你很棒，你很出色，有很多人喜欢你……”父亲送给女儿的每一束玫瑰，都寄予了父亲对女儿深深的爱和鼓励。在父亲的一生中，送给女儿的玫瑰总是源源不断，可是当父亲永远离开了女儿，玫瑰的意义也同父亲一同离开了这个世界。不会再有这样的爱了，对女儿来说，再不会有这么漂亮的玫瑰了！

（邵孤城）

那晚回家后，满面愁云的父亲拿出那支伤痕累累的阿诗玛香烟，像品尝山珍海味似的有滋有味地抽起来——那是父亲为我点燃的一支人生尊严和希望的火炬！

永远的阿诗玛

◆文／魏　雷

1997 年，我的心情如那个夏天一样难耐——等待着毕业分配的消息，档案早就到了县里的人事部门,但就是不给安排工作。我每天只能失落无聊地苦等。

整日在田里劳作的父亲也是紧锁眉头,长吁短叹,背驼得更厉害了。

父亲请来村长做我的"思想工作"。品着父亲特意泡制的香茶,村长说:"啥事不讲请客送礼可不成,太高了咱买不起,太低了人家看不上眼。现在下岗的又多,咱这个县的经济又不怎么样,你这事恐怕不太好办哩。"一席话说得父亲一脸的伤感。为了安慰父亲,村长又说:"现在的事,啥都没个准,要不你亲自到县里去一趟,到'县衙门'里探个信,有枣没枣打一竿子再说。"

父亲用那杆大烟枪吸着劣质烟叶,一团团呛人的烟雾在小屋上空萦绕……临走时村长嘱咐父亲:"一定要买盒烟,那可是办事的敲门砖;你最好买包洋烟,别疏忽了……"

天不亮,父亲就上路了。我知道父亲不会骑自行车,再远的路都是步行,就连忙起身,敲开邻居家的门,借了一辆自行车一路追了上去。远远的我看见父亲蹒跚而行的身影,不时抽一口劣质烟,发出响亮的咳嗽声。

我悄悄到了父亲身边,父亲艰难地挺直了身子,在他抬头的一刹那,我突然意识到,快60岁的父亲,已经到了安享天年的年纪了!

父亲上了车,一路无语。我一口气骑到县委大院,还不到上班时间。父亲没有忘记村长的话。径直走到县委大院门口的商店,"请问同志,你们这里有啥烟卖?"售货员报账一样回答:"阿诗玛,万宝路,红塔山……"父亲又问:"最好的是哪种?"漂亮的售货员耷拉下眼皮懒得再回答,也许她认为像父亲这样的乡下人不是她服务的对象。

父亲迟疑一下,以为"阿诗玛"是个洋牌子,就忙取出一堆零钱,在售货员不屑的神色下买了一盒阿诗玛。他仔细地端详这盒精致的阿诗玛,宝贝似的反复玩赏,又自言自语道:"顶我半年的烟钱哪!"

终于到上班时间了,几个干部模样的人从小轿车里钻出来,满面笑容,不停寒暄着。等父亲知道哪个是主管分配的干部时,这位干部已被一些因为分配没落实来"打探"消息的人众星捧月地包围了。

我扶着自行车远远地看着,只见父亲谨慎地撕开香烟外面精美的包装纸,打开阿诗玛烟盒,小心地抽出一支,然后像乡村里招待贵客一样,热情地叫着"领导同志、领导同志"……

父亲随着人群前挤后拥,高高地举着一支阿诗玛香烟,脸上堆满了笑容。但是,那位干部显然厌倦了拥挤,要杀出重围,人群一下子乱了……父亲太瘦弱了,那支被他高举的阿诗玛香烟一下子掉了,被人踩来踩去。

我看见父亲急剧地咳嗽着弓下身去,拨开拥挤的人群去捡那支阿诗玛香烟,他的手在人群的脚下试探着穿行,不时地被踩一下……

那一幕,直到现在还定格在我心灵的深处,像一枚透明的刀片飞快划过我的心房,那刀片上除了滴着我伤心的血外,还闪耀着父爱的光芒。

父亲捡起那支面目全非的阿诗玛香烟,仔细地弹弹上面的灰尘,小心地放进烟盒里,刹那间,我的眼睛湿了……

那晚回家后,满面愁云的父亲拿出那支伤痕累累的阿诗玛香烟,像品尝山珍海味似的有滋有味地抽起来——那是父亲为我点燃的一支人生尊严和希望的火炬！

我暗暗发誓，以后再也不让父亲抽劣质烟叶。

那年，我虽没马上找到工作，然而父亲却让我学会了怎样直面生活——丢下学生般的清高，我开始为自己的工作奔波起来，最终凭借自己的实力在深圳找到一份收入不菲且发展前途不错的工作，渐渐地日子越过越好。

许多年过去了，在我成长的道路上，经历过无数风雨，有一些金子般的点点光芒，散落在我的心里，它们温暖地照耀着我；而那支阿诗玛香烟，始终是那些金子里最耀眼的一颗，至今仍令我感怀不已。

现在，每次回家，我都忘不了给父亲带些他认为是进口洋烟的阿诗玛香烟，更忘不了那个夏日的夜晚，父亲抽的是一支被踩得面目全非的阿诗玛香烟……

感恩提示

gan en ti shi

快60岁的父亲，已经到了安享天年的年纪了！可是父亲依然在为儿子的将来奔波着。父亲求人的遭遇，被儿子全看在眼里，对父亲来说，那是一种屈辱，对儿子来说，那同样是一种屈辱。没有谁愿意看着自己的亲人受到侮辱而无动于衷，文中的儿子也一样，在他看来，年迈的父亲所遭受的屈辱全是因为自己的不争气。与其在等待中接受别人的冷眼，倒不如勇敢地冲出去，杀出一条血路来。儿子最终成功了，当屈辱转化成一种前进的动力时，这种力量会是一种无往不胜的武器。珍惜磨难吧，就算是屈辱的过去，也会是让人奋进的催化剂！

（邵孤城）

父亲又喊住了我，抖抖索索从贴身的袋子里摸出了一个黑布包，全是叠得整整齐齐的一元、两元的零钱，塞到我手里。

我的瞎子父亲

◆文/雪 儿

父亲是先天瞎，13岁跟一个老瞎子学艺，后来独个儿闯江湖，坐在墙根底下给人算八字。碰上红白喜事，就抱着一把月琴过去，唱一些好词儿夸人。因为父亲能即景编词儿，每次拿的“红”都比别的瞎子多。

父亲23岁那年结了婚。母亲是个哑巴。据老人讲，母亲生得很漂亮。

1975年4月的一天，父亲去赶一趟结婚酒，拉着月琴正唱得欢，忽然一根琴丝"嘣"地断了，他沉默了一阵，"哇"的一声哭了。这一天，母亲上山砍柴，被毒蛇咬了，硬撑着回来，急着从祖母手里接过我喂奶，喂完奶，便一头栽倒在地上再没有起来。

母亲入葬后，父亲在坟前守了两天两夜。第二夜下半夜，村里人忽然听到急风骤雨般的月琴声和撕心裂肺般的哼唱声，原来是父亲在唱《悼菊儿》："菊儿呀你好狠心，为何留下我一人？瞎子我呀恨不能，陪着你进土坑……"菊儿是母亲的名字。

父亲一直待我如心头肉，但我7岁那年，却狠狠地打了我一顿。那一年，我死活不肯去读书。父亲火了，厉声叫我跪在地上，然后举着竹棍子没头没脑地朝我打。打累了，他将我搂在怀里，边哭边说："你也要像我讨一辈子饭呀？你身上一点儿也不缺，要做个堂堂正正的男子汉……"

因为这场打，我读书很认真，成绩不错，但这并未改变一些同学把我视为"另类"。

我实在忍不住了，一天放学的路上，我不知从哪里来的勇气，捡了一根木棍冲进了一群同学之中，狠狠地砸在一个孩子的脸上。

当晚，那家人冲到我家兴师问罪，平时胆小怕事的父亲变成了野兽，扬言要跟人家拼命。看到这个架势，对方悻悻然走了。我以为父亲会找我算账的、他没有，拉着我的手说："你做得没错！恶狗，你不给它一点儿颜色看，就会咬你……但是，有时候你可以绕道走的！"

我记住了父亲的话，从此之后，对待那几个同学，我远远地避开。就这样，我在一个孤独的环境中读完了小学、初中，考上了县城的高中。上了县城中学的我觉得那个整天抱着把月琴跑江湖的瞎子父亲，一下子成了我心中的耻辱！

高一第一学期的一天，我正在上课，忽然看见父亲正静静地倚在窗外栏杆上，出神地"看"着教室的方向。

教室里掠过一阵交头接耳声，显然不少人看到了父亲，我真希望地上突然裂开一个大洞，让他掉下去。我索性闭上了眼睛！突然听到老师叫我的名字，我抬起头，他刚从门外进来，很客气地对我说："你父亲找你！"

我抓着父亲的竹棍子快步逃到了一个避眼的地方。我几乎吼着对他说："你来干什么？"他一边卸那只蛇皮袋子，一边说："今天是你的生日，我来看看你……"说完像以前那样伸手在我脸上摸。我粗暴地推开他的手："摸什么摸呢？这是什么地方！"父亲笑着说："孩子都长大了，怕羞了！"他蹲下身子翻蛇皮袋子，翻出油炸红薯片、盐煮花生。

我无心听父亲的絮絮叨叨，几乎将他"推"出了校园。我正准备抽身跑，父亲又喊住了我，抖抖索索从贴身的袋子里摸出了一个黑布包，全是叠得整整齐齐的一元、两元的零钱，塞到我手里。我接过钱转身跑开了……

1992年6月，再有一个月我就要参加高考了，父亲死了。

父亲那天去赶一场酒，回来时天气突变，大雨引发了山洪，将距我家约5里远的一条山溪上的桥冲塌了，父亲一脚踩空了。尸体是第二天在20里外的河里发现的，手里还紧抓着那把月琴。

因为父亲猝死，我理所当然地辍学外出打工谋生。临走的前夜，我到父亲的坟前，将那把月琴烧给了他。我不在家的日子，他只好一个人自弹自唱了。

来深圳后我很少回家，祖母死时我回过一趟，父亲的坟快塌了，我重新填了一下土，立了一块碑。今年春节，我带着老婆孩子又回了一趟，因为孩子可以开口喊“爷爷”了。

感恩提示

gan en ti shi

“我”的父亲是瞎子，母亲是哑巴。所以“我”在学校里很少讲话，同学们都视“我”为“另类”。福无双至，祸不单行，母亲因上山砍柴，被毒蛇咬了，当母亲硬撑着回来给“我”喂完奶，母亲就去世了。“我”上高一的时候，在县城，有一天，“我”正在上课，忽然看见父亲就在窗外，拄着那棍子，背着个大蛇皮袋，老师对“我”说：“你爸爸找你有事！”原来，今天是“我”的生日，爸爸是来给“我”送生日礼物的。“我”不知道父亲是如何摸到学校来的，又将如何摸回去。然而就是这么伟大的一位父亲，却终因双目不见，在遭遇山洪时一脚踩空。“我”把父亲埋了，可父亲的形象却永远留在我们心中。

（邵孤城）

作为业已成功的人士，李艳红拥有了足够的淡然、平静、从容，可她的心底，始终不会忘记，是父亲，用半截牙签的温暖唤醒她，激励她……

半截牙签的温暖

◆文/蔡　成

出生于湖南平江的女孩李艳红长得胖，皮肤黑，她的左侧脖颈处还生着榆钱大的褐斑。

小时候，背地里有人喊她结巴，因为，她一说话就低头，吞吞吐吐。这不是天生的，是她胆子小又自卑造成的。

她父亲是部队的工程兵，参加了特区初期的建设。父亲退伍后留在了深圳，她和母亲、弟弟也随迁到了深圳。在特区，她家属于挺穷的那一小拨。父亲白天在公交公司上班，晚上帮着妻子在街口夜市卖油炸臭豆腐。

高中毕业后，她没能考上大学。她没去复读，一是因为家里的经济条件不允许，她还有个弟弟正读初中；二是她断定自己即便复读也没希望考上大学。

她找不到工作，严格说，是她根本不曾用到哪怕七分的努力去找工作。每每用人单位向她提问，她还没回答就吓得低头，然后扭头逃之夭夭。闲着的日子，在母亲的一再坚持下，她晚上帮着母亲去夜市卖臭豆腐。她从不主动开口张罗生意，笨手笨脚的，有次还撞倒了煤炉边的一桶油。而那桶油，恰恰是她忘了盖上瓶盖。油在地上乱跑一气的时候，母亲心疼不已又怒气冲冲地骂她："你这个废物，什么事也干不了，你死回家去吧！"

她真的用手捂住脸跑回家了。躺在床上，她哭了又哭，眼泪哭干后，开始胡思乱想。她想好了，她要好好洗个澡，穿上最漂亮的衣服，然后在脖子上捆根绳子，一了百了。

一切准备妥当，有人敲她的房门，有人喊她的名字。是父亲。

父亲看着她红肿的眼睛，安慰她："我批评你妈妈了，她说以后再不会骂你废物了……"

本来干涸的眼睛又涌出泪来了，她抽泣着说："我本来就是废物。"

父亲无言，在找不到更好的话来安慰她时，地上的半截牙签，让他眼前一亮。"孩子，你瞧这是什么？"父亲将半截牙签递到她的眼前。她知道那是牙签，断了，头尾都钝了，百无一用成了垃圾。

父亲见她没吱声，问："你冷不冷？"

这是夏末秋初的季节，天一点儿都不冷，可她觉得自己像掉在冰窟窿里。

父亲掏出裤兜里的打火机，点燃那半截牙签。父亲将弱小的昏黄的火焰送到了她的手边，她微微移动了自己的手……

"别小看这短小的、被践踏得脏兮兮的半截牙签，只要将它点燃，它仍能发出光和热，能温暖我们……孩子，世上没有废物，只要使用得当，不论什么东西总能派上或大或小的用场，总有某方面的价值显现出来。何况，我们是人，而不是百无一用的废物。"父亲递给她一本剪报，说："这是爸爸近些日子从报纸上剪下来的，你看看，或许对你有点儿益处。"

她随意翻看着剪贴本，一个女大学生放弃白领工作转而去捡卖废品的报道，使她为之一振……

她跑到废品回收站刺探了一下"情报"，然后鼓起勇气干起了收购废报纸的营生。她向众多住宅小区的信箱里塞传单，声称高价收购废报纸。她打听得很清楚了：上门收购废报纸的人给出的价钱是3角一斤，和其他废纸价钱不相上下；而废品站回收废报纸是6角一斤，造纸厂收购废报纸是8角一斤，惠州的砖瓦厂收购废报纸是1元一斤（烧窑时用于封窑门）……

她的电话从此响个不停，愈来愈多的人将报纸积攒下来，以5角一斤的"高价"卖给她。

接下来的发展出乎意料，她很快成了"报纸回收大王"，她很快成了众多造纸厂的"座上宾"，她很快展现出美丽自信的风姿……

现在，她就坐在我的眼前，用极其平静的语气讲述发生在她身上的故事。她真的很平静，好似曾经抬不起头来面对生活，曾经让自杀的念头占据脑海的不堪往事，与她毫无关系，而是她欣赏过的淡淡的水彩画图景。

但，我在李艳红宽阔明亮的总经理办公室的墙上，看到了一幅浮雕玻璃的巨大照片。照片上，一个老人侧身，微笑，右手捏着半截牙签。她向我介绍："这是我父亲……"我清楚了，作为业已成功的人士，李艳红拥有了足够的淡然、平静、从容，可她的心底，始终不会忘记，是父亲，用半截牙签的温暖唤醒她，激励她：世上没有绝对的废物，只要找到勇敢出击的突破口，谁都是可用之材。

感恩提示

gan en ti shi

有人和我们讲大道理，什么世界观，什么人生观，什么要勤奋努力，什么要乐于助人……林林总总五花八门，但我们天生抗拒这样的说教。这样的道理，我们其实也懂，也许换成我们来说，会比他们说得更好。《半截牙签的温暖》中的父亲，其实也是和女儿讲了一个颠扑不破的大道理：世上没有绝对的废物，只要找到勇敢出击的突破口，谁都是可用之材。女儿全听了进去，并且从此找到了人生的方向。不是这位父亲特别能说会道，只是因为父亲太了解女儿了，他知道在给女儿讲道理的同时，要用父爱将这个道理充分滋润。有爱的大道理，谁都愿意听进去。

（邵孤城）

父爱从来是不求回报的，父亲对孩子，永远是付出的比得到的更多。不妨做做自我批评吧，对待我们的父亲，我们有做到足够好了吗？

父亲节的鲜花

◆文/金　鑫

那一天，参加一个集体宴会。一个长得很帅气的小男孩，转到我面前，扬着手中的一束花花草草，很兴奋的样子。这个调皮的小家伙，在一排花篮上抽抽取取，制作了一束鲜花。我逗他："给我吧。"他立刻紧张起来，将花别到身后，一口回绝："不行，这是给我爸爸的。""为什么要给你爸爸呢？"我问。他扬起小脸："明天是父亲节呀！"

哦，是父亲节。我当着众人的面夸奖他："真是个懂事的孩子。"不料，他又扬起小脸，很认真地问我："你给你爸爸准备礼物了吗？"这一问竟让我无法回答。因为，我还未曾想到过给我的父亲准备礼物。

孩子看出了我的窘相，抽出一枝康乃馨，放在我的手里，"喏，你把这花带给你的爸爸吧，他一定会很高兴的。”我接过花，看着他那张天真的笑脸，觉得这孩子是个有心人。

第二天早晨，是星期天，父亲来看我们了。父亲来，事先没有告诉我。他敲门的时候，我们还在梦乡中。看到父亲，我突然想起昨晚小男孩给我的花儿。那一枝花儿，我压根儿没有考虑带回来，顺手放在了饭桌上。我猜想，父亲知道今天是父亲节吗？

敲门声也唤醒了女儿，她揉揉眼睛，跳下床，来到我的跟前：“爸爸，把眼睛闭上。”我以为她要跟我撒娇，或者做捉迷藏的游戏，便佯装闭眼。她从枕头旁边拿出一个手工做的桃子，放到我的手上。待我睁开眼，她在房间里欢呼雀跃：“父亲节快乐，请爸爸吃桃子！”

父亲看着女儿，女儿看着我，我看着父亲，场面有些尴尬。父亲嘀咕了一句：“父亲节？”随即像明白了什么似的，一个劲儿地夸着女儿，真是个懂事的乖孩子，将她引到阳台上玩。父亲的举动，很明显是在帮我解围。这一天，毕竟是父亲节，可我连一件礼物都没有准备。想到这儿，我的表情有些不自然。

过了一会儿，父亲又走过来。在裤兜里摸了半天，摸出一个鼓鼓的信封来，摆在桌上：“听你母亲说，你们买房子缺钱，我们想办法凑了点儿，你收好了。”我坚持不要，父亲显得有点儿不高兴：“咱们父子之间谁跟谁呀。等你们日子过好后，再孝敬我们也是一样的嘛！”见我接下钱，父亲又开了口：“老家的杉木已成材，还有一些槐树楝树，都伐倒了，放在河里浸泡，等秋凉时，就能动手打几件家具了。我们也帮不上你们什么大忙，能帮多少算多少。”

没说几句话，父亲就要走。留他吃饭，他说：“家里正忙着插秧，你母亲叫我早去早回。”母亲前几天刚从我这儿返乡，一定是她与父亲商量好了的。父亲说走就走，临行前，他到我的书房里，试探着问：“能不能把你写的书给我几本，带回去给庄上的人翻翻？”

拿书的时候，我突然发现书橱上有两张票，便递到父亲手里。父亲很开心：“是戏票吗？等秧插完了，陪你母亲来，她喜欢看戏哩。”

父亲拿着书，又带着戏票，欢欢喜喜地走了。我手里捏着父亲送来的厚厚一沓钱，沉默了好一阵子。

感恩提示

gan en ti shi

一个有心的孩子用送给爸爸的一束鲜花让“我”知道了父亲节，可是，我却并没有因此而为自己的父亲准备一份父亲节的礼物。父亲节那天，女儿送给“我”一只手工做的桃子作为礼物，父亲看在眼里，还直夸孙女是个“懂事的乖孩子”——行文至此，“我”的形象已经层次分明，“我”的孝顺甚至及不上一个孩子。父亲并没有因为我的忽视而伤心，相反，善解人意的父亲还为因买房缺钱的儿子送来了他们最需要的东西，父亲说：“咱们父子之间谁跟谁呀。等你们日子过好后，再孝敬我们也是一样的嘛！”父爱从来是不求回报的，父亲对孩子，永远是付出的比得到的更多。不妨做做自我批评吧，对待我们的父亲，我们有做到足够好了吗？

（邵孤城）

井桶里吊着的何止是苹果？那是一个老父亲对女儿沉甸甸的爱啊。

吊在井桶里的苹果

◆文/紫色梅子

有一句话讲，女儿是父亲前世的情人。说的是做女儿的，特别亲父亲，而做父亲的，特别疼女儿。那讲的应该是女儿家小时候的事。

我小时，也亲父亲。不但亲，还瞎崇拜。把父亲当举世无双的英雄一样崇拜着。那个时候的口头禅是"我爸怎样怎样"。因拥有了那个爸，一下子就很了不得似的。

母亲还曾嫉妒过我对父亲的那种亲。一日，下雨，一家人坐着，父亲在修整二胡，母亲在纳鞋底。就闲聊到我长大后的事。母亲问，长大了有钱了买好东西给谁吃？我几乎不假思索脱口而出，给爸吃。母亲又问，那妈妈呢？我指着在一旁玩的小弟弟对母亲说，让他给你买去。哪知小弟弟是跟着我走的，也嚷着说要买给爸吃。母亲的脸就挂不住了，继而竟抹起泪来，说白养了我这个女儿。父亲在一边讪笑，说孩子懂啥。语气里却透着说不出的得意。

待得我真的长大了，却与父亲疏远了。每次回家，跟母亲有唠不完的家长里短，一些私密的话，也只愿跟母亲说。而跟父亲，却是三言两语就冷了场。他不善于表达，我亦不耐烦去问他什么。什么事情，问问母亲就可以了。

也有礼物带回，都是买给母亲的，衣服或者吃的，却少有父亲的。感觉上，父亲是不要装扮的，永远的一身灰色的或白色的衬衫，蓝色的裤子。偶尔有那么一次，我的学校里开运动会，每个老师发一件白色T恤。因我极少穿T恤，就挑一件男式的，本想给爱人穿的，但爱人嫌大，也不喜欢那质地。回母亲家时，我就随手把它塞进包里面，带给父亲。

我永远忘不了父亲接衣时的惊喜，那是猝然间遭遇的意外啊。他脸上先是惊愕，而后拿着衣的手开始颤抖，不知怎样摆弄了才好，傻笑半天才平静下来，问，怎么想到给爸买衣裳的？

原来父亲一直是落寞的啊，我们却忽略他太久太久。

这之后，父亲的话明显多起来，乐呵呵的，穿着我带给他的那件T恤。三天两头打电话给我，闲闲地说些话，然后好像是不经意地说一句，有空多回家看看啊。

暑假到来时，又接到父亲的电话，父亲在电话里很兴奋地说，家里的苹果树结很多苹果了，你最喜欢吃苹果的，回家吃吧，保你吃个够。我当时正接了一批杂志约稿在手上写，心不在焉地回他，好啊，有空我会回去的。父亲“哦”一声，兴奋的语调立即低了下去，是失望了。父亲说，那，记得早点回来啊。我“嗯啊”地答应着，把电话挂了。

一晃近半个月过去了，我完全忘了答应父亲回家的事。一日深夜，姐姐突然来电话。聊两句，姐姐问，爸说你回家的，怎么一直没回来？我问，有什么事吗？姐姐说，也没什么事，就是爸一直在等你回家吃苹果呢。我在电话里就笑了，我说爸也真是的，街上不是有苹果卖吗？姐姐说，那不一样，爸特地挑了几十个大苹果，留给你，怕坏掉，就用井桶吊着，天天放井里面给凉着呢。

心被什么猛地撞击了一下，只重复说，爸也真是的，就再也说不出其他话来。井桶里吊着的何止是苹果？那是一个老父亲对女儿沉甸甸的爱啊。

感恩提示

gan en ti shi

小时候家里没有冰箱，每年大热天的时候，父亲隔三差五就为我备上一个西瓜，吊在井中。只消吊半天，西瓜就因为井水的滋润而变得冰凉爽口，夏天，最惬意的事情，就是能够吃到“冰”镇西瓜了。读《吊在井桶里的苹果》，让我想起童年吊在井中的西瓜，那时也何曾想过，那是父亲沉甸甸的父爱呀！也许，真的是因为太过亲近而视而不见，我们固执得以为那只是再平凡再平凡不过的感情，可我们的固执，却不经意间伤害过父亲对自己的如山之爱！我们太过关注父爱的伟岸和崇高，却忘记了，即便是一颗吊在井中的苹果或者西瓜，也足够我们一生感念！

（邵孤城）

不管自己处境如何，都想着子女的安全；时刻有一种保护的冲动，以致忘记了自己才是一个需要保护的人。是的，这就是父亲——我们怎么能因此取笑父亲呢？

这就是父亲

◆文／云飘飘

清晨，住院的父亲对陪床的女儿说：“你昨晚睡得真香呀，比我睡得还死……”

这是第二夜。前一夜，60岁的父亲，突然嗜睡、意识模糊、行为怪异，老伴和女儿、女婿慌慌送他入院，大家取钱交钱、答医生问、办手续，乱作一团，他只不断地站起、坐下、喃喃自语……

折腾半晚，天明父亲醒来，只知大梦一场："我在医院？我怎么会在医院？"医生说他的病只是偶然、暂时的，检查的各方面指数也都正常，全家人才好歹能睡个安稳觉。

因此，女儿听了父亲的话，只笑笑，想：睡得沉些，也是应该的，没有应声。

过些日子，父亲病愈出院，有一次与女儿拉家常，说起病房的门：弹簧门，一开一启都无声无息，没有插销大概是不必要，白天黑夜，医生、护士川流不息，用脚一抵就开了。而病房的窗，当然也没有铁栅栏。

父亲说："我就怕有坏人进来，对你不利呀……"

所以，父亲方蒙头睡着，陡地惊醒，转脸看女儿和衣睡在相邻的病床上，斜扑着一动不动，心略略安了些，又闭了眼。睡意才来袭，父亲又猛地一醒，赶紧看一眼女儿……心一直提着放不下，醒醒睡睡，就这样折腾了一夜。

30 岁的女儿，看着此刻笑容慈祥的父亲，简直想不通：有坏人进来，他能怎么样？六十老者，才从死亡的悬崖上被拖回来，一整天就喝了几口粥。一只手上还插着针，涓滴不已，是生理盐水和氨基酸——有糖尿病，连葡萄糖都不能打。真遇歹徒，只怕他连呼救都难。他却还记得，要保护他的女儿。

女儿想笑，却扑扑地落了泪。她忽然懂得：这就是父亲。

感恩提示

gan en ti shi

父亲就是一把伞，一把永远遮挡在儿女头顶的保护伞！父亲就是一座山，一座永远站在儿女身后的大靠山！父亲也是一条河，"君住长江头，我住长江尾"，无论子女身在何方，他的甘霖依然滋润所有孩子的心头。父亲到底是什么？没有谁能够讲清楚。《这就是父亲》让我们看到了到底什么是父亲：不管自己处境如何，都想着子女的安全；时刻有一种保护的冲动，以致忘记了自己才是一个需要保护的人。是的，这就是父亲——我们怎么能因此取笑父亲呢？那种充盈于枝枝节节的父爱，虽然琐碎，但因真实而感人！

（邵孤城）

父亲已经离我远去了，继父就是我第二个父亲。小的时候，眷念父亲的汤水；以后，会在继父的疼爱中，继续过我的汤水一生。

汤水一生

◆文/梅 友

重回母亲的家，是这个冬日的一个下午。进了门，就听见继父在厨房里招呼："先坐下等一会儿，汤一会儿就好。”

长这么大了，就是喜欢冬日的那口汤。

以前父亲在世的时候，每到冬天，必定要从打工三季的单位辞职，从大老远的地方回到以前生活的那个村庄，美其名曰：回家过冬。在冬日的暖阳中，依偎在父亲身边，看他把红枣、老鸡洗净下锅，做一个嘴馋的孩子，等着汤儿飘香。那时候，几季的辛苦，满身的疲惫，都会在父亲的一口汤里飘散，远离。而这个时候的父亲，是孩子眼里最亲切、最和蔼的时候。

后来，父亲生病了。

住在医院里的父亲，在弥留之际叮嘱着母亲："我去了以后，要好好善待自己。这辈子跟我没过上什么好日子，以后找个好人，孩子们都长大了，给自己找个家吧。"

那年，我 20 岁。

听完父亲的话，我和母亲哭得撕心裂肺。父亲就在那个晚上走了。

如今，父亲已经走了 8 年，母亲也在我和弟弟的支持下，有了自己的家。母亲挑选继父的条件是宽厚的，只要人好，不管你有钱没钱，有权没权，什么都不重要，只求人家要善待我和弟弟，善待生活。母亲是幸运的，她挑到了继父。

这是个可以给人温暖的老头儿，虽然比母亲大了 10 岁。当初，母亲把他领回家让我和弟弟过目的时候，从他慈爱的眼光里，我读到了父爱。弟弟说，他没有其他的要求，只要他对母亲好。看着老人在弟弟面前唯唯诺诺地点头，我想，母亲总算是有个依靠了。母亲和继父在春天里，领着周围的亲戚朋友喝了喜酒，就算正式结婚了。

婚后，母亲和继父住在离我不远的地方。周六的时候，母亲总是有电话来，让我们过去坐坐，不知道是怎么了，虽然知道继父对母亲很好，但是就是那短短的一段距离，我却总不愿意过去。或许，继父就是和父亲不一样吧，人啊，不是最亲的，心里总有那么一些疙瘩。虽然有时候也想去看看母亲，但是，就是下不了那份决心，就是不愿意踏入母亲的家门。

住我隔壁的张大爷，是父亲一生的朋友。父亲在世时，还时常托付他照顾我们。那天晚上，大爷敲了我的门。

把张大爷让进了屋子，我有感觉，大爷要说些关于母亲的事。

果然，大爷说："我晨练的时候常碰到你母亲。"

我点点头："嗯。"

"她过得并不好。"

"啊？难道那老头儿对她不好？"

"不是，是你们对她不好。"

"我们？"我拒绝接受大爷的说法。

对于母亲，我能做的只有这些了。虽然知道继父是个好人，但是我和弟弟还是坚持母亲和他结婚的时候做了财产公证。母亲一生清贫，但是我们不想她下辈子看别人的脸色吃饭，公证完，我和弟弟在母亲的户头里存下了足够她吃后半辈子的钱。我和大爷说，我们能做的只有这些。大爷摇摇头："你们啊，要知道你母亲要的不是钱。她都这把年纪了，还能花多少钱呢？你们要常去看看她。还有，那老李头也是个好人，而且你母亲选择他的时候，也是征得了你们同意的，你们现在却连他家门也不愿意进。”

老李头儿就是我的继父。

我知道，这个老头儿会对我母亲好的，否则，我也不可能把母亲那么放心地交给他。

大爷慢慢地啜着我为他冲的茶，半晌才说：“老李头儿现在学了一手煲汤的好本领，你妈说，你喜欢喝你父亲煲的汤，老李头儿这把年纪了，硬把棋瘾给戒了，跑遍了书店，找来好几十本菜谱，天天对着研究呢。为的就是你们哪天能开恩，想起来的时候能去一回，能让你妈高兴。”

送走了张大爷，我来到孩子的小房间里。孩子才4岁，正在上幼儿园大班，这个时候，他还没睡。我把孩子抱在怀里，问他：“我们明天去看姥姥姥爷好吗？”孩子挣脱我的怀抱雀跃起来：“好啊，好啊，每天姥姥和姥爷都在幼儿园的窗户外边看我呢。”

“啊？”

“妈妈，我忘了告诉你，姥姥和姥爷每天都会在幼儿园的窗户外边看我们小朋友做游戏。我上回表演了‘小白兔白又白’，姥爷还夸我了呢。”

“那你怎么不告诉我？”

“我答应姥姥不告诉你的。你说了人要诚实，要遵守诺言。”

我有些想哭的冲动。抓起电话，打给母亲，告诉她我明天去看她和继父。母亲在那边半晌没作声，等了一会儿又连声地说好。我分明听见她那嗓子里有哽咽声。

带着孩子，穿越我那点儿卑微的心结，我敲响了母亲的门。看见我的刹那，母亲眼里有着惊喜，从我怀里接过孩子，忙对着厨房里的继父说：“老头子，我女儿来了。”

继父爽脆地应了一声：“先坐下一会儿，汤马上就好。”母亲的脸，笑成了朵玫瑰：“这老头儿，天天盼着你们能来呢。学着做汤好久了，就想你们能过来尝尝，可是你们就是不来。”

我笑着回答母亲：“这不是来了吗？以后会常来的，只要你们不嫌烦就可以了。”

继父已经从厨房里出来了：“怎么可能，盼你们来都盼不来呢，怎么会烦呢？只要你们来，我和你妈比什么都高兴。”

母亲忙着给孩子拿这拿那，兴奋地在房间里转进转出。我拉继父的手让他坐下，或许是第一次和我离这么近的距离，继父有点儿不习惯，老是用手去拢那缕花白的头发，我试着拢老人的肩头，想让他感觉一点儿温暖，一点儿家庭的气氛，老人的肩头在我的臂弯里有点儿僵硬。我说：“爸爸，以后我会常回来看你们的。”

继父说：“啊，好，好，好。”

气氛一时有点儿尴尬。或许老人还不习惯我会离他们的生活这么近。我忙说：“爸爸，我想喝你煲的汤。”

“好啊，好啊，我这就去给你们盛。”

看着继父起身离去，我在背影里分明看见了父亲的影子。

咕嘟咕嘟一口气喝完了继父盛来的汤水，抹抹嘴，告诉继父：“爸爸，我还想要一碗。"妈妈在一旁笑得开心,孩子在她的旁边已经玩得累了,睡着了。趁着继父去厨房的那一会儿,我告诉母亲:"妈,我会常来的,孩子您也可以接回家带。"

母亲说:"啊?我可以接孩子回家啊?"

"当然可以,只要你们不嫌他厌烦。"

母亲大声地对厨房里的继父说:"老头子,咱女儿说了,以后可以接孩子回家。"

继父又给我盛了一碗汤来。"那好啊,那好啊,那孩子就放在我们这儿吧。"

我一边喝汤,一边看着继父笑。

从母亲嫁给继父的那一刻起,我这是第一次踏进他们家门。看着这对快乐的老人,我想,或许我不是只爱那口汤吧,毕竟,父亲已经走了,而眼前的这位老人,却是能照顾我母亲一生的人。就单单为他肯为我煲一锅汤,我也会爱他和母亲。

父亲已经离我远去了,继父就是我第二个父亲。小的时候,眷念父亲的汤水;以后,会在继父的疼爱中,继续过我的汤水一生。我想,我是幸福的吧,包括我的母亲。

感恩提示

gan en ti shi

我们都在追寻人生路上的完美,可是上天并不会因为我们的美好期待而格外仁慈,天灾、人祸,如此等等的不幸还是会降临在有些人的身旁,面对这些不幸,我们唏嘘天妒良才,感慨造化弄人,可我们还是手足无措。但是,不管幸与不幸,什么样的一生不都是一生呢?在父亲的疼和爱中,"我"就是喜欢冬日里的那口汤,因为汤里的温暖,有父亲心口传递的爱。父亲不在了,"我"以为再感受不到汤水的温暖了,却意外中得到继父同样的爱。同样是一口汤,继父给的却是一种失而复得的幸福啊!"小的时候,眷念父亲的汤水;以后,会在继父的疼爱中,继续过我的汤水一生",这是一个幸福的人生!

(邵孤城)

麻糖,在女儿的眼里,一定不再是普通的吃食;因了父亲的爱,麻糖会成为世界上最珍贵的吃食!

父爱是我一生吃不完的麻糖

◆文/纸屑轻舞

父亲去了。这个世界上最爱我的人离我而去了。桌上放着父亲留给我的一包麻糖,这竟成了父亲的遗物!一看见麻糖,思绪就被牵到遥远的童年……

小时候，父亲在县城工作，我和母亲住在农村。父亲每次上县之前，总要问我："想吃什么，乖女儿，爸下次回来捎给你。"我每次总要麻糖，因为那段时间我最爱吃麻糖。捎的次数多了，父亲就说："你老是吃麻糖，吃不烦吗？"我说："不烦！不烦！"

随着年龄的增长，吃过的东西多了，也知道了有许多东西要比麻糖好吃得多，但父亲一直认为我最喜欢吃麻糖，所以便问也不问总是给我买些回来。有时候想对他说我想吃奶油蛋糕想吃巧克力等等，但一见父亲那得意的神情，我想说的话就跑得无影无踪了。我知道此时的父亲最想看到的是我狼吞虎咽的情景。就这样，麻糖伴我一天天、一年年长大了。

师范毕业后，我被分配到一所乡级中学教书。学校离家有 10 来里路，女孩家来回跑不方便，便住校了。父亲对女儿不放心，每隔几天都要去学校看我。家里包饺子，他自己顾不上吃，盛一饭盒，蹬上自行车给我送来，饺子送到学校，竟还没凉。当然，麻糖更没少送。父亲说他不能看见卖麻糖的，见了就想买，买了就马上给我送。我自己吃不了，就和同事一块吃，大家都羡慕我有个好父亲。

要结婚了，对象也是个教书的，家里很穷，还是独子。只有父亲支持我，父亲说关键是要人品好。父亲支持了，全家人便都不再坚持自己的意见。结婚后，我和丈夫感情很好，只是家里依然很穷。父亲背着哥嫂给我们买了彩电、洗衣机，被嫂嫂知道后大闹了一场，结果分了家。从此父亲和母亲孤零零地生活着。

后来我有了孩子，父亲来得更勤了。每次来的时候照例都要带麻糖的。那是给外孙女买的，其实也是给女儿买的。毕竟现在的生活比以前好多了，孩子吃了几回，就不吃了，而且还到处乱扔，对此，我一定要打她几下的。但孩子一哭，父亲便护她。从那以后，父亲来的时候，就注意多买了一些其他东西，麻糖却仍是必不可少。我们吃不完，使存放起来，一包一包摞着，像小山一样，我知道里面包含着父亲无穷无尽的爱。

偶然的一天，丈夫说："爸爸好些天没来了，你看，这小山变成丘陵了，你回去看看吧！"

我回到家，才知道父亲病了，病得很重。他为了不影响我的工作，竟一直瞒着我；而他的女儿也真傻，竟直到这天才想起去看看他，在她的心中，父亲永远是健康、魁梧、开朗、风趣，走路一阵风，吃饭一扫光的。

这一见竟成了我与父亲的最后一面！父亲此时已病入膏肓了。

没想到父亲临走时会单独把我叫到床前。他让我打开桌子上的抽屉，我打开一看，里面放着一包麻糖。父亲说："早就买好准备送去，却再也不能了。"啊，父亲！我强忍泪水收拾好麻糖，父亲又用手从怀里颤巍巍地拿出一个纸包，说："我死后，埋我时，又少不了要花钱的，我知道你手头紧，给你准备了 2000 块钱。"我的泪水再也忍不住决堤而泻，父亲，您让女儿无颜苟生啊。

父亲，您对我的爱是世上最厚重的爱了。拥有它，我就拥有了世上最伟大的一笔财富。尽管现在您去了，但这笔财富却足够我一生享用。

感恩提示

gan en ti shi

总有一个人将我们支撑，总有一种爱让我们心痛。这个人就是父亲，这种爱就是父爱。静静阅读完《父爱是我一生吃不完的麻糖》，我足足好几分钟无话可说，思绪一片空白，脑海里久久回响起父亲临终前对女儿说的那句话："我死后，埋我时，又少不了要花钱的，我知道你手头紧，给你准备了2000块钱。"我想再坚强的汉子也会因这句话动容落泪，那是一个怎样体贴入微的父亲啊！我知道，麻糖是一种很普通的吃食，普通到现在的孩子可以不以为然，可是，在父亲眼里，那就是女儿的最爱，这是一个支撑他不断为女儿送去麻糖最强大的理由，直到生命最后一刻亦不曾停止。麻糖，在女儿的眼里，一定不再是普通的吃食；因了父亲的爱，麻糖会成为世界上最珍贵的吃食！

（邵孤城）

第二辑

母爱是一剂药

母爱像晶莹的露水一样，清亮透明，无时无刻不照亮我们的心扉；母爱又如早春的鲜花，艳丽多姿，含苞待放地呵护着我们的躯体。每当我们的天空阴霾连连的时候，母爱便悄然而至，为我们排忧解难，拨云见日。

看着母亲风雨中坚强的背影，我的心震颤了。我会一辈子记住这个清晨的忠告。

清晨的忠告

◆文/单 逸

没有什么比母爱更深沉，更长久。然而，在我已经步入中年的一个清晨，母亲一席振聋发聩的忠告，又让我体会到没有什么比母爱更清醒。

3月的一个早上，窗外细雨如丝。嗜睡的我还在迷迷糊糊地睡着。“砰砰”一阵敲门声把我惊醒。“谁啊！”我嘟囔一声翻身想接着睡。“逸儿，逸儿！”不好，是妈来了。听着母亲叫我乳名，我心里突然紧张起来，一个骨碌爬起来开门。母亲住在乡下，这么一大早来，莫非家中出了什么事？

看母亲进得门来，我都有些呆了。母亲湿漉漉的脸十分苍白，裤管和鞋子沾了许多黄色的油菜花，细雨打湿了她的外衣。母亲去年刚刚因结肠癌动过手术，身体还没有完全恢复。我赶紧问：“妈，怎么啦，这么早赶来？怎么来的？”母亲一笑：“走来的呗，我和你爸心里有事，睡不着，4点钟就起床了。”

天哪，20多里地，孱弱的母亲就这么冒雨走来了。“什么要紧事儿？”我问。“你先上床，别冻着，我有话跟你说。”母亲关切中带着严肃。虽是春季，清明节前还是挺冷的。母亲一提醒，我趿拉着鞋，哆哆嗦嗦地上了床。妻子和孩子也惊醒了，一脸的惊讶。

“今天你们都在家，有件事我一直想问你们俩。”母亲随手挪过一张方凳在床边坐下：“你们买房花了多少钱？”妻笑着说：“10万多一点儿，妈别担心，我们还会像从前一样孝敬您二老。“不是这个意思，我虽有病，家里的地你爸还能种，不过你们花这么多钱买房，钱是从哪儿来的要跟我说清楚。”母亲用严厉且不容置疑的语调说。我连忙说：“原来存了6万多，借了2万贷款，又跟朋友借了一点儿……”我把明细账一一报给母亲。母亲松了口气：“放心了，我放心了！”可是我和妻还是摸不着头脑，因为我成家后一向开明的母亲从不过问经济账，相反总是在无偿地供给我们油、米、蛋等农产品。只见母亲从衣袋里掏出了一个布包，小心翼翼地一层层打开：“这里有2000元给你们，我的身体不行，本想留给你爸养老的，你们手头紧，拿着吧。”听母亲这么说，我和妻更以为出了什么事。母亲见媳妇泪光莹莹，赶紧说：“没什么事，昨晚看电视，不知哪个省的大官，好像是个省长吧，收了人家的钱给枪毙了，你们看没看？”我告诉母亲，那个人是江西省的副省长叫胡长清。母亲连忙接道：“对，对，是叫胡什么的，我和你爸看到姓胡的说对不起高堂老母这句话时都哭了，养个孩子不容易，养个有出息的孩子更不容易。官做到这么大，娘老子多风光，出这样的事不等于杀老娘啊。人一顺利就易张狂，我和你爸合计一宿，不放心你，今早特意来查查你的账。”母亲喘了一口气接着说：“你爸说你小时候忍饥挨饿读书才有了今天这份工作。你年轻，手里也有点儿小权。天狂有雨人狂有祸，千万不能忘本呀。今早来就这事儿。”

我和妻恍然大悟。一个副省长被处以极刑在一个普普通通农村妇女心中产生的冲击是我们始料不及的。

吃完早饭，母亲坚持要回乡下去。我准备用车送她，母亲却坚决不依：“我一个乡下老太婆坐啥车？两条腿就是车！”妻再三把钱退给她，母亲坚持不要，千叮咛万嘱咐，一定要记着，不能光宗耀祖也千千万万别给祖宗抹黑。

看着母亲风雨中坚强的背影，我的心震颤了。我会一辈子记住这个清晨的忠告。

感恩提示

gan en ti shi

妈妈的爱，有几斤；妈妈的爱，数不清。小时候，看着摔疼的孩子，妈妈的爱是疼惜的目光；长大了，面对不顾反对义无反顾离家出走的孩子，妈妈的爱是痛苦的眼泪；生病时，妈妈的爱是床头一只剥好了皮的橘子；受伤害时，妈妈的爱是陪伴在孩子身旁不离不弃的身影；遭遇挫折时，妈妈的爱是鼓励和支持！而《清晨的忠告》中的母爱，是一夜的无眠，是20多里地的风雨兼程，是不安和担忧，是那一声振聋发聩的忠告：天狂有雨人狂有祸，千万不能忘本呀！

（邵孤城）

我紧拥着母亲瘦弱的身子，望着母亲褶皱的面庞和混沌黯淡的双眼，泪水大滴大滴地滚落在母亲的身上。

手　　镯

◆文／曹德才

母亲有一副银手镯，是她3岁时早逝的外婆留下的唯一遗产。所以母亲向来十分珍爱，说它是信物，戴在手上能保富贵平安。可是，自从我出生，家中就因为天灾人祸，生活始终贫困不堪。也因此，在我永恒的记忆中，后来有许多故事都与母亲那副银手镯紧紧地连在了一起。

7岁那年，庄子上与我同龄的孩子都报名上学，我却因为缴不起学杂费而孤独地守在家中。

有一天下午，母亲破例从田里提前回家，一把把我抱到自己的腿上，一边用她那双粗糙而又温暖的手给我抹着眼泪，一边面有愧色地询问我："才仔，告诉娘，你是不是很想读书？"幼小的我只是一个劲地哭喊："我想上学，我也要去念书。"

母亲不住地点头，眼睛却渐渐地湿润了。这是我记忆中母亲第一次流泪。

当天晚上，母亲很快就帮我收拾上床，自己却同父亲小声耳语了几句一起外出了。次日，母亲很早就把我叫醒，点给我1块6毛钱的零票子，微笑着说："才仔，上学去吧！拿到书要好好学，给爹娘争口气。"我连忙伸手去接钱。忽然，我发现母亲左手上的银镯不见了，右手那只孤零零地摇摆着。母亲似乎发觉了什么，猛地收回双手。

此事一直在我心中蹊跷着，直到10岁这年，我才从父亲那里解开这个谜团。原来母亲左手上的银镯，是那天晚上为换回我第一笔学费卖给村子上一位银匠了。从此，我学习更加刻苦，每学期都要给母亲领回一张奖状。看到我这样懂事，母亲脸上过早出现的皱纹逐渐舒展开了。

随着时间流逝，我很快长大成人。后来我来到了北京，考入一所军队院校的新闻系。

临别这一天，村口挤满了前来送行的乡亲。整个小村都在沸腾着。庄子上出了第一个大学生，人们把最羡慕的目光都投向了母亲。临近登车时，母亲开始流泪了。不知什么时候，她悄悄塞给我一支精致的钢笔。这时我发现，母亲右手上的银镯也不见了。妹妹走过来，轻声地告诉我："两天前，娘就把它卖掉，托人给你买来这支笔。"

望着母亲挂着泪珠的微笑，我的眼睛模糊了。母亲掏出手绢，一边为我擦泪，一边小声地说："娘知道你爱看书。再说——想家了，就用这支笔多给娘写几封信。"

带着母亲的嘱托和厚望来到北京，我又拿起母亲给我的钢笔刻苦学习新闻写作知识。每当收到一笔稿费，我都小心地贮存着，准备攒足一笔钱买副手镯亲手给母亲戴上。

春节放假，我把从北京一家珠宝店精心购得的银手镯小心翼翼地包裹好，放进自己最贴身的内衣口袋中。我是怀着对母亲的强烈思念踏上归途的，在我模糊的视线里，母亲已经站到村口，伫立在凛冽的寒风中，挥动着她那满是厚茧的双手，向着我归来的方向眺望。我甚至已经憧憬到母亲接过我手镯时的情景，母亲的微笑和神情像看电影一样一幕一幕地飘动在我的眼前。蒙眬之中，我仿佛在对母亲说："娘，儿还给您一副新手镯，一副带着儿深厚敬意的银手镯。"

然而，美妙的幻觉很快就被无情的现实击得粉身碎骨。出现在我面前的母亲并没有伸出她那纤巧温暖的双手来迎接自己终日牵肠挂肚的儿子。母亲见到我甚至有点儿胆怯和颤抖。我赶紧取出手镯走向母亲——突然，我被眼前的一切惊呆了。母亲从长长的棉袖中伸出的双手已经残废了。

我的头如雷轰电击。两只手镯猝然跌落在坚硬的水泥地上，发出清冷悲凉的声响。

我愤怒了，我像狮子一样地吼叫："是谁把我娘弄成这个样子？是谁——"屋子里死一般的寂静。父亲憋足了劲，从长长的烟斗中深深地吸进一口气，烟雾在他的头顶很快就卷成了一个白色的团。全家人把目光同时投向了那个飘忽不定的烟圈，和烟圈下早已老泪纵横的父亲。

父亲开始用他的悲伤和叹息，向我解释着所发生的一切。原来，自从我走后，母亲思念我常夜不能眠，泪流不止。10月庄稼收获时，有一天母亲站在机口进玉米棒，因分心走神，双手不慎绞进了滚动的机轮中。事后，母亲一直坚持不让写信告诉我，说我学习训练正紧张，不能让我分心。

我紧拥着母亲瘦弱的身子，望着母亲褶皱的面庞和混沌黯淡的双眼，泪水大滴大滴地滚落在母亲的身上。

……

返回北京那天，送行的乡邻很快挤满屋子。我一步步从母亲床前走开，回望着母亲挂满泪珠的微笑和床柜上那副冷冷的银手镯……

感恩提示

gan en ti shi

那副手镯，是外婆留给母亲的唯一遗产，3岁丧母的母亲把这副手镯当做是想念外婆的唯一寄托，我们可以想像到，这副手镯，负担着如何沉重的思念和怀想。寂寞的时候，手镯是妈妈的守候；伤心的时候，手镯是妈妈的宽慰；高兴的时候，手镯是妈妈的分享……可是为了自己的孩子，母亲不得不变卖了这份珍贵的寄托，左手的手镯变成了孩子上学的第一份学费，右手的手镯变成了母亲送给考上大学的儿子的一份礼物——母亲能为孩子做的，就是用自己微薄的力量送他去一个更高更远的地方寻梦。虽然鄙陋，却也崇高。可是当追梦成功的儿子为母亲购得一副新手镯送给母亲时，母亲残废的双手撕碎了所有人的心。那是儿子一辈子的愧疚啊，就算母亲戴上了那副手镯，又怎能抵消那份愧疚呢？

（邵孤城）

那个人说："我和你母亲只有一面之缘，是你母亲发给你的，她是个伟大的母亲。"红的眼泪滚滚而下。

母亲的短信息

◆文/雪小禅

红和母亲是一对相依为命的母女。3岁那年父亲死于一场车祸，母亲怕红受委屈，一直没有再嫁。

周围的人都说红的母亲太不容易，一个女人带着个孩子，艰难程度可想而知，还好，红懂事，从小到大知道体谅母亲，母女俩搀扶着走了24年的人生。

苦日子好像终于熬到了头，幸福如约而至。红考上了大学，红分配很如意，红找了个男朋友也是名牌大学毕业的，而且特别爱红，一切让红的母亲感到特别的安慰，所有的付出有了回报。红第一个月的工资几乎全花在了母亲身上，那件毛衣，让母亲一个冬季感到温暖如春。

然而有一天，红苍白了、憔悴了，失去了往日的活力，就像一盆失去水分的花一样。红的母亲看在眼里急在心里，她知道这一切全是因为那个男孩儿，那个男孩儿找了个有地位的女孩子，两个人一起出国了；红失去了自己最爱的人，失恋了。

红变得沉默寡言，甚至很少和别人交流，母女俩吃饭时也是无声。女儿的悲欢就是她的悲欢，她知道那个男孩子没走时每天会给她发短信息，女儿总是偷偷地笑，而男孩儿走了以后，女儿就再也没笑过。

有一天红去上班，家里来了推销保险的，那人说了半天保险，然后手机就响了，“是有人给我发短信息。”那人说完，查看了一下就还跟她接着说，说买了保险有多好。红的母亲一句也没听进去，只是全神贯注地盯着他的手机。

过了好长时间，红的母亲鼓足勇气说：“你能给我发个短信息吗？”那人吃了一惊，哪有50岁的人还发什么短信息？

“给我女儿。”红的母亲解释说，“我女儿失恋了，我不知怎么样安慰她。”

那个人立刻特别感动，也许老人是不好意思去安慰女儿，也许她想让女儿重新变得快乐起来。

他给她发了短信息，上面写着：“快乐起来吧，世界上爱你的人还有很多，你还会找到新的爱情。”这是红的母亲这一生第一次发出的短信息，也是红收到的陌生的短信息。过了几天，红按照手机号打电话过去，“你怎么会知道我失恋了？”

那个人说：“我和你母亲只有一面之缘，是你母亲发给你的，她是个伟大的母亲。”红的眼泪滚滚而下。

感恩提示

gan en ti shi

儿女有什么事能逃过母亲的眼睛？一颦一笑，一举手一投足，都有母亲温暖的目光紧紧相随。孩子微笑，母亲便也阳光灿烂；孩子痛苦，母亲便也愁眉不展——母亲的所有表情是和孩子相关的，我常常会怀疑，母亲因为孩子，会忘记自己的感情。更何况是这样一对相依为命的母女呢？她们24年的感情互相依靠，就像大海离不开蓝天，就像庄稼离不开阳光，离了哪一个，她们的精彩会因此黯然失色。“快乐起来吧，世界上爱你的人还有很多，你还会找到新的爱情。”这是母亲发给女儿的短消息，其实母亲是告诉女儿，世上至少有母亲还在爱着你。爱人可以慢慢找，唯母亲只有一个！

（邵孤城）

经过一段时间的治疗，加上母亲寸步不离的陪护，舒仪终于清醒过来了。当她喊出第一声"妈"的时候，在场的人无不动容，医生说，这是奇迹，母亲是她最好的药。

母爱是一剂药

◆文/（台湾）罗　西

舒仪要远嫁到福州来，她的妈妈是极力反对的："上海这么大，为什么非要嫁到乡下去？"女儿大了，女儿有自己的想法，也应该有自己的感情生活了。但是，妈妈的态度仍然强硬。舒仪没有退路了，因为她不小心已经怀上了亲密爱人的孩子，她以为生米煮成熟饭，会让妈妈改变主意，给他们以祝福。但是，她错了，母亲有些不可理喻地勃然大怒："我最恨被人家要挟，你有种，就不要再回这个家，也不要认我这个妈！"

两年前的暮春，舒仪牵着丈夫的手，在上海浦东机场，他们办完了所有登机手续，但是舒仪仍执著地往安检门外张望着。她希望奇迹出现，那个奇迹就是妈妈的身影，她泪眼婆娑，心情复杂，广播里不断响起他俩的名字："请……到四号登机口登机！"

这一走，母女仿佛就成了陌路人。多少次，她打电话回上海家里，独居的妈妈总是不肯接。舒仪曾一度认为，极端的母爱才导致了如此的病态。可是，她并不知道，妈妈伤心的梦里，全是女儿幼时清脆的笑声。多少次，母亲一个人在家，也想给女儿反拨一个电话过来，但是，她最终都只拨了区号就停了下来。

母亲很早时候就与父亲离婚，所以，舒仪是妈妈一手带大的，可以说是相依为命。如今"身上掉下来的那块肉"已经不再属于妈妈了，她回忆起和女儿4岁时的一次对话，不禁会心一笑。

女儿问：妈妈，我是从哪里来的？

母亲答：你是妈妈身上掉下的一块肉啊。

女儿恍然大悟：难怪妈妈这么瘦！

屈指算着，女儿离开自己已经快800天了。去年7号台风前夕，母亲在中央台新闻联播后，又准时地坐在电视机前看天气预报。她每天都特别关注福州的天气，因为女儿在那里，她以这种特别的方式继续爱着女儿关注着女儿。

就在这时，电话铃响起来了，一看来电显示，还是福州的。今天已经三次拒接了，这次不知道为何母亲居然把话筒拿了起来。电话那头是女婿的声音："妈，舒仪生病了，你可不可以过来看一下……"母亲心一沉，几乎是撑着身体听完电话的。

第二天，母亲搭了第一班的飞机到了福州。机场，女婿接她的时候，她感叹一句："原来没有我想像的远。"当她获知女儿在家里而不是在医院里，她的犟脾气又来了："是不是你们骗我来的？"女婿只好坦白交代说，因为他和舒仪的女儿得了小儿肺炎不治夭折，都已经一个月了，舒仪还是没有从悲痛的心境里走出来。最近情况更是严重，丈夫她都不认识了……每次给她喂药，她都会极力地抗拒，有时甚至挥舞着菜刀，咆哮着：“你们都是凶手，想害我女儿，给我滚……”

听到这里，母亲老泪纵横，不停地喊着：“我的傻宝贝啊，我的傻宝贝……”当她步履蹒跚地跟着一行人刚进门，舒仪便举着刀迎了上来。危急之际，没有人敢上去，唯独60多岁的老母亲，佝偻向前，哭喊着舒仪的乳名，舒仪无神的眼睛似乎闪亮了一下，扔下菜刀，坐在地上喃喃自语……

接着，老母亲一口一口地小心喂着已年过30岁的舒仪。“真乖，再吃一口！”舒仪的母亲含泪声声地劝慰着，而舒仪则幸福如小宝宝地偎在她身旁，嬉皮笑脸的，那么轻松自在……

在场的人先是惊讶，之后都泪流满面。舒仪，她什么都忘了，唯一记得，只有母亲。

经过一段时间的治疗，加上母亲寸步不离的陪护，舒仪终于清醒过来了。当她喊出第一声“妈”的时候，在场的人无不动容，医生说，这是奇迹，母亲是她最好的药。

感恩提示

gan en ti shi

每个人都有一份与众不同的童年，童年的故事，伴着春天的野花一起开放，和着夏天的蝉声一起唱响，随秋天的红叶夺目，随冬日的暖阳耀眼，童年是人一生最纯粹的回味。当我们怀想童年的每一次冒险，每一次天真，每一次顽皮，每一次使坏，嘴角那一抹淡淡的微笑便足以证明，那是我们最留恋的时光，至今在我们内心深处挥之不去。当我们经历了人生沧海，世事浮沉，当我们的心灵不再像童年一样纯净，我们需要童年的故事为我们疗伤，只有母亲对我们的童年了如指掌，失意的时候，情绪低落的时候，悲伤的时候，失去了生活勇气的时候，听听母亲讲讲自己童年的故事吧，那是让我们重获新生最好的一剂药！

（邵孤城）

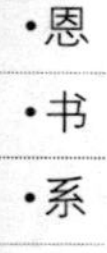

孩子是母亲身上的一块肉，从呱呱坠地的那一刻起，母亲停留在孩子身上的目光便再没斜视过；那小小的凸起，对母亲来说，20多年的注视，早像山一样横亘在母亲心头。

凸出的大拇指关节

◆文/王奋飞

母亲是一个农村妇女，斗大的字认不得几个，但我们几兄弟都先后考上了不同的大学。

毕业后，我进了电视台，干上了新闻这个行当。母亲很是高兴，从此也爱上了电视。父亲告诉我，每天一到新闻播出的时间，母亲总会拉着他，一起看新闻。尽管她听惯了闽南话的耳朵对普通话有很强的免疫力，听不懂新闻讲的是什么，但她仍然看得有滋有味，尤其是我采访的新闻。父亲总会告诉她，我到哪里去了，采访了什么。渐渐地，母亲认识的为数不多的几个汉字中又多了三个字——我的名字。

我自己几乎从来没有在电视上上过镜，一来担心带有地瓜腔的普通话会贻笑大方；二来担心自己的容貌对不起观众。不过经常有机会拿话筒采访别人，这个时候，母亲总能轻易地认出是我的手，只要我拿话筒的手出现在屏幕上，她总会兴奋地叫起我的小名。

为什么能认出我的手？母亲说，那是由于我的大拇指关节比平常人要凸出一点儿。

其实我家离电视台只有二三十公里路，但由于工作繁忙，我却很少回家，只能隔三差五地打个电话，而且只是三言两语。新闻成为父母亲了解他们儿子的重要渠道。有时看到我在烈日下采访，母亲会让父亲打电话给我，嘱咐我出门一定要戴帽子；有时一两天没有我采访的新闻播出，母亲就着急，直到在电话里听到我的声音才会安心。

于是每当手持话筒采访时，我总是尽量将大拇指高高地凸起，我知道母亲的眼睛在荧屏前注视着它。直到后来我换了一个女搭档，从此拍摄重任就落在我身上，连拿话筒的机会都很少了。时间一长，父亲来电话说，也不知道这一段时间我干了些什么。我这才想起很久没往家里打电话，想起母亲那双期待的眼睛，心里充满了愧疚。

一位朋友听我谈起这件事情，很是感动。他拿起我的手，仔细地看了半天说，奇怪，怎么看你的大拇指关节也不会比我的更凸出！

感恩提示

gan en ti shi

母亲天生了一双透视儿子一切的利眼，所有母亲不例外。母亲和外人滔滔不绝的，总是孩子，母亲可以具体到孩子的每一根头发，那些外人看不到的优点，母亲全看在眼里，这就是母亲。孩子在母亲眼里，他的每一个细节都重若千斤，她不会放过孩子每一个细微的动作，她关注孩子每一句淡淡的言谈，孩子伤到母亲的心了，母亲也会不悦，可不悦之后，依然是全身心关注着孩子的每一个细节。这就是母亲！就像别人怎么看也看不出凸出的大拇指关节，可却是母亲在茫茫人海中认领孩子的唯一标志。孩子是母亲身上的一块肉，从呱呱坠地的那一刻起，母亲停留在孩子身上的目光便再没斜视过；那小小的凸起，对母亲来说，20 多年的注视，早像山一样横亘在母亲心头。母亲眼里哪容得下一粒沙子啊！

（邵孤城）

这临走前，跟她吵上一架，不为别的，就是想让她气气我，她走了以后我好不那么想她呀，可能孩子也不那么想家了吧……

母爱的方式

◆文／王娟娟

明天就要回学校了。我手里收拾着行李，心里却惶恐得厉害。

也不知为什么，自从我去年离家上大学，每次放假临回学校那几天，我妈总会鸡蛋里挑骨头寸步不离地跟着我叨叨不休，进而和我大吵一架，直吵得我心乱如麻头晕眼花腰酸背痛腿抽筋。

妈今年也 40 岁了，难道是到了更年期？

唉，真不知道今天这场架到底什么时候吵，这可是最后一天呀。我可不奢望能逃掉这一劫！

我忐忑不安地吃过了晚饭。

“你看你碗里的汤，怎么不喝完？”

该来的还是来了。更年期的女人时常无缘无故发脾气且蛮不讲理，千万不能招惹。我已经领教一年了，今天可要学乖点儿。

“哦。”我看了看碗底那点儿汤，捧起碗一饮而尽。

“炒那么多菜也不吃完，天这么热放那儿明天又要坏，整天浪费粮食都不会学着节省……”

我立马抄起筷子吃了个盘底朝天。

“吃完了，我先睡了。”不给她再一次挑衅的机会，我嘴里咕哝着得意地朝我的小屋“奔去”。想跟我吵架，No way！

可躺在床上，想着我更年期中的妈和妈更年期中的行为，我心里难过得要命。迷迷糊糊正要入睡时，一个身影推门进来，是妈。半夜三更的，妈要做什么？我赶紧闭上眼睛，感觉到妈走到我床前，拾起被我蹬掉的被子给我盖上，又蹑手蹑脚地出去。

妈给我盖被子？我正沉浸在这一惊喜的发现中，隔壁卧室里传来爸爸的声音：她都19岁了。这么大个人，你还怕她照顾不好自己？你既然这么不放心她，又为什么每次都故意找茬跟她吵架，弄得自己和孩子心里都难受呢！

“你看出来了？”是妈紧张的声音。

“傻瓜都能看出来！”

我屏着气，竖起耳朵。只听妈妈长叹了一口气：“你不知道，每次她刚走我就开始想，想得抓耳挠腮睡不着觉。可能怎么办呢？又不能把她绑在自己身边。这临走前，跟她吵上一架，不为别的，就是想让她气气我，她走了以后我好不那么想她呀，可能孩子也不那么想家了吧……”

泪水从我的眼角一滴一滴地滚落，落在枕头上，打湿了枕巾……

第二天早上，在我离家去学校前，我故意找茬儿，跟妈大吵了一架。

感恩提示

gan en ti shi

娟娟是个调皮的女孩子，我一直这么认为，读她的好多文章，我都能从她的文字间看到她的俏皮和率真。看完《母爱的方式》，我突然明白娟娟总那么“调皮”的原因，她有一个多么“顽皮”的妈妈呀，大概这也是可以遗传的吧！在我忍俊不禁于娟妈妈特殊的母爱方式时，也陷入了沉思：世间母爱的方式是如此千姿百态！正因为爱得深，为了减轻思念的苦痛，才希望用这种特殊的方式去遗忘！可是又怎么可以遗忘呢？母女连心岂是小小的吵上一架可以轻易抹去，非但不能抹去，等明白过来，恐怕早已刻骨铭心！

（邵孤城）

妻端西瓜的手有些颤抖，而我也早已双眼模糊，整颗心被母亲细致入微的爱浸润得软软地发疼。

父亲的名字

◆文/胥加山

小时候，我们兄弟姐妹一到了上学的年龄，母亲总会缝制一个新书包，送我们入学。去学校报名的路上她又总是重复着对我们说："妈自小是渔船上长大的，那时家里太穷，没钱念书，妈不识字，是个睁眼瞎，你们上学要好好念书，可不能像妈一样大个字不识……"等我们上学后，每天晚上母亲都在昏暗的油灯下陪着我们写作业，若是我们因贪玩而误了作业，母亲常用一句话来激励我们——"养儿不念书，不如养口猪！"

渐渐我们识的字多了，不但能算账，而且还能写对联，母亲看在眼里，笑在心里。有时候，贴对联，母亲指着对联叫我们念给她听，我们念一句她也跟着说一句。每每那时，母亲脸上总挂满了微笑。

在大哥考到外地上学的时候，父亲也去了城市做杂工。一天，母亲略带羞涩地请已上小学五年级的我，教她学写三个字——"胥传如"(父亲的名字)。我问母亲为啥只学这三个字，母亲支吾了半天才说出原因。原来，母亲怕我们将来都外出上学，家中留她一人，邻居来借写有父亲名字的锅碗碟勺办喜、丧事，还锅碗碟勺时，怕认错别人家的(在我们苏北农村，家庭物件都写有家主的名字便于辨认)。经过几天的握笔，横竖组合，母亲终于能一笔一画地写出父亲的名字，母亲看着自己写的字激动得涨红了脸。母亲学会了写父亲的名字，作用可真不小：生产队会计叫母亲领工分钱，母亲一笔一画写上父亲的名字，惊得会计瞪大了眼；邮递员送来大哥寄回的挂号信，母亲一笔一画签上父亲的名字……

如今，我们一个个读书进城，有了工作，组成了新的小家庭。然而母亲却不愿在身体不能动之前进城，她在老家仍守着写有父亲名字的物什，守种着几亩田地。

去年麦收季节，我回家帮母亲抢收麦子。收完后，母亲把我带到了她种的棉花西瓜套种地，摘了三蛇皮口袋西瓜，边摘边说，放在这只袋里的西瓜先吃，放在那只袋里的西瓜后吃……我因急于回城，无心听母亲的叮咛，拎起包急急地去公路边拦车，母亲在后面用平板车推着三袋西瓜跟了来。

一到家，我急急地打开电脑，查看是否有文章发表，这时，听见妻在厨房里有点儿生气地嗔怪道："你怎么买这么多的半生不熟的西瓜回来？你遭人骗了！"妻说着，端着已切开的西瓜往我面前一送，看着淡红瓤白籽的西瓜，我一激灵，想起母亲的叮咛。

我急忙跑进厨房打开三只蛇皮口袋，发现每只袋里有一张白纸，白纸上分别弯弯扭扭写着“胥”“传”“如”，一下子，我怔住了——这不是母亲告诉我写有“胥”字袋的西瓜先吃么……

当我告诉妻西瓜是母亲种的，西瓜袋里父亲的名字真正用意时，妻却用疑惑的眼光看着我。面对妻疑惑的眼光，我立即从写有“胥”字的口袋里搬出一个西瓜，一刀下去，瓜“咔嚓”一声响，里面露出了醒目的红瓤黑籽……顿时，妻端西瓜的手有些颤抖，而我也早已双眼模糊，整颗心被母亲细致入微的爱浸润得软软地发疼。

感恩提示

gan en ti shi

大字不识一个的母亲，用自己勤劳的双手，将一个个孩子放飞进了城市。她不懂得读书的大道理，她只知道，“养儿不读书，不如养口猪”。她用孩子教会她写的“胥传如”三个字，领取父亲的工分，签收大哥的邮件，守着写有父亲名字的物件，守种着几亩田地，过着清贫的生活。母亲只认识这三个字，她能用文字传情运意的也就只有三个字，当儿子回乡，她仅能为儿子奉献的就是地里的西瓜。为了让儿子在相当长的时间里吃上西瓜，她摘下还未熟透的瓜，在三个蛇皮口袋上分别写上“胥传如”三个字，在母亲心里，就代表着哪些西瓜先吃，哪些西瓜后吃。读到这里，我们突然动容，三个字，字字是母亲的心，字字是母亲的爱啊！

（邵孤城）

村里人都向我一遍遍讲述母亲勇斗通缉犯的故事，他们都讲得眉飞色舞，我听后却一次次潸然落泪。

我的英雄母亲

◆文／桑阳子

我读大学的费用都是乡下的母亲挣来的，她向村里人收鸡蛋加工成茶叶蛋，然后挑到30里外镇上的车站摆小摊卖掉，每天能赚20多元。大三的一天，我在报上看到一则农妇勇斗通缉犯的报道，主人公竟与母亲同名，而且也在小镇上卖茶叶蛋。我不相信是母亲，母亲在我的记忆中瘦小柔弱，和人从不红脸，更不用说与人争斗了。可报上那人的一切与母亲是出奇地一致。等我放假回家，才得知报上说的就是母亲。

那是一个傍晚，母亲守着剩下的20多个鸡蛋独自待在空荡荡的路口，期望再卖出一些。这时，一辆白色的面包车嘎的一下停到了跟前，一个长相凶狠的男人从车窗探出头让母亲拿鸡蛋。母亲一看有生意，慌忙把鸡蛋递过去。没料想那人接过鸡蛋关上车窗就要走，母亲死死扒住窗户让他付钱，那人则凶狠地边推母亲边骂骂咧咧："你打听打听，我马老三什么时候买东西给过钱？"母亲与他讲理，与他同车坐在后面的一个人听得不耐烦了，打开车门一脚就将母亲踹倒在地。母亲重重地摔在地上，面包车扬长而去。母亲起身奋力追赶，可哪里追得上？白损失了 20 多个鸡蛋，母亲懊丧地回了家。

第二天，母亲向一起摆摊的人打听马老三其人，得知马老三原是镇上一霸，因为打架伤人被判刑，刚放出来不久。但他却不思悔改，又纠集了一伙赖皮在县城里胡混，偶尔也回镇上扰民，人们见了他躲都躲不及，没想却被母亲碰上了。人们纷纷劝母亲不要惹他，碰上只能认倒霉，以后躲着就是了。而母亲却说："善有善报，恶有恶报。"

这之后，母亲继续在车站卖她的茶叶蛋。每天她不论是否卖完，都要在车站等到傍晚，希望能再次见到那个马老三。一天，两天，一月，两月……母亲在 3 个月后的一个傍晚独自待在路口时，终于看见了那辆只见过一次却深深印在脑海中的白色面包车。母亲起身刚要开口，那辆车竟然停了下来。车窗打开后，果然是马老三又探出了头，马老三说："哥们儿，上次就是这个老太太，鸡蛋蛮好吃的，下去拿点儿。"母亲一看他们又要抢，本能地往后退，护住身后装鸡蛋的桶。可车后排一个看上去比马老三还凶狠、脸上有一道长长刀疤的年轻人早冲下车来，将母亲盛放鸡蛋的桶一把抓住，母亲上前与他争抢，被他一下子推倒了。就在刀疤脸提着桶打开车门时，母亲发怒了，她像一头发怒的狮子，猛地起来冲了过去，一把揪住了这个人，用力将他拉出了车外。刀疤脸不提防，被摔了个四脚朝天，顿时凶相毕露，爬起来后竟掏出一把刀子。母亲毫无惧色，抄起了挑鸡蛋的扁担。刀疤脸还没反应过来就被母亲一扁担打在了头上。看到哥们儿挨了打，马老三也跳下车来，过去一下就将母亲的扁担抢去折成了两段，又一拳将母亲打倒在地，对刀疤脸说了句"交给你处理"就上了车。刀疤脸狞笑着举刀走过来，就在刀刺向母亲的一刹那，母亲起身咬住了他握刀的手，刀疤脸痛得刀落在地上，对母亲拳脚相加。但母亲不论他怎么踢打就是死死咬住他的手腕不放。这时忽然一辆警车呼啸而至，原来是路边小店的好心人怕母亲出事报了警。由于刀疤脸被母亲死死咬住脱不了身，车上的马老三一看势头不妙，丢下同伙开车跑了。

警察将母亲和刀疤脸带到派出所进行问讯，了解情况后，决定对刀疤脸进行拘留。这时，一位细心的警察经过与电脑上的通缉令相对比，发现刀疤脸竟是一名网上追逃的通缉犯。原来，刀疤脸背着 3 条人命债从南方流窜到这里，与马老三臭味相投很快混在了一起。他还供出与马老三和其他一些同伙干的违法勾当。

就这样，年过半百、身体瘦弱的母亲成了小镇乃至全县有名的英雄，市里还评她为见义勇为先进个人。当记者去采访她，问她在被歹徒打伤的情况下还死死咬住歹徒不放的想法时，母亲只是简单地说："当时俺啥也没想，俺就想那些鸡蛋是俺儿几天的生活费，可不能让他们给白白糟蹋了。"

村里人都向我一遍遍讲述母亲勇斗通缉犯的故事，他们都讲得眉飞色舞，我听后却一次次潸然落泪。

“当时俺啥也没想,俺就想那些鸡蛋是俺儿几天的生活费,可不能让他们给白白糟蹋了。”因为心中对儿子的惦记,一位卖茶叶蛋的普通母亲,成了一位受人尊敬的英雄。正是她的奋不顾身,背负3条人命的杀人犯才在恢恢法网下现出原形。儿子看到报纸上报道的“农妇勇斗通缉犯”的故事,怎么也不相信这就是自己的母亲,直到回家才确认,儿子忍不住泪流满面。是的,母亲是冒着生命危险和歹徒殊死拼搏啊,而她当时想的,不是多么崇高的信念,不是多么伟大的正义,只是自己的儿子!是母爱给了这位平凡的母亲勇敢的力量,也是母爱成就了一位英雄的诞生!

(邵孤城)

我抓过那纸条展开看去,黄纸红字格外醒目:菩萨显显灵,母命换子命。

爱 祈 祷

◆文/李燕翔

几天来吃饭时喉部常常有火辣辣的痛感。在母亲的反复催促下,妻子陪我在街道卫生所里做了一次检查。检查结果让我目瞪口呆,医生称我患上了致命的“喉癌”。当时我眼前一黑,万念俱灰。神情恍恍惚惚地回到家,强打精神对母亲称没有什么大事。在判处死刑缓期执行的日子里,我躺在床上靠数屋顶的椽子打发日子。

尽管我把病情对母亲守口如瓶,可时间不长母亲还是知道了真相。年近八旬的老母亲抱着我哭哑了嗓子……唉,眼看着白发人要送黑发人了。

从那以后,每天晚上母亲都跪在她供奉的菩萨面前为我祈祷。见此,我滴血的心头像撒了把盐。那天,我躺在床上发呆,两眼红肿的妻子来到床前,吞吞吐吐地对我讲母亲这几天不吃不喝好像患病了。我一听就急了,来到母亲面前提出要陪她去医院看病。她听后连连摆手拒绝。我明白,她不忍再给已负债累累的家庭增加经济负担。夜里,我含泪向妻子提出了陪母亲去市医院看病,有生之年再尽最后一次孝的要求,妻子含泪点头。第二天早晨,妻子谎称去市医院给我看病,想让母亲陪着一块儿去,母亲果然中计。到医院后,怕母亲看出什么破绽,我硬着头皮先做了一次检查,才哄着母亲做了一次细致的体检。

下午检查结果都出来了，我抓过来一看惊呆了：我患的是咽炎而不是喉癌，母亲却患有胃癌。母亲知道化验结果后，跪在医院的院子里老泪横流："谢谢菩萨成全……"见母亲在地上长跪不起，妻子抽泣着对我说："自从你病后，妈每天晚上都向菩萨祈祷，把你的病转到她身上……"她从口袋里掏出一把黄纸条："你看这些都是母亲让我写好供她焚烧的。"我抓过那纸条展开看去，黄纸红字格外醒目：菩萨显显灵，母命换子命。

感恩提示

gan en ti shi

声声祈祷中流出的是浓浓的真情，浓得让天地动容，浓得让万物垂泪；这一份情又是那样沉，沉得没法来计算，没法来回报。人在旅途，世事无常，小说中的"我"正值中年，却被查出得了喉癌，而母亲面对自己得了胃癌的检查结果，却出奇地高兴，没有一丝的畏惧和半点儿难过。她长跪不起，虔诚地感谢上天，让她的祈祷变成了现实。作者用精巧的构思和质朴的语言为我们谱写了一首爱的颂歌，虽然文中的情节不免给人一种巧合的感觉，但也不得不佩服作者精巧的构思，把故事放在一个特定的环境下，将医院对"我"的误诊和母亲的患病安排在一起，让真情来演绎，朴素的文字后面有着一颗炽热的心。让读者感觉文中所表达的真情荡气回肠，经久不息，令人慨叹。

（邵孤城）

母亲的包裹可以是一面镜子，照出了我的卑微，也照出了母亲那颗高洁的心。

母亲的包裹

◆文/未　青

在我来苏州工作以前，母亲是不会寄包裹的，也没有寄过包裹。有一年的春节，在新加坡定居的姨妈寄来当地的时令水果。母亲拿到包裹后，首先看到包装盒上的邮资25美元，这是一个她无论如何也接受不了的数字。母亲一边嘟哝着豆腐变成肉价格，一边心疼着姨妈花去的钱。我吃着那些形状古怪，色彩绚丽的热带水果，心里嘀咕着：母亲未免显得太小气了吧。

去年夏天，从学校毕业，我离开家来到了苏州，8月的天气，潮湿闷热。到用人单位报到，找房子，搬行李……一大堆的事接踵而来。对饮食的不习惯和初来对环境的不适应使我开始觉得浑身不舒服，躺在床上，头晕目眩，四肢乏力。晚上母亲打来电话，问到一日三餐的事，我抱怨苏州的菜太甜，无意间流露出想吃母亲做的泡菜。没想到过了几天，我收到了从家里寄来的包裹。寄件人一栏是母亲规规矩矩的名字，我甚至能想像得到母亲第一次寄包裹写下自己姓名时那种神圣而虔诚的样子。打开包裹，盒子中间是结结实实装满泡菜的瓶子，瓶子的四周被细心地塞满小块的棉花。当我几乎是等不到粥冷，就着泡菜一口气喝下第三碗粥时，我顿时发现全身通达舒畅，五脏六腑和谐熨帖，真是说不出来的惬意。原来母亲的包裹可以是一剂良药，一服下去，药到病除。

第二次接到母亲的包裹是10月的某一天，早上路过传达室，看门的老头叫住了我并递过来一个包裹。当一件鲜红的毛衣抖落在我的面前时，我才恍然大悟：今天是我24岁的生日。毛衣里还飘出了一张夹在里面的信纸。母亲问我最近怎么样，是不是工作很忙，也不给家里打电话。直到此时，我才发现自己对母亲的关爱是多么的疏忽，那些为不能打电话回家而找的借口是多么荒唐可笑。母亲的包裹可以是一面镜子，照出了我的卑微，也照出了母亲那颗高洁的心。

过年，我因为单位值班不能回家。母亲寄来好多我最爱吃的牛肉干，没想到大受欢迎，被同事们一抢而空。打电话告诉母亲，电话那头的她满心欢喜，说再寄来。果不其然，几天后，又是一个沉甸甸的包裹放在了我的办公桌上。

前两天打电话回家，母亲的腰椎病又犯了，我说买点儿药寄回家，母亲突然又变得唠叨和固执起来，说寄费太贵省点儿钱——世界上有一种爱永远只求给予，不求回报，那就是母爱。

感恩提示

gan en ti shi

读完《母亲的包裹》，我的眼前仿佛出现了那个老母亲，牵挂着远在异乡的儿子，抖索的双手合在胸前，想念的泪水爬过千山万壑，也流进每个人的心房。她唯一能做的就是，用包裹寄去自己的想念，让异乡的儿子感受母爱的温情。世界上能用来形容母亲的词真不多，伟大、崇高，或许都不够吧。母亲十月怀胎孕育我们，一阵阵剧痛生下我们，含辛茹苦抚养我们，提心吊胆牵挂我们，世界上有一种爱永远只求给予，不求回报，那就是母爱！子女幸福健康，是母亲所要的唯一回报。让我们也闭上双眼祈祷吧：愿天下父母都平安！

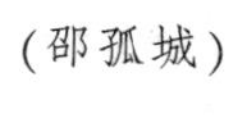

（邵孤城）

从小到大，我和母亲没有照过相，相片上母亲笑得很甜，甚至有点儿发傻，她穿着我给她买的红裙子。我的手，被母亲的手紧紧地握着，即使是照相，她也生怕一撒手，这个女儿又不是她的了。

我一辈子没叫过几次妈的女人

◆文/雪小禅

我一直不喜欢我的母亲。

从小写作文，写到《我的母亲》我便不知要写什么，总是交不上作业。我喜欢我的父亲，我的记忆，一直是和父亲联系在一起的，父亲送我上学接我回家，父亲带我去他单位玩，那时我的母亲在做什么？打麻将，或者和邻居那些老女人们说是道非。

所有写母亲的文章全不能打动我，因为我没有那种体会。

母亲在我眼中的形象是很让人难堪的：文化不高，说话嗓门很大，并且常常会骂一些脏字出来。她不懂得疼人，我和哥哥全是跟着父亲长大的。她吸烟，一天要一包；她赌博，和男人一起吆五喝六。我常常疑心她的性别是生错了，因为从小到大，她极少做饭给我们吃，很晚了，她才会吸着烟从牌场上回来。

我十五六岁时，她开始做生意，和她打交道的全是男人，她的生意越做越大，家里乱七八糟的人越来越多，全是些粗糙的男女，一屋子的烟和脏话，我冷冷地看着她，自己躲到自己小屋去，用棉花堵上耳朵。

那时哥哥已经去上海上大学，他写信来说：妹妹，来上海找哥吧，以后，咱们再把爸爸接出来。我明白，哥哥亦是不喜欢母亲的。

我和哥哥，是在母亲和父亲的争吵中过完了童年和少年，我很少叫她一声妈，在我心里，妈这个字，她是不配的。尽管我们花着她的钱。

父亲那时已经下岗了，在家为我们做饭洗衣服，我们家的秩序全倒了过来，我冷着一张脸不理母亲的时候，父亲总是说：“你妈她也不容易。”我不理，我讨厌她戴那么多金戒指，讨厌她和男人打牌，讨厌她总是没完没了地抽烟，她没有一点儿传统女子应该有的美德和贤良，我的父亲，是如何与她把青春耗完了的呢？如果他们离婚，我会比谁都高兴。

18岁，我上大学走了，去了离家最远的昆明，有一种小鸟飞出笼子的感觉。我只给父亲打电话，偶尔母亲把电话接过去，我会说：“啊，没事了。”对面也是尴尬一声，然后轻轻挂断。

我终于不再看那满屋子的烟尘和听那不堪入耳的脏话了。

大二的时候我回了一次家，母亲和哥打了起来，哥要娶一个没有工作的女子，母亲坚决反对，哥说：“我喜欢她，她温柔善良体贴，我从小缺少的就是这些，她这一点，绝对比你强。”

母亲看了哥一眼，然后说，“我就是不同意，除非你不认我这个妈。”

哥果然离家出去了，带着那个女人走了。母亲又开始吸烟，一支接一支，她胖了黑了，买卖不如以前好做，有人骗了她好几次，她还是相信别人，结果赔了好多。

那时我支持我哥，我觉得我哥的选择是对的。不久，我哥结婚了，再不久，那个女孩子居然嫌我哥没钱，然后跟一个有钱男人跑掉了。

是母亲把哥领回了家，这些，是我后来知道的。

大学毕业我留在北京，离家不近不远，那时我谈了恋爱，是很老实的男子，我没和他说过母亲，我怕因了母亲他不喜欢我了。

第一次把他带回家，母亲却欣喜得什么似的，上街买了好多菜，并且亲自下了厨房，二十几年来，这几乎是第一次。

菜烧得很难吃，但母亲一直看着我的男友夸我：我们家妮是个好女孩子，你一定要好好地待她啊。

我没有领情，觉得那是自己的事。母亲把菜一直往男友的碗里夹，几乎有些讨好。我讶异于母亲的表现，我总怕母亲和往常一样大大咧咧地去打牌抽烟，男友会看不起我的，但那天她一直很少说话，就那么笑着看我和男友。

男友说：“伯母这人真好。”

我没有吭气，男友就说，你出去的时候伯母说，以前，她对你关心不够，让你吃了不少苦，以后，要加倍地补回来。

我心里一热，还是没说什么，我对他说：“我们家的事，你少管吧。”

一年后我结婚，回家时母亲用两万块钱给我买了一条项链，上面有我的名字，她没说什么，只是给我戴上时手有点儿抖动，她的嘴里有浓浓的烟味，我偏了一下头，她说：“以后，我不抽烟了。”

那时她更胖了，血压也高，买卖彻底完了，守着老本过日子，那些红男绿女很少来找她了。她依然打牌，只不过是和六七十岁的老太太打打，输多赢少，但我走的时候，她硬塞给我一万块钱，说北京消费高，让我别舍不得花钱。

上了车，我的眼泪才落下来。26年我第一次掉眼泪，并不是为母亲给了我一万块钱，而是因为我发现母亲老了，我发现和她之间原本是血脉相连永难割舍。在工作最难的时候我也曾选择过吸烟，在和老总吵得翻天覆地时我也骂过脏话，而且我根本不想要孩子，我怕他是个累赘。

发现自己越来越像母亲时我吓了一跳，为什么命运会这样？不过是她没有多少文化，只上到初二而已，我读到了研究生，那些钱还全是母亲供给的，如果她不去和男人一样挣钱，如果她也和父亲一样懦弱，我和哥哥怎么可能读到大学？

再一年我怀孕，母亲带着两只老母鸡和半口袋小米来了北京，我没好气地说：“谁让你带些东西来？北京什么样的鸡没有啊？”她抹了一把汗说：“以前妈没伺候好你，就让我伺候伺候小外孙吧。”

我执意要把孩子打掉，母亲和我大吵了起来，最后，她赢了。

27年来，我第一次和母亲睡在一张床上，她鼾声很大，厚厚的脊背，不时说着梦话，我发现，我对母亲了解真的太少了。

生孩子时我大出血，我的母亲，她给医生跪下说：“求求你救救我的女儿！”我的母亲为了我给大夫跪下来了，一边跪一边哭，这是后来老公告诉我的，我听了去问母亲，母亲说，“哪有的事？女人膝下也有黄金的。”但做了一辈子女强人的母亲为了自己的女儿跪了下来。

她给我带孩子带得乱七八糟，煮饭煮得半生不熟，尿布洗得不干净，看到自己做不好事她就像个做错事的孩子一样，站在边上说：“你看看，我这些事都做不好，不如，请个保姆吧，我出钱。”

那时她基本上没什么钱了，可是她还要出钱为我请保姆，我看着这个已经老了的女人，看着这个我一辈子没叫过几次妈的女人，忽然眼泪就下来了。她说你哭什么？月子里哭是要瞎眼睛的，这是你姥姥说的，我做不好会学嘛。我哭得更厉害了，叫着，“妈，妈！”

她背过脸去大嗓门地嚷着：“这排骨是红烧还是清炖好？”

母亲60岁生日那天，我和母亲上街照了一张相，那是我们母女第一次在一起照相。从小到大，我和母亲没有照过相，相片上母亲笑得很甜，甚至有点儿发傻，她穿着我给她买的红裙子。我的手，被母亲的手紧紧地握着，即使是照相，她也生怕一撒手，这个女儿又不是她的了。

在照片的背后我写道：我和我妈。

感恩提示

gan en ti shi

都说，女强人的背后其实是一个软弱的男人，不然，天下哪个女人不愿意当个小鸟依人的贤妻良母，偏偏选择像男人一样去战斗。女强人的家庭总给人不和谐的感觉，就像这篇作品中母亲在女儿眼中不堪的形象：文化不高，说话带脏字，不懂得疼人，吸烟，赌博……女儿从小就没认同过母亲的身份。可是，再要强的女人也还是水做的，她也需要有一份亲情来滋润疲惫的心，为了得到子女的认同，母亲戒掉过去的陋习，并尽一切可能补偿给孩子们足够的母爱。在女儿生死存亡之际，要强的她甚至不惜放弃自尊给医生下跪……在母亲60岁生日那天，母女合了影，女儿在照片后面写下：我和妈妈！生命划过60个年轮的母亲，终于在女儿眼里成了一个真正的妈妈！

（邵孤城）

母亲微笑着说："孩子，我知道你一直在偷吃。每次干完活我都留下一把花生给你，就是怕你在干活中偷吃的那些没吃饱啊！"

最后一把花生

◆文/佚 名

他小时候家里很穷，父亲外出找活干一去便没了音信，家中只有母亲和多病的祖母。赖以生存的就是那块花生地，虽然每年的产量还不够填饱肚子，可母亲却侍弄得很精心。

每年种花生的季节，母亲都带他去地里干活。虽然他只有7岁，却已经干得像模像样了。那时正闹自然灾害，他几乎每天都处于饥饿状态。所以种花生时他常常偷偷地吃上几粒，因为花生对于饥饿的孩子来说诱惑太大了。那天在地里干完活，母亲走过来把一把花生送到他手里，说："这是剩下的，你吃了吧！"他兴奋地几口便吃光了，他心里明白，母亲这么做是为了让他在种花生时不再偷吃。可虽然每天干完活都会有一把花生剩下，他却仍然在种的时候偷偷地吃上一些。他无法控制自己，甚至希望这些活多干上几天。从那以后，每年种花生时他都会得到母亲留给他的花生，在记忆中，那是他吃得最饱的一段日子。

后来，随着年龄的增长，家境也渐渐好转，他常常后悔当初对母亲的欺骗，心中不停地谴责自己。终于，在母亲弥留之际，他流着泪对母亲说出了心中的悔恨。母亲微笑着说："孩子，我知道你一直在偷吃。每次干完活我都留下一把花生给你，就是怕你在干活中偷吃的那些没吃饱啊！"他终于不加控制地痛哭失声，在场的人也无不动容！

那深沉得直指人心的母爱啊！

感恩提示

gan en ti shi

苦难可以催生无坚不摧的力量，同样，苦难也可以孕育丰润饱满的感情。都说，穷人的孩子早当家，其实哪里是早当家呀，不过是体恤父母，知道分担而已，全是和父母之间一个沉甸甸的"情"字在催化啊！相比杳无音讯的父亲，母亲的不离不弃尤显可贵，为了抚养幼子成人，即便是一块无法填饱肚子的花生地，母亲也侍弄得很精心。懂事的孩子知道分担母亲肩上的压力，便时常和母亲下地种花生，童心未泯的孩子总趁母亲不备偷偷将花生的种子塞入口中填肚子，每当结束的时候，母亲却还要给孩子一把剩下的花生，孩子以为母亲是希望他以后不再偷吃，但直到母亲临终前，孩子才知道母亲那么做，竟然全是怕孩子吃不饱！

这真的是深沉得让人难以预料的母爱啊！

（邵孤城）

泪眼蒙眬的杨帆看到，母亲的生字本上歪歪斜斜地写着这样一些汉字：杨帆杨剑杨静杨玲爱你们。

母亲的作业

◆文／贺点松

驱车从千里之外的省城赶回老家，杨帆直奔县人民医院。

“我母亲得了什么病？严重吗？”他急切地问主治大夫。

大夫看看他说：“胃癌晚期。老人的时间不多了……”

杨帆顿时泪如泉涌。

出了诊室，杨帆立即用手机通知副手，从今天起由他全权负责公司事务。杨帆要在母亲最后的日子里陪伴在母亲身边。

父亲早逝，为拉扯他们兄妹四个长大，母亲受尽了千辛万苦。母亲的腹痛是从两年前开始的，杨帆兄妹曾多次要带母亲到省城医院检查，每次母亲都说：“不就是肚子痛吗，检查个啥，吃点儿药就好了，妈可没那么娇气！”母亲总是这样，生怕拖累儿女，生怕影响儿女们的工作。

杨帆开始守在母亲的病床边。母亲每天都要忍受病痛的折磨。杨帆想方设法转移母亲的注意力，减轻母亲的痛苦。他跟母亲聊天儿，给母亲讲一些有趣的事情，用单放机让母亲听戏……有一天，陪母亲闲聊时，母亲忽然笑道：“你兄妹四个都读了大学，你妹妹还到美国读了博士。可妈连自己的名字都不认得，竟然也过了一辈子。想想真是好笑……”杨帆脑海里立刻跳出一个念头，就对母亲说：“妈，我现在教你认字写字吧！”妈笑了：“教我认字？我都快进棺材的人了，还能学会？”

“你能，妈。认字写字很简单的。”

杨帆就找出一张报纸，教母亲认字——

他手指着一则新闻标题上的一个字，读：“大。”

母亲微笑着念：“大。”

他手指着另一个字：“小。”

母亲微笑着念："小。"

病房里所有的人都向这一对母子投来了惊讶、羡慕和赞许的目光。

隔了几天，杨帆还专门买了一个生字本，一支铅笔，手把手地教母亲写字。母亲写的字歪歪斜斜，可是看起来很祥和，很温馨。当然，母亲每天最多只能学会几个最简单的字。可是母亲饶有兴趣地让杨帆教她写他们兄妹四人的名字，写那几个字时，都是满脸灿烂的笑容，不像一个身染绝症的人了。

一个月后的一个深夜，母亲突然走了。那个深夜，杨帆太累了，趴在母亲的床边打了个盹儿，醒来时，母亲已悄然走了。

母亲是面带微笑走的。母亲靠在床上，左手拿着生字本，右手握着铅笔。泪眼蒙眬的杨帆看到，母亲的生字本上歪歪斜斜地写着这样一些汉字：杨帆杨剑杨静杨玲爱你们。"爱"字前边，母亲涂了好几个黑疙瘩。

母亲最终没有学会写"我"字。

感恩提示

gan en ti shi

我的母亲只上到小学二年级就辍学回家干活了，她只认得少许的字，而写的字也是歪歪扭扭让人不忍卒读。可她习惯给我们留言，留言条就贴在一进门就能看见的墙上。有时候下班晚了，我会在墙上看到"饭热着，吃"；有时候她出门去了，我会在墙上看到"去某某地"。她的留言常常简单得像是电报，而且错字别字连篇，我常常因为要揣摩她的意思想半天。以前，我常会把那些留言条拿出来笑话母亲，她总是跟着我笑。读完《母亲的作业》，我发现更可笑的其实是我，想想母亲为了那短短几句话的留言，她会如何冥思苦想、绞尽脑汁，我突然觉得，原来我欠母亲的，真的很多很多！

（邵孤城）

仔细回想一下，几十年过去了，除了这只烂苹果外，我真的没有看到过母亲吃过苹果。

一只烂苹果

◆文／鲍文忠

父亲去世早，母亲一个人在乡下。

我和妻子商量着准备把她接出来一起过，但她离不开故土，离不开邻居乡亲，一直不愿出来。我想那就每年接母亲出来玩一段时间，她总是说："我都这把年纪了，就待在家里，不出门了。你兄弟的活也很忙，我在家可以帮帮他。"

于是，每逢过年过节，我总要抽出时间回老家看她。老家在山区，比较穷，每次去我都要买些漂亮的苹果回家。母亲从来没有见过这么漂亮的苹果，她感慨："这苹果这么漂亮，叫人怎么下得了口呢？"

前不久，母亲说想来看一看孙子。我把她接来，又上街去买了些苹果放在家里。那天我又特地为母亲削了一个苹果，递给她，她说："我不喜欢吃这些零食，你们吃吧，我只要有一日三餐就足够了。"

等篮子里剩下最后一个苹果的时候，我发现已经开始有点烂了，正当我准备扔到垃圾袋里的时候，母亲赶紧拦住我："这要是在老家，那些小孩能吃到这种苹果，夜里都能笑出声来。"

于是她自顾把皮削了，吃了起来。一边吃着，嘴里还一边呢喃着："这苹果真的是又好看又好吃呢。"

我看着，心里堵堵的。

偶然与朋友说起此事的时候，朋友问我："你长这么大，看到过你母亲吃苹果吗？"我倒真没有认真注意过此事。仔细回想一下，几十年过去了，除了这只烂苹果外，我真的没有看到过母亲吃过苹果。而每次我们吃苹果时，母亲总是坐在边上看着，非常开心地看着。

这时，我感觉眼中一热，泪水止不住地往下流。

感恩提示

gan en ti shi

母亲永远吃孩子剩下的一口，而剩下那一口，必定是孩子吃厌丢弃的，这几乎成了天下所有母亲的通病。母亲的借口似乎很简单，吃了肚子会不舒服，或者更简单，不喜欢吃，可是就是这么简单的借口，儿女总是天真地信以为真，也许没有哪个孩子会想过，为什么这么好吃的东西，咱妈就愣是会不喜欢呢？那只烂掉的苹果，母亲吃得津津有味，母亲吃到了苹果的味道，儿子也知道了母亲为什么不喜欢吃苹果的原因：其实不是母亲不喜欢呀，母亲所有的借口，都是为了让孩子多吃点儿！对于母亲而言，看孩子吃得有味道，或许就是最好的味道了！

（邵孤城）

我的母亲老了，常常站在院子门口朝外张望，手扶着墙，我每次去了，她都那么高兴，就像当年我站在院门口看到母亲从外边回来一样高兴。

母　爱

◆文/王祥夫

母亲一天比一天老了，走路已经显出老态。她的儿女都已经长大成人了，各自忙着自己的事，匆匆回去看一下她，又匆匆离去。往日儿女绕膝欢闹的情景如今已恍如梦境，母亲的家冷清了。

那年我去湖南，去了好长时间。我回来时母亲高兴极了，她不知拿什么给我好，又忙着给我炒菜。"喝酒吗？"母亲问我。我说喝，母亲便忙给我倒酒。我才喝了3杯，母亲便说："喝酒不好，要少喝。"我就准备不喝了。刚放了杯子，母亲笑了，又说："离家这么久，就再喝点儿。"我又喝。才喝了两杯，母亲又说："可不能再喝了，喝多了吃菜就不香了。"我停杯了。母亲又笑了，说："喝了5杯？那就再喝一杯，凑个双数吉庆。"说完亲自给我倒了一杯。我就又喝了。这次我真准备停杯了，母亲又笑着看看我，说："是不是还想喝？那就再喝一杯。"

我就又倒了一杯，母亲看着我喝。

"不许喝了，不许喝了。"母亲这次把酒瓶拿了起来。

我喝了那杯，眼泪就快出来了，我把杯子扣起来。

母亲却又把杯子放好，又慢慢给我倒了一杯。

"天冷，想喝就再喝一杯吧。"母亲说，看着我喝。

我的眼泪一下子涌了出来。

什么是母爱？这就是母爱，又怕儿子喝，又想让儿子喝。

我的母亲！

我搬家了，搬到离母亲家不远的一幢小楼里去。母亲那天突然来了，气喘吁吁地上到4楼，进来，倚着门喘息了一会儿，然后要看我睡觉的那张六尺小床放在什么地方。那时候我的女儿还小，随我的妻子一起睡大床，我的六尺小床放在那间放书的小屋里。小屋真是小，床只能放在窗下的暖气旁边，床的一头是衣架，一头是玻璃书橱。

"你头朝哪边睡？"母亲问我，看看小床。

我说头朝那边，那边是衣架。

"不好，"母亲说，"衣服上灰尘多，你头朝这边睡。"

母亲坐了一会儿，突然说："不能朝玻璃书橱那边睡，要是地震了，玻璃一下子砸下来要伤着你，不行不行。"

母亲竟然想到了地震！百年难遇一次的地震。

"好，就头朝这边睡。"我说，又把枕头挪过来。

待了一会儿，母亲看看这边，又看看那边，又突然说："你脸朝里睡还是朝外睡？"

"脸朝里。"我对母亲说，我习惯右侧卧。

"不行不行，脸朝着暖气太干燥，嗓子受不了，你嗓子从小就不好。"母亲说。

"好，那我就脸朝外睡。"我说。

母亲看看枕头，摸摸褥子，又不安了，说："你脸朝外睡就是左边身子挨床，不行不行，这对心脏不好。你听妈的话，仰着睡，仰着睡好。"

"好，我仰着睡。"我说。

我的眼泪一下子又涌上来，涌上来。

我没想过漫漫长夜母亲是怎么入睡的。

我的母亲！

我的母亲老了，常常站在院子门口朝外张望，手扶着墙，我每次去了，她都那么高兴，就像当年我站在院门口看到母亲从外边回来一样高兴。我除了每天去看母亲一眼，帮她买买菜擦擦地板，还能做些什么呢？

我的母亲！我的矮小、慈祥、白发苍苍的母亲……

感恩提示

gan en ti shi

母亲的笑容，是世界上最和煦的春风；母亲的皱纹，是艰辛岁月里风霜雪雨的刻痕；母亲的汗水和眼泪，是世界上最名贵的珍珠；而母亲的画像，是勇敢和坚韧的象征。母爱是最温馨的。古往今来，有无数文人墨客抒写了他们所感受到的温情似水的母爱。曾荣获第三届鲁迅文学奖的著名作家王祥夫同样也以一篇《母爱》打动了我们的心。其中"喝酒"和"询问我的睡姿"两处细节，看似琐碎且漫不经心，却深入刻画了母亲对儿子无边的关爱。"这就是母爱，又怕儿子喝，又想让儿子喝"，把矛盾交集的母爱解剖得如此深入。王祥夫笔下的母亲真实而富有生活气息，字字切入肌肤，并让人对那位"矮小、慈祥、白发苍苍的母亲"不禁肃然起敬。

（邵孤城）

弥留之际的母亲用残喘的声音给他打了两个传呼，打完传呼后母亲就在痛苦中闭上了眼睛。

母爱的“传呼”

◆文/曹政军

一日，我接到一位远在广东的朋友打来的电话，他以无比悔恨的心情告诉我一个发生在他身上的故事：

有一年除夕，在外奔波的他关了手机，只开了呼机。午夜，忽然接到一个传呼留言：“独在异乡为异客，生意第二，身体第一。祝春节愉快。王小姐。”在这阖家团圆之时，漂泊在外的他接到这样一个传呼，心里感到特别温暖。他开始猜想是谁打来的，可想来想去也没想出能有哪个姓王的异性朋友会为自己在此刻打来这样一个特别的传呼。

按理说这是一个平常的传呼，可在除夕之夜就有些特殊了。他开始翻通讯录，但翻来翻去仍没有想出那个王小姐是谁。于是他决定，凡是姓王的异性朋友，不管年龄大小，都打个电话过去，一旦找到这个人，以后自然要高看一眼。无奈朋友的电话打了一个又一个，却没有一个人说给他打过这个传呼。朋友也够犟的，把电话打到传呼台请求帮助查询，仍没有查到。朋友只好作罢。但临睡前他的传呼又响了，还是那句留言，还是那个王小姐打来的。良言一句三分暖，朋友顿时感到心里热乎乎的，刚才还被异乡的孤独纠缠着的阴郁心情一下子变成了无比的灿烂。当时朋友正准备与一家大公司谈一笔很大的业务，这笔生意直接决定着他今后的发展壮大之路。由于朋友心情愉快信心倍增，这笔生意很顺利地就谈成功了。当他急于想把成功的喜讯告诉远在西北的家人时，电话那头的亲人早已泣不成声。原来除夕之夜母亲的心脏病间歇性发作，送进医院后家人要打电话叫他坐飞机回来，却被母亲劝住了，理由是：“儿子马上就要谈判，不能影响他的事业。”弥留之际的母亲用残喘的声音给他打了两个传呼，打完传呼后母亲就在痛苦中闭上了眼睛。

朋友把故事讲到这里时，在电话那头已是语气哽咽：“传呼台的小姐把‘女士’误写为‘小姐’，而我查遍了通讯录，就是没有想到我母亲也姓王。我母亲也曾美丽过，也有过被人称为‘小姐’的青春岁月，但我却从没有想到这一点。现在我后悔自己没在母亲病危时见上她一面，没有对她说一声‘母亲，在我心目中您最美’。但一切已经来不及了。”

放下电话，我陷入了沉思。在这个喧闹、追求时尚的时代，我们越来越刻意关注自己伴侣的美丽。可有谁又曾想过自己的母亲也曾年轻美丽过，更有谁又曾静下心来体味过饱经沧桑的母亲对子女们厚实凝重的爱——无论何时何处，无论何处何地。

感恩提示

gan en ti shi

"在这个喧闹、追求时尚的时代，我们越来越刻意关注自己伴侣的美丽。可有谁又曾想过自己的母亲也曾年轻美丽过，更有谁又曾静下心来体味过饱经沧桑的母亲对子女们厚实凝重的爱——无论何时何处，无论何处何地。"只有母爱的传呼，才会在除夕之夜给身处异乡的儿子一份特殊的关爱；也只有母爱的传呼，才会让儿子时刻把健康放在生意之上——母亲关心的，不是孩子怎样飞黄腾达，而是孩子一生平安！可是，谁会想到，母亲会用一个传呼来表达自己的爱意呢？我们常常以为母亲做不到和时尚接轨，可那全是我们没有给母亲机会，如果给母亲一个机会，她有什么办不到的呢？

（邵孤城）

母亲仍站着，或者，准确地说，母亲弯了腰，给坐着的儿子开始钉胸前的纽扣。儿子的心里忽然就像有温开水浸过——几十年了，他是第一次这样近距离看母亲。

扣　子

◆文/晓　莉

儿子很忙，已很长时间没回家了。这次回家也没呆上半天，吃过中饭，外面就有了喇叭声，单位上的车来了。

时令已是深冬，儿子出门时不禁打了个冷战，忽地便记起要给母亲一点儿钱买件新棉衣。

母亲没有接钱，她说回来一趟就抵得上几百几千。说着，说着，母亲忽然说：扣子！

扣子？

儿子瞧瞧母亲的身上，没看见什么，再低下头看自己，才知西装胸前的纽扣掉了一粒。母亲老花眼了，怎么就一下看清了儿的胸前掉了纽扣？

儿想不明白。

你坐下。母亲搬过一条凳来，塞到儿子身后。

儿没坐，要脱下西装，母亲制止了他：脱了会凉了身子，就穿在身上娘给你钉。母亲便去里屋寻了针线和纽扣。串针的时候，母亲的手颤着，一根白色的棉线老是穿不进针孔。儿子便接了线，穿好，再交给母亲，说：娘，快点儿，有车等咧！母亲有了几分歉意，老了，不中用了！七十三、八十四，阎王不请自己去。娘怕给你钉不了几回扣子了。

站着的儿子终于坐下了。

母亲仍站着，或者，准确地说，母亲弯了腰，给坐着的儿子开始钉胸前的纽扣。儿子的心里忽然就像有温开水浸过——几十年了，他是第一次这样近距离看母亲。原来，母亲的耳朵终生没戴过耳环，脸侧有了密密的黑斑，头发枯而花白，呼吸声也显微弱。看着看着，不知咋的，儿子眼圈儿红了，温热的眼泪，便落进了娘的后颈。母亲的脖子一缩，问：儿，咋了？

没什么，娘，儿的心里发热。儿子的心里想说，但没有开口。

喇叭再次响的时候，儿对司机说：你走，今天我不走了。

感恩提示

gan en ti shi

“找点儿时间，找点儿空闲，领着孩子，常回家看看；带上笑容，带上祝愿，陪同爱人，常回家看看。”一首《常回家看看》被歌手陈红演绎得荡气回肠，引得全国上下一片共鸣声，至今余波未息。

这是一首充满家庭温馨的歌曲，如果说是歌手唱得好，倒不如说，是歌词写出了我们绝大多数人的心声。如果《扣子》的作者听过这首歌，那一定要记得，常回家看看吧！正如你的母亲所言，在她有限的余生中，还能为你钉几回扣子呢？我相信你也已经懂得了母亲的渴望，要不然，你又怎么会撇下司机独自留在母亲身边呢？继续做母亲的乖儿子吧，哪怕就给母亲一天的时间，你依然是好样的！

（邵孤城）

我再也抑制不住感情的波涛，泪水夺眶而出。火鼓灯笼下，继母眼里滚动着晶莹的泪花，脸上却露出幸福的微笑。

108封家书

◆文/卢志平

继母进我家是在二姐出嫁的那年腊月。印象中，再有三天，我就满17岁。继母来时带了一个小我两岁的弟弟。弟弟话不多，却常常爱用眼睛看看爹，又看看我。

每天，继母手中似乎总有干不完的活儿。她话少，温存的话更少，脸上常凝聚着一种表情，就像腊月天没有太阳的午后。

家里的日子水一样平淡。白天，爹带着我在空荡荡的四合院墙里，和泥，做泥坯，细心修补破旧的几间瓦房；夜晚，没有了我和姐姐的打闹嬉笑，没了爹嗔爱的斥责，炕头昏黄的灯光下，全家人默默相视而坐……没有欢乐的日子就这样过着。终于有一天，村子里的闲话传到了我家：卢家后老子后娘，异姓兄弟，三间土瓦房凑合起来的日子可有好戏看了……我稚嫩的心灵再也无法承受寂寞和流言的重负，我想到了离开家，到很远的地方去。

次年3月，征兵的消息传到我们村，我背着爹偷偷报了名。离家的那天早晨，爹和继母送我到村口。风正刮着，塞北坝上的3月，风一阵紧似一阵。该走了，我抬起头，风中的继母显得更加苍老了，鬓角的白发随风舞动，半遮着她那饱经沧桑、布满皱纹的脸，平日里黯淡的目光似乎也不见了，眼神里流露出慈爱。她望着我，颤颤地说："平娃，你当兵了。去队伍上，别忘给家写信。"声音饱含着无限的爱意。我鼻子一酸，却故作坚强地狠狠哼了一声。爹佝偻着身子，从棉袄袖子里抽出手，拉拉我的衣角："平娃，你娘来这么久了，你要走了，认个口吧。"望着父亲那充满祈求的目光，我的嘴动了动，但始终没能叫出继母所期待的那一声，头也不回地上路了……

新兵集训的日子艰苦单调。从未离家半步的我，一下子变得特别想家，想爹、想早逝的娘。爹现在好吗？前几年劳累染上的脑血管病加重了没有？我当兵了谁还给他烧热炕、煎药，继母照顾爹周到吗？娘要在世有多好，既照顾爹，又疼我。记得我小时候，我最爱静静地猫在娘的怀里，让娘抚摸着我的头，给我讲孙悟空大闹天宫的故事……想着想着，泪水不知不觉地蓄满了眼窝。

写信成了我寄托思念的唯一方式。休息间隙，我把部队生活、训练的感受，连同对爹的牵挂，全都倾注在纸上一起寄出去。

对继母的了解，是从爹的来信中得知的。继母曾经有过一个家，后来丈夫死了，迫于生计，她带着孩子讨过饭，干过常人没有干过的活儿，尝尽了人间的辛酸与苦辣，窘困日子的煎熬，似乎磨平了她情感的棱角和外在爱心，默默干活儿操持新家成了她生活的唯一解脱。爹在信中多次说到，自从我当兵走后，继母整天忙里忙外，下地种田，洗缝浆涮，样样安排得有板有眼，家也像个家了，生活一天胜似一天。爹还告诉我，每次继母收到我的信时，都像迎接远归的孩子，用长满老茧的手爱惜地一遍遍抚摸，很久之后，才用针轻轻地挑开封口，将信纸展平，交给他。继母有次还无意中说："平娃在家时我没有好好照顾他，现在他当兵走了，不知穿得暖不？吃得饱不？"

可怜的继母啊，她哪里知道，我几年来写给爹的信中，竟然没有问候过她一句，更不用说在信中叫一声"娘"。我的心颤抖了。

5 年后的一天，爹来信说，继母的一位远房妹妹来我家，当她看到继母收集着我写给爹的 108 封信，竟没有一句问候自己姐姐的话语时，她哭了，继母也哭了，姊妹俩哭得非常伤心。

连续两个月我再没有给家写信。我要回家。

腊月三十夜里，我踏进了家门。

鲜红的火鼓灯笼把我家里映得通亮通亮。灯下，继母系着干净的围裙正弯腰给爹刮着霜一般的胡须。爹躺在炕上动不了了。

"爹……"我的喉咙一阵哽咽，像卡了鱼刺。继母一怔，猛然回头，惊喜得张着嘴，却说不出一句话。手里的刮胡刀割在了手指上都没有感觉到，一滴滴殷红的鲜血溶进洁白的肥皂泡沫里，在灯光的照射下，格外绚丽。

"啊！是平娃回来了。"继母像是突然明白过来，忙不迭地扔下刮胡刀，一手抢过我手上的提包，一手抚摸着我肩上硬硬的肩章，突然又自责起来："看我咋把血沾在平娃的军装上！"继母不经意的话像刀子戳着我的心。我多么想叫她一声娘，可是我没有叫出来……

吃过年夜饭，爹吃力地从炕头抱出一个木匣子，里面是我 5 年来写给家里的信，有尺余厚的一摞，一封一封用针线装订得整整齐齐。

"这是你娘保存你写的信，一封也没落，共 108 封。你娘说：这里面有平娃对我说的话……"

我愧疚地抱着信的"合订本"，仿佛看见泥坯火炕边，一盏满身油腻的小小煤油灯，在如豆的灯光下，继母一遍遍用长满老茧的手抚平信的褶痕，对着光，穿上线，一针一线缝合这信的合订本。那晶亮亮的针仿佛不是在缝合信，而是缝合着母子情，缝合着一片片艰难的生活与企盼幸福家庭的梦。

我再也抑制不住感情的波涛，泪水夺眶而出。火鼓灯笼下，继母眼里滚动着晶莹的泪花，脸上却露出幸福的微笑。

"娘——"我跪倒在继母的膝下……

窗外爆竹声声，年夜幸福祥和。

感恩提示

gan en ti shi

“5年后的一天，爹来信说，继母的一位远房妹妹来我家，当她看到继母收集着我写给爹的108封信，竟没有一句问候自己姐姐的话语时，她哭了，继母也哭了，姊妹俩哭得非常伤心。”这是《108封家书》中最感人至深的一段，远方妹妹的伤心，是为姐姐感到不平；而继母的伤心，是因为孩子无法理解自己的苦心。可是，眼泪是用来宣泄的，当宣泄完了，感情却仍在继续，继母对孩子的爱，并没有因此而减弱半分。当“我”突然回到家中，继母的惊喜甚至比“我”爹还强烈，看着继母把我伤害过她的108封家书装订成册时，孩子那憋在口中多年的一声“娘”终于脱口而出，这声发自肺腑的呼唤如何不让母亲泪花盈盈呢？这声娘，意味着尊重、谅解，最重要的是认同！

（邵孤城）

第三辑

无言的情怀

兄弟之间的情感，就像一棵树一样，是血脉相连的，割舍了哪一部分，都会枯萎，只有相互关爱，才会长得更加繁茂。

而爷爷的爱像把伞，给我们挡风遮雨；奶奶的爱像摇篮，摇着我们长大！

每年扫墓，我就对自己说，爱身边的每一个人，在你还来得及的时候，努力爱，尽力爱，拼命去爱。

爱，永无止境

◆文/傅佩文

又临冬至祭奠亡亲时。单位的老沈说，追思无定式。躺在床上想想故人，是追思；喝老酒时，放只酒杯，摆双筷，也是追思；跑到黄浦江，看着江水，想想一起在江水游泳的旧岁月，是追思；写封给故人的信，不管投到哪里，或锁进抽屉深处，也是追思……

1岁，奶奶头发尚黑，走路噌噌地有劲，那时的我先天弱小，缺钙的体质让我很难吃进去任何东西，每每抱着我，她的眼中都会出现疼惜。她给我戴了顶兔子帽，拍下了此生我最可爱的一张照片，照片上的我苹果般的脸蛋，机灵的眼神，她很骄傲，这是我的大孙女。

5岁，她总喜欢拎起我并不大有肉的手，左端右详要咬上一口，彼时的我尚不懂这种爱的表达，总是看着手上两排牙印忍不住哭泣，虽然并不疼。

8岁，尽管母亲不大乐意，可是我最盼望的就是她来家住。因为有她在，连最威严的父亲也奈何不了我。早上，她总是给我煎两个荷包蛋，然后送我上学，书包必定不用我背；放学了，一出校门我就能看到她，她常常一等就是1个小时。

15岁，她来的次数明显减少，动作也不那么敏捷，头发开始花白。我有时笑话她不认识丝袜，埋怨她送我上学的脚步越来越跟不上趟了。她常常送到一半举起手目送我远去，跑出好远，回头还能看到她瘦小的身影默默站在那儿。我就有点儿心酸，但不知道酸什么。

18岁，考大学的那年，她第一次向父亲提出要求："让佩儿考到蚌埠来吧，我守着她。"得知我选择了上海，她有些失望地问父亲，那每年能回来看她吗？我做到了，每年都去看她，可是每次都只有匆匆的一天。

20岁，她这辈子第一次来到了上海，面对从来没见过的繁华，她诚惶诚恐。那时的我以"素质"自居，却忘了她只是个乡下老太太。她吐痰，我眉头皱了起来；她在东方明珠上看到外国小孩，好奇而忍不住去摸孩子的头，我的脸一下铁青，"别乱摸"。我永远都记得，当她从口袋里哆哆嗦嗦地掏出手帕，吐完痰包起来再哆哆嗦嗦地放回去，那看我时战战兢兢的一眼。长大后的我常常为这一眼心痛，也时时提醒着我，爱一个人，请你时刻、永远、不论何地都打心底里尊重她，维护她。

22岁，大学毕业，我孝敬她200元钱，她呜呜地哭了，"孙女长大了"。

24 岁，她身体更差，常常记不清楚事情。一次突然在深夜带着我来到街口，偷偷摸摸地给她的奶奶烧起了纸钱，“佩儿，等我走了，你也要给我烧的，记得啦？记住啦。”那一年，她总在跟父亲叨唠着让我快点结婚，要看着我嫁出去她才放心。

26 岁，我最后看到她是在殡仪馆，她被一辆推车飞快地推出来，我看见她的身体比平常小一圈，戴着平时的那顶绒线帽，仿佛睡着一样宁静。难道真的，从此以后我将再也看不见她，摸不到她，再也不能跟她撒娇了？挖心挖肺般的疼痛弥漫全身，我不顾一切地扑上去，却被众人挡在了外面……其实在我很小的时候，就害怕她会离我而去，难道那时已经懂得了人生别离的痛苦？

28 岁，不算长也不算短的人生，也曾经历了种种痛苦和喜悦，也曾尝到过人情的冷暖悲欢。受到挫折的时候，我感激父母当年没有让我放任自流，让我学会了独立。可是从情感深处，我常常会想起她，她的溺爱宠爱，她永远站在你这一边的爱，她可以包容你一切率性而为的爱。这爱给了我无比的勇气和温暖。

她就是我的祖母，一个个子矮小，不识字、不懂教育，也会说粗话的旧式妇女。每年扫墓，我就对自己说，爱身边的每一个人，在你还来得及的时候，努力爱，尽力爱，拼命去爱。

感恩提示

gan en ti shi

“树欲静而风不止，子欲养而亲不待”，人生的大悲苦莫过于此，明白过来却悔之晚也！爱身边的每一个人，在你还来得及的时候，努力爱，尽力爱，拼命去爱。如《爱，永无止境》中那一幕幕历历在目的情境，虽让人心酸，却只因再无了那个“个子矮小，不识字、不懂教育，也会说粗话的旧式妇女”的存在而变得一切面目全非。是不是总是要等我们失去了，才会长大，才会明白那曾经就在我们身边的爱是如此珍贵，等到我们想要去珍惜的时候，却再也无法触摸到那熟悉的脸庞和感受到熟悉的气味。别等到来不及的时候再想去爱，努力去爱吧，爱曾经爱过你的每个人，当我们付出爱的时候，记得，爱从来不嫌多！

（邵孤城）

伯母知道后，含着泪说："唉，如果不是因为我有病，我们家云霞也一定能考上一所好大学的，都是我拖累了她，拖累了这个家……"听到这，我的眼泪再也抑制不住地往下掉。

伯母，我的亲娘

◆文／顾云霞

在我6岁那年，父亲去世了。第二年，唯一的弟弟也溺水而亡，母亲无奈之下带着我改嫁了。谁知继父对母亲和我非打即骂。这样，我就养成了孤僻的性格。我满肚子都是怨恨……

不久，爷爷病危，我赶回去看望爷爷。他老人家在看到我回来后，咽下了最后一口气。从那时起，我就跟着奶奶和伯父一家住在了一起。

我的伯母是个斗大字不认识一个的乡村妇女。她喜欢那种听话、勤劳的孩子。而我，总是与她对着干。她叫我做什么事，我总是装着听不见，对她不理不睬。很多次她都被我气得直流眼泪，但从小到大，她从没打过我。她总是苦口婆心地对我讲道理。

8岁，我和其他孩子一样，背着书包上学了。小学一年级的期末考试，我的语文只考了58分，伯父和伯母气得说不出话来。伯母走到父亲的遗像前，流着泪说："老二，我们对不起你啊，你唯一的女儿，我却无法让她出人头地……"这话比骂我、打我，更让我心痛。于是，我下决心用功读书，争取不让伯父伯母失望。从二年级一直到高二，每学期我总能捧回一张奖状。伯父、伯母都很开心。虽然他们有两个儿子，负担已经很重了，但他们依然坚持供我上学。

随着年龄的增长，我也渐渐懂事了许多。虽然我依旧不怎么讲话，但我变得很乖，很听话，家里的事情我抢着干，再脏再累，我也不吭一声，伯母逢人就夸我懂事。

一转眼，我上高三了，各种费用高得吓人。"屋漏偏逢连阴雨"，伯母本来就不好的身体更差了，跑了好多家医院，吃了好多药，都不见好转。看看日见苍老的伯父，多病的伯母，年迈的奶奶，等着分家的哥嫂，正在念初一的弟弟……我再也不能安下心来学习了。高三下学期，临近高考的3月份，我当了"逃兵"，在没有告诉家人的情况下，依依不舍地告别了校园。

家里人对我的举动很惊讶，都劝我回去，把高三念完再说。但我已经铁了心，做了，就不再后悔。我说："我会边打工，边学习，我不会放弃任何机会的……"

本想等家里农忙结束了，再出去打工，毕竟，伯父和伯母的身体都不怎么好，而田里的活又那么多，那么重。但伯母却说："孩子，待在家里是没出息的，要出去，你还是早点儿出去吧，早出去，早长见识。家里的事你放心，这么多人，都有手，不少你一人，你能有这份孝心，我已经很高兴了……”于是，我很快踏上开往南京的列车。

怕伯母不放心，我总是隔几天就打电话回家，伯母每次都叮嘱我不要舍不得吃，身体要紧，没钱就告诉家里……问她身体如何，她总说好。我知道，她那样说是不想让我担心。

前两天，家乡的婶婶来南京看她的儿女，伯母知道后，连夜宰了两只鸡，让婶婶带给我。其实，即使不吃鸡，那浓浓的母爱，我也能感受得到。婶婶还告诉我：高考揭榜后，邻居家的一个女孩，也是我最好的朋友，考了500多分，伯母知道后，含着泪说：“唉，如果不是因为我有病，我们家云霞也一定能考上一所好大学的，都是我拖累了她，拖累了这个家……”听到这，我的眼泪再也抑制不住地往下掉……

伯母，你是我的亲娘啊！

感恩提示

gan en ti shi

总有一种爱与苦难、贫穷等窘境伴随。这样的爱往往超越平凡，彰显伟大。

在屡遭变故的困难生活中，什么样的爱能成为常驻心间的明灯，以让无力者有力，让悲观者前行。一个名义为“伯母”的农村妇女出现了。她会使用一切母性的爱的方式，她在同样苦难的背景下为“我”的成长倾洒甘霖。她想为我的成长铺就坦途，但又无能为力，这体现了爱的艰辛与无奈。也正是如此的艰辛与无奈更凸现了爱的真切与感人。

面对苦难中的爱，许多人希望爱会有善报，苦难会形消于无，但是真实的生活并不都有完美的结局。苦难的爱还在维系着伯母与侄女的生活。但愿没有在文章中结束的苦难之爱，会在不久的现实中完结。让爱只是爱，没有苦难与无奈。

（刘兆亮）

一时间，泪水涌出了眼眶。在这样一个被亲人都视为卑微的身躯里面，满载的却是汹涌澎湃的爱。

没有一种爱的名字叫卑微

◆文/倪思言

从她记事时起，大舅就好像不是这个家的人。记得第一次看见他的时候，他刚被收容所送回了家，和街上的叫花子没有多大的区别。外婆在屋里大声地骂，他蹲在一旁小声地哭，像受伤的小动物。那么冷的天，身上只有一件破破烂烂的单衣。门口围了一群好看热闹的邻居，对着他指指点点。

不多久外公回来，一见他这样子，就跑到门背后去拖了一根扁担出来，劈头盖脸地向他打去。他“嗷嗷”地叫着，却不敢躲闪。爸爸冲上去抢外公手里的扁担，他跪在地上含糊而大声地叫着，仔细地听，是“爸爸我错了”。后来她知道，那是她大舅，小时候生病把脑子给烧坏了，是个傻子。

外公那时在外面当包工头，还是有些关系和财力的。没多久，就将大舅弄到了养路段，反正是纯体力劳动，傻子也能干得下来。

大舅于是常常回家来，手里拎着单位发的东西，有时是油，有时是水果，有时是肉。送到外婆面前，却还是常常被骂一顿。她当时年纪小，觉得外婆一定是大舅的后妈，否则怎会如此待他。直到成年，她才知道，亲人之间也有世态炎凉。

大舅待她也是极好的，每次回家总不忘给她带上些好吃的：糖葫芦、棉花糖、大苹果，开始她很高兴，但年纪慢慢大了，她也就不太稀罕这些小玩意了，也开始像家里的其他人一样，冷眉冷眼地对他。一年年地过去，大舅一直是家里可有可无的编外成员，没人心疼注意他，都希望离他远远的，免得给自己找麻烦。

那年的冬天好冷。年前，外公去世了。

刚从殡仪馆出来，全家人就聚在一起讨论财产问题。外公的骨灰盒静静地放在一边，上面是他的遗像，冷冷地注视着这一群被称为儿女的人。妈妈和爸爸在外地，没能赶回来。看着那些争得面红耳赤的容颜，她突然觉得好陌生好可怕。

就在战争已经进行到白热化，几乎要诉诸武力的时候，一旁突然传来了撕心裂肺的号哭声。房间静了下来，她看见，大舅正跪在外公的骨灰盒前，号啕大哭，就像多年前第一次看见他跪着说“爸爸我错了”一样。忽然，她的眼眶就热了。父母长年在外，她一个人待在这个并不温暖的大家里，不是不觉得寂寞的，只是她已经学会用疏离和冷漠来包裹自己。这一刻，她突然意识到，这个家里，还有一个比自己更孤独更缺少关爱的人。他也是她的一个亲人。

没多久，父母回来了。妈妈脸色蜡黄，一见到外公的遗像就昏了过去。在医院里，她听见医生和爸爸的谈话，知道妈妈得了绝症。家里存折上的数字哗哗地往下掉，妈妈却一天比一天虚弱。她天天陪在妈妈身边，那幢大房子里的亲人，仅仅礼节性地来过一次。只有大舅，常常会下班后过来，一声不吭地坐在旁边陪着她们。

家里的财产之争还在进行。而她们这里，却等着那笔钱救命。爸爸每天四处求人，希望他们能够快点儿达成协议，或者先支一部分钱出来给妈妈治病。但得到的都是模棱两可的回答，谁都说做不了这个主。他们像推皮球一样，将爸爸推来推去。最终，协议还是达成了。大舅是傻子，而她家急需用钱，不可避免地，他们得到了最少的一部分，因为算准了他们不会再闹。那是一幢位于城郊的年久失修的房子。那天，她听见爸爸在和大舅商量，说要将房子卖了换成钱，一人一半。家里的钱已经用得干干净净了，而医院那边却似一个无底洞。大舅傻傻地笑着，含糊地答应道："好！"她在屋里轻轻地舒了一口气。

房子终于卖掉了。爸爸当着大舅的面，把钱数成两份，用报纸包着，将其中的一包递给了大舅，然后揣着另一包急急地带着她往医院赶。刚走出楼道口，就听见后面有脚步声追来，只见大舅跌跌撞撞地跑到他们面前，不由分说地将自己的那包钱塞到了爸爸怀里，嘴里含糊地说道："先，先治，治病。"爸爸一下子呆住了，这么多天来，面对的都是一张张冷冰冰的脸，何曾想到，最危急的时候，伸出援手的，竟是这个傻子。爸爸哽咽着接过钱，正准备说些什么，大舅却又转身蹒跚着走了回去。她看见，常年体力劳动的大舅，身形已经有些佝偻了。

妈妈最终还是离开了。

那是一段记忆中最为黑暗的时期。在承受着世上最疼爱的人离去的痛苦的时候，姨妈舅舅们的脸不停地在眼前晃动。他们神秘兮兮地在她耳边念叨，要她看好妈妈的财产，因为那是外公留下来的遗产。她望着远处忙碌着的爸爸瘦弱的身影和忽然之间花白了的头发，心头的恨和酸楚一样疯长。她不知道这都是些什么样的人，长着什么样的心，尤其可恨的是：他们是她的亲人。

大舅一直跟在爸爸和她的后面，看他们做什么，他也帮着做什么，还时不时地扭头看着妈妈的遗像，抹着眼泪。她的心在伤痛之余有了一丝温暖：妈妈毕竟还有一个傻哥哥，从心里是爱着妈妈的。丧礼过后，现实摆在了面前。爸爸要回去工作，她的学校在这里，已经高三了，转学过去影响太大。可是原来的房子给了四舅，早已容不下她了。接连失去老伴与女儿的外婆，也终于卸下了她的强悍与精明，整日里默不作声地坐在阳台上晒太阳，漠视着从小带大的外孙女的无助。她的心更冷了。

那天，爸爸突然对她说："要不，到你大舅家住一阵。就几个月的时间了。"她呆了一下，想到大舅，丑丑的脸，竟生出些许亲切，于是点头答应了。

大舅的工作虽然是个苦力，但单位毕竟是事业单位，他是老职工，还得了一套两居室的住房，旧是旧点儿，倒也宽敞。住在这里的第一晚，想到过世的妈妈、远方的爸爸，还有隔壁房间的傻舅舅，她只觉一阵荒凉，开着灯哭了整整一夜。

但日子还是得过。每天大清早她就起床，到巷子口买早点，中饭和晚饭都在学校吃，晚自习后回来睡觉。她也习惯了这样的生活，觉得还不错，反正也就几个月的时间。惟一让她提心吊胆的，就是晚上回来时要穿过那一条长长的巷道。

那天她下了晚自习，照例到校门口买了一瓶酸奶，老板迟疑了一会儿，告诉她好像总看见一个身影跟着她，让她小心一点儿。她当时就吓蒙了，站在原地不知该怎么办，在这座城市里，她无依无靠。过了很久，她还是只得咬咬牙往大舅家快步走去。巷道拐角处，隐约看到一个人影。她心狂跳，拼命向前跑去，却一不小心摔在了地上。她恐惧到了极点，只觉有人跑过来抓住她的胳膊，她死劲挣扎、尖叫，突然间，却好像听见有一个熟悉的声音口齿不清地叫着她的小名。她呆住了，安静下来，眼前竟然是大舅那张丑丑的脸，上面还有被她指甲划伤的血痕。

她怔怔地站了起来，大舅结结巴巴地说："巷，巷子黑，我，我，来接你。"她突然明白了，这些天跟在自己身后的那个身影，就是大舅，难怪她每次回家都没见到他。"你为什么不在学校门口等我？"她问道。

"人，人，人多。"她心头一震，脑海里回想起多年前的一幕：她上小学，大舅来接她，她嫌他丑，使她在同学面前丢脸，于是跑得远远的。

一时间，泪水涌出了眼眶。在这样一个被亲人都视为卑微的身躯里面，满载的却是汹涌澎湃的爱。那一刻，她才意识到，大舅一直都在一个被人忽视的角落里，默默地爱着身边的每个亲人，不管他们曾怎样对待他。他傻，他丑，但这并不是他的错，而是命运的不公平，为此他丧失了被爱的权利，却还这样执著地爱着身边的每一个人。这该是多么宽大和真挚的心灵啊！

走在巷道里，大舅还是弯着腰走在后面，没有看到她脸上的泪水密布。她在心中默默念叨：大舅，你可知道，在这个世界上，没有哪种爱的名字叫卑微。

感恩提示

gan en ti shi

一个被亲人施以冷漠的人，却要给亲人12分的热情；一个残缺的人，一段完整的爱。

这就是生活的矛盾，这就是矛盾所激发的爱的卑微与高大。诗人北岛诗言：卑鄙是卑鄙者的通行证，高尚是高尚者的墓志铭。诗人寓指的是那些生活中的矛盾之事，颠倒之情。这种事情在生活、生命的长河中不属特例，无须吃惊。

没有谁能够说得清，现实之中哪种人更有资格去爱和被爱。看得见，摸得着的所谓繁华之爱，体面之爱，可能如同张爱玲的著名论断——一件华美的袍，下面藏着肮脏的虱子。恰恰那些显而不露，被人遗弃一旁的爱更原始，更脱离凡尘的浸染，就像你在公园的小径上徘徊，近旁与远处花枝招展，你已然习惯，但脚边的野花不经意的为你而绽放想必会让人惊喜不已吧，哪怕那是一株株丑花。

（刘兆亮）

那天从墓地返家的途中，母亲告诉我："你外婆万万不能接受你成人后跛脚或单脚走路。她每天都向上帝祈祷，希望你能康复，像正常人那样走路，上帝听到了她的声音。"

外婆的硬币

◆文/曾庆宁

那些每天被当做励志礼物的银色硬币，饱含着外婆对生活的信念和勇气，也饱含着外婆对我最无私、最深沉的爱……

那年冬天，居住在美国西北部的我们刚经历了被称为"哥伦布暴风雪"的灾害性天气，无情的暴风雪和肆虐的狂风摧毁了很多房屋和树木。空气中弥漫着刺骨的寒冷，将我们的房子变成了一个冰窖。

父亲点燃了壁炉里的木柴，我们兄弟姐妹便一窝蜂似的跑到壁炉前面取暖。木头发出"噼噼啪啪"的响声，赤红的火舌舔着炉膛，我感到胸前逐渐暖和起来。然而，正当我闭上眼睛背对着火炉，享受炉火带来的惬意时，不幸降临了。不知何时，一个从壁炉里溅出的火星点燃了我棉睡衣的背后。等被发现时，火星变成火舌开始吞噬着我的睡衣。空气中夹杂着炭火味，棉絮烧糊的味道和我身上的肉被烧焦的味道。一阵剧痛后，我失去了知觉。

醒来时，我已躺在医院的床上，医生告诉母亲，我左腿背部的皮肤和神经组织被严重烧伤。由于伤势很严重，医生严肃地对母亲说："美洛蒂的伤势很重，植皮手术做完后，她的一只脚可能会僵硬，也就是说她只能一只脚走路。当然，幸运的话，她能恢复到不靠拐杖，一瘸一拐地走路。"母亲听到医生的警告后痛哭流涕。

下半身的任何一点儿活动都会带来巨大的痛楚，要想站起来走路简直是天方夜谭。伤口愈合的初始阶段，那种疼痛是常人无法忍受的。任何腿部活动对于我都是一种折磨，我只能整天静静地躺着。

外婆住在附近的小镇上，离我家有5英里远。我受伤后，外婆每天一大早就赶过来看我，直到傍晚才回她自己家，从未中断过。

外婆决不能接受我瘸着腿走路或者只用一只脚走路的想法，也绝不允许别人说这样的丧气话。她总是用她干枯的手抚摩着我的额头，说："亲爱的，你一定会站起来，用双脚走路的！"那时候，外婆每天都会鼓励我，想出各种各样的办法来哄我活动那只伤脚。为了让外婆高兴，我宁愿忍着剧痛，噙着眼泪活动那只受伤的脚。

有一次，移动伤脚时产生的剧烈疼痛到了无法忍受的地步，我号啕大哭，决定放弃取悦外婆，我哭着对她说："外婆，我的脚实在太痛了，我不想再走，永远也不想再动它一下。"

在我拒绝练习走路一天后，外婆带来一个蓝色的布袋子。她对着我神秘地笑了笑："亲爱的，你知道这里面是什么吗？"

外婆拿起布袋摇了摇，里面传来悦耳的金属碰撞声。"哦，我知道了，是硬币。"外婆居然带了一袋子硬币过来，一枚硬币对于一个小孩来说可是一笔不小的数目，一美分都能买到一把做成动物模样的果糖呢。躺在沙发上，我可以清楚地看到那个袋子里的那些鼓鼓囊囊的硬币，我从来没有见过那么多的硬币。它们让我想起那些美丽的果糖，我异常兴奋，忘记了疼痛。

外婆说："你如果能站起来，我就奖给你一枚硬币。"我是多么渴望得到一枚硬币啊！所以，我忍着疼痛站了起来，外婆微笑着将一枚崭新的硬币放在了我的掌心。我很快又坐下了，因为刺骨的疼痛噬咬着我的伤脚。外婆盯着我的眼睛说："我这里还有很多硬币。就照着刚才那样做，亲爱的，再站起来一次。"我重新站了起来，外婆果然又在我的掌上放了一枚崭新的硬币。

此后几个月，外婆每天都用这样的方法鼓励我站起来，鼓励我迈开步子。其间，我多次听到外婆对母亲说："我对这孩子的未来始终充满信心，我绝不会看着她瘸腿或者单脚走路。"

腿上伤口的恢复是一个非常痛苦的过程。我每天都得换包扎伤口的纱布。其间，医生把我臀部的皮一点点植到了左腿烧伤的部位。那是我有生以来身体经历过的最痛苦的时候。

一天，我问外婆："外婆，如果您的硬币用完了该怎么办呢？"外婆微笑着对我坚定地说道："亲爱的，不要担心外婆会用光硬币，我会把世界上所有的硬币都找来给你。"

奇迹真的出现了，一年后我居然可以在门口悠闲地散步，像所有健康的孩子那样轻轻松松、稳稳当当地走路。给我动过手术的医生看到我的变化后非常惊讶："我治疗烧伤患者这么多年，从没有看到过一只严重烧伤的腿能恢复得如此彻底，真是奇迹！"

外婆去世的那年，我已经长成了大姑娘。那天从墓地返家的途中，母亲告诉我："你外婆万万不能接受你成人后跛脚或单脚走路。她每天都向上帝祈祷，希望你能康复，像正常人那样走路，上帝听到了她的声音。"

"我知道她一直希望我能像健康人那样行走。"我说。接着，我问母亲："妈妈，您知道外婆从哪里弄到那么多硬币吗？"母亲回答说："你知道吗？外公去世后，她就靠着政府给的一点儿救济金过活，生活得非常拮据。外婆把毕生的积蓄和救济金都换成硬币给你了。"那一刻，我泪流满面。

直到那时，我才明白。正是外婆给了我后半生的幸福。那些每天被当做励志礼物的银色硬币，饱含着外婆对生活的信念和勇气，也饱含着外婆对我最无私、最深沉的爱。

感恩提示

gan en ti shi

上帝听到了外婆的祈祷。我想这样的感受恰如自然界能听到花开的声音。这是一种臻于妙境的感受。在这里,是爱的感受。

对生理损伤的修复除却高效的药物治疗,超然的毅力辅助也是必需的。但,怎样才能使得毅力焕发,"外婆"是颇有心得的,她能最彻底地了解一个伤残孩子内心的渴望,并把她的渴望无止境地发掘。终于,孩子的毅力越来越强大,那些本已濒临倾斜的世界被一枚枚银色的硬币校正着。

由此,笔者愿意这样设想,每一件感觉无懈可击的事情,总有一道秘密的通道可以抵达胜利彼岸,只要心存一个信念,只要你一直为这个信念去风雨无阻,痴心不易。

爱,也就是这样。

(刘兆亮)

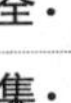

第二天的婚礼上,来宾们看到了最精彩的一幕,一对新人和一对又聋又哑的老人在音乐中翩翩舞蹈。很多女人都落泪了,男人们觉得眼睛酸酸的。

可不可以请您跳一支舞

◆文/伍　泽

山西晋城一所平房里,住着一对年老的聋哑夫妇,他们是一家福利工厂的工人。有一年春天的一个早上,夫妇俩很早去上班,在路上他们捡到了一个弃婴,弃婴是个女孩。他们收养了她。

女孩渐渐长大,是个聪明漂亮的健康孩子。老夫妇俩很高兴,他们请人给女孩起了个很好听的名字:春晓,并把全部的心血都放在了女孩的身上。

女孩上学后,读书很用功,成绩年年都在前三名。每次女孩拿了奖状回来,老夫妇俩就很高兴。女孩的奶奶会做很多好吃的,爷爷这时就喝一杯,他们用手语告诉女孩:他们很高兴。女孩这时就打开收音机拉着爷爷一起跳舞,爷爷听不到声音,总是踩到女孩的脚。女孩就伸手去刮爷爷的鼻子,说:"爷爷你笨噢!"奶奶在一旁把脸上皱纹笑成一朵菊花。

女孩高中毕业那年,带回一张老师的纸条,上面写着请女孩的家长作为优秀生的代表参加毕业典礼。学校里的人只知道女孩没有爸爸妈妈，却没人知道女孩的爷爷奶奶是聋哑人，女孩的爷爷奶奶从来没到学校去过。带回纸条的那天，女孩半夜醒来看见爷爷奶奶还在房里坐着没有睡。

第二天，女孩在台上代表全校毕业生讲话时，穿过人群她看见了爷爷奶奶，她冲他们点点头。学校的老师这时说："下面我们请学生家长代表上台讲几句。"他请了女孩的爷爷奶奶。家长们开始鼓掌，女孩的爷爷奶奶也使劲地鼓掌，他们不知道老师说什么，只是看见别人鼓掌觉得自己也应该鼓掌。有的家长开始笑，女孩在台上急得脸通红，不得已对着最后一排的爷爷奶奶打手语，会场一下子安静了，突然一个声音叫起来："王春晓的爷爷奶奶是哑巴！""嗡"的一声，会场上像开了锅一样，无数个声音在议论"原来她爷爷奶奶是哑巴"。老师显然也没有料到，呆呆地站在一旁。

女孩觉得所有的血都涌到了脸上，丢下所有的人跑了出去。一跑出去就哭了出来，她觉得自己很难堪，很委屈。

第二天女孩一进教室，一个平时就很嫉妒她的女同学走过来说："王春晓，原来你的爷爷奶奶是哑巴呀，怪不得你也不爱说话。"女孩静静地站了一会儿，然后就一掌把她推倒在课桌上。

那以后女孩很少再跟爷爷奶奶一起出门了，她借口要复习功课把自己关在房里。

爷爷奶奶也变得沉默了，偶尔一家人一起出门，人多的地方他们从不跟女孩"交谈"，有时女孩情不自禁地跟他们用手语交谈，他们就只是笑笑不"说话"。要是遇到女孩的同学他们会立刻走开，让她和同学聊天。女孩心里很难过，但又不知道怎么打破这种僵局。慢慢地女孩也习惯了在人前不跟他们交谈。

女孩考取了上海的一所大学，她离开爷爷奶奶到外地去了。临走的那天，爷爷奶奶送她到车站，女孩在车开动的一刹那回头，看见爷爷奶奶扭曲的脸，他们无声地哭了。

女孩在上大学时有一个男生爱上她，她也喜欢那个很优秀的男生，但她从来不敢告诉他。她怕他知道她的爷爷奶奶是聋哑人，怕他会笑话她。直到毕业后的第五年的一天，男孩再一次对她说："嫁给我吧！"她才狠下心来对他说："我没有父母，我的爷爷奶奶是聋哑人。"男孩先是愣了一下，接着就笑了，说："就为这个你不敢跟我结婚？你真是个小傻瓜。"

他们准备结婚了，男孩对女孩说："把爷爷奶奶接来吧。"

他们把老夫妇俩接到了上海，女孩和男孩带着一对老人逛商店进公园。两位老人很不自然，他们已经不习惯和女孩做亲密无间的"交谈"了，女孩很伤心很自责。

婚礼前一个晚上他们来到了女孩的新房，坐在客厅的沙发上的老人和女孩面面相觑。女孩不知道该做什么，怎么做。

她随手打开了音响，音乐从音箱里流出来，女孩不由自主地在茶几上弹动着手指。

爷爷终于打着手势发问了：你在做什么？

女孩告诉他：我在听音乐。

爷爷又问:为什么弹你的手指头?

女孩答:我在打节拍。

什么是“节拍”?爷爷打了个手势。

女孩把爷爷的手放在音柱上,音乐通过电流的震荡传递到老人手上。老人也开始随着音乐弹起了手指。

过了一会儿,爷爷走过来用手语问:“你还记得我们多久没一起跳舞了吗?”女孩点点头。爷爷又问:“跳一支舞好吗?”于是两个人在客厅中央轻轻地跳起舞来。

爷爷不小心踩到了女孩的脚,女孩的泪一滴一滴流了下来。爷爷慌忙停住了脚步:“我踩疼你了吗?”女孩又笑了,伸手去刮爷爷的鼻子:“爷爷你好笨噢!”奶奶在一旁老泪纵横。

男孩走过来扶起老妇人,让她也感受到音乐的震荡。然后微微弯了弯腰说:“奶奶,我可不可以请您跳支舞?”

第二天的婚礼上,来宾们看到了最精彩的一幕,一对新人和一对又聋又哑的老人在音乐中翩翩舞蹈。很多女人都落泪了,男人们觉得眼睛酸酸的。

若干年后已为人母的女孩想起那天的情景还会感动不已。告诉你一个秘密吧:那个女孩就是我。

感恩提示

gan en ti shi

最美丽的语言是舞蹈。2005年春节晚会上的《千手观音》,那用手臂提炼出的舞蹈精髓,因为华丽而优雅的艺术表达,因为这一切表达都归置在大静之中,所以震撼如同电波一般接通心灵。

上文所述情景也属艺术欣赏品。无论行文中有多少个关于日常化的场景描述,只要那个有音乐背景的聋哑人的舞蹈一出演,就能撼人心肺,感人至深。那个踩脚、刮鼻子的细节像旷野中的篝火一般,让人轻松又温暖。这是生活苦难重压之下的小快乐,这又是冲破苦难困扰的大幸福。当生活已转入坦途,歌声随时响起的时刻,那样的舞蹈更具有了一个独特的魅力,那是对过往苦难的告别,那是对降临身边幸福的庆祝,同样让人温暖。

(刘兆亮)

巴彼正要问为什么，孩子的妈妈却在这时走了进来，她拼命忍着快要掉下来的眼泪，柔声对巴彼说："爸爸，是我。"

巴彼家的老门铃

◆文/成 蓉

巴彼是个相貌十分讨人喜欢的老头子，已经变得灰白的头发总是梳理得一丝不苟。巴彼的口哨吹得棒极了。每天早上，他都会一边快乐地吹着口哨，一边给他的当铺掸灰、扫地。当然，快乐的巴彼内心里也有一个隐痛，但这并不妨碍人们对他的尊敬和崇拜。

这天，外面的阳光格外灿烂，天空非常晴朗，偶尔还有一阵微风从前门的纱窗吹进来。正当巴彼小心翼翼地擦拭着刚刚当进来的油灯的时候，铺子的门铃突然响了。这个门铃在巴彼家已有超过100年的历史了，声音特别迷人，巴彼非常珍爱它，也喜欢和每一个踏进当铺的人分享这美妙的铃声。

巴彼应声出去迎接客人。进来的是一个披着一头卷曲金发的小女孩，踮着脚尖才能从柜台上伸出头来，以致巴彼刚刚从里屋出来的时候差一点儿就没看到她。

"你想要什么？小姑娘？"巴彼用愉快的声音问道。

"您好，先生。"小姑娘长得十分秀气，神情纯真而羞涩，声音轻得就像耳语一样。她用褐色的大眼睛望了一下巴彼，然后就不断地四处张望着，似乎在找什么东西。

"我想买一份礼物，先生。"小姑娘害羞地说道。

"好，让我想想。"巴彼说。

"礼物是买给谁的？"

"我外公。是给我外公的，但我不知道买什么好。"

"这块怀表怎么样？好着呢！"巴彼建议说，语气里充满了骄傲，"是我把它修好的呢。"

小姑娘没有回答他，却径直走到门边，小手放在门上轻轻地摇晃着拉响了门铃。

"就是它了，妈妈说外公喜欢音乐。"小姑娘满脸兴奋地嚷了起来。

巴彼脸上的笑容凝固了，他实在不愿意让这个小女孩伤心。可是……

"对不起，小姑娘，这门铃不卖。你再看看别的什么吧……嗯，也许，你外公会喜欢这台小收音机？"巴彼小心翼翼地说。

小姑娘看了一眼那台收音机，低下头来伤心地叹了一口气，说："不，我想外公不会喜欢的。"

为了安慰小姑娘，让她理解自己为什么不愿卖那门铃，巴彼于是就把这个门铃的来历一五一十地告诉了眼前这个失望的小顾客。

小姑娘抬头望着巴彼，眼里闪动着一颗大大的泪珠，甜甜地说道："我想我懂了。无论如何，谢谢您，先生！"

就在小姑娘转身要走的时候，巴彼突然想到，自己除了一个离家出走、至今差不多已有10年没有见过面的女儿以外，其他所有的亲人都已经不在了，为什么不把这门铃传给一个喜欢它、会和自己所爱的人分享美妙铃声的人呢？

"等等，小姑娘。"巴彼叫住了已经走到门边的小姑娘——门铃再次被小姑娘拉响了。"也许这是我最后一次聆听这熟悉而动人的铃声了吧。"巴彼痴痴地想。

"我决定把这门铃卖了。给，看你伤心的，快拿手帕擦擦鼻子吧。"巴彼由衷地说。

"哦，谢谢您，先生，外公一定会很高兴的。"

"好了，小姑娘，别哭了。"能够帮这孩子一把，巴彼感到很高兴，但是，他将多么怀念这个门铃啊！

他一边小心翼翼地用纸袋把门铃装好，一边叮嘱道："你一定要答应我帮你外公——也帮我——保管好这门铃，知道了吗？"

"我保证！"小姑娘说，突然间变得十分安静起来。她忘了问价钱了。她抬起头来紧张地望着巴彼，再次像耳语似的轻声问道："多少钱？"

"嗯，我看看。你有多少钱？"巴彼笑问道。

小姑娘从口袋里掏出一个装硬币的小钱包，把里面所有的东西都倒了出来，总共有2美元47美分。

"小姑娘，你今天的运气真好，这门铃正好是2美元47美分。"巴彼说——尽管有那么一瞬间的工夫，连他自己都怀疑自己是不是疯了，只收这么一点儿钱就把传家宝给卖了。

这天晚上，到了要打烊的时候，巴彼还一个劲儿地想着门铃的事情。他决定再也不安门铃了，因为那祖传的门铃是任何门铃都无法替代的。他很想知道孩子的外公是否喜欢这份礼物。可就在这时，他却分明听到了门铃的声音。巴彼再次怀疑自己是否疯了，他朝着门口的方向走去，却见那个小姑娘站在门外，手摇门铃冲着他微笑着。

"怎么了，我的小姑娘？你不要这个门铃了吗？"巴彼大惑不解地问道。

"不，"小女孩机灵地冲巴彼眨眨眼睛，说，"妈妈说这是送给您的。"

巴彼正要问为什么，孩子的妈妈却在这时走了进来，她拼命忍着快要掉下来的眼泪，柔声对巴彼说："爸爸，是我。"

这时，小女孩也走到巴彼身边，拽着巴彼的衣角，抬头轻声对巴彼说："给，外公，快拿手帕擦擦鼻子吧。"

感恩提示

gan en ti shi

如此快乐的一个老头,他用口哨吹着自己的快乐。他尽量把自己的忧伤吹没。除了口哨,门铃也成了维系他快乐的支点。他着迷地聆听着那令人着迷的铃声,灵魂得以安宁和纯净。

也许正是这铃声每日每日的涤荡,让老头的心指引到一个无瑕的世界,一个只有爱而无他物的世界,所以,面对一个纯白无瑕的小女孩的请求时,他几乎要把所有美好的东西推荐给小女孩,但当他看到小女孩失望的背影后,他终于要把门铃拱手让出。这是大爱之下的大勇气,巴彼的举动似乎要给他一生的维系作一个总结。事情就这样升入一个完美的境地,他的爱心的善举最终是给了他自己。这样的报答是最完美的,也最能让人心动。

(刘兆亮)

老大想说的话很多很多,却半句也没说出来,泪水模糊的双眼定定地盯在了三弟的双手和双膝上……

三　兄　弟

◆文 / 王海臣

老大老二都娶妻另过了。老三腿瘸,走路左摇右摆像扭大秧歌似的,人们都叫他三瘸子。

三瘸子说不上媳妇,只好跟爹一起过。

三瘸子遇事,总要找两个哥哥给拿拿主意。俩哥哥觉得三弟拿他们为重,只要找上门的事,都会认真对待的。

这天傍晚,日头不小心把那红红的热量都洒在了爹的身上——脑门子热辣辣地烫,身上火炭儿似的烧!

三瘸子见势就给爹搓。使酒,使小米,前胸后背胳肢窝儿……凡是"火道"都搓遍了,愣是不管事!

三瘸子害怕了。

害怕了的三瘸子就左摇右摆地"跑"进二哥家。

"你去把大哥叫来,"二哥正吃晚饭,听说爹发了高烧,立即撂下碗筷对三弟说,"我俩得喳咕喳咕。”

三瘸子有点儿不耐烦，但又没有别的辙，只好左摇右摆地找来了大哥。

二嫂把大哥让进炕里坐了，就一声不吭地忙着去烧水了——她知道丈夫跟大哥喳咕起事来就能喝水。

二哥收了腿脚，盘腿坐在大哥的对面，倒水、点烟……

一看这架势，三瘸子就不耐烦了，哭腔哭气地说："快……快点儿想个法儿吧……爹怕是……怕是……"

"着急有什么用！着急要起作用什么事情也用不着研究了嘛……"

"那是，着急啥用没有，老三，你先回去照看爹，喳咕完了我俩就过去。"

三瘸子哭哭咧咧地摔门而去。

好在老大老二都理解光棍儿的心，谁也不跟他一般见识。

"我看就得研究着去医院了。"老大放下茶杯，边点烟边说。

"上医院呢，就得先喳咕喳咕上哪个医院。"老二抽了两口烟，边给大哥添茶边说："梁东隔个大梁，县城又忒远……"

的确，这地方上医院就像产妇难产——不开肠破肚就得豁出一头来！上梁东，要爬座"滚坡梁"。从梁下到梁上，一条蜿蜒小道，几处被光哧溜溜的石板陡坡断开；而且，在这梁上滚了坡的人、牛，在人们的心里都立了一本永不腐烂的账了！去县城呢，就得随山就势地出沟，要 200 多里呢……

"梁东是不能去的。"老大说，"弄不好滚坡就不是一个人的事了！"

"那就喳咕着去县城？"老二说，"使二虎的'130'得 200 多块……"

"车费，我与你嫂子研究研究……"

"那……药钱，我跟你弟妹喳咕了！"

哥俩连"喳咕"带"研究"，定下来了。半锅开水下去了，鸡也叫了头遍。

"不算太晚。"老大抬腕看着手表说。

"不算忒晚。"老二望望墙上的挂钟说。

哥俩深一脚浅一脚地来到爹的院子，一看没掌灯，都吓了一大跳。近前一摸，门也锁着。

哥俩更急了，出了两身冷汗。没有再"研究"，也没再"喳咕"，就都抬脚往外走……

东天燃起了个偌大的火团儿了，哥俩来到了梁东医院。爹头顶上挂着的滴流瓶子里咕咕地冒着泡泡儿，像是诉说又像在嗤笑着什么。三瘸子摇摇晃晃地在爹的头前脚后鼓捣着什么……

"你……你咋整来的？"老二进门就急切地问。

"背来的呗——使绳子把爹揽在腰上……"三瘸子说得很轻松很平淡。

老大想说的话很多很多，却半句也没说出来，泪水模糊的双眼定定地盯在了三弟的双手和双膝上……

感恩提示

gan en ti shi

读罢此文，在我脑中闪动的是这样一幅场景：老三的后背拴着滚烫的爹，在崎岖的山路上深一脚浅一脚地“跳跃”着，爹身上的温度像鞭子一样抽打着老三，温度不降，老三不停，在最快的时刻，老三几乎要飞翔起来了。

这样的画面文中并未提及，但它一直存在着，并且与大量描述出的老大与老二“喳咕”、“研究”的场面形成强烈的对峙。随着老大、老二议论的激烈，这样的对峙不动声色地就进入了白热化的境地。

这是人性的对峙，这是残缺与健全的比拼。最终，残缺战胜了健全，人性恶受到人性善的洗礼。

（刘兆亮）

来到你坟前，拔了杂草，坐下来与你聊天，你说下辈子你会做一个好人。微风缕缕，纸灰连连，兄弟我走了，忍不住回头，泪眼蒙蒙。如果有来生，我们还做兄弟，这次我做大哥。

下辈子我们还做兄弟

◆文/孙海瑞

值此清明时节，来到你的坟前，山野空旷，你独自一人在此长眠。携一坛清酒，愿你不再寂寞。酒未入愁肠，泪水早已打湿双眼，春风柔柔地吹开我记忆的门。

爹娘走得早，你我寄居在二叔家里。二叔生性好赌，但是逢赌必输，几个堂兄堂弟早已被他逼得退学，回家种田，你也毅然离开学校，只留我一人念书。我不甘自己白吃饭，想退学，你简单两个字“不行”，慑于你的威严，第二天我便早早上学去了。

一次，考试未考好，回到家中，二叔无语，我茫然，你却大发雷霆：“让你学习，你干什么了？知不知道二叔连自己的孩子都没让念，让你念！”随即清脆的啪啪两个耳光，我眼前一黑，脑袋嗡嗡作响。后来二叔说算了。我禁不住掉泪，你从未对我发过如此大的脾气。事后才知道，你看出二叔有意让我退学，便抢在他前面，堵住他的嘴。

我以全县第一名的成绩考上高中，你很高兴，与二叔忙着筹钱送我上学。二叔也从此在村中立足，从赌鬼上升到村里最有本事的人。

我从未进过城，车都没见过，看那拼命飞奔过来的车，我的心一下子跳到嗓子眼儿,仿佛生死一线,不由得紧紧拽住你不放。你担心我一个人在城里不适应,便在学校附近的餐馆打工。

高中的生活如一幅从未见过的画卷向我展开。早在初中时便听说花前月下的浪漫爱情,晚自习出去上网聊天……可在我心中,不敢多想,只想把书读好,宁肯变成一个书呆子,也不肯学城里的学生那样潇洒,只怕有一天你说我变了。

高二的时候,邻班的一位女生突然写信给我,说喜欢我,说我像金城武。我不知所措,那女生家里有钱,学习成绩一点儿也不好,终日以上网为业,而且学校里很多混子追她。这事假若让追她的那些混子知道了,肯定是要来找我麻烦的,如果闹大了,让学校知道,我还哪有颜面见大哥啊!

担心的事终于发生了,那天晚自习,来了一大帮人,问我是不是陈曦,我明白了,出事了,我说是。一个剪着草坪头而穿着十分时髦的人说:"我叫李智,今天晚上打你。"转身便走。那帮人边走边说:"还他妈的挺帅的啊!""个儿挺高啊!"……

李智是学校有名的大混子,仗着家里有钱,每次出事便以钱摆平。我怕极了,找了你,你只是平静地问了我事情的原委,平淡地说:"没事,晚上我去。"听了你的话,我的心里有了一些底。放学时,二十多人把你我围在校门口。你上前对那个李智说:"陈曦是我弟弟,这件事不管谁对谁错,谁也不能动他,如果你们让他不好,他啥样,我会让你们啥样。他的事,我来担……"随即,两人扭打在一起。我一时间愣在那里,眼见大哥被一群人围着打,我大吼一声冲了过去,挥舞双拳,也不知打到谁了。后来,不知是谁一拳打中了我,我随即腿一软,跪倒在地,接着脑袋像挨了铅块一样,我本能地抱着头,渐渐地什么也看不清了……

世界在某个瞬间宁静了,我独自在沙漠里张望,不知什么时候,妈妈站在我身边,抚摸我的头,我哭了,这十年的酸楚,一并释放出来。却不见你,我大喊,也无人回应,回头时,妈妈也不见了,我一个人站在空旷的沙漠里。我找不到水,我很渴。一睁眼,雪白的墙壁,周围全是床,我不知道这是哪里,突然见老师在这里,我问她:"我哥呢?"她未回答。我知道你肯定被押在派出所。

当我走出医院,一群人正在接李智出院,并为他接风洗尘,我顿时想起大哥一米八〇的个子,却要在那个蹲蹲不下、坐坐不下、站站不直的小号里关禁闭。我血气顿时上涌:有钱有什么了不起!我将所有的心理包袱抛掉,一个箭步冲了上去,一拳挥出,李智应声而倒。

当我去接你时,你面色蜡黄,整个眼窝深陷,我掉泪了,你拍拍我的肩说:"回去吧!我没事。"你向来是这样的洒脱。

随后,打我的那些人,一个个被打伤,最惨的是李智,被扎了好几刀。我知道这肯定是你做的,以你的个性,惹急了你的人,你一定不会放过他的。

我知道李智也不会就此罢休的。日子一天一天过,你却无任何音讯,仿佛消逝了一样。

有一天,你突然来学校给我送钱,我大吃一惊,眼前的你,极短的头发,整洁的衣服，锃亮的皮鞋，右腕已有烟头烫过的痕迹，左臂的纹龙十分显眼。身边有一位染了红色头发的女孩。你让我叫那女孩嫂子，我勉强出口。后来我才明白，你跟了一位真正的“大哥”，每日替人“禁票”、“摆事”赚钱，成了古惑仔。我无语，不知该说什么，你只说：“做自己该做的事，有事给我打手机。”

随后，我在校园里的朋友多了起来，支配的钱也多了起来，可无人能明白我内心的苦楚。我劝你做正行，你却说身不由己。

二叔随即也富了起来，在你开的饭店里当经理，依旧是赌性未改，改变的是过去总输钱，现在总赢钱。

有些时候我不明白，开饭店为什么能挣那么多钱。你有自己的车，浑身上上下下全是名牌，送我一件衣服就5000多元，我从未穿过这么名贵的衣服。我的心一直悬着，始终放不下心中的那块石头。

难忘的高中生活终于过去了，我终于进了自己想进的大学。你说要大庆祝一下，我也很高兴。

宴会那天，我还在席间敬酒，只听见很多人大喊“不许动”，眼前突然出现许多警察，端着冲锋枪。我的心一沉，我知道完了，而且无法挽回。

置你于死地的是毒品。你的全部财产被没收，二叔也变得一无所有。你把罪全担了下来，二叔和一些你的兄弟得以能够重新做人。一切皆像一场梦一样，梦醒时却是这样的残酷。

在探监房里，你手上脚上全是铁链，很重、很重。发青的头皮折射着那昏黄的灯光，眼睛却依旧炯炯有神。

我号啕大哭，也不知道为什么哭，心中有好多好多的话想说给你听，却卡在咽喉，一个字也说不出来。你笑了：“别哭，就当是一场梦。你能考上大学，安然无事，是我一生最大的成功。还有一件事你一定要替我做，圆了我小时候的梦。”都这个时候了，你还记着小时候你说如果将来你有了钱，一定会埋在地窖里的梦。我不知道是怎样走回二叔家的。

我知道，你我将永别，永远不再相见，我无力阻止这一切的发生，只能眼睁睁地看着你走。

刑场上，众多囚犯腿软，被警察架着，你却大步向前，眼望天边那朵白云，回头对我微笑。我的心如刀割一样，一刀一刀地割。我无法睁眼，随着一声清脆的枪声，我知道，你走了，永远地走了。

我已准备休学，南下打工挣取我自己的学费，二叔已无力供我。伴着夕阳暮色，来向你辞别，微风呜咽，你仿佛就站在我的身旁。猛然间，我想起你临刑前说的话，我恍然大悟，你一定埋了东西在地窖里。我不停地挖，果然挖出一个皮箱子，打开一看，里面全是钱，还有一封信，展信：“曦，大哥早已料到今日，人不可能永远立于不败之地，自古邪不胜正。这些钱备你不时之需，珍重。”捧着信，我泪如雨下。

上了大学已有一年多，是你让我人模人样地站在大学的殿堂里。是你给了我充实的昨天，是你给了我无悔的今天，是你给了我辉煌的明天。

来到你坟前，拔了杂草，坐下来与你聊天，你说下辈子你会做一个好人。微风缕缕，纸灰连连，兄弟我走了，忍不住回头，泪眼蒙蒙。如果有来生，我们还做兄弟，这次我做大哥。

感恩提示
gan en ti shi

“我不做大哥已好多年，我不爱冰冷的床沿。”与读此文相伴随的是柯受良这首苍凉而浑厚的《大哥》。

让人感到遗憾的是，歌声中的“大哥”是鲜活的，反思式的；而文中的“大哥”是灰色的，一步步踏入罪恶与死亡深渊的。笔者以为，人的身上总有恶的成分，而且这还是一个版块，它与善良、勇气、责任等版块一起构成人的丰富性，就像几大洲的版块构造了地球一样。就是因为这样，这些版块易于受到外力的冲撞而产生裂变和动荡，如果不能自制，则极易造成地震或海啸，那么人性恶的版块强势突出，则导致了人的溃败。

死亡比床沿更为冰冷。人的变坏，是因一种极端的爱。所以，这种爱并不值得歌颂。来生如果还做大哥，我们都希望，那位大哥不仅有爱在心，还要有克制和内敛在胸。

（刘兆亮）

而我的妹妹，用那五音不全的嗓子一遍遍地唱着《月亮代表我的心》。我知道那里面的字字句句，全是她用心在唱给我。

听妹妹在隔壁唱歌

◆文 / 雪小禅

在别人面前，我极少提到她。

甚至，别人问起我兄弟姐妹几个，我总是支吾着然后把话题岔过去，实在没办法，就说，还有一个妹妹。

如果他们继续问，妹妹在做什么？

我会轻轻嗯一声，然后说，在家。不做任何解释，不多说半句话，极力想出些什么事情把妹妹这个环节跳过去。

我的妹妹，3岁那年，得了小儿麻痹，然后，靠一个轮椅代替了脚。所以，当我长成一米七〇的女生，当我亭亭玉立后，我想到的不仅不是妹妹的悲哀，而且常常感觉有一点点自卑，为什么，我的妹妹不是如我一样亭亭玉立的女孩子？为什么？她偏偏是个瘫子呢？很明显地，我的父母以我为傲，从小到大，我是一只白天鹅，学习好、会跳舞、会弹钢琴会吟诗作画，父母几乎把所有的希望寄托在了我的身上，而我的妹妹，陪伴她的只有那些童话书和一个小录音机，她不能和我一样去上学。

所以，我们近乎在这10年中都没交流过。我有我自己的世界，那个世界如此动人、美丽，充满了灵性和朝气，但妹妹虽然只有19岁却如此暮色沉沉。

同学们来找我，我很少打开隔壁的门，因为，隔壁住着我的妹妹。21岁的我，常常会和朋友在家里跳舞谈天喝酒，我们姐妹，虽然近在咫尺，却仿佛远在无涯。

她有她的世界。

那台小小的笔记本电脑，是从小到大，她和父母唯一要的东西。而我几乎什么都有，美丽的衣服、引以为傲的文凭，当然，还有让我动心的男友。

男友是个英俊帅气的男人，细细高高的，看人时有一种迷离的眼神，第一次他来我家，我没有告诉他我还有一个妹妹。

那时我沉浸在热恋中，只愿意听他说那些甜言蜜语，没有一个女孩子不喜欢听这些甜言蜜语的。

我们喜欢一起去看电影，一起去泡酒吧，一起去看歌剧，所有时尚的东西一个也没有落下，那时我想，所谓的爱情，就应该是这样吧。

当然，我们还喜欢一起去学校的网吧里上网，看一个叫子衿的人写的连载，那是个很有才情的女子，常常，我们会被感动得泪水涟涟。

大学毕业的前夕，男友提出了分手，他说我们之间还有着隔阂，而所谓的隔阂，我知道是因为一个北京的女孩子。那个北京的女孩子曾找过我，她说，我可以把他留在北京，你可以吗？

爱情就这样面临了现实的残酷，真的很残酷。从小到大，这是我第一次遇到挫折，我哭了。

哭得很惨。一直像狼一样叫着，疯狂地摔着东西，骂着，终于崩溃了，发烧、呓语，然后一遍遍地唱着他唱给我的情歌《月亮代表我的心》。

直到再也唱不动了。我的嗓子全哑了。

第二天，我的床头有一杯橙黄的橘子汁。那一直是我最喜欢喝的东西。

是妹妹放那里的。她在轮椅上，淡淡地笑着，看着我，然后说，姐，总会过去的。

我还是闹着，像个丢失了宝贝的孩子。

隔壁，传来妹妹的声音，起初，我以为是她在说话，但是，天！她在唱歌。那么难听的声音，全走了调，但她还是那么执著地唱着。

还是那首《月亮代表我的心》。

一遍又一遍。直唱到我泪如雨下。我的妹妹，她知道我有说不出的苦，所以，她唱了歌给我听，19年来，这是我第一次听到她唱歌。她是个木讷的人，甚至，几乎不怎么说话，常常对着电脑敲打，一打就是整天。

妈妈说，多亏有了电脑。小时候是那些书，现在，是一台电脑。

而我们，却忽略了一件重要的事，那就是，妹妹也有一颗敏感脆弱的心。只是，我们整天太忙着注重自己的欢乐和痛苦，却忽略了那样一颗本应最脆弱的心。

也许是生活给予她的痛苦远远高于了快乐，所以，一点点的快乐就能让她满足吧，而一次小小的失恋就差点儿要了我的命。比较而言，我更像一个青苹果，而妹妹，是一粒坚果，坚硬的外壳下，是多么晶莹多么香醇的一粒仁啊。

听妹妹在隔壁唱歌，我的心软软地疼起来。每天每天，我对妹妹说，妹妹，请给我唱歌吧。

而我的妹妹，用那五音不全的嗓子一遍遍地唱着《月亮代表我的心》。

我知道那里面的字字句句，全是她用心在唱给我。

一个月后，我到隔壁，抱住瘦小的妹妹，然后轻吻她的额头，说了两个字，谢谢。

是妹妹教会了我爱，教会了我怎么样对待人生中的荆棘，她还让我知道自己曾经是多么愚蠢和无知。朋友再来，我总是拉着妹妹出来，然后很得意地说：我妹妹。而等到半年后我们家开始一张又一张收到杂志社寄来的稿费单子时，我才知道自己才是光阴虚度了。那个叫子衿的网络作家，就是我的妹妹。

感恩提示

gan en ti shi

有位写诗的朋友把草莓比作妹妹，他说：草莓，我乡下的妹妹，一进城任人咬出血来。这句诗我很早就默记于心。并且，我把它的意境比照着我以及我周围的每一位熟悉的人的妹妹。结果，笔者吃惊地发现，或多或少，或强或弱，都有那么一点儿影子闪动在诗意里。这说明，妹妹在哥哥姐姐的视觉里永远都是低矮的，纤弱的，楚楚可怜的。

但事实却并非如此，妹妹往往在一个长者的身后扮演着重要的角色，这个角色可以是身后的眼睛，可以是另一视角的思考，可以是为你的人生遮挡风雨的小花伞……所以，从这个角度来说，我们需要重新审视“妹妹”这一概念。

（刘兆亮）

在此之前，我从来没有想过，这个和我没有一点儿血缘关系的人，在我生命里竟是如此重要。

有一种情，叫相依为命

◆文/萧　音

一

第一次见到良子哥的时候，他12岁，我9岁，他上四年级，我上二年级。他的个子比我高出整整一头，脏兮兮的样子让人看了极不舒服。

良子哥喊我妹妹，我却不喊他哥哥，我喊他的名字李国良，或是干脆叫他“哎”，在我心里，他只不过是我家收留的一个无家可归的人而已。

我父亲当时是村上的民兵连长。1982年，村上搞联产承包，父亲和母亲一起承包了村南的一片苹果园，父亲能干，又懂技术，我们家苹果的产量比一般人家的都高，日子过得在村上数一数二。

然而，好景不长。1984年夏天，父亲从果园锄草回来，到村西的河里洗澡，一个猛子扎下去就再也没能上来。后来，家里的一个远房亲戚给母亲介绍了继父。继父家很穷，好不容易讨上媳妇，媳妇却因为忍受不住贫穷跟一个倒卖粮食的外省人跑了。于是，从那天起，继父和他的儿子开始了艰难的生活。

因为苹果园里缺人，父亲过世后的第二个月，继父便来到我们家，我和母亲住东屋，继父和良子哥住西屋。

继父是个很能吃苦的汉子，整天泡在果园里，晚上也不回家。

母亲忙得有时顾不过来，便给我们俩每人5毛钱，在学校的小卖部里买烧饼吃。小卖部的烧饼是老板从镇上买来的，有时当天卖不了隔一夜便馊了，老板心黑，把前一天放馊的烧饼混在当天进来的新烧饼中一起卖。因为常常买到馊烧饼，后来良子哥便干脆学着做饭，刚开始时，他经常做煳，即便他把不煳的饭菜给我吃，自己吃煳的，我也不愿意理他。

学校离家有3里多远，要翻过一座山梁，山上到处都是郁郁葱葱的树木和半人高的蒿草，有时还会听到不远处的狼叫。母亲不放心，让我和良子哥一起上学，并嘱咐良子哥照看好我。我不愿让同学们笑话良子哥的那张黑脸，良子哥第一次帮我背书包时，我狠狠地甩开了他，自顾自地向前走。所以，每次上学我们两个经常保持着十几米的距离。

二

夏日的一天，放了学我做完值日，同村的人早回家了，我和良子哥背着书包一前一后地往家走。走到半路上，天突然暗了下来，云层很低，黑压压的，连不远处的村子都看不见了。一直跟在我身后的良子哥，突然跑上来拉起我的手往家的方向跑，我吓得不知所措，只得深一脚浅一脚地跟着他跑。

刚跑了十几米，天上突然掉下冰雹来，先是玉米粒大小的冰雹稀稀拉拉地落下来，眨眼间，变成了鹌鹑蛋那么大。良子哥一把把我推到路边的岩石下，两手抱着头，下巴抵着我的脑袋，整个身子压在我的身上。这样过了足有10分钟，天空才渐渐有了亮光。冰雹过后，只剩下了雨，我从良子哥的身子下挣扎起来，看到地上到处都是冰雹，足有十多厘米厚，我推了推良子哥，这才发现他的上衣背后都是血，血水混着雨水不停地从脑袋上往下淌。良子哥蜷缩在地上，紧皱着眉头，牙齿不停地打着架。

我不知所措，吓得站在雨中哇哇大哭。

不一会儿，母亲披着一条麻袋赶来了，一见良子哥的样子，母亲一把将自己的上衣扯下一大块，手忙脚乱地缠到良子哥头上，然后将麻袋搭在他身上，蹲下身背起良子哥就往镇上跑。

四五里的山路，到处都是冰雹，母亲背着和她个头差不多的良子哥，一口气跑到了镇上的医院，路上鞋都跑丢了也没有发觉。

母亲的老寒腿便是那时落下的，直到现在，每逢阴天下雨，母亲便不时用拳头去捶自己的膝盖。后来，每每说起那天的事，良子哥的眼圈儿都红红的。

那一年的冰雹，把方圆几公里的庄稼全毁了。瞅着园子里被冰雹打折的树干和落了一地的青果，继父只得把果园重新修整了一下，在树档间种上了黄豆。

1990年，我15岁，家里果园的承包合同到期了，有人给村长送了礼，加之继父是外来户，村里便把果园包给了别人。继父气得几天吃不下东西，那段时间，夜里常常听到继父和母亲的叹息声。没有了果园，继父从集上买了几只羊，一边种地一边放羊，日子虽不如从前宽裕，但也能凑合。

1991年冬天，继父在后山上放羊，不小心摔了一跤，把胳膊摔折了。到县城的医院拍CT时，竟然在继父胳膊骨折处发现了癌细胞，医生说这种病是因为长期接触农药感染造成的。想到那些年继父天天背着药桶给苹果树喷药，有时天热连衬衫都不穿时，母亲追悔莫及。医生给继父做了手术，把胳膊上那段病变的坏骨头锯掉，然后，抽了一根肋骨接上。但手术并没有留住继父离去的脚步，第二年麦收时，继父还是离开了我们。

继父的死，让我的心一下子空了许多。我很清楚，继父的病把家里的积蓄都用光了，以现在的家境，母亲肯定无力供我们两个人同时读书。而良子哥马上面临高考，我担心一旦他考上大学，母亲肯定会让我退学的，我很了解母亲，这样的决定，她做得出来。

然而，事实并没有向我想像的方向发展。高考后的第二天，良子哥给母亲留了一封信便去了省城打工。在信中他说，参加高考只是想印证一下自己的实力；没有了父亲，自己有责任支撑起这个家。他还说，妹妹，你一定要好好读书，哥就是砸锅卖铁也要供你上完大学……

良子哥的高考成绩比录取分数线高出 16 分。分数下来的那段时间，母亲发疯似的到处打听良子哥的去向，还专门坐车去了省城，跑遍了省城所有的建筑工地，仍然没能找到他。最终，这一切成了母亲后半生永远的愧疚。

三

1993 年秋天，我如愿以偿地被南开大学录取。

初冬的一天中午，我从图书馆看书回来，同宿舍的人说母亲托一个老乡给我捎来了过冬的衣服。打开包袱，里面是一条毛裤和一件崭新的羽绒服，摸着那件羽绒服，睡在我上铺的杜梅惊呼道："哎，我说淑敏，你妈可真舍得给你花钱啊，这羽绒服还真是羽绒的哩！"我问送衣服的人呢，她们说已经走了。我听了，良久无语。我知道，这羽绒服肯定是良子哥买的，当时，羽绒服刚刚时兴，价格特别贵，别说是学生，就是一般上班的人穿这东西的也很少。杜梅说，你老乡一来就问这问那的，看样子挺关心你的。我说，那不是我老乡，是我哥。她说那他干吗要说是你老乡呢，我咬了一下唇，眼泪涌了上来。

我在天津读书的第二年，哥哥和本村的一个姑娘结了婚，生下了侄子小强。毕业后，我分到了省城，也结了婚，有了孩子，良子哥则在离我不远的一家工地上打工。

2004 年初冬的一天，我正在单位整理报表，突然接到嫂子打来的电话，嫂子哭着告诉我，良子哥在给新盖的大楼外墙刷漆时，拴脚手架的铁丝脱了钩，良子哥和另一名工人从 3 楼高的架子上掉了下来，这会儿正在送往市第三人民医院的途中。

我扔掉手中的东西，奔出门打车往第三医院赶。在急诊室门口撞见同村的两个人，他们正从车上往下抬良子哥，良子哥的嘴角上、脸上、身上到处是血，我抓住他的手，一边喊着哥一边呜呜地哭。听到我的喊声，良子哥努力睁开眼，喃喃地说了一句："妹妹，哥要是有个三长两短的，娘和你侄儿就交给你了！"我颤抖着嘴唇，说不出话来，任泪水在脸上肆意流淌。

良子哥摔折了左腿和两根肋骨，其中一根肋骨插进了肺里。手术进行了 6 个多小时，我一直站在门外，心乱如麻。当医生走出来告诉我病人已脱离危险时，我忽然两腿一软，跌坐在了地上。

在此之前，我从来没有想过，这个和我没有一点儿血缘关系的人，在我生命里竟是如此重要。那一刻，我突然知道了，18 年前的那个夏日，当他用身体阻挡住向我袭来的冰雹时，我的生命便注定与他再难割舍。

人们都说，血浓于水，然而，比血更浓的，却是这种生死相依的亲情。有一种情，叫相依为命，它离幸福最近，且不会破碎，那是一种天长地久的相互渗透，是一种融入彼此生命的温暖。

感恩提示

gan en ti shi

哥哥为"我"的衣食而忧，为"我"的安危抵挡冰雹；"我"为哥哥生命揪心不已，瘫坐于地。

这是生死衡量出的情感分量，这种分量重若万钧，并且无懈可击。一个生命对另一个生命作出承诺，并时刻呵护、保护着另一个生命。这是生命演绎真情的最高境界。本文为彰显这一动人境界，讲述的是一个无血缘关系的兄妹俩的故事，使得情感呈现更为真挚感人。本文行文也具特色，三个段落是人生的不同阶段，也暗示情感的递进。最终使"我"彻悟："比血更浓的，却是这种生死相依的亲情。"

（刘兆亮）

爱是一把可以打开自闭症的钥匙。爱同样是可以打开爱情的钥匙。你心中拥有的爱是一把万能钥匙。

哥哥，我心底永远的痛

◆文／凡　娘

3月，我与女友分手了。这次分手其实早在我的意料之中，因为这已是我第六次失败的恋爱了。我这几次恋爱的情形都十分相似，女方和我见面时，对我的印象都不错，无论是我的相貌、谈吐、事业都让她们很满意，可接下来当我如实地告诉她们我的家庭情况时，她们的眉头皱起来了，笑容消失了，严肃地看着我，一遍遍地盯住我问："你不是开玩笑吧？不是想考验我吧？"待我很肯定地拿出我和妈妈哥哥的合影给她们看时，她们刚才还对我充满倾慕的眼神消失了，神色变得矜持起来，口气也犹豫不决了。好半天才说："家庭并不重要，重要的是两个人在一起的感觉，先交往交往再说也不迟。"我说："非常感谢你这么想。不管以后如何，冲你这句话，我都视你为朋友。"话虽这么说，可每次事情的发展都不怎么新鲜。这些女孩子总是尽可能不去我的家。可我却一定拉她们去，去了之后，她们多半是饭也不愿留下来吃一顿，当然，我们的交往也因此基本走到了尽头。

所有这一切，都只因为我家里有一个患病的哥哥。哥哥患的是一种类似于自闭症的精神病。他几乎不说话，很害怕见生人，更害怕走出我们居住的三室一厅；他没有生活能力，只愿意和他的一条狗呆在一起；他需要我养一辈子，方方面面地照顾一辈子，而我是一定要养他一辈子的，不管我将来是怎样的生活状况，我一定要和他生活在一起。面对这样的情形，一想到要和一个有病的哥哥生活一辈子，那些女孩打退堂鼓也就不足为奇了。

和她们分手我并不遗憾，我照样过着自己的生活。一般来说，晚上我会推掉所有的应酬，按时回到家中，陪哥哥看卡通片，和哥哥及他的那只叫小跛的狗玩耍，那是哥哥一天中最高兴的时候。他会对着我憨憨地笑，会说："好看，好看。"看到哥哥高兴，我当然也高兴，可心里更深的是痛——如果不是因为父亲过早地去世，不是因为家境过于贫寒，哥哥不会在 17 岁那年迫不得已地退了学，从此开始担起一个成年人的责任；而我如果不是那么贪心读书，高中毕业就和哥哥一道撑起这个家，哥哥现在一定也和他同年龄的人一样已成了家，做了一个孩子的父亲，过着自己有滋有味的小日子……知道事情不可能按照人们的愿望从头再来，可一想起这些，我的心便如刀绞，不得安宁……

父亲去世那年，我 14 岁，哥哥 16 岁，家里唯一的经济来源是妈妈种的一亩三分地。妈妈当然希望把我们兄弟俩一起培养成才，可是才过一年，她就再也无力支付我们的学费了。于是，她让上高中的哥哥退了学。她对哥哥说："不是妈偏心，你弟弟实在太小，他出去打工没人要啊……"哥哥是个文静内向的人，对妈妈的决定，他除了流了一天的泪，没有再多的表示。过了一周，他便跟着村里的几个人一起去外地打工了。

他这一去，很少打电话回来，信也少写，只是半年一年地寄一次钱给我们。

三年后他第一次回来。人长高了些，却出奇地瘦，话比以前更少。我和妈妈问起他打工的情形，他只淡淡地说一句："就那样。"然后再也不多吐一句。我们知道他肯定很苦，因为他回来的那半个月里，半夜里我们常被他的哭声惊醒，开灯看他，紧闭着眼，哭得喘不上气来，把他摇醒，他愣愣地看着我们，半天才回过神来，说一句"原来是在家里"，然后倒头又睡去。妈妈悄悄向和他一同打工的人打听，那些人欲言又止，只说哥哥肯干活，太老实，容易受人欺负，具体情形却不愿说。

妈妈回到家，抱着哥哥流泪说："妈知道你苦啊，你别出去了，我们娘仨就守在一起。"哥也抱着妈哭，也叫着不出去了，不出去了。可是，半个月后，同乡们回工地时，哥哥又跟着一同出发了。临走前我拉着他不放手，哥拍拍我的肩："弟，哥再出去干两年，等你考上大学哥就回来。你得好好学啊，哥天天盼着你考上大学……"我的泪流下来，他的泪也流了下来，他用袖子一抹，狠拍一下我的肩，走了。

他这一走又是 3 年，除了寄钱几乎音讯全无。我读大一那年的一天，突然接到妈的电话，让我赶紧去广州一趟，说是哥出事了……

我见到哥时，哥躺在医院的床上昏睡，他的身上、脸上伤痕累累，可医生说，他身上的伤是次要的，重要的是，哥哥的精神受了强烈刺激，有时不说一句话，有时又狂躁得摔东西、打人，完全控制不住，不得已，给他注射了镇静剂……

我去哥哥打工的工地询问情况，同乡们一开始都不想说，在我的再三哀求下才告诉我一些情况。

他们说哥哥从开始打工就显得与众不同。除了拼命干活外，休息的时候他还拿出书来看。大伙儿都笑他，说这个样子还想读书，是不是有病啊。哥哥并不理会他们，一味地看下去。有一天，工头对他的行径实在看不惯，以为他这样做耽误干活，阴阳怪气地嘲笑了他一番后给他换了工地上最苦的工作，说看来是哥哥的工作太轻闲，要不怎么会有闲工夫看书！老乡说，如果是换了别人，会和工头套套近乎，然后把书收起来了事。可你哥真犟啊，活照样干，书继续看。这下可把工头惹恼了，他从此想方设法折磨你哥，重活、累活总让你哥干，还经常当着众人嘲笑他。一些趋炎附势的人也跟着工头调侃你哥，你哥为此还和别人打了几架，可每次打架都是他吃亏，他的话因此越来越少了，而且不愿意和大家接触了。

一个月前，工地附近跑来一条跛脚的小狗，一看就是一只被主人抛弃了的流浪狗。你哥对这条狗特别好，每次吃饭时都留些饭来喂它，还给它洗澡、梳理皮毛，还给它起了名叫小跛。渐渐的，狗就和他混熟了，一天到晚跟在他后面，看得出来有了这条狗，你哥开心了不少。可工地上的几个人打起了这条狗的主意，他们想捉住这条狗杀了煮来吃，于是前几天中午十多个人围追那条狗。你哥当时坚决不准他们这么干，可谁听他的呢？大家继续去追。你哥急了，挥着一根钢筋冲进人群，一手将狗搂在怀里，一手舞着钢筋，追狗的人被打伤后也气急了，也抡起钢筋朝你哥打……

我泪流满面，抱着那只叫小跛的狗回到了哥哥的床前，我对昏睡中的哥哥说："哥，我来带你回家，带你和小跛一起回家……"

两个星期后，哥哥身上的伤基本没有大碍了，我决定带他回家。考虑到哥哥的病情，而且带着小跛不能坐火车和长途大巴，我租了一辆出租车回家。虽然租车的费用花去了哥得到的补偿费的一大部分，掏钱时我却没有一点儿犹豫。把哥交给妈妈时，我对妈说："你好好在家照顾哥吧，再也不能让他受到任何伤害。我会挣钱养活你们……"

我要拼命挣钱养活哥哥和妈妈，就像当初他养活我一样。大学4年，我搞过各种兼职，有一个时期同时打5份工。大学四年级时，我在校外租了间房子，把妈妈和哥哥接到了身边，只有天天看到哥哥，我心里才踏实；而我发现他一看到我时，神经也不会那么紧张，他甚至会说上两句话，有时还对我和妈妈微笑。这一切都让我对生活充满了希望，我觉得哥哥一定会好起来。

毕业后，我和几个同学合伙开了一家经销化学涂料的小公司。我们真是找对了路子，公司开张两年后，生意好得出奇，这样，我买下了一套大房子，把哥哥和妈妈接了进去。

我为哥哥找了很多医生，可效果并不明显。唯有一个医生说，没有什么药物能比得上爱，爱他关心他，也许会慢慢打开他的世界……我以为，这个医生为哥哥开出了最好的药方。

那只叫小跛的狗一直跟着哥哥，它和哥哥形影不离。我因此受到了启发，为哥哥买了许多关于狗的碟片，还买来孩子们看的卡通片，在这些片子里，世界一片美好，花正红天正蓝，人与人之间和善相处，正义终将战胜邪恶……那样的世界，正是哥哥希望得到的世界……我和妈妈小心呵护着哥哥，几年下来，哥哥的情况有了明显的好转，他对生人不再那么害怕，虽然我带他在小区花园里散步时，他一直紧紧地抓着我，浑身止不住地颤抖，可他毕竟能迈出家门了，这是多大的进步啊。我为此欣喜若狂，我盼望着有一天，能看到他自由自在地在洒满阳光的大街上轻松地行走。

他唯一的一次狂躁发作，是我不小心将一本杂志带进了他房间。他看到那本书时，浑身一激灵，突然跳起来抓起那本书就撕，边撕边大叫，泪水四溢，直到把那书撕成碎片，他才浑身一软倒在地上，人事不省……那天晚上，我在他床前守了一夜，也流了一夜的泪。我不难想像，当年的被迫辍学带给哥哥的伤害有多大，那些无知的人对他读书渴望的打击有多大！也就是在那天晚上，我更坚定了要守护哥哥一辈子的决心。

所以，我才有了6次失败的恋爱，直到三十好几还是独身一人。妈妈曾不无忧虑地一次次对我说："儿啊，这样下去，你会一辈子讨不到老婆的。要不，你再给我和你哥找处房子，我和你哥搬出去住。他现在好多了，我一个人能照顾他，可别让你哥耽误了你的终身大事……"妈没说完我就阻止她再说下去。他们是我在这世上最亲的人，我不能和他们分离。

婚姻，我可以没有，而哥哥，我永远不能再失去了。

况且，我一直坚信，我会找到那个能与我同行的女子，她爱我，也爱我哥哥。因为这个世界上毕竟有那么多拥有美丽心灵的人。

感恩提示

gan en ti shi

爱是一把可以打开自闭症的钥匙。爱同样是可以打开爱情的钥匙。你心中拥有的爱是一把万能钥匙。

读完此文，我多想告诉主人公以上的话语，并非常希望他能够听见，而一如既往地坚守这样的爱。

主人公自信：世界上毕竟有那么多拥有美丽心灵的人。这样的话让我想起了一句谚语，好心人的心都是一面镜子，它们能够互相照射。一肩担爱心，一肩挑责任的行为是很正常的亲情举动，有些人会视作生活的重负，而那些可以把它作为生命壮举的欣赏者定会为此而倾心相投。博大的爱必然会收获博大的爱情，那些不愿意承受博大的爱情者也真不应当沐浴这份荣光。

（刘兆亮）

剪掉了辫子的姐没有原来那么美了，但我却更爱她了。我对自己说，将来我长大了，一定买许多姐喜爱的东西送给她。

一个苹果

◆文/佚 名

我正在攒钱购买一本字典的宏大计划被姐知道了，她每隔三五天便从衣袋里摸出一个一两分钱的硬币，郑重其事地放在我的手掌上。

那时候一本字典是7角多钱吧。如果平均每天都能攒上一分钱，半学期就攒够了。但我每天要到哪儿去挣这一分钱呢？

离我村几里远的公路上有一道很陡的坡，有人用单车载柴草去卖给山外人家做燃料，翻过这道坡时，需要雇人在后面帮着推，大人推一趟一般可得5分钱，小孩要两三人合伙推，每人只得一两分钱。我只推过一趟，便被姐知道了。她说我年纪小，身体也不好，不能干这活，拉着我回家。

那时候姐整天都在生产队里劳动，生产队是不发工资的，真想不出姐那些一分两分的钱是从哪儿变出来的。

每隔一段时间，姐便问我，有多少钱了，还差多少？

这天我坐在门槛上做作业，姐又问，我说只差5分钱。姐到屋子里去了。不一会儿，姐从屋子里出来，我愣了神，总觉得姐不像姐了，她那两条叫人看着十分舒服的辫子被剪了下来。

她把辫子放到我的手上说，你把这两条辫子拿去卖给福元伯，就可以买字典了。

剪掉了辫子的姐没有原来那么美了，但我却更爱她了。我对自己说，将来我长大了，一定买许多姐喜爱的东西送给她。

姐上过夜校。夜校的语文老师也是我的班主任林老师，年纪与姐差不多，常到我家来家访，有时说是来辅导我功课，眼睛却总盯着姐看。他一来，姐的表情便怪怪的。

林老师调走后，仍到我家来过两次。有一次他带来了4个苹果。

那是我第一次看到苹果，看着便叫人流口水，凑上去便能闻到那份诱人的芬芳。

姐疼我，给我一个，把两个切成一片一片，分给邻居的小孩；姐自己留着一个，不吃，只留着。

我把我这一生的第一个苹果吃完之后，回味了几天，便惦记起姐留着的那个苹果来。

我常常看见姐捧着那个苹果坐着出神，那时候我不懂姐的心事，只是想念苹果的滋味。

有一天我发高烧，吃不下饭，姐把手放在我的额头上，我说，姐，苹果……

姐望了我一会儿，便去拿来那个苹果给我。那个苹果已经有点儿腐烂了，但我仍然吃得神清气爽。

吃完那个苹果，我很快就后悔了。我看见姐背着我抹眼泪。

姐喜爱苹果，我长大了，一定买许许多多的苹果送给姐。我想。

那一年姐病倒了，殷红的血，一口一口往外直吐。

从大人的表情中，我仿佛预感到什么，我忽然害怕起来，我感到姐正在一天一天地离我而去，我不知道用什么办法可以把姐留住。我只是哭。

哭着哭着，我忽然想到了苹果，姐喜爱苹果，可她从来没吃过苹果呀。

我拿起一件我最新的衣服，赶到镇上，找不到苹果，有人告诉我，县城也许有吧。我赶到县城时已近黄昏。我终于找到了苹果。我怯生生地把那件衣服递给卖苹果的阿姨，说，换几个苹果。阿姨拿起衣服看了看，说，你是从哪儿偷来的吧。我说，这是我最新的衣服，我姐病了，什么也吃不下，她喜爱苹果。话未说完，我已泪流满面。

阿姨拿两个苹果给我，我要走，阿姨叫住我，把衣服塞还我。

从县城到我家，有一段阴森森的山路，还有一个乱坟岗。我直往家里赶，不知累，也不知道怕。

当我赶到村里时，夜已深了。一轮欲圆未圆的月亮，如打缺了一角的玉盘，惨惨地挂在中天。我忽然看见姐，在清冷的月光下，凄然地站着。她是在等我。

我忙走上前。

姐看见我，仿佛舒了一口气。她一定等得急了。

我说，姐，回家吧。

姐站着不动。我伸出手想拉一拉姐，姐不见了。

哭声，从我家传来。

那年姐23岁。

姐永远23岁。

歌谣般亲切的姐，山泉般纯洁的姐，庄稼般质朴的姐，山花般美丽的姐。

感恩提示

gan en ti shi

凄婉的故事，一如丁香花的凋零。

而凋零的过程是凄楚而美丽的，如果除却残忍的成分。

苹果成了爱情不能承受之重，亲情不能承受之重，生命不能承受之重。歌谣、山泉、庄稼、山花，这些朴实无华的外物能够组合成姐姐的美丽、善良、爱意浓浓吗？

不能。23岁的姐姐是苹果般青葱的年华，这种年华似飘零在山间流水上的花瓣，花自凋零,水自流。"我"最终读懂了姐姐,我要让姐姐拿着一个苹果离开,我要让姐姐守候着爱的温暖走向天堂,让这朵花的凋零含有生命再辉煌再美丽的寄托。

事与愿违,所以凄婉动人。

(刘兆亮)

爷爷早已过世,再多的泪水也填补不了他内心有过的遗憾。庆幸的是上天让我及时体会这深挚内敛的情感,让我仍有足够的时间回报。

女 儿 贼

◆文/(台湾)刘怡君

爷爷在台湾中部家乡苗栗有片山坡地,山坡下有条溪流,溪水寒凉清澈,溪边矗立两棵高大的山樱。每年樱花盛开时节,爷爷总会在腰间绑把剪刀,小心攀上树干,剪下几株枝芽抱回家插养在瓶子里,满屋清香,就像迎来了春天。

十多年前,爷爷得了肝癌,身体一直虚弱无力。因此,家里再也没有美丽的樱花绽放了。

爷爷和奶奶生了6个女儿,假日姑姑们总轮流带孩子回来看望二老。每当她们准备离去,就会见到爷爷奶奶把一袋一袋的蔬菜水果往姑姑的车子上搬。这是爷爷奶奶长久以来的习惯,对拙于言辞的老一辈人来说,赠予食物也许是对子女表露情感的另一种方式吧。

有一年春节,爷爷最爱的小女儿举家从荷兰搬回台湾。小姑姑带着家人回娘家过年,其间爷爷与她交谈不多。爷爷的个性外冷内热,总是一副严肃的脸孔。

小姑姑一家准备回台北那天,奶奶一大早就忙着张罗各种东西,要姑丈搬到车里去。车子即将发动的时候,小姑姑突然从行李箱里取出一束粉红樱花,嚷道:"东西太多,放不下了,花就不拿了。"原来,那天早晨不见爷爷踪影,却是到山上摘花去了。爷爷并没说什么,只是点点头把花接了过来,弃置在墙角。

那一年我才升上中学,对于成人世界的情感没多少领会,只记得那束樱花包扎得很周到,根部绑着湿棉团,想是为了延长花朵的寿命吧。

两年后,爷爷过世。我自己长大后也开始像姑姑从前那样,每次回娘家都从爸妈手上接收大包小包的食物。

后来,我随先生调职到北部。三年前我刚怀孕的时候,有天寒流袭来。傍晚我接到爸爸的电话,说是随公司出来旅行,晚上在台北落脚,要我们下班后到饭店去找他。我当时害喜很严重，心里不禁有股不情愿的感觉。

和爸爸约好晚上8点钟在饭店大厅见面。寒流带来细雨，街上又湿又冷，由于一路塞车，等到终于把车停好，早已过了和爸爸约定的时间。我们赶快走向饭店，远远就看见爸爸站在饭店门外，手上提着个袋子。

“爸！等很久了吧？怎么不在大厅里等，却站在外头吹冷风？”我的语气带着一点儿埋怨。

“饭店人太多，怕你们找不到我。喏，这个给你。”

“家里还好吗？”我先生问，同时接过爸爸手中的袋子。

“大家都好，倒是你俩住在台北，凡事要自己小心。好啦，天气冷，你们快点儿回去吧。”爸说完，催促我们回到车上。

车子发动后，爸爸才转身走回饭店。我望着他身上单薄的衬衫，一股热气蹿上心头。

打开塑料袋，只见里头有几个小包，用报纸密密实实地包好。撕开报纸一看，原来是梅子。我拿起一颗放入口，酸意漾开。这是爸爸专程为我送来的止吐食物！

泪水渐渐模糊了眼睛，记忆中的那束樱花和这梅子交错在一起。这一刻我才明白，爷爷借着那粉红的花朵诉说着他内心深沉的情感，那束樱花蕴藏的深厚情感，就如同父亲对我的关爱。

爷爷早已过世，再多的泪水也填补不了他内心有过的遗憾。庆幸的是上天让我及时体会这深挚内敛的情感，让我仍有足够的时间回报。

现在先生和我已搬到南部居住。假日我们总会带着女儿回山城去陪陪父母，分享他们的欢乐。然后呢？当然是在哥哥半开玩笑地大喊“女儿贼、女儿贼”时，我毫无愧色地把梨子、豆子……搬上车。因为我知道，贵重的不是食物本身，而是它所传递的父母疼爱子女之情。

哥哥形容得贴切——“女儿贼”。我们偷的何止是食物！还有珍贵的父母心呢。

感恩提示

gan en ti shi

一句“女儿贼”叫出了中华一家亲的情结，在民俗的海洋中，这三个字就像黄河水与长江水一样具有民族特质。那种贴心贴肺的护犊之爱也因此有了民族的气质，而有了邻家大爷的亲和与熟悉。文中的爷爷便是感情的一个重要符号，他的出现与消失不仅是给人以爱的遗憾，更重要的是他在说明一种民族的爱正在进行着沿袭和传承。爸爸在冷风中等候女儿的身影，并特别心细地塞了女儿的止吐酸梅，正是这样的感人细节让女儿回味到了爷爷曾给予姑姑同样的爱。但，这并没有完结，哥哥的那声也不无关爱的“女儿贼”的叫法更暗示着具有民族情结的亲情之爱正生生不息地流传着。

（刘兆亮）

第四辑

美丽的守候

真正爱一个人，不是时时刻刻对他说爱的宣言。爱，不在形式，不重标榜，只在心中。当绵绵爱意从心底溢出，无声中，那爱已融化了冬天。

这朴实无华的话使我的心里一阵悸动：他们忍受着巨大的痛苦，只为了维护共同的那一点点温暖啊！

零下20度的爱情

◆文/一　冰

那是个冬夜，我值夜班。凌晨1点时，我接到内科的紧急会诊通知，安排好工作，一拉开门，一股像刀子一样的寒气一直刺到心底里去。屋子里有暖气，还不觉得天冷，没想到外面的气温竟然这么低。我走下楼梯，快到一楼时，隐约传来说话的声音，像梦呓一般："你冷不冷？""不冷，你呢？""我也不冷。"……走到一楼的门厅时，我看到了说话的人，一对中年夫妇，紧紧地并排缩在一个墙角，他们的腿上拥着一条被子。我快步从他们身边走过，可能是带过了一阵冷风，他们同时打了个寒噤。

半小时后，我从内科回来，走过他们身边，他们还在说着话："回去给娃们都添件衣服。"

"嗯，你也添一件吧。""算了，我不要了，看病花了不少钱哩。""你看你，都说的是啥话，看病是看病，穿衣是穿衣……"

我在他们断断续续的对话声中回到科室。我走到护士值班室，想问问有没有什么事，正看到护士从厚重的窗帘后面出来，她手里拿着一个东西，一见我脸就红了，调皮地说："天气预报说今天的最低温度是零下20度，是本市有史料记载的最低温度，我刚才专门在窗外测了一下，真的呢！"

她给我看温度计，温度计从零下20度的地方正在缓慢地上升，那红色的汞柱像血一样涌动。我心里一动，问她："还有没有空床了？"她扫了一眼病床分布表，说："还有。"我说："我去查查房，麻烦你到楼下的门厅去把那一对中年夫妇叫上来——这么低的温度，他们在那里只怕会出事。"

她下去后没多久就又上来了，很紧张地说："不好了，鲁医生，他们都站不起来了！"

我吃了一惊，忙赶下楼去。那对中年夫妇都是盘腿坐着，果然都站不起来了。我叫来了保卫科的人，把那对中年夫妇抬上了楼。我知道这都是因为长时间坐着，加上天气寒冷，导致的肢体麻木。我一边给他们做治疗一边问他们的情况：原来他们是今天早上出院，可为了等一份检查报告，耽误了回家的时间，又舍不得花钱住旅店，就想在那门厅里凑合一夜的。护士埋怨他们说："你们不知道吧，再这么坐下去，不到明天早上，你们的腿都要废了！"

那男人不好意思地说："是是是，我也感到腿麻了，想动动，可又怕把被窝弄凉了。"

那女人也说："是呀，我的腿也麻了，也忍着没动。"

这朴实无华的话使我的心里一阵悸动：他们忍受着巨大的痛苦，只为了维护共同的那一点点温暖啊！

感恩提示

gan en ti shi

“相濡以沫”这个成语的背景来源是：两条在干涸的河床中的鱼，它们互相吐着唾液来维持对方的生命。看完文中的那对中年夫妇相偎取暖的故事，不禁感觉到“相濡以沫”这个成语是多么恰当与温暖啊。

零下20度有没有温暖可言？有。这个温暖不是在火炉旁，不是在温室里，这种穿透严寒的温暖是相爱的心灵所散发出来的，有一点点理想化，有一丝丝浪漫或者酸楚，但那样的温度是真实而贴切的。也许这样的温度不足以战胜寒冷，难以阻挡生命的枯萎，但它至少可以向世界证明：温暖是来自心灵，来自爱。

（刘兆亮）

我进厨房洗碗，灶台上乱七八糟，一片狼藉，近十个小盘子里都是土豆丝。我问她怎么回事，老婆不好意思地说：“那些都是失败之作，留着自己吃的。”

糖醋土豆丝

◆文/运　涛

我和妻刚结婚那阵儿，感觉生活和恋爱时没什么两样，她是一个不沾油烟不知道柴米油盐的小女生。早晨起来我们一起去街边喝点牛奶吃点糕点，中午各自在公司吃快餐，晚上回来去饭店。有人说，当女人不心疼你的钱时说明她并不真心爱你。女人们对男人花在她们身上的钱态度迥异。在所爱的人面前卑微谦恭衡量再三，在爱她的人面前大大咧咧甚至残忍。

后来，她偶然地怀孕了。那个时候她也不小了，我们一致认为养个孩子是个不错的主意，小宝宝会让家有温馨的感觉。当然，生了宝宝之后也会带来很多问题，比如大笔的开销。最关键的是，有了宝宝之后总不能还老往饭馆跑吧？我们商定，她做饭我刷碗。她喜欢韩剧，厨房的设施全部照韩剧的设计。我呢，也早把冰箱里塞满了从早市带回的菜。

那天晚上，我们俩碰巧都没活动。老婆煞有介事地扎上我买回来的围裙，问我想吃什么。我知道其实她什么也不会做，想着土豆丝做起来简单，就是做坏了也算不上浪费，就信口回她，糖醋土豆丝吧。她像初次领到将令的士兵一样，屁颠屁颠地钻进厨房忙活去了。

我坐在客厅的沙发上看球赛，心里美滋滋的。家，也许就是现在这个样子吧，女人在厨房里忙活晚餐，男人坐在客厅看报看电视。一个多小时以后，她才出来。嗬，切得没有我想像中的粗，还称得上丝。我尝了一筷子，微甜，略带酸味，入口滑溜溜的，是糖醋土豆丝的味。第一次吃她做的菜，胃口自然好得不得了。老婆一脸陶醉地看着我吃完，得到我一句吝啬的表扬："看来女人会做饭是天性啊。"

我进厨房洗碗，灶台上乱七八糟，一片狼藉，近十个小盘子里都是土豆丝。我问她怎么回事，老婆不好意思地说："那些都是失败之作，留着自己吃的。"

我顾不上洗手，拥住妻子，眼角当时就湿润了。妻子怀着小宝宝，正害口呢。你能够想像得出，不会做饭的妻子反复尝试了多少次才有了那盘让她充满成就感的糖醋土豆丝。对于很多人来说，那只是一盘普普通通的糖醋土豆丝，但是对于远离人间烟火的妻子来说多么不易啊。土豆丝里融进了她对老公从不言说的柔情蜜意。

感恩提示

gan en ti shi

糟糠之妻也会有华美之爱，何况一个未闻厨房烟火的新婚妻子还能炒出土豆丝来呢！所以，品尝那盘邋遢之菜的口感绝对不会比豪门盛宴的享受差。

选取土豆这一几乎涵盖着尘间风土的家常菜来打点，也算是"笨"媳妇的聪明之举。一个个略显笨拙和老土的土豆被去皮，切丝，糖醋相拌，这样一套炒菜的过程就像在制作一种生活的滋味啊。最终烹制出的结果便不再重要了。这显示着生活应该从最原始最淳朴的物质出发，这样达至的境地才最能体现幸福的高度和密度。

这就是生活吧，这就是审视幸福爱情的一个角度吧。

（刘兆亮）

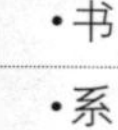

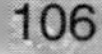

“真精彩！”球赛结束了，丈夫发出啧啧赞叹，抬头正要招呼妻子，却发现妻子站在电视机旁手扶天线，正在打瞌睡。

执　手

◆文/姚　惠

那时候他们都还年轻，还很穷。在城郊的家中，除了一些必需的简单的生活用品之外，唯一的奢侈品可能就是摆在小屋中间的那台14英寸的黑白电视机了。虽然清贫，但日子倒也过得闲适，像所有的小知识分子一样，他们彼此宽容、互敬互爱。丈夫爱看球赛，妻子爱看电视剧。妻子看电视时，丈夫若无其事地在一旁看书；反之，妻子也一样。

在一个春天的晚上，这种安静的生活被打破了。家中发生了一件大事：电视机坏了。里面的图像影影绰绰，时隐时现，声音也沙沙的。更要命的是，此时正在直播一场重要的足球比赛。这下可糟了，平时温文谦和的丈夫心急如焚，拼命地对电视机拍拍打打；文静的妻子也放下书本，着急地把天线拨来拨去，可是全无效果。“好了！”随着妻子惊喜的叫声，电视图像又清晰了，声音也好了起来。“还是你行！”丈夫又坐了下来，妻子也准备继续看书。可刚一离开，图像又恢复原样了。回到原地方，图像又清晰了。“这回可真是好了！”图像稳定一段时间后，丈夫兴高采烈地接着看下去，全身心投入的他没有注意到妻子一直站在那儿。

“真精彩！”球赛结束了，丈夫发出啧啧赞叹，抬头正要招呼妻子，却发现妻子站在电视机旁手扶天线，正在打瞌睡。丈夫叫醒妻子，妻子手一松，天线落下。“沙沙……”电视机的屏幕又模糊了，图像又开始影影绰绰……

多少年以后，他们把家迁到了市区，三室两厅的公寓房里装上了进口的“家庭影院”。只是那台清贫时期的黑白电视机，他们仍舍不得扔掉；而那双执过天线的手，丈夫也再没有松开过。

感恩提示

gan en ti shi

天线承接的是电波信号，那只把扶天线的手成为指引电波信号的奇异工具。我想那只手所传达的爱意浓度有多浓，其聚集电波的功能就有多强。与其说那雪花清晰成图像的变化是信号在使然，不如说是爱的曝光与显影。

一台14英寸黑白电视机最终也如同黑白底色的简朴生活一样，它成为一种象征，执手天线的生活细节成为这个象征最核心的内容。这也是生活共苦时刻的真情风景，更难能可贵的是，这样风景一直持续到同甘的时段。看来，那个特殊时期的电波信号已然跨越时空地抵达各自的心间，不断为爱的枝繁叶茂而培养着生机与活力。

（刘兆亮）

只见他轻轻吐出一团烟雾，在朦胧中，我听到他轻声说道："若你一定要这样，那，让我代替你堕落吧！"

代替你堕落

◆文/小 黎

我一直是一个瘾君子，向来烟不离手。很多人都觉得这是不好的，更何况我是一个女孩子！但是没有办法，对一个专跑新闻的记者来说，工作压力实在是太大了！

"那不是借口！"这是前任医生男友说的，"你一定会得肺癌而死的！"这通常是他的下一句话。

我不满他老是诅咒我死，又嫌他不了解我工作的压力，所以早八百年就分手了。但万万想不到，五六年后，还真应了他的话。一次例行检查中，在我肺部发现不明阴影，医生要求我入院做详细检查。

一入了院，主治医生就是他！我叹了口气，还真是报应！而他从头到尾，都没和我闲话家常，只是专心地问了我许多问题，然后就帮我安排检查事宜。

检查是一段难熬的时间，三四天下来，压力也蛮大。某日晚上，夜深人静，当我想起未来种种时，更觉烦闷，不自觉就拿起根烟，点燃了它，抽了一口。黑暗中突然一只手夺走了我的烟，是他！

"你还真不怕死，这种时候还敢抽烟！"

我看着他，赌气说："每天都检查，压力很大，我受不了了，我要堕落！"

他沉默了一会儿，拿起我刚点的那根烟，抽了一口。我惊异又不解地看着他。

只见他轻轻吐出一团烟雾，在朦胧中，我听到他轻声说道："若你一定要这样，那，让我代替你堕落吧！"

不知道说什么的我，抱着他哭了……

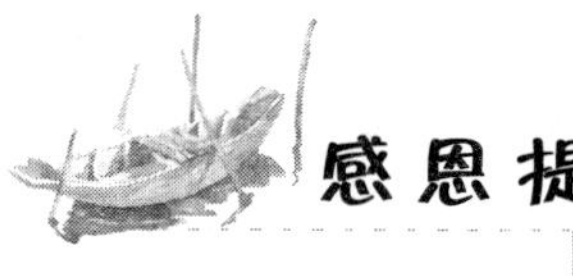

感恩提示

gan en ti shi

这个医生懂病的纹络，更精通爱的密码。看他气定神闲地为前任女友检查身体的情景，谁都会猜测他是在五六年前就已得知：女友还会回到自己身边，并在最动情时，将他紧紧拥抱。

舒婷有句诗说：与其在悬崖上展览千年，不如在爱人肩头痛哭一晚。对于这句诗歌通彻的理解，我想只有在感情与生活上经历时间和事件的考验后才有资格获取。

“真是报应！”这句话是“我”发出的感叹，这句感叹中似乎也注定了再叙前缘的机缘。其实，从发现身体病变的时刻就已经验证了五六年前的那场爱是真诚的，是不容堕落的心态视之的。

（刘兆亮）

他们连一件像样的衣服都没有，连一顿最一般的饭都成问题的夫妻之间，尚有一个清醒的人懂得守住夫妻之道，不离不弃地走过来，而我们生活无忧、神志健全的人为什么反而做不到呢？”

相 守 一 生

◆文／细 腰

他们决定离婚。他们之间没有什么大矛盾，但他们耐不下心，经常是一点儿小事都要吵几天。这不，一连几天他们都没见面，男人赌气搬进了单位，只留女人守着空荡荡的家。

晚上，女人打开电脑，忽然收到一封他发来的邮件。没有多余的话，只是叙述他刚刚看到的一段生活场景。

单位所在的那条街上有一对夫妻。丈夫是个孤儿，从小靠捡破烂为生；妻子是个精神病人，平时还好，发起病来就想往外面跑。这天，他看到那个丈夫在街上往回拉自己的妻子。妻子往外用力，丈夫往里用力。他俩没有任何争吵，妻子的脸上可见精神病人常有的疯癫表情，而丈夫的脸上没有任何无奈与烦躁，神情坦然。

他在邮件中写道：“我看到他们在街上来回拉着，两个人都在用力，路边的人一如既往地大笑着，可是我的泪落了下来。亲爱的，他们连一件像样的衣服都没有，连一顿最一般的饭都成问题的夫妻之间，尚有一个清醒的人懂得守住夫妻之道，不离不弃地走过来，而我们生活无忧、神志健全的人为什么反而做不到呢？”

他最后写道："宝贝，我爱你。"

来不及关上电脑，她披上衣服，流着泪往外跑。她只想用最快的速度，实实在在地拥住她最爱的人。

感恩提示

gan en ti shi

生活是阅不尽的书。你今天读到哪个章节并不重要，重要的是哪一个文字击中了你的心灵。这样的文字就是一道道场景，它会如子弹向你袭来，而它同时又裹挟着巨大的磁力，你不仅要被笼罩还要主动向其飞翔。

其实，这样的场景随处可见，例如花开的声音、蝴蝶的飞舞、一个盲人向你投过来的一切皆无的眼神、邻家的孩子阳台上的对话……这些生活的场景你需要用心去聆听、感悟，当你混沌时，也许就能茅塞顿开；当你迷惘时，也许你立刻就能看到脚下的路；当你舔噬伤口时，那场景会幻化成一条白色的药体纱布，为你疗伤。

阅读生活吧，就像文中的那个男人；阅读生活吧，愿你阅读出无尽的爱与暖意。

（刘兆亮）

男人先是出于本能往左边打了方向以期避开危险；但他立刻意识到这样会伤害到身边的女人，于是又猛烈地将方向向右打，试图把女人往生的方向推一把。

用我的眼睛看世界

◆文 / 王青山

这是一起典型的车辆追尾事故。

在离县城 20 多公里的一段坡路上，一辆桑塔纳 2000 和前面一辆同向行驶的载货微型卡车发生猛烈的碰撞。当我和交警小赵赶到时，"120"还没有来，货车车门大开，司机早已不知去向。追尾车里有两个人，一男一女，男的血流满面，样子恐怖，可能被所戴的眼镜镜片扎伤了双眼。妇女看起来还好，正和过路的人一起把受伤的男人往外抬。由于猛烈的碰撞，桑塔纳的车头已严重变形，男人被卡在驾驶位上，估计是腿断了，不能动弹。我要小赵先把那女人送往医院救治，可那女人死活不肯走，只是发疯似的抱住男人的上半身。这时，小赵临时找来了一根粗杉木来作撬杠，几经费力总算把男人弄了出来。这时我们才发现，女人的嘴角溢出血来，唇色苍白。凭多年的交警经验，我知道这一定不是什么好征兆。去医院的路上，刚好碰上下班高峰，路有些堵。女人坐在后座上抱着那个男人，男人痛苦地呻吟着，两个人的手指紧紧地纠结在一起。女人嘴角不断地有血沫涌出，顺着下巴滴在男人的衣服上。她紧紧地抿住嘴，泪不停地往下掉，却什么话也没有说，脸上的神色有痛苦也有不舍。

好不容易来到医院，急救人员已在大门口待命多时了。就在医护人员抱着男人往外抬的时候，随后下来的那女人却一头栽倒在地上，鲜血大口大口地从她的嘴里喷涌而出。我和小赵赶忙将她抱了起来，虽然不是医生，但我已完全可以断定这女人肯定是肋骨断裂，并且已经刺伤了内脏。她这样的伤势却能挺到现在，我不得不为人类潜能的张力而叹服。女人显然有些神志不清了，她一把攥住我的手，艰难地说出了见到她半个多钟头以来唯一的也是她人生的最后一句话：“民，用我的眼睛去看世界。”

我的鼻子一酸，落泪了。俩人都被推进了急救室。叮嘱了小赵通知家属来办理手续后，我立刻驱车赶回现场，对事故进行勘察。现场满地车身上散落下来的碎片，以及车上的血迹，说明了这个事故的惨烈。而事故的现场勘察更令人感到蹊跷。一般来说，追尾事故车头受损位置应该在右边，也就是副驾驶的位置，因为司机往往是最先觉察危险的人，因为出于本能会往左打方向以减少事故对自己的伤害，但是这辆车的碰撞位置是中间偏左，致使驾驶位受损严重。而这种情况一般是只在来不及避让的情况下才会发生的。可从长长的刹车辙印来看，司机完全有时间避险。刹车辙印和散落碎片的分布位置说明，男人在前刹车灯未正常工作而停止的时候，他已经本能地往左打了方向，但是他最后还是将方向打向了右边，把自己撞了上去。后来对事故现场的目击者调查也证实了我的推断。这只能说明一个问题：男人先是出于本能往左边打了方向以期避开危险；但他立刻意识到这样会伤害到身边的女人，于是又猛烈地将方向向右打，试图把女人往生的方向推一把。但是人的反应速度怎么能和车速相比呢？在他还没有完全打过方向之前，自己的车子就已经重重地撞到了前面的货车车尾。

我的心被深深地震撼了。此时的我是多么希望这对陌生的男女平安醒来。可是，我知道凭我刚才在医院门口见到的一幕，事情没有那么乐观。那女人恐怕在车上时就已经知道自己不能生还，可能她紧紧抿住嘴唇的目的就只是为了不让翻涌的鲜血喷出来。这时，我的手机响了，是小赵打来的，他说那女的已经死了，是因为折了的肋骨刺穿了肺，脾脏也破裂了，引发了大出血。男的双眼扎伤，肋骨断了一根，双腿也断了，还在抢救。院方正考虑根据女人的遗愿，把她的角膜移植给幸存者。

我再一次流泪了，被这两个陌生人身上所折射出来的人性光芒所折服。人在危难的时候，愿意把生的希望留给别人，这就是我们现在最缺少的也是人性中最为动人的闪光点啊！在我们正被世俗一点点磨去尚存的一丝高尚时，他们爱情的伟大和高贵让我本已麻木的心得到一点儿温暖的阳光。但愿男人能渡过难关……

感恩提示

gan en ti shi

灾难性的碰撞，撞开了人性的光芒四溢。从灾难的角度来讲，这是惨烈的血的教训，但就在血光之外，我们会深深领悟人在极度状态下该如何展现人性的光芒和风采。无法回避的灾难过后，我们有值得思索的东西。一个人，女人，在面对着灾难带来的精神与肉体的双重戕害的情况下，她勇敢地承担着把生与光明的希望留给爱人的超然情怀。这种情怀在特定的时间内逼视着死亡，超越了死亡，为了一句献出光明给爱人的话，紧张地与生命挽着手腕，把嘴巴抿紧，让话语与血一起倾泻而出，然后赴死而去。

爱情在死亡到来的时候绽放最后的光彩，笔者以为，这也是人性的光芒最耀眼的时刻，这样的时刻非常罕见，非常美好，但我们并不希望在如此惨烈的背景下发生，真的，太美丽又太残忍。

（刘兆亮）

我这样做，只是想制造一点儿强烈的东西，让她学会感动。只有学会了感动，才会懂得幸福。

断 肠 果

◆文／方冠晴

到了谈恋爱的年龄，沫沫和夏松好上了。两个人相处了两年，但一碰到夏松向她求婚，沫沫就犹豫不决。爸爸问她什么原因，沫沫说："我也说不清楚。他对我是很好，但我总觉得，跟别人对我的好比较起来，他的好也并没有什么特别的。"

这年秋天，爸爸带着沫沫和夏松到大别山考察。在山林里，爸爸摘了两个野果，一个给了沫沫，一个给了夏松。沫沫尝了一口，酸酸的甜甜的，味道不错，于是就吃了。夏松也几口吃掉了那野果。

没过一会儿，沫沫的肚子就疼了起来，而且越疼越厉害，最后疼得她捂着肚子跪在了地上。夏松一见吓得脸色惨白。背起沫沫就往山下跑。奇怪的是，当他们跑到山下诊所时，沫沫的肚子却不疼了。医生说，他俩吃的野果俗名叫断肠果，人食用了会四肢无力，腹部绞痛。但这种果子毒性不大，不会致命，毒性去得也快，一般不到一个小时，中毒的症状就消失了。

夏松有点儿纳闷儿，自己也食用了这种野果，怎么就没有中毒的症状，还能背着沫沫一气跑这么久呢？医生笑了起来，说："吃了这种果子没有会不中毒的，你能将她从山上背到山下，完全是一种精神力量在支撑着你。其实，你也中毒，你在背着她时，你的肚子也一样在绞痛。只是，你一心牵挂着她的安危，所以将自己的身体感觉置之度外了。"

听了医生的话，沫沫只觉得自己的心被什么东西猛烈地撞击了一下，眼睛湿润了。她明白了，原来自己在夏松的心目中竟是如此的重要！

回到城里，沫沫就答应了夏松的求婚。两人婚后的日子很幸福。但夏松想到那次吃断肠果的经历就觉得奇怪：因为，他实实在在没有中毒的感受。所以，他跑去问岳父。岳父笑笑，说："其实，你那次本来就没有中毒。我给你的果子与给沫沫的不同，给你的……是山楂。"

夏松愣住了："为什么？"岳丈叹一口气，说："沫沫一直生活在人们的关爱和呵护中，她对此已经有些麻木了。我这样做，只是想制造一点儿强烈的东西，让她学会感动。只有学会了感动，才会懂得幸福。"

感恩提示

gan en ti shi

刻意去寻找爱的特别，的确会发现：爱没有什么特别的。这是时下社会流行的一种思潮，或者称为一种病。在这个思潮的引领下，许多少男少女的爱变得虚无缥缈，浪漫过度。阶段性回首时反问：那不是花色繁多的饮料的滋味，那怎么像白开水一般？于是，爱，就易产生疲惫之感。明明是美好的爱也许就在那样的感觉之下沦为过眼云烟，明日黄花。

让云烟定住，让花朵持续盛开，挽留住爱。这种结果的制造者，是父亲。他洞悉女儿的感情走势，从源头上找到了让这个走势步入佳境的办法。那就是制造感动，激活情感，一招定风尘。

在感情或者其他生活中，当我们厌倦时，我们要回首来时路，及时为自己找一条生路，没有"父亲"的指点，我们要善于给自己寻找"父亲"。

（刘兆亮）

父亲和母亲总是针锋相对，唯有这句话却是不约而同——“别让他(她)知道。”

别让他知道

◆文/王　萌

星期天一早，有人敲门，开门一看，竟是许久不见的母亲，她从乡下来了，似有心事。妻子迎上前，问：“爸呢？”母亲说：“在楼下呢。”

父亲蹲在水泥地上，抽着烟，他那辆破旧的“永久”牌自行车，倚在墙边，车的右侧牢牢绑着一袋新碾出的大米。我将父亲的自行车放进车库，转过身，见他一个人扛着米袋上楼了。

父亲已经60岁，还是老当益壮，我不禁为他健康的身体感到欣慰。不料，母亲在屋内冲父亲大吼：“看你老骨头还硬几天，想找死啦！”像是一记闷棍，兴高采烈的父亲一下子愣了，接着，父母吵起来，声音越来越大。

父亲被妻子劝到楼下散心，母亲开始向我哭诉。原来，父亲觉得身体难受已有好长时间，这次，硬是母亲逼着他进城，准备为他做检查……

在医院，父亲接受了检查，结果让我们大吃一惊——父亲患了癌症。

母亲知道后，半晌才吐出一句：“别让他知道。”

父亲对自己的病情心知肚明。

那天，父亲背着母亲对我们说：“我的病，别让她知道。”父亲担心的不是自己，却是母亲。父亲继而愧疚地叹道：“她跟我受了这么多年的累，我竟没有一句中听的话待她……”

我握着父亲的手，无语凝噎。

父亲和母亲总是针锋相对，唯有这句话却是不约而同——“别让他(她)知道。”

感恩提示

gan en ti shi

经历了一辈子的风雨还要为对方担忧。这是一双老人在对过去生活总结式的“醒悟”，老了，于是对过去的生活有了俯视、一览无余的心态，就像一条河流，流着流着就干涸了，袒露出了河床的心扉，这种心扉的全部内容就是心中装着对方，把余下的美好都巴不得让给对方。在这个时刻，守住一个可以导致让人忧心的秘密，就是守候一种幸福。

“别让他(她)知道。”这句沉甸甸的话道出了愈老弥坚的爱，而“父亲”在重病袭身时检点起以前对爱人的种种“不好”，使得迟暮之爱蕴涵了高贵的真诚。

(刘兆亮)

一封封情书铺就了通往青春岁月的路，沿着这条路的蛛丝马迹常走走，生活与爱就变得纯真起来了。

旧情书解决新问题

◆文 / 陈辉程

妻子当年写给我的情书，我至今还珍藏着，尽管信封和信笺早已泛黄，可在我心里，它们蕴含的感情永远至纯至新。别看这些情书躺在书橱里无甚用处，它却帮我“哄”过妻子多次。

人家说老夫老妻争吵多，我不信，等我退休在家后才发现，果真是那么回事。

一次，我和妻子又吵上了，其实，也就那么点儿鸡毛蒜皮的小事。不过，吵就吵吧，可这次倒好，妻子愣是把泪水给吵出来了。我只好过去安慰她，却被一把推开。

突然，我计上心来，连忙从书橱里拿出封情书，并大声念了其中一段：“我向我母亲说了我们的事，她基本同意，但还不能过早下结论。”念到这儿，见妻子没啥反应，又念：“母亲说你为人忠厚，对人肯定也不错。”然后，我自己补充说：“咱妈都说了，辉程是个好同志！”妻子被我逗乐了，抹了把泪后，转过身轻声说：“死鬼，你还记得呀？”我忙说：“刻骨铭心！”妻子嗔怪道：“你还惹我生气不？”我不好意思地说：“打是亲骂是爱，你越吵我越爱。”妻子听了，“噗”地笑出声。唉，真多亏了那封情书呀。

上个月我过生日，就在大伙要点蜡烛、切蛋糕时，我接到一个老同学，也是初恋情人打来的电话。因为电话用的是免提，大家都听到了。妻子来了醋劲儿，险些将桌上的蛋糕推到地上，生气地说：“过什么生日，有什么好过的。”本来是场喜事，让妻子这一搅和，弄得大家都很尴尬。

我思来想去，决定拿出我的“看家本领”来。我很快找到结婚前妻子给我的最后一封情书，到里屋冲她小声念了起来：“辉程，告诉你个好消息，父母同意我们的婚事了，你一定很高兴吧？辉程，我就要成为你的妻子了，但我还是要对你约法三章：一、我要你一辈子只爱我一个；二、我要你一辈子都让着我，不欺负我；第……”我边念边回忆起和妻子恋爱的那段时光，没等“三”字念出来，已激动得泪水盈眶，再也念不下去了。

妻子也在悄悄地擦拭着眼泪，久久无语……

感恩提示

gan en ti shi

一封封情书铺就了通往青春岁月的路，沿着这条路的蛛丝马迹常走走，生活与爱就变得纯真起来了。文中一对夫妻的爱因为纯真，所以突破了磕绊，像疏通了老年筋骨一般，活络了爱，一切都付之于笑容中。

但保存情书的目的显然不是为了应对“吵嘴”，保存情书就是保存爱的记忆，这样的记忆在当时制造过激情和激动，导演了美好的姻缘。对爱留心的人会一直封存着这些美好与甜蜜。随着岁月的俱增，美好与甜蜜也剧增，如果说，爱要出了什么问题，保存的情书就会成为深埋地下的动力油气，其适时的支取就会产生润滑和拉动的特殊效用。

（刘兆亮）

爱情不分季节，只要可以爱，一直爱，无悔地爱，爱就会超越世俗，超越时间和生死，无限地拥有对方的一切；爱情也无论长短，真爱一秒也是动人风景。

哪怕只爱一天

◆文/袁　枚

年近七旬的老先生想要续弦，对方是同样高龄的老太太。

儿女们一致反对：“您都这么大岁数了，还有什么意思？她不过是看上您的存折、您的退休金、您的房子，您叫我们当儿女的多尴尬……”

老先生拍案而起：“我爱她！”

儿女们惊呆了。老先生留下所有的存折，离开大房子，和老太太住在一起。

每天傍晚，人们看到两个老人互相搀扶着，在夕阳下散步，晚霞把他们的脸映得红红的。

半年后，老先生中风，瘫痪在床上。儿女们前来看望，只见老太太坐在床头，握着老先生的手；老先生不能说话，只是手指微微动着，抚摸着老太太干枯的手背，目光暖暖的。

人们很少再见老太太出门，往往只能在早上的市场上，看见她买很多很贵的菜。每天,老太太给老先生读书、念报纸、喂饭、擦洗身子、换洗衣服……她找来许多大镜子,从窗口摆到床头,和老先生一起看折射进来的风景。房间里还经常传出美妙的音乐声。

医生说,像老先生这样的病情,这样的年龄,再活上一年就不错了。可是,老先生一直活了 5 年。

老先生去世后,他的儿女们感激老太太对父亲的悉心照顾,送来 2 万元。老太太拒绝了:“你们的父亲已经给了我很多……”

儿女们一惊,暗想:“难道父亲还有什么私藏?”

老太太笑了,望着窗外鲜红的落日,说:“你们的父亲给了我爱,这是多少金钱都换不来的。”

儿女们汗颜:“可你们真正的好时光仅有半年……”

“傻孩子,如果彼此爱着,哪怕只有一天,生命的最后一天,我也可以拥有对方的一切。”

感恩提示

gan en ti shi

这又是一个让人动容的迟暮之爱。但爱的时间不是一生,也非来世,就是短暂的半年。半年时间可以承接多少东西,可以经历几许幸福,可以牵多少次手,我想都是可以细数的,但不能细数的是爱情的分量和浓度。在子女的反对下,甚至在世俗的压力中,老人能向年轻人那样大胆地说出“我爱她”,这是需要大爱壮胆的,是发自内心的呐喊。所以,爱变得没有阻挡,没有压力,只有两个经风沐雨的老人执手携老,相爱至死的感人情结。

爱情不分季节,只要可以爱,一直爱,无悔地爱,爱就会超越世俗,超越时间和生死,无限地拥有对方的一切;爱情也无论长短,真爱一秒也是动人风景。

(刘兆亮)

婚姻生活本来就是平淡的，它是由一个个平淡的爱情细节组成的，只要夫妻双方能够将每一个生活细节都演绎得爱意融融，只要在每一个生活细节里都注入关爱的心意，那么，他们所拥有的婚姻，就是最完美的婚姻。

爱的细节

◆文/方冠晴

居委会要在所辖的街道内评出一对最恩爱的夫妻。几经筛选后，有三对夫妻入围。于是，居委会通知这三对夫妻，叫他们周六的上午去居委会办公室，参加最后的评比。

三对夫妻如约来到，他们一对对相拥着在居委会办公室外的条椅上坐着，等待评委的召见。

评委将第一对夫妻请进了办公室，叫他们说说他俩是如何恩爱的。妻子说，前几年她瘫痪了，卧病在床，医生说她能站立起来的可能性很小，她绝望得几乎要自杀。但她的丈夫鼓励她活下去，多方为她求医，对她不离不弃，而且几年如一日地照顾她，任劳任怨。在丈夫的关爱下，她终于又站了起来。她的故事十分感人，评委们听了，都为之动容。

随后进来的是第二对夫妻，他俩说，结婚10年，他俩之间还从来没红过脸吵过架，他俩一直相亲相爱，相敬如宾。评委们听了，暗暗点头。

轮到第三对夫妻了，却很长时间不见第三对夫妻进来。评委们等得有些不耐烦了，就走出办公室看个究竟。只见第三对夫妻仍然坐在门口的条椅上，男人的头靠在女人的右肩上，已经睡着了。有一个评委当时就要上前喊醒那个男的，女的却用手指放在唇边做了个噤声的动作，然后小心地从包里抽出一张纸、一支笔，写下一行字递给评委。做这些的时候，她都是用左手做，而且动作轻柔，生怕惊醒了自己的丈夫，她的右肩一直纹丝不动，稳稳地托着丈夫的脑袋。

评委们看那纸条，因为字是女人用左手写的，所以字迹歪歪扭扭，但是大家还是看清了，上面是这么一行字：别出声，我丈夫昨晚没有睡好。一个评委提起笔在后面续了一句话：但，我们要听你夫妻俩的讲述，不叫醒你丈夫会影响我们的工作。女人接过纸笔，又用左手歪歪扭扭地写下：那我们就不参加评比了，没有什么能比让我的丈夫美美地睡上一觉更重要的了。

评委们都惊骇了，这个女人为了不影响丈夫睡觉，居然放弃评比，真是有点儿本末倒置。但他们还是决定等待一段时间。

一个小时后，那个男人醒了，女人的右手终于能够活动了，她从包里掏出一块纸巾，想将男人嘴角流出的口水擦净，但手才举到半空，纸巾就掉了，男人惊问她怎么了，她温柔一笑，说："没事。"这时，有个评委早就等不及了，拉上男人就往办公室走，女人这才伸出左手悄悄地按摩右肩，她见有几个评委在关切地看着她，便歉意地一笑，说："真的没事，是肩膀被他的头压得太久，麻了。"

男人被请进办公室后，评委们便问他怎么睡得这么沉。男人不好意思地笑笑，说："我家住一楼，蚊子多。昨晚半夜的时候我被蚊子叮醒了，这才发现家里的蚊香用完了，半夜里也没地方买，我怕妻子再被叮醒，所以我就为她赶蚊子了，后半宿就没顾上睡。"评委们听了，一愣一愣地，一时间，大家都没有做声。

最恩爱夫妻评比的结果，居委会增加了两个奖项，将第一对夫妻评为"患难与共夫妻"，将第二对夫妻评为"相敬如宾夫妻"，而真正的最恩爱夫妻奖，却给了第三对夫妻。

婚姻生活本来就是平淡的，它是由一个个平淡的爱情细节组成的，只要夫妻双方能够将每一个生活细节都演绎得爱意融融，只要在每一个生活细节里都注入关爱的心意，那么，他们所拥有的婚姻，就是最完美的婚姻。

感恩提示

gan en ti shi

瑞士人做手表，追求的是细节的精工。有人问瑞士人的手表为什么全世界最准，是不是因为用手工做的缘故，瑞士人回答很漂亮：不是，是用心做的，心率不能慢拍子，手表所以准时。瑞士人为了一个细节，他们能钻研好几年。

爱不也是这样吗？想想看，人的一辈子能有多少轰轰烈烈的大事可做呢？所以，要把小事做好，做得别致而倾心。爱情也许就是世间最发自内心的手工，怎样调配，怎样达至文中所讲述的"最恩爱"的程度，我想文中末节已给出了答案：只要在每一个生活细节里都注入关爱的心意。

细节之力，四两拨动千钧，用心才能充盈细节之美，让美释放力源，撬动你我的感动。

（刘兆亮）

阳光灼灼的夏日，一个微微有些胖的女子，在尘埃飞扬的街头气喘吁吁地奔跑——仅为回他一个电话。

为爱奔跑

◆文/唐　果

他和她，不过是小城里两个平凡的上班族，共同经营着一份平常的感情。他已经忘了最初是怎么相识的，也忘了最初是怎么走到一起并相爱的。

说到“相爱”，他觉得用这两个字来形容他们之间的关系，似乎不太妥当，至少有些奢侈的味道——“相爱”应该是指“相互爱恋”吧？

当然，他感觉得到她是爱他的——从她每次悄悄凝视他，直至不自觉傻笑的脸上。

可是，他对自己的感情没有把握。用她的话形容，就是感情没到位。

其实也不是不喜欢她，他还是有些喜欢她的，要不他每天也就不会一想到什么或碰到什么，就打电话向她倾诉——但也仅限于此。

感觉上，他对她的感情，比喜欢多一点点，离爱，还少一点点。

他知道，凭她的聪慧敏感，也能感觉得出来。只是，她心里认定：事情可能会有转机，所以，她一直努力着。

他也心照不宣地配合着她的努力。

可是，这种事，总是不能勉强的，他们的努力，对他那种状态毫无帮助。

最后，夏日将尽的时候，她显得十分疲惫，终于轻轻地说：“不如分开一阵子吧！”

他不做声，默认了这种提议。

虽然她极力控制住感情，想不失态、平静地从他身边离开，他还是看见她眼睛里的泪水慢慢地涌上来。他心里掠过一丝难过。

就这么分开了。最初，他不太习惯，像只无头苍蝇似的乱窜。过了一段时间，才平静了心情整理好情感。某天，他突然想起：交往那么久，他从来没去接过她。无意识地，他便踱到她办公楼的对面等待——其实也不知道等什么，他只想在她不知道的情况下去看看她。可惜，他并不知道她在哪间办公室上班，所以仍见不着她。于是，他又不自觉地CALL了她。

一会儿，他看见对面的三楼上跑下一个身影。那个身影跑下三楼，穿过一条街，沿着一条50米岔道，直跑到另一条主街——那儿有一个公用电话亭。

他突然明白，为什么以前她每次回他电话，呼吸都那么急促。

她说过办公室里有电话，但那是公共财产。况且，一贯冷静理智的她，怎么能当着全办公室人的面，低着头，红着脸说“我想你”之类的话？所以每一次回他的电话，她都要从办公室三楼跑下，穿过一条街，沿着一条50米岔道，直跑到另一条主街——用那儿的公用电话亭的电话。

每天，他CALL一次，她跑一次；他CALL两次、三次、多次，她跑两次、三次、多次……

阳光灼灼的夏日，一个微微有些胖的女子，在尘埃飞扬的街头气喘吁吁地奔跑——仅为回他一个电话。

他的心一动，就温柔地痛起来。

他忙大步流星朝那个为爱奔跑的女子走过去，他要告诉她：他现在是多么爱她！

感恩提示

gan en ti shi

比喜欢多一点点，离爱，还少一点点。这样的爱像八成熟的牛排一样，劲道而有味。这里权且称之为八成熟的爱情。但是，好多人并不这么认为。他们认为只有水到渠成之爱才是最美最牢的，当一段时间过后，发现这样的爱不好，得返工。这就煞了“八成熟的爱”的风景，破坏了爱之美景。这让我想起了一幅著名漫画，一个挖井人挖了好多个井，眼见就要出水了，他却换了地方。这道出了生活中没有恒心，徒劳伤悲的寓意，但笔者认为，许多爱因为缺乏恒心与毅力的经营，就要成熟了也变成徒劳。

幸亏一个细节抓住了爱情的核心。奔跑，为爱人的电话无所顾忌地奔跑。但，如果没有观察呢？这样“八成熟的爱”将何去何从？

（刘兆亮）

法律此时与世俗一样成为了多余，那如雪地里的梅花寂寞开放的印迹，成为婚姻结束的明证，也成为了爱情升华的象征。

梅　花　印

◆文/应文漪

那是一对年近古稀的再婚夫妇。原告是丈夫，白发苍苍，写得一手好字，诉状内容却寥寥数笔，看不出离婚的理由。打电话想通知被告到庭，传来女方身患绝症住院治疗的消息。相濡以沫的妻子正深受病痛折磨，此时离婚，相煎何太急！我忍不住叹气——唉，毕竟是再婚。

才放下卷宗，原告来电了，坚持要求尽快开庭解决离婚，迫切之心溢于言表！

急匆匆赶到医院准备现场开庭，迎面而来一位老人，胡子拉碴：“你好，法官，我是原告。”

“被告现在情况好吗？”我看了他一眼。

“医生刚给她打过针。”老人突然低声，嘴唇微颤，满是皱纹的脸上带着显而易见的悲伤。这是原告吗？“法官，我的妻子病重，怕是不行了……她想名正言顺地与前夫埋在一起，这是她的心愿，所以……”周围的人影不断穿梭，老人背过身去——我突然明白了。

开庭是简短的，妻子只能躺在病床上，用呼吸声来证明她的存在，偶尔蜡黄的手指摆动着表示意见，丈夫时不时看看床边的盐水瓶。法律在这场格式化的庭审中显得多余，当事人成了自己的法官，法官成了这场婚姻的见证人。病房里静得出奇。

轮到最后签名，书记员将笔交给病床上的她，枯萎的手努力支撑着，如同一个人走上了独木桥，怎么也稳不住。

“……还是盖章吧。”胡子拉碴的丈夫捧住妻子羸弱的手，轻轻地——轻轻地——暗红的手印赫然纸上，那是一朵雪地里的梅花，寂寞绽放……

感恩提示

gan en ti shi

为什么要离婚，为什么离婚还如此美丽，梅花印似玄妙的八卦图一样需要我去破解。

我们不妨用世俗的眼光去理解，再婚夫妇在结婚前应当受到多方的质疑，比如说再婚是为了继承财产，是为了分得荣誉，是为了老有所养等等。两位老人走到了一起，最后还是要面临生死两重天的阻隔，也许这个时候应当是此前众多猜疑水落石出的时候，再婚的一方会做出什么要求呢？

这个要求就是离婚，当爱因为生死结束时，马上缔结爱的名分，只留下爱埋在心底。法律此时与世俗一样成为了多余，那如雪地里的梅花寂寞开放的印迹，成为婚姻结束的明证，也成为了爱情升华的象征。

（刘兆亮）

爱人的生命得救了,自己的生命从牙齿处消失了,这是牙齿的传奇,这又是爱的真实。

用牙咬住的生命

◆文/佚 名

这是发生在旅游景点里一个真实的故事。故事中的主人公是两位老人。

一天,两位老人离开旅游团相携着到山崖上看夕阳。夕阳无限好。西天燃烧着橘红的霞光,有如一场缤纷而下的太阳雨,溅落在山石草上,跳动着灿烂无比的阳光。

两位老人如醉如痴地欣赏着这无比美景,突然,她感到身边有一个东西往下坠落。她下意识地伸手一拽,拽住的正是她失足的丈夫。她拽住他的衣领,拼命往上提拉,但无论怎么努力,都无济于事。他悬在山崖上也不敢随意动弹,否则两人都会同时摔落谷底,粉身碎骨。她拽着他实在有些支撑不住。她的手麻木了,胳膊又肿又胀,仿佛随时都会和身子断裂。她意识到瘦弱的胳膊根本拉不住他太沉的身体,她只能用牙齿死死咬住他的衣领,坚持到最后一刻。她企望有人突然出现使他绝处逢生!

他悬挂在山崖上,就等于把生命钉在鬼门关上,在这日薄西山的傍晚,有谁还会来到山崖上?意识到这一点之后,他说:“放下吧,亲爱的……”

她紧紧咬住牙关无法开口,只能用眼神示意他不要吱声。

一分钟过去了。

两分钟过去了。

十分钟过去了。

冥冥中,他感到有热热的黏黏的液体滴落在他的脸上。他敏感意识到血是从她的嘴巴里流出来的,还带着一种咸咸腥腥的味道。他又一次央求她道:“求你了亲爱的,放下我吧!有你这片心意就足够了,面对死亡,我不会埋怨你的……”

她仍死死咬住他的衣领,无法开口说话,她只能用眼神再次阻止他不要挣扎。

一小时过去了。

两小时过去了。

他感到有大颗大颗热热的液体吧嗒吧嗒滴落在他脸上,他知道她七窍在出血了。他肝肠寸断却无可奈何。他知道她在用一颗坚强的心和死神相抗争。他幡然感悟到生命的分量此时此地显得无比沉重,死神如鹰鹫般拍打着有力的翅膀,时刻向他俯冲、袭击,一不小心生命就会被包埋在蚕茧里终止了……

不知过了多长时间,旅游团的人们举着火炬找到了山崖边,终于救下了他们。她在不远的一家医院里住了好长时间。

那件事发生后。她的整个牙齿都脱落了，并从此再没有站起来。

感恩提示

gan en ti shi

牙齿的质地比骨头光滑和坚硬，但更重要的一点是，牙齿还有柔软的一面，它比较有韧劲。

在惊险的场合，我们曾见识过许多用牙齿转危为安的奇迹。文中描写的有些惨烈的场面让人对牙齿产生了无比的敬畏。七窍都流血了，牙齿还在扼住生命的咽喉不放。其实牙齿也脱离了牙床，但就靠着一股韧性，它就犹如有足之虫，死而不僵，还继续爆发着巨大的能量。

这是强硬的拯救，这是爱情的魔力，这是毕其生于一役的坚持，两位老人的一生的荣辱沉浮都尽在这不能放松的一口中了。爱人的生命得救了，自己的生命从牙齿处消失了，这是牙齿的传奇，这又是爱的真实。

（刘兆亮）

主人公的名字叫"明"，显然他是一个聪慧的人，经历一次爱情就能洞悉爱情真谛，并快速为通往钻石之爱的路找到了捷径。

钻石之恋

◆文/海　城

在一次 party 上，我见到朋友明的妻，感觉有一点点意外。

我没有想到他"众里寻她千百度"的女人竟然是如此的平凡，身材娇小、梳齐耳短发，一脸温和的微笑。而明是一个追求完美的人，他事业颇有成就，而且人长得高大英俊，是属于才貌双全的那种优秀男人。

明曾对我说过，要找到天下最完美的女人。

明看出我的疑惑，于是在阳台上，他给我讲了一个故事。

当明发现他以前的女朋友看重的是他手里的钱时，他坚决地与她分了手，而后在一家婚姻介绍所登记了一条简单的征婚启事，在启事里他说自己一无所有，但有一颗热爱生活和创业的信心。也许是条件太一般，应征者寥寥，就在他几近灰心时，介绍所打来电话说，有一个女孩子想和他见上一面，那个女孩子就是现在明的妻——海燕。

她的朴实、从容和平凡打动了他,他告诉她自己有一个小小的公司。其实那只是他公司的一个很小的分支,他也真正打算把这个小公司关闭,现在这个小公司成了他的“道具”,明要求海燕到他公司里来上班,海燕答应了。

在他精心安排下,公司按计划一步步走向倒闭,有两三个聪明点的职员已另择高枝,提前偷偷地离开了,剩下的职员也在不安与失落中坚持着,而明,则表现得万分痛苦,一脸的无助和灰心丧气。

海燕没有太多语言,依然从容镇静做自己该做的事,甚至主动把别人的工作也接了过来,有时她还轻声细语地劝别的同事团结起来,共渡难关,然而,公司终于支撑不住了,在一个细雨绵绵的日子明召开会议,宣布从今天开始公司正式关门。当他把手中最后一个月的薪水和一点点遣送费发到每一个人手里时,他才发现海燕没来。

也许,她悄悄地离开了?

刹那间,他有点儿支撑不住,有一种想倒下去的感觉。

没有安慰,没有鼓励,过去的下属都平静地收拾好自己的东西平静地离开了,偌大的公司只有明一个人缩在一角懊悔着。

忽然,他听到一阵轻微的好像是敲击键盘的声音,他循声找过去,是海燕的办公室,海燕正笔直地坐在那里打着什么,她没有走!

见他进来,海燕笑着说:“一份文件,稍等一会儿就好了。”

明的眼里蓄满了泪水,他强忍着说:“公司都完了还打文件做什么?”

海燕看着他的眼睛说:“就算公司完了,更应该把该做的事坚持做完。”

明把厚厚的一沓钱递过去:“没有用的,你走吧。”

海燕哭着说:“我到哪里去?我和你在一起好不好呢?我们从头开始。”

当海燕那么坚定地拥他入怀时,明哭了。

明说:“海燕就是我一生寻找的钻石,恒久的晶莹与璀璨,纯洁与珍贵。当我把订婚的钻戒戴在海燕的手指上时,我发誓,等我们老到举行钻石婚庆的时候,我把所有的财产买一颗最大的钻石送给她。那颗钻石的名字就叫‘海洋之心’——海燕是飞翔在宽阔的大海上的,是海洋的灵魂。”

故事完了,我和明举杯相庆,我看到在明的眼里一直有泪光闪动。

感恩提示

gan en ti shi

有人说,爱就要倾城。但倾城之恋是非一般人所能奢望的。而“明”这个人在经历了一次失败的恋爱之后,他决定用类似倾城的办法,让自己的公司一点点地倒闭来赢得和检验最宝贵的爱情,最终得偿所愿。

而解读这个类似倾城之恋的故事的核心时发现,它其实是沿袭了从沙里淘出金子,从矿石中鉴定钻石一般的道理。吹尽黄沙始见金,阅完石头得真宝。这样传统的道理放在爱情领域居然显现了奇异的效果。所以，主人公的名字叫“明”，显然他是一个聪慧的人，经历一次爱情就能洞悉爱情真谛，并快速为通往钻石之爱的路找到了捷径。

（刘兆亮）

在酷夏炽热的阳光里，他们正守着瓜摊，盘腿坐在马路牙子上交谈。没有了刚才在小饭馆里的拘谨，幸福的笑容在他们晒得黝黑的皱纹里流淌荡漾。

卖瓜夫妻

◆文／姬皓婷

那时候我还在读大学。一个夏日的中午，我来到校门口的一个小饭馆随便点了两个菜闷头吃起来。

没过多久，门板犹犹豫豫地开了条缝，小饭馆里踅进来一个中年男人。黑，瘦，脸上沟壑纵横。穿件几乎被汗渍得辨不出本色的汗衫，一条绿军裤，脚上趿着双黑布鞋，沾满了泥巴。

那男人很小心地挑了张角落的桌子，贴着椅子边缘坐下，背部紧张得挺得笔直，对着菜单发了半天愣。直到老板娘在旁边等得不耐烦了，才吞吞吐吐地说：“要不，来个……麻婆豆腐吧。”

麻婆豆腐，3 块钱，这个店里最便宜的一道菜。饭菜上来后，男人埋头猛吃。令人奇怪的是，我发现他拨好几口白饭，才去夹一下豆腐。男人吃得香甜，眨眼间一碗就见了底。他怯怯地望了望老板娘，然后捧着空碗朝电饭煲的地方走去。

第二碗他也很快吃光了，可是那一浅碟豆腐竟然还剩下一大半。男人吃完付了钱就急匆匆地站起身走了，并叮嘱老板娘先不要收拾桌子。不一会儿进来一位头上裹着湿毛巾的中年妇人，同样的黑，瘦，在那张桌子前坐下，要老板娘重新盛了一碗饭，就着剩下的多半碟豆腐吃了起来。女人吃完以后，逡巡着走到电饭煲前想再盛一碗。这时，老板娘嘟囔起来：“一共才 3 块钱的菜，两个人已经吃了三碗饭了。”

那女人伸向电饭煲的手讪讪地转了个弯，绕到了旁边的茶壶上。她倒了半碗茶，默默地走回饭桌，就着茶水把剩下的一点儿菜吃干净，然后低着头快步出去了。

出门我才发现，他们是对卖西瓜的夫妻。妻子心疼丈夫，于是自己看摊，叫丈夫先去吃饭；丈夫心疼妻子，把大部分菜留给妻子。在酷夏炽热的阳光里，他们正守着瓜摊，盘腿坐在马路牙子上交谈。没有了刚才在小饭馆里的拘谨，幸福的笑容在他们晒得黝黑的皱纹里流淌荡漾。

感恩提示

gan en ti shi

爱情没有贫贱之分,所以作者要对卖瓜夫妇的爱情加以赞颂。

赞颂的细节选取得好。轮流吃饭这一特写镜头对准了他们生活的最核心的部位。最便宜的菜也要吃出感情来,丈夫把菜留给妻子吃,而妻子也把留下的菜和着开水吃得一干二净。那个白色菜盘如明镜一般见证了他们同甘共苦的爱情与关怀。

卖西瓜的夫妻,他们肯定担负着一堆艰难应对的责任,他们需要勤俭节约,需要把更多幸福感受节省给孩子或者老人。他们的年龄段是注定与吃苦耐劳相伴。在这个过程中的信念是他们对生活的热爱,对日常生活中爱情的自然流露。

(刘兆亮)

当你感觉到要为别人的健康、幸福、安全等方面考虑时,明的难以奏效,那么就来暗的,真的不行就施以假招,无论怎样爱与关怀无声抵达就算你的胜利。

25分钟的爱

◆文/远山含黛

女人在一所二类高中教学,兼班主任。

女人每天早上6点起床,6点半去单位,7点开始第一节课。下午2点半下班,因为有晚自习值班,回到家已经是晚上10点。况且班主任琐碎杂事烦心事多,数学偏又作业多习题多测验多备课要求也多,单位里干不完的事情,只好带回家。女人几乎没有在11点半前休息过。

男人开始还耐着性子提醒女人注意身体早点儿休息,不见效果,逐渐地也就识趣了。

女人的大学好友出差来到这个地方,一见面便失声惊叫,说是女人起码老了10岁,其实,女人毕业连4年都不到。好友临走的时候,半开玩笑半认真地责令男人要善待女人。

男人苦笑,他明白自己没有能力改变这种现状,也没有能力将女人调出这学校。男人唯有尽量地多做家务,烹菜肴做羹汤,以表自己对女人的疼爱、理解与支持。

男人女人终于达成协议,熬夜最晚到11点。其实,哪个女人不怕老呢?谁不知道充足的睡眠是最理想的养颜妙方呢?只是事业心强的女人也无奈。

男人提醒女人时间到的时候,埋头在试卷中的女人狐疑片刻,时间怎么过得这样快？但是客厅墙上的挂钟确实是11点。卧室床头的闹钟，搁在桌子上的手表也都是11点。女人只好遵守协议。

日子就这样一天天地过着。

有天，梦中的女人被突如其来的声音惊醒了。客厅里，身着睡衣的男人正拿着挂钟。原来，男人在取下挂钟的时候，重心不稳，把脚下的凳子踏翻了。

至此，女人才恍然，男人每晚趁女人不注意将闹钟挂钟手表提快25分钟，待女人睡熟后，再悄悄起身将它们拨回25分钟。

女人抱着男人潸然泪下。男人拥着女人泪如串珠。

感恩提示

gan en ti shi

海可枯，石可烂，天可缺，地可裂。这样形容爱情忠贞的程度未免太夸张，显得不够真实。而为了爱让时光倒流则更显神话色彩。

文中故事恰恰做到了让时光倒流。为了减轻心爱的人的苦和累，他可能绞尽脑汁才想出此招。的确，每天25分钟的休息时间会让一个人的健康得以保护，会让自己的心里充溢着爱的温暖。这么一个谎言的胜利，爱情也因为这25分钟的调整显现了博大。

爱情能够这样，亲情、友情也可效法此举啊。当你感觉到要为别人的健康、幸福、安全等方面考虑时，明的难以奏效，那么就来暗的，真的不行就施以假招，无论怎样爱与关怀无声抵达就算你的胜利。

（刘兆亮）

他们是这个城市里最普通的一家人。没钱没权没地位，也没背景没靠山，但他们有真正的爱。有了这份爱就有了一个幸福的家。

有爱就有幸福的家

◆文／玉　兰

他们刚结婚那会儿，一穷二白，大冬天里也舍不得买个电热毯。晚上睡觉刚进被窝，她总是忍不住哆嗦，总得当好长时间的“团长”。这时，她就忍不住要往他怀里钻。他很心疼，也很惭愧。后来，每天晚上他都先睡一会儿，被窝暖了才喊她。等她睡下时，他就把暖热的地方让给她。他说：“我就是你的电热毯。”她听了心里很暖和，暖和得特别温柔，特别多情。

那时她在单位的幼儿园上班，站了一天，回家时总是脚疼。因而他每天晚上吃过饭要做的第一件事，就是在她烫过脚后再给她揉脚。这时，他总是调皮地说："来来来——让我揉揉你的小香脚吧。"于是，她就把双脚搁到他腿上，然后闭上眼睛任他揉呀揉的。他揉得很仔细，该轻的轻，该重的重，从脚跟揉到脚中心，从脚心揉到脚趾，揉得她痒痒的酥酥的，浑身都舒服。

在丈夫眼里，她是上帝送来的天使。在妻子眼里，他就是她心中的白马王子。好多年过去了，他们还像在谈恋爱，还像热恋中的情人。她上班临走时会深情地吻他一下，她下班回来时他总要热烈地抱她一会儿。虽然他们还不富裕，大热天连买个空调的愿望都还是个梦，但每晚他都会给她扇扇子，他说："我就是你的空调。"有时她听了会掉下泪滴，会说："有你这份爱，比啥都强。"说了就会紧紧地依在他怀里，一副小鸟依人的样子。

现在，她每天都在十字路口卖雪糕。她下岗了。他每天中午都去给她送饭。一个烧饼，一盆绿豆汤，一碗拌黄瓜。他总那么笑盈盈地来，然后就那么笑盈盈地看着她吃。他脸上很幸福，很陶醉。他说："我特别喜欢看着你吃饭的样子，谈恋爱那会儿就喜欢。真的，你不知道我看着你吃东西时的样子，心里有多美。"这时，若有顾客来了，他就起来招呼。然后，他会挑一支奶油雪糕给她。她喜欢奶油的味儿。当然，他会先咬一小口，这样她就会很高兴。他喜欢她高兴的样子，她一高兴，他心里就会飘呀飘的。

这对夫妻不是别人，是我的表哥表嫂。他们有一个上大学的儿子。表哥家在农村，老人又长年有病，表哥负担很重。表嫂跟着表哥没过上一天好日子，没穿过一件时髦衣裳。表嫂真的是跟着表哥受苦受穷来了。可表嫂没有后悔也没有怨言。表嫂说："你哥亲我。"说了脸上就妍妍地红，红得就像红玫瑰。表哥说："我没啥报答你嫂子，我只能小恩小惠。"表哥说了就满脸惭愧，表嫂听了就乜他一眼。

他们是这个城市里最普通的一家人。没钱没权没地位，也没背景没靠山，但他们有真正的爱。有了这份爱就有了一个幸福的家。

感恩提示

gan en ti shi

家不是房子，家又是房子。其间的转换是因爱与温馨的驻入。

房子是钢筋混凝土的构造，家是爱与温馨的组合。房子因为家的概念而出现钢筋有爱、水泥含情的局面。

对于那些家徒四壁的家庭来说，家具和取暖的工具是由心而造的。文中所述的相拥取暖的情结，为对方搓揉伤脚的细节都是最豪华的家具，最热烈的温暖。他们的生活并没有向更好的方向进步，但爱却因为患难不断前进，这里面不仅要具有坚固的爱的信念，还要有在生活中的相互忍耐与扶携，还要能不断从外界找出参考与学习的事例。

我想，对于有了豪宅，却装不了爱情，能够同甘，难以共苦的人来说，这个爱的故事也是一个效仿的绝好事例吧。

(刘兆亮)

她也要为她死去的爱人——这个爱的烈士树立一个丰碑，这个丰碑先是在心里，后是在坟旁，丰碑就是如阴的影子。

睡在你的影子里

◆文 / 白衣如是

婚礼后，他和她商量去敦煌度蜜月。

一路上俩人恩爱交织，狂喜窃笑皆成涟漪，夜宿边关望明月，晓闻羌笛报晓声，恨不得一生一世如此相守。胡天八月，风沙连天，高大的他总是为瘦小的她举一把伞，怕她白皙的皮肤被强烈的紫外线晒伤，她一直是那么瘦。

跟着旅行团去楼兰遗址。夕阳刺眼如血，风干的石窟上百孔千疮，诉尽了沧桑，她不时被路边胡杨树上旋起的秃鹫吓得惊叫。导游笑着告诉大家：别害怕，那些飞禽只吃死尸。

夜里，汽车突然爆胎，众人只好弃车而行。她的脚崴了，他陪着她一步步慢行，渐渐地掉了队，只剩彼此。他背起她，向着远方的灯火蹒跚走去。大漠的天气喜怒无常，转眼间刮起沙暴，他把她藏在背风处，用脊梁替她遮挡风沙。一切风平浪静后，他又背着她赶路。

她心疼他，要他歇歇。他笑了笑说不要紧，然后舔了舔干燥的嘴唇继续前行。他不敢停下来，因为他知道，刚才的沙暴，卷走了他们放水和食物的背囊。他没有告诉她。

天亮了，远处的灯火逐渐消失。他还没找到路，热辣辣的阳光灼得双眼酸痛。她发现背囊丢了，顿时惊慌起来，问他怎么办。他笑笑，摸着她的长发，说不要紧，有我呢。夜幕再次降临，他们筋疲力尽，却又望见远处的灯火。她走不动，他又将她背起，身后留下一个个深深的脚印。

第三天，他也没有了力气。她的眼神开始绝望，趴在他怀里哭。他好言相慰，抬头之间无意中看到飞逝的流星划过夜空，心中有了答案，他计算好了一切，陪她说话，不再急着赶路。他知道，远方的灯火，只是天边的星光。他和她，早已经走进绝境，无路可退。

白天，她渴得快要昏迷，肌肤上泛起一层层脱落的皮，泛着淡淡的红。他看着心疼，说我们不走了，很快会有人来的。伞早已经不见了，他用双手撑地，将她放在自己的影子中，任凭阳光侵袭着后背。他一直这样坚持，看到她憔悴的面容，干裂的嘴唇，落下泪来。一滴滴，都溅在她的唇间，而他，却已经不省人事。

他们失踪的第六天中午，营救小组望到沙漠深处不时飞起的几只秃鹫，他们心生疑窦，走近看时，便有几个人失声痛哭：他早已死去，却还保持着那种俯卧的姿势，双手深深插入沙里，后背被秃鹫啄得血肉模糊。而她，完好无损地躺在他的影子里，宛若熟睡。

两个月后，她恢复了健康，她在他坟墓旁搭了间木屋，给他的墓旁种满植物：梧桐树、常青藤、爬山虎、白玫瑰……一片片稠绿如绘，浓郁的树阴遮住了墓碑。

她也要他一生睡在自己播种的影子下，清凉如阴。

感恩提示

gan en ti shi

荒凉大漠，风沙漫天。能够在这样环境中历练的人不简单，能够战胜这种环境的人是勇士。两个人的爱情放在这里会怎样？爱真的能够战胜一切吗？为爱而战的男人要以什么样的方式来保护爱人，祭奠爱情？

生命，并且是真正能够将爱人送入生命彼岸的有效生命付出，所以，有了舍身保护爱人的俯卧姿势。他知道这个姿势最有效，当然也知道这个姿势是生命的最后一个姿势。对于那个他保护了的新婚妻子来讲，爱人灵魂的姿势就是这个样子的，灵魂的影子已然深深地印入了她的灵魂里。

所以，她也要为她死去的爱人——这个爱的烈士树立一个丰碑，这个丰碑先是在心里，后是在坟旁，丰碑就是如阴的影子。这也在说明：爱即使死去，也要如影相随。

（刘兆亮）

孩子，从那一刻起，我就发誓这一辈子要好好待你爷爷。因为在极度贫穷的日子里，一个宁可饿着肚子也要为你炖鸡汤的人，一定会一生珍爱你。

爱情鸡汤

◆文/张培元

爷爷沉默寡言，常常蹲在院子里，嘴里噙着一枝长长的烟杆，侍花弄草，满脸的皱纹在烟雾缭绕中渐渐舒展。奶奶快人快语，每每安排完家务活，还常常邀一帮年纪相当的戏迷乐上一乐，锣鼓铿锵，丝竹悠扬，爽朗的笑声能传出很远。

有一次我禁不住问奶奶，她和爷爷一生真诚相守的秘诀是什么。奶奶没有直接告诉我，而是讲述了下面的故事——

"新婚之夜就是我和你爷爷第一次见面的时间。那一年夏秋两季庄稼歉收，人们无法填饱肚子。新婚不久我卧病在床，有好长时间有气无力。你爷爷有一天突然对我说，他要出去打工，而且没容我回答就动身了。两个月后，他回来了，给煤矿出了两个月的苦力，换回了一小袋粮食，还买了一只鸡。说是一只鸡，其实是一只很小的鸡仔。你爷爷道歉地说，不是不关心我，而是在连生存下去都有问题的时候，他必须在断炊之前，为我们再找一口粮食。看到他那消瘦的面庞和手上的累累伤痕，我没说什么。一只才几两重的鸡仔，他硬是为我炖了几天的汤。到最后连肉都炖得没影了，肉汤实际上是开水上漂着些油花。每次他把鸡汤端到床前，我都问他喝了没有，他总是说锅里还有呢。最后一次，我留了个心眼，没喝他端的鸡汤，挣扎着下床，偷偷来到厨房，才发现锅里什么也没有，他躲在灶台后，把我吃剩下的鸡骨头嚼得粉碎，还那样地津津有味……"

奶奶说着说着，脸上荡漾着幸福的笑容。"孩子，从那一刻起，我就发誓这一辈子要好好待你爷爷。因为在极度贫穷的日子里，一个宁可饿着肚子也要为你炖鸡汤的人，一定会一生珍爱你。把一生托付给这样一个人，值。"

真没想到，像爷爷奶奶那一辈人，在他们看似平淡的表情后面，激情的潜流是那么汹涌澎湃。

他们的真爱就如同那碗鸡汤那样，平淡而实在。不要以为每一份爱都是一个惊天动地的传说，"死生契阔，与子成说，执子之手，与子偕老。"——即使《诗经》里那脍炙人口的《击鼓》，在很久很久以前，其实也只是一首平常的爱情歌谣啊。

感恩提示

gan en ti shi

生活是一锅粥，你喝稀的，把稠的让给别人，那就是爱了。喝鸡汤就显得更有嚼头了，别人吃肉，你喝汤是一个层次，别人吃肉，你啃骨头，连汤也让了，这又是一个层次。

艰难岁月中那鸡汤的魅力有多大？我想只有当事人"奶奶"能够诠释得清楚。她把这个解释为能与性格相异的"爷爷"挚爱至老的"法宝"。最艰难的环境中见证了一生厮守的信念，这在特殊年代的确是可能的。

那么，在当下的爱的故事中，地老天荒只为一碗鸡汤的，恐难以成立。但，我相信一定还会有什么能够撞击爱的心灵，爱情鸡汤还会有其他更多替代品。

(刘兆亮)

即使命运将生活剥离，使我们的生命如干涸贫瘠沙漠里的一株仙人掌，那最爱的人，也会为自己盛放一千朵鲜花，灿烂到永远。

最深处的爱

◆文/菲 菲

外婆得了老年痴呆症。

她变得谁都不认识了，外孙、孙女，甚至自己的女儿和儿子。

有一天她失踪了，我们全家都急得不行，四处寻找。最后终于在郊外看到她了。可她一个劲嘟囔为什么要带她回来，她要回她自己的家。

我们都十分痛心，原本疼爱我们的外婆不见了。

唯一庆幸的是她还记得外公，有时她睡在床上，双眼无神地看着天花板，嘴里就喊着外公的名字。可她却不认得外公的人，就算外公站在她身边，她还会用拐杖打外公。但我们知道外婆的心里还是有外公的，毕竟外公是她这辈子最爱的人。

后来，外婆的病情变得更不乐观了，需要住院。一开始，外婆死也不肯去医院，最后我们和她说外公在医院等她，她这才妥协了，一路上还不住地问我们，医院到了没有，她要见外公。其实那时外公就坐在她的旁边。

到了医院后，外婆渐渐喜欢上了吃橙子，并且只要外公喂她。我们还以为她认识外公了。谁知她说："我就要他喂，他喂的样子像老头子。"

外婆得病后，嘴里总爱自说自话，讲一些她和外公以前的事情。说得累了，便无声地比画着不同的姿势：抬起，放下，直到没有气力再比画，她才在外公那怜爱的眼神中静静地睡去……

慢慢地，外婆有点儿认识外公了，她开始什么事都依赖外公，外公一会儿不在她就要喊他。她的脾气也好多了，当然只是对外公。外公说什么，外婆都能很认真地去听、去做，仿佛一个刚懂事的小孩。

外公八十大寿，全家人说要好好庆祝一下，所以把外婆暂时从医院接回。面对那么多"不认识"的人，外婆显得很害怕。她不停地拽着外公的衣服，让外公赶客人们走。外公对她说，那是他的朋友，让她不要害怕，果然外婆就不响了，静静地坐着，吃着外公递来的橙子。

吃饭的时候，外婆不停地往自己的碗里夹菜，她面前的碟子已经堆得很高了，可还是不停地夹。最后，她把菜推到外公面前说："老头子，我给你抢了好多，你赶紧吃，再不吃，别人就来抢了。"外公看看那个碟子，里面什么菜都有，杂乱无章，再看看外婆认真的脸庞，外公的眼里溢出了泪水。

最后，外婆还是离我们远去了。临别时，外婆一句话也没有说，只是静静地望着坐在床边的外公，那眼中的不舍和温情让晚辈们都禁不住失声痛哭。病魔切断了外婆和世界所有的联系，让她遗忘了生命中许多重要的人和事，唯一不能割断的，是她和外公那一段刻骨铭心的爱情。

那一刻，我明白了，即使命运将生活剥离，使我们的生命如干涸贫瘠沙漠里的一株仙人掌，那最爱的人，也会为自己盛放一千朵鲜花，灿烂到永远。

感恩提示

gan en ti shi

意识流动和消失的轨迹一定很奇特。意识在病魔的催促下不得不忘记许多的时候，它也没有泥沙俱下，还有最珍贵的东西滞留在心间。由于没有选择的权利，我们自然就把滞留的东西定位为最宝贵的。

爱是宝贵的，即便是还有儿子、女儿、外孙等也是很宝贵的，但这些都是爱的衍生物，她要抓住最原始的爱情样本。灵魂也许随着意识出走了好远，但这种剥离后的躯体还留有原始的动力去爱，这是爱的童话，也是神话。

并没有瘫痪和死亡的爱情，只有瘫痪和死亡的心灵。意识消失的时刻，爱还有可能再次显灵，就是这个道理啊。

（刘兆亮）

苦难之中，王淦昌教授牵羊去上课的情景，是留给后人的珍贵的爱情标本。

牵羊上课的教授

◆文／陈志宏

1937年，抗日战争爆发，王淦昌教授不得不随浙江大学迁至贵州省一个小山城，过着悲苦、贫寒的流亡生活。在颠沛流离中，他不幸染上肺结核，咳嗽得很厉害。

王教授的妻子到处打听治肺结核的偏方，终于得知羊奶能缓解症状。她费尽周折，买来三只奶羊赶着放牧。王淦昌看着妻子又做家务，又要帮忙整理文稿，现在又养了三只奶羊，更加重了她肩上的担子。他心疼妻子，就想办法为她分担重负。

他说："这些苦活不能都让你一个人做。明天起，我负责放一只奶羊。"

她吃了一惊，说："你？能行吗？"

他坚定地说："不就是当羊倌吗？我上课的那座寺庙前长满了绿绿的青草。明天牵一只去，保准让它吃个饱。"

妻子拗不过他，只好答应。

此后，每逢上下课，王淦昌便一手拿讲义包一手牵奶羊，沿着弯弯曲曲的山道悠然往来。

爱情，有时就是那根拴着奶羊的绳子，拴着两个人，更牵着两颗心。一根绳子，她牵累了，他接着来牵；她倦了，他来顶。这是氤氲爱情的生活。

一个男人，哪怕你是声名远扬，威震四方，为了爱情而去牵一只羊，不但不掉身价，反而更彰显迷人的男子汉风度。苦难生活中，夫妻二人把爱情根植于心，相互帮扶，牵手而过，那是一幅动人的画。心中有爱，活得再苦再累，如果不放松那只牵着爱情的手，也是甜蜜和幸福的。

苦难之中，王淦昌教授牵羊去上课的情景，是留给后人的珍贵的爱情标本。

感恩提示

gan en ti shi

为爱去放一只羊，那只白色的绵羊成为了苦难的突破口，成为爱情的鲜活注脚。

教授果然是教授，他牵着羊上课的情节比课本生动，这来自生活的苦难和爱情的甜蜜，我想那些上课的大学生们是有福的，他们不仅领教了教授的知识，更见识了教授的生活和爱情。

教授分担的不是一个人的忧愁，而是整个社会现状的苦难与无奈，所以他能牵着羊去上课。不仅是把生活原原本本地展示给学生看，更为重要的是让学生明白那个时代的处境，明白知识是用来改变什么的。从这个意义上讲，那只羊被教授放活了，那只羊是四脚的教科书，是一位白色的先生。

（刘兆亮）

我开始像以前一样要她为我做这做那，她的脸色慢慢红润起来了。那时候我才明白，爱一个人，不仅仅是付出，还需要被对方需要着。

有一种爱叫索取

◆文/吴 心

9月的时候，我换了一家公司。办公室是大间，都是隔断的，相互间看不见。但相邻格子间打电话却能听得一清二楚。

我左边的同事,似乎是个很黏老婆的男人。“老婆,今天晚上我想吃红烧肉哦。”“老婆,那件灰格子的衬衣烫了没有?明天我要穿的哦。”“老婆,我又馋你的葱油饼了。”刻意压低的声音竟然糯糯软软的。

我在心里暗笑,这男人是在向他老婆撒娇呢。男人一撒娇,女人就得举手投降了。少不了暗地里留意他。是一个很普通的中年男人,事业上虽然没有什么成就,家庭生活肯定经营得相当成功吧。他的老婆,绝对是那种贤妻良母型的。

他给老婆打电话很勤,絮絮叨叨的,最后一句总是在提要求,要他老婆做这样做那样。简直就是一个被宠坏了的男人。上班时间,突然想起什么来了,立马就给他老婆打电话过去。从他打电话的神情判断,他老婆竟是从未拒绝过他,对于他繁琐的要求,总是欣然领命。

熟悉之后,我笑他,前辈真是好福气,讨得这样贤惠的老婆。他跟着笑,那是,那是。

有一个星期天,我嗓子疼,到医院去拿点儿药,竟然意外地遇见他和他老婆。他老婆,不是我想像中精明干练的情况,相反的,林妹妹般的虚弱纤瘦。客气地打过招呼,他扶着老婆,小心翼翼地走了。接待我的医生很熟悉他们的情况,说,他老婆患绝症两年了,发现的时候已经是晚期了,只剩下半年的时间可活,好在她求生意志甚强,竟然挨过了两年。不过,她的身体眼见着是越来越不行了,不知道还能熬多久。

医生摇着头叹息,我的心一沉。这以后,再听见他打电话,我心里便有压不住的怒气。这个男人,真是的,老婆都病成那样了,他还一天到晚地使唤他老婆,男人的心,是过于粗线条还是本来就像石头那样硬?

他用红笔在日历上重重地勾了个圆。他说,老婆35岁生日快到了,让我帮着参谋参谋,送什么给老婆好。玫瑰,生日蛋糕,唔,太没有新意了;钻戒,不行,买不起,他一本正经地思量着。我终于忍不住,一句话冲口而出:你呀,什么都不用送,以后别再使唤你老婆,让她过两天清闲的日子就行了。

他不以为然地笑笑,那怎么行,她是我老婆,不使唤她使唤谁呢?你老婆都快死了,你还让她做这做那,你还是不是男人?你对你老婆有没有一点点疼爱怜惜啊?我的语气里充满了鄙夷,眼前的这个男人是那么的面目可憎。

他的笑容慢慢地收起。你是不是觉得只有对一个人付出才是爱?其实向一个人索取也是爱。她刚生病那段时间,我想着她留在这世上的时间也不长了,说什么也不能再让她为我操劳。我什么家务活也不让她干了,想着要让她吃好玩好休息好。可是她的精神状态一天比一天差,她对我说,她觉得自己这样像废人一样活着也没有什么意思了,不如早点儿去了的好。我说,我不让她走,她做的红烧肉、熬的汤我都还没有吃够、喝够呢。我开始像以前一样要她为我做这做那,她的脸色慢慢红润起来了。那时候我才明白,爱一个人,不仅仅是付出,还需要被对方需要着。

所以,我去跟我老婆说,我要她给熨衬衣。我要喝她熬的汤。你知道我老婆是怎么说的吗?她说,当她要咽下最后一口气的时候,她也会做几个好菜给我放在冰箱里。被人需要是一种幸福,我只想满足老婆的这种幸福。你明白吗,因为爱,所以才一个劲地索取，爱一个人，就要给她爱你的机会。

他的声音哽咽起来。而我，直到那一刻，才明白了爱的另一种表达方式。我终于懂得，假如你真的爱一个人，那么你一定让他感觉被你所需要着，给他爱你的机会。

感恩提示

gan en ti shi

生命在于运动，老婆在于使唤。这两句话放在一起也许有调侃之嫌，但对照上文仔细思量会发现，这两句话意义相通，放在一起用意不俗。

生活需要一个抓手，这个抓手就是要做事，要体现一个职业身份的价值。虽然，老婆不是职业身份，她的价值要体现在日常的琐事操劳中，所谓职业太太是也。就是这个价值体现了药用的价值。身患绝症的人能够度过医学鉴定的时间，这就是精神在支撑。而支撑精神的就是按照以往的方式来为家操劳。这一点，不是医生关照的，是最了解的爱人体察的。他为了爱要让老婆一如既往地操劳，直到操劳停止才能罢手。

其间，他是快乐而欣然的，当然，内心也会承受煎熬与痛苦。谁让爱是这样奇特，又是这样无奈呢？

（刘兆亮）

他的声音哽咽起来。而我，直到那一刻，才明白了爱的另一种表达方式。我终于懂得，假如你真的爱一个人，那么你一定让他感觉被你所需要着，给他爱你的机会。

第五辑

以最美的山花报答你

爱自己的孩子是一种本能，爱别人的孩子则是一种超越本能的无私。石老师留在远离繁华的狼窝沟，却将最美的山花拱手相让，因为他有一颗无私的心。生活中，还有许许多多的石老师，他们默默地辛苦工作，像蜡烛，燃烧自己，却照亮无数个孩子的人生之路。

选择孩子的归属时，老师又犯难了，他想要但又不忍独自占有，只有折中了，把孩子要到了手下念书。多么聪明的举措，多么善良的老师啊！

我交给你一个孩子

◆文 /[英]克里斯蒂娜

在古色古香的校门口，我遇到契肯老师。

“早上好！”

“蒂娜妮，早上好！”契肯老师热情地回答我，并拍了拍我的右肩。他准备到五楼有阳台的那间备课间去。我想再说一句：“再见，契肯老师！”可没有。

老师转过身，询问母亲有无交给他的信。

啊，正好，差点儿忘了。“老师，是妈妈给的，呶。”那是我们的约定。

半年前，我从5区学校回家时，发生了一件令社区居民和学生深感恐惧的事情。

我上了交通车，买了票。我坐下了，这时，邻座一位二十八九岁的男士向我打招呼：“漂亮的女孩子，到皇后区吗？”

这是一位看上去很帅的青年，我乐意他同我打招呼。你看，整辆车上，那么多女孩子，他只跟我打招呼呢！“嗯，回家。”

“你的头发很漂亮。真的！”

我抬头望了望他那张可爱的脸，他微笑着，笑的样子让我心动。我不好意思了，我说：“您，您赞美我，是不是有事求我啊？”

我在同学中是被看做很聪明、很上进的孩子，我想他一定需要我的帮助。

“啊哈，好聪明！我——我是要求你的帮助。”

那帅哥似的男人对我的理解力表示倍加欣赏。他伸出手来，无意识地捏住我的手，待车停下时，牵我下了车。

车并没到达我预定要下车的站点，可我忽视了。

我下车时，被一种乐于助人的心境给幻化了似的，当时就是如此。

命运是灰色的吧？我真没料到，竟是一个魔窟等着我。我被他引进一辆轿车里，带到了几百里以外的村庄。我想，那车是事先准备好的，不然，他的犯罪不会如此顺利。

那家伙有一个团伙儿，他们逼迫我吸毒。我不从，他们就打，狠狠地打，甚至用宽宽的牛皮鞭子狠抽。再不行，他们把我的头发揪起来，往水缸里一次一次地按，让我呛得直想去死。这是些恶魔呀！世界那么美好，怎么会滋生出这伙儿野兽！（让我吸毒，是要达到完全控制我的目的,老师后来告诉我说。)

命运又是蓝色的吧?是蓝色,像天空那样的蓝色。谁也没想到,契肯老师跟踪了过来。他花了近两个月的时间,来往于伦敦和那乡村的秘密地点。他没有报警,是因为他怕。怕什么?怕那群野兽在闻到一点儿蛛丝马迹时,把我们给"撕"掉了(叫撕票)。

契肯潜入村民里去,装成一个疯老头,他慢慢地接近了那个魔窟,探清了里面跟我同厄运的有12个女孩。他竟然能钻进地窖里面,骗过看守把我救出来,契肯真是英雄!

老师这才报了警,端了那伙魔鬼的巢穴。揭露出来的罪孽,让世人震惊,他们已联系好了,不日就要把我们贩卖给印度的跨国毒枭。

父母不知怎样感谢契肯。政府要授予老师"孤胆罗宾汉奖章"。契肯却回答说:"我没做什么,只不过是我已失去一个女儿,不想再失去一个。"啊,多年前,契肯的孩子丽吉丝尔就是放学后失踪的,真是可怜的老师。

妈妈告诉我,契肯老师当天正好从皇后区回校,他发现了那家伙与我的事。引起他的注意,是因为我很像他失踪的女儿。不过,很快妈妈便排斥了这种想法——因为老师的女儿的年龄比我大得多。

老师,我想做您的女儿,是的,我没有其他办法来感谢您!

父母让我自己来作选择。因为他们也只有我一个孩子。不过,母亲说:"让蒂娜妮做契肯老师的孩子,是上帝的安排。"

可契肯不同意:"假如我只是因为蒂娜妮像我女儿才救她,那么我不配做老师。"

这是件难办的事情。我想,假如我是一把琴,把我借给契肯老师,那该多好。

看到我们一家的感恩真情,老师说:"我可以要求你们做件事,仅一次,仅仅一次。"

妈妈说:"您说吧!"

"让克里斯蒂娜到我教的学校念书吧。就这要求。"

老师认真地说:"这可要孩子的母亲回答。"

母亲说:"这是个好主意。"

"那么,让蒂娜妮的母亲答复您吧。"父亲继续说。就是这个约定,需要今天答复他。

经过5个多月的严酷的戒毒和恢复期,我又能上学了。

以下是妈妈交给契肯的信:

契肯以及像契肯一样的老师:

——我看着孩子步出长巷,她既不跑也不跳,一副循规蹈矩的样子。我怔怔地望着伦敦塔下猩红的太阳而眼熟。

——我想告诉城市的每一座楼,每一块草坪,今天我交给你一个孩子,她还没有真正逃离恐惧和灾难。

——我把她交给校园,交给计程车、运货车、警察、乘务员,交给一切在马路上可以遇到的人——你们会小心待她吗?会伸一伸手帮助她吗?会严于律己像契肯一样去保护她吗?我交出一个孩子,多年后你们能还我一个怎样的人？

——我交给世界和早晨一个孩子，你们会给她什么？

契肯老师把妈妈的信展开，贴在了校门边上的黑板上，契肯老师、路过此处而停步阅读它的老师和我都热泪盈眶。

感恩提示

gan en ti shi

师者父母心。这是中国人古训。但这个发生在国外的故事同样体现了这一古训的贴切。教师一般都是书生，中国人所说的所谓书生意气，是指书生们做什么事想法太天真，行为也不够大气。而文中这位老师却一半是书生，一半是侠客。他想为自己走失的孩子找一个替代品。为此，他物色着与自己孩子相像的孩子。这是一个多么天真的想法和做法啊。当他真的找到了这样一个孩子时，发现她落入了魔掌。怎么办？做一次大无畏的侠客吧。于是，一个惊心动魄的拯救开始，最终那位老师得胜回校。

而在选择孩子的归属时，老师又犯难了，他想要但又不忍独自占有，只有折中了，把孩子要到了手下念书。多么聪明的举措，多么善良的老师啊！

（刘兆亮）

虽然，生活不是朗诵，但林森老师的品格却比朗诵还要美！

生活不是朗诵

◆文/伊　彤

在那所重点中学的校园里，常常可以看到一个瘦高的身影。他西装革履，风度翩翩；他所带班级的语文成绩在连续几年的高考中，均名列全市同类学校的榜首；他还是一位颇有名气的自由撰稿人，小说、诗歌、散文频频见诸报端。尤其让学生们着迷的，是他那经常从校园广播里传出的极富魅力的普通话。那声音仿佛一股磁力，牵引着你的心肺。我特别喜欢听他播读议论文和新闻稿，其中的每个字都仿佛能立起来，颇有中央电视台“冷面罗京”的风采。

他就是林森。

高一的时候，我就崇拜上了林老师。上了高三，做了林老师的学生，我对他的崇拜很快就转变成对他狂热的爱。我喜欢上语文课，盼望着他那飘逸身影的出现。如果哪天没有语文课，我心里就会有一种没着没落的感觉。

我发觉自己无可救药地爱上林老师是在他去地区做一场普通话大赛评委的那几天，林老师走了，我的心也被他带走了似的，惆怅和疲惫一下子将我罩住。我迷迷糊糊地坐在教室里，脑子里全是林老师的影子。课堂上，我一会儿算计着林老师到了什么地方，一会儿猜测着他正在做什么，一会儿又担心他会不会出事，以致老师几次叫我回答问题我都浑然不知。

以后的几天几夜，我茶饭不思，仿佛大病一场。

就在林老师回来前的那天晚上，我悄悄踱到学校操场后面废弃的工棚里，痛苦地思索着。我知道这场“师生恋”的阻力，预感到它将以悲剧结束。我推导了因爱林老师而导致的后果，而所有推导最后无济于事。爱他，用生命去爱，哪怕演一场现代的梁山伯与祝英台，演一场中国的罗密欧与朱丽叶！最后，一个大胆的决定终于在我的心头酿成：向林老师表达我的爱，就在明天，在见到林老师那一刻。

第二天晚自习，我以有病为由没有去班里，我知道林老师一定会来寝室找我。果然上晚自习铃声响过不久，脸上带着几分倦意的林老师真的来了。没等他开口，我一下子抽泣起来。就在他不知所措时，我站起来，塞给他一封信，然后踉踉跄跄地跑出寝室。

那天晚上，我真的病了，发着低烧，折腾到半夜。梦中，我看见他在讥讽我，又梦见他在对我说：“我爱你，伊彤。”

第二天第一节课是语文课，我坐在座位上，怀里像揣了只兔子。我羞涩地等待林老师的反应，哪怕一个多情的眼神，我也会义无反顾地将我的浪漫之火燃得更旺。当林老师走进教室时，我预感到将有不平常的事发生。

果然，他一改往日的西装革履，皱巴巴的西服与紫红色的球衣配在一起，像锯条拉在瓦片上那么别扭，脚上一双脏兮兮的白球鞋。班里出奇地安静，几十双眼睛都在问林老师。

“今天俺们来上十八课。”林老师用方言开了腔。

笑声哄然而起，像是要掀掉屋顶。土得掉渣的“俺们”，听起来像“屎巴”的“十八”，从林老师的口中说得那么不协调，虽然陈老师李老师都这么说，但林老师不可以。林老师才华横溢，风度翩翩，窝囊和鄙俗怎么能属于他呢？“笑什么家伙？有什么家伙值得笑的？”方言又起，“真实、真正的林森就是这样的。”

几十双眼睛继续在问。

“你们看到的林老师是讲台上的林老师，他被一团圣洁的光环罩着。为了与圣洁相匹配，他必须精心包装自己。那是美化了的林森，而现在的林老师才是真正的林森啊！生活中的我常趿着鞋，蓬头垢面地闲逛。我的嘴巴吐的不仅是知识，也叼着烟卷，灌着烈酒，有时还粗话连篇……”林老师的方言不知不觉又游离到那抑扬顿挫的普通话上，但他很快又拉回到方言上。他加大了音量问：“这样的人是骑士吗？是君子吗？生活就是生活，它不是朗诵啊！”

林老师的目光不经意地瞄了我一眼，那里有善意的提醒，殷殷的期望，还有几丝歉意。

除了我，谁也不知道那堂课的内幕。林老师就是用这种方式让一个18岁的少女不失自尊地接受了他的拒绝，尽管那个女孩当初十分痛苦。

一年后，我顺利地考上了河北大学，每每有男生向我表达他们的情谊之时，我会不由自主地想起那句话："生活就是生活，它不是朗诵啊！"

感恩提示

gan en ti shi

面对一位暗恋自己的女孩儿，林森老师应该有很多种方式去拒绝去规劝。在这篇文章里，林森老师做得含蓄而富于深意。他不仅保护了一个女孩儿的自尊和情感，而且还教会了她一个深刻的哲理——生活不是朗诵。他用特殊的方式上了一堂课，让那位情窦初开的少女明白了，什么才是真正的生活，什么才是真正的人。在我看来，女孩儿能够从情感的泥沼中走出来固然是一次可喜的收获，但她真正的收获却是明白了有关生活的真谛。只有懂得了生活的真谛，才能踏踏实实地走好人生中的每一步路。只有懂得了生活的真谛，才能用现实的方式，去追求理想中的生活。虽然，生活不是朗诵，但林森老师的品格却比朗诵还要美！

（安　勇）

我们把他埋在北山最高的向阳坡，埋他的那一天，我们全班九名学生，还有九名学生的全部家长，都哭着跪在他的坟前。

鹅老师粒粒

◆文 / 范子平

那时我12岁，正上小学五年级。我们北山寨公社的小学是有分工的，我们村只有四五年级，两个年级一个班，叫复式班，全班学生共九个人。全学校唯一的教师是下放到我们村劳动的鹅老师粒粒。

鹅老师姓里，名力。听我爹说，他的爹解放前跑往外国，他的娘在"文化大革命"开始时自杀了。他在市林业局当技术员时又犯了政治错误才下放来的。一家子里外透着黑，本不该叫他教学的，但我们村一直留不住一个老师，他来时我们又是三个月没有老师上课了，不得已才让他在大队治安员的监管下教书。

里力老师个子高脖子长，还爱伸着脖子左右探望，我们就叫他鹅老师。我们觉得里力这个名字挺怪的，再加上四年级的课文里有“小麦粒粒归仓”一句，我们一下课就嘴里念叨鹅老师粒粒。里老师知道了，不仅不恼，忧郁的脸上反而露出了笑容，还故意学着大鹅的样子蹒跚行走，逗得我们开心大笑。从此我们就公开叫鹅老师粒粒，他也声叫声应。还在黑板上写了鹅、里、力、粒四个字，说谁写错了就拧谁的耳朵。从此这个绰号传出来，连村里的大人也跟着叫他鹅老师粒粒。

鹅老师粒粒是大学毕业生，做事办法也多，比如说学校唯一的也是全村唯一的那台修了又修的旧闹钟坏了，鹅老师粒粒就找了一个玻璃瓶装满水，再找一根细橡皮管往外滴水，一瓶水滴完就是一节课，三节课正好是一晌。

这天上午课堂上还没滴完第一瓶水，忽然听外边响起了纷沓的脚步声和喧嚣声，鹅老师就停住讲课，到教室门外看了看，回来脸色很严肃，说是山林着火了。

我们正想问问该咋办，教室门哐当一声被踢开，马大全跑了进来。马大全是大队革委会副主任，又是大队治安员，鹅老师粒粒第一天上课就是他押送来的。

马大全横着脸吆喝：“里力咋不赶紧带学生救火？”

鹅老师粒粒木然道：“知道了。”

马大全又凶巴巴地训道：“让学生赶紧点儿，外村学生早冲上去了！还在这儿‘肉’！这可是集体财产！这可是阶级立场问题！”说完这一句起身跑了。

鹅老师粒粒愣了一下，出去到办公室又回来，手里拿着一封信，皱着眉头说：“同学们，山火大啊，浓烟滚滚。我有一封信，跟山火有直接关系，万分重要，处理好才能去救火，你们谁能把它送到教育局？”

没有人吭声，教育局在县城里，离这儿 30 多里，不是怕道儿远，而是大家都要去救火。

过了一会儿，侯小花站起来，说她愿意去送信，顺便给她的娘取药。

鹅老师粒粒仔细看了看药方，面露惊慌地问：“你娘心口疼，有点儿上不来气了？”

侯小花说是，说娘让她等明天过星期去县城取药。鹅老师粒粒急切地喊：“万万不能啊！我懂医，我一看药方就知道是心脏病，一天也耽搁不得的。同学们，侯小花的母亲是贫下中农，救命要紧啊！县医院药不全，我的同学在十八里沟中药站当站长，这上边的药一样也不会缺，你得赶快往那儿赶。”

大家都一愣，十八里沟跟县城方向相反，离这儿也有 30 里，送信没法“顺便”了。

鹅老师粒粒却想起另外一个问题，说距离这么远，侯小花一个女孩子哪能放心。他给他的同学写了条子，派王大双和李河套送侯小花去，还要他们一分钟也不要停留。

鹅老师粒粒就喊：“王大双，送信这个重要任务就交给你了。”大双撇撇嘴，心里可能也不想去，但大双学习好，学习好的人总是听老师的。

大双刚要出门，鹅老师粒粒又喊住他说：“这封信实在太重要了，还得有人保护，要不然遇到阶级敌人该咋办？”

大双说：“可你们救火……”

鹅老师粒粒说：“这可是鸡毛信，万万丢失不得的。这样吧，王菊花，你和王大双跟着，你心细，负责小心提醒。两个人还不行，得有人一路保护。这样，王石头，你跟他们去。”他们三个向来就对劲儿，果然高高兴兴地去了。

教室里只剩下三个人，那就是四年级的李小喜、李小孬和我。李小孬把窗户上的塑料纸捅了一个小洞正往外瞧。鹅老师粒粒突然大喝一声：“偷看啥？”李小孬把头一拧：“看山火！”

鹅老师粒粒恼火道：“好好的窗户你弄一个洞，简直就是破坏！”

李小孬说：“你才是破坏救火！”李小喜也打抱不平说：“鹅老师粒粒，今天你弄的事可是不对劲儿！”

鹅老师粒粒反常地大发雷霆：“搞破坏还不认识错误，能指望你们救火？你们在校给我写检查！”说完不由分说，把我拉出来，把他们反锁在教室里，也不管他们如何在教室里哭骂喊闹。

我完全被眼前发生的事搞迷了，鹅老师粒粒平常不是这样的，再说，他也不敢这样呀。我说不出原因，但我本能地感到他这样做不对。想着心事，我几乎掉进校园里的枯井里。这井有五尺多深，人掉里面没有人拉拽出不来，我们常在课余时间跳到里面搞“防空演习”，土井沿儿已经磨得光溜溜的。

我说：“生产线上就咱俩，快走吧，北山那边天都红了。”

鹅老师粒粒也抬头看了一眼，脸阴得厉害，黄眼珠盯住我说：“都去救火，村里没有人了，要防止阶级敌人来学校捣乱，你在这里保卫学校——”

我终于恼了：“你操的啥心？是不是想叫大火烧完山村？”

鹅老师粒粒瞪圆了眼睛：“啥？啥？混乱敢不护校？”他猛然出手，一下子把我推进枯井里，摔得我半天爬不起来。

这场山火烧了一天一夜才扑灭，成了我们北山寨公社最惨痛的历史事件。由于山风带着火回旋，许多救火的人被裹卷在大火里，其中救火的老师学生居多：野兔屯小学烧死四名学生、两名教师；坡头小学烧死六名学生、一名教师；北山寨小学烧死十二名学生……烧伤的师生还有许多。只有我们小学没有死伤一个学生。公社的统计表上，我们学校甚至连教师也没伤亡。虽然勇敢的鹅老师粒粒在救火时被烧成了焦炭，但他只是临时代课，连村办教师都算不上。烧死的师生都被公社算作烈士，烈士里当然没有鹅老师粒粒。可是，我们知道了侯小花的娘的病并不紧急，知道了他那封信只是一张白纸，也就深深知道了他的那颗心。我们把他埋在北山最高的向阳坡，埋他的那一天，我们全班九名学生，还有九名学生的全部家长，都哭着跪在他的坟前。

感恩提示

gan en ti shi

鹅老师粒粒是位风趣幽默的人，他性情随和待人真诚，在那个特殊的年代里，因为出身不好，他受到了许多不公平的待遇。为了保护学生们的生命，他绞尽脑汁想出了一系列的办法。他的那些办法显得有些可笑，甚至还有些荒唐，但却十分奏效，他最终让自己的学生们得到了安全。鹅老师粒粒并非是贪生怕死之人，他在救火的过程中，被无情的大火夺去了生命。这篇小说笔调幽默，略带调侃，但读过后却让人唏嘘不已，我似乎看见一位长脖子的老师，正笑眯眯地从字里行间走出来，轻声地问，我的学生们是不是都很安全呢？我们告诉他学生们很安全后，鹅老师粒粒点点头，满意地说，那我就放心了。

（安　勇）

他讲完之后，台下顿时响起了潮水般的掌声。在对人的影响上，爱的浇灌和人性的感召，永远胜于其他形式。

最美的眼神

◆文/马　德

一所重点中学百年校庆时，恰逢德高望重的老教师雒老八十寿辰。雒老师一生极富传奇色彩，他所教过的学生，许多已经成为蜚声海内外的教授、学者以及活跃在时代前沿的IT精英。是什么原因使雒老师桃李满天下呢？学校决定在百年校庆之际，把这个谜底揭开。

于是，学校给雒老教过的学生发出一份问卷，其中最重要的一条是，雒老师的哪些方面最让他们满意。五花八门的答案很快反馈了回来，有人认为是他渊博的学识，有人认为是他风趣的谈吐，有人认为是他循循善诱的教学方式，有人认为是他兢兢业业的工作作风；有的学生说喜欢他营造的课堂氛围；有的学生干脆说，雒老师的翩翩风度是他们最满意的。

然而，学校对这些答案并不满意。在学校看来，这些闪光之处，也可能是其他老师所具有的，并没有代表性。仓促之中，学校在众多的学生中，选出100位最有成就的人。学校认为这100位学生的成功，肯定或多或少受到了雒老师的影响。为了得出较为一致的答案，这次的问题很简单：你认为，雒老师的哪一方面对你的人生影响最大。

答案很快就以传真、电话、电子邮件的形式反馈了回来。出乎预料的是，这次的答案居然惊人的一致。几乎所有的学生认为，雒老师给他们人生影响最大的，是他的眼神。

这下轮到组织者为难了，本来他们打算通过这种问卷的形式，揭秘雒老师，同时把得到的答案，作为学校的传家宝流传下去；然而“眼神”这个答案非但没能起到揭秘的效果，反而使事情更加扑朔迷离了。

百年校庆的日子很快到来了。庆祝大会隆重地举行，校长讲完话后，便是各界名流的致辞。一位知名的教授上台，先向端坐在中央的雒老师深深地鞠了一躬，然后说："今天我有幸能站在这里，与大家共聚一堂，首先得感谢雒老师。我刚上这所中学的时候，成绩非常差，说实话，那时我已经丧失了信心和勇气。正是雒老师，把我从困难中拯救了出来。此前母校做了一次问卷调查，问雒老师对我们影响最大的是什么。我的回答就是他那会说话的眼神。是的，那时候，同学看不起我，父母对我也失去了信心，然而雒老师的眼神中流动着鼓励和肯定，像一股股暖流，温暖着我自卑和沮丧的心。我就是从他的眼神中得到前进的信心和力量，一步一步走到现在的……"另一位学者致辞的时候，笑着说："上中学的时候，我最讨厌老师的偏袒，比如偏袒成绩好的，偏袒女生，因为讨厌老师，导致我很厌学。雒老师公正无私的心底，像一方晴朗的天空，清澈、洁净、透明，从他的眼神中流露出来的是种公正的力量，使我的心也变得晴朗起来……"

后来上台的学生中，大凡雒老师教过的，无一例外地谈到了雒老师的眼神。有的认为，雒老师的眼神在严肃中传递着爱意；有人认为雒老师的眼神在安静中透着温和；有的同学认为雒老师的眼神中蕴满父亲般的慈祥；有的同学认为雒老师的眼神就是一条汩汩流淌的河流，在不断地荡涤着人的心灵……

事实上，大会开到这里已经非常成功了。没有想到的是，就在最后，有一位50多岁的教师在事先没被邀请的情况下，走上了大会的主席台。他说："我也是雒老师的一名学生，而且在一所中学也教了二十几年的书。我一直有一个心愿，就是想让自己也像雒老师一样，把最美的眼神传递给学生。开始的时候，我总不能做好，后来我渐渐发现，能够传递这样美的眼神的人，需要的并不多，那就是你必须有一个满浸着人间大爱的灵魂。这样的一个人，才会生长出最人性的枝蔓，才会漫溢出爱的芳香。"

他讲完之后，台下顿时响起了潮水般的掌声。在对人的影响上，爱的浇灌和人性的感召，永远胜于其他形式。那一天，学校得到了他们最想要的答案。

感恩提示

gan en ti shi

有关眼神的词语较多，比较富于创造性的一个比喻是：眼睛是心灵的窗口。既然是窗口，那么它们传递的就是心灵的旨意，推开它我们将看到一个人的心灵深处。在这篇文章里，雒老师的眼神之所以让几乎所有的学生们念念不忘，和眼睛本身关系不大，而是因为他的心灵中蕴藏着博大的爱。因为爱，他才能让自卑的学生鼓足勇气，因为爱，他才能让学生们感觉到老师的公正无私，一视同仁。而正是因为体会到了雒老师目光后面埋藏着的那份爱，才会有学生在成为老师后，也有了与雒老师相同的眼神。眼神的含义虽然很复杂，但其实只有一个字，那就是爱。

（安　勇）

只是每当桃花盛开的时节，人们总会看到一个美丽忧伤的姑娘站在果园边，看桃花瓣瓣，飘向远方。

桃 花 开

◆文/何献国

又是漫山桃花开放季节。

秀儿倚在一杈桃枝旁看天，看天上飘飘悠悠的浮云。太阳爬上树梢，鲜艳的光彩泼了秀儿一脸一身，也给万物增添了无限的温暖和亮丽。

每到这个季节，秀儿的脑海就浮现出一个年轻英俊，朝气蓬勃的男孩来。他高挑的个儿，白皙的脸上架一副眼镜，显得文文静静。他是秀儿这个村的小学教师，是从大城市来的。

那年的阳春三月，秀儿听弟弟说山下的小学来了个小老师，于是她天天坐在桃园里听小老师给孩子们讲课，那浑圆的男中音常常让她流连忘返。秀儿只恨爹娘太偏心，让她过早地离开了学校，成了果园里的稻草人。好在有了男老师和孩子们悦耳的读书声，秀儿便不再寂寞了。终于有一天小老师突然出现在桃园，秀儿竟羞红了脸。小老师很大方，他关切地说，你叫秀儿，对吧。秀儿机械地点点头。小老师又说，长得这么秀气，怎么不读书，是不是爹娘不让读？秀儿使劲地点着头，激动的泪水快要流出来。好了，今后你就叫我小老师，我教你吧！小老师眼镜片后面的眼睛一闪一闪，使秀儿心里好亮堂。从此秀儿坐在果园里，听小老师讲课。每个周末都是秀儿最开心的日子。小老师倚着桃树，教得绘声绘色。秀儿听懂了“白日依山尽，黄河入海流”的画意，也听懂了“野火烧不尽，春风吹又生”的诗情。秀儿还知道了山外边有高大的楼房，宽阔的马路，令人神往的生活。她的心像桃花一样红了，像桃叶一样绿了。秀儿偷偷地在日记中写道：小老师，我喜欢你。她还在日记本里夹了朵桃花，优美的图案，清秀的字迹记录了一个女孩的全部秘密。

可是桃花落了的时候，小老师却突然失踪了。秀儿急了，她跑到老校长那儿去问，老校长颤巍巍递给秀儿一封信。秀儿惶恐地把信打开，小老师潇洒的字体映入眼帘：秀儿，我患了绝症，不久将要离开人世，不过很高兴，我圆了山村教书梦，也认识了山桃一样的你。你是个好姑娘，可你一定要读书，你的秀气决定了你将来一定有出息……秀儿如五雷轰顶，瘫成一团，醒来后第一个念头就是想见小老师，可是小老师的那个城市离这儿有好几千里。更重要的是秀儿没有足够的钱去买车票。这个想法说出来，爹妈也是不同意的。秀儿的泪水像断线的珠子一颗一颗跌落下来。

三年后，秀儿成了学校的老师。

秀儿在教书的第二年底，攒够了去小老师那座城市的路费。她要去看她五年来魂牵梦萦的人。在一个阳光明媚的早晨，她坐上了去山外的班车，经过两天两夜的辗转摇晃，秀儿找到了小老师的那座城市。按照小老师留下的地址，她终于找着了小老师的家门。她看到了小老师凝固在一个黑色镜框里的灿烂微笑。而此时的小老师已躺在城外的青山上两年了。在那座坟茔边，秀儿静静地伫立着，城市的风掠过这个寂静的山冈。有几株桃树正开着桃花，一瓣一瓣的桃花落在秀儿的头发上，秀儿的泪水再一次无声地落了下来……

后来，秀儿回到山村，再也没有离开果园边的小学。她要在这里教一辈子书。只是每当桃花盛开的时节，人们总会看到一个美丽忧伤的姑娘站在果园边，看桃花瓣瓣，飘向远方。

感恩提示

gan en ti shi

生命灿若桃花，命运凄如桃花零落，但"小教师"在生命最后时刻的绝响之作，让凋零的桃花得以重生。他引导和拯救了一个孩子的人生，这样的人生最终成为了自己人生的延续。

选择桃花这一意象载体，为故事着上了不同的色调，一是温暖的色调，在桃园中讲课时，桃花背景则组合成了温暖的氛围，在那样的氛围中，生命归于绚烂，憧憬与希望都在桃花中盛开；二是凄楚的冷色调，那些浅红的花瓣似乎是失血的嘴唇，幽幽诉说的是生命的无可奈何，预示了"小教师"的生命注定如桃花那样的凋零；三是生活的常态色彩，这样的色彩不冷不暖，是归于平静的色调，山村的桃花成为生活的布景，每年都盛开，每年都凋落，不变的是对桃花的遥远的追思情怀。

（刘兆亮）

第六辑

风雪中走来的老同学

风雨袭来，可以为你遮风挡雨；困境之中，会为你分忧解难；忧伤之时，能为你拭干泪水……无论成功，还是失败，陪伴在你身边的永远是朋友。

在生死之间的关口上，一声声简单的敲击，蕴含了太多太多丰富的含义。也许它就能让死神却步，让生命之花重新开放。

生死相依

◆文/张丽钧

郭老师高烧不退。透视发现胸部有一个拳头大小的阴影，怀疑是肿瘤。

同事们纷纷去医院探视。回来的人说：有一个女的，叫王端，特地从北京赶到唐山来看郭老师，不知是郭老师的什么人。又有人说：那个叫王端的可真够意思。一天到晚守在郭老师的病床前，喂水喂药端便盆，看样子跟郭老师可不是一般关系呀。就这样，去医院探视的人几乎每天都能带来一些关于王端的花絮，不是说她头碰头给郭老师试体温，就是说她背着人默默流泪，更有人讲了一件令人不可思议的奇事，说郭老师和王端一人拿着一根筷子敲饭盒玩，王端敲几下，郭老师就敲几下，敲着敲着，两个人就神经兮兮地又哭又笑。心细的人还发现，对于王端和郭老师之间所发生的一切，郭老师爱人居然没有表现出一丝一毫的醋意。于是，就有人毫不掩饰地艳羡起郭老师的“齐人之福”来。

十几天后，郭老师的病得到了确诊，肿瘤的说法被排除。不久，郭老师就喜气洋洋地回来上班了。

有人问起了王端的事。

郭老师说，王端是我以前的邻居。大地震的时候，王端被埋在了废墟下面，大块的楼板在上面一层层压着，王端在下面哭。邻居们找来木棒铁棍撬那楼板，可说什么也撬不动，就说等着用吊车吊吧。王端在下面哭得嗓子都哑了——她怕呀，她父母的尸体就在她的身边。天黑了，人们纷纷谣传大地要塌陷，于是就都抢着去占铁轨。只有我没动。我家就活着出来了我一个人，我把王端看成了可依靠的人，就像王端依靠我一样。我对着楼板的空隙冲下面喊：王端，天黑了，我在上面跟你做伴，你不要怕呀……现在，咱俩一人找一块砖头，你在下面敲，我在上面敲，你敲几下，我就敲几下——好，开始吧。她敲当当，我便也敲当当，她敲当当当，我便也敲当当当……渐渐地，下面的声音弱了，断了，我也迷迷瞪瞪地睡去。不知过了多长时间，下面的敲击声又突然响起，我慌忙捡起一块砖头，回应着那求救般的声音，王端颤颤地喊着我的名字，激动得哭起来。第二天，吊车来了，王端得救了——那一年，王端11岁，我19岁。

女同事们鼻子有些酸，男同事们一声不吭地抽烟。在这一份莹洁无瑕的生死情谊面前，人们为一粒打从自己庸常的心空无端飘落下来的尘埃而感到汗颜，也就在这短短一瞬间,大家倏然明了:生活本身比所有挖空心思的浪漫揣想都更迷人。

感恩提示

gan en ti shi

读过这篇文章后,我相信世界上有一种情感,它能超越男女的界限,甚至也能超越人与人之间的友谊。这就是在生死轮回之间,结成的一种相互眷恋的情谊。即使天各一方,不得相见,但这份情谊却让两个人的心贴得很近很近。多年前,在一场地震中,郭老师用特殊的方式,给了身陷绝境的女孩儿王端一份生命的支撑和动力。多年后,王端又用同样的方式,来激励郭老师鼓起战胜病魔的勇气。在生死之间的关口上,一声声简单的敲击,蕴含了太多太多丰富的含义。也许它就能让死神却步,让生命之花重新开放。

(安　勇)

送人玫瑰,手有余香……重要的不在于玫瑰本身的美丽,而在于它代表的含义,那种温暖,更加迷人也更加芬芳。

半支铅笔的温暖

◆文/周华诚

平时很少看港台的娱乐节目,总觉得太无厘头,但这次偶尔看了一会儿,心中却被悄然打动。

说是一个女孩,想找一个曾在十多年前暗恋的男孩。流年飞逝,斗转星移,她年少时的情思他却一丝丝也不知。此后,两人分离,辗转,各自生活,相互再没有音讯联络。多年以后,这女孩子借着电视节目,想寻找到他,看看,现在的他,还好吗?

在节目现场,男孩终于出现。尽管早有心理准备,但她还是望着那成熟许多的男子,问着好时,便落泪了。

于是两人通报姓名,学校,年级。她叫高慧君,他叫翁廷楷。他们借着彼此的叙述把记忆回溯到青春年少时光。

她说,那时候自己家境不好,文具不够用,有一回,他拿自己用的半支铅笔送了给她。便是这半支铅笔,让她感动至今。

他很惊异。他不知道自己小小的一个行为,会给她心上留下如此深刻的印痕,任是十数年光阴也磨损不去。

她说,那时候,“翁廷楷”这三个字,对她便是一种温暖,这个名字陪她走过一个又一个寒冷冬季。

他说，在他眼中，她是个文静内向的女生，当初他的关心也许出自他的自然本性，甚至他根本不知道自己不经意的关爱举动，能给一个柔弱女子如此之久的温暖！

他甚至有些惶恐。他说，我不知道，自己不经意的小小举动能在你心中产生如此大的温暖；现在我很是担心，不知道我是不是也曾有不经意的举动，在你心中产生莫大的伤害……

听了这话，我便知道，这翁廷楷真是一个善良而能体贴人的男子。

如今他已结婚，翁夫人也来到了现场。她和她，像姐妹一样地拥抱。翁夫人听着这"半支铅笔"的故事，也感动不已，她说了一句话：送人玫瑰，手有余香……

感恩提示

gan en ti shi

为什么微不足道的半支铅笔，就让一个人记住了另一个人，并且一下子就记住了一辈子呢？我想，那是因为那半支铅笔里蕴含着有关温暖的含义。所谓温暖，其实正是在别人最需要时，伸过来的一只扶持的手，给对方的一抹会心的微笑，或者是投过来的一道朋友般的目光，一份为对方着想的心思。虽然这些都非常微小细琐，或者说是很不经意，但却会给人莫大的安慰和支持，甚至能奇迹般地改变一个人的人生之路。送人玫瑰，手有余香……重要的不在于玫瑰本身的美丽，而在于它代表的含义，那种温暖，更加迷人也更加芬芳。

（安　勇）

因为女孩子知道，同学们给她的是财富所不能买到的善良和真诚。他们的友谊就像春天里最明媚的那一缕阳光，照射在她以后的人生道路上。

6 个馒头

◆文/忆　馨

高一那年，年级组织去千岛湖春游。

那时候，我们年轻的班主任新婚度假，于是更为年轻的实习老师成了我们班的带队老师。实习老师一宣布这个令人兴奋的消息，教室马上为大家的喧闹声所炸响。同学们纷纷问一些关于春游要注意的事项和所交的费用等问题，接着实习老师又问了一句："大家还有什么问题吗？"很长的时间，没有人举手也没有人站起来，谁也没有注意到角落里来自山区的那个女孩子，她微举着手，手指却颤抖着没有张开来，颤巍巍的嘴唇一张一合却没有声音。很久很久，女孩子站了起来，用极低的声音问："老师，我可以带馒头吗？"一阵其实并没有恶意的笑声刺激着女孩子，她的脸通红通红的，低着头默默地坐下，眼泪无声地沿着脸颊流了下来。漂亮的女实习老师走过去，抚摸着她的头说："你放心，可以带馒头的，没事的。"

出发的前一天，女孩子拿着饭票买了6个馒头，然后低着头好像做贼似的跑回宿舍。宿舍里几个女同学正在收拾春游要带的零食，一边唧唧喳喳地讨论着什么。女孩子直奔自己的床，迅速地用一个塑料袋把馒头装了进去，女同学的讨论声似乎小了下去，女孩子的眼眶红了。

出发的那天下着雨，淅淅沥沥地洗刷着女孩子的心情，在她的背包里有6个馒头。女孩子没有带伞，只好和别的同学挤在一把伞下，为了不因为自己而使同学淋湿，女孩子不住地把伞往同学那边移，等赶到目的地千岛湖时，女孩子的一半身子湿漉漉的，身上的背包也湿漉漉的。大家纷纷冲向饭馆吃饭去了，女孩子一个人呆在招待所里，等大家都走完以后才从背包里取出馒头。可是，由于塑料袋子破了一个洞，湿透背包的雨水将馒头泡透了，女孩子就这样一边流泪一边嚼着被雨水浸泡过的馒头。

女孩子还没有吃完一个馒头，同学们就回来了。她没有料到她们会回来得这么快，来不及藏起湿透了的馒头，只好匆忙地往还没有干的背包里塞。班长妍突然说，哎呀，我还没有吃饱呢，能给我吃一个馒头吗？女孩子不好意思摇头也没有点头，妍已经打开她的背包啃起馒头来。其他几个同学也纷纷走过来拿起馒头一边嚼一边说，其实还是学校食堂做的馒头好吃。转眼，女孩带来的6个馒头都被同学们吃完了，女孩子看着空了的背包只有无声地落泪。

第二天，到了大家该吃早饭的时候，女孩子偷偷一个人走了出去。雨已经停了，女孩子的心却在落泪，如果不是自己央求父亲借钱交了车费，本来就可以不来的，可是山水是那么秀美，女孩子怎能不心动？女孩子在招待所附近的一座矮山上一边后悔一边默默地落泪。是班长妍最先找到女孩子的，妍拉起她的手就走，说："我们吃了你带来的馒头，你这几天的饭当然要我们解决呀！"女孩子喝着热腾腾的粥吃着软软的馒头，眼圈红红的。

后来总有人以吃了女孩子的馒头为理由请她吃饭，使她不再嚼着干涩难咽的馒头，使她可以和所有其他同学一样吃着炒菜和米饭。女孩子的脸上渐渐有了笑容，她默默接受了同学们不着痕迹的馈赠，默默地享受着这份单纯却丰厚的友谊。女孩子没有什么可用来感谢她的同学，只有用更努力地学习、更积极地去帮助别人和总是抢先打扫宿舍卫生来表示她的感激。后来，这个女孩子不仅是班里学习最好的一个，也是人缘最好的一个。

因为女孩子知道，同学们给她的是财富所不能买到的善良和真诚。他们的友谊就像春天里最明媚的那一缕阳光，照射在她以后的人生道路上。

感恩提示

gan en ti shi

开始的时候，那6个馒头一点儿也不美丽，甚至还有些丑陋。馒头装在她的背包里，就像堵在她的心口上，把她封闭在了一个自卑的空间里。面对那些馒头时，她胆战心惊，脸红心跳，一如面对自己无法摆脱的贫困生活。但善解人意的同学们，用馒头为她打开了一扇门，大家吃下她的馒头时，也向她委婉地伸出了友谊和帮助的手。这时候，那6个被雨水浸泡过的馒头，忽然变得异常美丽，每一个馒头都闪烁着友谊和爱的光芒。有时候，对别人帮助的方式其实非常简单，也许只是和他(她)共同咽下一个馒头。

(安　勇)

生命中最美好的景致有时并不是用浓墨重彩描绘而成的，它也许只是一个淡淡的印迹，但它深藏在我们心灵最柔软的肌理中，裹在层层的重负之下，它与生命同在。

背　影

◆文/平　乐

深夜收听电台的一档午夜热线节目，那晚的话题是"背影"。许多听众纷纷打进电话，激动地述说着自己难忘的背影故事。他们都说了些什么，我已不记得了，但节目的最后，一位听众的叙述深深地感动了我。

他的语气很平淡，还稍稍带些调侃的味道，你简直可以想象他是边抽着烟卷边漫不经心地述说的。他说他大学毕业时，同学们到站台上送他，虽然有些伤感，但大家相约不哭。刚巧那天火车线路出了些问题，情况很混乱。行李乱丢，乘客乱挤，同学们也挤散了，那仅有的一丝伤感仿佛也更淡了。好不容易安置妥当了，他刚要坐下来，忽然隔着窗子，看见一个绰号叫"驴"的同学的背影。只见"驴"的双肩不停地抖动着，而且一高一低的。他愣了两秒钟，忽然明白了原来"驴"是在哭，他缓缓地坐了下来，眼泪也跟着下来了。

等到火车快到终点站时，他才发现自己的行李丢失了一件，里面有当时至关重要的人事档案、户粮关系等，当然也有他的钱包。无奈中他又立即乘车返回了学校。第二天他又和同学们相见时，大家都相互笑了，因为昨天他们才送走他，今天又相见，感觉有些滑稽。后来有人提议去喝酒，气氛很热烈，推杯换盏，欲醉还醒时，忽然有人落泪了。于是同学们陆续地离开了饭店，有的人说喝醉了想出去吹吹风；有的说刚想起还有一双臭袜子要洗；还有一位女同学低着头拼命咳嗽，不肯抬起她那美丽的脸……相关手续办妥后，他又要走了，同学们为他凑了路费又第二次去送他。他们一路上喃喃地对他说："老五呀，你这不是成心折磨我们吗？我们恨死你了。"

这么多年过去了，生活也向他展开了另一副面孔，他觉得自己的心已坚如硬岩，他觉得自己忘了毕业时的那一幕幕。只是最近和一位同学煲电话粥时，同学无意中对他说："老五啊，你知不知道你当时在站台上的那副样子？肩膀哆嗦，脚步踉跄，头也不敢回，我们当时还真为你担心。"握着听筒，他莫名地流下了久违的眼泪。于是他知道了，当时他留给同学们的，亦如同学们留给他的，都不仅仅只是一个哭泣的背影，更是沉淀在他与他们生命中的最美，它将永远缠绕着他们，直到永恒。

生命中最美好的景致有时并不是用浓墨重彩描绘而成的，它也许只是一个淡淡的印迹，但它深藏在我们心灵最柔软的肌理中，裹在层层的重负之下，它与生命同在。一旦触动它的密码，它将潮水般涌来，浸泡你，柔软你，感动你。

感恩提示

gan en ti shi

还记得我毕业离校那天，在月台上和同学们分手时，大家都故意表现得非常潇洒，夸张地说笑打闹，还为各自设计着美好的明天。但当火车汽笛的一声长鸣，忽然不约而同地都在找烟抽，抽了几口，大家就纷纷咳嗽，然后抹着眼睛说："这烟，太冲了。"这场面，正像文章里描述的背影。尽管临别时，我们都不想表现出忧伤，但背影却在不经意间暴露了我们内心中的真实情感。仅仅是一个小小的颤抖或抽搐，也足以让人铭记一生。因为那背影后，是几年来在一起的朝夕相处，是让人终生难忘的同窗之情。记住那个背影，也就记住了曾经的岁月。

（安　勇）

华说："我只想让你知道，不是每一个人都拿着你的不幸对比自己的幸福；就算有那样的人，也不是全部。小田不是，我也不是，还有很多人都不是。"

阿修罗

◆文/郭　葭

有段日子我非常愤激，少年丧母不是每个人都能放在心里的。我黑口黑脸，把每一个问起我母亲的人都当做敌人。我在日记里对自己说，当悲剧没发生在自己身上之前，所有人都可以唏嘘一把的——不过是哀戚或余悲，他人亦已歌。

我就那样封闭着，像一只流浪狗。谁都难以接近我，狗是会咬人的，而且我是那种尖牙利齿的狗。我自己也觉得沉重和痛苦，也想和别人一样，过着那个年纪应有的生活。可是我好像做不到了。收养我的外婆忧心忡忡，我的班主任找她家访时，她说，怎么办，这孩子竟然没有一个朋友。

班主任是个刚毕业的女孩，当时才二十来岁，长得清秀。她找我谈心，讲关于阿修罗的故事。她说，阿修罗是佛经中八种神道怪物之一，阿修罗性子执拗、刚烈，能力极大，凡与之接触，倘不蒙他喜悦，就必然遭殃。

我打断她，我说，《天龙八部》我小学时就看过。

她仍然温柔地看着我，慢慢地说："可我希望你知道，阿修罗在伤害别人的同时，受伤最深的，却是他自己。"

我知道她的用心，也明白她讲的道理，可我不能改变自己。我的阿修罗已经长在那里了，连根带刺。

那个时候，除了她，还有一个和我同桌的女生，叫华的，常常找我说话，通常是她说十句我答一句。我记得那是一个冬天的晚自习，休息的时候我一个人到操场，她跟上来，找我说话。我照例有些不耐烦，突然她就说："有件事一直想告诉你，放在我心里很久了，我想说出来对你有帮助。"

她说了。在那天，在我母亲死去的那天，我没能来上晚自习。当时他们都不知道我为什么没来，所以当和我住同一条街的男同学小田来的时候，他们都问我为什么没来。他们的话音未落，就看见小田伏到课桌上号啕大哭，哭得他们都傻了，以为小田家出了事。小田哭着说："郭葭的妈妈死了。"

华说，她到现在都记得小田说那句话时的样子。小田一直是个沉默少言的男生，成绩也不怎么好，虽说和我同住一条街，但和我这个优等生几乎没说过什么话；我母亲对他而言，只是位邻家和蔼的阿姨。小田说，他那天早上还见过我妈妈，早上还是好好的啊……

华哽咽着说不下去，华说："我只想让你知道，不是每一个人都拿着你的不幸对比自己的幸福；就算有那样的人，也不是全部。小田不是，我也不是，还有很多人都不是。"

我呆住，想起那天小田在回家路上对我说："郭葭，你以后想考什么大学？"我却冷冷地回答："这和你有关吗？"我清楚地看到他脸上的笑是怎样收住，我好像一下子心软了，有种平和、温柔的情绪，慢慢浮起。想起班主任说过的阿修罗，我第一次觉得自己是做错了。

10 年过去，我从那场悲哀中走过。我和小田一直没有说过什么话，我看着他没能考上大学，接父亲的班进工厂，一年前他下岗，儿子 3 岁，上不起托儿所。当我从华那儿听说他想做点儿小生意需要钱，我便寄给他一笔钱。小田在电话里说了太多感谢，他根本已忘了少年时为我母亲号啕大哭的事；我也没提起，只说，我最近发了笔小财，想当股东再赚点儿小钱。

在这个27岁的春天里，我希望我的故事能帮助正在自我伤害和挣扎着的阿修罗们。也许痛苦是不能被安慰的，可是毕竟好过自我伤害。

感恩提示

gan en ti shi

心理学上讲，少年时突然失去亲人，很可能会让一个人的心理产生巨大的变化，自闭冷漠，远离人群，甚至是与人为敌，就像这篇文章里班主任老师说的阿修罗。没想到，一个日渐与人隔绝的女孩儿会因为一个男生真心的哭泣，而从悲伤的自闭中走了出来。小田的哭泣之所以具有这么大的力量，是因为他没有说教，没有造作和表演，只是一种发自内心的同情和悲伤。但这样一次哭泣却让文中的主人公看到了别人心底的善良，那种情感远非同情怜悯，而是真实地为他人表达的悲伤。正像华说的那样："我只想让你知道，不是每一个人都拿着你的不幸对比自己的幸福；就算有那样的人，也不是全部。小田不是，我也不是，还有很多人都不是。"即使是阿修罗，面对这样的哭泣，也不会无动于衷吧！

（安 勇）

那一刻，泪水在我的眼里打转。那一刻，我也明白，我收下的，也不仅仅是210元钱那样简单。

一张汇款单

◆文/孙 光

六年前的那个冬天，我们一行四人，踏上了南下的火车。四个人怀揣着同样的梦想，那就是——挣钱。

四个人兴奋而紧张，挤成一团，在冰冷的车厢里彼此温暖着。我们所说的每一句话，都跟即将开始的打工生活有关，跟蛋蛋远房的大伯有关。因为是他，为我们争取到了一个工厂最后的四个打工名额，他知道，我们是从小一块儿光着屁股长大的最最要好的朋友。

那告别贫瘠山村的路遥远而漫长，整整24个小时，我们都没有合一下眼，那每月二百多块的工资，虽还遥不可及，却如兴奋剂一般撩拨着每个人的心。

终于到了，没有人关心那从没见过的车水马龙和高楼大厦。在蛋蛋大伯的引领下，我们来到那家工厂，没料想，我们听到的第一句话便是：四个招工名额只剩下了三个。

这句话如晴天霹雳般在我们每个人的脑海中炸响，那就是说，我们四个人中必须有一个要打道回府，不容置疑。

蛋蛋第一个站出来，说，你们留下，我走。没人应声。蛋蛋他爹卧床多年，已是家徒四壁，蛋蛋需要挣钱给他爹看病抓药。大碗说，还是我走吧，我是弟兄四个当中的老大。还是没人应声。大碗的媳妇没奶，不能可怜了那嗷嗷待哺的娃娃。我说，我走，我没有负担。

我果真就走了，谁也没能留住我。我在那陌生都市的角落里呆坐了一天，但我没有后悔，虽然我的眼里写满了留恋。我知道，他们都比我更需要钱。

我又重新回到了那破落的山村，重新在那干裂的坷垃地里刨着全家人的希望。

……

转眼间到了过年，我回来也一月有余了，正在全家人为这年怎么过而犯愁的时候，我意外地收到了一张汇款单。在汇款单的附言栏里，写了这样一行歪歪扭扭的字：收下吧，这是我们三个凑的210元钱，算是你第一个月的工资。

那一刻，泪水在我的眼里打转。那一刻，我也明白，我收下的，也不仅仅是210元钱那样简单。

感恩提示

gan en ti shi

满怀希望和憧憬从大山里走出来的四个好伙伴，没想到，一到城市就面临了一次艰难的抉择——四个人，三个名额，必须有一个要离开。我想，这时真正考验的是几个伙伴之间的友谊，他们必须在友情和金钱之间做出选择。最后，“我”毅然决然地选择了离开，重新回到了那个山村，回到了那片贫瘠的土地。但“我”离开的同时，也把一份浓浓的情谊，种在了其他三个人的心里。我们看到，这份情感最终在他们的心里扎了根，开了花，结了果。那张210元的汇款单，其实正是四个人之间一份不离不弃的兄弟情。

（安　勇）

当奎诺看到那枚泥土下的十字勋章时，除了感受到托尼的友谊外，还应该有一种深深的自责吧，他大概会一遍一遍地问自己，当年，为什么要对友谊产生怀疑呢？

尘封的友谊

◆文/谢云鹏

1945年冬，波恩市的街头，两个月前这里还到处悬挂着纳粹党旗，人们见面都习惯地举起右手高呼着元首的名字。而现在，枪声已不远了，整个城市沉浸在一片深深的恐惧之中。

奎诺，作为一名小小的士官，根本没有对战争的知情权。他很不满部队安排他参加突袭波恩，然而，更糟糕的是，这次行动的指挥官是巴黎调来的法国军官希尔顿，他对美国人的敌视与对士兵的暴戾几乎已是人尽皆知。接下来两个星期的集训，简直是一场噩梦，唯一值得庆幸的是，奎诺在这里认识了托尼——一个健硕的黑人士兵，由于惺惺相惜，这对难兄难弟很快成了要好的朋友。

希特勒的焦土政策使波恩俨然成为一座无险可守的空城，占领波恩，也将比较容易。而突袭队的任务除了打开波恩的大门外，还必须攻下一个位于市郊的陆军军官学校。而希尔顿要求更加残忍，他要求每个突袭队员都必须缴获一个铁十字勋章——每个德国军官胸前佩带的标志。否则将被处以鞭刑，也就是说突袭队员们要为了那该死的铁十字而浴血奋战。

突袭开始了，法西斯的机枪在不远处叫嚣着——不过是苟延残喘罢了，在盟军战机的掩护下，突袭队顺利地攻入了波恩。然而他们没有喘息的机会，全是因为那枚铁十字。在陆军军官学校，战斗方式已经转变成了巷战，两小时的激烈交火，德军的军官们渐渐体力不支，无法继续抵挡突袭队的猛烈进攻，他们举起了代表投降的白旗。突袭队攻占了陆军军官学校之后迅速地搜出每个军官身上的铁十字。手里攥着铁十字的奎诺来到学校的花园，抓了一把泥土装进了一个铁盒，那是他的一种特殊爱好——收集土壤。他的行囊中有挪威的、捷克的、巴黎的，还有带血的诺曼底沙。他正沉浸在悠悠的回忆中，托尼的呼唤使他回到了现实，托尼神秘地笑了笑："伙计，我找到了一个好地方。"

他们的休息时间少得可怜，奎诺跟着托尼来到了二楼的一间办公室。从豪华的装饰来看，这个办公室的主人至少是一位少校。满身泥土和硝磺气息的奎诺惊奇地发现了淋浴设备，他边嘲笑着托尼，边放下枪支和存放着铁十字的行囊，走进浴室舒舒服服地洗了个澡。当他出来时，托尼告诉他说希尔顿要来了，他要了解伤亡人数，当然，还要检查每个士兵手中的铁十字。他马上穿好衣服背上枪支、行囊，与托尼下楼去了。

大厅里，每个人都在谈论手里的铁十字，奎诺也自然伸手去掏铁十字，然而囊中除了土壤外竟无别物。奎诺陷入了希尔顿制造的恐怖之中，他没想到会有人为了免受皮肉之苦而背叛战友。奎诺首先怀疑到托尼，并向其他战友讲了此事，当下大家断定是托尼所为。

所有士兵此时看托尼的眼光已不是战友的亲昵，而只是对盗窃者的鄙夷。他们高叫着、推搡着托尼，而此时托尼的眼中并不是愤怒，而是恐惧、慌张，甚至是祈求，他颤颤地走到奎诺的面前，满眼含着泪花地问道："伙计，你也认为是我偷的么？"此时的奎诺狐疑代替了理智，严肃地点了一下头，托尼掏出兜里的铁十字递给了奎诺。

当那只黑色的手触到白色的手时，托尼眼中的泪水终于决堤，他高声的朝天花板叫到："上帝啊，你的慈惠为什么照不到我。"

"因为你他妈是个黑人，"从那蹩脚的发言中，人人都听得出来是希尔顿来了。他腆着大肚子，浑身酒气，随之，一个沉沉的巴掌甩在托尼的脸上。而后检查铁十字，不难想到，只有托尼没有他要的那东西。

再之后，盟军营地的操场上，托尼整整挨了三十鞭。

两个星期过去了，托尼浑身如鳞的鞭伤基本痊愈，但在这两个星期里，无人问津他的伤情，没有人关心地，奎诺也不例外。

又是一个星期六，奎诺负责看守军火库，他在黄昏的灯光下昏昏欲睡，忽然，一声巨响，接着他被砸晕了。

等他醒来，发现自己躺在病榻上。战友告诉他，那天是托尼巡查哨，纳粹残余分子企图炸毁联军的军火库，托尼知道库中的人是奎诺，他用身体抱住了炸药，减小了爆炸力，使军火毫发无伤，托尼自己却被炸得四分五裂。然而，他是可以逃开的。

50年过去了，奎诺生活在幸福的晚年之中，对于托尼的死，他觉得那是对愧疚的一种弥补。直到有一天，他平静的生活破碎了，因为他的曾孙，在一个盖子上写有波恩的铁盒中，发现了一枚写着"纳粹"的铁十字。

年近九旬的奎诺像孩子一样地哭了起来，那眼泪，是因为悲哀而痛苦，不是为自己年轻时的愚鲁，而是为托尼年轻的生命；不是因富有而喜悦，不是因为那锈迹斑斑的铁十字，而是为了那段尘封了大半个世纪的友谊。

感恩提示

gan en ti shi

或许，对奎诺来说，多年前他和托尼之间的不快，是因为一个失误而造成的误会。是这个误会让他们从朋友变成了敌人。但对于托尼来讲，内心里却一直把奎诺当成自己的朋友。为此，他不但在受到奎诺误解时，没有做过多的解释，只是把自己缴获的十字勋章拿出来，交给了他，代替奎诺遭受鞭打。而且还在生死关头，用自己的死换得了奎诺的生。也许是托尼在天之灵的某种感应，让掩埋了半个世纪的事实终于昭示在奎诺的面前。我想，当奎诺看到那枚泥土下的十字勋章时，除了感受到托尼的友谊外，还应该有一种深深的自责吧，他大概会一遍一遍地问自己，当年，为什么要对友谊产生怀疑呢？

（安 勇）

杰克在"我"病中送来的郁金香，就是最好的友谊的象征吧，而郁金香美丽的花色，也正是友谊的色彩吧！

朋友应该做的事情

◆文/[美]T·苏珊·艾尔 译/艾 草

杰克把建议书扔到我的书桌上——当他瞪着眼睛看着我的时候，他的眉毛蹙成了一条直线。

"怎么了？"我问。

他用一根手指戳着建议书，"下一次，你想要做某些改动的时候，得先问问我。"说完就掉转身走了，把我独自留在那里生闷气。

他怎么敢这样对待我，我想。我不过是改动了一个长句子，纠正了语法上的错误——这些都是我认为我有责任去做的。

并不是没有人警告过我会发生这样的事情。我的前任——那些在我之前在这个职位上工作的女人们，称呼他的字眼都是我无法张口重复的。在我上班的第一天，一位同事就把我拉到一边，低声告诉我："他本人要对前两位秘书离开公司的事情负责。"

几个星期过去了，我越来越轻视杰克。我一向信奉这样一个原则：当敌人打你的左脸时，把你的右脸也凑上去，并且爱你的敌人。可是，这个原则根本不适用于杰克。他很快会把侮辱人的话掷在转向他的任何一张脸上。我为他的行为祈祷，可是说心里话，我真想随他去，不理他。

一天，他又做了一件令我十分难堪的事情，我独自流了很多眼泪，然后，我像一阵风似的冲进他的办公室。我准备如果需要的话就立即辞职，但必须得让这个男人知道我的想法。我推开门，杰克抬起眼睛匆匆地扫视了我一眼。"什么事？"他生硬地问。我突然知道我必须得做什么了。毕竟，他是应该知道原因的。

我在他对面的一把椅子里坐下来，"杰克，你对待我的态度是错误的。从来没有人用那种态度对我说话。作为一名专业人员，这是错误的，而我允许这种情况继续下去也是错误的。"我说。

杰克不安地、有些僵硬地笑了笑，同时把身体向后斜靠在椅背上。我把眼睛闭上一秒钟，上帝保佑我，我在心里默默地祈祷着。“我想向你做出承诺：我将会是你的朋友。”我说，“我将会用尊重和友善来对待你，因为这是你应该受到的待遇。你应该得到那样的对待，而每个人都应该得到同样的对待。”我轻轻地从椅子里站起来，然后轻轻地把门在身后关上。

那个星期余下的时间里，杰克一直都避免见到我。建议书、说明书和信件都在我吃午餐的时候出现在我的书桌上，而我修改过的文件都被取走了。一天，我买了一些饼干带到办公室里，留了一些放在杰克的书桌上。另一天，我在杰克的书桌上留下了一张字条，上面写着，“希望你今天愉快”。

接下来的几个星期里，杰克又重新在我面前出现了。他的态度依然冷淡，但却不再随意发脾气了。在休息室里，同事们把我追至一隅。

“看看你对杰克的影响。”他们说，“你一定狠狠责备了他一通。”

我摇了摇头，“杰克和我现在成为朋友了。”我真诚地说，我拒绝谈论他。其后，每一次在大厅里看见杰克时，我都会先向他露出微笑。

因为，那是朋友应该做的事情。

在我们之间的那次“谈话”过去一年之后，我被查出患了乳腺癌。当时我只有 32 岁，有着三个漂亮聪明的孩子，我很害怕。很快癌细胞转移到了我的淋巴腺，有统计数字表明，患病到这种程度的病人不会活很长时间了。手术之后，我与那些一心想找到合适的话来说的朋友们聊天。没有人知道应该说什么，许多人说话语无伦次、颠三倒四，还有一些人忍不住地哭泣。我尽量鼓励他们。我固守着希望。住院的最后一天，门口出现了一个身影，原来是杰克。他正笨拙地站在那里，我微笑着朝他招了招手。他走到我的床边，没有说话，只是把一个小包裹放在我身边，里面是一些植物的球茎。“郁金香。”他说。我微笑着，一时之间没有明白他的意思。

他清了清喉咙，“你回到家里之后，把它们种到泥土里，到明年春天，它们就会发芽了。”他的脚在地上蹭来蹭去，“我只是想让你知道，当它们发芽的时候，你会看到它们。”

我的眼睛里升起一团泪雾，我向他伸出手去。“谢谢你！”我轻声说。

杰克握住我的手，粗声粗气地回答：“不用谢。你现在还看不出来，不过，到明年春天，你将会看到我为你选择的颜色。”他转过身，没说再见就离开了病房。

现在，那些每年春天都能看到的红色和白色的郁金香已经让我看了十多年。今年 9 月，医生就要宣布我的病已经被治愈了。我也已经看到了我的孩子们从中学里毕了业，走进了大学的校门。

在我最希望听到鼓励的话的时候，一个沉默寡言的男人说出来了。

毕竟，那是朋友应该做的事情。

感恩提示

gan en ti shi

这篇文章题目叫《朋友应该做的事情》，实际上告诉我们的却是怎样成为朋友的道理。这个道理说起来其实很简单，只有一句话——要想让别人成为我们的朋友，你首先就要拿他(她)当朋友。正是在这博大的爱心支撑下，文中的“我”面对杰克的无理时，虽然怒火中烧，但却主动伸出了友谊之手。也正是这只伸出的手，让杰克反省了自己的错误，也同时伸出了一只手，和“我”的手紧紧地握在了一起。也许，杰克在“我”病中送来的郁金香，就是最好的友谊的象征吧，而郁金香美丽的花色，也正是友谊的色彩吧！

(安 勇)

在爱情面前，“我”究竟应该如何抉择，什么才是真正的好兄弟，这确实是一个值得深思的问题。

好兄弟

◆文/佚 名

我与乔都很丑，丑得没人愿和我们玩耍，我之所以与乔能成为好朋友，真正应了一句老话：“物以类聚。”

我与乔都很自卑，但在对方面前却都装得很洒脱。那些漂亮姑娘我们从不招惹，因为脸皮太薄，害怕会碰壁。唯一不讨厌我们的是书本，堂而皇之的我与乔便成了书呆子，因此读书期间的生活便如一湖宁静的水，平平淡淡而过。

毕业后，我与乔很幸运地分配到一家名气不大的企业，由于小公司缺乏高科技人才，也由于物以稀为贵，我们的丑也就变得不再重要。外表的压力没有了，也就真的过得洒脱起来。

年龄大了，是成家的时候了，可悲的是我与乔同时喜欢上了一个不美丽但很可爱的女孩子。乔很认真地对我说：“兄弟，我们公平处理，看她的意思，若她喜欢的是你，我便退出；若喜欢的是我，你便退出，如何？”“好极了！”我欣然同意。

不久，便有人传话给我们：“问了，她说两个都同样喜欢，实在分不出哪一个更好些！要不然两个都先谈谈再作打算？”

“这个万万使不得！”我们同时呆了。

大家你推我让，僵了很长时间没个结果，女孩子等不及了，放出口风说：“若再等不出个结果，便要另外寻个人嫁了！”

那晚，我一夜难眠！乔也一样。

第二天，我请了一周的假。

再回公司时，我领了一个很美的女孩子出现在乔的面前，悄声对乔说：“我的未婚妻，叫黎，自小订的娃娃亲，因为文化低，我一直没答应；但她很痴情，一直等到我现在，我不能负她！”乔起初很疑惑，但看到我们相处得很融洽，互相关心、爱护，也就信了。

半年后，乔与那个女孩子结了婚。

婚宴上，乔突然对我和黎说：“什么时候吃你们的喜糖呀！”

黎瞪大了眼睛：“什么？我和他结婚？你没听我叫他哥吗？”

乔很吃惊地看着我：“对自己的未婚夫称呼哥不是你们家乡的风俗吗？”

黎狠狠地瞪了我一眼：“哥，你搞什么鬼？”

我对乔挤挤眼：“开玩笑开得别太认真了，把我妹子都给弄傻了！”

乔很聪明，他幽默地对黎作了一揖：“对不起，我不该开这样的玩笑，向你赔礼！”惹得大家都哄然大笑起来。

客人都进了舞厅，我独自一人来到餐厅外的花园，今天的星空特别美！

“好兄弟！”乔突然站在我面前。这时，我看到他的眼中闪亮！

感恩提示

gan en ti shi

两个长得都很丑，因此“物以类聚”的伙伴，几年后却面临了一个尴尬的选择——他们喜欢上了同一个女孩儿，而令人烦恼的是，女孩儿也不偏不向地喜欢他们。在友谊和爱情之间，“我”最终放弃了爱情，用一个小小的骗局把那个女孩儿让给了乔。或许，有些人读到这样的描写会觉得“我”为友谊而做出的牺牲很伟大很崇高，但我却觉得，在伟大和崇高的背后，实际上“我”已经曲解了朋友真正的含义。试想，女孩儿并不是一件东西，怎么可能轻易相让。再者，接受这份馈赠的乔，当明白事实真相时，真的就能心安理得吗？在爱情面前，“我”究竟应该如何抉择，什么才是真正的好兄弟，这确实是一个值得深思的问题。

（安　勇）

那张船票或许能带我或他去向不同的地方，但真正的方向却只有一个，我们最终都将会停靠在友谊的港湾。

船票的故事

◆文/佚 名

岁月匆匆。这已是许多年前的事情了。

那是在1985年4月，我们打算到苏杭旅行结婚。行前，给苏州的一对朋友夫妇去了封信，说我们先到苏州，玩两天再去杭州，请他们帮助安排住所，再买两张夜里去杭州的船票。

那个时代，什么都紧缺。苏州是天堂般的旅游胜地，到了春天，订个房间也难得很，车票船票也是一样。要想买两张卧铺票，非得托关系。虽说售票点上也出售前两天的卧铺票，可是数量少得可怜，往往买不到。

朋友他们夫妇在同一个单位工作，在开会时我们认识的。那年，他们和我今天的岁数差不多，有四十来岁，都是工程师。男的热情豪爽，心直口快，说话办事很利索。女的话不多，做事情却很认真，待人热情。我在苏州又没有其他熟人和朋友，所以就把这事托付给他们了。

不到两天，回信了，说：你们不用担心，票保证能拿到，来吧！

看到这充满自信的回复，我很高兴，因为这次行程里最难办的事，有了着落了。

那日，我们如期到了苏州，见到了朋友。他们早已把住所联系好了，领我们去住下。问起船票的时候，夫妇俩说：船票的事你放心吧，该怎么玩就怎么玩，订14号晚上的船票，下午4点来送给你。

一切都是那么顺利！所以也没有什么顾虑，我们把苏州的景色欣赏个遍。

14日下午，朋友准时来了，跑得满头大汗。他不但把票送来了，还热情地把我们送到码头，送到船上。

傍晚，船儿在绚丽的晚霞里起航了，沿着京杭大运河向杭州开去。站在船舷上，迎着拂来的风，看岸上漫无边际的油菜花与夕阳交映、黄透天边的景色，非常惬意。

船上的房间有四个铺，另外两个人也是一男一女，是到杭州去开会的。他们看我们是旅游结婚的，说了些祝福的话，就一起聊了起来。当说起买船票的时候，那个男人突然发问：给你们买票的人是不是姓赵？对呀，你怎么知道的？我挺纳闷儿。他说：昨天早上我也去买船票，怕买不到卧铺票，就清早4点多钟去了。那时，售票处只有4个人排队，前面那个人和我聊起来，知道他姓赵。我问他到杭州有什么事，他说山东有个同行旅行结婚，我来帮他们买两张船票，怕来晚了人多买不上，耽误了人家的旅行。

啊！我的船票是这样来的。这几天光顾玩了，当时听老赵那样说话，还以为通过什么关系提前搞到票了呢，原来是费了这么大劲。看着船划起的两道浪冲击着河岸，听那水发出的声响，我的思绪顿时从几天来的漂浮中安静下来。算了一下，老赵排队的那天，正是我们到达苏州的第二天，这就是说他可以不用亲自去买票，告诉我在什么地方就可以了。然而，他没有这样去做，瞒着我，在我安然畅游美梦的时候，悄悄起来去排了4个小时的队。而这件事，直到送我们上船，他也没有透出丝毫痕迹。

我多少了解老赵的为人，也知道他不擅长搞关系。他在我提出这个要求的时候，却毫不含糊答应下来，一定做好了为难的准备。我忽略了买票的过程，现在想起来，或许他只有这条路，收到我信的时候就已经做好了排队的准备。他当然知道，如果告诉我这个情况，这船票必定是我去买了。谁好意思让大我十几岁的老哥这么早去排队呢？他隐瞒了，默默地隐瞒了，不想让这对遥远赶来的新人半点儿为难，或者不便。为了让我们这段日子更美丽更圆满，他甘愿自己多做出牺牲，用行动履行着自己的诺言。与其说这是帮助我，真不如说他们用人间最美好的语言，表达出对我们真挚的祝福。

我感动了，深深地感动了，也不愿让这种美好纯洁的情怀如水逝去，便铭记在心。回到济南，我首先想到的，就是给他们去信，表达我们的感激之情。4月19日，朋友的妻子写信说：你的来信收到了，你们实在太客气了……那天我去上海开会了，实在不能到码头送你们了，老赵一个人去的……她在信里还有几分歉意，对安排住宿和买票的事只字未提，而写下了许多祝福。

对于这件事，我想了很多，感触颇深，理解了真情的伟大。是他们，为我树立了待人处世的榜样。

事情真巧。两年以后的春天，有个小学同学从外地来信，说是结婚去上海看奶奶，要我帮他买两张卧铺车票。为了把握大一点儿，不至于误了他们的计划，我便学着老赵的样子做了。他们小夫妻从上海回来，一见面就说：听同车的人讲，你那么早就去排队买票，真的很感动，永远也忘不了。我笑笑，说没什么，内心想：要感谢你就去感谢老赵夫妇吧，是他们教我这样为人。

感恩提示

gan en ti shi

船票虽然紧张难买，但说到底，也还是一件小事，但不小的却是船票背后隐藏着的那份真情，是老赵虽然起早排队，却丝毫没有透露，守口如瓶时，脸上洋溢着的微笑，也是老赵的妻子在信里的祝福。正是这些，让我们明白了友谊的含义——不但要为朋友办事，还要让朋友安心。而船票之所以能够成为故事，正是这种真挚的友谊扩大传递的过程。从多年前“我”接过老赵递过来的船票时起，也就接过了一面友谊的旗帜。那张船票或许能带我或他去向不同的地方，但真正的方向却只有一个，我们最终都将会停靠在友谊的港湾。

（安　勇）

风轻轻，花淡淡，静静的黄昏里一种声音温柔地传来，幽长幽长……我知道那是花开的声音。

心 花

◆文/佚 名

我是苍茫大山的女儿，常常穷得只剩下梦想。别的同学可以将汇款换成大把大把的快乐，而我只能在图书馆、教室、寝室留下苦读的身影。

所以当老师将300元的一等奖学金递到我面前时，我先是慌得不知所措，继而惊喜万分地双手接过。躺在床上，面对那一叠不厚不薄的钞票，爸爸累弯的腰，妈妈缺乏营养而蜡黄的脸，那个一贫如洗的家，没商没量地纷纷涌到了我眼前。妹妹马上要参加高考，没有资料是不行的，得寄她50元；弟弟的学费也许还欠着呢，给他留30元算了；嫂嫂正在坐月子要钱买营养品，至少得50元；春耕又开始了，爸妈肯定又在为化肥钱东家借、西家凑，想着他们涨红了老脸，低声下气求别人的样子，泪一下子涌了出来。50元不够，那就拿100元吧。唉，怎么一会儿就只剩下70元了呢。妈妈那件衬衫补丁一个叠着一个，买件新的20元该够了吧？爸要买的则太多了：鞋子、衬衫、长裤。

为了供我们姐弟三人上学，家里日子一直很拮据。为此，我放弃了自己心爱的法律专业，报考了有补助的师范。唉，不想了，一想起家里的窘境，真想大哭一场。

我跳下床，一不小心踩在了鞋子上，那双不堪负荷的鞋已成了"开口笑"，看来不买一双是不行了。300元奖金转眼"烟消云散"。

"请客！"几个室友蜂拥而入。"请什么客？"我一时有点儿莫名其妙。"别装蒜了，那么多奖金，不意思一下可不行哟。"

天，我怎么将"请客"这茬儿给忘了！"请客"是我们寝室的传统。谁交了男友，谁有了汇款，谁捞了点儿外快，不请众姐妹吃一顿别想过好日子。我深知自己无力回报，她们每次请客我都尽量回避。无奈每次她们拉的拉，扯的扯，让我无法推脱。坐在她们中间，听着她们无忧无虑的笑声，想着欠人家这份情如何偿还，往往我是吃的时候少，心伤、不安的时候多。但我从不愿将我的一切告诉她们，我不愿看到别人同情的目光。我只有将自己的苦和泪埋在日记里。我很想潇洒一回，大大方方请姐妹们过上一把瘾，可是这样一来，妈妈的衬衫、我的鞋子就全成了泡影。但是我不请的话，她们肯定会瞧不起我，说我死抠。听，雪儿好像正在说什么"早知人家瞧不起咱，真不该自讨没趣"。不，即使光脚走路，也要请小姐妹们一次。我不能容忍自尊心的损伤。

我努力微笑着："姐儿们，今天晚上我请客。"大家因为我先前沉默了一大阵，这会儿又蹦出一句，都怪怪地瞟我一眼，又各忙各的了。我屈辱到了极点，憋着气，拉开门跑了出去。刚带上门，雪儿愤愤的声音尾随而至："我们哪次请客没请她去？这次好不容易轮上她了，却一毛不拔，真是。"叶子接着说："总请她吃，连咱们的友情都被吃掉了，小气鬼！"

我再也听不下去了，边捂着嘴流泪边跑。如果能够挽回她们对我的友好，我宁愿用全部的300元，甚至3000元请她们，只要她们不误解我，不敌视我，不对我冷冰冰的，我什么都愿做。我实在不愿被打入友情的冷宫。

傍晚我提着一大包东西回来了。包里有雪儿爱吃的花生米、叶子爱嗑的海瓜子、玲玲喜欢吃的兰花豆，我还特意给珊买了本她梦寐以求的杂志。至于妈妈的衬衫、我的鞋子自然依旧躺在梦想中。我在寝室门口调整好表情，轻轻推开门，意外地，屋里一个人也没有。难道她们就这样联合整我、排斥我？好不容易提起的心情又沉进了万丈深渊。我一头栽在枕头上，却发现枕旁放着一叠钱和一张纸条，纸上写着：

> 阿云，我们出于一种阴暗的好奇偷看了你忘了收起的日记，才知道你一直多么坚强地面对着生活。可上午我们却那样残酷地伤害了你。你为什么不早告诉我们你的一切呢？你错了，我们从未轻视过你。这80元钱是我们8个人凑起来的，别逞强，收下吧，它不是施舍，是友情。
>
> 小云，再一次请你原谅我们庸俗的言行，原谅我们的肤浅和无知。
>
> 你永远的室友

风轻轻，花淡淡，静静的黄昏里一种声音温柔地传来，幽长幽长……我知道那是花开的声音。我小时候就听奶奶说过：每一个人心里都有一朵美丽的心花，而且只有在特殊的情况下盛放。雪儿、叶子，此刻我清晰地听到有一种声音从你们心灵深处悠悠传来，轻轻柔柔地渗进我的生命……

那就是花开的声音吧！

感恩提示

gan en ti shi

正像文中的主人公在心里盘算的那样，面对拮据贫困的生活时，300元钱显得太微乎其微了。也许正是因为这样，"我"对那笔钱做了各种计划，却忘记了该请客的事情。面对同宿舍的姐妹们请客的呼喊时，"我"表现得惊慌失措。因此，姐妹们把"我"当成了小气鬼。但当大家偶然了解了事实真相后，却一下子明白了"我"的苦衷，不但原谅了"我"的小气，而且还伸出援助之手。大家凑在一起的钱虽然不多，但那份爱却是无价的——它代表着理解，也代表着友谊。正是友谊和爱，像花一样在"我"的心中开放了。试问，有了这份情感，世界上还有什么困难不能勇敢地面对呢？

（安　勇）

在这个竞争激烈的时代,一份工作意味着太多太多的东西,也许它就会直接影响一个人一生的生活。也正是这样,才衡量出了友谊的珍贵和重量。

朋友在我们心中有多重

◆文/佚 名

考入大学后我认识的第一个女孩子就是晓庆。那时是夏天,江城的热气正浓,她一袭白裙,文文静静纤纤弱弱的,我一看她便热意减了三分。她在宿舍楼前接我,帮我提行李。

"我们要在一起住 4 年。"她微笑着说。

自然而然地,我和她成了密友,吃一样的饭菜,梳一样的发型,偶尔也穿一样的衣服。有一次和她去听一位名教授作报告,旁边一位男生忸怩半天塞过一张纸条:请问你们是孪生姐妹吗?

我和晓庆相视而笑。回到宿舍照镜子,比较了好半天,鼻子眉毛眼睛嘴巴都无半点儿相似之处。不过再看她讨人怜爱的模样,我也在心里窃喜。这感觉如同刚买回一件新衣,一回头在大街上见另一人穿了同样的衣服美得无以复加,自己便也轻飘飘地觉得自己有眼光起来。

晓庆心细如丝,我心粗如绳。和她在一起,我总是丢东西,小到一把钥匙,大到一把新伞。她总是提醒我,帮我拾回。我便乐得不拘小节了。有一回下了很长时间的雨,天晴后我晒被子。那天是周末,我去参加一位高中同学的生日 Party,回到宿舍时已是晚上,我坐着和她们闲聊。11 点上床,猛抬头发觉我的铺上少了什么东西。我大惊失色,可又不好意思叫嚷,开门狂奔下楼,可铁丝早没了我那床棉被的影子。垂头丧气地回寝室,见晓庆正得意地笑。"这一场虚惊,是让你长个记性,"她说,"下次打死我我也不帮你收了,将来谁娶你,真正瞎了眼。"

从床角抽出我的被子,我讪讪地笑:"谁叫我有这个福气呢!"

就这样地和她携手,一直走到大四。

大四那年找工作,很多单位对女孩子亮起了"红灯"。我们是师范院校的非师范生,自然就更处于劣势。武汉地区高校的人才交流会开了 7 天,我和晓庆不歇气地跑了 7 天。她说,如果我们能去同一个单位就好了。后来我和她去一家单位投推荐表,招聘人员说:"你们是一个班的,最好不要在一个单位竞争,这样容易'自相残杀'。"我和她不信。那个单位要两个人,我和她势均力敌。

最后我说了一句蠢话："你们要么把我们都要了，要么都拒绝。"

结果我们双双落选。已经碰了很多次壁，我的信心已如那残存在江城的十月的凉意，一点点地消逝了。我烦躁不安，每天醒来都觉得如石压心。晓庆却安慰我："没什么大不了的，车到山前必有路，你没见往届的分配形势？越到后面好单位越多。"

我知道她也是想安慰自己，我便竭力相信。我们每天都三番五次地去看走廊里的那块小黑板，小黑板上隔几天便会有分配信息公布，她比我乐观，她说："你看你看，不是又有新单位来要人了吗？我们还是有希望一起'继续干革命'的嘛！"

我苦笑。那些单位是别人的单位。我后悔我选错了专业。

好在3月接近尾声的时候，又来了一家对口的单位。我晓庆去应聘，招聘人员看我们的自荐材料，一遍又一遍。

"都不错。"他点头，"可是，我们只能在你们俩中选一个。"

招聘人员留下了我们的应聘材料，说是再比较比较。我和晓庆回学校，一路无话。一种只可意会的尴尬在空气中滚动。生存是最最现实也最最无情的东西，我和她都知道，却不能多说什么。这时放弃是一种痛苦，争取是一种背叛。可如果再等下去，我们可能会都找不到着落。

那一夜难眠。我一直听着她辗转反侧的声音。我想我该放弃，毕竟，知己难得。可我又真的害怕留下终生的遗憾。

第二天早上起来，晓庆黑了眼圈。

"你去吧。"晓庆说，"我放弃，我们不能死在一块，还是先解决你吧。"

我想到我的患得患失，便有了许多许多的愧疚，觉得自己不配做晓庆的挚友。

我执意不让她放弃。

"要么我放弃，要么我们公平竞争，由他们裁决。"我对她说。

她点头同意公平竞争。3天之后，面试通知来了，晓庆却默默地收拾行装。她说她要回家一趟，她们家帮她找了个好单位，错过这个机会就晚了。

晓庆的谎言，我一眼就能识破，同室4年，我能破译她的每一个眼神。我竭力挽留，可她让我看她的车票。

"抓住这个机会。我们家在县城，我去找工作比你容易。"

我想哭，却没有泪。晓庆走了，我留了下来。当面试已通过的通知传来时，我的心却如铅一样沉重。

晓庆最终回了家乡。毕业会餐，我和她对饮。我从来就不知道，我可以喝那么多那么多的酒。

晓庆说：酒逢知己千杯少啊！

我的泪，便和着酒汹涌而出。

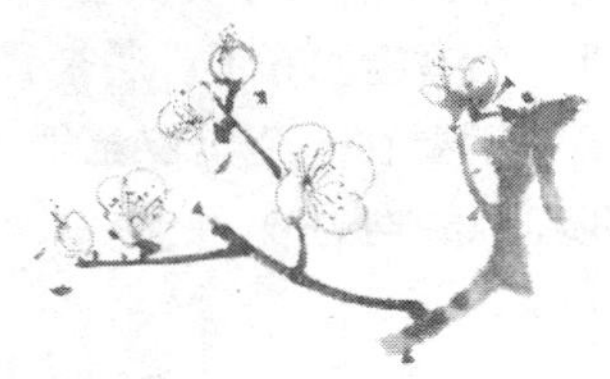

感恩提示

gan en ti shi

一对形影不离的好伙伴，相携着走过了四年大学生活。当她们面临毕业时，一份工作成了友谊的第一次真正的考验。面对那份工作时，两个人的心中都摆下了一座天平，天平的一端是友谊，另一端是有保障的工作。最终，在晓庆的心中，友谊占了上风，她毅然决然地放弃了工作，把机会让给了朋友。在这个竞争激烈的时代，一份工作意味着太多太多的东西，也许它就会直接影响一个人一生的生活。也正是这样，才衡量出了友谊的珍贵和重量。正因为此，"我"的心情才会像铅一样沉重吧。相信接受了那份工作，也同时接受了晓庆沉甸甸的友情的"我"会加倍珍惜这个机会，这也算是对朋友最好的一个报答吧！

（安　勇）

有一种承诺可以直到永远，那就是用爱心塑造的承诺，穿越尘世间最昂贵的时光。

永恒的爱

◆文/佚　名

一个矿工在挖掘煤矿时，不慎触及未爆弹而当场被炸死，他的家人只得到一笔微薄的抚恤金。

他的妻子在承受丧夫之痛的同时，还要面临经济的压力。

她无一技之长，不知道要如何谋生，正当忧愁之际，工头来看她，并建议她到矿场贩卖早点以维持生计，于是她做了一些馄饨，一大清早就到矿场去卖。

开张的第一天，来了12位客人。

随着时间的推移，热腾腾的馄饨吸引了更多顾客，生意好时，大约有二三十人，生意清淡时，即使雨天或寒冬也不少于12人。

时间一久，矿工的妻子们都发现丈夫每天早上工作以前，都要吃一碗馄饨。她们对此百思不得其解，于是想一探究竟，甚至跟踪质问丈夫，但都得不到答案。有的妻子还自己做早餐给丈夫吃，结果丈夫还是去吃一碗馄饨。

在一次意外里，工头也被炸成重伤，弥留之际对妻子说："我死了以后，你们一定要接替我，每天去吃一碗馄饨，这是我们同组伙伴的约定。朋友死了，留下孤苦无依的妻儿,除了我们,还有谁能帮助那对可怜的母子呢?”

从此以后,馄饨摊多了一位女性的身影,在来去匆匆的人群当中,唯一不变的是不多不少的12个人。时光飞逝,转眼间,矿工的儿子已长大成人,而矿工的妻子也两鬓斑白。

然而,这位饱经苦难的母亲,依然用真诚的微笑来面对每一位顾客。前来光顾馄饨摊的人,尽管年轻的替代老的,女的替代男的,但从来未少于12人。经过十几年的岁月沧桑,12颗爱心依然闪闪发亮。

有一种承诺可以直到永远,那就是用爱心塑造的承诺,穿越尘世间最昂贵的时光。12个共同的秘密,其实只有一个秘密,那就是永恒的爱。

感恩提示

gan en ti shi

为了帮助凄苦中的孤儿寡母走出困境,矿上的工头和矿工兄弟们,做了一个有关爱的承诺。于是,十几年来,馄饨摊上每天都会出现12个矿工兄弟的身影,他们用自己的方式默默支持着那位妻子那位母亲,也支撑起了一个破碎的家庭。馄饨虽然并不值钱,但多年来的承诺和承诺背后的那个秘密却价值连城。在馄饨摊前,12个矿工兄弟的手臂紧紧连在了一起,变成了一堵坚实的墙壁,遮挡着那位面临丧夫之痛的妻子的心,让它尽可能地少受些风雨。她从馄饨摊上挣回了生活所需的金钱,也同时看到了一颗颗埋藏着爱的心。如果那位长眠于地下的矿工泉下有知,看到这样的场面,也该欣慰地说一句谢谢兄弟们吧!

(安　勇)

让人无比感动的是,张美珠是身体有病的情况下陪谭秀芝聊天儿,而且在去世之前,还将这个任务,交代给了自己的妹妹。

电话传情

◆文/李治邦

谭秀芝的丈夫去年去世了,送葬的那天高层楼下摆满了花圈,两室一厅的房间里挤满了大大小小的领导,好是风光。而如今,谭秀芝的女儿出嫁了,偌大的房间里只留下她一个人。开始,她守着丈夫的遗像,回忆着几十年中难以忘怀的往事,或者翻着相册,从中寻找岁月留下的镜头。时间一长,谭秀芝开始感到孤独了,渐渐发现一切都成了历史,而房间里唯留下活生生的自己。

高层家家都有电话，这是同煤气暖气一同安装好的，而且每家发一个高层住宅电话簿。这天，谭秀芝实在无聊极了，气闷在胸口，憋得难受，她真想找一个人聊聊，让自己舒展舒展。她头一回拿起电话簿，在丈夫活着的世界里，她家的电话从早响到晚，而人去了黄泉，电话机也好像死了，没有了一点儿生机。谭秀芝随手翻着，都是熟悉的人名熟悉的电话，可要找一个人聊聊，竟没有一个合适的人。猛丁，谭秀芝想起她的一个老同事，曾经和她很要好，以前吃食堂时总坐一块儿，你买个菜，她买个菜，俩人混着吃。丈夫死的时候，这个老同事来了，而且惊讶地说，她也住在高层，两个人抱头痛哭。可在这一年里，谭秀芝没有与老同事联系，老同事也没再来，其实一个住在5号楼7层，一个住在3号楼14层。

谭秀芝从电话簿上找老同事的名字，在最后一页找到了，电话号码是382974。她有些兴奋地拨电话，通了。很快就有一个十分爽快的女人声音问："找谁呀？"谭秀芝听这声音不像是老同事的，慌乱地问："请问，您电话是382974吗？"对方乐了，答："错了，我电话号码是382975。"谭秀芝连忙说："对不起，我打错了。"对方热情地说："没事儿，您别那么客气。"电话挂上了，谭秀芝给老同事打电话的欲望愈来愈强烈，再次去拨，总是占线。她无可奈何地搁下话筒，沮丧地倚在沙发上，默默地瞅着窗外已经发黑了的天。

临睡前，谭秀芝又一次拨通了电话，对方还是那个十分爽快的女人声音，谭秀芝觉得挺尴尬，忙又说错了。对方说："你是不是找382974有急事呀？"谭秀芝嗫嚅着："没什么事，就是想聊聊天。""正好，我现在没什么事儿，咱姐俩扯扯。你是不是自己一个人？我可不是一个人，我和我妹妹一家过，七口人，妹妹、妹夫、外甥、外甥媳妇和俩外甥女，热闹着呢。你问我自己一家？老头子找马克思喝酒去了。儿子在部队，在北京延庆呢，大山里头，几年回不来一趟。我把我那空家扔了，跑我妹妹这凑热闹来了。唉，你比我大比我小？噢，那你是老妹子。你老姐我比你大两岁。我属兔的，红眼睛白毛那玩意儿。你老头子呢？也上马克思那喝酒去了，那坏了，马克思那也没那么多酒呀。嘻，你看我，这你打电话你掏钱，听我这胡勒勒。你电话是……382971，好好，我回头给你打。"

电话挂上了，谭秀芝被对方这一套连珠炮打得晕晕乎乎，隔了一会儿，她自己乐了起来，而且十分开心。这是她丈夫死后第一次绽出笑纹儿。

从那时起，谭秀芝就和那位老姐姐通起了电话，从电话中她得知这位老姐姐姓张，叫张美珠，就住在3号楼13层，比她那老同事低一层。

两个月过去了，谭秀芝和那位老姐姐已经无话不谈息息相关了。奇怪的是，俩人谁也没提见面的事。这天，谭秀芝打通电话，对张美珠说："老大姐，咱俩见一面吧，你也知道我长得什么模样，我也很想见见你。"对方的声音好像变得沙哑，说："过几天吧，我这身体老不给劲的。"谭秀芝忙问："那快去医院瞅瞅吧，你可别有个三长两短的。"张美珠答："放心，我不会喝酒，马克思不要我。"

几天没有和张美珠通电话了，谭秀芝忍不住拨电话。接电话的问是哪儿，谭秀芝说："我是秀芝呀，美珠大姐在吗？她病好了吗？"接电话的说她就是张美珠，可谭秀芝听着有点儿像，但又不十分像。对方说是得病得的，嗓子出不全声了。谭秀芝没有再多想，便又天南海北地和张美珠聊起来。等放下电话以后，谭秀芝感觉张美珠好像不怎么善谈了。

半个月以后，谭秀芝那位老同事突然来电话，说这么长时间也没打电话，太抱歉。谭秀芝自然地谈起张美珠，说这人多热情多合得来。老同事说："是呀，是个好邻居，可惜，半个月前得脑溢血死了。"谭秀芝脑袋嗡地一下："不可能，这半个月我一直和她通话，你搞错了？"老同事说："我去开的追悼会，错不了。她住在她妹妹家。她叫张美珠，她妹妹叫张美云，两个人双胞胎。"

几分钟后，谭秀芝挂通了382975，对方一听是谭秀芝的声音，忙说："是妹子，我是美珠……"谭秀芝放声大哭："你姐姐死，为什么不告诉我一声，我说什么也要去看她一眼呀……"

感恩提示

gan en ti shi

原本素不相识的两个女人，却因为偶然拨错了号码，而在电话里建立了一种相濡以沫的情谊。对于文中的谭秀芝来讲，是出于丈夫去世后留下的空间和心理上的空白。而对于张美珠来说，也许是因为有过同样遭际的女人，对另一个女人的同情和怜惜。不管怎么说，她们在电话里的交往，让双方都找到了一份寄托，尤其是谭秀芝，电话帮她驱散了心中的阴霾，重新面对自己的人生。让人无比感动的是，张美珠是身体有病的情况下陪谭秀芝聊天儿，而且在去世之前，还将这个任务，交代给了自己的妹妹。此时，平常而简单的聊天儿已经成为了一种责任，一个女人对另一个女人最深切的安慰和挂念。

（安　勇）

或许，这些都已经不是什么秘密，共同面临人生的风雪时，他们早已经敞开了各自的心扉。

风雪中走来的老同学

◆文/佚　名

张老板开了一家建筑公司，那年冬天，他去邻省洽谈一个项目，同时也想顺便看望一下初中时的同学老哈。

老哈读书时是班上成绩最差的一个，家里又穷，人也窝囊，所以同学们都不愿和他打交道。初二那年，他的女同桌在一次竞赛中获得了一支很不错的钢笔，可是没过几天，钢笔不见了，大家都怀疑是他偷的，可他死活不承认，硬说冤枉了他，班长就动手搜他的书包，结果真的搜出了那支钢笔，同学们说他，笑他，骂他，他咬着牙没吱声，第二天，老哈就不来上学了。

老哈退学后，在村里干了不少偷鸡摸狗的勾当，而且只偷班上一些同学的家，他的名声越来越臭，最后呆不下去了，只好在外流浪，几年后在外省一个叫流沙村的穷山沟里做了上门女婿。

张老板去看望老哈那天，天不作美，动身不久就下起了大雪。他驾着新车，一路打听，估摸快到流沙村时，前方出现了一个岔道，张老板停下车，不知该往哪条路上走。那会儿雪下得正猛，路上不见行人，附近也没人家，没处打听，他只好坐在车内，等候着过往行人。

没过多久，山间小道上来了个人，那人戴着一顶护耳绒帽，背着个牛仔包，冒着风雪，吃力地向这边走来，一看就知道是打工回家的民工。那人渐渐走近，张老板打开车窗，风雪扑面而来，冷得他直打哆嗦，就在这时，他看清了来人的脸，正是老哈！张老板喜出望外，大叫了一声。

老哈一惊，看了看张老板，没认出来，张老板只好报出自己的名字，老哈很诧异："原来是你，这么冷的天，怎么跑这儿来了？"

张老板把老哈拽进车内，说："来这办件事，顺道来看看你。"老哈不大相信："看我？怎么想起要看我？"张老板说："不管你相信不相信，这些年我经常想起你，只是难得有今天这个机会。"老哈没吱声，突然别过脸去，偷偷地抹了一把眼泪。

一路上，老哈一直很少说话，总是张老板问一句他答一句。快进村时，路口有一个小卖部，老哈下车买了一瓶好酒和几包好烟。

可能山村里很少来小车，车一进村，就引来不少人探头张望。车子开到了两间破房子前，老哈让停下，说这就是他家。这时，很多人围了上来，和老哈打招呼："回来了？"老哈笑着点头，不停地给来人敬烟。他老婆和两个孩子也迎了出来，老婆脸上还挂着两行泪，那是开心啊！

在老哈家吃过饭，张老板要走了，他拿出准备好的2000元钱，塞在老哈的儿子手里，说是作学费用。老哈握紧了张老板的手，结巴了老半天，才说："谢谢你来看我，今天是一个让我永生难忘的日子……"

过了几年后意外的事发生了：张老板在公司经营上接连犯错，一次盲目投资搞开发，亏了好几百万，一夜之间，他成了一个四处躲债的流浪汉，朋友反目为仇，就连老婆也背叛了他。在一个月黑风高的夜里，他潜回家里，将那个和他老婆苟合的男人砍伤，结果锒铛入狱。

入狱几个月后，有一天，管教干警通知张老板，说是有一个朋友来看他，张老板觉得奇怪，到接待室一看，竟是老哈，不过他已经不是以前的样子，西装革履，人也精神了许多，而且肯说话了。老哈告诉张老板，他承包了几座荒山，弄成了一座休闲山庄，日子过得好了。

以后每隔一段时间，老哈就会来看张老板，给他带一些生活必需品。老哈成了张老板生命低谷中唯一的亲人和朋友，可张老板不明白的是：老哈为什么对自己这么好？就因为自己曾不远千里、在一个大雪纷飞的冬天里看望过他吗？

知道这个答案是在两年后的一天，这天是张老板刑满获释的日子，他背着包裹走出高墙，不知道该走向何方，也就在这时，突然发现老哈向他走来，老哈接过张老板的包，指着停在远处的一辆小车说："走，上车吧。"张老板上了车后就问老哈："去哪里呢？你知道我已经无家可归了。"老哈说："去我庄园吧，也是你的庄园。"张老板不解地望着老哈，可老哈却说："你现在的心情我非常清楚，因为6年前，我也是从这里走出来的。"

这倒有些意外，张老板心里不由一颤，想说什么，却让老哈打断了："那天，大雪纷飞，我刑满释放，走在回家的路上，可是我没勇气走进村子，也不知道那个家还接不接纳我。就在这时，你突然出现在我身边，你大老远赶来看我，用小车把我送回了家，为我争足了面子。那时，我就暗自发誓，一定要活出个人样来……是你，让我重新找回了做人的尊严，你是我永生难忘的好兄弟！"

听着听着，张老板已经泪流满面，突然，他哭了："不，你看错人了，我不配做你的兄弟，你知道那年我为什么要去看你吗？是我害苦了你……"

老哈突然停住车，一把握紧张老板的手，说："兄弟，别说了，我知道，不就是一支钢笔吗？你把那支钢笔塞进了我的书包，小时候谁没调皮捣蛋过？过去的事就让它过去吧……"

感恩提示

gan en ti shi

张老板怀着对当年的一份愧疚之心，去拜访多年前自己曾经"陷害"的同学老哈，恰遇老哈刑满释放，孤独地走在人生的风雪之中。张老板的来访就像雪中送炭，给了老哈莫大的安慰。正是在这种同学之情的鼓舞下，老哈脱胎换骨，重新做人，终于事业有成。几年后，张老板也遭遇同样的风雪时，老哈成了他唯一的朋友。当老哈接张老板回家时，老哈道出了他的秘密，这个秘密又让张老板说出了另一个秘密。或许，这些都已经不是什么秘密，共同面临人生的风雪时，他们早已经敞开了各自的心扉。这些，弥漫着的风雪可以见证。

（安　勇）

他不仅仅救了我一命，更难得的是，在那样一个环境中，他还在拼命维护着一个可怜的女孩子无价的尊严，让她在一朵没有破损的青春花蕊上做一个完满的梦。

想 念 小 石

◆文／张丽钧

2001年7月28日，唐山大地震25周年。在纪念碑广场，我又看到了那么多的鲜花。我在鲜花丛中寻觅，希望看到几年来我总能看到的那个名字。眼睛一亮的瞬间，我几乎读出声来——“想念小石，胡明芳”。依然是灼灼的红玫瑰，依然是仅有7个字的挽联。我探询着花瓣上悬垂的故事，然而，花不语。

我问自己：小石是谁？胡明芳是谁？一份绵延了25载的思念，定然有它绵延不绝的美丽理由吧？

念念不忘的挂怀，锲而不舍地打探，我终于在秋叶黄透的日子里见到了胡明芳，在瑟瑟秋风的凄唱中听她讲了关于她和小石的故事：

我原是华新纺织厂的一名技术员，地震那年21岁。我的家离单位很远，便只好住宿舍。记得28日那天夜里特别热，姐妹们冲了澡，躺在床上热得翻来覆去睡不着觉。可以脱掉的衣服全都脱掉了，只剩下胸罩和三角裤衩。有人开玩笑说：扒一层皮或许能凉快些。谁知这话就给应验了。凌晨的时候，发生了大地震。我房间的5个姐妹没来得及从“发生了战争”的猜想中回过味儿来就全都送了命。

我被压在一堵倒塌的房墙下面，下肢不能动弹。我的嘴里灌满了土灰。我哑着嗓子喊“救命”，可回应我的只有远远近近的号哭和呻吟。天快亮的时候，下起了小雨。不一会儿，我看清了我周围横躺竖卧的一具具死尸。我尖起嗓子越发起劲地叫喊。终于，有一个穿花短裤的陌生男人朝我走来。

这个人就是小石。他费了好大的劲才把我从废墟中扒出来。我无法站立。小石说：“你的腿受了伤，我背你到我家去——我家就在你们厂子外面。”

小石背着我深一脚浅一脚地走，好不容易才到了他的“家”。说是家，其实就是一个院子。院子里有架葡萄，葡萄架上苫了块油毡，一家人猫在下面避雨。小石把我放在一扇门板上，自己弯了腰在那里呼呼地喘粗气。这时候，我突然觉得浑身上下不自在，偏偏脸，发觉有个中年男人正死死地盯着我看。直到这时，我才意识到自己几乎没穿衣服。“哎——”我冲小石说，“我……我有点儿冷，”小石惊讶地把眼光送到我满是雨水汗水的脸上，倏地，他明白了什么。我看见他的脸红了一下，低头说了句“你等等”，就走开了。

我想把身子团成一团，可腿疼得不能打弯，便只好勾着头坐在门板上。

“丫头，你伤了哪儿？”是一个女人的声音。我抬起眼对躺在葡萄架另一端的女人说：“我好像伤了膝盖骨。”那女人叹口气说：“比我强，我伤了脊梁骨——弄不好就瘫了。”我注意到那女人也只穿了背心短裤，而她旁边躺着的两个男孩子全是一丝不挂。

小石回来了。他丢给我一件长袖蓝上衣。我连忙把自己包裹在里面。小石抱歉地对我笑笑说：“没弄到裤子——你再等等吧。”

小石喊上那个中年男人（他的叔）去找水。过了很久，他们才端了一盆水回来。“是游泳池里的，”小石对我说，“你别嫌，将就着喝点儿吧。大家都是喝这水。”我跟那女人（小石的婶）和那两个小男孩儿每人都喝了不少的水。小石的婶看我穿着那件“的卡”蓝上衣，热得大汗淋漓，就说：“丫头，都啥时候了，谁还顾上笑话谁？别捂那么严实了，快脱了凉快凉快。”我没有说话，手却不自觉地往下抻衣服的下摆——那条倒霉的裤衩，它实在是太小太小了。小石又出去找吃的，再回来的时候，他换了装——原先的花短裤不见了，取而代之的是一件土色的类似裙子的下装。他站在我面前，十分难为情地说：“实在找不来裤子。你别嫌——我穿不着这短裤了，你穿吧。”他把攥着的手摊开，手里皱皱巴巴的正是他的那条花短裤。我纳罕地仔细端详他穿在身上的东西，竟是牛皮纸糊的一个筒子！

夜幕降临了。雨又滴滴答答地下起来，葡萄架下的6个人一字儿排开——我，两个孩子，叔，小石，婶。我和婶因为身体有伤，被安排在最方便的位置。

我睡不着觉。余震一次次袭来，我的心始终悬着。我总以为爸爸随时可能来找我——我不知道他们已经永远离我而去了。我的腿疼得厉害。我心里有个声音在喊：“医生，快来救我啊！”

第二天，小石和他叔一次次跑出去打探医疗队的消息，但每次都是失望而归。

傍晚的时候，小石忧心忡忡地看着我僵直赤裸的腿，说：“咋也得给你找条裤子去。”说完，就冲进半塌的房子里去扒废墟。他叔冲他吆喝：“兔崽子，你找死呀！”话音刚落，一股强烈的余震袭来，房子坍了，小石被房梁砸开了脑壳……

小石的叔和婶哭得很伤心。他婶说：“这孩子，从小命不济，早早死了爹娘，跟着我们过。本打算今年年底成家的，哪想到……”

夜幕再次降临的时候，我的心又揪了起来。小石不在了，万一我遭欺侮的时候，还能指望谁来帮我呢？

那一夜很平静，我担心的事儿没有发生。

地震后的第三天，营救的队伍大规模开进市区。我们得到通知：危重伤员一律往机场转移，送到外地治疗。叔先背出了婶，又回来背我。我趴在他的背上，一路沉默。他也无言。我的泪哗地流出来，我说：“我真对不住你们，添了那么多麻烦，您的侄子为我连命都搭上了。”叔也哭，说：“丫头，记着小石的好……”

……一转眼，25年过去了。在这25年当中，我总在想念小石。他不仅仅救了我一命，更难得的是，在那样一个环境中，他还在拼命维护着一个可怜的女孩子无价的尊严，让她在一朵没有破损的青春花蕊上做一个完满的梦。

你明白了吧——因为小石是一个值得想念的人，所以我每年都要送上一束花，告诉小石，也告诉这个纷繁杂乱的世界：有个叫胡明芳的人，将用她的余生默念一个让她的生命澄澈起来的句子——“想念小石”。

感恩提示

gan en ti shi

恰逢唐山地震三十周年之际，在回忆那次惊人的天灾之时，也让我们从灾难中看到了许许多多人性的闪光和美好。本文中的小石就是在那时候，绽放出他人格的光辉。正如那个坚持二十五年都给小石送花的女人——胡明芳所说的那样：“他不仅仅救了我一命，更难得的是，在那样一个环境中，他还在拼命维护着一个可怜的女孩子无价的尊严，让她在一朵没有破损的青春花蕊上做一个完满的梦。”是啊，生命是宝贵的，但尊严也是无价的。在当时，小石还能顾及到一个女孩儿的尊严，是多么难能可贵的事啊。或许这就是小石的价值吧，他不仅想到一个女孩儿的生命，而且还想到了生命背后的含义。

（安　勇）

我想，在关小秋今后的生活中，不管是开心还是失意，脑海里都会出现那些玫瑰花。因为花虽会枯萎，但那温暖的关怀却刻骨铭心。

谁是送花人

◆文 / 舒雨瑄

这是一个真实的故事。

那是 1993 年。我在一家公司里上班。公关部的关小秋是一位漂亮动人的姑娘。那一年分配来的几个大学生，连同我们这些打单身的老职员，都被她吸引住了。每天到吃饭的时候，她那一桌，总是挤满了人。很像一句歌词：千条江河归大海，万朵葵花向阳开。这样的姑娘，要不发生点轰轰烈烈的爱情故事，似乎太委屈了。

后来，故事没有发生，倒出了个事故。由于工作关系，关小秋认识了一个老板，与我们公司有业务往来。这老板长得一表人才，又事业有成，人到中年，正魅力四射的时候，关小秋卷入了感情的漩涡中，而且如火如荼。

有一天，那老板的太太找到公司里，当众扇了关小秋两耳光，并且找到领导，把关小秋写给她丈夫的情书交了出来，一时间，闹得沸沸扬扬。关小秋的名声一落千丈，她的身边再也没有人围着了。

那段时间，关小秋总是低着头走路，面色蜡黄，形容消瘦。她曾向公司提交过请调报告，可我们这家国企的领导正在生她的气，回答说："要么辞职，想调动，没门儿。"那时，还是有一些往日的追求者对她深表同情，但是却没有一个敢公开向她表示出来。譬如我，就深为她惋惜，但顾忌着舆论以及面子，也只有退避三舍。

一天清晨，关小秋刚上班，一个花店的小伙子捧着一束玫瑰花走进办公室。当着那么多人，把花送到关小秋手中。关小秋大概以为是那个老板送来的，立即把花丢进了垃圾桶。同事周大姐把花拾起来，从里面拿出一张卡片，上面写着："爱一个人没有错，抬起头来！"署名是"爱慕你的人"。周大姐把这束花放在关小秋的桌子上，把卡片放在显眼的位置。

从此以后，每到周一、周五这两天，总有鲜艳的玫瑰送到关小秋手中。我们发现，关小秋渐渐有了变化，她开始与大家说话了，又开始化上淡淡的妆了，扬起的脸上，也有了过去的风采。

我们很多人在猜测谁是送花人，都肯定，这个人绝不会是那个老板，而可能是当初围着关小秋转的人。但一问起来时，大家都指着天发誓，表示决不会做这种丢脸的事。大家都年轻得不懂得真正的爱情。

1994 年，我辞职了，后来天南地北地去过很多地方。几年后回到这座城市，看见的第一个熟人，竟是以前公司里的周大姐。我们在路边一个茶楼里坐下，聊了好半天。后来，我问起关小秋，周大姐说："就在你辞职不久，她就去了广州。听说很不错的。"

我随口问道："当初到底是谁给她送玫瑰花呢？"周大姐笑笑说："你还记得这件事啊？玫瑰花是我送的。"我感到非常意外，大惑不解地看着周大姐："你为什么这么做？"

周大姐说："当年你们这些年轻人追求关小秋，都是看她漂亮。可是你们懂得什么叫经历吗？人生要经历很多事，有幸运的，也有不幸的。关小秋在最痛苦的时候，没有人关心，没有人安慰，大家像躲瘟神一样躲着她。你想想，一个刚进入社会的女孩儿，怎么受得了这种众叛亲离的打击？可当她知道还有人爱着她时，她很快就从阴影里走出来了。我是过来人，我不能看着她被毁了。"

经过这么多年的闯荡，我深知关怀是一件多么美好的事情啊！我想，在关小秋今后的生活中，不管是开心还是失意，脑海里都会出现那些玫瑰花。因为花虽会枯萎，但那温暖的关怀却刻骨铭心。

感恩提示

gan en ti shi

几乎所有的人，在人生的路上都会遇到各种坎坷和磨难，有些事情完全可以一笑了之，不予理会，但也有一些挫折却足可以改变一个人的人生，甚至摧毁一个人的意志。在这篇文章里，关小秋所遭遇到的打击，无疑就是致命的那种伤害。尤其是在过去众多的追随者的热闹，和现在无人理睬的冷清对比之中，更加会让人心灰意冷。就是在这时候，一束鲜花，改变了关小秋的人生，也将她从生活的泥潭里拉了出来。这鲜花与爱情无关，仅只是一个过来人，将心比心的关爱。但对于那个初涉世事的女孩子，却显得弥足珍贵。因为那是风雨送来的一份温暖。

（安　勇）

但是那晚，在我下楼去取信时，我在心中祈求上帝，让我再像正常人那样感受到帮助别人的快乐吧。然后，你走了过来……

格林夫人

◆文/乔　桉

我刚搬进纽约市布鲁克林区的一幢公寓楼里。我注意到在住户的邮箱旁贴了一张布告，上面写着："对格林夫人的善举：愿意每月接送两次住在3B室的格林夫人去医院做化疗的人请在下面签名。"

因为我不会开车，就没有签名，然而"善举"一词却一直在我脑海里盘旋。这是希伯来语，意思是"做好事"，依照我祖母的理解，它还有另一层含义。因为她发现我很羞涩，总是不愿意请别人帮忙，于是她就常对我说："琳达，帮助别人是一种幸福，允许别人帮你有时候也是一种幸福。"

一天傍晚，大雪纷纷扬扬下个不停，上课的时间快到了，我只好穿上厚大衣向公交车站走去。我用祖母为我织的蓝围巾把脖子围紧，耳边似乎响起了她的声音："为什么不看看是否能搭便车呢？"

一千个反对的理由跳进我的脑海：我不认识我的邻居，我觉得请人帮忙很可笑。强烈的自尊心不允许我敲开别人家的门。

我继续艰难地向公交车站走去……

3周后的一天晚上，我们要进行期终考试。那天雪下得更猛，我在车站等了很久汽车还没来，我终于放弃了。在返回公寓的路上，我问上帝：我该怎么办啊？

然而，当我推开公寓楼门时，我差点儿和站在邮箱旁的一位夫人撞个满怀。她穿了件褐色大衣，手里拿了一串钥匙——显然，她有汽车，她正准备出门。就在那一刹那，绝望战胜了自傲，我脱口而出："您愿意让我搭个便车吗？我从没向别人这样要求过，可是……"

那位夫人露出惊讶的表情。

"噢，我住在4R室，刚搬来。"我赶紧解释。"我知道，我见过你。"然后，她毫不犹豫地说，“当然，我愿意让你搭车，我上楼去拿钥匙。”

“你的汽车钥匙？你手里拿的不是车钥匙吗？”我看着她手里的钥匙问道。

“不，我只是下楼来取信，不过我很快就回来。”说完她就向楼上走去。

我急忙叫道：“夫人！请等等！我并不想勉强你出门，我只想搭个便车！”但是，她很快消失在楼梯拐角处。我觉得自己很窘，然而一路上，她温暖的语调很快让我平静下来。“您使我想起了我的祖母。”我感激地说。

听完我的话，她的嘴角露出了一丝微笑：“就叫我艾莉丝奶奶吧，我的孙子都这么叫我。”

她终于把我送到了学校，我的期终考试顺利通过了。回到公寓楼时，我正碰上艾莉丝奶奶从邻居家出来。“晚安，格林夫人！”那位邻居说。

格林夫人——那个患了癌症的女人！“艾莉丝奶奶”是格林夫人！我站在楼梯上几乎说不出话来，我所做的事情简直是不可饶恕的：我居然要一个与癌症做斗争的病人冒着暴风雪送我去学校！“噢，格林夫人，”我结结巴巴地说：“我不知道您就是格林夫人。请原谅我！”

我拖着沉重的脚步向家走去，我怎么能做出这种事情？几分钟后，有人敲我的房门——是格林夫人。

“我可以跟你说句话吗？”她问。我点点头，请她坐了下来。“我以前也很强壮，”她说。然后，她哭了，“过去我也能帮助别人。而现在，每个人都来帮我，为我做饭，送我到我要去的地方。我不是不想感谢，而是没有机会。但是那晚，在我下楼去取信时，我在心中祈求上帝，让我再像正常人那样感受到帮助别人的快乐吧。然后，你走了过来……”

感恩提示

gan en ti shi

格林夫人的故事，让我想到了很多很多。经常听人说起，住在都市里的人们，就好像生活在钢筋混凝土的丛林里一样，即使是同一幢楼中的住户，也很有可能毫无交流，形同陌路，大家似乎都生活得非常自我、非常封闭。我们经常会觉得很孤独。读完这篇文章后，我想之所以造成这样的局面，那是因为我们都没有主动向别人伸出手去。伸出的手有双重的含义，一个是帮助别人，给他人以扶持；另一个就是接住别人伸过来的那只手，给他(她)帮助我们的机会。手握在了一起，爱也会聚到了一处。

（安　勇）

第七辑
高贵的施舍

感恩是你我心中的一股岩浆，与其把它遏在心里凝成僵硬而冰冷的石头，何不适时给它一个喷发的渠道，给世界增添一份温暖？

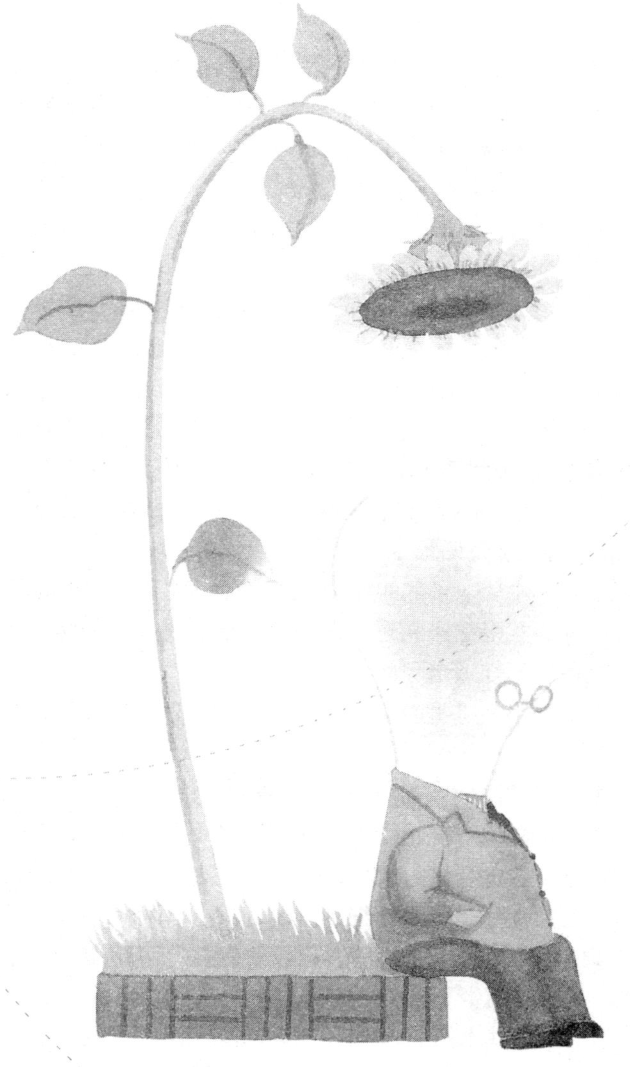

装在袋子里的并不仅仅是一只只桃子，而是沉甸甸的感谢和一份质朴的爱……在这个充满爱的世界里，幸福就是我们献出的爱心。

幸福已经满满的

◆文/郭 葭

中专毕业后我当了一名护士，和大多数人一样，我的生活平凡而平淡。我不太留意这个忙碌的世界，这个世界也以它的现实漠视着我。随着时间的推移，我发现我曾经不太留意的这个世界对我有着越来越多的诱惑。于是平静被打破了，总想得到更多。

我不是彻底的物质主义者，但我愿意享受生活。我希望可以过上一种足以称之为"幸福"的生活，却不能为"幸福"下一个准确的定义。上小学时有一篇课文《幸福是什么》，我想现在没有人愿意相信小学课本里的东西了，包括我。

去年夏天一个极普通的下午，我百无聊赖地在街上走着。街上人多车多，一辆摩托车撞倒了一个农村小女孩。小女孩跟着她的父亲，那父亲苍老而贫寒。车主是城里所谓的"痞子"，撞了人后扬长而去。看着街头相依的父女俩我默默叹息。走上去看了小女孩的伤口，说算了，我带她上医院包扎一下。老农感激地带着女儿跟我上医院。路上他说没法子，乡下人穷，进城来卖点儿水果，没想到遇上这样的事。对我，他谢了又谢。我帮小女孩包扎好，说不碍事，过几天就好了。老农从口袋里掏出一卷零钞，战战兢兢不知要付多少医疗费，我说不用了。父女俩千恩万谢地走了。

这件小事我很快忘了，我策划着一种又一种的生活方式，然而一次又一次地碰了钉子，我在一个夜班时悲哀地想，幸福离我是越来越远了。那一个夜班我心乱如麻。清晨7点，我伏在窗口看外面忙碌的世界，不知道自己的位置在哪里。

有人叫我："医生，医生！"我回头，叫我的不是病人或家属，但似曾见过。想起来了，不久前我帮助过的农村父女！

小女孩拉拉她父亲的衣角："是那天的阿姨。"老农放下负着的大口袋，口袋看样子很沉，他这么大岁数还背得稳稳的。老农笑着说他女儿头上的伤全好了，多亏好心的我。这次进城，他们是专程来谢我的。说着把沉沉的大口袋解开，天哪，里面是满满一口袋桃子！又红又大，多得让我吃惊。老农说那是他全家细细挑的，乡下人没什么好送，就送些桃子表表谢意吧。我惊讶得说不出话来。真的，那一刻我竟有点儿眼睛湿润的感觉，为父女俩简单而质朴的谢意。我请他们坐下，突然想起现在才7点，哪儿有这么早的车？对我的询问，老农说，他们早上5点就出门了，走了两个小时才到这儿。我说怎么不晚点儿好乘车来呢？老农憨然地笑了，说乡下人不比城里人，走惯了……

送走父女俩，我看着那足有30多斤重的桃子，想到他们一家人摘，在院子里细细地挑，想到他们走了20几公里的路把桃子送给我，想到他们简单而淳朴的心愿：希望报答好心的医生，希望小女儿上城里的高中，希望成绩好的小女儿像我一样，有好的工作和生活……

我从不知道我是如此的幸福——年轻，能干，有学问，有一份好工作，有一颗好心。看着那满满一口袋鲜艳的桃子，我知道我拥有满满的幸福。那幸福就像这又大又红的桃子，一个一个真实可触，是那么满满的、满满的。

我想我可以为幸福下一个定义了。珍惜你所拥有的每一样东西，你会发现，幸福简单得让人无法置信。

感恩提示

gan en ti shi

在人生中的某一瞬间我们经常会感到迷茫，甚至有可能一时找不到自己的位置和方向。但是，一个小小的、不经意的善良的举动却会让我们忽然明了，原来幸福就在我们身边，爱无处不在。就像这篇文章里的主人公"我"，偶然帮助了一个受伤的小女孩，就得到了意外的回报和收获。装在袋子里的并不仅仅是一只只桃子，而是沉甸甸的感谢和一份质朴的爱……桃子的含意还应该有很多很多，它是一个答案，帮我们解答了幸福是什么。在这个充满爱的世界里，幸福就是我们献出的爱心。

（安　勇）

在又一个大雪纷飞的元旦到来的时候，我朋友收到老总的一张贺年片，那上面只有八个大字：赠人玫瑰，手留余香。

赠人玫瑰

◆文/王虹莲

有朋友约我的朋友去聚一把，他开车就上路了，那天的雪很大，但是百十里路对于他的大奔来说是十分简单的。

他美滋滋地听着音乐，想着自己的股票又涨了，女儿钢琴弹得已是行云流水，事业又是如日中天，他的高兴情绪写在脸上。走到半路上他看到一辆抛锚的轿车，两个看起来穿得很单薄的人在风雪中拦车，然而没有一辆车停下来，因为他们长相不像本地人，我的朋友想，这可能是那些车不停的原因吧？他们万一是劫匪呢？但我的朋友那天心情格外好，他特别想助人为乐。于是他停下了车。

怎么了哥们？我的朋友问。车胎扎了。两个人一说话就露出了南方人的大舌头。我朋友一看，果然是扎了。换呀，我朋友说。那两人手一摊，没有千斤顶，没有备胎。我的朋友说，哪有你们这样开车出门的？那两个人说，我们这车没出过毛病。我朋友抬手看了看表，已经快到约定时间了，他有点儿犹豫是不是帮他们，但那两个人看出了他的犹豫，赶快掏出烟来叫兄弟。我朋友想，这前不着村后不着店地扔下他们也不合适，何况南方人又怕冷，他抬头一看，两个人嘴唇都紫了。我的朋友动了怜悯之心，对其中一个说，上车吧，我带你到城里去买备胎。于是他们其中一个人跟着我朋友去买了一趟备胎，然后他们就动手换了起来。

我朋友想，我还有约会呢，算了，把千斤顶送给他们得了。于是他说他要走了，千斤顶就不要了，送他们了，也算交个朋友。那两个人感动得一直流鼻涕，说那怎么行，我们不能要你的千斤顶，这就够让我们感动的了，你不知道我们都站了一上午了，一直没车停下来，你简直就是我们的大恩人，不然我们真得冻成冰棍。我朋友说，要不这么着吧，你们路过我们城里时把千斤顶放在我朋友那儿吧。一进城有家保龄球馆找姓张的，就说是我让放那儿的。那两个人又说了许多感谢的话，然后掏出名片给我朋友，我朋友顺手放在兜里了，他根本没想和他们联系。我朋友和他们分手后直奔酒店，他迟到了，也被罚了酒，但他心里特别高兴。他这件助人为乐的事谁也没告诉，不就这么点儿小事吗？

但几天之后让他对这件事有了重新的认识。他突然接到一个陌生的电话，来电显示是长途。他电话拿起来那边就激动起来，一直兄弟长兄弟短地感谢他，他最后才想起那个大雪天来，于是他客气了一番。有事可说话啊，咱有钱，那头说。他放下电话就笑了，他不缺钱，钱是个什么东西呀。这时他倒有点儿被自己那天的行为感动了，本来他是心情好才下了车，偏偏遇上这两位还把这事当事了，当老张把千斤顶还他的时候问怎么回事他都懒得说，不就这么点儿事吗。后来他想起那张名片来，想看看这位爷到底是干什么的这么牛，还有钱有钱的。他一看真吓了一跳，他揉了揉眼又看了一遍，那可是全国有名的一个老总。人家一动，股票能上蹿下跳的，他这才知道人家为什么说有钱了。而自己充其量就是一地主。

后来他们就经常通电话了，那老总说，我想起那天你的举动就热血沸腾，小伙子，就冲你这心眼，将来能成大事。自那以后，我朋友还真开始积德行善，哪有灾就给哪捐款，谁穷就帮谁，还盖了一所希望小学，给一帮孩子拿学费，他简直成了救世主。可是他的生意却越来越滑坡，到最后已无力回天了。银行贷款批不下来，资金到不了位，企业濒临破产边缘。就在他最危难的时候，一张300万的汇款单送到了他的手上。那个老总说，先用着，不够我再给。我朋友的眼睛一下子湿润了。

在又一个大雪纷飞的元旦到来的时候，我朋友收到老总的一张贺年片，那上面只有八个大字：赠人玫瑰，手留余香。

感恩提示

gan en ti shi

读过这篇文章后我一直在想，按理说在路上偶然给别人的一点儿帮助算不上什么大事情，但为什么这件事却久久的留在对方的心中呢？我想事情虽小，但它背后隐藏的善良却很大很大。这善良不仅让受帮助的人心怀感动，而且也让帮助别人的人体会到了一份发自内心的快乐，因此"我的朋友"从那以后有意识地做一些善良的事情。因为善良而产生的连锁反应还远未结束，当"我的朋友"面临困境，濒临破产之际，他曾经帮助过的那个人向他伸出了援助之手，终于让他渡过了困境。我想，此时在他们两个人的心中，金钱的价值根本无法与因为善良而产生的感动相提并论，善意无价。

（安　勇）

这就是为什么至今我仍然感谢世间的这份宽恕之情，——那是上帝给每个生活在怨恨中的人一份礼物，让我们试着去信任吧！

感恩节的晚餐

◆文/佚　名

那是在二战期间，爸爸得了哮喘病和支气管炎。失业已经一年多了。终于，在 1944 年 7 月，他找到一份建筑工头的工作。他的第一项工程是装修塔尔萨附近的一幢旧的大厦。这样就得离开此地去美国中西部的俄克拉荷马州。

重建工程只进行了两个多星期，爸爸就满面愁容地回到家，妈妈问："怎么了？"爸爸解释："如果大厦 11 月底前不能完工，俄克拉荷马州将失掉地产。可除了像我这样身体有病的，男人们都上前线了，上面要派 26 个德国俘虏来干。"

妈妈有着波兰血统，听了这话，气呼呼地说："德国俘虏要和你一起工作吗？他们也许会把你推下楼顶的！"

我和妈妈一样气愤，我们坐在一起，听着收音机播放的德国侵犯波兰的消息。妈妈的弟弟已经几周都没有消息了，在夜深人静的时候，我常常听到她的哭声。接着，爸爸的堂兄比尔又惨遭德国装甲兵部队杀害。

爸爸叹着气说："我是需要工作，但不敢想象我得和可能杀了比尔的人一起工作。"没有人能再吃得下饭。那晚，我睡得很不踏实，梦见一个高大凶狠的人将身体虚弱的爸爸从高楼顶上扔了下去。

早上醒来，那些俘虏就到了。从住处看到他们从卡车上跳下来，都是些十六七岁的男孩，也就比我大几岁，妈妈吃惊地说："希特勒已经不得不让孩子们上前线了。"爸爸则脸色苍白地说："我怎么可能把5个月的工程4个月就干完呢！而且是和这些连我们的话都不会讲的毛孩子一起干。"

第一天，我非常担心地瞧着爸爸在楼顶教他们用各种工具。我得承认，他们学得倒挺快的。

后来有一天，一个年轻俘虏手被锯伤了，妈妈赶紧去帮他，先止住血、包扎好伤口，又安顿他到应急室休息。从那天起，我发现了一个变化，妈妈对那些德国俘虏，简直当他们是自己的孩子。

9月的一天晚上，爸爸回来吃饭时说："如果我们能在雨天之前，做完板材并且装好，我们就能如期完工。那些孩子都是很能干的，还有两个工头彼得和弗兰斯，跟我一样爱木工活儿。"

这样，又过了些日子。一天妈妈走到我房间，叫我削些做馅饼用的苹果，并且喜出望外地告诉我，那些孩子已经完成了北边的旁轨。

"难道你忘了比尔是怎么死的吗？"我大声说着，泪水夺眶而出。

"我们过一会儿再谈，你把心中的不快都哭出来吧。"妈妈离开我房间时，平静地说。听到门关上的声音，我大哭着扑到床上。但很快，门又开了，爸爸坐到我身旁。

"珍妮，妈妈和我这样做，并没有背叛任何人。"他轻轻地说。这时，妈妈也坐在床边听起来，"如果我们不想让上帝带着怨恨对待我们，我们就不该如此对待其他人。无论是在战争中还是和平时。为比尔我不指望自己能宽恕德国人，我只祈祷可以信任这些战俘，好和他们一同工作。信任就像白漆与清漆的混合，当你第一次搅动，它只会呈现出一道细微的白线。但当你不断搅动下去，白色就会在罐里扩散，变成一片乳白色。试着真诚地信任吧，很快满腔的怨恨就会化为宽恕之情。"说完这些话，他们就离开了房间，我的怒气再也没有了。

那个星期因下雨面临停工，爸爸感冒了，又咳嗽又喘，他带着那些孩子赶做外面的活儿。但正当他教他们怎么镶嵌木头时，他病倒了。医生说他又犯了支气管炎，并警告："你必须卧床一个月。"一个月啊，那就已经到11月底了！

爸爸沮丧极了，他费劲地喘着气说："他们会做嵌板，但不会修补和给图书馆墙上的书橱着色，按期完工是没希望了！"

第二天早上，有人敲后门，我打开门看见俘虏彼得和弗兰斯站在门口。我让他们进屋来，看见他们流露出担忧的神情。

他们走到爸爸床边，用不完整的英语夹着德语讲出他们的计划。士兵们已经表示加班，使得彼得和弗兰斯能早两小时开始工作。他们学会修理书橱的部分搁板材料，修好后带来让爸爸检查。到嵌板工作完成的时候，彼得和弗兰斯就打算教他们做书橱工作。

听了他们的计划，我看见爸爸的眼睛里又重现出希望之光，一种温暖的感激之情充满我心。

接下来的一星期，彼得和弗兰斯常来家里让爸爸检查做好的隔板。爸爸坐在床上给他们指点，他们一走，他就筋疲力尽地倒在枕头上。尽管我很担心这样他会劳累过度，但事实上他却恢复得比预想得还要快些。几天后，医生允许他每天工作两小时。

那天早晨，当他迈着颤巍的步子走到图书馆门口时，锤打声都停了下来，等他走到书橱前，一阵欢呼声响起来，那欢呼声融入了那些战俘的欣喜。他们基本干完了木工活儿，这样，爸爸可以干难度大的混合着色了，以使修好的书橱能和过去的相配。

到 11 月的第三个星期，爸爸可以全天工作了，这意味着大厦将如期完工了。妈妈说："我想邀请那些孩子来吃感恩节晚餐，那天正好可以表达对他们的感激之情，感谢上帝，我们如期完工了。"爸爸同意了，并从战俘营带回了他们愿意参加的消息。

感恩节到了，26 个德国战俘，一个监狱士兵和他的家人，再加上我们一家三口，围坐在前厅三张锯木架拼起的特大桌子前，白色的桌布上摆满了各种食物，我们共进了感恩节晚餐。

爸爸向大家点头致意，并让我祈祷。很快我明白了为什么要这么做。当我祈祷的时候，我感到宽恕别人的愉快激荡着我的心灵。

这就是为什么至今我仍然感谢世间的这份宽恕之情，——那是上帝给每个生活在怨恨中的人一份礼物，让我们试着去信任吧！

感恩提示

gan en ti shi

在读这篇文章之前，我刚刚看了一部俄罗斯电影《战场上的布谷鸟》，这部电影讲述的是第二次世界大战中偶然相遇在一起的三个人，他们虽然国籍不同，语言不通，甚至一度曾经还是敌人，但对和平的渴望让他们最终结成了水乳交融的纽带。这是因为他们的胸中都有一颗宽恕的心，就像这篇文章里描述的那样，宽恕不仅让战场上的仇敌如期完成了一项工程，还让他们在感恩节这一天坐在一起共进晚餐，当时那特殊的晚餐一定让在场的所有人都终生难忘。仇恨无法解决问题，但宽恕却能引领人们走向和谐美好的世界。

(安　勇)

回家后，我打开了那个纸包。我看到的竟然是那枚抗美援朝的军功章！

一枚军功章

◆文/陶柏军

我是一名眼科医生，同时还是一个收藏爱好者。我主要收藏陶瓷、古币和各类奖章。由于这个爱好，医院里如果有外出的任务，我常常自告奋勇，因为走出去，就可能有意外发现。

今年春天，医院组织我们去一个边远的山区医疗扶贫。一天黄昏散步时，我被村口的一老一少吸引住了。老者七八十岁，满脸都是皱纹；小孩三四岁，在玩着一堆乱七八糟的玩具。准确地说，就是那堆玩具吸引了我。因为在这些玩具中，竟有一枚价值千元以上的抗美援朝时期的军功章！

我走过去，和这位老大爷拉起了家常。老人说，他姓周，78岁了，身体还算过得去。小孩是他的孙子。我拿起那枚军功章，故作不经意地问："大爷，这是什么呀？"老人说："我当过兵，去过朝鲜，那是朝鲜给的一个牌牌。"老人把军功章叫做"牌牌"，和孙子的玩具很随便地放在一起，可见老人对这枚奖章似乎不是特别地在意。而对于收藏者来说，这就是最好的卖家。

我反复看了看这枚军功章，然后对老人说："大爷，我看这奖章还很漂亮，要不，您出个价，卖给我吧！"不想老人一边摆手一边说："那可不行，那可不行！这是我在战场上拿命换来的，给多少钱我都不卖！"我有些不解地问："这么好的东西您怎么随便给孩子玩啊？"老人听了哈哈大笑："这奖章是我的命根子，孙子也是我的命根子，把两个命根子放在一起，我才活得有意思啊！"

想不到老人竟如此睿智，我有点儿尴尬地笑笑，然后走了。

一周后，我们的扶贫结束了。就在我们将要上车离开的时候，一个中年汉子拦住了我们。原来他有个远房姑姑得了白内障，听说我们在这里，刚刚赶来。我简单地检查了一下患者的眼睛，发现此时做手术正是时候。

面对患者和那个中年汉子的哀求，我实在不忍就这样离去。于是我向领导请示，希望能把这个手术做完再走。领导同意了，给我留下了一台车和器械。

第二天的手术很顺利。在向当地的乡镇医生交代好有关术后护理的事情后，我和司机准备踏上归程。村里很多乡亲都出来相送，那个中年汉子热泪盈眶。

在村口，我又看到了周大爷和他的孙子。周大爷递给我一个纸包："给你拿点儿红枣，回家给孩子吃！"

回家后，我打开了那个纸包。我看到的竟然是那枚抗美援朝的军功章！

感恩提示

gan en ti shi

一位参加过抗美援朝战争的老人，把一枚军功章看得比自己的生命还重要。或许，他根本不知道军功章代表的金钱上的价值，因为在他看来那个小牌牌根本就是无价之宝。但是，老人家在临别之时却分文未取地把军功章送给了"我"。从表面上看，那是给"我"治好村里人眼睛的一种回报，但从根本上讲，却是因为老人看到了人与人之间的帮助和爱，才是真正无价的财富。我相信，当文中的"我"接过那枚军功章的一瞬间，一定也会被那种无私的情感所感动。很多东西我们无法用钱买到，却可以用爱换取。

（安　勇）

施舍的金钱很快就会用尽，但人生的道理却可以受用不尽，甚至这个道理还能奇迹般地改变一个人的人生。

高贵的施舍

◆文/杨汉光

一个乞丐来到我家门口，向母亲乞讨。这个乞丐很可怜，他的右手连同整条手臂断掉了，空空的衣袖晃荡着，让人看了很难受。我以为母亲一定会慷慨施舍的，可是母亲却指着门前一堆砖对乞丐说："你帮我把这堆砖搬到屋后去吧。"

乞丐生气地说："我只有一只手，你还忍心叫我搬砖，不愿给就不给，何必刁难我？"

母亲不生气，俯身搬起砖来。她故意只用一只手搬，搬了一趟才说："你看，一只手也能干活儿。我能干，你为什么不能干呢？"

乞丐怔住了，他用异样的目光看着母亲，尖尖的喉结像一枚橄榄上下滚动两下，终于俯下身子，用仅有的一只手搬起砖来，一次只能搬两块。他整整搬了两个小时，才把砖搬完，累得气喘如牛，脸上有很多灰尘，几绺乱发被汗水濡湿了，斜贴在头上。

母亲递给乞丐一条雪白的毛巾。乞丐接过去，很仔细地把脸和脖子擦了一下，白毛巾变成了黑毛巾。

母亲又递给乞丐20元钱。乞丐接过钱，很感动地说："谢谢你。"

母亲说："你不用谢我，这是你自己凭力气挣的工钱。"

乞丐说："我不会忘记你的。"他向母亲深深地鞠一躬，就上路了。

过了很多天，又有一个乞丐来到我家门前，向母亲乞讨。母亲又让乞丐把屋后的砖搬到屋前，照样给他 20 元钱。

我不解地问母亲："上次你叫乞丐把砖从屋前搬到屋后，这次又叫乞丐把砖从屋后搬到屋前。你到底是想把砖放在屋后还是屋前？"

母亲说："这堆砖放在屋前和屋后都一样。"

我撅着嘴说："那就不要搬了。"

母亲摸摸我的头说："对乞丐来说，搬砖和不搬砖可就大不相同了。"

此后又来了几个乞丐，我家那堆砖就屋前屋后地被搬来搬去。

几年后，有个很体面的人来到我家。他西装革履，气度不凡，跟电视上那些老板一模一样。美中不足的是，他只有一只左手，右边是一条空空的衣袖，一荡一荡的。

他握住母亲的手，俯下身说："如果没有你，我现在还是个乞丐；因为当年你叫我搬砖，今天我才能成为一个公司的董事长。"

母亲说："这是你自己干出来的。"

感恩提示

gan en ti shi

很多人都有过与乞丐相遇的经历，有的人会拿出身上的零钱，有的人会施舍一些残汤剩饭，当然也会有人冷冷地撇撇嘴置之不理。但能像这篇文章里的那位母亲一样，给予对方平等的帮助，并且告诉他们一个道理的人，估计少之又少。施舍的金钱很快就会用尽，但人生的道理却可以受用不尽，甚至这个道理还能奇迹般地改变一个人的人生。文章中那个断臂的乞丐，靠自己的努力不但做到了自食其力，而且还成为了一名董事长。然而，这一切都是因为那位母亲的一个小小的施舍——她让乞丐认识到了自己的价值。也许，这就是最高贵的施舍吧！也是人与人之间一种真正的帮助。

（安　勇）

教授马上清醒过来。他轻轻地拥抱并轻吻了一下她的额头，那一刻，他看见教授眼里有湿润的东西闪亮。

请您也吻我一下好吗

◆文／李顺宜

这是女友讲给我的一个故事。

故事是真实的。那时女友还在南方一所著名的大学中文系读书，授课的老师中有一位五十出头风度翩翩的男教授。教授不仅著作等身学识渊博，而且谈吐幽默风趣，经常走到学生们中间和他们谈古说今纵论文事，成为班里女学子们心中的偶像，许多女生甚至于主动接近他，希望得到他的提携和指点。

女友也是其中一个。一天，她约了两位要好的女同学一块儿去教授家请教几个问题，穿过一条林阴小路，来到了教授居住的一座静谧小院。她们在那青砖灰墙的一幢小楼前停下了脚步，女友伸出手来正欲敲门，却发现门是虚掩着的，于是她轻轻地推开，看到了令她目瞪口呆的一幕。

教授正在屋内，拥抱并吻着一个女孩子。而那个女孩子是他的学生。

看到她们的意外出现。教授的手像触电一样一下子猛然松开、垂落，脸色霎时变得惨白。

双方就这么站着，也许仅仅只有几秒钟的时间，却像漫漫的一个世纪，空气死一样沉寂，听得见彼此猛烈的心跳和呼吸。

"我当时的确很震惊，真的，你说我该怎么办？"讲到这里，女友抬起头来问我。

"装作没看见迅速走掉？或干脆走上前委婉地劝说？报告领导或告诉他的爱人，让他受到惩罚甚至身败名裂？这些念头在我脑海中迅速一闪而过。教授不是这种人，他也许只是一时糊涂。"还没等我回答，女友又开始说道，语气缓慢地，像是努力回忆当时的情形："教授有一个他所深爱也深爱着他的妻子，他的妻子在同城的另一所高校任教，他们有一个活泼可爱的即将大学毕业的女儿，这是一个幸福而完美的家庭。他们的家庭和教授本人洁身自律的品质在校内一直有着良好的口碑。"

仅仅是几秒钟的犹豫和停顿后，女友坦然地走了进去，站在教授面前，一脸笑容地说道："教授，我们都是您的学生，您可不能偏心哟，您也吻我一下好吗？"

教授马上清醒过来。他轻轻地拥抱并轻吻了一下她的额头，那一刻，他看见教授眼里有湿润的东西闪亮。

另两位女同学也马上会意过来。走到教授身边提出了相同的请求，教授一一应允了她们。

“事情的经过就是这样。”女友的表情显得轻松愉快，“一晃这么多年过去了，教授依然拥有一个美好的家庭和良好的口碑，他变得更加勤奋地研究和著述，并取得了极为丰硕的成果。我毕业那年，他曾寄给我一张贺卡，上面只有一句话：我永远感激你的善良和智慧，是你拯救了我。”

“许多事情就是这样奇妙，挽救或毁灭一颗灵魂，常常就是看似那么简单的几句话。”女友最后说道。

感恩提示

gan en ti shi

大概很多人面临文中女主人所遭遇的场面都会觉得非常尴尬，也许转眼之间就会传出沸沸扬扬的丑闻。但文中“我”的女友却用一个机智的掩饰避免了尴尬，让原本并不美丽的事情因为她的智慧而变得美丽、温馨。在她的掩饰中有对教授的尊重，也有委婉的劝诫，只是一句简单的话“请您也吻我一下好吗”，就让异常的事情回归于平常，也同时向教授和那个女孩的心灵发出了纯洁的召唤。或许我的女友善解人意的掩饰也同时挽救了一个家庭。时过境迁在教授的心里或许很多事情都会被忘记，但我想那个美丽的掩饰却会永远铭记在他的心灵深处。

（安　勇）

他发自本能的一种善良之举不但给了对方寒冷中的温暖，也因此奇迹般地改变了自己的人生。

分享营火

◆文 / 周静嫣

那男子在深夜里偶然遇到了约翰燃起的营火，他看来又冷又累，约翰知道他的感受如何。约翰自己正在旅途中，他离开家出去寻找工作已经一个月了，他要赚钱寄给正衣食无着的家人。

约翰以为这人不过是一个和自己一样因经济不景气而潦倒的人。或许这人就像他一样，不断地偷搭载货的火车，想找份工作。

约翰邀请这位陌生人来分享他燃起的营火，这人点头向约翰表示感谢，然后在火堆旁躺了下来。

起风了，令人战栗的寒风。那人开始颤抖，其实他躺在离火很近的地方。约翰知道这人单薄的夹克无法御寒，所以约翰带他到附近的火车调车场，他们发现了一个空的货车车厢里刮不进风。

过了一会儿，那人不抖了，他开始和约翰说话，说他不应该在这里，说他家里有柔软舒适的床，床上有温暖的毯子等着他，他的房子有20个房间。

约翰为那人感到难过，因为他杜撰温暖、美好的幻想中的生活。但处在这样艰难的境地，幻想是可以原谅的，所以约翰耐心地听着。

那人从约翰的表情中知道他并不相信他的故事，“我不是无家可归的流浪汉。”他说。

或许那人曾经富有过，约翰想着。他的夹克，现在是又脏又破，不过也许曾是昂贵的。

那人又开始发抖了，冷风吹得更猛了，从货车厢的木板缝隙里钻进来。约翰想带那人寻找更温暖的过夜的地方，但当他把车厢门拉开，向外看时，除了飞扬的雪花外，什么也看不见。

离开车厢太危险了，约翰又坐下来，耳畔是呼呼的风声。那人躺在车厢的角落里。颤抖使他无法入眠。当约翰看着那人时，他想起妻子和三个儿子。当他离开家时，家里的暖气已经拒绝供暖了。他们是否也和这人一样颤抖着呢？然后约翰发现这人并不是孤单一人在车厢黑暗的角落里。约翰看到自己的妻子和儿子在那里，同那陌生人一样在颤抖。他也看到他自己，以及所有其他自己认识的、无钱照料自己家人的朋友们。

约翰想要脱下自己的外套，把它盖在陌生人的身上，但他努力尝试从心中摆脱这样的念头。他知道他的外套是他仅有的可以让他不至于冻死的“救命稻草”。

然而他仍在那陌生人的身上看到他的家人的影子，他无法摆脱给那人盖上自己衣服的念头。风在车厢的四周怒吼着，约翰脱下他的外套，盖在那人身上，然后在他身旁躺下。

约翰等待着暴风雪过去的同时，一阵阵寒意侵入他的体内。过了一会儿，他不再觉得冷了。起先，他还很享受那股温暖。但是，当他的手指无法动弹时，他才知道他的身体正被冻僵。一阵白色的薄雾升上他的心头，意识渐渐模糊。终于，他进入奇特而舒适的睡梦中……

当那人醒来的时候，他看到约翰躺着不动。他担心约翰已经死了，他开始摇他。“你还好吗？”那人问，“你的家人住在哪里？我可以打电话给谁？”约翰的眼前罩着雾气。他想要回答，但嘴巴却说不出话。

那人寻遍约翰的口袋，终于找到了约翰的皮夹。打开来，他找到约翰的姓名、地址和他家人的相片。

“我去找人帮忙。”他说。那人打开车厢门，阳光照进车厢里。那人走远了，约翰隐隐地听到他踩过新雪的声音。

约翰孤独地躺在车厢里，睡睡醒醒。他的手、脚和鼻子都冻伤了。不过那个人把约翰的外套留了下来，外套让约翰渐渐暖和过来。火车开始移动，不知道时间过去了多久，火车的摇晃把他惊醒了。

火车停了。火车站的工作人员发现他躺在车厢里，于是把他带到附近的医院。

冻伤使他失去了部分的鼻子，也失去了手指尖和脚趾尖。但更深的痛苦却是他失去了尊严。他怎么能带着医院的账单回家去，而不是带着薪水回去，给家人的餐桌带点儿食物呢？

他为一个陌生人舍弃他的外套，他冒着生命的危险，只为让另一个人能活下去。而他的妻子和三个孩子现在却必须为他的行为受苦。但是他也不会做出别的选择，他这么对自己说。他感觉对不起家人，痊愈后，过了一个多星期还不敢打电话给妻子。一个星期日的早晨，他终于忍不住煎熬，拨通了家里的电话。他的妻子听到他的声音激动得不得了。她告诉约翰前些天发生的一件不寻常的事。她说，来了一位陌生人，把一张4万元的支票放在她的手里。那人要她让孩子们吃饱、穿暖。约翰听到这些，明白了为什么自己要把外套给陌生人。他清楚地看见了人与人之间的关联。

"约翰，你认识这个人吗？"妻子问。

"是的，"他回答，"我们共享过一堆营火。"

感恩提示

gan en ti shi

一个人生遭遇不幸的男人因为没有回家面对妻儿的勇气，在寒冷的夜晚孤独地守在一堆营火旁边。就在此时，他遇到了另一个在他看来同样遭遇不幸的男人，同情和怜悯以及对家人的思念，让他毫不犹豫地向那个人伸出了援助之手。不但和对方共同分享一堆营火，而且冒着自己被冻伤甚至被冻死的危险，把仅有的一件外套披在了那个素不相识的人身上。他发自本能的一种善良之举不但给了对方寒冷中的温暖，也因此奇迹般地改变了自己的人生。但我觉得那个人对他的回报，无法用金钱去衡量，因为那是对善良的一种报答。

（安　勇）

当我意识到就为了一声"谢谢"他又在寒冷中等了一个小时，我的内心失去了平衡。我被这个男孩感动得差点儿落泪，也为充斥身边的冷漠麻木甚至冰冷的心感到羞愧。

男孩的眼睛

◆文/刘　敏

年末分到一个单位实习，我来往于各个办公室之间做着琐碎的事。会计是位大学毕业才一年的女孩。随着新年的日益临近，拿着欠条找会计要钱的人越来越多，多半得跑上几趟才能要到钱。

一天中午，大家正聚在一个办公室里热火朝天地聊天，突然闯进一个男孩。他有着一张很年轻的脸，眼里流露出胆怯和不安。大家的谈话被中断，男孩拿出一张字条，结结巴巴地说："我，我是电脑公司的，你们单位欠了我们钱，总共有，有 700 元。"说完男孩不知所措地站在那儿，像犯了错误似的接受着陌生眼光的打量。扎堆的人中有人不耐烦地说："没钱！没钱！下回再来！"男孩眼中的一点儿光芒顿时熄灭了，嘴唇微微地嚅动着，但最终什么也没说，转身离去。或许这是男孩第一次出门要钱，他不知道向谁要；或者是因为他不知道谁是会计，尽管会计就坐在我旁边，而且刚从银行提回一笔款。当然这一点谁也没有告诉他。

第二天快下班的时候男孩又急匆匆地来了，当时办公室里只有几个人，会计看了一眼男孩，又接着做自己的事说："来迟了，没钱！"男孩眼里满是焦急："那我什么时候来才有钱？""说不定！"会计抛下一句话就离开了办公室。

天气越来越冷，这天上午下雪了。男孩骑着自行车赶来，身上落满了雪花。走进办公室他似乎还笑了一下，满怀期待地望着办公室里的几个人，然而没有人理他，每个人都在做自己的事。男孩挪动着脚步，似乎想离开却又没有离开。主任抬起头见他还站在那儿，便说："你这么积极干什么？没见我们正忙吗？到外边去，等我们有空再进来。"男孩尴尬地低下头，匆匆地走开，像是刚登台表演就出了丑的演员。

下午我上班时，看到男孩一个人站在走廊上，上班的人们在他身边来来往往，慢慢地办公室里的人越来越多，可谁也没有提起过他。这回男孩没进办公室，他一直默默地站在外面，似乎害怕再次遭到失败，也许内心正经受着激烈的斗争。一两个小时过去了，大家在办公室里谈笑风生，男孩仍然站在外面，外面很冷，雪在下，风在吹。这时我再耐不住了，走到他身边轻声说："那个穿红衣服、披肩发的就是会计，她有钱！"说完就走开了。男孩走进办公室，这一次，他终于拿到了钱。

下班后，我背起包走出办公室发现男孩竟然还站在那里，他看到我便走过来满是诚恳地说了声"谢谢"，然后便匆匆离去。我怔住了，当我意识到就为了一声"谢谢"他又在寒冷中等了一个小时，我的内心失去了平衡。我被这个男孩感动得差点儿落泪，也为充斥身边的冷漠麻木甚至冰冷的心感到羞愧。人啊，我们谁不是从单纯的少年走过，谁又不是在为了生存而四处奔走？为什么对于单纯老实的人，我们竟激不起一点儿尊重和同情之心？

过完年我正式上班，在平淡的生活中一点一点地消耗着青春。又到了付账的日子，来要钱的人越来越多，而我的眼前老是浮现出男孩的那双眼睛。不知道他在哪里，忙些什么，我真诚地祝他一切都好。

感恩提示

gan en ti shi

不知为什么，读这篇文章时我的眼前一遍遍地浮现出十几年前看过的一张新闻图片，画面上一个女孩儿大大的眼睛令人无法忘记。那是为希望工程拍摄的一张照片，女孩的眼神中充满了纯洁的渴望和求助，仿佛一下子就看到了人的心灵深处。我想，文中那个男孩儿的眼睛里也该和女孩的眼睛有着同样的内容。他初涉世事，纯洁无瑕，还不知道这个世界上有着太多的冷漠、欺骗和狡诈。也许在他看来所有的人都像他一样善良和单纯，当我们在纷繁的尘世中习惯了伤害别人、也被别人伤害的时候，是多么需要一双这样的眼睛的注视啊！或许这纯净的眼神会让我们想起纯真美好的童年，或许这样的眼神能将我们心灵上的尘埃洗净。

（安　勇）

现在，我已经不在那个乡村医院很长时间了。但我时常想起那对农民夫妇，和那两袋沉甸甸的红枣，他们已经融入了我的记忆和生命中。

生命中的两袋红枣

◆文／陶柏军

事情发生在20世纪80年代初，我当乡村医生的时候。

那是一个秋日的黄昏，我刚要下班，却被一对农民夫妇堵在了门口。女人看上去很瘦弱，还有些气喘吁吁，男人很强壮但明显有些木讷。进屋后，女人从怀里掏出一个纸卷，撕去了好几层包装，最后拿出一张X光片子送给我：麻烦你给我看一下。我接过片子，对着夕阳看了看，片中肺部的阴影十分明显，但由于自己不是这方面的专家，还不敢妄下结论。我对那个女人说：拍片时，没给你们诊断吗？女人点了点头，又从怀里拿出一张纸：是它吗？我接过那张已经折得有些破碎的纸：对，就是它，这东西可不能丢呀。那张纸虽然折得有些破旧，但字迹还是清晰的：肺部恶性肿瘤，中晚期。我又抬头看了看这个妇女：是你的片子？她点点头。出于一个医生的责任，我说：片子我看不太明白，你先回去吧。明天让院长看看再告诉你们，另外，你有病，让你丈夫来就可以了。那个女人听了我的话，轻轻地摇了摇头，对我说：我得的是肺癌，我知道。她的话有些出乎我的意料，我看了一下诊断的日期，已经过去三个月了，恐怕是没有希望了。我只好无奈地对她说：咱们乡村医院治不了这种病呀！

"我们不是来治病的。"这时,进屋一直一句话没说的那个男人开了腔。好像是怕男人说不明白,男人只说了一句,女人就又接过了话:"家中两个孩子都挺小,不知怎么他们都知道了,整天跟大人一样地愁眉苦脸,学习成绩都下降了。可我告诉他们我的病没啥事时,他们都不信,说没事你和爸爸为啥半夜里总哭?我看骗不了孩子,可一时半会儿又死不了,让孩子跟着着急上火心里不忍呀。"女人说到这里,泪水哗哗地流了下来,"所以我想求求你,明天我把两个孩子领来,你再给看看片子,就说没啥事,行吗?"

这个时候,我才明白这对农民夫妇的来意。看着女人泪流满面的样子,我的心里也一阵酸楚。我很郑重地点了点头。临走时,那个男人想和我用握手的方式表示告别和感谢,大概是意识到自己的手有些脏,伸出的手又缩了回去。我急忙主动拉起他的手,对他说:别着急,吃点儿药,会好的。

他向我笑了笑,没再言语。走到门外,又转回了身,像想起了什么似的,从衣兜里拿出一袋红枣,塞到我的手里:这是自家产的。

未及我推辞,这对农民夫妇已经走出了医院。我手拿着那袋红枣,感觉很沉。

第二天,这对夫妇带着他们的两个孩子准时来到了医院。由于事前我已经和院长打了招呼,他们来后,我们几名大夫在一起郑重其事地进行了一次特殊的会诊。我们一致认为,这个患者没有什么大病,吃点儿药,过一段就会好的。最后我给她开了一瓶维C、一袋钙片和一些她确实需要的止痛药。两个孩子露出了灿烂的笑容。

半年以后,在我将这件事几乎忘却的时候,有一天下午,那个男人来到了医院。对我说他媳妇前天已经"走了"。我忙问他:孩子是什么时候知道的?他说:半个月前才告诉他们。然后又补充道:多谢你啦!要不然,孩子这半年可怎么过呀。我一听,感觉特别难过:都怪我们医术不高……

男人是特意来向我表示感谢的。临走时,他又从肩上的布袋里拿出一大袋红枣,往我手里塞,对我说:家里没啥像样的东西,您别嫌弃……

我手拿着那袋红枣,做不出任何拒绝的动作……

现在,我已经不在那个乡村医院很长时间了。但我时常想起那对农民夫妇,和那两袋沉甸甸的红枣,他们已经融入了我的记忆和生命中。

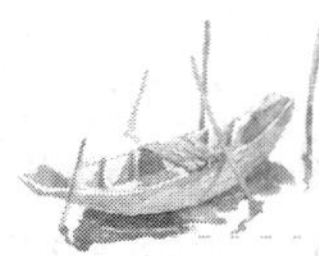

感恩提示

gan en ti shi

一位肺癌晚期将不久于人世的母亲,在离开人世之前想到的是自己的孩子们,托着病重的身体赶到医院,煞费苦心地恳求医生帮助她完成一个临终前的谎言,在医生的帮助下,她实现了自己的心愿,安静地闭上了双眼。她和丈夫送给医生的那两袋红枣,前一袋里装着的是真诚的恳求,后一袋里装着的是发自肺腑的感谢。一袋红枣也让我们读懂了一位母亲的心。正是在这颗慈母之心的呵护下,她的孩子们在诺言中过得健康快乐。那位母亲也该在九泉之下含笑吧!

(安　勇)

他静默了好一会儿，拿起筷子要吃面，才发现面早已凝成一团了。他大口吃起来，觉得那面和平时相比，显得格外香格外滑……

50碗牛肉面

◆文/徐默凡

杨志诚是个推销员，由于工作关系，成天走街串巷。他中午常常不能按时吃饭，就去附近的兰州拉面店填填肚子。

这天，他要了一碗加阔的面，加了两勺辣油，吸溜溜吃得正香，有个30岁上下的男人也端着一碗阔面凑过来说："大哥，你一定是西北人吧？"杨志诚笑了："你怎么知道的？"那里人说："上海人秀气，吃拉面要细的，也不会吃辣油，其实阔面才是正宗的。"杨志诚打量对方，他穿着皱巴巴的西装，脚上却套着布鞋，是农村人进城后的常见装束。杨志诚看着他就想起了当年的插队时光，不免有些动情，说："我是上海人。不过二十多年前在陕西乾县插过队。"那人听了，一脸的兴奋："大哥，那我们还算是半个老乡呢！我家就住在乾陵边上，乾陵就是武则天女皇帝的坟墓，你一定去玩过吧？""怎么没去过……"他乡遇故知，杨志诚立刻来了兴趣，和那人大聊起来。正聊得热闹，那男人突然说："我吃完了。还有点儿事儿，先走了！"杨志诚有点儿意犹未尽，又不好强留人家，只好目送那人离去。

吃完面，杨志诚付了钱就要走。面店老板却拉住了他："先生，两碗面要8块钱！""两碗？我只吃了一碗嘛！"杨志诚有点儿纳闷。"刚才那位老乡走的时候说，他的面钱您付！""我付？我不认识他呀。""不认识？"老板脸色不太好看了，"不认识咋聊得那么亲热？"杨志诚知道这时已说不清楚，只好付钱了事。他重重地叹了口气，心里很不好受，不是为多付了4元钱，而是感叹自己的"老乡"竟如此狡诈。

几天以后，杨志诚到另一条街上的拉面店去吃午饭。远远的就看见一个熟悉的身影坐在那儿，正探头探脑地打量着周围的食客。杨志诚快步走去，坐在他面前说："老乡，你好！我们又见面了。"这人见到杨志诚，浑身一震，筷子差点儿掉在地上，脸色惊得苍白转而又羞得通红。杨志诚叫来老板，为他添了一份牛肉，为自己也叫了碗面，什么也不说，闷头吃了起来。吃完面，杨志诚付了两个人的钱，站起身要走，想了想，又对那男人说："老乡，可别再给咱黄土高原上下来的人丢脸了。"听了这话，那男人显然有点儿手足无措……

时间过得很快，转眼就到了第三年的春天，杨志诚还是每天忙忙碌碌没有空闲。这一天，他又去公司附近的拉面店吃午饭，面端上来了，有个漂亮妩媚的少妇也坐了过来，她冲着杨志诚含羞一笑，细声问道："大哥，吃这么阔的面，看样子您是西北人吧？"杨志诚有点儿惊诧，但还是据实回答："我是上海人，不过去陕西插队待过六年。"那女子的脸更红了，说："那咱们还算半个老乡呢！""半个老乡？"杨志诚一听这话，不禁想起了前年的事，莫非这女子也是……他苦笑一下，无心再和她搭讪。那女子见杨志诚不开腔，也就没趣地走了。

杨志诚吃完面要付钱，却被老板挡了回来，说面钱那位少妇已经替他付了。这下，杨志诚十分纳闷儿，吃不准那女子是什么路道。

第二天，杨志诚又来吃面，决定先付钱再吃面，免得又出什么蹊跷。不料钱还是被老板退回来，老板说上午那位少妇又来过了，付了200元钱，说是为杨志诚买50碗牛肉面，也就是说，从今天起杨志诚可以在这家面店免费享受50次。加阔的拉面端上来了，杨志诚却无心下筷，这个神秘少妇是谁呢？这时老板又兴冲冲地跑来，递给杨志诚一封信，说："这是那位大姐留给你的，我差点儿忘了。"杨志诚一听，迫不及待地撕开信封，一目十行地看了起来。信却是一个男人写的：

大哥：

您好！您大概已经忘了我，可我却永远忘不了您。我就是去年那个骗面吃的陕西老乡。那时候，我投亲无着，流落街头，又身无分文，只好饥一顿饱一顿地混日子。是您的一句话让我醒悟过来，咱西北汉子再穷也不能丢掉做人的尊严，我这样做是给列祖列宗丢脸了！我咬着牙开始了新生活，不论多苦多累的活儿我都忍了下来。现在，我的生活已经安定了，娶了老婆也养了娃，我挣的钱都是血汗钱，绝没有再干丢人现眼的事。老古话说，受人滴水之恩，当涌泉相报。我现在还没有发达。就先给您买50碗面。兰州拉面，筋道有嚼头，就像咱老家人一样实在……我自己没脸见您，就差媳妇来和您见一面。大恩不言谢，大哥您一定好人有好报。

杨志诚看到这儿，眼睛有点儿湿润了。他静默了好一会儿，拿起筷子要吃面，才发现面早已凝成一团了。他大口吃起来，觉得那面和平时相比，显得格外香格外滑……

第二天，杨志诚拿出200元钱，捐给了市里的帮困扶贫基金会。

感恩提示

gan en ti shi

即使是50碗牛肉面，也不过区区200元钱，但牛肉面的背后，却有着两种无法用金钱衡量的情感。第一种情感是愤怒——是哀其不幸，怒其不争。本来，作为老乡，即便萍水相逢素不相识，但在餐馆里偶遇，一碗面对"我"来讲根本算不了什么，但第一碗面，却有一种被骗的感觉。于是，"我"在又一次遇到那个"骗子"时，不仅主动请他吃了面，还扔下了一句掷地有声的话。就是这句话发挥了神奇的作用，也让牛肉面的含义上升到了第二种情感——自立自强、知耻而后勇。就是在这种情感推动下，当初的“骗子”把50碗牛肉面摆在了“我”的面前。那不仅仅是面，更是一个有力的证明，是感激和决心。

(安　勇)

有人曾经帮助我，就像我现在帮助你一样。如果你真想回报我，就请不要让爱之链在你这儿中断。

爱之链

◆文/刘宗亚

一天傍晚，他驾车回家。在这个中西部的小社区里，要找一份工作是那样的难，但他一直没有放弃。冬天迫近，寒冷终于撞击家门了。

一路上冷冷清清。除非离开这里，一般人们不走这条路。他的朋友们大多已经远走他乡，他们要养家糊口，要实现自己的梦想。然而，他留下来了。这儿毕竟是他父母埋葬的地方，他生于斯，长于斯，熟悉这儿的一草一木。

天开始黑下来，还飘起了小雪，他得抓紧赶路。

你知道，他差点儿错过那个在路边搁浅的老太太。他看得出老太太需要帮助。于是，他将车开到老太太的奔驰车前，停下车来。

虽然他面带微笑，但她还是有些担心。一个多小时了，也没有人停下来帮她。他会伤害她吗？他看上去穷困潦倒，饥肠辘辘，不那么让人放心。他看出老太太有些害怕，站在寒风中一动不动。他知道她是怎么想的，只有寒冷和害怕才会让人那样。“我是来帮助你的，老妈妈。你为什么不到车里暖和暖和呢？顺便告诉你，我叫乔。”他说。

她遇到的麻烦不过是车胎瘪了，乔爬到车下面，找了个地方安上千斤顶，又爬下去一两次。结果，他弄得浑身脏兮兮的，还伤了手。当他拧紧最后一个螺母时，她摇下车窗，开始和他聊天。她说，她从圣路易斯来，只是路过这儿，对他的帮助感激不尽。乔只是笑了笑，帮她关上后备箱。

她问该付他多少钱，出多少钱她都愿意。乔却没有想到钱，这对他来说只是帮助需要帮助的人，上帝知道过去在他需要帮助时有多少人曾经帮助过他呀。他说，如果她真想答谢他，就请她下次遇到需要帮助的人，也给予帮助，并且“想起我”。

他看着老太太发动汽车上路了。天气寒冷且令人抑郁，但他在回家的路上却很高兴，开着车消失在暮色中。

沿着这条路行了几英里，老太太看到一家小咖啡馆。她想进去吃点儿东西，驱驱寒气，再继续赶路回家。

侍者走过来，给她一条干净的毛巾擦干她湿漉漉的头发。她面带甜甜的微笑，是那种虽然站了一天却也抹不去的微笑。老太太注意到女侍者已有近8个月的身孕，但她的服务态度没有因为过度的劳累和疼痛而有所改变。

老太太吃完饭，拿出100美元付账，女侍者拿着这100美元去找零钱，而老太太却悄悄出了门。当女侍者拿着零钱回来时，正奇怪老太太去哪了，这时她注意到餐巾上有字。老太太写的，她眼含热泪。上面写着："你不欠我什么，我曾经跟你一样。有人曾经帮助我，就像我现在帮助你一样。如果你真想回报我，就请不要让爱之链在你这儿中断。"

虽然还要清理桌子，服侍客人，但这一天女侍者又坚持下来了。晚上，下班回到家，躺在床上，她心里还在想着那钱和老太太写的话，老太太怎么知道她和丈夫那么需要这笔钱呢？孩子下个月就要出生了，生活会很艰难，她知道她的丈夫是多么焦急。当他躺到她旁边时，她给了他一个温柔的吻，轻声说："一切都会好的。我爱你，乔。"

感恩提示

gan en ti shi

十几年前，流行着一首歌——《爱的奉献》，歌里唱道：只要人人都献出一点儿爱，世界将变成美好的人间。这篇文章，让我更加深刻地理解了这首歌的含义。乔在路上偶然帮助的一个老女人，在将他的爱心传递下去的过程中，又碰巧遇到了乔的妻子。爱于是在乔、老女人、乔的妻子之间画了一个神奇的圆圈儿。或许老女人帮助乔的妻子，是个巧合。但即使她帮助的是别人，意义也是完全相同的。那时，这个有关爱的圆会画得更大，爱连接成的链条也会更长。

（安 勇）

有时候，一句话或一件小事，就足可以改变一个人的一生，关键在于找到一个突破，发现一种美好。

有风格的小偷

◆文/（台湾）林清玄

走过一家羊肉炉店的门口，突然有一个中年人的声音热情地叫住我。

回头一看，是一位完全陌生的中年人，我以为是一般的读者，打了招呼之后，正要继续往前走。

没想到中年人跑过来拉着我的手臂，说："林先生一定不记得我了。"

我尴尬地说："很对不起，真的想不起在什么地方见过你。"

中年人说起20年前我们会面的情景。当时我在一家报馆担任记者，跑社会新闻。有一天，到固定跑线的分局去，他们正抓到一个小偷，这个小偷手法高明，自己偷过的次数也记不得了。据警方说法，他犯的案件可能上千件，但是他才第一次被捉到。

有一些被偷的人家，经过几星期才发现家中失窃，也可见小偷的手法多么细腻了。

我听完警察的叙述，不禁对那小偷生起一点儿敬意，因为在这混乱的社会，像他这么细腻专业的小偷也是很罕见的。

但是，那小偷还很年轻，长相斯文、目光锐利，他自己拍着胸脯对警察说："大丈夫敢做敢当，凡是我做的我都承认。"

警方拿出一叠失窃案的照片给他指认，有几张他一看就说："这是我做的，这正是我的风格。"

有一些屋子被翻得凌乱的照片，他看了一眼就说："这不是我做的，我的手法没有这么粗。"

20年前，我刚当记者不久，面对一个手法细腻、讲求风格的小偷，竟自百感交集。回来以后写了一篇特稿，忍不住感慨："像心思如此细密、手法这么灵巧、风格这样突出的小偷，又是这么斯文有气魄，如果不做小偷，做任何一行都会有成就吧！"

从时光里跌回来，那个小偷正是我眼前的羊肉炉店老板。

他很诚挚地对我说："林先生写的那篇特稿打破了我的盲点，使我想：为什么除了做小偷，我没有想过做正当的事呢？在监狱蹲了几年，出来开了羊肉炉的小店，现在已经有几家分店了。林先生，哪一天来，我请客吃羊肉呀！"

我们在人群熙攘的街头握手道别，连我自己都感动了起来，没想到20年前无心写的一篇报道，竟是使一个青年走向光明的所在。这使我对记者和作家的工作有了更深一层的思考，我们写的每一个字都是人格与风格的延伸，正如一个小偷偷东西的手法，也是他人格与风格的延伸，因此，每一次面对稿纸怎么能不庄严谨慎呢？

现在由我来为这个改邪归正的小偷写一个结局：

"像心思如此细密、手法这么灵巧、风格这样突出的小偷，又是这么斯文有气魄，现在改行卖羊肉炉，他做的羊肉炉一定是非常好吃的！"

感恩提示

gan en ti shi

有时候，一句话或一件小事，就足可以改变一个人的一生，关键在于找到一个突破，发现一种美好。在这篇文章里，林清玄先生首先从那个"有风格的小偷"身上，发现了一处可取之处，他手法细腻，做事认真，即便是当小偷，也当得与众不同，很有风格。

然后,林先生就及时给了小偷以人生的劝说,劝说里有肯定,也有设想。看似不经意的一句话,却有着一种宽广的包容之心。这句话神奇地对那个"有风格的小偷"起了作用。几年后,他成了一个成功的羊肉炉商人。他的风格有了一个光明的方向。

(安　勇)

在他看来,自己回报给女人的并非是金钱,而是一份满满的、浓浓的感恩之情。

一杯牛奶

◆文/吕　航

一天,一个贫穷的小男孩为了攒够学费正挨家挨户地推销商品,劳累了一整天的他此时感到十分饥饿,但摸遍全身,却只有一角钱。怎么办呢?他决定向下一户人家讨口饭吃。当一位美丽的年轻女子打开房门的时候,这个小男孩却有点儿不知所措了,他没有要饭,只乞求给他一口水喝。这位女子看到他很饥饿的样子,就拿了一大杯牛奶给他。男孩慢慢地喝完牛奶,问道:"我应该付多少钱?"年轻女子回答道:"一分钱也不用付。妈妈教导我们,施以爱心,不图回报。"男孩说:"那么,就请接受我由衷的感谢吧!"说完男孩离开了这户人家。此时,他不仅感到自己浑身是劲儿,而且还看到上帝正朝他点头微笑,那种男子汉的豪气像山洪一样迸发出来。

其实,男孩本来是打算退学的。

数年之后,那位年轻女子得了一种罕见的重病,当地的医生对此束手无策。最后,她被转到大城市医治,由专家会诊治疗。当年的那个小男孩如今已是大名鼎鼎的霍华德·凯利医生了,他也参与了医治方案的制定。当看到病历上所写的病人的来历时,一个奇怪的念头霎时间闪过他的脑际。他马上起身直奔病房。

来到病房,凯利医生一眼就认出床上躺着的病人就是那位曾帮助过他的恩人。他回到自己的办公室,决心一定要竭尽所能来治好恩人的病。从那天起,他就特别地关照这个病人。经过艰辛努力,手术成功了。凯利医生要求把医药费通知单送到他那里,在通知单的旁边,他签了字。

当医药费通知单送到这位特殊的病人手中时,她不敢看,因为她确信,治病的费用将会花去她的全部家当。最后。她还是鼓起勇气,翻开了医药费通知单,旁边的那行小字引起了她的注意,她不禁轻声读了出来:

"医药费——一满杯牛奶

霍华德·凯利医生"

感恩提示

gan en ti shi

我国古人讲——受人滴水之恩,当思涌泉相报。多年前,一个贫穷的小男孩流浪街头,饥肠辘辘时,一位好心女子的一杯牛奶,让他感觉到了一份终生难忘的温暖。多年后,当小男孩儿成了一位著名的医生,而恰遇那个女子重病在身,又无钱医治时,他终于有了报答的机会。不但悉心治好了她的病,而且还负担了全部的医药费。耐人寻味的是,医生在账单上签下的是:医药费——一满杯牛奶。也就是说在他看来,自己回报给女人的并非是金钱,而是一份满满的、浓浓的感恩之情。

(安　勇)

那件雪白华丽的戏服一直挂在特里莎的服装店里,28颗水钻在阳光的照射下熠熠发光,其中包括祖母留下的那颗真钻石。

27颗水钻

◆文/严　掩

20岁的裁缝姑娘特里莎坐在靠窗的椅子上,借着亮光细心缝制着手中这件雪白的纱裙,一针一线都那么专心致志。阳光洒在这个心灵手巧的姑娘身上,她的鼻梁上沁出了汗珠,这丝毫没有影响她的工作。

特里莎缝制的这件华丽的戏服,属于著名歌剧演员玛琳小姐。她三天后将在悉尼大剧院主演歌剧《茶花女》,届时各界名流都将出席,还会有记者现场报道盛况,因此这件戏服的制作就显得举足轻重了。

祖母去世之后,这间小小的裁缝店留给了年轻的特里莎。由于没有了祖母的支撑,店里的生意每况愈下。特里莎不甘于这样的困境,她努力钻研祖母的手艺,手工愈加娴熟,可单靠这样来打开裁缝店的局面还是不够。

祖母的老客户查理夫人关心这个孤苦伶仃的女孩,她将特里莎推荐给玛琳小姐的经理人瑞克先生。在看过特里莎的手工样品之后,瑞克先生郑重地把缝制戏服装饰的活儿交给了特里莎。"这里有28颗水钻,"瑞克先生打开一个精致的盒,"你把它们按照样图镶嵌在戏服上,千万不要弄丢了这些水钻啊!"

特里莎高兴地接过首饰盒和戏服,仿佛捧着一个光明的未来。她日夜赶工,不敢懈怠,当手中璀璨的小水钻渐渐形成一朵美丽的茶花雏形的时候,特里莎有了一种从没有过的成就感。“我一定要尽心尽力完成这件工作,这样裁缝店就会声名鹊起了。”

当特里莎镶到图样的最后一节时,她忽然发现水钻少了一颗,那朵茶花瓣变成了缺口。最后一颗水钻去哪里了呢?特里莎吓出了一身冷汗。可在屋子里翻了个遍都没有,怎么办?明天就要交戏服了,如果出了差错,瑞克先生一定不会原谅我的!还有,祖母店子的声誉也会被我毁掉的。

28颗水钻,也许少一颗没有关系吧。也许他们一时看不出少了一颗?特里莎马上打消了自己这个侥幸的念头。“不可能,这朵花少了一个花瓣就黯然失色了啊!他们一定看得出来。”或者,我先买一颗假水钻缝上去,等演出完再说?可特里莎转念一想:不行!我怎么能有这么卑鄙的想法呢?

时间一分一秒地在流逝,特里莎还是没有想到办法,她的眼泪涌了上来。喃喃地说:“亲爱的祖母,我该怎么办呢?我没有钱赔偿,而且,我们的店也有可能名誉扫地。”

泪光莹莹中,特里莎的眼光落在祖母留给她的木匣上,那里面是祖母留给她的遗物——一对镶着钻石的耳环,她舍不得戴,一直锁在箱子里面。这两颗水钻镶嵌在银坠上,闪耀着晶莹剔透的光华。特里莎忽然有了主意:也许,我可以先卸下一颗钻石补在戏服上面,它们大小差不多,应该可以替换的,这样我就可以把这件活计完整地交给瑞克先生了。

特里莎不舍地望着这对耳环,狠狠心取下一颗水钻,镶嵌在戏服上,一朵美丽的茶花装饰终于完成了。当特里莎把戏服给瑞克先生送过去的时候,他露出了欣喜的目光,对她的手艺赞不绝口,特里莎心头的一块大石头终于落了地。

夜晚时分,皎洁的月光如水般洒在小城里。特里莎倚着窗口心事重重,想到钻石耳环就这样被拆坏了,她心里忐忑不安。不过,玛琳小姐的演出应该会成功的吧?想到自己的手艺可以派上大用场,她又舒展了眉头。

特里莎没有钱买票看玛琳小组精彩的演出,她只能在家想象明天的盛况,那里面也有她的一份功劳呢。祖母,您一定会原谅我的吧?您说过,宁可自己受损,也不能失信于人!

“咚咚咚”的敲门声打断了特里莎的思绪,打开门,是瑞克先生!“是不是我的手艺有什么问题?”特里莎惴惴不安,生怕瑞克先生发现那颗替补的水钻。“我想请你解释戏服上这颗水钻是怎么回事?”千方百计想躲过去的尴尬终于发生了!特里莎望着瑞克先生那双锐利的眼睛,涨红了脸。“我,我——先生,对——对不起!”特里莎语无伦次地说,“我知道是我不对,弄丢了一颗贵重的钻石,还自作主张地换了一颗补上去。不过,我向您发誓,那颗补上去的水钻是真品,是祖母留给我的珍贵遗物。您不信的话,我给您看那副耳环,还有一颗一样的钻石在我这里呢!”特里莎的眼圈红了,“求求您,瑞克先生!请您不要把这件事情宣扬出去。如果那样的话,店的声誉将受到很大的影响,而且别人会怎样看我呢?我一定多接活儿来做,赚钱把您原来的那颗钻石赔给您!”特里莎为自己的过失感到非常羞愧。

瑞克先生的目光忽然变得柔和了许多,他望着这个吓呆了的姑娘,轻轻说:“我就是想问你，为什么你愿意把一颗真正的水钻补上去呢？我给你的水钻都只是赝品而已。要知道，如果是真的水钻，我们不敢贸然请人做手工的。”

这个解释着实让特里莎松了口气，原来自己丢失的不过是赝品而已。她望着墙上祖母的遗像，说：“祖母告诉过我，不可以失信于人的，要做就要做好，这关系店的声誉问题！”瑞克先生点了点头，露出了满意的笑容。“我很抱歉，我晚上回家的时候才知道，我的小儿子趁我不在的时候偷偷从首饰盒拿了一颗出来玩。由于我的粗心，只给了你27颗水钻。但我没想到你品行这么淳朴，你不仅手艺精巧，而且这么有职业道德！”特里莎没有想到事情的发展居然会是这样，她庆幸自己在关键时刻打消了那些侥幸的念头，诚恳地为顾客交付了物品，也交付了自己的一份品德保证书。“这是我应该做的，瑞克先生，谢谢您的信任和关注。希望您以后多多关照我的小店！”

瑞克先生继续说：“另外，玛琳小姐邀请你参加她明天晚上的演出，她把剧院里最好的位置留给了你，感谢你的手工为她的演出锦上添花，她非常满意。”

《茶花女》的大幕缓缓拉开，一场精彩的演出开始了。特里莎激动地坐在贵宾席上，她看见光彩夺目的玛琳小姐穿着她缝制的白色纱裙，全情投入地演出，台下的观众都沉浸其中，跟随剧中人物悲喜交集。

直到演出结束，玛琳小姐一次又一次地谢幕，大家的掌声还是久久不能平息。“在这里，我要专门感谢台下坐着的一个女孩。”玛琳小姐微笑着走到特里莎的座位旁，握住了她的手。“这个女孩，她不仅有着一流的手工，而且有一颗钻石一样的心灵。我宣布，以后特里莎小姐是我的特邀服装师，我的所有的戏剧服饰都由她来打理。”

玛琳小姐望着目瞪口呆的特里莎，感激地说：“特里莎，你巧手装饰的戏服为我这次的演出画龙点睛。为了纪念我们的相识，我决定把这件戏服赠送给你，希望我们一直合作下去。”

那件雪白华丽的戏服一直挂在特里莎的服装店里，28颗水钻在阳光的照射下熠熠发光，其中包括祖母留下的那颗真钻石。

感恩提示

gan en ti shi

这篇文章题目虽然叫《27颗水钻》，但我觉得，它真正说到的却是第28颗水钻。正是那失踪的第28颗水钻，让我们看到了特里莎纯真美好的心灵。这种心灵秉承自奶奶的教育，是一种职业上的荣誉和道德，也来源于特里莎本人的灵魂深处。

其实，代替那颗丢失的水钻，缝到那件演出服上的，已经不再是什么水钻，而是特里莎那像钻石一样的心灵。正是这心灵让戏服变得更加美丽。而特里莎也因此赢得了生意上的成功。

（安　勇）

其实，有时候生活中缺少的并不是真情和友爱，而是缺少慷慨的付出和无私的关怀。

送你一枝手留余香的玫瑰花

◆文 / 徐德军

时光荏苒，转眼间大学毕业已有一年多了，岁月的流逝风干了我记忆中很多的往事，但那束玫瑰的芳馨却一直弥漫在我心中，时时让我想起过去那段真诚而温馨的往事。

记得大学毕业前夕的一天，我到书店里去买书，往回走时，已是中午，天下起了大雨。我抱着几本书躲进一家快餐店，下雨的时候，快餐店的生意特别好，偌大的屋子只剩下两个空位，我便挑了一个临窗的位子坐下来。

雨越下越大，望着窗外，我的思绪随着纷飞的雨飘洒，等店里的服务员小姐端上来两份饭菜时，我才发觉不知什么时候，对面的空位上坐着一位美丽的女孩。那女孩也望着窗外的雨，若有所思，脸上哀怨的神情使人想起戴望舒笔下丁香般忧郁的姑娘。

窗外的雨依然下着，我们各自埋头进餐。

"先生，给你女朋友送一束花吧，你的女朋友多漂亮啊！"一声稚嫩的童音和着窗外的雨声轻轻地飘入我的耳鼓。

我抬起头，惊愕地望着那位卖花的小姑娘，对面的女孩也正巧抬头，用同样的眼神看着我，继而，她像是突然明白了什么，急忙把头低下，忧郁的脸上绽出了三月的桃花。

片刻的尴尬之后，我问小姑娘："玫瑰花多少钱？"

我付了钱，挑了一枝带雨的黄玫瑰，递给了对面的女孩。

"送给你，祝你今天好心情！"

"你为什么送花给我，我们并不认识啊！更何况你送的还是一枝玫瑰花呢？"

女孩很直率地问我，说话的语气似窗外的夏雨，稍有些凉意。

"相逢何必曾相识，难道一定要认识才送花吗？不用担心，黄玫瑰只代表友情，红玫瑰才代表爱情。"我调侃了她一句。

"谢谢！"那女孩很大方地收下了花，莞尔一笑，深情而美丽的眸子里充满了谢意。

吃完饭后，女孩起身要走。

"小姐，请问你看过美国一部很经典的电影吗？"

"什么电影？"那女孩的脸上写满了疑惑。

"《请问芳名》？"

那女孩笑了，灿烂的脸上仍挂着一丝惆怅。

“浮萍漂泊本无根，天涯游子君莫问。”一句只在金庸小说里才有的诗句从花季女孩的口里吟出来，让人备感凄凉！犹豫了片刻，她说：“你就叫我红子吧！这是我的名片，很高兴认识你这位陌生的朋友。”

本来，我只想和她开个玩笑，没想到她倒当真了，出于礼貌，我也给她留下了我的地址。

红子走时，窗外的雨渐小了。

毕业的日期一天天临近，找工作等一些繁杂的事情使我渐渐淡忘了这段雨中的故事，临走那天，很多的同学和朋友去车站为我送行。“多情自古伤离别”，而一向多愁善感的我却一直面带微笑，一一握别哭着或笑着前来送我的人。

就在我转身走向车厢的一刹那，我看见一个美丽的女孩捧着一束鲜艳的玫瑰花正缓缓地朝我走来，花的后面是那张早已熟悉却一直没有记起的笑脸。

“红子。”我心中惊喜地喊道。“有缘一见，今生祝你一帆风顺！”红子微笑着递过那束玫瑰。

生活中，我走过很多坎坷，却从未流泪，而那一刻，面对红子真诚的微笑和那束温馨的鲜花，面对即将离开那座城市时不经意间拥有的那份红尘中的真诚，我，泪流满面。

列车缓缓地向前移动，我读着红子放在花丛中的一封信。她在信中说道：“在与你见面那天，我正经历着一场感情的风暴，那突如其来的苦痛让我万念俱灰！是你的玫瑰重新点燃了我生活的希望，让我感受到了人世间最美好、最纯真的一份东西……为了能让那枝玫瑰永远留香你我生命的旅程，我一直在打听你毕业的时间……”读着，读着，感动的泪水再次夺眶而出。

从红子信中，我读懂了她那天的忧郁，读懂了在红子心目中我那天送给她的不仅仅是一枝玫瑰。其实，有时候生活中缺少的并不是真情和友爱，而是缺少慷慨的付出和无私的关怀。

“送人玫瑰，手留余香”，这是红子在信中和我说的最后一句话。

感恩提示

gan en ti shi

快餐店里，卖花的小女孩儿一个误会，让“我”突发奇想，把一枝黄玫瑰送给了一位素不相识的姑娘。于“我”，也许是举手之劳，甚至还多少有些唐突，但对于那个姑娘来讲，却发挥了神奇的作用——让她正经受感情磨难的心，得到了一丝温馨的平复，她也一定会从“我”单纯的举动中，感受到了爱无处不在。正是因此，当“我”马上要踏上临行的旅程，即将奔赴工作的岗位时，姑娘将一束玫瑰送还给了“我”。那应该是“我”得到的一份最好的礼物吧，不但带给“我”一束美丽，也让“我”明白了以后将要做些什么。虽然，那玫瑰，与爱情无关，却同样美丽而动人。

（安　勇）

第八辑

爱的回报是传承

生活中，我们不管做了些什么，在成功的阶梯爬了有多高，我们将始终被人记住的应该是，我们是怎样帮助了不如自己幸运的其他人。

哪怕是极细微、极渺小的一点儿爱，也许薄如轻烟，也许细若游丝，但对于一个需要爱并懂得感知爱的人来说，你就给了他心灵的全部。

你是不是付出了爱

◆文/马　德

年根下回老家，表弟为我讲了一个故事。

他在一座城市当民工，生活很艰苦。每天跟砖块、水泥、钢筋这些东西打交道，特别劳累。体力上还能支撑，但饮食实在是差得很。每天三顿饭都是馒头，硬邦邦的。菜是白水煮菜叶，一点儿油花也看不到。刚好，工地的旁边，也不知是谁家种了两垄葱，绿绿的，嫩嫩的，每到吃饭的时候，他们就去拔些，回来就馒头吃。

他说，刚开始拔的时候，就像做贼一样，生怕一个穿着体面的城市人突然出现在眼前，被奚落一顿还是小事，最惨的可能要挨骂甚至是挨揍。然而，每次吃饭的时候，他们又常常抵制不住诱惑，因为有这几根葱，饭就香甜许多。

终于，有一天中午他们再去拔葱的时候，被人发现了。那是一个骑着三轮车拾荒的老女人。她当时怔在那里，表情呆滞地盯着表弟他们看了半天。表弟见是她，不慌不忙地从地里走出来。因为这个老女人经常来工地上拾荒，废旧的铁丝、破纸盒，都是她物色的对象。表弟说，也不知是谁家种的葱，就馒头吃，挺好的。老女人"哦"了一声，点了点头，说，也是的，也是的。

眼看着葱一天天的少了。然而，一天中午，他们再去拔葱的时候，旁边不知什么时候又新种了几垄，土还蓬松着呢。表弟他们对这个变化惶恐不安，因为不知道主人家的葫芦里卖的是什么药。有人说，该不是在"钓鱼"吧？大家觉得有道理。不过，老实了没几天，表弟他们就更加肆无忌惮了。因为这个工地上，除了老女人。实在没有其他什么人来。

有一天下雨，工地停工。表弟和其他的工友到四周转悠。他在工地东北角发现了一个窝棚，而窝棚里住着的，竟是那个拾荒的老女人。她正坐在门口看雨，里边还有一个小孩儿在玩耍。表弟进去小坐了一会儿，才知道他们一家人从河南来，来这里已经四五年了。儿子和媳妇一早出去拾荒了，还没有回来。留下她，在窝棚里照看小孙子。老女人问了表弟一些情况，末了，拍着表弟的肩膀说，这么小就出来了，多不容易啊，多不容易啊。老女人眼中泪水汪汪的，表弟低下了头，感受到了一种来自母爱的温暖。

蹊跷的是，葱快拔完的时候，总会有新的葱种上。一个夏天，因为有这些葱，表弟和其他民工并没有感觉到饭食上欠缺多少。直到表弟他们搬到另一个工地干活儿的时候，还有几垄葱旺盛地长着。工友们都说，这几垄葱估计能长大了。大家虽然彼此心照不宣，却倒也真希望这些葱能长大起来。

初秋刚过，一个偶然的机会，表弟和几个工友回原来的工地拉施工的机器。返程的时候，他漫不经心地往那块葱地扫了一眼，乱草深处，有一个人影头发蓬乱，正蹲在那里收获着所剩不多的葱。虽然是个背影，表弟还是觉得有些熟悉。当他看到旁边更为熟悉的三轮车的时候，那一刻，表弟明白了。原来，一直是她，一个一样卑微地活着的拾荒女人，在那个夏天躲在生活的背后，一茬一茬地种下葱，默默地照顾着他们，让他们少受了许多的苦。

表弟讲到这里的时候，眼睛有些润湿了。他说，那个清冷的雨天，她拍我的肩膀时留下的温暖至今还在。只是，我没想到，在那样的一个城市，一个拾荒的，还有着这样一颗热乎乎的心。

我知道了表弟一定要把这个故事讲给我的缘由。是的，一个生命，把自己的爱默默地延宕出来，并毫不吝惜地给予别人，这样一颗纯美的心灵，对于爱的承受者来说，是刻骨铭心的。所以，当你被一个人感知，并被牢牢记住，你要清楚，那不是因为你貌美，不是因为你气质迷人，不是因为你所处的位置高高在上，也不是因为你所做的事情轰轰烈烈，恰是因为你竭尽所能地为他付出了爱。

哪怕是极细微、极渺小的一点儿爱，也许薄如轻烟，也许细若游丝，但对于一个需要爱并懂得感知爱的人来说，你就给了他心灵的全部。

感恩提示

gan en ti shi

这篇文章讲述了一件小事，中心人物只是一群民工，一位老人，场景便是工地和工地旁边土地上的几垄葱。事情虽小，却分外让人感动。它体现了一个生活困窘的老人，对另一些同样困苦的人们，细微处的关心和帮助。葱虽然不是什么美味，但却让那群民工的食物吃起来变得可口。我猜想，当那些民工吃着葱时，也许老人家正躲在她的小棚子里，望着他们的吃相，露出开心的微笑吧。有时候，给别人的帮助尽管很小很小，但却同样会让对方感受到一种温暖。那葱的味道，一定是美味可口的。

（安　勇）

一个祝福的价值是无法用金钱来衡量的，它可能会改变一个人的一生和很多人的命运。

一个祝福的价值

◆文/康　杰

那年，我在美国的街头流浪。圣诞节那天，我在快餐店对面的树下站了一个下午，抽掉了整整两包香烟。街上人不多，快餐店里也没有往常热闹。我抽完了最后一支烟，看着满地的烟蒂叹了口气。天色渐渐暗了下来，路灯微微睁开了眼睛，暗淡的灯光让我心烦，就像自己黯淡的前程，令人忧伤。我的手插在裤子的口袋里，口袋里的东西令我亢奋。我从嘴角挤出一丝微笑，用左手在胸前画了一个十字，然后目不转睛地盯着快要打烊的快餐店。

就在我向街对面的快餐店跨出第一步的时候，从旁边的街区里走出一个小女孩儿，鬈鬈的头发，红红的脸颊，天真快乐的笑容在脸上荡漾。她手里抱着一个芭比娃娃，蹦蹦跳跳朝我走来。我有些意外，收住了脚步。小女孩儿仰起头朝我深深一笑，甜甜地说："叔叔，圣诞节快乐！"我猛地一愣，这些年来大家都把我给忘记了，从没有人记得送给我一个圣诞节的祝福。"你好，圣诞节快乐！"我笑着说。"你能给我的孩子一份礼物吗？"小女孩儿指了指手中的娃娃。"好的，可是……可是我什么也没有。"我感到难为情，我的身上除了裤子口袋里那样不能给别人的东西以外，真的一无所有。"你可以给她一个吻啊！"我吻了她的娃娃，也在小女孩儿的脸上留下深深的一吻。小女孩儿显得很快乐，对我说："谢谢你，叔叔。明天会更好，明天再见！"我看着美丽的小女孩儿唱着歌远去，对着她的背影说："是的，明天一定会好起来，明天一定会更好！"我离开了那个地方。

五年后的今天，我有了一个温暖的家，妻子温柔善良，孩子活泼健康。我在中国的一所大学里教英语，学校里的老师和学生都很尊重我，因为我能干而且自信。

又到了圣诞节。圣诞树上挂满了"星星"，孩子在搭积木，妻子端来了火鸡。用餐前，我闭上了眼睛，默默祈祷。祈祷完了，妻子问我，你在向上帝感谢什么呢？我静静地对她说，其实五年前我就不再相信上帝，因为他不能给我带来什么，每年圣诞节我也不是感谢他，我在感谢一个改变我一生的小女孩。我对妻子说："你知道我是进过监狱的。""可那是过去。"妻子看着我，眼神里满是爱意。"是的，那是过去。但是当我从监狱里出来以后，我的生活就全完了。我找不到工作，谁都不愿意和一个犯过罪的人共事。"我充满忧伤地回忆着，"连我以前的朋友也不再信任我，他们躲着我，没有人给我任何安慰和帮助。我开始对生活绝望，我发疯地想要报复这冷漠的社会。那天是圣诞节，我准备好了一把枪藏在裤子口袋里。我在一家快餐店对面寻找下手的时机。我想冲进去抢走店里所有的钱。”妻子睁大了眼睛：“杰，你疯了。”“我是疯了，我想了一个下午，最多不过是再被抓进去关在监狱里，在那里，我和其他人一样，大家都很平等。”“后来怎么样？”妻子紧张地问。接下来，我对妻子讲了那个故事。“小女孩儿的祝福让我感到温暖。我走出监狱以来，从没有人给过我像她那样温暖的祝福。”我激动了，“亲爱的，你知道是什么改变了我的命运吗？”妻子盯着我的眼睛，我接着说，“小女孩儿对我说‘明天会更好’，感谢她告诉我生活还在继续，明天还会更好。以后在困难和无助的时候，我都会告诉自己‘明天会更好’。我不再自卑，我充满自信。后来，我认识了你的父亲，他建议我回到中国来，接下来的事情你都知道了。就是那个小女孩的一个祝福改变了我的一生。”妻子深情地看着我，把手放在胸前，动情地说：“让我们感谢她，祝福她幸福吧。”我再一次把手按在了胸前。

一个祝福的价值是无法用金钱来衡量的，它可能会改变一个人的一生和很多人的命运。所以，我们不要吝啬祝福，哪怕只是对一个陌生人，或许你我无意间送出的祝福将会带给他一生的温暖和幸福。

感恩提示

gan en ti shi

在圣诞之夜，一个小女孩儿的一句圣诞祝福，让“我”感受到了一种温暖和爱，也奇迹般地让“我”放弃了抢劫的行动。从此，“我”重新树立起了人生的信心和勇气，并且开始了自己创业的过程。在“我”看来，那个小女孩儿，无疑就是上帝的使者，是一位在圣诞夜莅临人间的天使。她平常的一句祝福，就拯救了一个将要犯罪的灵魂。因为，她还给了那个灵魂一份洁净，让他看到，自己其实和别人一样，可以是个好人，也能得到他人的祝福。这就是祝福的力量吧，尽管只是一句话，却发挥了神奇的作用。

（安　勇）

也许救你的人不一定把这件事情放在心上，但是被救的人如果不报答自己的恩人，那这件事情就会在他心里压一辈子，直至有一天把他给压垮。

报　恩

◆文／魏西风

外婆家住在距我们很遥远的山里，外婆家的门前有一条小河，那条小河弯弯曲曲的一直从东山绕到西山，我们去外婆家正好可以绕开河。那条河从童年到现在给我的记忆很深刻。

我还很小的时候，有一年暑假去外婆家玩水，我差一点儿被水淹死。

刚被别人救上河岸，我的肚子已经胀得要命，我只知道那个把我从河里救上来的人三两下就把我肚子里的水给倒出来了，然后，那个人就不见了。我躺在河岸上缓了两个多小时才活泛起来。

从那时候起，我就记住了那个人，我长大以后一定要报答他。

后来听说，救我的那个人当时在距离我不远处的山上割草，他看见我在河里的样子就知道我根本不会游泳，可我下了水，竟向着水深的地方走去，一眨眼的工夫他就看不见我了，只见河里冒水泡泡，他知道我掉到漩涡里去了，就急忙跑下山跳进河里救了我，然后什么也没说就又割草去了。

随着岁月的流逝，那个救我的人渐渐地在我的记忆里模糊起来。后来我学会了游泳，有时候下水的时候，我总会想起溺水的事情，可是那个救我的人的样子却怎么也回忆不起来了。

后来有一次骑着摩托路过河边，我看见一辆车掉进河里，急忙从桥上跳下去。凭着我后来练就的本领，我从河里救出了两个落水的人，后来我才知道其中有一个人是我们县里一个副县长。后来，我被那个副县长照顾参加了工作。从此这个提拔我的人被我当做再生父母，他是我人生当中又一个恩人。

30 年以后，我去外婆所在的镇子上当了镇长，我就想再要找到那个当年救我的人，当然找到这个人是很容易的一件事情。当我亲自去看望他的时候，他已经老了，虽然他的日子过得很清苦，但是他还像当年一样有精神。

当时我并没有说我是来感谢他的，我只是以一个镇长的身份，去“看望”他，但是我自己心里清楚是怎么回事。临走的时候我特意叮嘱他如果有什么困难一定要找我，他很愉快地答应着我。可是我当了将近半年的镇长，他却从来都没有到镇上找过我。

逢年过节，我都带着丰厚的礼物去看望那位让我仕途发达的恩人，但我却抽不出时间去看望将我从河里救上来的恩人，不过在我心里，我是永远也不会忘记他的。

年底的时候上面拨下来一笔救济款，我特意叫秘书取了几百元钱给他送去。以他家的情况领救济款是应该的，但是一般由村里代领，可是我知道一旦村里代领，他就拿不到了。当他得知那笔钱是我特意给他的时候，他竟然没有收。

我在那儿当了两年镇长，终于找到了一个报答他的机会。我在上面争取了一个项目，这个项目可以白白给他 15 万元，我给他争取的这个项目名义上是搞养殖，发展贫困农民经济的，但是我可不管他是不是真拿去搞养殖，反正这笔钱是白白送给他的，他爱干什么就干什么，对于我而言，我既是按政策办事，又还了我一桩积压在心中多年的心债。

就在我临走的时候，我的恩人找到我，很感激地问：“你为什么要特别关照我？”我很真诚地说：“我是报答你啊。”他很惊讶地问：“你报答我什么？”我说：“难道你忘了吗，那一年我去我舅家，不小心掉进了河里，你不是救了我吗？”他想了好半天才说：“原来是你崽娃子。到了你舅家门前干事，办事可要公道。不过这几十年了，我倒把这事情给忘了。”

后来说什么他也没要这笔钱，在我调走之后，上面来查这笔钱，结果被后来的镇长给贪污了。

他又一次救了我，我却不知道该怎么报答他。

从领导岗位上退下来以后，我就和那个曾经给我仕途提供过帮助的人断绝了来往，倒是外婆村子里救我的那个人经常来城里看我，因为他求我办一些微不足道的小事，我都给他办了，到了果熟时节，他总是给我拿些新鲜的水果让我尝。

也许救你的人不一定把这件事情放在心上，但是被救的人如果不报答自己的恩人，那这件事情就会在他心里压一辈子，直至有一天把他给压垮。

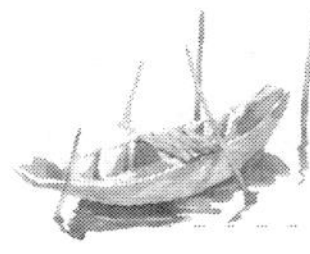

感恩提示

gan en ti shi

在这篇文章里写到了两种恩情，一是童年时别人救了“我”，另一个是后来“我”又救了别人。同样是救，但前后却含义截然不同，救“我”的那个人不但不求回报，而且还给了“我”许多从政上的规劝。当年，他给的是“我”的生命，后来，他又给了“我”廉洁奉公的品格。我想，也许“我”对那位恩人的报答，永远无法实现吧，因为生命和品格都无法用金钱去衡量。但我觉得，有一样东西还可以作为报恩的方式，那就是像当年从水中救“我”的人一样，做一个善良正直的好人，并把这种美好的品质，传递给更多更多的人。

（安　勇）

很久我都不愿回首这段悲情之旅。然而那位司机和他火红色的车，却像一盏温暖的灯，亮在我曾经冷寂黑暗的心间……

旅途中的陌生人

◆文/佚　名

那年夏天，我突然接到前夫的妹妹的电话，说是前夫得了重病，在珠海的医院里已经昏迷十几天了，医生说只怕不行了，要我带孩子去见他最后一面。这个消息对我不啻晴天霹雳。我立刻带上孩子，登上了去广州的飞机。到广州时已是晚上10点半，我只得带着孩子住下来。也许老天也要为难我们孤弱母子，晚上“弗洛伊德”台风登陆广州，第二天又下起了暴雨。由于道路被淹，去珠海的车全部停运了。

为了能让孩子见到爸爸最后一面，我无论如何也要赶到珠海。然而拦了一辆又一辆出租车，司机都表示不敢走。牵着孩子，我站在暴雨如注的旅店门前，只想大哭一场！后来又有一辆出租车停在我面前，问我要到哪里去。我立刻像抓住了救命稻草，这次我没有先讲要去的地方，而是诉说了自己的情况。那位司机沉默良久，终于还是充满歉意地说爱莫能助。看着车子慢慢滑走，好像是希望正在一点点消失，我咬住嘴唇，闭上眼睛，蹲下身来将孩子紧紧揽在怀里……良久，忽然听到孩子的声音："妈妈，那辆车子又开回来了。"我抬起头睁开眼，看见了那位司机和他的红色轿车。他说："路确实很难跑，我先送你们走，实在不行就到中山，到时再想办法。"我的想法是能离珠海近一点算一点，就立刻答应了。

沿途是一片台风肆虐后的景象，一排排的棕榈树倾成了45度，好像在行默哀礼。有的路段车子吃水很深，都超过了车门的底缝，我们的鞋子和裤腿全湿透了。司机回过头来对我说："我们这是在玩命啊！你们可要坐好了。"我感激地朝他点点头，将孩子紧紧抱在怀里，却没有感到害怕。在路上只要碰到一辆车，司机都要鸣喇叭，停下车来打听路况。得到的答案是不要往前走了，危险得很。司机并未为之所动，反而转过头安慰我："你不要担心，他过得来，我就过得去。"直到到达中山市，我们也只碰到了五六辆敢在路上跑的车。

到了中山市后，司机带着我们母子往珠海的方向左冲右突，却怎么也冲不出去。中山周边积水太多，道路已经被冲毁淹没了。几经打听，才知道有一条可绕去珠海的路，司机说他没走过，路况又不好，不能带我们瞎冒险。但他又劝我不用担心，他去帮我们找当地的司机。他下了车。我看到他连找了好几位当地的同行，但好像都被拒绝了。他又是递烟又是赔笑脸，不时地指指车上的我们母子，大概是在告诉他们我的情况吧。

后来，终于有一位司机将车开了过来。他嘘了口气，过来对我说："就让这位张师傅带你去吧，价钱我已经跟他谈好了，你看合不合适？"我将车钱付给他时，特意多给了一些，以表达我的谢意。谁知他把多给的钱退了回来，说："你也不容易，我不能乘人之危呀！"我说："这是应该的呀。"他摆了摆手，说："我还要赶回广州，这位张师傅一看就知道是老师傅了，别担心。一路顺风！"说完他上了车，在里面向我招了招手，匆匆走了。

上了车，张师傅问我："他是你的熟人？"我摇了摇头，这才记起连他的名字都忘了问。张师傅赞道："是个男人！"我的眼睛湿润了。

终于到了珠海，台风肆虐后的珠海一片狼藉。然而见到前夫，才知道他已经被宣布脑死亡。我轻轻呼唤他的名字，看到竟有一颗泪珠从前夫眼眶里滑了出来，心里顿时撕裂般地痛……

很久我都不愿回首这段悲情之旅。然而那位司机和他火红色的车，却像一盏温暖的灯，亮在我曾经冷寂黑暗的心间……

感恩提示

gan en ti shi

亲人病重,带着女儿匆忙赶路的一位母亲,恰巧又遇到了一场台风,当时的处境真可谓是屋漏偏逢连夜雨,天灾人祸共同袭来。也许是命运的安排,让母女遇到了那位好心的司机。那位司机是在明知道危险的情况下,不惜一切代价,来达成母女与亲人最后相见的愿望,并且车费也分文不肯多收。一次让人痛彻心肺的旅程,因为一个陌生的出租车司机,凄凉的路途上多了一份动人的温暖。也许在已经脑死亡的"前夫"滚落的泪珠里,也有一份是对那位陌生人的感激之情吧!

(安　勇)

一个玩笑无足重轻,但这个意外却让人倍觉感动。有了老邮递员和他的孙女,相信"我"的S城之旅将会是一次温暖的旅程。

接　K

◆文/刘彬彬

是插队那会儿。

这年冬天,队长把我们男知青都指派去挖黄河。这活儿又苦又累,我不想干,到工地的第二天我就扒车到S城去了。

S城是个有名的风景区,那时就有不少的外宾,我决定趁这个机会去看看。

但S城距我下放的地方很有一些路程,坐火车得一天半,而且从时间上算,列车到达S城已是下半夜。

这是冬天,又正在三九天里。去过S城的人说:没人接车你会在车站冻僵的。

话说得在理,可我在S城举目无亲,谁会接我呢?

于是,我就干了件别人想也不敢想的事。

我神气十足地进了车站旁边的邮局。

"S城东风街六号:五日凌晨111次抵S,接K。"

我将电报稿递给了服务员。我故意隐去了收报人的姓名,至于发报人是谁,最妙的办法当然是用"K"来代替。

这张电报稿让服务员愣怔了好一会儿,她那狐疑的目光在我脸上审视了许久。也许她在掂量,我这个人不是搞间谍工作的吧?

但最终，电报还是发了出去。

这无疑是一个恶作剧，很难设想它会有一个美妙的结局，我的目的无非是想稳住自己的决心：怕什么，S城有人接我呢！

列车冒着小雪抵达了S城，使我感到震惊和欣喜的是，出口处，竟真有人举着这样一个小木牌：

“接——K”。

我兴奋得差点儿叫出声来。这该不是一场梦幻吧？

但眼前的事实可是千真万确！

举着木牌的是一个小女孩。一个十六七岁的小女孩。

我热血沸腾地来到她的身边。

她带着一种惊喜审视起我来。

“你——接亲戚？”

“不，接K。”她举了举手中的小木牌。

“好怪，接——K。”我说。

她“扑哧”笑起来了。“爷爷说咱们这根本就没有东风街。”

“你爷爷……”我不禁打了个寒战。

“他是邮递员。”

我的心突然震荡起来。

感恩提示

gan en ti shi

在这篇文章里，“我”发出的那份电报本来是一个自己和自己开下的玩笑，用文章中的话说：“这无疑是一个恶作剧，很难设想它会有一个美妙的结局，我的目的无非是想稳住自己的决心：怕什么，S城有人接我呢！”但谁能想到，就是这样一份接K的电报，却让“我”在S城的车站出口，见到了一个手举接K牌子的小女孩儿。这是因为女孩儿的爷爷是一位邮递员，他不但清楚S城根本就没有东风街，更猜测出，有一个人将会在冰天雪地里孤独地踏上S城的站台，他非常需要帮助。一个玩笑无足重轻，但这个意外却让人倍觉感动。有了老邮递员和他的孙女，相信“我”的S城之旅将会是一次温暖的旅程。

（安　勇）

说到底，改变"姑爷"命运的人还是他自己，是他当初一次不经意间的一个善举，让他得到了日后出其不意的回报。

报　答

◆文 / 王开喜

我的二姑爷是做生意的，前两年看上了做楼板这行，一咬牙办了个水泥制品厂。那些日子，他沉沉浮浮，经历过天天吃馆子，两脚不沾泥的荣华，也经历过四处躲债，求爷爷告奶奶的落魄。几经折腾最后不仅一文不名，还背了一屁股的债。

姑爷有钱时，胡吃海花，酒肉朋友成群。直至穷时，那种前呼后拥的日子不再有了，姑爷才明白，原来那不过是一群苍蝇和蛋糕的关系。繁华褪去的孤独和阅尽人情世态的悲凉远比失去金钱更让姑爷痛心疾首。可那又怎么样呢，日子还得一步步往前走，人还得一天天地活下去。

直至有一天，姑爷在零下九度的天气里奔波找工作时，被一个人认了出来。那时姑爷最怕碰到的就是熟人，那种或真或假的同情让姑爷很受伤。那是个意气风发的年轻人，姑爷仔细看了看他，想了好半天才想起自己是认得他的。但说真的已经忘得差不多了。姑爷生意做得得意那会儿，这人和他的女朋友帮姑爷做事。后来不知怎么的，想去南方。走时姑爷不知哪根神经动了一下，除了算给他俩工钱外，又多给了 1000 块钱做路费。那时这点儿钱在姑爷眼里实在不算什么，但对于两个出去闯世界的年轻人来说，却是及时雨。这件事日子久了，姑爷早忘了。可现在，就是那个青涩的年轻人，成了欧洲一家知名企业的代理商。见了姑爷，看了他递上来的简历，那人什么都没说，而是请姑爷上最贵的馆子撮了一顿。姑爷落座后，没说话，心里却已是翻江倒海。感叹三十年河东三十年河西。心想：和他那交情也就值这顿饭了，工作的事还是别谈了，到时自己难堪，人家也为难不是？那人说，当时拿了姑爷给的 5000 块钱，他和女友还心生愧疚，觉得挺对不起姑爷的。心想将来混好了，再报答吧！可那时他自己心里都没有谱儿，凭姑爷的本事，呼风唤雨的，他俩如何报答呀？

那人端起酒杯，舌头很硬但声音很大地说："王总，今儿碰到你，其实我挺高兴！"姑爷没吱声，心想这是什么话。"我终于可以报答你啦！"姑爷抿了口酒，没吱声，报恩的事只是传说里听过，还是早喝早散吧，明天还得去找工作呢！那晚，两个人都喝高了。

第二天，姑爷酒醒后愣了一会神儿，就又夹着包出去奔波了。晚上回家时，姑姑给他看了一样东西，欧洲那家公司的苏北总代理的聘书。

姑爷有些不相信自己的眼睛，当初只是那么心思一动，谁又曾想到今天的因果呢？

倒是那些处心积虑的人情投资，一个个全打了水漂儿。姑姑倒是很兴奋："给那些势利小人看看！"

姑爷瞪了她一眼，感叹道："花开花落不由人，却由心哪！"从那天起，姑爷又开始顺风顺水了，但是这回姑爷知道该做什么，不该做什么啦。

感恩提示

gan en ti shi

文中的"姑爷"经历了从繁华到冷落的巨大反差，从当初的前呼后拥山珍海味，到后来的众叛亲离衣食无着。在这期间，他感受到了太多太多的世态炎凉和人情冷暖。但就在他对过去的熟人和朋友都已经彻底失望之时，一次偶然的邂逅，却将他从人生的低谷中拯救了出来。说到底，改变"姑爷"命运的人还是他自己，是他当初一次不经意间的一个善举，让他得到了日后出其不意的回报。有了这次遭遇后，"姑爷"一定会看透很多事情，也更加明白，自己以后该做些什么了。

（安　勇）

他一侧头，不禁惊呆了，他的面前竟坐着一个眼睛深深凹下去的瞎子，他顺着他的胳膊一直往下望，他正紧紧地攥着这个瞎子那双粗糙的大手。

瞎　子

◆文／晓　雪

他生下来就是一个瞎子。开始父母还抱着能治好的希望把他留了下来，可是当他们听医生说治那双眼睛起码要花5万块，而且还没有把握能治好时，父母彻底失望了，因为他们仅仅是种地的农民，5万块可不是说着玩儿的。后来，他们又生了个健康的儿子，于是在他6岁那年冬天，把他丢在了一个陌生的地方，后来他才知道那是一个城市的火车站。

那时他才6岁呀，又是冬天，虽然母亲已经把最厚的棉衣穿在了他的身上，可他还是感觉到冷。他开始哭，哇哇哇地大哭，这一哭惊动了许多人，他听到身边有好多人在说话，他听不懂他们在说什么，就一个劲儿地喊：我要妈妈我要妈妈！可妈妈并没有来，爸爸也没有来，他已知道爸爸妈妈嫌他是个瞎子不要他了。

后来，有一双粗糙的大手拉起了他那双冰凉的小手，他一直拉着他走进一个温暖的地方。那个人说这是我的家,以后也就成了你的家了。

那个人让他喊他叔叔,他就喊了,然后就换来了许多好吃的东西。之后,叔叔就一点一点地让他熟悉这个家,告诉他床在哪里,火炉在哪里,柜子在哪里,吃的东西在哪里。叔叔把这些地方要迈的步数一遍又一遍地给他讲,直到他记熟。

以后的日子,叔叔就去上班,他便在家里呆着。叔叔怕他寂寞还给他买来了许多的玩具,有能跑的汽车,能打的冲锋枪。虽然他看不见,可他却愿意听那汽车跑的声音和打枪的声音,他觉得那是世界上最美妙的声音。

他慢慢地长大,在叔叔的关心和照顾下除了眼睛依然看不见外,各个部位都很健康。他曾经问过叔叔他长得什么样子。叔叔说他长得很好看,就像电视里的小帅哥儿。他没看见过电视,当然不知道电视是什么样子的,更不知道里面的小帅哥儿到底有多帅,他不禁失口说:“我要是能看见你该多好呀!”叔叔听了后用那双粗糙的大手抚摸着他的脸怜爱地说:“你不是听医生说5万块就能治你的眼睛吗?我现在正在努力地挣,不管治好治不好,我一定要试试。”当时他躺在叔叔的怀里哭了,泪水从他那黑暗的眼里流出来,热辣辣的。叔叔就用那双粗糙的大手给他擦泪,尽管感觉有点儿痛,可他却很幸福。

终于有一天,叔叔兴奋地告诉他,他攒够了5万块钱,叔叔激动地拉着他的手到医院,然后他被推进了手术室。

7天后,当医生准备要拆他眼睛上的绷带时,叔叔突然止住了医生,叔叔说:“娃,如果你看到的世界和你想象中的世界不是一个样子,或者你还是什么也看不见,你会失望吗?”他说他不会。叔叔说那他就放心了。

他紧紧地攥着叔叔那双粗糙的大手,其实他的心里极度地紧张,医生小心地一层又一层地拆着,他的心就一下比一下跳得猛。当医生终于把最后一层纱布拆掉时,他仍然害怕地闭着眼睛,但他似乎感觉到了那种除了黑暗之外的东西,他慢慢地睁开眼睛,他真的看到了,他首先看到了许多人,可那些人的脸上都挂着泪。他一侧头,不禁惊呆了,他的面前竟坐着一个眼睛深深凹下去的瞎子,他顺着他的胳膊一直往下望,他正紧紧地攥着这个瞎子那双粗糙的大手。

感恩提示

gan en ti shi

此篇是典型的欧亨利式小小说,欧亨利式的小小说肯定有它的好处与优点,可以给人奇妙的结局,给人以意想不到的结尾。但是这种小说的写法应该谨慎用之,因为一旦读者看破,读到中间便知结尾会使小说味道全失。此篇小说非常感人,也是对人类与人类之间的纯真的“爱”一个最美好的展现。一个小孩因为眼睛生病需要5万元钱治疗费,父母便把他丢弃了,结果又被一个好心的男人收留。男人给了孩子应该有的一切,汽车、枪,孩子得到了快乐,而且男人还要挣钱为孩子治眼睛。功夫不负有心人!当男人挣够5万元钱的时候便给孩子做了手术，当孩子能够睁开眼睛观望这个世界的时候，他看见收留他的男人眼睛凹陷，男人同样渴望看到世界。这时候，我们都被震撼了，难道我们还不如男人的“眼睛”明亮？男人用心灵观看这个世界，他看到的是别人，内心充满了爱。如果我们都能用这双眼睛去观看世界，那么世界上就多了份关心，少了份伤害。

（韩昌元）

也许，他们理解不了，人类的精神竟然能够达到这样的高度——在做过一次牺牲后，她毫不犹豫地又给他第二次机会。

第二次选择

◆文/佚　名

退休教授安道特是个不大健谈的人，然而谈及他1944年春的那段奇遇，他会激动得滔滔不绝，而我们这些听众也会入迷的。

那是在大规模反攻的前夜，盟军向德军控制的法国诺曼底空投了伞兵，青年安道特就是其中之一。不幸，他在远离预定地点好几英里的地方着陆。那时候差不多天亮了，老早已经细致地在脑子里记熟了的标志，他一个也没有找到，也见不到任何战友。

他懂得，他必须马上找地方隐蔽。他着陆的地点，是在一个整洁并收拾得挺漂亮的果园旁的一垛石墙附近。在熹微的晨光里，他看见不远处有一栋小小的、红色屋顶的农舍。他不知道住在里边的人是亲盟国的呢，还是亲德国的，但是他总得碰碰运气啊。他朝那房子奔去，一边温习着出发前刚学会的寥寥可数的几句法语。

听到敲门声，一个年约30岁的法国女人——长得并不漂亮，但是她的眼光善良而镇定——开了门。她是刚从做饭的灶间出来的。她的丈夫和三个小孩坐在饭桌旁边，惊异地盯着他。

“我是一个美国兵。”伞兵说，“你们愿意收留我吗？”

“哦，当然啦。”法国女人说着，把他带进屋里。

“赶快！你得赶快！”做丈夫的说，把这个美国人推进壁炉旁边一个大碗橱里，“砰”地一声闭上橱门。

几分钟后，6个德国冲锋队员来了。他们已经看到这伞兵降落，而这栋农舍是附近唯一的房子。他们搜查得干脆利落，转眼之间就找到了这个伞兵，把他从碗橱里拖了出来。

仅仅是由于收留他而“犯罪”的那位法国农民，并没有受到审讯。根本无所谓手续不手续,德国人依照惯例,命令他站到院子里,把他当场枪毙了。妻子和孩子放声大哭起来。

不过,冲锋队员对于如何处置俘虏安道特,却有一场争议。于是他们暂时把他推入一间棚屋里,把门闩了。

棚屋后边有一个小小的窗口,越过田野就是树林。安道特蜷身挤出窗口,向树林奔去。

德国人听到他逃走。他们跑到棚屋后边来追他,并且向他开枪。子弹没有打中目标。不过从当时的情况看来,逃跑是没有什么希望的。他刚跑过树林——悉心经营的、没什么灌木、杂树的法国树林子——就听到周围都是追兵,互相呼唤着。他们分散开来,有条不紊地进行搜索,声音从四面八方传来。看来抓住他不过是时间问题罢了,没有什么机会了。

不,还有最后一次机会。伞兵振作起来押了这一注。

他往回跑,离开树林,再次跑进田野。他穿过院子,院子里躺着那个被杀害的法国人的尸体。这个美国佬又来到农家跟前,敲着厨房的门。

女人来得很快。她满脸苍白,泪眼模糊。他们面对面的,也许站了一秒来钟。她笔直地注视这个美国青年的眼睛,他的到来使她变成了寡妇,孩子们变成了孤儿。

"你愿意收留我吗?"他问。

"哦,当然啦。快!"

她毫不迟疑地把他送回壁炉边的碗橱里。他在碗橱里躲了三天。农民的葬礼举行的时候,他是待在那橱里的。三天之后,诺曼底地区解放了,他得以重返部队。

冲锋队员再没有来到这户农家。他们想不到要再来搜查这栋房子,因为他们不理解他们所要对付的这种人民。也许,他们理解不了,人类的精神竟然能够达到这样的高度——在做过一次牺牲后,她毫不犹豫地又给他第二次机会。

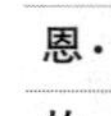

感恩提示

gan en ti shi

如果不是看了这样的文章我都不相信会有这样的事情发生,即使看过了文章我还在拷问着:这样的事情真实吗?战争是残酷的。但是对平民来说,他们的心灵是纯净的,战争对他们来说是一种血腥的伤害。所以在战争面前,一个德国家庭毫不犹豫地接收了这位美国伞兵。因此,灾难也降临到了这家人头上,妻子成为了寡妇,孩子成为了孤儿。而当美国兵逃跑再一次返回时,让人难以置信的是,失去丈夫的妻子还是接收了他,并使美国冲锋兵最终获救。一种帮助,超越了人类承受的极限,那便是心灵在那一刻起了重大的作用。

(韩昌元)

理发师的儿子一生中从未忘记给他机会走向成功的那一天。他当然还记得他对弗雷德的承诺。所以从那时起，他照样帮助几位年轻人完成了高等学业。

爱的回报是传承

◆文/[加]蒙蒂·霍尔　译/鲍晓明

每当我欣赏自己的功成名就时，我总是希望别人能了解我今天这样做是为了什么。现在，为了慈善事业我每年都有五十多次在媒体露面，还为我值得出力的事业捐助了5亿美元。

我常想，如果一个人胸怀大海，他将得到百倍的回报。因为这里面有一个值得我特别讲述的故事，直到现在仍能感动得我泪流满面。

1942年春季里的一天，春暖乍寒。加拿大温尼伯市生产衬衣的大力公司老板马克斯·弗雷德胳膊下夹着一摞整理得很整齐的订单回到他的工厂。弗雷德的生意兴隆，虽然刚满30岁，却已成为一位成功的商人。

他往办公室走的时候，注意到了街对面双膝跪在地上、两手正在擦洗丘吉尔服饰商店前台阶的年轻人。这个男孩看上去很面熟。弗雷德走过去，问年轻人："你在这里干什么？"

20岁的年轻人回答说："我给丘吉尔服饰店干活，老板要我擦洗这些台阶。"

"你叫什么名字？"弗雷德问。年轻人告诉了他。

"你父亲是我的理发师吗？"弗雷德又问。他得到的回答是肯定的。

弗雷德到办公室立刻就给理发师打了电话。"刚才我看见你儿子在我公司对面街上的一家商店前擦台阶。他看上去是位很有才智的年轻人，难道这就是他选择要干的工作吗？"

"我儿子想回大学读书，"说话轻言细语的理发师告诉他，"但是送他上学我无能为力。"理发师解释说，他儿子中学毕业后已工作了两年，攒钱上了大学。但是在马尼托巴大学学习了一年半后，钱就花完了。因为他的生意不好，理发师的妻子甚至干两份活儿，家庭生活仍入不敷出。这孩子每周9元的薪水都如雪中送炭地帮助了家庭。

"要你的儿子明天来见我。"弗雷德告诉理发师。

第二天的晚上，身体瘦长、健康结实的年轻人在丘吉尔服饰商店干完送货和打扫卫生的活后，到弗雷德工厂的办公室见到了他。

"想回学校吗？"弗雷德问。

"没有比这更想的事了。"年轻人回答。

弗雷德的眼睛直视年轻人:"我负责让你上完大学。写出你需要多少钱,拿来给我看看。包括学费、书籍,所有的一切。"

男孩的脸上绽开了笑容,他不能相信眼前发生的事。这位保护天使是从哪里来的?

第二天,年轻人给弗雷德看他所需要的钱目。这位衬衣制造商浏览了一眼后说:"你自己还需要些什么东西吗?吃不吃午餐或者理理发?你还需要添一些新衣服。把这些都加进去。"

弗雷德把支票交给年轻人之前告诉他:"到此,我强调几个条件。"

男孩静静地坐着,期盼的眼睛瞪得滚圆。

"首先,你不能告诉任何人这笔钱是哪里来的。"男孩点点头。

"第二,你必须保持学习拔尖,我不是把你送到大学去当花花公子。"

"第三,这是一笔借款,当你有了能力后,必须还给我。最后一点,你必须承诺在你的一生中也为其他人做这样的事。"

"感谢你,弗雷德先生,"20 岁的年轻人说,"我决不会让你失望。"

年轻人每个月都去看望弗雷德,报告他的成绩。他在马尼托巴大学才华出众,是班级的尖子生,还被选为学生会主席。

在这三年时间里,马克斯·弗雷德借给理发师的儿子 990 元。年轻的学生读完大学后一找到工作就开始还借款。第一年他寄给弗雷德 100 元,第二年 100 元,毕业后的第三年还清了全部借款。

理发师的儿子一生中从未忘记给他机会走向成功的那一天。他当然还记得他对弗雷德的承诺。所以从那时起,他照样帮助几位年轻人完成了高等学业。

这孩子答应马克斯·弗雷德的承诺有一件他没做:虽然在近 30 年的时间里,他没有告诉任何人他的神秘赞助人的身份,但他最终决定说出他的故事,因为他认为这将鼓励人们来帮助别人;他还认为,尽管马克斯·弗雷德想隐姓埋名,但应得到公认。

我经常讲这个故事。故事提醒我,生活中我们不管做了些什么,在成功的阶梯上爬了有多高,我们将始终被人记住的应该是:我们是怎样帮助了不如自己幸运的其他人。

我之所以喜欢这个故事的另外一个原因——我就是理发师的儿子。

感恩提示

gan en ti shi

文章靠理发师的儿子回忆展开,回忆起曾经受到的帮助,并且继续把这种美德传递下去。这种写法很真实,给人以亲切之感。中国有很多需要得到帮助的儿童,中国每年也会举办各种类型的资助,使这些渴望上学的孩子能重返校园,寻求知识。无论是谁,这些人一旦学完自己的学业或者小有成就的时候,他们都会默默记住那些曾经帮助过他们的人。但是帮助过他们的人很多很多,他们又记不住,当然帮助过他们的人大多是不留名字的。所以,他们就会以帮助同样需要得到资助才能上学的儿童的方式延续下去。延续是一种传统，是中华民族的传统，同样，在本文中，我们看到这种传统在外国人的身上也会存在。因为，我们都是人类。

（韩昌元）

我将永远记得那个时刻和那枚硬币。在过去的那些年中，我已经用百千倍于那笔欠款的钱回报给社会了。

一枚硬币

◆文/[美]帕特丽夏·S·雷

一天我去拜访一位商人。在他的办公室里，我注意到他老是捻弄一枚一角硬币。我好奇地向他询问那枚硬币的来历。

他说："在我上大学的时候，有一个月我和我的室友一共只剩下最后一枚一角的硬币了。他是靠奖学金上大学的，我则是靠在棉花田里干活和在杂货店里打工挣来的钱缴学费的。我们俩都是各自的家庭里第一个走进大学校门的人。我们的父母为我们感到骄傲，他们每个月都会给我们寄来很少的一些钱作为生活费。但是那个月，我们没有收到支票。那天是星期天，是那个月的15号，我们俩只剩下一枚一角的硬币了。

"我们用那仅有的一枚硬币去学校的大厅里打了一个由对方付费的电话给远在500英里以外的我的家人。是我的母亲接的电话。我从她的声音里能够判断出，家里一定出事了。果然，我的父亲生病了，还失了业，所以那个月他们没有能力给我寄钱来了。我问她我的室友家里有没有把他的支票寄过来。我的母亲说她已经和他的母亲谈过了，他们那个月也没有多余的钱寄给他。"

"当时，你们失望了吗？"我问道。

"简直是绝望。当时只剩下一个月那个学年就要结束了，然后，我们就可以利用暑假去打工，挣得下一年的费用。而且，我们的成绩很优秀，已经获得了下个学期的奖学金。"

"那么，你们怎么办呢？"

"当我挂上电话的时候，我们听到一阵响声，接着，硬币就开始从投币电话里流出来。我们大笑着，伸手去接那些钱。我们讨论是否可以拿走这些钱，应付迫在眉睫的生计问题。没有人会知道这儿发生了什么事。但是接着，我们意识到我们不能那么做，那是不诚实的，你明白吗？"

"但是，在那样一种情况下，把钱还回去是很需要勇气的。"

"噢，是的，不过我们还是努力尝试着去做了。我打电话给电话管理员，告诉她所发生的事情。”他微笑着回忆道，“她说钱是属于电话公司的，因此，我们可以把钱放回到机器里。我们照她的话去做了，但是，我们一把钱塞进去，机器就又把钱吐了出来。我们试了一次又一次，结果都是一样。最后，我只得又打电话给管理员。她说她将向上级请示。她返回之后告诉我，电话公司不愿意为了收几美元的硬币而专门派一个人跑这么远的路到学校里来。因此，我们只能自己处理那些钱了。”

说到这里，他看着我，吃吃地笑起来，他的笑声里含有一种感动的情绪。“在回寝室的路上，我们一直大笑着。我们数了数那些硬币，一共7.2美元。我们决定用那些钱买些食物，并且在下课后去找份工作。”

“你们找到工作了吗？”

“是的。在我们挑选好食物，用那些硬币付费的时候，我们把所发生的事情告诉了食品杂货店的经理。他给了我们每人一份工作，让我们第二天就开始上班。”

“你们俩都完成了大学的学业吗？”

“是的。我的朋友成为了一名律师。”他四周环顾了一下，接着说，“我从商贸专业毕业后，就开始经营这个今天拥有数百万美元资产的公司。”

“这枚硬币是从付费电话里流出的硬币中的一枚吗？”

他摇了摇头。“不是，当时我们拮据极了，那些钱全用完了。不过，当我拿到第一笔薪水的时候，我省下了一枚硬币，并且一直把它带在身边。”

“你后来告诉过那位电话管理员那些对你们意味着什么吗？”

“没有，但是我们毕业的时候，我和室友写了一封信给当地的电话公司，问他们是否想要收回那些钱。公司的总裁特地写了一封表示祝贺的回信给我们，并且告诉我们这是他们公司花的最有价值的一笔钱。”

“你认为这是纯属侥幸，还是另有原因？”

“这么多年来，我也经常想到这一点。我怀疑那位电话管理员可能从我的声音里听出了恐惧，也许是她阻止机器接受那些硬币的。或者也许……这是上帝的旨意。”

他摇了摇头，用手抚摸那枚硬币：“我将永远记得那个时刻和那枚硬币。在过去的那些年中，我已经用百千倍于那笔欠款的钱回报给社会了。我希望我也帮助了别人，就像那些硬币帮助了我一样。”

感恩提示

gan en ti shi

曾经看到有闯沙漠的文章，在沙漠中马上就要妥协的时候，看到了一抹绿色，那抹绿色很震撼，像人的生命一样顽强，所以靠着那抹绿色最终走出了沙漠。本文有异曲同工之美，在生活困境中的“我”，对最后的电话几乎是绝望了。但最终竟然出现了意外，电话吐出了一些硬币。在这时候“我”还能给电话公司说明电话机出了问题，并告诉他们来取钱是需要很大勇气的。但最终电话公司没有这样做，他们认为钱额太少。我相信电话公司没有来取这几枚硬币无论是出于什么原因，但“我”却因此而摆脱了暂时的困境。在面对生活的时候，看来，一个微不足道的举动或者帮助，就可能会改变一个人的一生，因为那是一抹绿色。

(韩昌元)

留在老板娘唇边的笑意是意味深长的、知己般的，仿佛我刚刚和她一起密谋了一件彼此心照不宣的事情。

韩国老板娘的“生日”

◆文/阿　袁

北大西门外有一溜馆子。回香阁处在西门外一个僻静的巷子里，是一对韩国夫妇开的店，据说那位韩国丈夫的韩式菜做得非常地道，那位韩国太太又异常美丽，所以店虽不大，价格却是不菲的。平常在回香阁进出的都是留学生或者北大的教授，普通学生是轻易不敢进去的。

可偶尔也有头脑发昏的学生，比如我。

斗胆进回香阁是为了小慕，小慕是外文系的系花，也是我暗恋了四年的女孩。外文系的女孩都冰雪聪明，一顿没有理由的奢华的晚餐，或许足够暗示一个学兄的心思——这也就够了，我本不要开花结果的。

回香阁果然是不同的，小而且安静，餐巾是雪白的，碗儿碟儿杯儿都呈一种通明透亮的洁净。在前台的女子有些年纪了，想必就是传说中的老板娘，穿着紫色的韩式长裙，上有隐约的褐色小花，襟间是大大的蝴蝶结，是绛红的，衬着她素白的脸，有种惊心动魄的美。

但更让我惊心动魄的是女招待拿过来的菜单，只是匆匆一瞥，我的手就忍不住抖了起来，天哪！所有的菜价都在30元以上，虽说是有备而来，可这价目也太高了，远远超出了一个学生的料想。袋子里只有不到200块，是我下半个月的伙食费，之所以都带来，并非要倾囊款待小慕，只是想预备宽点儿，以免在小慕眼皮底下失了面子。可面子和银子相关，这是身为男人的我的无奈。此时菜单就在我手上，我低头仔细地看——心思却全不在花团锦簇的菜名上，我匆忙计算的只是价格。店里有冷气，可我依然满面通红，汗一个劲儿地往下流。小慕一脸端庄地坐着，但我不用抬头也知道，她流转的眼波一定斜斜地扫过了临窗的那张桌子。那儿有一对恋人，看样子是留学生，满桌的盘盘盏盏，山清水秀，那排场，在进来的时候，我也看见了的。点什么呢？胡乱地点了几个菜——反正都没吃过，有什么区别呢？至于酒，是小慕的主意，喝干红吧，小慕说，干红美容。小慕说了什么，我全听不清，只一心一意地在后悔，后悔进了回香阁，也后悔没有多借些钱来。

老板娘就是这个时候过来的，带着韩国女子特有的温婉笑容。她的汉语讲得不是很好，但是加上手势，我和小慕还是明白了她的意思：因为干红是很厉害的，学生不能喝太多，两杯就够了；还有菜，也不用那么浪费，来两份小牛排就好了。他们店里的牛排可是很有名的，并且今天是她的生日，每个顾客都能得到一份免费赠送的小菜。最后老板娘微微地侧倾着头，笑吟吟地问我们：这样可以吗？

何止可以，我简直欢天喜地，真是行到水穷处，却见百花媚。我和小慕的话题聊得很远，从校园初识到临别的心情。我偶尔也会抬头看看前台，总能碰上老板娘温柔的笑容。多么美丽啊！这个韩国的女人。

买单的时候，小慕去门外等我，老板娘找零，看着玻璃门外小慕的背影赞叹道：你恋人好漂亮啊！突然又调皮地拍拍自己的脸对着我说：男人的脸皮，很薄的，在恋人面前伤不起。留在老板娘唇边的笑意是意味深长的、知己般的，仿佛我刚刚和她一起密谋了一件彼此心照不宣的事情。

一时我如醍醐灌顶，恍然大悟，之所以不让我们要一瓶干红，并非它真能醉倒我们；之所以不让我们点好几个菜，并非真的很奢侈(那些留学生不是点了一桌菜吗？)，只是因为老板娘看出了我的窘境，看出了我的惊慌和为难，所以才前来帮我解围，所以才有了老板娘的“生日”！做酒店生意的，每日阅客无数，看人或许都是火眼金睛。

本该遭受难堪的场合，却逃过了难堪，拯救我逃过此劫的是一个素不相识的韩国女人。

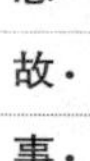

感恩提示

gan en ti shi

可以想象韩国老板娘是“我”的知己，她站在“我”的一边，考虑的是“我”的经济利益和面子。当然对女孩来说肯定是被“欺骗”了，因为没有喝足干红，虽然女孩知道干红可以美容。这样的老板娘非常让人感谢，也使人一下子记住了。时下，一些饭店老板是希望你多消费，而不会去考虑你的经济承受能力。韩国老板娘给人最美的感受是这句话：“男人的脸皮，很薄的，在恋人面前伤不起。”这句话拉进了“我”和老板娘的距离，她知道“我”一旦要了一瓶干红和几样菜的话，肯定会“伤”到“我”的面子。当然，那天还不一定是老板娘的生日，因为老板娘想用另一种方式给“我”减压。这样的老板娘肯定人人喜欢，相信她的生意会越来越红火。

(韩昌元)

黑夜笼罩着茫茫荒原，小车在漫天风雪中向远方疾驰而去，在这个最寒冷的季节里，有一种温馨的情愫正在那男人心中环绕。

温馨的冬夜

◆文/慕　诗

傍晚，暴风雪已开始弥漫整个荒原。远远走来的男人衣衫单薄，在荒野里艰难地沿泥泞小路前行。看见前方小屋透出来的光亮，他并不特别兴奋，因为之前一天，他曾在沿途的三个小镇请求过借宿，可主人一看到他的样子，要么找借口推托，要么连门都不打开。

男人叩了几下门。片刻，一个年轻妇人开门，有些惊讶地问："是托马斯医生吗？我是和你通电话的斯丹妮太太，这么大的风雪，还以为你不能来呢。"

女人一边说话一边伸出一只手试探着在空中摸索，男人心里松了口气——原来是个盲女，于是他含糊地答应了一声。斯丹妮太太领他走到楼上的卧室，里面的摇篮里躺着一个小婴儿，面颊呈病态的绯红，从所有这些迹象，男人判定屋子里除了斯丹妮太太和这个婴儿，再没有其他人了。他心里有了个念头：太好了，也许我有机会干点儿什么。

当然，男人还记得斯丹妮太太对自己的称呼，便用手摸了摸孩子额头，孩子皮肤发烫。他尽量放缓语气说："孩子是有些发烧，不过没关系，我来想想办法。"说话时他的眼睛扫视到堆在茶几上的几瓶消毒酒精和药棉。

起初男人只打算用酒精擦拭孩子的身体糊弄几下，然而，被男人粗糙的手触摸到的孩子忽然睁了一下烧得疲倦的眼睛。看见一张陌生的脸，竟然没有他预想中的惊怕，反而甜甜地朝他笑了笑。斯丹妮太太继续说道："她父亲是中学校长，为救两个溺水的学生死了。"男人脱口说："小家伙笑得真可爱。"

斯丹妮太太很自豪地应道："她父亲在世时说那是天使的笑容。"听了这话，男人下意识地放轻了自己的动作，仔细地擦拭孩子柔软的身体，好像怕碰坏了孩子。大概是闻到了酒精的味道，她问："怎么？不给孩子打针吗？"

男人张了张嘴，脑子飞快转动着，解释说："孩子太小，这种方法要温和些。"酒精的退热作用很快就表现出来，孩子不再烧得那么烫，甚至还吃了一点儿牛奶。斯丹妮太太开心极了，她摸索着下楼到厨房准备犒劳医生。

这一瞬间，男人开始迅速地满屋子搜索，终于，男人在楼下小客厅壁柜顶的一只漆盒里找到一卷钞票，大约两百来块的样子。如果按他从前的习惯，一定会尽收囊中，可这次不知为什么，拿钞票的瞬间他想起斯丹妮太太的小婴儿，迟疑片刻，把几张小面额的钞票还回盒子里。

当男人准备翻壁柜下边的一个抽屉时，客厅的电话忽然响了，他吓了一跳，刚想躲开，斯丹妮太太已经走进来了，她背对着男人，语气依旧很和蔼："谢谢您惦记孩子的病，什么……请放心，我会照顾自己和孩子的。"

男人退出去的时候碰到一把椅子，响声惊动了斯丹妮太太，她立刻顺着声音转过身，热情地说："啊，托马斯医生，晚餐就快好了。"男人听了，马上说："不用麻烦了。"斯丹妮太太摇头道："这么大的雪，你根本走不了啊。"男人转念一想，在这样一个被恶劣天气封闭的小屋里，他即使留下来也不会有什么危险，可面对这么一个失明的柔弱女人，他却非常心虚，觉得亏欠她什么。

这时，男人忽然望见窗外后院的车库，眼睛立刻一亮。他急忙问："噢，太太，如果你家里有车的话，或许我能赶回去——要知道，还有别的病人在等着我。"斯丹妮太太恍然微笑起来，说："我差点儿忘了我丈夫有一辆车，不知还能不能开。"男人喜出望外，凭他的本事，把车摆弄好是不成问题的。就在男人准备走的时候，斯丹妮太太在身后叫住他，说："请等等，即便不吃晚餐，我也不能不付你的出诊费。"她一边说一边摸向放钱盒的壁柜。男人手疾眼快地冲过去，拦在斯丹妮太太面前说："不必了，太太，我、我只不过尽了自己的职责。"斯丹妮太太虽然看不见，却能感觉到男人的坚持。于是，她稍微想了想，伸手拉开壁柜的抽屉，拿出一样东西说："那好吧，但我要送你一样小纪念品——它是我丈夫的遗物。"

斯丹妮太太边说边拿出一个做工精致的领带夹，看质地应该是纯银，而且镶有美丽的珐琅绘花边。男人知道那应该还值一点儿钱，而且他能顺理成章地拿走。可是，他舔了舔嘴唇道："不，我不能拿属于你丈夫的东西，它太珍贵了。"这时，斯丹妮太太笑道："我丈夫曾经是个浪子，在所有人都对他失去信心的时候，一个中学老师送给他这个领带夹，并说要求的唯一回报就是——自己把东西送给一个好人。"

男人听得出斯丹妮太太话里的意思："你——对我起了疑心，是吗？"斯丹妮太太回答："刚才朋友打电话来，说托马斯医生早上在出诊的路上摔断了腿。"男人奇怪地问："既然知道一切，你还送我领带夹？"斯丹妮太太说："从你照顾孩子的举止，我能感觉到你不是坏人。"

男人的鼻子酸了酸，他坦白说："我是个才出狱的惯偷，很多人都对我充满厌恶和鄙视，只有你的孩子对我微笑，你对我毫无戒备。"斯丹妮太太安静地听罢，拉过男人的手，将领带夹塞过去说："好吧，那我就把它送给一个重新开始做好人的人。"这一次，男人没有推辞，他将领带夹放进贴身的口袋，然后对斯丹妮太太说："赶紧把孩子包裹好，我开车送你们去最近的村子找医生——酒精退热只能维持一段时间。"

黑夜笼罩着茫茫荒原，小车在漫天风雪中向远方疾驰而去，在这个最寒冷的季节里，有一种温馨的情愫正在那男人心中环绕。

感恩提示

gan en ti shi

在多次求助无门的时候，一个盲人斯丹妮太太却给男人开了门，让男人进了家。盲人斯丹妮太太以为进来的是她所要找的医生。这时候，男人去面对生病的孩子。虽然孩子发高烧，但对是小偷的男人还是发出了笑容。这笑容使男人的内心发生了很大的落差，也使男人犹豫，开始拷问自己的良心。当盲人斯丹妮太太知道男人不是医生，她丝毫没有介意，相反还送给了她丈夫的领带夹，这是领带夹是送给好心人的。这一刻，男人终于清醒了过来。一切都是那么美好，就像孩子的笑容一样，充满了天使的味道。

（韩昌元）

感谢美人鱼湖的维德夫妇，他们使本该继续悲伤的戴瑟莉获得了宽慰，而且这种"父爱"一直陪伴着戴瑟莉。

回　　信

◆文/詹　妮

1993年10月的一天清晨，朗达·吉尔看到4岁的女儿戴瑟莉怀中放着9个月前去世的父亲的照片。"爸爸，"她轻声说道，"你为什么还不回来呀？"

丈夫肯的去世已经让她痛不欲生，但女儿的极度悲伤更是令她难以承受，朗达想，要是我能让她快乐起来就好了。

戴瑟莉不仅没有渐渐地适应父亲的去世，反而拒绝接受事实。"爸爸马上就会回家的，"她经常对妈妈说，"他现在正上班呢。"她会拿起自己的玩具电话，假装与父亲聊天儿。"我想你，爸爸，"她说，"你什么时候回来呀？"

肯死后朗达就从尤巴市搬到了利物奥克附近的母亲家里。葬礼过去近两个月，戴瑟莉仍很伤心，最后外祖母特里施带戴瑟莉去了肯的墓地，希望能使她接受父亲的死亡。孩子却将头靠在墓碑上说："也许我使劲听，就能听到爸爸对我说话。"

后来有一天晚上，朗达哄戴瑟莉睡觉时，戴瑟莉说："我想死，妈妈，那样我就能和爸爸在一起了。"

"上帝呀！帮帮我吧，"朗达祈祷着，"告诉我该怎么办。"

1993年11月8日本该是肯的29岁生日。"我们怎么给我爸爸寄贺卡呀？"戴瑟莉问外祖母特里施。

“我们把信捆在气球上,寄到天堂上怎么样?”特里施说。戴瑟莉的眼睛立刻亮了起来。

她选了一个画着美人鱼的气球,图案的上方写着“生日快乐”。以前戴瑟莉经常和爸爸一起看美人鱼的录像。

在墓前摆放鲜花时,戴瑟莉口述了一封给爸爸的信:“生日快乐,我爱你,想念你,”她说着,“但愿你在天堂能收到这个气球,在我1月份过生日时给我写回信好吗?”

特里施将那段话和她们的地址记在了一张小纸片上,裹上一层塑料纸,最后戴瑟莉放飞了那只气球。

将近一个小时,她们就看着那个闪亮的光点慢慢地越飘越远、越变越小,戴瑟莉却兴奋地喊道:“看啊,爸爸收到我的气球了!”才不过几分钟,那气球就不见了。“现在爸爸要给我写回信了。”戴瑟莉说着向汽车走去。

在一个寒冷、微雨的11月的早晨,在加拿大东面的爱德华王子岛上,32岁的维德·麦金农准备出去打猎。他是一位森林管理员,与妻子和三个孩子住在美人鱼镇上。

但那一天他没有去经常打猎的地方,而突然决定去两英里外的美人鱼湖。在岸边的灌木丛中,他发现杨梅树丛的枝条钩住了一只银色的气球,上面印着美人鱼的图案,线的顶端系着一张包着塑料纸的小纸条,已经被雨浸湿了。

回到家,维德小心地将潮湿的纸条摊开晾干,妻子唐娜回来时,维德给她看了气球和纸条,上面写着:“1993年11月8日,生日快乐,爸爸……”通信地址是加利福尼亚利物奥克。

“现在才11月12号,”维德说,“仅仅四天这只气球就飞越了3000英里!”

“而且,你看,”唐娜说着将气球翻了过来,“气球上印着美人鱼的图案,又正好落在美人鱼湖边。”

“我们应该给戴瑟莉写封信,”维德说,“也许我们命中注定要帮助这个小姑娘。”

在沙勒特镇的书店里,唐娜·麦金农买了一本改编的《小美人鱼》。圣诞节过后几天,维德又买回了一张生日卡,上面写着:“给我亲爱的女儿,温馨的生日祝福。”

1994年1月3日,唐娜坐下来给戴瑟莉写了封信,然后将信夹在贺卡中,与书装在一起寄了出去。

1月19日的傍晚,麦金农夫妇的包裹到了,那时,朗达和戴瑟莉已经回尤巴市了,特里施决定第二天再送过去。

那天晚上,特里施看电视时,怀着好奇心,她打开了包裹,先是看到一张贺卡,上面写着:“给我亲爱的女儿……”

第二天清晨6点45分,哭红了眼睛的特里施将汽车停在朗达的门前。特里施说:“戴瑟莉,这是送给你的,”特里施将包裹放在她手里,“是你爸爸寄来的。”

“代你爸爸祝你生日快乐,”特里施念叨,“我想你一定会奇怪我是谁。其实一切都是从我丈夫维德11月去打野鸭的那一天开始的。你猜他发现了什么?是你寄给爸爸的美人鱼气球……”特里施停了一下,发现戴瑟莉的脸颊上闪烁着一颗泪珠。“天堂里没有商店,但你爸爸希望有人能帮他给你买一份礼物,所以他就选中了我们,因为我们就住在一个叫做美人鱼的镇上。”

特里施继续读着:“我知道你爸爸一定希望你能快乐,而不要为他伤心;我知道他非常爱你,并会一直注视着你的成长。爱你的:麦金农夫妇。”

特里施读完信看着戴瑟莉。“我知道爸爸不会忘记我的。”孩子说。

特里施眼里含着泪水,搂着戴瑟莉又读起了麦金农夫妇送的那本《小美人鱼》。这个故事与肯给戴瑟莉读过的那本有些不同,以前那本讲的是小美人鱼后来幸福地与英俊的王子生活在一起,而在这一本中,邪恶的女巫割断了小美人鱼的尾巴,杀死了她,三个天使将她带走了。

特里施读完,担心悲惨的结局会使外孙女伤心,但戴瑟莉却快乐地用双手托住了脸颊。“小美人鱼进天堂了!”她喊道,“爸爸送给我这本书,是因为小美人鱼就像爸爸一样进了天堂!”

2月中旬,麦金农夫妇收到朗达的来信:“1月19日,收到你们寄来的包裹时,我女儿的梦想实现了。”

以后的几个星期中,朗达母女经常与麦金农夫妇通电话。3月份时,朗达与戴瑟莉飞往爱德华王子岛探望麦金农夫妇。两家人穿着雪地鞋一起到湖边维德发现气球的地方。朗达和戴瑟莉都沉默不语,好像肯就在她们的身边。

如今戴瑟莉每次想要和爸爸说话时,就会打电话给麦金农夫妇,只有这种方式能安慰她幼小的心灵。

“人们都对我说:‘气球能落到那么远的美人鱼湖边,简直太巧了。’”朗达说,“但我知道是肯挑选了麦金农夫妇将自己的爱带给戴瑟莉,她现在懂得了父亲的爱会一直陪伴着她。”

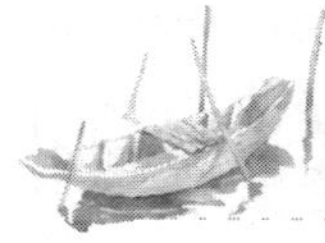

感恩提示

gan en ti shi

这是一个充满爱的世界,一个女儿的伤心会牵动着3000英里之外的沙勒特镇,在离那不足两英里外的美人鱼湖有一位善良的维德夫妇。在美人鱼湖里发生了这样的事是多么美好而令人向往。自从肯去世后,女儿戴瑟莉就沉浸在悲伤之中,看着女儿戴瑟莉的伤心,母亲朗达一点儿办法也没有。女儿戴瑟莉甚至说:“我想死,妈妈,那样我就能和爸爸在一起了。”这是多么可怕而悲伤的事情,女儿要是死的话对朗达更是一种打击,在肯的29岁生日那天,女儿戴瑟莉想给父亲寄贺卡。但是父亲已经去世怎么可能有地址?祖母特里施就给戴瑟莉设置了放飞气球的办法,其实在她们放飞的时候祖母心里也没有底,这毕竟只是安慰戴瑟莉的一种方法而已。但是奇迹出现了,戴瑟莉收到了“父亲”的回信。从此,戴瑟莉也得到了“父爱”。感谢美人鱼湖的维德夫妇,他们使本该继续悲伤的戴瑟莉获得了宽慰,而且这种“父爱”一直陪伴着戴瑟莉。

(韩昌元)

老人家把狗看成自己的"儿子",老人家的灯是为行人照明的,而老人的这些钱是准备给镇子里的孤儿们盖一栋房子。

上帝的谈话

◆文/冯有才

约翰是一个小偷,可以说,他的专业技术到了可以用炉火纯青来形容的地步。在同行业中,在同出一门的师兄弟中,他是唯一一个没有被逮住的人。因此,在这一行中,他的声望相当高。他也口出狂言:天下没有他拿不到的东西,也没有他进不了的房子。

这天,他在镇上的酒馆里喝酒,正巧碰到了他的朋友比尔,一个不久前从监狱里放出来的师弟。先是拥抱了一阵,然后两人边促膝交谈边喝酒。比尔告诉他,在这个小镇教堂对面的那条街的街中间,有一户门牌号码为××的人家,家中有几万美元的现金。并且问约翰:"我的朋友,你敢不敢去?"约翰轻蔑地笑了,回答道:"为什么不?"

"可是他家里养了一条很凶很凶的狼狗!"比尔提醒道。

"这不是问题,我的朋友。"约翰很自信。

第二天晚上,约翰就带上了他的宝贝万能箱,朝街心走去。很奇怪,整条街都是漆黑的,只有街心有户人家亮了门灯,而且这家就是他所要找的那户人家。

他先是把安眠药涂在肉上,然后扔在了狗的面前,不一会儿,狗便倒下去了。接着他熟练地打开了内室的门。外屋里的人还没有睡,但这并不影响他的工作,因为他知道一个出色的小偷,是不会在意工作时外界的环境如何恶劣的。凭着他过硬的技术,他很快拿到了钱,确确实实是几万美金。他很奇怪,家中有这么多钱,可这户人家的防盗措施竟会如此地差。这就勾起了他的兴趣,他把耳朵"伸"到了外屋门边,想一探究竟。

"我说,老头子,咱们是不是该花钱请个保姆啊!咱们两人的眼睛都瞎了,总这样过下去,也不是个办法啊!"屋子里传出一个苍老女人的声音。

约翰的心一惊:既然是瞎子,又为何整夜亮着门灯,这就更加勾起了他的兴趣。

"是啊!老婆子,应该这样,可是,咱们现在的日子都不好过了,哪来的钱请保姆呢?"一个老头子紧跟着回答。

"儿子空难后,航空公司不是赔了几万美金吗,为什么不用这些钱?"

约翰的心一沉,用牙齿咬了咬嘴唇,继续听下去。

“你疯啦！老婆子，你怎么忘了，我们不是说好用这些钱给镇子里的孤儿们盖一栋房子的吗？”

约翰的心一震。

“是啊！你看我这记性，都给忘喽。老喽，不中用了。可是，咱们也得花钱交电费啊！门口的灯整夜亮着，很耗电啊！”

“没关系，只要别人在这条街上走路不摸黑就行了。你也知道，这条街上的路很难走的，又是夜里，万一行人跌了跤怎么办？还有咱们的‘儿子’克拉尔，虽然它每天都要骨头喂，但是只要咱们每天多糊两个小时的纸盒就行了，这日子还是能过的去啊！有了克拉尔，行人就不用担心这条街有强盗了啊！”

“是啊！也只好这样，谁让咱们年轻那会儿只养了一个儿子呢！早知道今天，还不如当初多养一个呢！”老妇人抱怨道。

“别说了，咱们还有这么多纸盒要糊，快干活吧！”

当晚，约翰坐在门口流了一夜的泪。他也是个孤儿，也是被人领养的，但他不服新爸爸对他的管教，一怒之下，偷跑出来，才干上这一行的。

第二天，老夫妇的门口留下了两样东西，一样是他的几万美金，另一样则是一个很小巧、很别致的万能箱。

从此，在这个小镇上，就再也没有人看见过约翰了。约翰就此神秘地消失了，没有人知道他去了哪里。

感恩提示

gan en ti shi

小偷约翰的技术已经到了炉火纯青的程度，当然他不会失手，也是同道中唯一没有被逮住的人。但在一对老人面前，约翰却失败了，永远失败了，从此再也没有人见过约翰。约翰要偷的是一对失去儿子的老人，儿子因为空难后航空公司赔了几万美金，这就是约翰所要偷的钱。老人家把狗看成自己的“儿子”，老人家的灯是为行人照明的，而老人的这些钱是准备给镇子里的孤儿们盖一栋房子。这一切击碎了约翰的心，因为同样也是孤儿的约翰，他知道孤儿需要得到帮助，需要得到关怀和爱护。所以最终约翰把几万美金全部归还了老人，他的消失并不是神秘，因为不用多长时间，我们也许会看到一个充满正义和爱心的约翰会展现在我们的面前。

（韩昌元）

她并不是仅仅检查脉搏或是换换床单，她真正抚摸了我。有那么一刻，她变成了上帝之手。

抚　摸

◆文/[美]凯文·威廉姆斯 译/郑 晖

下午5:30。现在我知道躺在手术台的那一头是什么感觉了。我是一名外科医生，腹部刚刚做了紧急手术。他们说我会好的。但躺在这间无菌的手术室里，我感到燥热，浑身发抖，一生都好像没这么疼过。

我理解我的病人眼中的那种忧虑和些许的害怕，还有他们有的伸出手来握住我的手的本能。这是我头一次理解。然而，陌生人触摸我或是我触摸陌生人总让我感到很不舒服。只有病人在熟睡时，我才能专心地对付一根骨头或是一根血管，全神贯注地做手术而不必在意那个人。触摸病人是每日例行的公事之一，我按照在学校里学的那样做：职业性的，不带任何感情色彩，动作尽量短而明确。现在我得到的就是这种触摸。

晚上7:20。他们熟练地护理我。每个人都有板有眼，都很有效率。

有多少次都是我站在病人的床头，下巴剃得光光的，沐浴得干干净净，处在控制的地位，命令别人而不是接受命令，向下看而不是向上。

但是今晚，在这间充斥着消毒液气味的柠檬黄色的病房里，我不是医生，只是一个普通人：结婚了，有三个孩子，平时打网球，最喜欢的季节是秋天。以前疼痛从不是我经常性的伴侣，现在我生活的目标沦为“不靠别人给自己洗澡”。

我害怕了，对别人处理自己感到了厌倦。

凌晨2:15。另外一间阴暗的病房浮现在我的脑海中：那时我年轻，是住院医生，正面对着我第一个濒临死亡的病人，她瘦成了一把骨头，面色灰白，神志不清。给我印象最深的是她轻轻地叫喊一个调子，持续不断，伴着抢救器械的“嗒嗒”声。那晚我做了“医生”该做的一切，没有用。

早晨6:22。在过去黑暗中的那几个小时里，他们不停地拨动我、检查我，现在来的是早班护士，她上了岁数，长得像株可爱的圆白菜。她拉开窗帘，给我换床单，检查脉搏，一步步做完自己的工作后，向门口走去。然后，她转过身，走到水槽边，蘸湿一条干净的毛巾，轻轻地擦我没刮过的脸，说：“这一定很难熬。”

泪水涌上了我这个一向漠然、克制的医生的眼睛。她竟停下来体会我的感受，用那么一句准确而又简单的话来分担我的痛苦：“这一定很难熬。”

她并不是仅仅检查脉搏或是换换床单，她真正抚摸了我。有那么一刻，她变成了上帝之手。

“你对我微不足道的兄弟所做，即是对我所做。”当我下定决心以后不是去“触摸”一个躯体，而是去“抚摸”一个人的时候，《圣经》上的这句话在我耳边响起。

感恩提示

gan en ti shi

每个人一生中总会有几次生病，大病或者小病，但生病会使自己非常脆弱，内心也充满了恐怖，很多的事也莫名其妙地琢磨起来。就像本文，“我”会怀疑一些东西，怀念一些东西，联想一些东西，这都是很正常的。躺在医院里的病人，很少有坚强的，他们与病魔斗争几乎用尽了所有的力气，一声问候，一声叹息，他们可能就会掉泪。但是文中的医生特别让人感动，因为医生对“我”抚摸时说了句：“这一定很难熬。”这句话就说明医生和病人共同分担了痛苦。所以，医生轻轻抚摸“我”的时候，我感到是上帝之手，温暖、幸福，又充满感动。

（韩昌元）

我现在不仅每天爬14级台阶，还尽量给人一些小小的帮助。或许有一天，我会给一个坐在车里像我一样在心灵里有盲点的人换轮胎。

14 级 台 阶

◆文/小 月

人们说猫有9条命，我倾向于认为这是可能的，因为我现在活的是第三次生命，而我不是猫。1904年11月的一个晴朗、寒冷的日子，我开始了我的第一次生命。我成了一个务农家庭8个孩子中的第六个。我15岁时父亲去世，我们全家都得为生计艰辛奔忙。孩子们长大后，一个个结婚出嫁，只剩下我和一个姐姐来照顾妈妈。她晚年时瘫痪，60多岁就去世了。我姐姐不久就嫁了人，我也在当年结了婚。

这时我开始享受我的第一次生命。我非常幸福，非常健康，而且是一名相当出色的运动员。我们有两个可爱的女儿。我在圣何塞有份满意的工作，在半岛北部的圣卡洛斯有幢漂亮的房子。生活是称心如意的梦想。好景不长，美梦中断了。我得了缓慢发展的运动神经病，先是我的右臂和右腿活动受阻，而后是左侧。我的第二次生命就此开始……尽管我有病，但是借着安装在车里的特殊设备，我仍然每天开车上下班。我设法保持健康和乐观，从某种程度来说，是缘于14级台阶。

在说疯话吧？完全不是。我们的房子是个错层式建筑，从车库到厨房门有14级台阶。这些台阶是生活的标尺，是衡量我的标准，也是我继续生存的挑战。我认为哪一天要是我不能提起一只脚登上一级台阶，再费劲地拖上另一只脚——如此重复14次直到精疲力竭，那我就完了——那时我只能承认我失败了，可以躺下来等死了。因此，我坚持工作，坚持爬那14级台阶。时光荏苒，两个女儿上了大学，相继幸福地结婚成家，只剩下我们夫妻俩相濡以沫，守居在有14级台阶的漂亮家中。

你们或许会想，在这里行走的是个有勇气和力量的人，事实并非如此。这里行走的是一个痛苦地失去理想的一瘸一拐的残疾人，一个因为那从车库通向后门折磨人的14级台阶才保持精神正常，没有失去他的妻子、房子和工作的人。随着年龄增长，我变得更失望和沮丧。

后来，1971年8月的一个黑夜，我开始了我的第三次生命。那天晚上我启程回家时在下雨，我缓慢地沿着一条不经常走的路开着车，天刮起阵阵劲风，急剧的雨点直落在车上。突然间，手中的方向盘跳动起来，车子猛烈地朝右侧转去。同时，我听到可怕的轮胎爆裂的砰声。我费劲地把车停在因雨水而滑溜的路肩上，在这突如其来的严峻情况下，我呆坐在车里。我不可能更换轮胎！根本不可能！可能有个过路的车会停下来，这个念头一闪即逝。人家为什么就该停车呢？我知道我也不会。我想起离开支路不太远有幢房子。我开动了发动机，车子慢慢摇晃地顺着路肩朝前蠕动到土路上，谢天谢地，在那儿我拐了上去。透着灯光的窗户把我迎向房子，我开上车道，按了喇叭。

门开了，一个小女孩站在那儿，费力地看着我。我摇下车窗，大声说我的轮胎爆了，需要有人帮我换掉它，因为我是个用拐杖的残疾人，没法自己动手。女孩进了屋，一会儿又出来，裹着雨衣，戴着帽子，后面跟着一个男人，他高兴地向我问候。我舒舒服服地坐在车里，一点儿没淋湿，而那男人和小女孩在风雨交加的夜晚这么辛苦地干，我感到有点儿歉意。反正，我会给他们钱的。雨像是小点儿了，我把车窗一直摇下看着车外。我觉得他们干得特别慢，我开始不耐烦起来。车后传来金属碰撞声和小女孩清晰的说话声。“爷爷，这是千斤顶把手。”那男人低沉的喃喃声回答了她。千斤顶顶起车子时，车身慢慢倾斜。随后是好一会儿声响、晃动和从车后传来的低声话语，但是轮胎终于换完了。移开千斤顶时，我感觉到车子落地时的颠动，我听到关行李箱盖的声音，而后他们俩站在车窗旁。

我猜那小女孩大约8岁或10岁，有一张喜气的脸，看我时笑容满面。那男人年迈，弯腰曲背，身穿油布雨衣，显得身体虚弱。他说：“这种糟糕的晚上车子有麻烦真够呛，不过现在你没事了。”“谢谢，”我说，“我该付你多少钱？”他摇摇头。“不要钱。辛西娅告诉我说你是个残疾人——用拐杖的。能帮上忙我很高兴。我知道你也会为我这么做。不要钱，朋友。”我伸手递出一张5美元的钞票。“不要！我不喜欢欠人家的。”他没有收下钱的意思，小女孩走近车窗，轻声说道：“我爷爷看不见。”

在随后的几秒钟里，我呆若木鸡，那一片刻的羞耻和恐惧深深刺痛着我，我有生以来第一次对自己感到那么强烈的厌恶。一个盲人和一个孩子！他们在黑夜里用湿冷的手指在黑暗中摸找和触摸螺栓和工具——对那老人来说，这种黑暗可能将延续到他的生命结束。我不记得他们说了晚安离去后我在车里待了多久，但是足够我深刻反省，挖找一些令我不安的品性。我意识到我极端自怜、自私、漠视他人的需要和不为别人着想的品行。我待在车上，做了个祷告。

我现在不仅每天爬14级台阶，还尽量给人一些小小的帮助。或许有一天，我会给一个坐在车里像我一样在心灵里有盲点的人换轮胎。

感恩提示

gan en ti shi

文章前后通过老年盲人与残疾的"我"形成鲜明对比。在一次小小的事情中的态度，不仅仅使"我"得到了反省，也使每一个读者感动并反省着。原本我是一个很幸福的人，"我"非常幸福、健康，是一名相当出色的运动员，有两个可爱的女儿，还有满意的工作，但是后来得了一次重病，成为残疾人，而且每天守居在有14级台阶的家中。在一次开车回家的过程中车子坏了，遇到了一位老人和小姑娘的帮助，最终他们什么报酬也不要。这时候我才知道老人是一位眼睛看不见的残疾人，他和"我"一样，但是，"我"远远没有老人高尚、伟大，老人和小姑娘帮助别人是快乐的。而"我"呢？"我"只有不断反省不断自责才能重获新生，这又是一次生命的开始。

（韩昌元）

多年来我永远忘不了腾格里沙漠深处的那个黄昏，那个红红的苹果，还有那个"泥人"的男孩。

一个红苹果

◆文/汪　群

1995年10月13日。演习的第9天。

腾格里沙漠的白天仍然烈日如火，电话车里如蒸笼一般又热又闷。手臂在机台上印下的汗迹湿了又干，干了又湿。一排排的红色指示灯此起彼伏地闪烁着，那是一道道命令急切的呼唤。"您好，39号。"——我双手飞快如梭，声音清晰自然。然而，我每接转一个电话每说一句话，喉咙里就好像有无数根针在扎，生疼生疼的。不得不时不时舔一下嘴唇，咽下一口唾沫。

我们已经断水两天了。

在演习地域实施封锁的前夜，连队紧急给我们台站运来了供给：每人 12 天的压缩饼干、罐头咸菜和水。那时我们三个女兵脑子里只有演习的好奇、演习的刺激，哪曾有节水的意识啊。稀里哗啦早早把水用完了，给连长打电话请求送水来。连长火了，说："你们以为是玩儿呀？这是在演习！演习就是打仗！凉水是定人定量的你们知道吗？"并严令我们必须无条件地保证通讯畅通，保证演习的圆满完成，否则按战时纪律从重严惩。

这可惨了，没有水的日子怎么过呢？

站长提议去两公里外的接力台站要点儿水，我们没有同意。因为这是违反演习纪律的，如果被发现那可不是一般的处理。站长想了想，吩咐我俩值班，她拿了小铁锹找了一个低凹的地方，挖呀挖，挖了两米多深，沙虽然是潮湿的，但是终不见水渗出来。站长拿毛巾铺在潮湿的沙上，企图通过毛巾来吸水，可是放了一晚上，毛巾是湿了，却拧不出一滴水。那一刻站长绝望而伤心地哭了。她一哭，我俩再也忍不住，三人抱作一团痛哭，那几天，我们啃着压缩饼干嚼着咸菜，啃着嚼着眼泪"吧嗒吧嗒"直往下流。

不过这方法还是帮了我们的大忙。我们用湿毛巾擦脸，敷在干裂的唇上，感觉非常凉爽。正是那丝丝如蜜的凉爽给了我们对水的亲切认识，给了我们苦中的快乐和坚持下来的意志。

黄昏，炮声稍事停息，远处低低的天边飘着几朵云彩，夕阳躲在云彩里，好像怕羞的少女，姗姗地、渐渐地隐去。突然，从沙丘后面冒出一个人来，吓了我一跳。他好似从泥土里钻出来的，头上脸上身上都是泥，只有那双眼睛在眨巴眨巴着。肯定是有线兵在查线路，我想。他走近，取下挎包打开，用泥糊糊的手托着挎包底部举到车窗口。我惊呆了！我看见挎包里有一个苹果——一个红红的苹果！他笑笑地看着我，那眼神充满了友善的真诚。我拿起苹果，嘴唇动了动却不知道要说什么。激动的泪水决堤般地涌了出来。

他挥挥手走了，我这才想起问他的名字，然而他已经走远了。

我虔诚地捧起红苹果闻了闻，一丝甜甜的清香沁人肺腑。我一直珍藏着它，直到宣布演习结束的那一刻，我才拿出它，切成三块，我们三个女兵哭着笑着叫喊着，轻轻地慢慢地一小口一小口地咽下去。那份壮烈那份幸福无言表达，只有泪水流淌。我决意要找到那个男孩，然而，直到 12 月份老兵退伍了也没有找到。

多年来我永远忘不了腾格里沙漠深处的那个黄昏，那个红红的苹果，还有那个"泥人"的男孩。你在哪里？你现在好吗？至今我不认识你，但我感激你，感激你给了我无私的战友之爱。

感恩提示

gan en ti shi

生活中这样的演习毕竟是很少见到的，但是这样的情景我们还是很容易会遇到。比如，我们生活在信息发达的生活之中，当有一天我们没有了网络，没有了电话，没有了手机，我们还能生活下去吗？可能很多人适应不了，可能很多人慢慢就适应了没有这一切的生活，但是当一切到来的时候我们必须坚强面对。在面对的时候我们也像三个女兵那样，有委屈，有泪水，有奢望。如果在这个时候有个陌生人送给你一个希望，就像女兵们的红红的苹果一样，拥有苹果就是拥有希望和信心。最终，女兵们很容易就度过了演习的考验。当然，女兵们会永远感谢送给苹果的那个陌生士兵，感谢永远留个希望给别人的人。

（韩昌元）

几天后，作者在街上碰见了这个人，几乎认不出他来了。他的步伐轻快有力，头抬得高高的。他从头到脚打扮一新，看来是很成功的样子。

有一个人可以帮你

◆文/佚　名

一个经理，他把全部财产投资在一种小型制造业上。由于世界大战爆发，他无法取得他的工厂所需要的原料，因此只好宣告破产。金钱的丧失，使他大为沮丧。于是，他离开妻子儿女，成为了一名流浪汉。他对于这些损失无法忘怀，而且越来越难过。后来，他甚至想要跳湖自杀。

一个偶然的机会，他看到了一本名为《自信心》的书。这本书给他带来勇气和希望，他决定找到这本书的作者，请作者帮助他再度站起来。

当他找到作者，说完他的故事后，那位作者却对他说："我已经以极大的兴趣听完了你的故事，我希望我能对你有所帮助，但事实上，我却没有能力帮助你。"

他的脸立刻变得苍白。他低下头，喃喃地说道："这下子我完蛋了。"

作者停了几秒钟，然后说道："虽然我没有办法帮助你，但我可以介绍你去见一个人，他可以协助你东山再起。"一听到这句话，流浪汉立刻跳了起来，抓住作者的手，说道："求求你，请带我去见这个人。"

于是作者把他带到一面高大的镜子面前，用手指着镜子说："我介绍的就是这个人。在这个世界上，只有这个人能够使你东山再起。除非你坐下来，彻底认识这个人，否则，你只能跳到密歇根湖里去。因为在你对这个人做充分的了解之前，对于你自己或这个世界来说，你都将是个没有任何价值的废物。"

他朝着镜子向前走了几步，用手摸摸他长满胡须的脸孔，对着镜子里的人从头到脚打量了几分钟，然后退几步，低下头，开始哭泣起来。

几天后，作者在街上碰见了这个人，几乎认不出他来了。他的步伐轻快有力，头抬得高高的。他从头到脚打扮一新，看来是很成功的样子。“那一天我进入你的办公室时，还只是一个流浪汉，但我对着镜子找到了我的自信。现在我找到了一份年薪3000美元的工作，我的老板先预支了一部分钱给我的家人，我现在又走上成功之路了。”他还风趣地说将再拜访那个作者一次，“我将带着一张签好字的支票，收款人是你，金额是空白的，由你填上数字。因为你介绍我认识了自己，幸好你要我站在那面大镜子前，把真正的我指给我看。”

自信心是一个人做事情与活下去的力量，没有了这种信心，就等于自己给自己判了死刑。

感恩提示

gan en ti shi

我有一个写小说的朋友，这位朋友的小说写得非常好。但是前不久他遇到了很多的困境，他什么也写不出来了。我问他为什么？他说，突然感觉自己的小说什么也不是，没有信心了。我就劝他千万别和诺贝尔文学奖的小说比较，那样肯定没自信。他就说，他没有和诺贝尔奖的小说比较，他只是自己和自己比较。这时候我才明白我那朋友为什么困惑，为什么写不出来东西。因为他像本文的“经理”一样，在遇到一点儿挫折的时候自己打败了自己，而不能重现自己。换个角度想想，如果自己给自己信心，自己战胜自己，还有什么坎儿过不去的呢。那个“经理”正是这样想的，所以他最终成功了。我准备把这个想法告诉我的朋友，我相信他也能走出自己给自己设置的障碍。

（韩昌元）

若干年后，我经常会遇到种种“大雾天”，而能让我一次次从“大雾天”走出来的向导，却是多年前那个英国小伙子。引导我前行的，是他当初传递给我的那种精神。

雾中向导

◆文/赵　妍

那年，我在伦敦爱丁堡的一所学院读书。

一天早上，蔽天大雾笼罩了整个雾都，使人们看不清周围的一切景物。这种鬼天气公交车和出租车是不允许上路载客的。可是，我必须10点钟赶到学院去听一堂非常重要的讲座，所以，我决定步行到学院。我尽可能地寻找着路上的标记。但是，除了一片白茫茫之外，我什么也看不清。

我站在街边正茫然，全然不知有一个人正悄悄走到了我的身边。“小姐，请问您要到哪里去？如果您愿意，我可以做您的向导。”

我转过头去，看到一个年轻的英国小伙子，头上戴着一顶深蓝色的帽子，帽檐拉得很低，和我对话时，他微低着头，好似一副恭恭敬敬的样子。

我非常吃惊，怀疑地问他：“这么大的雾，你能找得到方向和出路吗？”“没问题！”小伙子口气十分肯定，“请您相信我。”

当时，我不知怎么就相信了这个与我素不相识的人，并悄声地告诉他我要去的地方。迷雾中，年轻人紧紧地抓住我的手，我几乎被他拉得一溜小跑，无论是穿过马路还是拐过街角，他从没有与我说过一句话，但是他急匆匆的脚步却没有停下过。

一瞬间，我真有些后悔，有些后怕，这个人会不会是个变态狂，或是一个精神病患者，我也许会被他杀死？想到这，我不禁开始呼吸困难，心跳加快……

突然间，他松开我的手。我于惊恐中抓住了身后的一个铁栏杆，怯怯地问他：“你想干什么？”小伙子仍微低着头，气喘吁吁地说：“您难道还要我把您送进去吗？”

我猛地意识到，我的手抓住的就是学院的大门啊。我惊诧地问：“您对这个地方怎么这么熟悉？为什么您能在大雾中这么快就找到这里？”他轻声地说，这儿是我过去的学校。他摘下帽子，轻轻地对我说：“因为我是一个盲人。当年，这条路我天天走，对我来说雾天和晴天是没有区别的。”

后来，我再也没能见到他，而且至今不知他的名字叫什么。

若干年后，我经常会遇到种种“大雾天”，而能让我一次次从“大雾天”走出来的向导，却是多年前那个英国小伙子。引导我前行的，是他当初传递给我的那种精神。

感恩提示

gan en ti shi

此文悬念迭起，从陌生人抓住“我”的手时就充满了悬念，谁也禁不住会问：这到底会发生什么事呢？当他把“我”送到学校时，这块心里的石头才终于落了下来，原来“我”遇到了一位好心的人。这时候悬念又出来了，大雾天他为什么就会这么熟悉呢？原来他是一个盲人，这里曾是他的学校。一切都是那么震撼感人，而且让人心中久久难以平静。将来有一天，我希望在任何角落都能听到这样一句话：请抓住我的手！

（韩昌元）

第九辑
珍惜一枝稻草

生活中有很多细节让我们顿悟。我们不缺少，而是容易忽略。幸福是一件很简单的事，要学会珍惜。珍惜生活，珍惜社会给予我们的一切，珍惜淳朴而厚重的乡情。

村里人都到桥上来看三公，大家默默地走上桥，走到三公身边。然后，轻轻地，轻轻地把一角钱放在三公手里。

桥

◆文/刘国芳

三公去城里工作时还很年轻，那时，没人叫他三公。等他从城里回来时，他已经老了。这时，村里人见了他，都喊他三公。

三公在城里的工作让村里人很羡慕，他总在菜市场转来转去，见一个人担菜来卖，便伸一只手出来，向人家要钱。山村离城远，但还是有人进城时看见三公收人家的钱。村里有一个人，一天一直跟在三公后面，他发现那天三公收到好几百块钱。那人后来拦住三公，跟他说："三叔(那时村里人还喊他三叔)，你天天这样收钱，你发大财了呀！"

三公笑笑说："我这是收税，要上交给国家？"

那人说："不是你自己拿呀？"

三公说："那怎么行，一分钱也不能拿。"

三公在城里转了一辈子，老了，回村了。回村后，三公还喜欢转，在村里转。那村大，三公总是这里转转那里转转。有人见了，笑笑说："三公呀，你在村里这样转，是不是也想收几个钱呀？"

三公不好意思的样子，回答："转惯了，闲不住。"

有一天三公转出了村，来到了一条河边。这是一条小河，河不宽，水也不深，三公看见很多孩子在这儿蹚水过河。这些孩子都背着书包，把裤脚扎得老高，一拨一拨走过河去。一个孩子脚下绊了一下，险些跌倒，三公见了，慌慌地跑过去扶着孩子，然后一直牵着孩子过河。

后来，三公再不在村里转了，他到河边来，牵着那些孩子过河，一些小孩子他还背着过河。

天天如此。

一天暴雨，落了一天一夜。等雨住时，三公没看见河边有孩子了，三公只看见河里水涨了，河里水急浪大，轰隆作响。

水一涨，孩子再蹚不过河了，要到下游七八里的地方去坐船。但村里孩子嫌远，不愿去。

有好多天，三公看见那些孩子都没去上课。三公就去劝那些孩子，三公说："远也要去，不读书怎么行？"

孩子说："太远了，去过渡要走七八里，过了渡到学校还要走七八里。"

三公也觉得远。

三公后来还听说，整个一个春天和夏天，河水都满。这时，除高年级的孩子寄宿在学校外，低年级的孩子几乎都不去上课。三公便忧心忡忡了，总说："不读书怎么行呢，不行呀！"

三公还到河边去，仍在河边转，转来又转去。

一天三公不转了。

三公去银行里取了两万块钱出来。

三公要建一座桥。

有钱，好办事，三公让村长请了很多人，还专门请来了造桥的工匠。这些人忙了一个月，一座桥就造好了。是一座木桥，不宽，只有两尺，但结实，挑担东西走在桥上，也不会晃晃悠悠。

有了桥，孩子又可以上学了。

但过桥是要收费的，有大人过桥，三公便伸一只手出来，三公说："过桥收钱，大人一角，孩子免费。"

那些大人有些不情愿，三公见了，又说："下游过渡也是要收费的，他收两角，我收一角，你们还少走了许多冤枉路，值呀？"

大人想想，是值，于是交一角钱给三公。一些喜欢开玩笑的人还说："三公，你是不是一不收钱手就痒呀？"

三公笑笑，三公说："是这样吧，本性难改了。"

此后，三公每天都在桥上，有孩子过桥，他便牵了孩子过去。有大人来，他伸一只手出来，收钱。

转眼过去了一年。

这天，很多学生放学回来，三公一一牵了他们过桥。那是早春的一个雨天，天冷风寒，三公来来往往在桥上多走了好多趟，累了。当他又要过桥去牵一个孩子时，脚一滑，跌河里了。

幸好河边有那些孩子，他们大喊："三公跌河里了，快来救人呀！"

很多人跑来了，他们救起了三公。

三公毕竟年纪大了，那么冷的天，三公怎么受得了，他病了。

这以后的一天，三公让人喊来了村长。三公把一个23000块钱的存折给了村长，还给了村长1580块现金。三公跟村长说，那23000块的存折是他的积蓄，那1580块现金是一年来收的过桥费。三公说村里穷，还有很多乡亲没让孩子上学，那些钱，他捐出来让那些孩子上学。

很多人围着三公，没人做声，但泪水在人们眼里潸然而下。

后来，三公的病更重了，三公觉得自己不行了，但他还想看最后一眼桥。于是，他让人把自己抬到了桥上。

村里人都到桥上来看三公,大家默默地走上桥,走到三公身边。然后,轻轻地,轻轻地把一角钱放在三公手里。

感恩提示

gan en ti shi

本文塑造了一个三公的人物形象,三公被作者刻画得非常丰满,活灵活现。全文使用了前后对比,在对比的过程中一直进行着铺垫。文章的开头介绍三公是个菜市场收税员,而他手里的那些税收他一份钱也得不到,是要上缴国家的。但是村民们绝对不相信,认为这些钱肯定是三公得到了。文章的后面交代出来了,三公从银行取出钱建了一座桥,桥虽然收费,但这些钱最终还是全部上缴了。全文从开始到结束,我们可以看到三公的“本性”不改,他的内心永远想着别人,所以别人也还会自然地把一角钱放在三公的手里。

(韩昌元)

生活就是这样,当你在为别人行善时也在为自己储蓄幸福。

轻点儿关门

◆文/石 文

费了九牛二虎之力,我们终于搬进了新居。送走了最后一批前来祝贺的朋友后,我与妻子便重重地躺在沙发上休息。忽然,门铃响了。咦,这么晚了还有客人?忙起身开门,门外站着两位不认识的儒雅的中年男女,看上去是一对夫妻。在疑惑中,那男子介绍他们是一楼的住户,特地上来向我们祝贺乔迁之喜。哦,原来是邻居啊!赶紧往屋里让。

李先生连忙摆手:“不麻烦了,不麻烦了,还有一件事情要请你们帮忙。”我说:“千万别客气,有什么事情需要我们效劳?”李先生道:“以后出入单元防盗门的时候,能不能轻点儿关门,我老父亲心脏不太好,受不了重响。”说完,静静地看着我们,眼里流露出一股浓浓的歉意。

我沉吟了片刻:“当然没问题,只是怕有时候急了便会顾不上。既然你父亲受不了惊吓,为什么还要住在一楼?”李太太解释道:“其实我们也不喜欢住一楼,既潮湿又脏,但是老爷子腿脚不方便,而且心脏病人还要有适度的活动。”听完后,我心里顿时一阵感动,便答应以后尽量小心。两口子千恩万谢,弄得我们挺不好意思的。

在接下来的日子里，我发现我们的单元门与别的单元门的确不太一样，大伙儿开关铁防盗门时，都是轻手轻脚的，绝没有其他单元时不时“咣当”一声巨响，一问，果然都是拜李先生所托。时间过得很快，转眼一年过去了。有天晚上，李先生夫妻又摁响了我们家的门铃，一见到我们，二话没说，先给我与妻子深深地鞠了个躬，半晌，头也没抬起来。

我急忙扶起询问。李先生的眼睛红肿，原来昨天晚上，李老爷子在医院病故了。前些时候，他对儿子交代过：非常感谢大家这些年对自己的照顾，麻烦各位了，要儿子见到年纪大的邻居叩个头，年纪轻的，鞠一躬，以表示自己对大家的感激。我用眼睛偷偷一扫，果然在李先生笔挺裤子的膝盖处有两块灰迹，想必是叩头叩的。

送走了李先生夫妻，我不禁感慨：“轻点儿关门只是举手之劳，居然换来了别人如此大的感激，真是想不到也担不起啊。”生活就是这样，当你在为别人行善时也在为自己储蓄幸福。

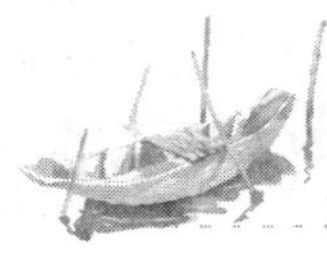

感恩提示

gan en ti shi

在城市中生活得久了，突然发现人与人之间少了份关爱与温暖。但是通过此文，我们会发现生活中感恩的事情太多了。一个孝顺的儿子，为了生病的父亲可以到邻居家去告诉大家关门的声音要小点儿，作为邻居来说，也是举手之劳，很容易就做到了。但是最终老人去世了，儿子为了感谢大家向大家鞠躬。这时候唤起我们心底最纯真的东西，也是最简单的道理，当我们考虑别人感受的时候，别人也会考虑我们的感受。在这个过程之中，我们还能得到温暖与关爱，我们何乐而不为呢？

（韩昌元）

面对那么艰难的环境，他没有怨恨社会中的某一些人或命运，而是去感恩，感谢这些在他命运中安排的考验。

感　　恩

◆文／彭明榜

他的话讲完了。整个会场一片沉静，是那种每个人都受到震撼之后的沉静。许久，才有人想起鼓掌。

掌声响亮。

那是大陆和台湾两岸的十大杰出青年的一次座谈会，地点在北京的西苑饭店。先他发言的是大陆的陈章良、孙雯和台湾的一个青年科学家。三位明星人物的发言都挺精彩,但就是太报告化了,拖的时间太长。轮到他发言时,已过了预定的会议结束时间,于是主持人宣布让他讲3分钟。

他的第一句话是"日本有个阿信,台湾有个阿进,阿进就是我"。接着这句开场白他给大家讲了他的故事。

他的父亲是个瞎子,母亲也是个瞎子且弱智,除了姐姐和他,几个弟弟妹妹也都是瞎子。瞎眼的父亲和母亲只能当乞丐,住的是乱坟岗里的墓穴,他一生下来就和死人的白骨相伴,能走路了就和父母一起去乞讨。他9岁的时候,有人对他父亲说,你该让儿子去读书,要不他长大了还是要当乞丐。父亲就送他去读书。上学第一天,老师看他脏得不成样,给他洗了澡。这是他生命中第一次洗澡。为了供他读书,才13岁的姐姐就到青楼去卖身。照顾瞎眼父母和弟妹的重担落到了他小小的肩上——他从不缺一天课,每天一放学就去讨饭,讨饭回来就跪着喂父母。后来,他上了一所中专学校,竟然获得了一个女同学的爱情。但未来的丈母娘说"天底下找不出他家那样的一窝窝人",把女儿锁在了家里,用扁担把他打出了门……

故事讲到这里,他说,由于时间的关系,今天就不讲太多了。然后,他提高了声音:"但是,我要说,我对生活充满感恩的心情。我感谢我的父母,他们虽然瞎,但他们给了我生命,至今我都还是跪着给他们喂饭;我还感谢苦难的命运,是苦难给了我磨炼,给了我这样一份与众不同的人生;我也感谢我的丈母娘,是她用扁担打我,让我知道要想得到爱情,我必须奋斗必须有出息……"

座谈会结束后,我才知道他叫赖东进,是台湾第37届十大杰出青年、一家专门生产消防器材的大公司的厂长。

感恩提示

gan en ti shi

在五六年前,中国一家很知名的青年刊物上连续转载了一部叫《乞丐囝仔》的小说,这是部自传体的小说,作者正是赖东进。这部小说给当年正在苦读中的我不少信心,当时想,人家赖东进在那么困难的环境下都能克服困难最终走了出来,我呢?至少我的环境比他好多了。其实,我发现人都有逃避心理,在遇到困难时都是不愿意去承担,害怕失败,害怕痛苦。而赖东进之所以能勇敢地面对这些,主要还是他的心态好。面对那么艰难的环境,他没有怨恨社会中的某一些人或命运,而是去感恩,感谢这些在他命运中安排的考验。赖东进能有这样的心态,也使他没有倒下,最终他成功了。赖东进的故事不是小说,他完全是一个人和命运的抗争。感谢苦难,感谢生活,感谢赖东进似的人激励了一个又一个想要奋斗的人。

(韩昌元)

这过去了的一年，也许对我一生都有影响，那就是，它令我明白：什么样的生活可以填充我们的迷茫与空虚，什么样的生活可能接近"品质生活"。

志愿者，一页不能空白的履历

◆文／易小初

在经历了多达30次的求职失败后，刚刚从南宁某学院中文系毕业的我，成了一个"网上游荡者"。白天，父母去上班我就睡觉，晚上则通宵与网友们在线相逢。那天晚上，我在网上遇到了我中学时代的一个熟人——她是一位编辑，姓夏，当时我们都叫她夏老师。她问起我的近况，我笑笑，打出一行字：

我比鱼缸里硕果仅存的那尾金鱼还孤独，我们学院的就业率是84%，我不幸成为剩余那16%中的一分子。

出人意料的是，夏老师约我到广西师大附近的一家冰水屋见面，说要介绍一份工作给我。

原来夏老师现已投身某出版集团做畅销书策划，两年前，在送书下乡的过程中，她结识了桂北山区的许多老师和学生，他们的境遇使自小在南宁长大的她深受震动。此后，夏老师成了自治区志愿者协会的一名义工，她的主要工作，是替桂北山区的中小学物色教师。志愿者协会与乐意去支教的年轻人签一个协议，志愿者每月可从协会领取650元的津贴，服务时间的长短，由双方商定，最短一年，最长两年。

"你愿不愿意去教孩子们一年英语？"夏老师急切地注视我，好像发现了矿藏一样。她说，有一所小学，因为没有英语老师，100多个孩子的英语课开不起来。

我深受触动，同时也很犹豫，薪水很低，还要离开南宁舒适的家到那么艰苦的山区去工作；另外，我也担心在那么闭塞的地方白白错失了就业的机会——毕竟，做志愿者不可能做一辈子，我必须为生存考虑。

夏老师像是看穿了我的心，她低下头去轻轻摇动水杯中的柠檬片，稍带失望地笑了，她说："五六年前看你的文章，我还以为，你是一个理想主义者……没想到时间能改变一个人。其实在欧美国家，一个年轻女孩有了志愿者的经历，对她未来能否被一流公司聘用，将起到非常大的作用。这是履历表中相当关键的一页，代表你是否有爱心、能忍耐、擅长适应环境及与陌生的群体充分合作，甚至，可以代表你是否竭尽所能地去帮助他人实现梦想……去年，我介绍的一名英语老师是一个美国姑娘，来自俄亥俄州州立大学，她也是因为就业有压力才到这边来学中文的……"

我答应夏老师考虑三天再给她答复。事实上我也担心父母反对，但回家一说，我爸爸第一个举手赞成，他说，小初你再也不能继续白天昏睡晚上网络“梦游”的生活了，看看，久不见阳光，你像豆芽一样白了。去山区教书？好啊，听说桂北因为交通不便，山清水秀很环保的，你不是喜欢摄影吗？把我那台尼康相机带上，一面教书一面四下采风，那几乎是神仙过的日子——你那些早早签了单位朝八晚五的同学，何曾有这么好的“免费旅行”机会？

开课不等人，头一天签约，第二天夏老师就送我上路了，吉普车开过高速公路、一级公路，最后在山区简易公路上足足颠簸了近 4 个小时，才到达目的地。那是星期天，听说英语老师要来，全校孩子都赶来迎接我们，待我们到达那个山坳里的村落时，孩子们最长的已等待了 11 个小时。

我成为小学校的新成员。这里接近贵州地界，9 月末的早晨已经有了凉意，在升旗仪式上，我发现全校 300 多名学生绝大部分光着脚，我数了数，有鞋穿的孩子（包括不合脚的拖鞋）只有 17 名！我真的很震惊，也切实感受到，我从前的自怨自艾是多么浅薄。我怎么能算是在底层挣扎的人？怎么能算是吃过苦的人？

也就是在这一天，我才算是对祖国各地区发展的不平衡有了切实的了解，我才算稍稍触摸到了底层生活的粗糙筋络。

我开始理解有眼光的跨国公司为何都要招募有志愿者经历的年轻人了，事实上，如果你从不曾目睹及帮助过弱者，你怎么懂得感恩，这样的人即使天分很高也可能是一只“白眼狼”！

拿到第一个月的“志愿者津贴”，我马上到集市上的一个胶鞋批发门市部去，用 6 元一双的价格批发了 100 多双白球鞋。我让五六年级的学生首先穿上新鞋，理由有二：他们大了，有鞋穿将有助于扶起他们的自尊心，打消他们的自卑感；第二，我也想让他们的弟妹们看看，读书是有好处的，谁不中途辍学，谁读到高年级，老师就会奖励他们新鞋穿。

第二个月，经过深思熟虑，我要求校长重新排课，把我的课全部安排在周一到周四，这样，周五一大早，我就可以出发回南宁去，为我的学生们做点儿实事。

刚开始，学校的其他老师有议论，他们以为我是想家了，我这么个用彩屏手机穿牛仔裤的城里女孩，怎么可能安心在穷山沟里耗去一年青春？他们甚至担心我会不辞而别。

对于种种猜测，我都一笑了之。是的，我签了一年的合约，我会履行好自己的义务，要知道，我既然推迟了求职面试的安排，我亦想有所收获……我需要志愿者协会的一个好评价。

我回到南宁，头一件事就是想法搬走我的电脑。山里的孩子，他们还没有亲手操作过键盘和鼠标，更不知道“网上冲浪”是怎么一回事。电脑在家闲着也是闲着，不如带来给孩子们“扫扫盲”。

后来再回南宁，是和夏老师约好了，一间一间地去跑南宁的小学校，发动城里的孩子们捐献他们看过的图书，穿不下的鞋子和校服。经过艰苦的努力，光是校服我们就收集到 280 多套。我们还发动家人来帮忙，在衣服的纽扣上缠上一个小纸牌，标明此衣适合多高的孩子。

整个过程细致而繁琐，一点儿也不浪漫。但就是在这样的忙碌中，我看到有衣穿有鞋穿、有书念有电脑可以触摸的孩子，他们的微笑一日日生动起来，眼眸中也有了星星点点的光亮，我知道，那点光亮，就叫做“希望”。

我和夏老师还组织了南宁的一所实验小学与桂北山区小学开展“手拉手”活动，让两地的孩子，互相走进对方的生活中，看看对方的天地。

忙完这一切，一年时光也差不多过去了……得承认我去桂北，是想要一份“工作经验”，要一份好的推荐信，我多少是揣着一颗私心来的。但，桂北的孩子，还有孩子家长的热切希望，逐渐改变了我。包括那台从家里带来的尼康相机，都没什么机会拍风景，都用来替老师、孩子和乡亲们留影了。很多不满 10 岁的孩子，是第一次照相，他们的爷爷奶奶，七八十岁了，也是第一次照相。我离开时，把大部分照片留给他们，只带走了我与全校师生的一张合影。

三个月后，我在上海浦东的一家德资公司找到工作，负责招聘的德籍总裁，在 1500 名应聘考生中挑中我，是因为“易小姐走过大多数中国青年所没有走过的路”。

这一点，夏老师早有预言，她曾说过：取得身心平衡的重要一招，是在力所能及的情况下投入志愿工作，有钱出钱有力出力。所有的付出都有回报，你给别人带去希望的同时，你自己得到的好处，可能不只是他人对你品性的认可，还可以令你一辈子无需去看心理医生。

这过去了的一年，也许对我一生都有影响，那就是，它令我明白：什么样的生活可以填充我们的迷茫与空虚，什么样的生活可能接近“品质生活”。

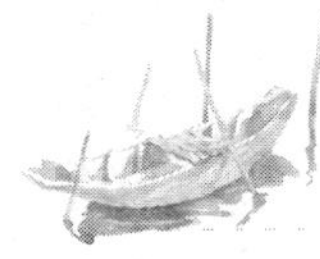

感恩提示

gan en ti shi

年轻人常常有忧伤，他们说自己生活压力大，生活节奏快，很痛苦。有一个方法，那就是把自己的所谓的忧伤写在一张纸上，如果这样做了，写完一个忧伤就会擦掉一个忧伤，最后纸上根本就写不出来什么忧伤了，所以，年轻人没有忧伤。可以和边远山区的孩子相比，他们渴求知识，渴求富裕，他们才是最忧伤的。而一个年轻人如果真正能有这样的体验，就像“我”在面对就业的时候很迷惘，几乎失去了信心，而一旦和孩子们融入在了一起，会发现生活那么美好，孩子那么可爱。可以说，这一段经历是“我”一生最宝贵的财富。

（韩昌元）

我猜她一定度过了很有意思的一生，很深地爱过。多年以后我老了，我希望也能像她一样，心存感激，姿态从容。

像她一样姿态从容

◆文/海　燕

楼下有个花店，一个老太太卖花。店的名字很奇怪，叫“花开花”。小小的门面，门前挂着两副竹劈滇石绿的对子，改的鲁迅先生的两句诗：犹有（不是“岂有”）豪情似旧时，花开花落两心知（不是“由之”）。没有横批，门楣上常常悬着一瀑悬崖菊，冬天则是一个大头朝下的绿皮红心萝卜。

老太太一年四季裹着个大披肩坐在花丛里织毛线，腿脚好像不大利索了，但身材娇小，慈眉善目。替她进货的叫她姑妈的年轻男子，挺拔开朗，开了辆很帅的吉普车——隔三差五捎点儿零食日用的东西，有次竟拎了一对美丽的珍珠鸟。常见她收到世界各地的明信片，但没见她有什么别的亲人。

不知为什么，这老太太常让我想起林徽因、杜拉斯什么的。她的花便宜得根本不能讲价。她从来不说身世，偶尔谈文论画。说《红楼梦》里宝玉给平儿搽的胭脂里的紫茉莉，其实就是夜来香；说起周天民的花卉画谱，线条清丽，文字干净：“木香，春末新叶生蕾，初夏开花，花开高架，满棚生香，亦称锦棚儿。”简直就是诗嘛！我曾疑心她是位植物学家，或者学过园艺，但她的侄子悄悄告诉我，姑母在师大教了40年英语呢。当我低头嗅一捧新雪般的满天星，老太太问我：“知道它的英文名字吗？”我摇头。“Baby's breath，婴儿的呼吸，啊——多美。”

她的身体一天比一天衰弱，但精神还好。周末我常常煮汤，一个人喝不完，就分一半端到店里去，暮色渐合的窗口，我看到她正专注地侧着耳朵聆听着什么，脸上有种奇异的微笑，“听！”我听了一会儿，“什么？”“鸟叫啊！”

房后面曾是个小小的荒园，老太太来了以后稍微整了整，不到两米长的碎石小径，撒了很多花籽，玉簪、蔷薇、鸢尾、向日葵，还有一大挂茑萝，都是不怎么费事的花，却开得烂漫多姿。园中是棵大榕树，正是暮鸟归巢的时候，一群灰喜鹊唧唧喳喳，叫得树叶都高兴地摇晃起来了。“奇怪，我以前怎么没有听到过？”帮她缠着毛线，我自言自语。那棵树的枝丫恰好在我书房的下面。“是啊，孩子，”她慈爱地拍了拍我的脸颊，“粗心的人会失去很多乐趣——人可不是70岁才开始变聋的啊！”

那是我最后一次见到她，那天晚上，她在摇椅里安静地睡去了，手里是一只还未完工的小孩袜子——她买了各种颜色的毛线，织好送给四邻的年轻妈妈们，小孩最怕脚丫着凉，她说反正也是闲着。

我也有一双这样的毛袜，还有一个她用干玫瑰花瓣填的枕头——里面掺了白菊花和薰衣草：她知道我常常画画儿熬夜，偶尔还失眠。

清晨或黄昏，我趴在窗口听那鸟声，有时会想起她来，但也不特别难过。

我猜她一定度过了很有意思的一生，很深地爱过。多年以后我老了，我希望也能像她一样，心存感激，姿态从容。

感恩提示

gan en ti shi

假如有一幅国画，画面上有一幅婴儿微睁的眼睛，慢慢地，轻轻地，呼吸也要静下来，这时候你能感觉到婴儿的呼吸。这是很美妙的一幅画，而文章展现的就是这样一幅画，让人感觉到老人的无所不知，无所不晓，像个植物家，像个文学家，像个艺术家，但这一切都不准确。因为老人喜欢花草，喜欢婴儿，喜欢给孩子做衣服，即使在老人的最后时刻她还在做着小孩的袜子。所以在清晨或黄昏，"我"趴在窗口听那鸟声，有时会想起老人来，但也不特别难过。因为老人的一生非常有意义，她的内心存在感激与感恩。

（韩昌元）

致富之道无它，惜缘、布施而已。惜缘使我们无憾，布施使我们成为真正富有的人。

珍惜一枝稻草

◆文/(台湾)林清玄

有一位很想成为富翁的青年，到处旅行流浪，辛苦地寻找着成为富翁的方法。几年过去了，他不但没有变成富翁，反而成为衣衫破烂的流浪汉。

最后，他想起了寺庙里的观世音菩萨。他知道菩萨无所不能，救苦救难，就跑到庙里，向观世音菩萨祈愿，请求菩萨教他成为富翁的方法。

观世音菩萨被他的虔诚感动了，就教他说："要成为富翁很简单，你从这寺庙出去以后，要珍惜你遇到的每一件东西、每一个人。并且为你遇见的人着想，布施给他。这样，你很快就会成为富翁了。"

青年听了，心想方法真简单，高兴得不得了，就告辞菩萨，手舞足蹈地走出庙门，一不小心竟踢到石头绊倒在地上。当他爬起来的时候，发现手里粘了一枝稻草，正想随手把稻草去掉，猛然想起了观世音菩萨的话，便小心翼翼地拿着稻草向前走。

路上迎面飞来一只蜜蜂，他想起菩萨的话，就把蜜蜂绑在稻草上，继续往前走。

突然，他听见了小孩子号啕大哭的声音，走上前去，看见一位衣着华丽的妇人抱着正大哭大闹的小孩子，怎么哄骗也不能使他止哭。当小孩看见青年手上绑着蜜蜂的稻草，立即好奇地停止了哭泣。那人想起菩萨的话，就把稻草送给孩子，孩子高兴得笑起来。妇人非常感激，送给他三个橘子。

他拿着橘子继续上路，走了不久，看见一个布商蹲在地上喘气。他想起菩萨的话，走上前去问道："你为什么蹲在这里，有什么我可以帮忙吗？"布商说："我口渴呀！渴得连一步都走不动了。"

"那么，这些橘子送给你解渴吧！"他把三个橘子全部送给布商。布商吃了橘子，精神立刻振作起来。为了答谢他，布商送给他一匹上好的绸缎。

青年拿着绸缎往前走，看到一匹马病倒在地上，骑马的人正在那里一筹莫展。他就征求马主人的同意，用那匹上好绸缎换那匹病马，马主人非常高兴地答应了。

他跑到小河去提一桶水来给那匹马喝，细心地照顾它，没想到才一会儿，马就好起来了。原来马是因为口渴才倒在路上。

青年骑着马继续前进，在经过一家大宅院前面时，突然跑出来一个老人拦住地，向他请求："你这匹马，可不可以借给我呢？"

他想起观世音菩萨的话，就从马上跳下来，说："好，就借给你吧！"

那老人说："我是这大屋子的主人，现在我有紧急的事要出远门。这样好了，等我回来还马时再重重地答谢你；如果我没有回来，这宅院和土地就送给你好了。你暂时住在这里，等我回来吧！"说完，就匆匆忙忙骑马走了。

青年在那座大庄院住了下来，等老人回来。没想到老人一去不回，他就成为庄院的主人，过着富裕的生活。这时他悟到："呀！我找了许多年成为富翁的方法，原来这样简单！"

这是一个日本童话，它有深刻的启示意义。生活在这世界上的大部分人，就像故事中的青年，都想成为富有的人。一般人想到有钱就会富有；层次高一点儿的人除了钱，希望精神上也能富有。

什么样的人才算富有呢？富有的标准不是财产的多寡，而是以能不能布施给别人来衡量的。能给出去的人才算富有；只能私藏为己用的人，即使家财万贯，也算是贫穷的人！

什么样的人才能布施呢？简单地说，就是"惜缘"的人。因为珍惜每一个因缘，甚至不弃绝和我们擦身而过的人，才使我们能布施而没有一点儿遗憾，有遗憾就不能说是富有。

因此，真正通向富足的道路，不是财产的堆积，也不是名利的追求，而是珍惜我们所遇到的每一件东西，每一个人，处处为人着想，布施给别人。

台湾有两句俗话，一句是"一枝草，一点露"，说明了人的福分是有限的，上天雨露均沾，强求也没有用。还有一句是"草籽枝也会绊倒人"，就是说不要轻视小草，小草也能让我们跌伤的。反过来说，一枝草的因缘何尝不能帮助我们呢？

致富之道无它，惜缘、布施而已。惜缘使我们无憾，布施使我们成为真正富有的人。

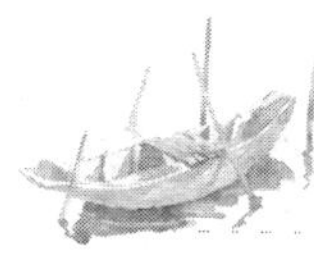

感恩提示

gan en ti shi

林清玄先生的文章很纯净，故事虽小，道理很真。在林清玄先生的文章中我们能感受到佛的力量，佛家提倡大慈大悲，心怀善念、感恩这个世界。本文也是如此，一个人无论想成为什么样的人，也就是无论自己的理想是什么，首先你得容纳下你身边的一草一木和任何人，他们也都是有生命的，只有你善待他们了，他们才会给你回报。而生活在这个社会中的人，你一旦不能给予别人了，你就是一个穷光蛋，穷得一无所有，所以我们怀着悲悯的心记住林清玄先生的这句话：致富之道无它，惜缘、布施而已。惜缘使我们无憾，布施使我们成为真正富有的人。

（韩昌元）

若是一个靠经营为生的人有一些感恩的思想和观点，即使市场竞争再激烈再残酷，也能立于不败之地。

感恩经营

◆文／胥加山

在我常去图书馆的一条路上，看到一家花店，每天早上8时，花店门一开，便挤满了前来买花的人。有好几次，我总想近前看个明白——这家花店为何生意如此红火？（因为在这条路上的其他花店生意都十分清淡。）后来从买花人口中得知，开花店的是一位年轻的小伙子，他每天逢8时开花店门，第一笔生意都是照本钱卖给顾客。

有一天，我想为妻子即将到来的生日买一束郁金香。我也赶早上8时挤进了这家花店，一进店我才发现我已抢不到第一个买花了，再一看后面还有人走进花店。我好奇地小声地问后面的顾客：“既然只有开门第一笔生意照本卖，你们为何还挤进来呢？”

他们说：“通常花店一开门，他迎来的第一批顾客，无论是买一朵花、一束花还是一篮花，不论是鲜花还是干花，他都是照本卖的。”

我问：“你们怎么知道他没有赚你们的钱呢？”

“他在这里开花店已有好几年了，信得过，再说我们也拿他的花价跟别的花店的比较过。”

那天，我果然买到一束我想要的黄色郁金香，昨天午后他开价80元，今天以开门第一笔生意的价钱只花了45元钱买到了。我对小伙子这种独特的经营方式很感兴趣，有几次想问他这种经营方式的来由，可一次次看他忙碌的身影，我又放弃了。

一个夕阳西下的傍晚，我见小伙子忙完了一笔生意，正悠闲地修花剪叶，我连忙近前和他点头致意，尔后，我问他："为什么会有开市第一笔生意照本卖的想法呢？"

他微微一笑说："最重要的还是感恩吧！记得我刚在这条路上开花店时，我的父亲急需钱动手术，每进花店一个人我总跟人说出我赚的钱只是为父亲看病，奇怪的是人们听后很爽快且十分信任地和我做生意。后来我父亲因我花店赚的钱动了手术，身体日益康复。于是我就想，鲜花不能吃不能穿，只是用来传递美好的感情，鲜花又不是人们生活的必需品，我思前想后就定下了这个规定，每天以此形式答谢顾客。"

噢，原来如此，他恐怕做梦也没想到，正是那颗感恩的心使他的生意得到更大的回馈。

后来，因这条路上的门市拆迁，小伙子搬到别处去了，可人们还会想起他来，我敢肯定人们所挂念的不是小伙子的鲜花，而是他的那一颗感恩经营的心。

原来，一个人如果有一点儿利于他人的心，也就值得人怀念了。若是一个靠经营为生的人有一些感恩的思想和观点，即使市场竞争再激烈再残酷，也能立于不败之地。

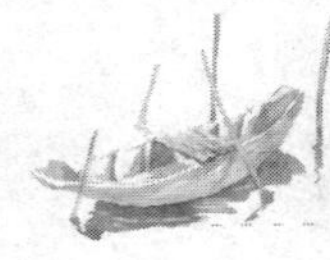

感恩提示

gan en ti shi

我们身边经营生意的人很多，商人似乎从一开始人们就给他们贴上了"奸"的标签，当然对生意人我们不去关心他们也不会同情他们的破产或者离开。但本文中花店的小伙子，他花店的生意是靠感恩来传递的，因为小伙子的花店对每天第一个顾客总是以很便宜的价钱卖出他的花。当然小伙子是受到一定启发的。在小伙子刚开花店时，为了父亲治病卖花，大家听他这么一说之后都很爽快地买他的花。感恩是相互的，信任是相互的，花开花落之间，我们突然听到了花开的声音。所以，当有一天小伙子离开的时候，人们会怀念。怀念像小伙子这样的人，他有一颗感恩的心。

（韩昌元）

今后我会在口袋里多放一元钱，以便继续传递不需要理由的帮助。

一元钱的故事

◆文／古华城

一天，我参加了一家电视台创意的一个游戏。游戏内容是我身上没带一分钱，但我得去乘一辆公共汽车，车票的价格是一元钱，我要想办法"借"到这一元钱。游戏的方式是由我在前面借钱，电视台的摄像机在后面跟踪偷拍，实录下我在这个游戏中可能遭遇的种种场景。

我到了公共汽车站，犹豫了好久，才鼓起勇气对一位大伯说："大伯，我的钱包被人偷走了，能借我一元钱坐公共汽车吗？"大伯头也不抬地说："你们这种人我见得多了，现在到我这儿来讨一元钱，转个身又到别人那儿讨一元，一个月下来，你们的收入比我的工资还要高呢。可恶！"

大伯显然将我当成了职业乞丐，我一下子张口结舌，什么话也说不出来，第一个回合就这样败下阵来。我深吸了口气，准备第二次冲锋。

这次，我看准了一个慈祥的大妈。我红着脸上去搭讪："大妈，我的钱包被人偷了，我现在身上一分钱也没有了，您能不能借我一元钱让我坐车回家？"大妈仔细看了我一眼说："年轻人，我看你表面还像个知识分子，你应该去做一些体面干净的事情，年轻人要学好，你的路还长着呢，别一天到晚动歪脑筋。我现在可以给你一元钱，但我怕你以后明白了事理，要找后悔药吃时，你就会骂我，因为就是像我这样的人心慈手软，才一步步纵容了你的堕落。"

听着大妈的教诲，我找不着可以回答的话语，我想也许这不能怪大伯大妈，他们一定经历了太多次这样的遭遇了。不过大妈的话倒提醒了我，说我像知识分子，我可以说自己是个大学生，也许更能博得同情。

一位打扮时髦的小姐走了过来，我迎上去："小姐，我是个大学生，今天出门时忘了带钱包，你能借我一元钱让我乘车回学校吗？"小姐像受了惊吓似的，猛地后退几步，满脸疑惑地盯着我。她可能将我当成一个骚扰女孩的无赖，她像过雷区似的，在我身边画了个半圆，然后迅速地跑到了车站的另一头。

三个回合都以失败告终，我有些心灰意冷。我回头看时，电视台的摄像师却一个劲地向我伸出大拇指，那是我们事先约定的暗号，意思是我得继续干下去。显然，我的失败正在他们的意料之中，这样的尴尬场面对旁观者来说，说不定正像一道精美的大餐呢！

一位小朋友走近公交车站，我想这是我最后的试验了。我不想说钱包、大学生之类的谎言了，我走过去，很客气地说："小朋友，能借我一元钱乘公交车吗？"小朋友马上从口袋里掏出一元钱递了过来。这下轮到我惊讶了，没想到小朋友竟然什么都没问，就把钱给了我。

呆了好久，我才问小朋友："你为什么要帮助我呢？"小朋友顺口就说："因为你没钱乘车呀。老师说过，帮助是不需要理由的。"

霎时，一股暖流从我心里流过。

在节目结束的时候，主持人补充采访了我一个镜头，问参加这样一个游戏对我的人生观有什么影响。我的回答是：今后我会在口袋里多放一元钱，以便继续传递不需要理由的帮助。

感恩提示

gan en ti shi

文章的过程和经历在如今的电视中可以经常见到，在我们的生活中也时有发生，我们经历了太多这样的场面，所以有些麻木。我在一家电视节目中也看到此类情况，是环境保护之类的。在大街中间放置一个垃圾袋，摄像机在旁边拍摄。大约经过几个小时后，终于一个小学生把垃圾袋放进了垃圾桶里。最后，电视台送给了小学生5000元钱。这学生不愿意要，他说他捡垃圾袋不是知道有钱才去捡的，把垃圾袋放入垃圾桶很正常。小学生的回答和本文中的孩子回答几乎是一样。我们为什么不能像孩子那样平静地做我们该做的事，做对社会有益的事。在别人需要帮助的时候给他们施以援手，因为，我相信，每个人都有需要帮助的时候。

(韩昌元)

他说，感恩与宽容经常是源自痛苦与磨难的，必须以极大的毅力来训练。

曼德拉的顿悟

◆文/鲁先圣

南非的民族斗士曼德拉，因为领导反对白人种族隔离政策而入狱，白人统治者把他关在荒凉的大西洋小岛罗本岛上27年。

罗本岛位于离开普敦西北方向7英里的桌湾。岛上布满岩石，到处都是海豹和蛇及其他动物。曼德拉被关在总集中营一个“锌皮房”里，他每天早晨排队到采石场，然后被解开脚镣，下到一个很大的石灰石田地，用尖镐和铁锹挖掘石灰石。有时从冰冷的海水里捞取海带。因为曼德拉是要犯，专门看押他的看守就有三人。当1991年曼德拉出狱当选总统以后，他在总统就职典礼上的举动震惊了世界。

总统就职仪式开始了，曼德拉起身致辞欢迎他的来宾。在介绍了来自世界各国的政要后，他说令他最高兴的是当初看守他的三名前狱方人员也能到场。他邀请他们站起身，以便他能介绍给大家。曼德拉博大的胸襟和宽宏的精神，让南非那些残酷虐待了他27年的白人汗颜，也让所有到场的人肃然起敬。看着年迈的曼德拉缓缓站起身来，恭敬地向三个曾关押他的看守致敬，在场的所有来宾以至整个世界，都静下来了。

曼德拉后来向朋友们解释说，自己年轻时性子很急，脾气暴躁，正是在狱中学会了控制情绪才活了下来。他的牢狱岁月给了他时间与激励，使他学会了如何处理自己遭遇苦难的痛苦。他说，感恩与宽容经常是源自痛苦与磨难的，必须以极大的毅力来训练。曼德拉说起获释出狱当天的心情：“当我走出囚室、迈过通往自由的监狱大门时，我已经清楚，自己若不能把悲痛与怨恨留在身后，那么我其实仍在狱中。”

看看我们的周边，人们之所以总是觉得烦恼缠身、充满痛苦，总是怨天尤人，多半是因为我们缺少像曼德拉那样的宽容和感恩吧。

感恩提示

gan en ti shi

曼德拉是一位非常了不起的总统，在这了不起的背后肯定有他不同寻常的故事。在本文中了解到曼德拉有一段非常关键的经历，而这个经历改变了他的一生。曼德拉自己也说他在年轻时性子很急，脾气暴躁，而正是在狱中他学会了控制情绪才活了下来。他的牢狱岁月给了他磨砺的机遇，使他学会了如何处理自己遭遇苦难的痛苦。可以看出，感恩与宽容对于处在痛苦与磨难之中的人是多么重要，时常怀有感恩之心，你会变得成熟而理性。在狱中曼德拉受到了一些挫折，而正是这些挫折使他顿悟出一些感恩的道理，这些道理是他成为伟人的要素。

（韩昌元）

奶奶在还清了“债务”之后，每晚睡得特别踏实，夜夜香甜。

一袋“粮债”

◆文/星　竹

有一天，奶奶扛回家一袋粮食，足足15公斤重的白面，是捡来的。我们全家都吃惊地望着那袋粮食，不是欢喜，而是惶恐。在粮食困难的时期，这真是天上掉馅饼！

奶奶说，也许是从别人自行车上掉下来的，也许是从毛驴车上掉下来的，也许是大卡车……奶奶伸出冻红的手，说她守着这袋粮食，在路边等了两个小时。

我们心情复杂地望着这袋粮食，谁也不知道该怎么办。

奶奶说：“要不，咱就跟这个人买点儿粮食，只买一碗，只一碗！”

我们都不明其意。奶奶拿起碗，从口袋里舀出一碗，又将口袋扎紧，拿出10元，将粮食又扛了出去。全家人如释重负。奶奶拿着钱，背着粮食，又到路边去等候了。直到傍晚，夜幕降临，奶奶又将口袋背了回来。没有人认领那袋粮食。

第二天，我们又从口袋里“买”了一碗粮食，奶奶又拿出10元……整整三个月，我们全家怀着惶恐不安的心情，将一口袋粮食“买”光了。小柜上放着100多元不知该给谁的钱。在那个冬天，奶奶的心情一直不安，像做了天大的错事。空空的粮袋，成了她最大的心病。她甚至神经质地一手攥着钱，一手拿着空粮袋子，三番五次地站在路边，等候那个丢粮的人。

岁月如梭，奶奶的不安，似乎一直都没有化解。后来，奶奶总要拿出家里的东西送给邻居。甚至无故地塞给小孩子们钱，让他们买糖果。

有一天，奶奶将父亲给她的工资一分不剩地全丢了。奶奶回来不是丧气，而是有些兴高采烈。她不断唠叨着：“这就对了，这就对了，就算是还上了。”原来，她还是想着那袋粮食。

奶奶因那一袋粮食，做了许多善事，很投入地去帮助别人。她常常帮得生硬过火，令人不解。但奶奶在做了这些善举后，眉眼渐渐地舒展了，笑容渐渐地多了。她经常开心地说：“到底还上了那袋粮食，一定是还上了。你们说呢？”

奶奶在还清了“债务”之后，每晚睡得特别踏实，夜夜香甜。

感恩提示

gan en ti shi

由于奶奶捡到一袋粮食而时刻为这袋粮食不安，奶奶的不安表现在很多方面，包括奶奶从口袋中“借”出来，再将钱还回去；包括奶奶一直为这袋粮食而顾虑；包括奶奶后来丢失了东西……这一切都反映了奶奶的纯真与善良，把奶奶这个人物刻画得非常深刻。时下，经常有人捡到钱包或别的东西，但很少会有人像奶奶那样，去“借”，去还心“债”。奶奶最后终于以丢失钱包的形式算是把心债给还上了。但是那一刻，我们非常感动，因为奶奶的形象一直停留在我们的脑海中。有些东西永远会属于自己的，就像奶奶的善良一样。

（韩昌元）

面对现实生活中的人情的淡薄，我更加怀念一生平凡的父亲，以及他的善良和宽容。

放人一马

◆文/沈 辉

三年自然灾害时期，邻村一个少妇，因为实在不忍心看孩子挨饿，跑到邻居家里，偷了大约一茶杯的炒米。她用衣襟兜着，正准备走时，不料与回家的主人撞了个满怀。

主人一阵大呼小叫，引来了全村的人。那年头，盗和娼是最让人不齿的。看热闹的人群，将无地自容的少妇团团围住，指责声、羞辱声，声声撕裂着少妇的心。她双手蒙面，冲出人群，转眼间，一头扎进不远处的池塘。一切都在眨眼间发生，等慌乱的人们七手八脚捞起她时，人早已没了气。那刚刚会走路的孩子，看到睡在地上的妈妈，一头扑上去，掀起她身上湿湿的褂子，死命地吮吸母亲还带着余温的乳头。

听母亲讲到这里的时候，我哭了，为那凄惨的母亲和那可怜的孩子。但母亲很平静，接着，她又说起父亲的一件事，他生前多次叮嘱，不要与外人提起：

还是那个生活困难的岁月，父亲在县农机厂设在镇上的工作站上班，他所在的工厂属于重工业，所以，粮食定量比较高，每月有12公斤大米的补贴，在人们眼里，这是非常了不起的事情。尽管如此，因为孩子多，母亲仍需精打细算，掺些野菜、粗粮度日。可是不久，母亲发现，缸里的米每天都会莫名其妙地减少，每天少得也并不多，估计也只有一茶杯左右。

母亲是个细心的人，有一天，她在米缸里做上记号，晚上发现被动过。肯定是被人偷了，这人是谁呢?

不久，这个谜团被父亲解开了：一天，父亲有事提前回家，一推门，只见隔壁女房东正顺着梯子从楼上下来，手中还拿着盛米用的升子。父亲虽然被吓了一跳，但镇静之后，反倒叫她不要害怕。女房东羞得满脸通红。

晚上，父亲跟母亲说，都是没有办法的事，千万不要和别人提起，孩子个个饿得皮包骨头，你明天送点儿米过去。父亲倒觉得忐忑不安起来，生怕女房东一时想不开。

从此，女房东见到我父母就满脸通红，并在很长的一段时间去了她妹妹家。我想，她这一生，都会永远记着这件事。

岁月随风而去，父亲离开我们已有6年。面对现实生活中的人情的淡薄，我更加怀念一生平凡的父亲，以及他的善良和宽容。

感恩提示

gan en ti shi

我们的父辈或者祖辈们几乎都会和我们说他们过去的往事，过去如何在艰苦岁月中活过来的。当然，活着的方式很多，一种最直接的体现就是"偷"。那是生命中最无奈的反抗，如果"偷"回了一茶杯米，就可以救活一家人，在那样的情况下，必须这么做。所以，对待这样的事我们的父辈或者祖辈们说起来并不觉得丢人与可耻，如果谁能找到更好的活着的方式谁都不愿意那么去做。但是，这些事情再次回忆起来时却非常辛酸。就像本文，如果每个活着的人都能遇到像"我"的父母那样就好了，宽容、善良才会让我们这个民族永久持续下去。

（韩昌元）

我的上帝啊，我曾无数次地为我生命中的玫瑰而感谢你，但却从来没有为我生命中的荆棘而感谢过你。请你教导我关于荆棘的价值，通过我的眼泪，帮助我看到那更加明亮的彩虹……

感恩节的荆棘花

◆文/佚 名

当珊德拉迎着11月的寒风推开街边一家花店的大门的时候，她的情绪低落到了极点。长期以来，她都过着一种一帆风顺的惬意的生活，但是今年，就在她怀着孩子已经4个月的时候，一场小小的交通意外无情地夺走了她肚子里的生命，也夺走了她全部的幸福。

这个感恩节本来是她的预产期，而且偏偏就在上个月，她的丈夫又失去了工作。这一连串的打击，令她几乎要崩溃了。

"感恩节？为什么感恩呢？为了那个不小心撞了我的粗心司机？还是为那个救了我一命却没能帮我保住孩子的气囊？"珊德拉困惑地想着，不知不觉中就来到一团团鲜花面前。

"我想订花……"珊德拉犹豫着说。"是感恩节用的吗？"店员问，接着又继续说道，"我相信，花都是有故事的。在这个感恩节里，您一定想要那种能传递感激之意的花吧？"

"不！"珊德拉脱口而出，"在过去的五个月里，我没有一件事是顺心的。"话一说完，她不禁为自己的心直口快感到后悔。

“我知道什么对您最合适了。”店员接过话来说。

珊德拉大感惊讶。这时，花店的门铃响了起来。“嗨，芭芭拉，我这就去把您订的东西给您拿过来。”店员一边对进来的女士打着招呼，一边让珊德拉在此稍候，然后就走进了里面一个小工作间里。没过多久，当她再次出来的时候，怀里抱满了一大堆的绿叶、蝴蝶结和一把又长又多刺的玫瑰花枝——那些玫瑰花枝被修得整整齐齐，只是上面连一朵花也没有。

珊德拉狐疑地看着这一切，这不是在开玩笑吧？谁会要没有花的枝子呢！她以为那顾客一定会很生气，然而，她错了。她清楚地听到那个叫芭芭拉的女人向店员道谢。

“嗯，”珊德拉忍不住开口了，声音变得有点儿结结巴巴的，“那女士带着她的……嗯……她走了，却没拿花！”

“是的，”店员说道，“我把花都给剪掉了。那就是我们的特别奉献，我把它叫做感恩节荆棘花。”

“哦，得了吧，你不是要告诉我居然有人愿意花钱买这玩意儿吧？”珊德拉不理解地大声说道。

“三年前，当芭芭拉走进我们花店的时候，感觉就跟你现在一样，认为生活中没有什么值得感恩的。”店员解释道，“当时，她父亲刚刚死于癌症，家族事业也正摇摇欲坠，儿子在吸毒，她自己也正面临着一个大手术。我的丈夫也正好是在那一年去世的，”店员继续说道，“我一生当中头一回一个人过感恩节。我没有孩子，没有丈夫，没有家人，也没有钱去旅游。”

“那你怎么办呢？”珊德拉问道。

“我学会了为生命中的荆棘感恩。”店员沉静地答道，“我过去一直为生活当中美好的事物而感恩，却从没有问过为什么自己会得到那么多的好东西。但是，当厄运降临的时候，我问了。我花了很长一段时间才明白，原来黑暗的日子也是非常重要的。我一直都在享受着生活中的‘花朵’，但是，荆棘使我明白了上帝的安慰是多么的美好，你知道吗？《圣经》上说，当我们受苦的时候，上帝就安慰我们，借着上帝的安慰，我们也学会了安慰别人。”

珊德拉屏住呼吸思索着眼前这位店员的话，犹豫地说：“我想，说句心里话，我不想要什么安慰，因为我失去了我的孩子，我的丈夫也失去了工作，我对上帝感到生气。”

正在这时，又有人走了进来，是一个头顶光秃的矮个子胖男人。

“我太太让我来取我们的‘感恩节特别奉献’——12 根带刺的花枝！”那个叫菲利的男人一边接过店员从冰箱里取出来的、用纸巾包扎好的花枝，一边笑着说。

“这是给您太太的？”珊德拉难以置信地问道，“如果您不介意的话，我想知道您太太为什么会想要这个东西。”

“哦，不介意……我很高兴你这么问。”菲利回答道，“四年前，我和我太太差一点儿就离婚了。在结婚四十多年之后，我们的婚姻陷入了僵局。但是，靠着上帝的恩典和指引，我们总算把问题给解决了，我们又和好如初。这儿的店员告诉我，为了让自己牢记在‘荆棘时刻’里学到的功课，她总是摆着一瓶子的玫瑰花枝。这正合我意，因此就捎了些回家，我和我太太决定把我们的问题都写在标签上，然后把它们一一贴在这些枝子上，一根枝子代表一个问题。然后，我们就为我们从这些问题上所学到的功课而感恩！”

“我诚挚向你推荐这一‘特别奉献’！”菲利一边付账，一边对珊德拉说。

“我实在不知道我能不能够为我生命中的荆棘感恩，”珊德拉对店员说道，“这有点儿……不可思议。”

“嗯，”店员小心翼翼地说，“我的经验告诉我，荆棘能够把玫瑰衬托得更加宝贵。人在遇到麻烦的时候会更加珍视上帝的慈爱和帮助，我和菲利夫妇都是这么过来的。因此，不要恼恨荆棘。”

眼泪从珊德拉的面颊上滑落。她抛开她的怨恨，哽咽道：“我要买下那12根带刺的花枝，该付多少钱？”“不要钱，你只要答应我把你内心的伤口治好就行了。这里所有顾客的‘特别奉献’都是由我送的。”店员微笑着递给册德拉一张卡片，说道，“我会把这张卡片附在你的礼品上，不过，或许你可以先看看。”

珊德拉打开卡片，上面写着：“我的上帝啊，我曾无数次地为我生命中的玫瑰而感谢你，但却从来没有为我生命中的荆棘而感谢过你。请你教导我关于荆棘的价值，通过我的眼泪，帮助我看到那更加明亮的彩虹……”

眼泪再一次从珊德拉的脸颊上滑落。

感恩提示

gan en ti shi

西方人很相信上帝，他们认为恩典是上帝赐予的，而不幸就是上帝给我们的惩罚。其实不是这样，上帝是我们脑海中所奢望的一个人，既然是一个人，那么他就会给予我们恩典与不幸，无论是什么，我们都要感谢上帝，是上帝让我们的人生开始丰富起来，开始与众不同。就像本文中的珊德拉一样，面对孩子的失去，丈夫的失业，珊德拉觉得一切都很不幸，既然不幸珊德拉就不觉得感谢上帝。而通过感恩节的荆棘花，看到很多人的不幸比珊德拉还要严重，人家家庭遭到重创，亲人去世，但在感恩节这一天，那些人照样感谢上帝，感谢上帝所给予的一切。

(韩昌元)

执着和痴情就是创造奇迹的一斧一凿，有这两样东西在，世上就没有什么不可能的事。

不可能的可能

◆文/陈志宏

在新疆博格达山峰之麓，有一个叫"包家槽子"的小村，村里有一个叫吴庭德的老人，他是茫茫戈壁滩一个普通得再也不能普通的老人。他以放羊为生，和村里所有的老人一样，平平淡淡地步入人生的暮年。

吴庭德一大把年纪，生活本来就比较困难，如果说他会创造奇迹，村里人异口同声地回答："就他？不可能！"换了你一定也会如此斩钉截铁地说，是啊，这么大年纪的老人，大半辈子都这么平凡过来了，怎么可能创造奇迹呢？

90年代的一天，吴庭德老人赶羊到村子南边百米远的地方，看见一群陌生人在竖一块木牌。陌生人开着汽车走了，老人上前一看，只见上面写着"亚洲大陆地理中心"八个大字。他微微一笑，陷入了沉思。他想，既然是中心，那一定不简单啊！那一刻，他做出了一个不简单的决定：每天守护这个中心牌。

白天放羊的时候，吴庭德就守在"亚心"周围，看着它不受牲畜破坏。下雨怕它淋着，晚上怕它冻着，他就不辞辛劳，每天趁着夕阳西下，把木牌背回家。第二天一大早，他又搬回去，端端正正地把它插好。家里人笑他太傻，国家又不给一分钱，凭什么看宝贝一样看着它。村里人笑他太痴，一块木牌值得那么神经兮兮吗？吴庭德把那些冷言冷语作耳边风，执著地守望"亚心"。

亚洲中心设立之后，许多游客从世界各地赶来，尽管只是一块孤零零的木牌，他们也看得十分高兴，毕竟与亚洲的中心零距离了一番。游客们参观"亚心"，免不了和吴庭德老人聊上几句。茫茫戈壁，在这亚洲中心的位置，吴庭德成了唯一的活风景。为了让游客沾上中心的气息，吴庭德想了一个办法，每天砸一个小石头，把小石头砸成动物的模样，然后再砸出"亚洲中心"四个字。他把这些个"亚心石"低价出售给来参观的游客。老人砸出的"亚心石"简单得近乎石器时代的遗物，然而，照样卖得火。

四年过去了，老人靠"亚心石"赚了一笔钱。就在这一年，国家投资150万元，建了一座高大的亚洲大陆地理中心塔，四个A（亚洲英文单词的第一个字母）型柱子合在一起，直刺云霄，中间垂一个巨型圆锥，直指亚洲地心。慕名前来参观的游客骤然增多，家人期待吴庭德多砸出一些"亚心石"来卖，肯定能赚大钱。

然而，吴庭德老人不但没有上交石钱给家里，反而把家中40只羊全卖了，所得的钱买了4块雕石狮的石料。从此以后，老人每天在亚心塔旁，一斧一凿地雕刻石狮。两年过去了，他雕出了一雄一雌两座栩栩如生的石狮。他对游客说："我怕亚心塔太孤单了，就雕了这两个石狮，一个代表成吉思汗，一个代表文成公主……"

值得一提的是，吴庭德老人压根儿没学过雕刻！

远方有一位游客得知吴庭德老人创下如此人间奇迹，特意为他塑了一尊铜像，表达了对他最崇高的敬意！

如果你有机会去亚心塔参观，你一定会被吴庭德老人的石雕吸引住的。这两尊石狮以无声的方式告诉你一个朴实的道理：执著和痴情就是创造奇迹的一斧一凿，有这两样东西在，世上就没有什么不可能的事。

感恩提示

gan en ti shi

中国有句成语叫铁杵磨成针，说得是一个人只要有信心，只要相信自己并坚持下去，再难的梦想也会变成现实。这个成语激励了很多人，每当他们遇到什么挫折和困难时都会想到这个成语。今天，我们看到吴庭德老人同样靠着这种精神创造了奇迹。一个连一点儿雕塑也不懂的老人，竟然可以雕刻出一雄一雌两座栩栩如生的石狮。我们发现信心的力量是无穷的，也是最有冲击力的，像吴庭德老人那样，虽然他们有可能不知道"铁杵磨成针"这句成语，但是他们正是凭着"执着和痴情"创造着奇迹。

（韩昌元）

是的，只要你拥有对生命的热爱，苦难就永远而且只能是一条落水的狗！

苦难本是一条狗

◆文/金世彬

苦难本是一条狗。生活中，它不经意就向我们扑来。如果我们畏惧、躲避，它就凶残地追着我们不放；如果我们直起身子，挥舞着拳头向它大声吆喝，它就只有夹着尾巴灰溜溜地逃走。

跌倒一万次的人也比她幸运。她从娘胎里出来，就无手无脚，手脚的末端只是圆秃秃的肉球。8岁时，有了思想的她就想到了死。可悲的是，她无法找到死的方法：用头撞墙，由于没有四肢支撑，在碰得几个血泡、摔得一脸模糊后还是安然活着；绝食，又遭到母亲怒骂："8年，我千辛万苦拉扯你8年了……"看着母亲的眼泪，她毅然反省："我要像正常人一样活下去！"

于是，她开始训练拿筷子。她先用一只手臂放在桌子边缘，再用另一只手臂从桌面上将筷子滑过去，然后，两个肉球合在一起。她从用一根筷子开始，再到两根筷子，日复一日，血痕复血痕，9岁那年，她终于吃到了自己用筷子夹起的第一口饭。

学会拿筷子后，她又开始学走路。她将腿直立于地面，努力保持身体的平衡，和地面接触的部位从血痕到血泡，从血泡到厚茧，摔倒爬起，爬起摔倒，血水夹汗水，汗水夹泪水。10岁，她学会了走路。也就在这年，她有了读书的念头。在父母及老师的帮助下，她成了村上小学一名编外生。于是，她用胶皮缠在腿上，不论寒暑和风雨，总是早早到校。她用手臂的末端夹笔写字，付出比常人多数十倍的努力，从小学到初中，到自学财务大专。

1988年，她被云南省的一家工厂破格录用为会计，后因回报父母养育之恩返回父母身边。回家后，她自谋出路贩卖水果。如今，她不仅是远近有名的孝女，而且"贩回"一个高大健康的丈夫，膝下有一对活泼可爱的儿女，一家人温馨、甜蜜，其乐融融。她的名字叫胡春香，她给手脚健全体魄健壮的我们上了生动的一课——只要付出热爱，你就会收获幸福！

美国体育运动史上伟大的长跑选手——格连·康宁罕，在8岁那年曾意外遭遇一场爆炸事故，致使双腿严重受伤，而且腿上没有一块完整的肌肤。医生曾断言他此生再也无法行走。面对黯然神伤的父母，康宁罕没有哭泣，而是大声宣誓："我一定要站起来！"

康宁罕在床上躺了两个月之后，他便尝试着下床了。为了不让父母看见伤心，康宁罕总是背着父母，拄着父亲为他做的那两根小拐杖在房间里挪动。钻心的疼痛把他一次次击倒，他跌得遍体鳞伤也毫不在乎，他坚信自己一定可以重新站起来，重新走路奔跑。几个月后，康宁罕的两条伤腿可以慢慢屈伸了。他在心底默默为自己欢呼："我站起来了！我站起来了！"

于是，康宁罕又想起了离家两英里的一个湖泊。他喜欢那儿的蓝天碧水，他喜欢那儿的小伙伴。康宁罕就心向湖泊，更加顽强地锻炼着自己。两年后，他凭借自己的坚韧和毅力，走到了湖边。从此，康宁罕又开始练习跑步，他把农场上的牛马作为追逐对象，数年如一日，寒暑不放弃。后来，他的双腿就这样"奇迹"般地强壮了起来。再后来，康宁罕通过不断的挑战，成了美国历史上有名的长跑运动员。康宁罕用他的行动告诉我们：苍天不会虐待生命的热爱者。

是的，只要你拥有对生命的热爱，苦难就永远而且只能是一条落水的狗！

感恩提示

gan en ti shi

可以说，生活中很难有像胡春香和美国长跑运动员格连·康宁罕遭遇这样的苦难，常常听某人说自己怎么怎么不幸，但和胡春香和美国长跑运动员格连·康宁罕相比较而言，根本是微不足道，不值得一提。胡春香从小连吃饭走路都不行，靠着自己的毅力最终站了起来，并有了心爱的丈夫、孩子，胡春香靠自己获得了幸福；格连·康宁罕遭遇了一次重大的爆炸事故，仍然克服一切最终站了起来。在苦难面前，他们有了不平凡的人生，他们与困难一起抗争，并取得了胜利。假如苦难是一条狗的话，那么我们就痛打落水狗，让困难只是考验我们的一道小小的屏障而已。

（韩昌元）

这里十分偏僻，天气很冷；但是我们感觉到：我们生活的地方是辽阔无垠，这里有的是温暖、友谊和乐观。

哦！冬夜的灯光

◆文/[英]莫里斯·吉布森

我和我的妻子珍妮特抛下我们自己的诊所，离开我们的舒适可爱的家，来到 8000 公里外的加拿大西部，这个名叫奥克托克斯的荒凉小镇。这里十分偏僻，天气很冷；但是我们感觉到：我们生活的地方是辽阔无垠，这里有的是温暖、友谊和乐观。

我记得一个冬日之夜，有个农民打电话来说只有他一个人在家，而婴儿正在发高烧。虽然汽车里有暖气，他也不敢冒险带婴儿上路。他听说我不管多么晚也肯出诊，因此请我上门去给他的婴儿治病。

他的农场在 15 公里外，我要他告诉我怎样去法。

“我这里很容易找到。出镇向西走 6 公里半，转北走 1 公里半，转西走 3 公里，再……”

我给他搞得糊里糊涂，虽然他把到他家的路线再说了一遍，我还是弄不清楚。

“我知道该怎么办了，医生，我会打电话给沿途农家，叫他们开亮电灯，你看着灯光开车到我这里来，我会把开着车头灯的卡车放在大门口，那样你就找得到了。”他在电话里告诉我这个办法，我觉得不错。

启程前，我出去观察了一下阿尔伯达上空广阔无边的穹隆。在冬季里，我们随时都要提防风暴，而山上堆积的乌云，可能就是寒天下雪的征兆。每一年，都有人猝不及防地在车里冻僵，没有经历过荒原风雪的凶猛袭击，是不知道它的危险性的。

我开着车上路，车窗外面寒风呼呼地怒吼着。果然，正如那位农民所说的，沿途农家全部把灯开亮了。平时，一入夜荒野总是漆黑一片，因为那时候的农家夜里用灯是很节约的。一路的灯光指引着我，使我终于找到了那个求医的人家。

我急忙给婴儿检查病情。这婴儿烧得很厉害，不过没有生命危险。我给婴儿打了针，再配了一些药，然后向那农人交代怎样护理，怎样给孩子服药。当我收拾药箱的时候，我心里在想，那么复杂的乡村夜路，我怎能认得路回去呢?

这时候，外面已经下大雪了。那农人对我说，如果回家不方便，可以在他家过一夜。我婉言谢绝了。我还得赶回去，说不定深夜还会有病家来求诊。我壮着胆子启动引擎，把汽车徐徐地驶离这户人家的门口，说实话，我的心里满怀着恐惧。但是，车子在道路上开了一会儿，我就发觉我的恐惧和忧虑是多余的。沿途农家的灯都仍然开着，通明闪亮的灯光仿佛在朝着我致意，人们用他们的灯光送我回去。我的汽车每驶过一家，灯光随后就熄灭，而前面的灯光还闪亮着，在等待着我……我沿途听到的，只是汽车发动机不断发出的隆隆声，以及风的哀鸣和车轮碾雪的索索声。可是我绝不感到孤独，那种感觉就像在黑暗中经过灯塔一样。

这时我开始领悟到了阿瑟·查普曼写下这几句诗时的意境：

那里的握手比较有力，
那里的笑容比较长久，
那就是西部开始的地方。

感恩提示

gan en ti shi

有一个很简单的道理叫“上山容易下山难”。就像本文中的大雪天，去的时候靠着灯光很容易就到了需要治疗孩子的家。但是回去的时候，“我”就担忧起来了，“我”害怕找不到回去的路。我回去的时候还会有灯光吗？但是虽然是雪天，灯光还是那么明亮，“我”的恐惧和忧虑是多余的。我想起如果街道里黑暗的时候，路人就会很小心，这时候如果能有灯光该多好。我想，很多人都是这么想的。有了灯光，黑暗就不恐惧，人就不孤独。

（韩昌元）

我们要他无论在什么情况下，都不能放弃哪怕是一次微不足道的行善的机会。

行　　善

◆文/舟　舟

快下班的时候，一对年轻的夫妻抱着几个月大的孩子来上户口。从他们递上来的资料里我看到孩子姓名的后两个字是“行善”。“很特别啊！”我抬头向他们笑笑。

“是的，而且，有不同寻常的意义。”那个男人说，“因为我们——我是说，我、我的妻子，和我们的孩子，我们都是6·22海难的幸存者。”

2002年6月22日，浓雾弥漫。他和妻子坐上曾坐过多年的“榕建号”客轮。那天，准载100人的客船实际承载了200多人，没有一个人意识到死神正伸出狰狞的双手逼向他们。

当过重的船身骤然倾覆的一瞬间，他的大脑也如当时的场面般混乱。他的耳边充斥着惊慌失措的哀号、尖叫和哭泣。他看到许多双绝望挥舞的手，和渐渐随着水流沉浮远去的头颅。他根本来不及细想究竟发生了什么，只在一种求生本能的驱使下奋力划开水流。当他精疲力竭地爬上岸仰面朝天喘着粗气的时候，他清楚地知道自己那不会游泳的已有孕在身的妻子恐怕早已……

就在这时他发现河流里飘来什么，好像是一个女人的头。扑腾的水花表明那个人还活着，并且正在努力求生。他已经很累了，近乎虚脱，但“救人”的念头还是强烈地占据了上风，他又跳了下去。

好不容易把那女人拖上岸，他虚弱得已睁不开眼睛。两个人就这么水淋淋地躺着。不知是过了多久，昏厥中他听到喧闹的人声，是救援的人们过来了。他被人家扶起来，出于好奇心，他忍不住去望了他救的那女人一眼，这一下他惊得“噌”地跳起来——那个也同样睁着一双惊慌的眼睛望着他的女人，竟然正是他的妻子！世界忽然死一般寂静，时间仿佛在那一刻停止了转动……蓦地，夫妻俩抱头痛哭！

“如果……”故事讲到这里，我正要插嘴，那个男人制止了我：“你是想问，如果当时我侥幸自保后没有救人的话……”

我默然。事实上谁都知道这是一个再简单不过的答案。

可这答案，却维系着两个至亲至爱的生命！一念之差，得与失又是如何分明啊。

“天是有眼的，助人者天助，所以我们给孩子取名‘行善’。我们要他无论在什么情况下，都不能放弃哪怕是一次微不足道的行善的机会。”

感恩提示

gan en ti shi

2002年6月22日，浓雾弥漫。他和妻子坐上曾坐过多年的"榕建号"客轮。这次客轮发生了海难，正在这个时候，他去救了一位女人，只是出于一个人最基本的道义。由于严重的虚弱和劳累他已经不能看到被救者的面容和表情，而他所救的女人正是他的妻子。这是一个"幸福"的瞬间，因为在他实施救人的活动之中并没有考虑去救自己的妻子，而通过这次救助，使他发现生活中救了别人就是救自己这样简单的道理。这道理虽简单，但经过这次"榕建号"事件使他理解得更深刻。所以，"榕建号"海难给人们带来了"幸福"，让人们发现了生命的真谛。

（韩昌元）

爱是一张温馨的邮票，它能从一颗心灵传递到另一颗心灵上。

爱的邮票

◆文/李雪峰

她在沿海的一个城市里，而他在昆仑山的偏僻哨卡上。她和他曾经是大学的同学，两人相互倾慕过，但都是悄悄的，谁都没有勇气捅透那层薄薄的情感之纸。毕业后，她和他天各一方了，但他们常常通信，信上聊的都是些不着边际的话，每封信都有些意犹未尽的意思，但谁都不好意思先说破。9月的时候，她的父母说已给她办好了去加拿大的签证。她很意外，她并不是刻意要去的，当初父母替她奔波的时候，她思忖这事不一定能办成，就同意让他们替自己跑跑了，谁知真的办成了。拿到签证的时候她愣了，父母说："还有一个月的时间，你休息休息就可以走了。"她的心立刻就乱了。她想了整整两天，决定给他寄最后一封信，如果一个月内他收不到信又没有他的一丁点儿音讯，那她就走了，让一切都变成一朵伤感的昔日玫瑰吧。她铺开纸，但心乱得一句话也写不成，恰巧，在抽屉的书里看见一张空白的贺卡，她就在贺卡上写上了一句话：若见卡在一个月后，就不必回信了，我走了。然后签上了自己那个很清丽的名字。

她让母亲把那张贺卡捎到邮局去。直到第20天的时候，她才想起那张贺卡，她问母亲说："贺卡寄走了么？"母亲想了半天，才记起了那张贺卡，母亲笑着说："早就投到邮筒里去了。"

"贴邮票了么？"她问母亲。母亲很诧异地说："邮票？不是每张贺卡上都印有邮票么？我没贴。”她心里大叫了一声：“完了！”因为那是一张需要贴邮票的贺卡啊，没有邮票，谁给投寄呀？再寄一封信吧，只有不到10天的时间了。他说过，他们的哨卡上每月只有一次收信件的机会，是运粮运菜的军车捎上去的，他们那里没有电灯，也没有电话……

她叹息了一声，两行泪水从眼角慢慢溢了出来，或许，一切真的就是命运了。

但第29天的时候，她家的门被“笃笃”敲响了，她拉开门，顿时就愣了，他竟奇迹般地微笑着气喘吁吁地站在她的面前，他说：“我不知道你的电话，所以就只好请假赶回来了。”

她说：“贺卡收到了？”他点点头。

她很惊奇：“那是一张没贴邮票的贺卡啊，你怎么就能收到了呢？”

他从贴身的口袋里掏出那张贺卡，真的是那张贺卡，没有邮票，但卡上却盖有鲜红的军邮戳。他说：“这张贺卡是山下兵站专程为他送到山上哨卡的。绑了防滑链的军车在雪地上硬是跑了两天两夜呢，几个战友的脚都冻伤了。”她哭了，依在他的肩膀上。

她一直想不明白，这一张没有邮票的贺卡怎么竟寄到了呢？要经过那么多的邮局，经过那么多的手，经过那么多训练有素邮递员明察秋毫的眼睛，从一个沿海城市，辗转几千里寄到白雪皑皑的莽莽昆仑山上，毕竟，这是一张忘贴邮票的贺卡啊！

这简直就是一个奇迹。但是什么创造了这样一个奇迹呢？是那一双双陌生邮政人的手，还是那一个个陌生人对爱的谅解和祝福呢？不，这是一种爱的魅力，这是一种爱的传递，是爱对爱的一种关注，是爱对爱的一种合力，才让这张没贴邮票的贺卡也有了飞越千山万水的翅膀。

爱是一张温馨的邮票，它能从一颗心灵传递到另一颗心灵上；爱是一种心灵的接力，它能够跨越江河，能够跨越陌生，能够跨越世界和灵魂的一切障碍，让两颗缠绵的情心一起温馨地跳动。

爱是生命通行的邮票。

感恩提示

gan en ti shi

没贴邮票的信件是邮寄不出去的，邮局寄送人员，看到一张没有贴邮票的贺卡，完全可以扔掉这张贺卡，像什么也没看到一样。但是邮局寄送人员还是通过各种方法把这张贺卡送到了对方手里。也许，邮局寄送人员知道这张贺卡的重要性，也许他能够看出一对恋人的心。一张贺卡传递了爱与爱之间的关系，也把“第三者”之间的爱串联起来，我们看到，在传递爱的中间，没有断，爱的力量很坚韧。

（韩昌元）

华思一生自食其力。他只希望自己下葬时有几个人来送葬。其实，他施舍的恩惠远远超过他所要求的。

小贩的葬礼

◆文/[美]杰克·布恩

1971年2月3日上午，牧师离开教堂到坟场去，心想也许最多只有五六个人出席赫伯特·华思的葬礼。气温在冰点以下，天色阴沉，还刮着风，眼看就要下雪了。他暗忖，葬礼不妨简简单单，大家敷衍过去算了。

两天前，停尸所一位执事打电话给他，说华思没有亲人，尸体也没有人认领，希望牧师去主持葬礼。

牧师只知道这老头儿是个卖家用杂货的小贩。牧师太太跟他买过擦碗布，牧师自己也依稀记得见过他："身材瘦小，灰白头发梳得很整齐，从不强人所难，总是彬彬有礼。我们即使没什么要买，通常也向他买点儿东西。"

谁会来参加这么一个人的葬礼？

华思73岁，身高只有1.5米左右。他没有亲人，没有朋友。孤零零住在印第安纳州印第安纳波利斯市北区一幢整洁的木屋里。

华思27年来一直挨家挨户兜售杂货，最后11年更是每星期至少有6天在街上奔走。他手里提着两个大购物袋，每样东西都只卖两毛五，唯有花哨的端锅布垫卖5毛。布垫是他邻家一个十几岁的女孩手织的。他替她卖，但是不拿佣金。"我从批发商那里买不到这么漂亮的布垫呢，"他对女孩说，"有这些布垫卖，我对顾客服务就更周到了。"

他每天早上8点半钟左右出门，踏上仔细考虑过的路线，八九个钟头后回家。他从来不当自己是小贩。"我是推销员，"他对主顾说，"做买卖懂得运用心理学。我只卖顶呱呱的货色。我的路线是研究过的，每年到每户人家三趟，不多不少。这样才不惹人家讨厌。无论你买不买东西，我一定说谢谢。我要大家知道我是懂规矩的。"

他提高嗓子叫喊："今天要不要端锅布垫？买一条漂亮的红手帕给小弟弟吧？"之后，总希望跟人家聊聊天，解解闷。他喜欢谈他母亲，而他过去一向孝顺母亲。天气暖和的那几个月里，他每个星期天都到公墓去，在母亲坟前献一束鲜花。那墓碑是双人用的。留了空地用来刻上他自己的姓名和生卒年月。1968年3月，他给自己挑选了一具灰色棺木，又预付了丧葬费用。

华思一直有件憾事，他的主顾大多都听他说过好几次："我年轻时应该结婚，没有家，生活真寂寞。我一个亲人都没有。"不过他只是说说罢了，并不是要人家可怜他。

有一次，听他说话的那位家庭主妇虽急于回屋里去做家务，听了他的感慨，不免感动，就安慰地："什么话，华思。你朋友多着呢！""是呀，我做买卖的确认识了许多人。"他回答，然后提起购物袋，半走半小跑地匆匆往另一户人家去了。无论是在热得他满头是汗的夏天，或者在冻得他流眼泪鼻涕的冬天，这个瘦小驼背的老头儿从来不改变他的速度。

大家都喜欢他，因为他自尊自重，不求人，自食其力，从不向人要什么，最多是在大热天向人要杯冷水。他也从不向邻居推销，如有邻居要向他买东西，他就说："我是你的街坊嘛。希望你当我是街坊，不是站在你门口的推销员。"他常常替人家扫树叶、铲雪，而且做这类吃力工作时也总是尽心尽力。"我手脚也许慢一点儿，但从不马虎。"他得意地说。

华思每天傍晚回来，都会在他家附近的加油站歇息，在那里坐一阵，聊聊天，吃杯香草冰激凌，同时把口袋里的零钱换成钞票。"我不抽烟，不喝酒，"他常说，"就喜欢吃香草冰激凌。"

1 月 30 日星期六，华思将几条车道的积雪铲清之后，跟平时一样到超级市场去。但是在等面包送到的时候，他悄无声息地倒下了。

那天，邻居听到他的死讯之后，大多数人都立即放下了工作，沉默良久。谁都没听说过他有病，大家都不相信这小老头竟然就这样去了。

两天后，华思的名字在报纸讣告栏里出现。他的顾客打电话彼此询问："是我们的华思吗？"

一位检察官太太打电话问停尸所的职员："你们对于无亲无故的人怎样安排葬礼？"

"我们会找牧师来祈祷，"那职员则答，"派两三个人送灵柩到坟场并参加葬礼，尽力而为就是了。"

"华思下葬时如果没有熟人在场，那就太凄凉了，"这位太太心想，"哼，会有熟人在场的，我一定去。"许多认识华思的人也打定了同样的主意。

葬礼之前一天，《明星报》一位记者写了段关于华思的讣告。这位记者访问过华思，写他的小贩生活。他在讣告中提到，华思告诉过他，就怕将来死了没有人送葬。华思的大多数顾客这才知道他去世了。

那天晚上，左邻右舍都在谈论华思，怀念华思。想起他生前多么寂寞。突然之间，每个人都想起自己也经历过寂寞。人家想起华思曾担心死后没有人送终，人人都感到难受，许多人决定无论如何都要参加葬礼。

对这些人来说，参加华思的葬礼只是尽个人义务，所以没有向别人提起。男人照常离家上班，没想到在坟场碰到太太。

男女老少，穷人阔人，9 点钟就开始陆续来到坟场，比预定举行葬礼的时间足足早了一个钟头。貂皮大衣、喇叭裤及破旧布袄混杂一起。穿制服的军人和穿深色衣服的商人在面积 220 公顷的公墓里大步走向华思的墓地。老年人，有些还拄着拐杖，拖着疲乏的双腿坚决地一步一步前进。卡车司机、计程车司机和送货工人把车停在公墓外面，步行将近1公里多到达墓地。年轻的母亲抱着小宝宝,东遮西掩,唯恐小宝宝受到凛冽寒风的侵袭。

街上车辆拥挤,牧师的车来到离公墓还有两个街口处就给挡住,无法前进。他只好绕道到另外一个入口进去。公墓里面,职员在拥塞狭窄的道路上指挥车辆。牧师糊涂了,怎么都想不起今天究竟是什么知名人物下葬。他停好车,步行到墓穴旁边,这才恍然大悟:这些人一定都是来给华思送葬的。

坟场方面没料到会有这么多人来。"我们全体职员都来了,设法维持秩序,但是没有用。"公墓经理后来说,"汽车一定不少于600辆。谁也不知道停在更远处的还有多少,更不知道有多少人因为无法驶进坟场,只好离去。"

印第安纳史迹基金总干事布朗也认识华思,怕没人参加华思的葬礼,便决定自己去一趟。他和别人一样,看到墓地里人山人海时,不禁大感意外。他忽然想起坟场里历史悠久的永别亭,上面有座五层高的钟楼,楼顶挂着口古钟,不久前刚重新系好绳索。这口钟可能四十多年没有敲过了。他走到钟绳旁抓住绳索,使劲一拉,敲出清晰的钟声。3公里外都能听到。他足足敲了半个小时。最后,他敲起丧钟:一声声隔得很久,响得很长,充满哀思。

10点半钟,雪片纷飞,牧师缓缓扫现了周围的人,讲了一篇简短真挚的悼词:"华思做梦也没想到有这么多朋友。人情冷淡,人对人有时候漠不关心,不过今天上帝一定很高兴。"

祈祷结束,人们还是流连不去。志同道合的感觉使陌生人变成了朋友。有些人很兴奋,有些人很满足,每个人都因为来这里而觉得欣慰,没有人急于离开。"那天华思使大家有了同感,"有位商人后来说,"他使我重新对人类肃然起敬。"

华思一生自食其力。他只希望自己下葬时有几个人来送葬。其实,他施舍的恩惠远远超过他所要求的。

感恩提示

gan en ti shi

华思先生一再强调自己是一个孤单的人,没有一个亲人,他自己也考虑到自己死后的葬礼很孤单,怕没有一个人给他送行。他的邻居却不同意他的说法,并告诉华思说,怎么没有亲人呢,怎么没有朋友呢,大家都是亲人,大家都是朋友。华思是一位可爱的人,他乐于助人,喜欢跟大家打招呼,喜欢与别人相互来往。本来华思要是结婚了,他就不孤独了。但是他没有。华思是死在扫雪场上的,很凄凉。也许很多人都能预见,华思的葬礼一定很凄凉一定很孤单,但是面对人山人海时,华思"笑"了,华思也不"孤单"了,人山人海全部是华思的亲人与朋友,都是来为华思送行的。这时候,华思很"幸福"。活着和死着的方式不同,但得到的关爱却是一样的。

(韩昌元)

孙光明剥了一个橘子给金胜吃，金胜接过橘子，默默无言，泪流满面。

一盏台灯

◆文 / 王保伦

孙光明是监狱监区管教科的教育干事，做这个工作已经十几年了。

冬天，监区分来100名新犯人，其中有一个囚犯叫金胜，50岁，罪名是挪用公款，刑期10年，捕前是某局业务经理。这是个很傲气的囚犯，他傲气的原因是他当过经理，曾经很有能力，他挣过大钱，也在各种高档场所消费过。他常挂在嘴边上的一句话是："嗤，你们见过什么世面？"还有一个令他傲气的原因是他受过高等教育，念过大学，并且是本科毕业。他动不动就说："我不跟你讲，我的话你听不明白，都是些什么素质啊！"另一方面，他又极端自卑，因为身份变了。自卑极了的那天晚上，他企图自杀，未成功，住进了医院。孙光明负责对金胜的监护。每天为金胜请医生，找护士，积极配合医院对金胜的治疗。昏迷了三天的金胜醒过来的第一句话是："我饿了，想吃馄饨……"

孙光明去外面的饭店给金胜买了一碗饺子，因为医院四周没有卖馄饨的。

"没有卖馄饨的，买了一碗饺子，你吃不吃？"孙光明温和地问金胜。

"我不吃饺子，我只想吃馄饨……"金胜伸手将饺子碗打撒了，热气腾腾的饺子掉在了病床上。

另一位负责监护的干警生气地说："你疯了？不吃拉倒，没人侍候你，你犯了罪，还有功？"孙光明收拾好撒在病床上的饺子，转身又出了病房，他在离医院很远的一家饭店，买了一碗馄饨。

吃完馄饨，金胜突然无声地哭了。他拉住了孙光明的手说："孙干事，我想，你是个好人。"

隔了几天，病房里只有孙光明一个人时，金胜悄声说："孙干事，我想研究一项专利产品，我想好了，要把这10年刑期当成学期，多学点儿东西，尤其是要向你学习做人，做好人。"

金胜说完这句话的当天晚上，情绪稳定正常。次日却一反常态，他又要起了性子，又哭又叫，大骂护士、医生，还叫喊："我不活了，我要自杀，活着没意义……"

孙光明大声叱责金胜道："你自杀就有意义？自杀更没有意义，这个世界少了你一个，不会改变什么，但是我希望你活着，活出希望，活出光明。"

金胜的亲朋好友，没有一个来看望他的。孙光明觉得，这也许是他绝望的一个原因吧？第二天，他自费买了水果、罐头、食品，叫上妻子和孩子一同前往医院去看金胜。

孙光明剥了一个橘子给金胜吃，金胜接过橘子，默默无言，泪流满面。金胜出院，回到了监区。他变成了另外一个人似的，每天默默地劳动、学习。转眼，新年到了。一天，孙光明正在值班，金胜报告走进值班室，望着孙光明欲言又止。

孙光明问："金胜，有啥事，跟我说，别把话闷在心里。"

孙光明凭直觉感到金胜一定有什么难言之隐，不便明说，便让金胜坐下。

沉默了半晌，金胜缓缓地说："我想求孙干事给我买一支圆珠笔。我正在研究一项专利产品，把它献给社会，也算是我悔罪的一个表示吧。"

孙光明次日去文化用品商店，用自己省下来的工资一下子给金胜买了 20 支圆珠笔。一回监区，他把圆珠笔递给金胜，金胜惊讶得张大了嘴巴："买这么多？"

孙光明说："我知道你用量大，再说，用不完，慢慢用吧……"

一个月后，金胜又低声对孙光明说："孙干事，我想求你给买一本稿纸……"孙光明买了 10 本。他将 10 本稿纸递给金胜时，又说："一时用不完，慢慢用吧，用完也跟我吱个声，我再给你买……"

两天后，金胜又走进了孙光明的办公室。他声音更小地说："孙干事，我晚上要挤一点时间写几篇稿子，但是，监舍内的灯光太暗了，看不清，我视力又不好，我想求你给我找个台灯，旧的就行……"

孙光明转了几家商场，终于选了一个适合金胜使用的小台灯。晚上，在台灯下写作的金胜忽然感到视线模糊，那是感动的泪水充溢了他的眼睛……

金胜在他写作的一篇稿件中这样写道："孙干事给我的那盏灯，虽然小，光线也有些微弱，但它却照亮了我的阴郁狭窄的心房，照亮了我今后奔向新生的路途，不止这些，这盏台灯，还给了我无限的温暖和希望。我想出监后做个好人，就像孙干事那样，给别人温暖和光明……"

感恩提示

gan en ti shi

人与人之间主要是理解与信任，缺少了这两样，人与人之间的关系就开始变得冷漠、麻木、凶险，也就不再是人与人那么简单了。即使是孙光明金胜这种狱警和囚犯之间的关系也一样。实际上，罪犯更需要理解与信任，而在这个过程之中，人与人之间的关系就升华了。如果孙光明不能理解金胜，金胜肯定还会自甘堕落，一直消沉下去；如果孙光明不能信任金胜，他就不会给金胜买笔、纸、台灯，也就不会有金胜的"新生"。在进入监狱的那一天起，金胜的家人就没有去监狱看望过他。这是一种信任的缺失，一旦这种信任缺失，会使一个人变得心理扭曲；相反，会使一个人重见光明。

（韩昌元）

我是村里数百年来第一个大学生，是父老乡亲们精心培育出的献给城市的一束野花。我知道，我已不是单纯的我了，他们早已把我当成他们的门面、他们的希望！

父老乡亲

◆文/高晓梁

今年春节，我没有回故乡与亲人团聚。除夕之夜，面对都市的喧闹与繁华，我分明从盈耳的鞭炮声中听到了亲情的呼唤。泪水不知不觉地朦胧了我的双眼……

我出生在赣西北山地一个叫桐树岗的小山村。我所有的亲戚，也全都分布在方圆数十里的山沟里。读高一那年，我父亲因脑溢血暴死在田头。从此，养家糊口的重担全落在年届五十的母亲肩上。

“寡妇养儿，连滚带爬”。母亲虽然能干，但怎样也供养不起四个儿女上学。为减轻母亲的负担，我主动放弃读书，和母亲一起把家中仅有的两头山羊牵到山外的集市上卖了，送弟妹上学。我拖着尚未发育的瘦小的身体，起早摸黑挑粪耘禾，砍柴挖土。听说我退学在家，年迈的六叔公发怒了。他骂我没骨气，骂我母亲没脑筋，说一个半大孩子能干得了什么事情，说如果我父亲知道了，九泉之下也不安生。

六叔公的话让母亲泪如泉涌。母亲向老人吐出满肚苦水：“我一个半边妇娘供不起啊！”

六叔公沉默了。傍晚，六叔公来到我家，他拿出一沓钞票，10块的、1块的、5角的，整整一包。在六叔公和故乡亲人七拼八凑的救助下，我得以完成学业。

我是吃亲戚们的菜肴念完高中的。那只伴随我数年的竹罐，曾盛过他们从口中省下的多少黄豆肉干、咸鱼咸菜。这其中饱含着亲戚们多少憧憬希冀、仁爱纯良。

我无法描绘自己当时接到大学录取通知书时的心情。在我临上大学报名的那日，母亲把几张纸交给我，嘱咐我好好保管、时时翻阅。原来母亲用自己拿惯了针线与犁耙的双手，凭着50年代在扫盲学校学来的知识，歪歪斜斜地记录着让我感激到永远的件件往事：

1980年10月7日，庙背二叔2元，牛皮豆炒辣椒一罐；
1980年10月27日，黄家姨娘咸鱼一碗……

母亲只记下她经手的钱物，而埋在我心灵深处的那本恩情账，则远非几张白纸可以列清。

大学毕业后我分配在政府机关单位上班。从这时起我开始领略到卑微身份的沉重。我没有背景，没有后门，那些使我跳出农门的父老乡亲一夜之间仿佛都成了我“飞黄腾达”的绊脚石。每每听到同事们公开议论某某的叔叔官至什么级别，某某的岳父是什么局长，我感到脸上火辣辣的。为减少歧视，我刻意模仿，让自己的举止言行像个都市人，外出办事时也竭力掩饰自己的出生地。他人问及我的籍贯我常会含糊其辞。

面对来自各方面的压力，我只希望故乡的亲人别来找我办事。因为他们的出现不但是我身份的最真实的注释，他们也将与我一道蒙受某些人的鄙夷与责罚。可是，当我知道故乡人来到我栖身的这座城市办事，仅站在我办公的楼下注目片刻即默默离去时，我才知道，他们之所以这样，为的是不给我添麻烦。他们深知我在外孤军奋战的艰辛，担心自己的出现会让我尴尬，担心自己被高楼里的我的同事小瞧。他们不忍心因自己的木讷而“连累”自己含辛茹苦培养出的大学生……

1988 年，我被一辆摩托车撞得失去知觉。肇事者仗着自己的姐夫是公安局的领导，而我又是一个毫无背景的小职员，在一片谴责声中勉强送我去医院后，丢下两百元住院费便扬长而去。我单位领导多次出面协调，那肇事者根本不理睬，更谈不上赔礼道歉和承担医疗费。

我的故乡亲人得知此事后，二叔率领十数名青壮汉子星夜搭车进城，到医院劝慰我后，想方设法打听到肇事者的住址。二叔想用这种方式唤醒肇事者的良知，告诉他我虽出身寒微，照样不可欺侮！“人生在世，不可仗势。你敬我一尺，我让你一丈！”二叔的话语掷地有声，感动了那位公安局的领导。当他表态会把事情处理得让双方满意时，二叔他们听后又是满脸惭愧，谦卑地说请领导原谅自己的粗莽，再三声明进城主要是看看自己侄儿，说假如一个没爹的孩子被人欺侮，全村人都睡不着觉。

这就是我的父老乡亲。

1991 年，我谈了一个女朋友，说到结婚一事时，女朋友的父母提出等我有二室一厅的房子后再办手续。恰巧这时候单位集资建房，每户 3 万元。这数字对工薪阶层来说，有些吓人。我自惭形秽，把报名集资一事置于脑后，每日下班回到我那间阴暗的小屋，读读书，写写诗。

一天，我下班回到房间，意外地看到六叔公坐在门口的台阶上。这位老人见自己心中的状元郎竟住在这样一间狭小的房间，天真地问道：城里这么多高楼，没一间是你的？

他突然说：能不能跟你们单位领导提提，你情况特殊，城里没有一个亲人，将来结婚生了孩子一间房不够。当听我说单位上准备集资建房时，他顿觉精神百倍。这位曾决定过我命运的前辈哪里知道，这次的数字绝非我念书的学费那么容易凑齐。我告诉他每户须交 3 万元时，他沉默良久，问：一次交清？啥时候开始交钱？第一次交多少？

我后悔告诉他实情，致使老人难过，增加他的心理负荷。

接下来的事情简直难以置信。20 天后我先后收到 3 张大额汇款单。我一时成了同事们谈论的焦点。面对大伙的羡慕与祝贺，我疑窦丛生，正打算回家询问，母亲寄来了一封信：

六叔公卖了猪婆仔 1023 元；

大姨娘卖 20 根杉树、30 斤茶油 700 元；

庙背二叔卖木炭 850 元；

……

原来，为使我不被同事“看轻”，在城市中有块栖身之地，我的乡下亲戚又发起了一次空前的援助大行动。特别是六叔公，为了我，拖着带病的身子赶 40 里山路，忍痛把猪送到集市。还有我那庙背二叔，身居深山，年过七十还每日“伐薪烧炭南山中”。850 元分分角角都饱蘸着老人的心血，老人的祝福。

这就是我的父老乡亲。他们都不富有，甚至还没有摆脱贫困。可是为了我，为了他们心中的骄傲，他们节衣缩食、勒紧裤带，只差没有倾家荡产。

这些年来，我日积月累总算还清了亲戚们的钱款，可他们对我的那份情意，我即便肝脑涂地亦还不清一二。我是村里数百年来第一个大学生，是父老乡亲们精心培育出的献给城市的一束野花。我知道，我已不是单纯的我了，他们早已把我当成他们的门面、他们的希望！

啊！父老乡亲……

感恩提示

gan en ti shi

如果我们的神经足够敏感，我们也许能从文章中隐隐听到一声声带着哭腔的呐喊。“我生在小山村，那里有我的父老乡亲，小米饭把我养大，风雨中教我做人……”

“我”从山村里走出来了，念了大学，不过是枝叶的茂盛，进了机关单位工作，也不过是开花结果。“我”不可能连根拔起自己的过去。没有背景怎么了，没有关系怎么了，“我”就是山里的一束野花，“我”就是山村的门面，“我”就是父老乡亲的希望。乡亲们是泥土，是“我”的根，只要枝叶需要，他们再苦再累，也要扎得更深，因为枝叶的茂盛需要他们的输送，从瘦干枯小，到枝繁叶茂。即使是枝叶老去，那也是要归根的。而树叶对根的回报，无需多么真切宏大，记得自己从哪里来的，就够了。

（巩高峰）

这一切，如果你非逼他们说个原因不可，估计他们就是憨憨地一笑，老党员嘛，老党员不带头谁带头？那种时候，让人只想为他们鼓掌。

六 叔

◆文/争 游

村委主任天长领着芸芸跑遍了疙瘩岭的沟沟坎坎，税款没收到一半。

去年天旱，疙瘩岭没有水浇地，夏粮整个儿歉收。芸芸是乡里派到疙瘩岭的包村干部。那几天开会，乡长义正词严地申明：到了月底，谁的任务完不成，就背着铺盖卷儿走人。

芸芸大学毕业分到乡里不足三年，是个一般干部。她知道自己没有粗腿，只能凭努力工作保住这来之不易的岗位。可是，这次征税却偏偏把她分到了全乡最穷的疙瘩岭。几天来，她吃不下，睡不着，做梦也是下了岗，面对同学和父母羞愧难当。

"这是六叔家，最后一家了，进吧。"天长对芸芸说。

"六叔，就是那个老党员，一级残废军人六叔吗？"

"对，是他。"

乡长曾经交代过芸芸，在疙瘩岭，只有六叔的税可以不缴，其他的一个子儿也不能少。

"有必要进去吗？"芸芸望着天长，站住脚。

"这个六叔啊！"天长开了口，"恐怕你也听说过，国家有他的照顾款，每到了月头上准时去领，有时候乡里一时缺钱，给不了，他就闹。每次征税款，他一分也不多掏，还老党员哩！他这么多年的钱也不知弄哪儿去了。"

"那咱们就不进去了吧？"

"进，为啥不进呢？缴不缴税款是他的事，收不收可是咱们的事。"

进了门，就见六叔正帮着六婶罗麸皮哩。

"六叔，"天长递上一根烟，明知故问，"干啥哩？"

"这里头还能罗点儿面。"

"哎哟，都啥年代了，哪一家不是耀眼白的雪花面，你还这么吝啬，不是给社会主义脸上抹黑吗？"天长开着玩笑。

"耀眼的雪花面也要掏钱买哩。今年这收成，你不是不知道。"六叔的话不冷不热。

"可……"天长还要说什么的，却没有说，又言归正传，"六叔，这是乡里的包村干部芸芸,专门帮着收农业税哩。”

“噢,要钱的。”六叔瞅了一眼芸芸。

芸芸的脸微微地红了。

六叔又开了口:“我说你们这些当干部的,疙瘩岭今年受了灾你们知道不?国家的税要收,没说的。可什么乡提留呀附加呀,是不是能免一些呢?农民也要过日子。”

“六叔,你说的这些都是芸芸管不了的,她是带着任务来工作的。”

“这我清楚,但说一说也让她知道知道,可以向上面反映情况么!”

“六叔,”芸芸好不容易插上了嘴,“这些情况我知道,也可以向上反映,我家住在农村,大家都是做庄稼活的,知道农民的难处。”

“知道了就好。”

“六叔,”天长又开了口,“芸芸这次要是完不成任务,乡长说了,可是要下岗的。”

“下岗好啊。”六叔高喉咙大嗓门儿的,“刚解放那会儿,一个乡十来号人。可现在呢,一个乡政府上百人。他们吃啥哩?还不是吃农民哩。”

“咱们走吧。”芸芸小声对天长说。

“六叔,你的税款缴不上也就算了,我和芸芸回乡时跟头头们说说。”

天长跟着芸芸往门外走。

“回来!”六叔的声音蛮大。

天长和芸芸只好转回身。

“你还有啥事?”天长这样问,心里却在说,训人还没训够啊!

“疙瘩岭还有多少税款没有缴?”六叔问。

咸吃萝卜淡操心,天长心里想着,嘴上却说:“两千多块吧。”

“拿花名册来,我瞧瞧。”六叔说。

“噢。”天长不情不愿地说,“芸芸,把账本让六叔看看。”

六叔接过芸芸递上的账本,从头到尾看了个遍。

“芸芸。”六叔这一声叫得很亲切。

“嗯。”

“六叔想求你办个事哩。”

真麻烦!芸芸这样想着,嘴里却说:“行,等税款收完了,啥事我也帮您办。”

天长和芸芸又要走。

“等等!等等!”

六叔从屋里拿出了一个手绢儿包。

“芸芸,你和天长都在这,这是我攒下来的两千多块钱,没来得及往银行存哩。你们就把它拿去,抵上村里一时缴不齐的税款吧。”

“真的?”天长和芸芸几乎同时惊异地喊出了声。

“真的。”六叔认真地点了点头。

“六叔,”芸芸眼里含着泪花,“今晚上天长主任作陪,我请您老喝酒。”

“罢了,罢了。”六叔摆摆手,“都不容易哩。”

感恩提示

gan en ti shi

如果你有在农村生活的经历,你会对六叔的形象有画面感。13亿人口,9亿农民,在他们当中,历经沧桑的党员有很多。平日里,他们就藏在老百姓里,晨起下地干活,暮归吃饭睡觉。偶尔的,遇到天灾人祸了,他们也和老百姓一起,叹息几声,抱怨几声,偶尔发发牢骚,也是有的。但是,只要是关键时刻,那种普通老百姓承受不起的关头,最先站起来的肯定是他们。没有理由,没有先兆,更没有什么舞台或者背景,他们就站出来了,承担责任,奉献义务,自然而然。

这一切,如果你非逼他们说个原因不可,估计他们就是憨憨地一笑,老党员嘛,老党员不带头谁带头?那种时候,让人只想为他们鼓掌。

(巩高峰)

无论如何,赵镇长像个火球,只要他做着自己最应该做的工作,他就能发光发热,让我们的周围温暖而明亮。

送 别

◆文/阎耀明

一大早,刘哲和红梅就起来了。他们连饭都没吃,简单收拾一下就出了门。他们要到镇政府去,与赵镇长道别。

赵镇长是从市里来的年轻干部,在高桥镇干了三年,最近被市委选中,要到市里担任一个很重要的职务。

天很冷,地上的积雪被他们一踩吱吱直响。他们走得很快,要早一点儿赶到镇政府,与赵镇长说几句话。他们一直想与赵镇长说说话,说说感激的话,却始终没有这个机会。有几次他们来找赵镇长,他都不在,那间赵镇长的办公室兼卧室的门一直锁着。赵镇长很少在办公室待着,老是往基层跑,晚上很晚才回来。所以刘哲夫妇就一直没有与赵镇长说上话。他们的心里总觉得过意不去,因为没有赵镇长,他们怕是很难有现在这样满意的工作。

刘哲夫妇中专毕业后一起分配到高桥镇,但他们落脚的企业已经停产两年了。上班没活干,自然也就不开支,小两口的生活出现了困难。一次偶然的机会,赵镇长知道了刘哲夫妇的情况,他找刘哲谈了一次。没几天,刘哲夫妇被通知到高桥镇第一家中德合资的企业去上班，他们学的专业派上了用场。喜从天降，刘哲与红梅乐得流了泪。他们不仅可以发挥专业技术特长，干一番事业，而且这家合资企业的工资待遇在全镇是最好的。后来厂里开大会，赵镇长到厂里讲了一次话，谈到尊重知识尊重人才，他提到了刘哲夫妇。他说我们高桥镇还没有发展到中专毕业生找不到工作的程度，既要避免人才浪费，又要鼓励知识分子发挥更大的作用，为企业发展贡献力量。刘哲夫妇觉得今天是最后的机会了，否则他们想对赵镇长说说感激话的愿望就很难实现了。他们来到镇政府时，见大门口已经有一些人在来回走动，有几位老人手里还拎着篮子，里面是花生、鸡蛋一类的东西。红梅拉了一下刘哲："咱们咋没想到给赵镇长送点东西呢？咱们应该送他一件礼物作纪念。"

刘哲也很惋惜地说："真是没有想到，要不去买一件？"

他们正说着，见门卫打开了政府大门。刘哲说："来不及了，走吧。"

刘哲夫妇与众人一起走进了政府大院。

政府办公室马主任骑车来了，高声问："你们这是干什么？"

刘哲说："我们来送赵镇长。"

看着大家企盼的目光，马主任说："好，走吧。我们上楼。"

大家来到二楼镇长办公室门前，马主任轻轻敲了几下门，里面没有动静。

有人说，是不是赵镇长昨晚睡得太晚，还没醒呢？

马主任想了想，摇摇头。他拿出钥匙，打开了办公室的门。

屋里没人。

刘哲与红梅环顾一下赵镇长的房间，对视一下，没有说话。

这时马主任从赵镇长的办公桌上拿起一张纸条。刘哲与红梅也凑过去看。

纸条是赵镇长写给马主任的：我先走了，免得大家辛苦。有一件事请你办一下，不管谁来担任镇长，这套行李你一定要给换一下。

刘哲夫妇来到床前，拎起了赵镇长用的被子。

被子里的棉花已经全部滚了包，一团一团的，大部分地方只是两层布。

红梅看了看刘哲，又看了看马主任，泪水涌了出来。

那位拎着一篮子花生的老大娘走上前来摸了摸赵镇长的被子，说："这孩子……"就摇着头，轻声呜咽起来。

刘哲搂着红梅轻轻抖动的双肩，擦去眼角的泪水。他看见结着霜花的窗玻璃上，新鲜鲜的阳光正晶莹地闪着，一点一点地亮起来。

感恩提示

gan en ti shi

充斥报刊边边角角的，是贪官落网的消息；老百姓口口相传的谈资，是某某长被双规被停职的猜测；电视电影里所表演的，是一个又一个巨贪的堕落历程。似乎我们的社会上，官都是贪的，长都是后门走的，工程都是被层层剥过皮的。这个世界怎么了？都是光线暗淡吗？或者，我们的眼睛怎么了，看什么都是隔着一层墨镜吗？我们有焦裕禄啊，我们有任长霞啊，我们的生活虽然不是每时每刻都光辉灿烂，但是为什么大家都盯着阴雨连绵不放，时常关注着晴天，不好吗？

赵镇长也许是作者杜撰的一个好官儿，也许是作者认识的好官儿，也可能是大家口口相传惦记的好官儿。无论如何，赵镇长像个火球，只要他做着自己最应该做的工作，他就能发光发热，让我们的周围温暖而明亮。我们送别他，可别送走了他。

（巩高峰）

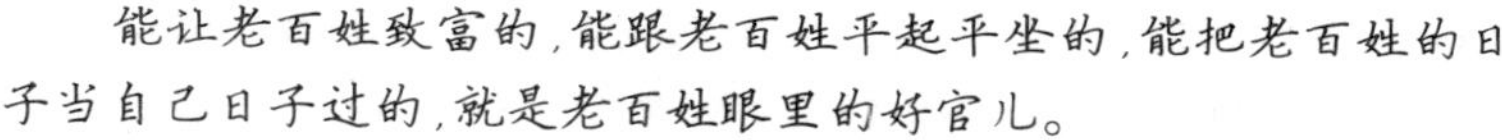

能让老百姓致富的，能跟老百姓平起平坐的，能把老百姓的日子当自己日子过的，就是老百姓眼里的好官儿。

蹲　　点

◆文/修祥明

1971年，我在即墨县一个公社里当文教助理。初冬的时候，公社让我到肖家疃村去蹲点。铺盖洗刷这一套我自己带，吃饭则由村里统一派饭吃，从村东头开始挨家挨户往下轮。轮到谁家，我一天三顿饭就到谁家吃。一顿饭4两粮票5毛钱。那时，上面的人到下面来蹲点，差不多都是这么个规矩。

即墨是出名的地瓜干县，一年到头，庄户人的日子离不了地瓜干。有这么句趣话：进了即墨地，踏着两脚泥，吃着地瓜干，放着瓜干屁。那时在胶东半岛，乃至山东省，只要你说是即墨人，人家准会说：你们那里出地瓜干啊！

肖家疃是个出名的穷村，日子更离不了地瓜干。不过，我进村吃了一集饭，连片地瓜干的影子也没见到。他们用过年过节的麦子到石磨上磨成面，或是擀两碗面条，或是捏两碗饺子，或是烙一个锅饼，氽个葱花鸡蛋汤，最次的也烧几条小咸鱼贴几个玉米饼子让我吃。

其实，我到谁家都能闻到一股浓烈的煮地瓜干的味道。我向他们要地瓜干吃，说干了嘴皮他们也不应。我自己要去盛，他们捂着锅盖说："修助理，你是看不起我们吗？难道我们连顿饭也管不起？让你吃地瓜干，村里人非戳俺的脊梁骨不可！"差不多家家都是这套话。犟不过他们，我只好一个人坐在炕上吃小灶。那些馋不住的孩子会在天井的窗外，或者屋后的后窗偷偷看我吃饭，馋得嘴角流出涎水，嘴角翕动，腮帮一鼓一鼓。我刚一下炕，孩子会像馋猫一样跳到炕上抱起盘子和碗又扒又舔……我于心不忍，只好每顿饭吃个大半饱儿，或者干脆吃个半饱，以便把剩下的饭让孩子们解解馋儿。

经过一集多的调查了解，我发现肖家疃穷就穷在缺少水浇地。我和村干部决定，在村北河套的泉眼处挖水塘，一是这里地下水多，二呢，把河拦腰截断可以在雨季多蓄下些河水，三是在河套挖水塘省工。真可谓是一石三鸟。

傍黑放工的时候，我把大伙儿召集到一起说："从明天起，我不吃派饭了，我想到谁家吃就到谁家。你们送饭的时候，每家给我多捎双筷子就行了。"

这一招果然灵，第二天开始，工地上不见一页地瓜干的影子。家家的饭不是地瓜面包，就是地瓜面饺，或是地瓜面面条、窝窝头、合饼等，最差的也把地瓜干用石臼子捣碎，放上几把豌豆熬成黏稠的粥。庄户人要面子，他们怕我万一到他们家吃饭吃上地瓜干，挂不住脸儿。即墨地方穷归穷，还没听说有用地瓜干招待客人的。何况，庄户人把我们蹲点干部拿着比亲戚还要紧。

这样，我的目的达到了：我只能到一家去吃饭，但每一家的伙食都改善了。吃得好了，大伙儿有了劲头，两个月后水塘挖好了。

庆功大会开在水塘边。锣鼓喧天，红旗招展。全村的男女老幼能动弹的都来了。一塘清水在西北风的吹动下，宛如一匹洁净的绸子在抖动飘舞。

望着坐在前面的妇女们，我有些愧疚有些动情地说："挖这个水塘，你们妇女是头号功臣！"

妇女们不解，摇着头说："俺没有功，修助理和劳力是功臣！"

我说："你们听我讲，巧妇难为无米之炊，这两个月，你们用地瓜干做出那么多样好吃的饭，好饭出好活儿。你们费心又费力，就是头等功臣嘛！"

劳力们又是鼓掌，又是大声喊叫，表示对我的看法的支持。

妇女们显得又激动又骄傲。一个妇女站起来问我："修助理，你这么实在，我问你个事行吧？"

我说："你问吧。"

"明年冬天你到不到俺村来了？"

我爽快地答应："来！来！来！明年咱们再挖个水塘好不好？"

"好！""好！""好！"

社员们齐声欢呼。

我被社员们欢乐的情绪感染了，问他们道："有了水浇地，你们的生活好了，我明年冬天来，给我什么饭吃？"

妇女们先是一愣，交头接耳嘀咕了一霎，然后大声说道："地——瓜——干！"

这些像水一样纯洁的庄户人，感动得我心热眼也热。我拍着巴掌，想说点儿什么，可一个字也说不出。

泪水从我的两眼汩汩地涌出。

感恩提示

gan en ti shi

修助理的蹲点其实完全可以是另一番景象：吃每家最好的饭菜，住每家最热的炕头，过村里最悠闲的日子，之后，顺利扛着铺盖卷儿回到单位。很多蹲点的乡官儿不都是这么蹲的吗？他们蹲一回点，能养得白白胖胖。当然，这白胖就把乡官儿跟老百姓的距离拉远了，越拉越远。现在什么叫好官儿？能让老百姓致富的，能跟老百姓平起平坐的，能把老百姓的日子当自己日子过的，就是老百姓眼里的好官儿。

而修助理显然不止是个好乡官儿，他是个能跟老百姓打成一片的乡官儿，却不仅仅把老百姓的水的问题解决了，更解决了老百姓的希望。当老百姓从心底里发出来年要请他吃地瓜干儿的时候，笑声其实就是他们对修助理最好的赞美，和最发自肺腑的希望。而老百姓最淳朴的愿望，就是修助理最好的成绩。

（巩高峰）

无论时光怎样变幻，这个始终没有变。几十名教师一直这样默默地，在每一次交党费时，也交上了自己的一份爱心。

此爱绵绵

◆文/谢秀花

一个大学二年级男生，在校外游泳时，不幸溺水身亡。死时年仅20岁。事情非常突然。学校电告他家中，请速速来人。几天后，学校在火车站上只接到一位白发苍苍的老太太和一个14岁的小孩儿，两人穿戴极为破旧。原来死者的父亲也已于大学生出事的前两天离开了人世，被车撞死了。老太太是学生的母亲，小女孩是他的妹妹。他们生活在老区。

学校的老师们听到这个消息，全都惊得呆住了。他们望着这个来自西部贫困山区的老母亲，无法想象她怎样承受这人间两起悲剧的重压。

学校实在担心出事，派了两名女教师看护她。十来天，两位教师一直小心地陪护在老太太左右，直到把她的儿子火化。整个过程中，这位来自偏远山区的老母亲悲痛欲绝，她的泪水无疑是为两个死者而滴。所有的人也都为她的不幸落下了眼泪。人们更为她的日后担心。她这把岁数，还带着一个女孩儿，今后该怎么生活？

山区老母亲朴素而又本分。自始至终，没有向校方提出一分钱的索赔，更不知道指责校方看管不严而导致了儿子的这场祸事。她什么也没说。只是因为要收麦了,说得赶紧赶回去。她说山坡地上的麦子不禁晒。

她说到要收麦子的时候,许多老师又都哭了。是再次想到她日后的生活该多么艰难。

不过,她临走前,却得到了一个消息,就是校方有一定的补偿给她,只不过是按月发放。山区老太太不懂得要是国家的补助都是一次发给的。她弄不清这是怎么回事。

从此,回到家中的山区老母亲,月月都能收到一笔由学校寄来的生活费,380元。这是她的孩子所在的系里几十名老师的资助。他们每月交党费的时候,也按时交纳这笔费用,以前偶尔有人会忘记按时交纳党费,从这以后,再也没有一个人忘记。因为他们心上都惦记着有这样一位山区的老母亲。

他们中间有党员,有的不是党员,但都雷打不动。其中有两位老教授,在病逝之前,仍然让家人在每月交党费时,交上这笔钱。教授离开了人世,但他的亲人又接替上来。无论时光怎样变幻,这个始终没有变。几十名教师一直这样默默地,在每一次交党费时,也交上了自己的一份爱心。有人还说,如果不是那么遥远,我们应该帮助她去收麦子。

感恩提示

gan en ti shi

幼年丧父、中年丧子、老年丧妻被称为人生三大悲哀。而老太太在三天内,丧夫又丧子。天大的灾难让她悲痛欲绝,家里一下没了丈夫和儿子两个顶梁柱,这不是一般人能承受得起的打击。但是,老太太还惦记着家里山坡上的麦子,它们不禁晒。可是,她禁得起悲痛的打击吗?

好在,灾难没击垮老太太的意志,灾难来就来了,过了就过了,日子还得过,生命还得维持延续,她还有个女儿。好在,大家的力量远远多过了灾难。他们不想让老太太再背负上思想的负担,他们用党费连着爱心,一月又一月,一年又一年,慢慢弥补着老太太心里的伤。让我们祝愿这份爱心的传递,会绵绵无绝期。

(巩高峰)

第十辑

最美丽的跳跃

它们是我们无言的朋友，它们也是我们最忠诚的朋友。在你开心的时候，它会分享你的喜悦；在你失意的时候，它会哄你开心；在你有生命危险的时候，它会毫不犹豫地挡在你的面前。我们真应该多爱护、珍惜我们的伙伴——动物。

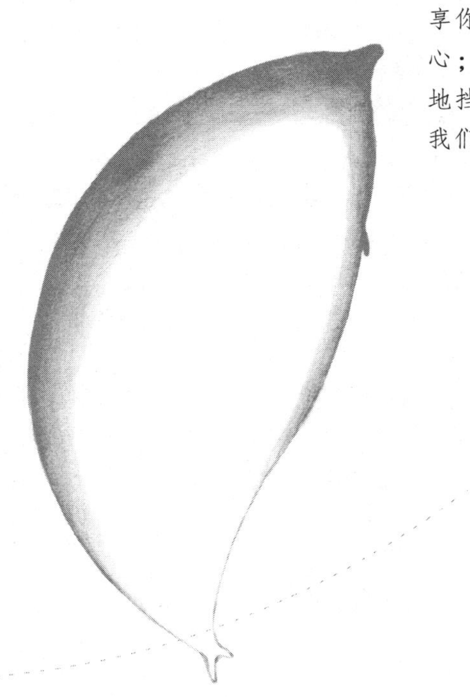

第二天，老水牛死了。老水牛死前朝父亲流泪了。父亲把老水牛埋在村后的树林里。父亲一有空，就到老水牛的坟前坐坐，同老水牛说说话。

父亲和牛

◆文 / 陈永林

父亲身材瘦小单薄，又体弱多病，干不得重活。生产队让父亲当饲养员。父亲也很喜欢干这活儿，队里的二十几头牛被养得膘肥体壮的。父亲也极疼爱牛，谁耕田耙地用鞭子抽了牛，他就跟谁急。一回，一头黄牛耕田时不肯走被人抽了个皮开肉裂，父亲心疼得流泪了，他把那抽牛的人骂了半天。

好在村里的男人都不跟父亲计较，挨了骂，都不还嘴，只笑着说："这牛倌。"

后来，土地承包给个人，牛也分到个人了。

一条老水牛没人要。水牛太老了，耕田时，走几步就得歇会儿。队长说："明天把这牛杀了，全村人最后好好吃一顿。"以往，队里也杀些病弱老残的牛。杀牛了，用几个大铁锅炖肉。满村都飘着牛肉的香味。然后全村人蹲在地上吃。

村人听了这话，都欢呼。小孩更高兴，一个个起劲喊："明天有牛肉吃哟。""明天有牛肉吃哟。"

老水牛仿佛听懂了村人的话，它的眼里竟噙满了泪水。父亲见了心酸酸的，这条老水牛是他一手喂养大的。老水牛一出生，它的母亲就死了。父亲只有泡奶粉喂水牛。然后再把薯藤剁细，煮熟喂水牛。水牛老了，他也老了。父亲不想老水牛死，父亲对队长说："我要它。"

队长说："你要考虑好，今后别后悔。"

原本母亲挑了一头仅 4 岁的母水牛。母亲想，这母水牛一年可产一条牛崽，产下的牛崽可卖给别人。

父亲说："我考虑好了，决不后悔。"父亲把老水牛牵回家了。母亲气得大骂父亲："你脑子里进水了？这水牛还能耕几回田地？到时它耕不动田地，你去耕田地？"父亲只一句话："这水牛我要定了。"母亲知道父亲牛样犟的脾气——父亲认定的事，谁也阻拦不了。母亲只有不停地叹气。

老水牛干活极慢，耕田时慢腾腾地走，还不时停下喘几口气。父亲也不急，说："老伙计，慢慢干。想歇就歇。"别人家的一亩田，一个上午就耕完了，父亲却得干上一天。

母亲对父亲又气又心疼："你这个牛脑筋。"

这天，父亲赶着水牛进山砍柴。父亲刚欲砍柴时下起雪，棉花团似的雪花漫天飞舞。父亲不想空着手回家,仍砍柴。父亲砍了两个多小时,才砍了一担柴。父亲把柴捆成两捆,拍拍老水牛的背说:"老伙计躺下。"水牛很听话地躺下了,父亲把两捆柴搬上水牛的背。老水牛站起来了,步子竟有点儿晃。父亲摇摇头:"老伙计,你真的老了。"

老水牛走几步,就大口大口地喘气。父亲搬下一捆柴,分做两捆,自己挑在肩上。"老伙计,现在轻松些吧。"老水牛扭头朝身后的父亲"哞——"地叫一声。父亲听懂了老水牛的话:"这点儿小事有啥感激的?"

路上铺了一层厚厚的雪,极不好走。父亲和水牛都走得极慢,也很吃力。

父亲对老水牛说:"老了,我们都老了……"父亲的话没说完,脚下一滑,竟摔下山崖了。老水牛"哞——哞——"地叫。老水牛把身上的柴甩脱了,跑到山崖下,拿嘴推父亲。父亲一动也不动。老水牛舍命地往村里跑,并不停凄叫"哞——哞——"老水牛跑到我家门口,对着屋里急叫。母亲出了门,老水牛不断地推母亲。母亲的心一沉:难道父亲出事了?那时我和三个哥哥都在外面打工。母亲忙喊左邻右舍帮忙。

老水牛在前面跑,几个年轻男人跟在后面追。平时走路都极慢的老水牛这时跑得飞快,几个年轻男人都跟不上。

到了山崖下,几个年轻男人把昏迷不醒的父亲抬上了山崖。我的堂兄抱着父亲坐在老水牛的背上。老水牛这回没跑,怕把父亲颠下来,但走得极快,后面的年轻男人要慢跑才能跟上老水牛。父亲得救了。

老水牛却累得再也站不起来了。父亲见了躺在地上的老水牛,掉泪了:"老伙计,谢谢你救了我。但你不能扔下我独自走。"老水牛的舌头不停地舔着父亲的手。

父亲熬了鸡汤,老水牛却喝不下。兽医也说:"它太老了,治不好的。"

第二天,老水牛死了。老水牛死前朝父亲流泪了。父亲把老水牛埋在村后的树林里。父亲一有空,就到老水牛的坟前坐坐,同老水牛说说话。

父亲几回来省城,但在我家仅住了几天,就闹着回去:"不行,我得去陪陪老水牛,陪它说说话。"

感恩提示

gan en ti shi

父亲是个牛倌,因为对牛超出一般的情感,他要了一头进入迟暮即将被宰杀的老水牛。于是,别的牛半天的活儿,老水牛要一天。但是父亲竟一点儿也不急。所以,老水牛在父亲的纵容下,可以步履缓慢地过着自己的晚年。有父亲这样的牛倌守着它,想来老水牛应该是幸福的吧?否则,为什么大雪封山了,驮两捆柴都困难的老水牛能支撑着自己用壮年劳动力都赶不上的速度救了父亲。如果这算是一种报答,那么即使第二天老水牛就死了,那也是一种幸福的报答。人情淡漠的人类社会人与人之间都找不到这种震撼人心的付出与回报,一头老水牛做了出来。所以,当父亲到城里刚几天,就忍不住要回去陪陪老水牛。这,也是一种幸福的报答吧?

(巩高峰)

我站在树林边，望着我所见过的最美丽的心灵努力地营救另一个生命。泪水顺着我的脸庞掉在地上。

感 恩 雨

◆文/佚 名

这是旱季里最热的一天，几乎连续一个月没有下雨。田里的农作物正在枯死，母牛挤不出奶，溪流已干涸。看来在这个旱季结束之前会有好几个农场要宣布破产了。我的丈夫和他的兄弟们每天都要费很大的劲把水弄到田里去，过了不久我们只好开车到附近的水站运水，可很快严厉的配给制度让每个人都取不到多少水。如果老天不下雨的话，我们很快就会失去所有的一切。

正是在这大热天，我亲眼目睹了平生所遇到的一个奇迹，也真正理解到了分享的意义。当我在厨房为丈夫和他的兄弟们做午餐时，我看到了6岁的儿子比利正向树林走去。他的样子很严肃，一点儿也没有平常走路时充满孩子气的横冲直撞。我只能看到他的背部，不过很显然他走得很费劲，他在努力地保持平衡。进了树林几分钟后，他又朝房子这边跑回来。我则继续做三明治，想着不管比利在做什么，他也都该做完了。

然而过了一会儿，他又继续缓慢而坚定地向树林里走去。这种行为持续了一个小时，他小心翼翼地走过树林，然后往家里跑。最后，我实在忍不住了，蹑手蹑脚地走出房子跟着他。我小心翼翼，不想被他发现，因为很明显，他“身负重大使命”，而且也不需要妈妈的过问。

只见他把手掬成杯状，小手里捧着大约两至三汤匙的水，小心翼翼地走着，以免洒了手中的水。在进林子后我偷偷地靠近他。树枝和荆棘划过他的小脸，可他并没有避开。他有更重要的事要做。当我倾身窥伺时，我看到了一幕不可思议的画面。

几只硕大的鹿赫然耸立在他面前，而比利直接向它们走去，我吓得几乎大叫让他躲开，其中一只有锋利鹿角的大公鹿离他特别近。但这只公鹿并没有吓着比利，甚至在比利跪下时它也一动不动。我看到一只小鹿趴在地上，很明显它正承受着脱水和中暑的痛苦，它费劲地抬起头舔着盛在我那可爱孩子手中的水。

等到水被喝干后，比利站了起来，转身向房子跑去。我跟着他回到家，来到我们的储水罐前，比利尽力拧开水龙头，只见一小滴水开始流下来。他跪在那儿，让水慢慢地滴在他那临时的“杯子”中，阳光直刺在他的背上。突然间我明白了比利为什么不叫我帮忙的原因——上星期他因为玩弄水管而遭到处罚，得到了不能浪费水的教训。大约20分钟后，他的手里盛满了水。

当比利站起来准备往林子里走时，我拦住了他。他泪眼汪汪地说："我没有浪费水。"说完就朝树林走去。我也从厨房拿来了一小壶水，加入了他的行列。我让他独自照顾小鹿，自己没有插手。这是比利自己的事。

我站在树林边，望着我所见过的最美丽的心灵努力地营救另一个生命。泪水顺着我的脸庞掉在地上。然后，我突然间发现一滴、两滴，接着越来越多的水滴掉了下来。我仰头望天，甘霖从天而降。

也许有人会说这只是一个巧合，并没有真正的奇迹，毕竟雨总是要下的。而我要说的是：那场雨救了我们的农场，就像那天我的儿子救了那只小鹿一样。

感恩提示

gan en ti shi

干旱、不雨、灾难。当一切关于酷暑的阴影都笼罩在天空时，也许一切都在压抑而绝望的背景下挣扎。但是，一个孩子和一头小鹿让我们忘了这场可能的灾难的笼罩。一头因中暑而脱水的小鹿随时可能丢失生命，一边是因为配给制度而显得贵如油的水，一边是心灵纯净得像水的孩子，用两只手掬成杯状，用 20 分钟接满一"杯"水，再通过荆棘遍布的树林，一滴一滴挽回着小鹿的生命。

大家都思考过一个孩子的成长是什么标志，年龄？发育？婚姻？在《感恩雨》里，我们看到了另一种成长的可能，当一个生命对另一个生命保持平等而单纯的挽救关系时，也许，这个孩子就长大了。之后，他会因为自己对生命的认识而突然领悟了很多东西。所以，上帝都被感动了，落了一场及时的"感恩雨"。

（巩高峰）

我将扳机扳到了底，在手指松开的刹那，我竟然看到杰里不可思议地跃到半空，然后随着枪声轰然倒地。

最美丽的跳跃

◆文/朴　朴

又是一个烟雨蒙蒙的天，丽娜随着丈夫亨利驱车前往森林深处为杰里扫墓。杰里不是他们的亲人，而是亨利曾经喂养的一只猎狗。丽娜曾多次追问丈夫为什么会如此怀念一只狗，可他总是对往事闭口不谈，只淡淡地说杰里是他所见过的最优秀、最聪明的猎狗。可在丽娜的记忆里，每次去扫墓时，丈夫似乎都会沉浸到痛苦的回忆中，他就像曾经做了错事而又没为此付出代价似的，对自己充满了自责。杰里究竟发生了什么事呢？丽娜百思不得其解，可她觉得自己不能再袖手旁观，她想替丈夫分担痛苦，彻底消除积聚在他心中的不安。

当他们开车返回市区时，丽娜决定把握时机。“亨利，”丽娜用不同寻常的坚定的口气说，“杰里到底出了什么事？无论如何，今天你得把一切原原本本地告诉我。”

亨利翕动着嘴唇半天说不出话来。终于，他开口说道：“亲爱的丽娜……我们的生活一直很好，但我却始终不敢告诉你杰里的故事。我怕一旦讲出实情，眼前的幸福就会化为泡影，而你也会离我而去……”

丽娜迅速地握住了丈夫的手：“亨利，相信我。我对你的爱绝对不会因为你的诚实而改变。”

亨利深情地对丽娜说：“亲爱的，你在我心中的分量无人能比，但在遇到你之前，在我的生活中也有一盏引航灯。它给了我希望，并赋予了我继续向前的力量。它就是杰里。”

“许多年前，”亨利低声对丽娜说，“我是一个放荡不羁的花花公子。那时的我狂妄自大，自私自利，做事从不关心他人的利益或感受。

“一个偶然的机会，朋友送给我一只叫杰里的猎狗。一次，杰里把腿摔成了重伤，于是，我将它送到我的老同学罗林医生那里治疗。很快，杰里就在罗林的悉心照料下痊愈了，而罗林和他的妻子海伦也都喜欢上了它。此后，我们经常一起打猎。罗林对杰里的聪明和才能赞不绝口。我却对海伦的魅力迷恋不已。在我甜言蜜语的进攻下，她很快就成了我的俘虏。不久，我和海伦就相约从打猎途中悄悄溜掉，撇下蒙在鼓里的罗林独自打猎。”

丽娜忍不住打断亨利的话，好奇地问：“你是说，它在跟踪你，并且一直监视着你？”

“的确如此，”亨利叹着气说，“不管我和海伦在哪里，只要我转过头去，杰里总是在远远的地方看着我们，眼睛里总是带着谴责和悲哀的神情。上帝呀，我们已经在错误的轨道上越走越远，我们甚至想永远在一起。

“但是，我们之间横亘着罗林。一旦他发现我们的私情，后果将不堪设想。于是，我背着海伦想出了一个罪恶的计谋，打算让罗林永远在我们的生活中消失。

“一天打猎时，罗林跟着一只鹿的踪迹钻进了一片松树林。突然，我意识到这是铲除罗林的最佳时机。如果在罗林开枪的同时我也开枪，一切都将在一秒钟内结束。没有人会怀疑这是场不正常的事故，海伦将是我最好的证人。于是，我缓缓举起枪瞄准了罗林。这时，一只麋鹿出现在我们的视野里。我抬起枪，耐心地等待着他开枪的那一刻，罗林终于抬起了枪。我将扳机扳到了底，在手指松开的刹那，我竟然看到杰里不可思议地跃到半空，然后随着枪声轰然倒地。

“罗林迅速放下枪，转身看着我。‘你也看见那只鹿了？’他说。然后，他看到了躺在地上的杰里。它已经断了气，可它血迹斑斑的眼睛仍盯着我。罗林悲伤地看着它，喃喃地说：‘太可怕了！可怜的杰里……’我们无言地站着，最后罗林轻轻地说：‘亨利，杰里肯定做了一个不可思议的跳跃，挡在了那颗子弹的前面。’

"杰里死后，我收拾行李告别了罗林夫妇，也挥别了我荒唐的青春岁月。杰里的死让我看到自己的肮脏的灵魂，也促使我下定决心去尝试新的生活，而后来也真的得到了幸福。几十年来，我一直怀念着杰里。每当我站在杰里的墓前，我都会重新体会忠诚的涵义。"

故事到此结束了。亨利充满愧疚地问妻子："亲爱的，知道这一切后，你还会爱我吗？"丽娜没说话，只是伸出手去紧紧抓住了丈夫的手臂。

当春天的烟雨再度洒落人间的时候，亨利和丽娜又来到了杰里的墓前。他们为杰里带来了一块小小的墓碑，上面刻着：我们最忠诚的朋友杰里安息在此，但它却永远活在我们心中。——永远的朋友，亨利和丽娜。

感恩提示

gan en ti shi

狗是人类最忠诚的朋友。这句话已经毫无争议地被无数人证明过，在所有的动物当中，只有狗和人走得最近，因为，在人的眼里，狗最通人性。杰里就是一条普通的狗，如果说它有什么特殊，它不过更聪明一些，对主人更忠诚。当主人出轨并一步步走向犯罪的时候，它义无反顾牺牲了自己，挽救了主人，也挽救了主人的灵魂。

与其说是一只叫杰里的狗挡住了子弹，倒不如说是杰里把子弹挡回到了"我"的心脏，它让"我"突然知道自己在干什么，自己将要面临什么。是的，一条狗结束了一场罪恶，它付出的，也许在人类看来不过是一条狗命。但是，杰里让"我"的人性回归到了人体，从此，"我"带着两份愧疚，一份对朋友罗林的，一份对朋友杰里的。"我"的愧疚是一种怀念，即使在自己得到了幸福之后，仍然无法释怀。如果说跟爱人坦白了曾经的罪恶是一种解脱，不如说是"我"更深刻地把愧疚当成了纪念。

（巩高峰）

看到那鸟在听他说话，把头转向他了吗？看到那鸟的眼神儿了吗？我觉得他俩之间有个秘密。

两者之间的秘密

◆译/刘　平

蒙特利尔是一个大城市。和所有大城市一样，它也有它的小街道，比如爱德华王子街，小到只有4个街区。没有人知道这条街道，也没有人知道皮埃尔·迪潘是谁。他是一个送奶工，就往这条街上的住户家送奶，整整送了30年。

在过去的15年里，一直是一匹体格高大的白马给他拉着送奶车。在蒙特利尔，尤其是在它的法语区，人们经常用圣人的名字给小孩和动物起名。皮埃尔的马刚来牛奶公司时，还没有名字。皮埃尔得知，自己可以使用这匹马。他轻抚着马身，怜爱满怀。他盯着马的眼睛，说："这是一匹温驯的马，从它的眼里，我能看到一种美好的东西。我要用圣·约瑟夫的名字给它命名，那也是一个既文雅又出色的人。"

大约一年以后，这匹名叫约瑟夫的白马已经对自己的工作驾轻就熟。送奶的时候，它知道哪家订了奶，哪家没订。

每天早晨5点钟，皮埃尔赶到牛奶公司的马房。这时，瓶装牛奶已经装上了车，约瑟夫也在等着他了。于是，皮埃尔就爬上车，坐好，一边还跟约瑟夫打招呼："早上好，老朋友。"那马儿也回过头来倾听。

皮埃尔这样评价约瑟夫："它知道什么时候该走，什么时候该停，甚至都不用我碰一下缰绳。所以，只要约瑟夫拉车，即便是一个盲人也可以完成我这份送奶工作。"

就这样年复一年，时光流逝，皮埃尔和约瑟夫都慢慢变老了。皮埃尔那浓密的海象胡子已是花白一片，而约瑟夫也再不能像以前那样昂首奋蹄了。马房的老板雅克，并没有注意到这些。直到有天早晨，皮埃尔扶着粗重的手杖出现时，他才意识到这回事。

"嗨，皮埃尔，你是不是得了中风了，啊？"雅克笑道。

皮埃尔说："恐怕是这样，雅克。老啦，腿也不听使唤啦。"

"你应该教教马儿怎么替你送奶。它什么都能干。"雅克给他出主意。

是的，爱德华王子街有40家订奶户，马儿知道每一家的确切所在。那儿的厨子们知道皮埃尔既不能读，也不会写。所以，如果他们想多要一瓶奶，就直接喊一声，而不是像通常那样，把订单放到空奶瓶里。皮埃尔的马车辘辘驶过，经常听到厨子们大喊："皮埃尔，今天早上多送一瓶过来。"

每一次，皮埃尔都高兴地回应："好啊，今晚又有客人哪。"

皮埃尔记性很好，每次回来，他总记得告诉雅克："今天早晨，帕坎家多要一瓶奶，勒穆瓦家买了一品脱奶油……"

送奶工要每周列出订奶账单，并且把钱收回来，唯独皮埃尔例外。雅克喜欢他，知道他不识字，从没要求他这样做。因此，皮埃尔的工作就是：每天早晨5点钟在老地方找到他的送奶车，去送奶。大约两小时后，他回来了：下车，高高兴兴地跟雅克道声"再见"慢慢地走回家去。

一天，公司董事长来视察早晨送奶情况。雅克指着皮埃尔对他说："您看，他在跟他的马说话。看到那马在听他说话，把头转向他了吗？看到那马的眼神儿了吗？我觉得他俩之间有个秘密。我时常有这种感觉。好像他们离开的时候在笑话我们什么。皮埃尔是一个好人，董事长先生，可是他老了。或许他该退休了，该得到一小笔养老金。"

"那当然，"董事长笑道，"我了解皮埃尔的工作。他已经为我们工作了30年。所有认识他的人都爱他。告诉他，他该退休了，工资照付。"

但是皮埃尔却拒绝退休。他说他若不能和约瑟夫一起工作,他的生活就毫无意义。他告诉雅克:"我们俩都老了,就让我们有始有终吧。什么时候约瑟夫去了,我就跟它一起去。"

皮埃尔与约瑟夫之间,有种让人忍俊不禁的温情。他们能从彼此间获得力量。干活时,皮埃尔驾着约瑟夫拉的车,谁也不显得老。工作干完了,皮埃尔离开时却磕磕绊绊,老态毕现;马儿也脑袋低垂,慢慢挪着步子回畜舍。

一个寒冷的早晨,雅克给皮埃尔带来了坏消息。天还很黑,空气冰冷,夜里下了大雪。

雅克说:"皮埃尔,你的马约瑟夫醒不过来了。它太老了,已经 25 岁了,相当于一个 75 岁的老人一样。"

"是的,"皮埃尔缓缓地说,"是的。我也 75 岁了。我再也见不到约瑟夫了。"

"你当然可以见到,"雅克轻声说道,"它就在马厩里,看起来很安然,去看看它吧。"

皮埃尔向前迈了一步,又转了回来。"不……不……你,你不懂的,雅克。"

雅克拍拍他的肩:"我们会给你另找一匹马,像约瑟夫一样棒。然后,不出一个月,你就能教会它知道所有的住户,就像约瑟夫那样。我们会……"

皮埃尔的眼神制止了他。多年来,皮埃尔一直戴着一顶又大又沉的帽子,帽檐一直垂过他的眼睛。它可以遮挡刺骨的寒风。现在,雅克注视着皮埃尔的眼睛,他看到令他震惊的东西。那是一双呆滞而毫无生气的眼睛。

"休息一天吧,皮埃尔。"雅克说。但是皮埃尔已经走了,跌跌撞撞地出去了。他走到拐弯处,进入那条街。一辆大卡车迎面而来,司机大叫:"小心!"……一阵刺耳的急刹车声传了过来,但是皮埃尔置若罔闻。

5 分钟后,一位医生说:"他已经死了……当场死亡。"

"我无能为力,"卡车司机说,"他冲着车走来。我觉得他根本就没看见。怎么回事儿,他走路像瞎子。"

医生弯下腰去检查皮埃尔的眼睛:"瞎子?他当然是个瞎子。看见那些浑浊物没有?这人已经瞎了 5 年了。"他转向雅克,"你说他为你工作?难道你不知道他是瞎子?"

"不知道……不知道……"雅克喃喃地说,"没有一个人知道。只有……只有一个除外,是他的一个朋友,叫约瑟夫……这是一个秘密,我想,是一个只属于他们俩的秘密。"

感恩提示

gan en ti shi

老马,老人,一份做了 30 多年的工作,送奶。老马识途,老人却不识字,他们的工作,除了记忆,就是默契。所以,当老马和老人都长辞人世的时候,很多人才知道老人已经瞎了 5 年。而这 5 年中,送奶的工作从没有出过错误,老马没走错过路,老人没说过自己有什么不便。老人不过有了根拐杖,老马不过是步伐缓慢,但是,一匹老马和一个老盲人,就这么让人震惊地工作了 5 年。

这是一个秘密，老人不愿意说出来，老马当然也不愿意说。所以，老马可以安然地去世，25岁的老马相当于75岁的老人，那么，老马和老人其实就是一对老人。那么，一对老人守着一个秘密，又有什么关系呢？老马安然走了的那天，老人也莫名其妙地撞上一辆货车。也许，这又是一个秘密，但那是老人和老马的秘密，不需要揭开结果。

（巩高峰）

我看了看它目光里所指的地方也就了然了：它的眼睛一刻也不停地盯着被它咬死的德国人。它的目光蕴含着怎样一种深仇大恨啊！

义犬复仇记

◆文/[俄]里阿宾宁　译/谢迎芳

这个真实的故事发生于苏联卫国战争前夕，到战后多年才算结束。

我的老伙计谢·亚历山大罗维奇——一位刚从德国苏占区归国不久的退役上校，我们役用犬爱好者俱乐部的一个最老成员，给我们几个养狗爱好者讲了下面这个惊心动魄的故事。

一

我极为看重的是灵性和忠诚。我所讲的就是有关狗的灵性和忠诚的故事。

那还是卫国战争前夕的事。当年，我在边防哨所服役，我的家属也跟我一起住在国境旁边。且说我们哨所有个年轻小伙子，一位很优秀的军犬引导员。这个年轻人博览群书，极有教养。他引导的是一条牧羊种的大狼狗。这条狗年轻健壮，训练有素，对他依恋极了。这也是可以理解的事——这个年轻人性格温和、彬彬有礼，同时，他又是个性格刚毅、英勇顽强的人，他所有的空闲时间都花在这条狗身上。他甚至能从狗的行为最微小的变化，以至于耳朵的耸动而懂得狗的心情，而这条狗也能凭他一个眼色就听从主人的吩咐。

可是，这个好青年给敌人杀害了。事情经过是这样：

在我们哨所所管的边境上，有一股匪徒越境了。我们的战士跟敌人展开了对射。这个年轻人和另外一名战士陷入了敌人的第一次围攻。他们给了这股匪徒应有的打击，尽管越境者人多势众，而他们只有两个人，但我们的战士还是善于拖住敌人，直到援兵到来。

当我们赶到战斗现场，呈现在眼前的是这么一幅图景：越境者被打死三个；我方的损失是：一个战士被打死(另外一个毫无损伤)。牺牲的正是那位青年人——军犬引导员斯达罗斯青。

这个年轻人死得壮烈。他打光了所有的子弹，同敌人展开了肉搏，不幸在肉搏中被敌人用手枪打死了。他身旁躺着一条受了重伤的狗。它保卫过自己的引导员，受了两处枪伤。

对斯达罗斯青的牺牲大伙都深感悲痛。我们也很怀念那条名叫“文尔内”(忠诚的意思——译者注)的狗。文尔内很快就养好了伤，于是，我们把它分配给另外一名战士去引导，但是，这个决定就是贯彻不下去。第一，文尔内不服从新引导员的引导；第二，它老是走到它先前的引导员被打死的地方，狺狺地哀鸣不停。对了！我差一点儿忘了告诉各位一个重要的细节：在斯达罗斯青的遗体旁边，我们发现了两根人的手指头。说不定，这是枪杀斯达罗斯青的匪徒的手指头，是狗咬下来的。很明显，当时，文尔内扑到这个匪徒身上，用自己尖锐的牙齿齐根咬下了他这两根手指头。

我们又试着让它去别的哨所服役，但它变得焦躁不安，老是挣脱狗链。这样一来，它就失去了边境军犬的一个最重要的品质了。另外，又有一个灾星落到它头上。原来，这条狗有一处枪伤是在头部，子弹损伤了与听觉有关的神经，狗很快就变聋了。它再也不适合在边境服役了。因而，我个人收养了它。它住在我家里，对我家里人都很亲近，对我，则更是亲热极了。狗有个脾气：它总有一个最依恋的人。然而，我总认为，所有这些年来，在它内心深处，它过去的朋友和主人的形象是不可磨灭的。

斯达罗斯青牺牲后不久，伟大的卫国战争爆发了。我上了前线。这期间文尔内完全变聋了，模样也变老了。不过，它依然强壮有力，必要的时候，它还凶狠得很哩！

由于它完全聋了，它变得越来越孤苦无依了。然而，正是由于听觉的丧失，使其他的感觉变敏锐了。可不是吗，它有令人惊叹的嗅觉和非同寻常的直觉。它能由人们嘴唇的牵动明白人们的意思，你也可以耳语般地对它下命令。它马上就会去执行。

二

我军攻克柏林后，我随同一位将军飞往柏林。我们降落在一个德军飞机残骸狼藉不堪的机场上。

我精通德文。还是在战前，我就读过许多德文的养犬学文献，对德国警犬、军犬繁殖场的地理位置，各繁殖场所拥有的警犬、军犬的头数了如指掌。我和将军急切地想查明各繁殖场是否完好无损。然而，我们所到的第一家养狗场已被破坏得狼藉不堪，仅有的一个工作人员是个捷克人，他是在希特勒匪帮溃逃前夕躲藏起来以迎接解放的。捷克人向我们介绍情况说：柏林被攻克前夕，三个德国长官乘车到了养狗场。他们穿过养狗场的大院，命令我们把狗放出来。狗向我们工作人员跑过来了，而他们三个人却一只接一只地枪杀它们，半个小时之内，他们枪杀的狗尸堆积如山，枪杀了400只狗。

“有一个人射杀得特别起劲，是个无指头的人。”捷克人出人意料地说道，“他一个人撂倒的狗是其他两个人枪杀的二倍。他毙狗的时候怀有一种恶魔一般的满足感，甚至微笑。”

“无指人？”我机械地重问了一句。

“是的！他的右手缺两根手指头……他是用左手射击的。”

我和将军都泥塑木雕一般站在那儿。在这场战争里，我们目睹过许多可怖的事物，然而，像这种无谓的谋杀却使我们感到震惊。震惊之余，我意识到了——总体战还在继续进行！

巡视养狗场后不久，我被任命为一个小市镇的卫戍司令，这个城市位于勃兰登堡省。我的家属也由国内迁来，聋狗文尔内也随家迁来了。几个月过去了。

有一天，我带文尔内由卫戍司令部回到住所去。几个月来，文尔内经常跟着我，从来不用狗链，自由自在地跟我并排走着。它近来衰老得更厉害：它已经10岁，对狗来说，这可是古稀之年了，它一坐下来就睡觉，除了吻部之外，连躯干的毛发也变灰白了。只是，文尔内的嗅觉同从前一样敏锐。文尔内从来都是服从命令的模范。可是，这一天它的表现却异乎寻常：走起路来很不安分———一会儿离开我朝前直跑，一会儿又落在我后面，时而耍脾气。弄得我也生气了，就吆喝了它一声。而我马上就发现了，文尔内像发寒噤一般全身颤抖，一会儿紧张地嗅嗅空气，一会儿又嗅着人行道的柏油路面。莫非它生病了么？

“文尔内，你怎么啦？”我大声说道。马上我就感到惊讶不已：文尔内听见我说话。它听见了才转过身来的。叫我惊奇，的还有一样东西，就是它那双眼睛。它那双眼睛充满了痛苦和难以描述的怨恨之情，还有点儿什么叫我难以言传的东西。它身上的毛发全都竖了起来，那条尾巴也夹到肚皮下去了。我还从来没见过它处于这样警觉的状态。当然，最叫人惊奇的是——它恢复了听觉……

据说，动物能感到自己末日的来临。这一点甚至可从动物生理上的反常现象找到反应。某些动物会变得沮丧不堪，落入一种受压抑的状态。相反，另外一些动物却会出现一种难以描述的警觉状态。在这种高度亢奋、警觉的精神状态下，这些动物身上经常会发生最出人意料的现象。

猛然间，文内尔的头向地面一低，就打我身边撒腿跑开了。

“文尔内，你上哪儿去？回来！回来！”我喊叫道。

但是，它头也不回地朝前跑：要不就是耳朵又失聪了，要不就是不想服从命令。

我试着跟在它后头跑去，但转眼间就给它落下了。文尔内消失不见了，我忧心忡忡地回家去了。

两个小时过去了，我还在想着文尔内。它在哪儿？发生了什么事？我家的人作出了跟我的猜想大相径庭的假设：狗儿发了狂以及诸如此类的想法。我不同意他们的想法。我内心深处有个什么声音在告诉我，文尔内身上发生了一点儿什么更严重的事情。

三

你瞧，两个小时刚过不久，电话铃声响了起来。我办公室的值班军官通知我，在市中心的一条街上发生了一起不寻常的事件：不知从什么地方窜出一条狼狗一般大的野狗，径向一个德国公民猛扑过去，撕咬着他。

“什么？”我对着话筒直嚷叫，“给我形容一下那条狗！……”

“你家的文尔内在家吗？”值班军官小心翼翼地问道。

“文尔内不在家！”我极为警觉地回答。

“出事现场有两位我们的战士，”值班军官继续报告道，“据他们说，这条狗像是文尔内。”

“人还活着吗？”

“快要断气。”

“狗哩？”

“狗还活着……”

值班军官还说了点儿什么，但我没听完他的报告就给车库挂了电话要车。

5 分钟之后，我已经赶到了值班军官报告的那条街上。柏油路面上还有一摊血迹，扫街人还没来得及扫掉。这摊血迹指明了事件发生的地点。被咬的德国人已抬进了就近的一栋房子，在我驱车赶到前几分钟他已经死去了。

这是一个已不年轻的男人。浅色头发，高个儿，穿着一套普通的平民服装，满脸冷酷之极，就连死亡也没能稍稍改变他那副冷酷的模样。狼狗几乎咬下了他的喉管，他连一刻钟也没挨过就断气了。文尔内也躺在旁边，但它是一副什么模样啊！

原来，这个过路的人持有一把手枪，他一边躲避狗的攻击，一边开枪抵抗，向文尔内射出了整整一匣子弹。文尔内受了致命的枪伤，但是还活着。我跪倒在文尔内跟前。它认出了我，且微微揪动着尾巴——显然，它是想向我表示欢迎。它嘴角的血泡不断胀大，与此同时，血泡发出了咕嘟咕嘟的声响，这种喑哑的声音仿佛卡在它的喉咙里出不来又下不去似的。文尔内老是看着我背后。我看了看它目光里所指的地方也就了然了：它的眼睛一刻也不停地盯着被它咬死的德国人。它的目光蕴含着怎样一种深仇大恨啊！

“抬他出去！”我朝尸体一指，命令道。

两个战士来到尸体边，一个搬头，一个抬脚。因为磕碰了一下，死者的右手滑落下来，直往下垂，“扑”地一声碰在地板上。我不由得悚然一惊：死者的右手缺了两只指头。

猛然间，我记起了一幅遥远的图景，这些年来战争带来的种种严酷事件将这幅图景遮掩住了。如今，这幅图景是如此鲜明，就像是昨天看到的一样：践踏过的雪地上，血迹斑斑，被敌人打死的斯达罗斯青躺在地上，一只受了伤，且流血过多的狗，两根蜡黄的人的手指头……想起这些，我就什么都了然了。瞧，这是个什么人躺在我面前啊！杀害斯达罗斯青的凶手受到了惩罚。

看吧,狗的不寻常的行为用什么来解释?文尔内竟能由柏油路面上的足迹嗅出了敌人的气味。这个人的气息在它的头脑里保存了8年之久!8年来它一直对他怀着刻骨铭心的仇恨,并且等到了复仇的一天!

“死者的身份确定了吗?”我问道。

“差不到哪儿去。”我的助手意味深长地答道,他是不久前赶到现场的。他将死者证件递给我。

这不就是嘛——一张纳粹党的党证,一张盖世太保的登记卡。

“他随身携带的?”我惊讶地问道。

“是缝在衬衣里的……”

死者抬走了,文尔内也平静下来了。它的目光暗淡下来了,憎恨的表情消失了。这种憎恨终生都伴随着它。它最后一次用舌头舐了舐我,深深地喘了一口气,就直挺挺地死去了。我们的文尔内不在世了……

不瞒诸位,这就是整个故事……不过,还要补充一点的就是:进一步的调查确定,这个家伙曾是德寇的空降侦察兵,是一辈子都在危害我们国家的危险而凶恶的敌人。

听完这个故事后,我们想,各位读者也会和我们役用犬爱好者俱乐部的成员一样,更加热爱和敬重我们国家的警犬和军犬。

感恩提示

gan en ti shi

我们看过很多关于狗和人的震撼故事,有让人温暖的,有让人感慨的,有让人眼角湿润的。而《义犬复仇记》肯定是壮烈的,一条名叫“忠诚”的狗让仇恨的种子牢牢在它的心里生根发芽,蓬蓬勃勃。有句俗话叫“猫记千狗记万”,当然,这句话说的是猫狗对路途的记忆力。但是,能记万里路的义犬,一粒仇恨的种子如何能用时间来衡量。

文尔内聋了,文尔内老了。但文尔内还有嗅觉,它让仇恨的种子生机勃勃。8年了,终于让它等来了机会,凭着仇恨,敏锐而诡异的听力突然恢复,它复了仇,并安然地接受了一匣子弹。当它欣慰地向主人摇尾示意时,它是不是看到那份仇恨的火焰慢慢熄灭?仇恨的种子从来不选择土地,只要有意志有耐心,它在哪儿都扎根生长,即使是一条狗。

(巩高峰)

艾伦为了救老人，可以付出一对眼睛瞎了的代价；老人为了与亲密伙伴儿时刻不分离，情愿撒谎自己是个盲人。

亲密伙伴

◆文/王宗宽

1946年，伦敦。

伦敦就像一台不知疲倦的机器，日夜不停地运转。与整个欧洲、整个世界一样，伦敦投入了紧张繁忙的战后重建工作，各行各业的人都在加倍工作，以尽快医治战争的创伤，早日恢复战前的生产生活水平。

市中心的金帝王饭店也是如此。从上午一上班开始，饭店就忙碌起来，大厅内进进出出的客人络绎不绝；穿红色制服、戴红色帽子、着雪白手套的服务员往来穿梭。

这时，从自动门外走进来一个老人，他穿着体面，头发灰白。最引人注目的是戴着一副墨镜，左手牵一只狗，右手握一条探路用的竹竿。那只狗始终不离他左右，狗是黑色的，墨染过的一样。狗体形高大，昂首阔步，具有王者之尊，只是动作有些迟缓，明显衰老了，可是依稀可以想象当年的威武和矫健。

“早上好，先生。这里是金帝王饭店，我是大堂服务员。需要帮忙吗？”一个彬彬有礼的服务生紧跑几步走过来，垂手站立。

“早上好。我要住一个单人房间，三个晚上。”老人停住脚步扭过头，面向着刚才那个声音说。

“愿意为您效劳。可是按照我们饭店的规定，狗不能跟您住在一起。”

“什么？我和艾伦不可分。谁也不能把我们分开！”老人本能地拉紧了牵狗的绳子，似乎谁要把狗从他手里抢走似的。

服务生耐心地说：“我们专门有人照顾狗，而且是免费的。您在房间内外，有什么困难，我们的工作人员随时会给您提供帮助。但就是不能把狗带到房间里去，我们金帝王饭店的服务是一流的，我们有我们的规定。”

“我离不开艾伦，艾伦也离不开我。求求你了，规定是死的，事是人办的，你就照顾一下吧。况且艾伦绝对不会惹麻烦的，它非常守纪律，非常聪明，有的方面甚至比人都聪明。”老人恳求道。

伙计态度很坚决：“实在对不起了，先生。”

双方各持己见，争执不休。他们站在门口，声音一阵大，一阵小，吸引了很多围观的客人，饭店的总经理也循声走过来。总经理分开人群，到里面了解情况。

老人把探路用的竹竿交到左手，用右手推了推鼻梁上的墨镜，然后在空中来回试探着抓住总经理的胳膊：“总经理先生，求求你了。我是一个瞎子，一个在可怕的战争中失明的瞎子。”老人的声音颤抖了。脚下的狗用鼻子来回嗅老人的鞋子，将前爪搭在主人的裤腿上，发出“噢、噢”沉闷的叫声，似乎也在为主人求情。

围观的人无不向盲人投去同情的目光——这些，老人当然是看不见的。

经理思考片刻，“好吧，我们就破例一次，”然后对旁边的服务生说，“带这位先生去登记。”

人群这才心满意足地散去，其中有《泰晤士报》生活版的记者汉德。

做了一天的采访，汉德回到饭店的房间开门，听到了隔壁传来狗的叫声，原来盲人和狗就住在他的隔壁。汉德从心底里同情这位因战争失明的老人。和成千上万的人一样，汉德也是战争的受害者。在战争中，他失去了两个哥哥和一个弟弟，留下了两个残缺不全的家庭，留下了孤儿寡母。他的弟弟还不到20岁，一朵鲜花刚刚绽放，就凋谢了。

下楼的时候从盲人房间经过，汉德下意识地朝门里看了一眼。门开了一道缝，缝隙不大，但足以看清楚里面。汉德先生不看则已，一看之下目瞪口呆。房间里面开着大灯和台灯，那个灰白头发的老人坐在桌旁，狗在他身边。老人手拿一本书，一本普通的书，正在仔细阅读，墨镜放在桌面上。

究竟是怎么回事？汉德吃惊不小。开大灯，可以理解成给狗照亮。那么台灯呢？狗也需要台灯吗？老人的眼睛很明亮，跟常人一样。汉德也听说过睁眼瞎，有的盲人的眼睛外表上挺正常，就是视而不见。可是他怎么还看书呢？特制的盲文书是用手摸的，而眼前这个老人明明是在用眼睛看。

汉德的胸中涌动着一团怒火。这个骗子，简直令人发指！为了达到个人的一点儿小小的目的，不惜骗取人们的善良，利用人们对战争受害者的同情。

一定要揭露这个丑恶的骗子，职业的敏感使他非要弄个水落石出不可。他敲门而入，老人慌乱地把书收好，表情很不自然。

汉德强压怒火，礼节性地打招呼：“您好，先生，我住在您隔壁。很高兴认识您。”

“非常荣幸跟你住一起，年轻人。”

汉德单刀直入，两道犀利的目光直射对方的双眼。“今天早上我在大厅见过您，听到您与伙计的争吵。可是您刚才怎么还能看书呢？”站在老人的对面，汉德仔细看，老人的眼睛很正常。

“既然你发现了，我就告诉你。年轻人，请坐。”老人手指一把椅子，“我撒了一点儿谎，我不是瞎子。”

老人长叹一声，开始讲述：“我的确参加了战争，我是一名上校军官，艾伦是条军犬，一条战功卓著的军犬。艾伦出生入死执行了无数艰巨的任务，巡逻警戒，传递情报，轰炸爆破，追捕敌人。我非常喜欢艾伦，就把它带在身边，形影不离。本来我和艾伦都到了退役的年限了，后来发生了一件事，艾伦救了我一命。要是没有艾伦，我早成炮灰了，早追随我的部下去了。”

不知什么原因，汉德想起了阵亡的两个哥哥和一个弟弟。他的心中满是酸楚，不是滋味。也不知什么原因，他刚才的愤怒和鄙夷烟消云散了。

“一次，我在阵地上勘察地形，一发流弹飞来，我还没有反应过来，或者说来不及反应。这时，身边的艾伦急了，它怒吼一声，前爪腾空，后腿全力一蹬，把我扑倒在地上——就像每次抓敌人一样。”

汉德聚精会神地倾听，瞪大眼睛。

“艾伦刚趴在我的身上，炮弹炸了。只听轰隆一声巨响，眼前一片炫目的强光，冲天的气流把我和艾伦推出 10 米远。就这样，我们两个都提前退役了。不久战争也结束了。”老人缓缓地讲完故事，抚摩着艾伦，眼神中露出无限慈爱。

汉德长长出了一口气，然后说：“我全明白了。艾伦屡立战功，又救过您的命，您跟它感情很深，为了时刻把它带在身边，于是您装瞎子。”

“不光因为如此。艾伦是个瞎子，一个睁眼瞎，因为救我而失明的。”

感恩提示

gan en ti shi

一般人怕是很难理解，人们总是标榜自己是感情动物，但是，为什么人与人之间没有老人与艾伦之间的这种相濡以沫，这种相互依偎。艾伦为了救老人，可以付出一对眼睛瞎了的代价；老人为了与亲密伙伴儿时刻不分离，情愿撒谎自己是个盲人。也许，这种战场上结下的情谊因为它的背景而格外难得。但是，伙伴儿怕不是一个简单到只是一个名词的程度。伴儿，是个含义复杂的东西，它包含同生共死，蕴涵着相守相依。在老人迟暮的晚年，也许不会有一个女人相携共走；艾伦的晚年不会因为它曾经的功绩而得到任何回报，那么，老人就是它的伴儿。老人和艾伦，互相做伴儿，这种温暖，远非一个伙伴儿能形容得清楚的。

（巩高峰）

“汪汪。”蒙西多普瑞坚决地拒绝了老人。它的眼光里充满了恳求，好像在问：“你到底要干什么？”

圣诞快乐

◆文/[美]克里斯蒂·霍德·欧克　译/尉颖颖

“我永远也不会忘记你的。”老人一边说，一边流泪。泪水从他那如同粗糙的皮革一般的面颊上流下来。“我已经太老了，不中用了，再也不能照顾你了。”蒙西多普瑞歪着脑袋，一双闪闪发亮的眼睛忠诚地盯着它的主人。它发出低沉的呜呜声，毛茸茸的大尾巴摆来摆去，好像在问："你说什么？"

老人清了清嗓子，说："我已经不能照顾我自己了，更不要说照顾你了。"他从衣兜里掏出一块手绢，使劲地擤了擤鼻子。"我马上就要到老年福利院去住了，我告诉你，我非常难过，因为你不能到那里去看我，那里不让狗进去，你明白了吗？"老人慢慢地弯下腰，一瘸一拐地走近蒙西多普瑞，轻轻地抚摸它的头。"不过你不要担心，我的好朋友。我们还可以为你再找一个新的家。这不成问题。你这么聪明，这么漂亮，这么善解人意，谁都会为你这样一只好狗而骄傲的。"

蒙西多普瑞使劲地摇着尾巴，在厨房的地板上走来走去。它最熟悉的老人身上那轻微的麝香味和厨房里的有点儿油腻的食品气味使它觉得十分快活，可就在这时，这几天常常出现的那种使它畏惧的感觉又一次出现了。它的大尾巴马上耷拉下来，它慢慢地转过头来，看着自己的主人。

"过来。"老人喘息地用两只手扶着沙发，吃力地跪到地板上，充满深情地抚摸着他最亲近的朋友。他拿出一条鲜红色的丝带系在它的脖子上，在它的颈前打上一个大的蝴蝶结，然后在蝴蝶结上又挂上一张硬纸卡片。做完这些，老人又喘息了好一阵。

蒙西多普瑞有几分不安地来回摇着脑袋，"这上面写着什么？"它弄不明白。老人清了清嗓子，对它说："这上面写的是'祝你圣诞节快乐！我的名字叫蒙西多普瑞。早饭我喜欢吃咸肉和鸡蛋，玉米片粥也行，午饭我喜欢吃土豆泥和一点儿肉。就这些，我一天只吃两餐。作为对你的回报，我将成为你最忠实的朋友。'"

"汪汪。"蒙西多普瑞坚决地拒绝了老人。它的眼光里充满了恳求，好像在问："你到底要干什么？"

老人又一次用力地擤鼻子，然后扶着沙发慢慢地站起来。他穿上大衣，用颤抖的双手系上扣子，抓住蒙西多普瑞脖子上的皮带，温和地说："来吧，我的朋友。"

老人打开房门，一阵刺骨的寒风立刻向他们扑来。黄昏已经降临。老人坚定地站到门口，蒙西多普瑞却使劲往后退，它不愿意在这个时候出门。

"别再拽我了。我向你保证，你跟着别人过会比跟着我过要好得多。"老人的声音颤抖着。

街上没有一个人影。老人和它顶着寒风一声不响地向前走去。老人边走边认真地看着路边那一幢幢房子。天上飘起了雪花。

走了好一阵，他们来到一幢老式的维多利亚风格的房子前。这房子周围有很多松树，在寒风中摇摆着，发出飒飒的响声。他俩的身体在寒风中禁不住地发抖，但还是仔细地看着这幢房子。

这一定是个温暖的小康之家。每一个窗户里都闪着各色光芒的小彩灯装饰起来，低声唱出的圣诞歌声随着风声传了出来。

"这个家一定对你很好。"老人声音哽咽地说。他松开牵狗的皮带，轻轻地打开这家的院门，弯下腰用颤抖的双手抚摸着蒙西多普瑞的头，说："过去吧，上台阶，然后去抓门把手。”

蒙西多普瑞轻轻地走上前去，在这家的门前站住了，它回过头来看了看主人，又一声不响地跑了回来。它弄不懂主人要干什么。

“过去！”老人使劲地推了它一下，用粗暴的声音向它吼道，“我对你再也没有用了，你给我走！”蒙西多普瑞伤心极了，它认为主人再也不爱它了。它当然不知道主人就是因为爱它才忍痛这么做的。它不情愿地慢慢地走近那房子，走上台阶，伸出一只爪子拍了拍门，“汪汪汪！”

它回过头来，看见老人把自己的身体藏在一棵树的后面，探出头来正看着它呢。一个小男孩开了门，他家里的充满温馨的灯光从他的身后弥散出来。当他看清蒙西多普瑞时，不禁把双臂高高地举起，大声喊道：“哎，快来！爸爸妈妈！快来看圣诞老人给我的圣诞礼物……”

透过涌出的泪水，老人看见那男孩子的妈妈解下蒙西多普瑞脖子上的那张硬纸卡片，细心地读着，之后她蹲下来轻轻地抚摸着它，又向门外张望了一下，体贴地把蒙西多普瑞领进家里。

老人的脸上现出一丝笑意，他用大衣的袖口去擦眼泪，那袖口上已经结了一层薄冰，是寒风把他的泪水结在了上面。

“祝你圣诞快乐，我的亲爱的朋友。”老人低声说着，消失在黑暗中。

感恩提示

gan en ti shi

如果你爱一样东西，比如一条狗，可是你已经无力再继续给它好的生活，好的未来，你怎么办？最好的办法，把他送给更好的主人。一个肯定会喜欢它、并且会对它好的主人对你喜欢的狗来说，是把它送入一个更加温暖的天堂。

老人的蒙西多普瑞就是如此。老人迟暮，随时可能撒手西去。那么，蒙西多普瑞怎么办？围着老人的尸体哀鸣，迟迟不去，直到瘦骨嶙峋，流落街头，在垃圾里搜寻着它的一顿又一顿午饭或者晚饭？那肯定不是老人的选择。老人爱它，所以挑了一个温暖的小康人家，挂上介绍的纸牌，在热热闹闹的圣诞之夜，给一个孩子带来惊喜。老人的方法是有道理的，只有这样，孩子才会喜欢这条来历不明的狗，只有这样，蒙西多普瑞才可能有一个不受委屈的将来。

(巩高峰)

连长再次置小黑于办公桌上，很认真地说："人命关天，有意派你下山送信，你愿意吗？……"连长话音刚落，小黑便"刷"地一个敬礼，点头啼叫者三。

小　　黑

◆文/李广智

乌拉斯台边防站养有一鹰，为连长于巡逻路上所得，体小羽秃，然通身如墨，故名"小黑"。小黑安身哨所，常栖而少飞，少啼而多眠，似无搏击云天之志，全连因之失望。独连长偏爱之，卧华巢，食鲜肉，小灶优待，且常置其于办公桌上，啁啾对话者久。连长点名，面对楼顶国旗行礼，小黑亦站立一旁，以翅代臂向国旗行礼，出翅快而有劲，中间稍一停顿，尔后迅速收翅，干净利索，遂成为连长之宠物。

这年冬天，雪下得奇怪。漫天飞雪，似大片的鸟群，箭一般从空中扑下来，层层叠叠，无休无止，很快就模糊了整个北塔山的地貌。军用电话线上的冰挂，连串成片，越积越厚，居然有水桶般粗细。没等冬菜米面运上来，便大雪封山线路中断。不久，部队唯一的一部电台也出现了故障。于是，山上山下联系中断，而寂寞与风雪狼狈为奸趁机作乱。

就在这个季节里，战士刘兵病倒了，高烧不退，咳嗽剧烈，水米不进，昏昏沉沉，幻觉迭出。抢救刘兵，成了连队的头等大事。然而，前后加力的大卡车没能开出3里地，就身陷雪坑完全冻死了。连长、指导员彻夜不眠，哨所歌声中断，伙房顿顿剩饭。就在这个时节，连长想到了小黑。理由是团部的楼顶上也有一面国旗，小黑当能认得出来。于是，连长再次置小黑于办公桌上，很认真地说："人命关天，有意派你下山送信，你愿意吗？你能搏击这漫天的风雪吗？你能浮载这数百里的强大气流吗？你能找到团部楼顶上的那面国旗吗？如果能，你就点点头，如果不能，也请你有个表示。"连长话音刚落，小黑便"刷"地一个敬礼，点头啼叫者三。连长大恸，揽鹰入怀，眼圈发红而声音变调，围观战士亦激动不已。

为谨慎起见，战士们用雪堆出一座团部大楼，插上小旗，让小黑辨认，然放飞五次，却仅找准一回，战士们的心又悬了起来，独有连长深信不疑，说，小黑答应了，我们就应该相信它。遂将请求救援的急电用红布包了，系于小黑腿上，郑重放飞。小黑出人意外地发出一声凄厉的啼叫，绕哨所盘旋一周之后，箭一般朝山下窜去，很快消失在雪雾气流之中。

小黑去而不归，风雪迷迷漫漫纷纷扬扬搅得周天寒彻，刘兵时热时冷时迷时醒令人揪心。第五天头上，刘兵病情恶化，嘴巴大张却不能开口说话。连长咬牙顿脚，说："风那么狂，雪那么大，小黑又那么小，我们就不要等了吧。全连出动，破雪开道，也许能闯出一条生路。"正说着，通信员从连部冲出来，连哭带叫："哨楼电话，鹰！观察镜里发现了鹰！"

是鹰，高倍观察镜里，巴掌大的一个小黑点在缓缓上升，且升且大，直奔哨所而来。

"小黑！我们的小黑！"战士们欢呼雀跃，泪水满面，不顾一切地把皮帽子朝雪花乱飞的天空抛去。"鹰"轰鸣着在训练场上徐徐降落，机身刚一着地，大个头的夏团长就从机上跳下来，直奔刘兵的病床。刘兵很快被抬上了直升机，卫生队的医生也采取了紧急抢救措施，团长在交代了新电台和有关物资之后，端出一只黑盒子，声音沉痛地说："就安葬在山上吧，与烈士并肩。"

"你说啥？"连长惊叫出声，"难道小黑它……"

黑盒子打开，小黑就躺在里面，羽毛脱落过半，翅膀撕扯若破絮一般，通体是血冻结而发亮，斑斑点点，令人触目惊心。尤为感人的是，它以翅代臂，给连长也给哨所留下了一个凝固的敬礼的形象。团长介绍说，小黑从办公楼顶上滚落下来时，已经成了血鹰，但仍然啼叫不止，嘴角滴血。官兵闻言，抽泣有声，连长抱鹰，埋下头去，泪水飞溅，肩头抖动不已……

感恩提示

gan en ti shi

看过一篇报道，说的是动物的脑容量和人的脑容量相比，是人的多少分之一。言下之意，动物比人笨多了。人是有感情的，是感情丰富的动物，而动物则多是冷血动物，因为他们没有人的智慧。但是《小黑》给人们的自得一个响亮的耳光。小黑只是一只鹰，一只鹰的脑容量会是人的多少分之一呢？几十分之一？几百分之一？几千分之一？但是，小黑给哨所的官兵们一个绝望中的希望，它是一鸟，却用啼血的惊叫挽回了一个士兵的生命。小黑有智慧吗？也许它的智慧在人类看来不值一提，但是，它用翅膀，用滴着血的嘴角，告诉了我们，感情和智慧无关，感情和感情有关。我们，除了感激小黑，似乎应该用我们的智慧思考一些什么……

（巩高峰）

人们尾随群鸟的叫声，才找到杨善那已被一根根树枝、一棵棵青草覆盖着的尸体。这是那些留下的、飞走的鸟儿聚集在这里，为杨善作的葬礼。

回　　报

◆文 / 朱士元

养鸟是杨善的一个嗜好。与鸟为伴，乐无它求。鸟有灵性，心可与人相通，此乃爱之根源也。

年少的杨善，见两只未长毛的小鸟从家中的高树上的窝里掉下来，摔在地上"叽叽喳喳"地直叫，怪可怜的。他把两只小鸟拾回家中，放在柳篮里，用软草围好了，挂在屋檐下，逮些虫子喂它们。好怪呀，每当杨善去喂食时，两只大鸟就在旁边的屋子上叫个不停，等食喂完大鸟也就飞回到自己的窝里去了。这是在呵护还是在感谢呢？杨善一直无法说清。待小鸟的羽毛丰满时，杨善把它们放走，可刚飞走了两天的小鸟又飞回到窝里来，尔后是早出晚归。小鸟每天回到家，见到杨善总要叫上几声。小鸟居在屋檐下，又孵出了一代又一代的小鸟。杨善为他们修巢、供食。转眼十几年过去了，杨善家的屋檐下筑满各式鸟巢，院中的树上也挂满了鸟笼，成了鸟的家园。

杨善饲鸟，无贵贱之分。他认为，能留下的就留下，爱走的就飞走。杨善早就注意了，那些留下来的鸟，都是在他家养大之后放飞到大自然又重新归巢的。他饲养最多的是喜鹊、画眉、黄莺、啄木鸟、鹦鹉，也饲养过翠鸟、布谷、猫头鹰和鸽子。杨善养鸟有自己的一套方法，孵化、饲喂、治病，都很熟悉。至于哪些鸟什么时候该走，什么时候该回，他心里早有了一本账。那年，田里洒农药，有 30 多只鸟中毒了，当时死了 10 多只，杨善好不容易把余下的给救活了。鸟儿在杨善身边活得自在，有谁还愿意离开呢？

人的名声有了，想到的人也就多了。杨善饲鸟，在方圆百里被传为美谈。有人来光顾后，想出高价钱买走珍稀品种中的一对画眉，还有个人要把鹦哥全买走。杨善说："我是为了钱吗？想用大价钱买我的鸟去玩耍，没门儿！"那些人只好垂头丧气地走了。那年，城里建公园，要将杨善的鸟全买走，并安排杨善为吃皇粮的正式工。杨善听后笑了，笑得让人心寒。他说："我什么也不稀罕，我要的是鸟，是鸟的灵性，是大自然的造化啊！"

那年秋天，一连多日的大雨，没日没夜地下，杨善见十几只雨前飞走的小喜鹊一直未回来，真是心急如焚。他披上塑料纸，找了好长时间，才在河边上听到对岸的草丛中有喜鹊的叫声。他跃进湍急的河水，向对岸游去。年岁大了，手脚不灵光了。他拼命地游啊，快到中间时。一个漩涡将他淹没了，再也没有上来。当浪头把他送到岸边时，早已喘不了气了。

第二天，人们花了好大的力气，也没找到人影。后来，人们尾随群鸟的叫声，才找到杨善那已被一根根树枝、一棵棵青草覆盖着的尸体。这是那些留下的、飞走的鸟儿聚集在这里，为杨善作的葬礼。岸上，几百只鸟在鸣、在叫，眼里还闪动着泪花。那十几只小喜鹊叫得更让人揪心，比听哭声还难受。好凄凉啊，人们的心碎了。大家都在发出同一声劝慰：不要再叫了，鸟儿，人已死了。

感恩提示

gan en ti shi

人与动物之间有天生的亲近感，经常可以看到很多人为了猫、狗等宠物而放弃一切东西，他们爱猫、狗等宠物爱得非常深入，当然这些动物非常有灵性，它们会对它们的主人非常好，摇着尾巴，叫两声，传递最美的感情。杨善对鸟也是如此，杨善年少时就对鸟有种特殊的感情，无论什么样的鸟他都喜欢，而且善待它们。杨善对鸟的爱很纯粹，他自己说："我什么也不稀罕，我要的是鸟，是鸟的灵性，是大自然的造化啊！"杨善能够为鸟而死，他一定很幸福。最后时刻与鸟在一起，杨善应该知足了。

（韩昌元）

六爷背回来一筐草，老伴不解地说："牛都死了，你还割草做甚？"六爷不语，径直走到院后，将那筐嫩嫩的露水草倒在了老牛坟前……

牛　　魂

◆文/刘　平

六爷使了一辈子牛。

六爷使牛难得用鞭子，用嘴说，牛很听六爷的话。

家里就六爷和老伴两个人。本来他们是有个儿子的。在部队。那年部队进天山施工出了场事故，为保护战友，儿子牺牲了。国家给了500元抚恤金，六爷一直捆在箱子里，舍不得动一分。

没了儿子，六爷对牛的感情似乎就更深了。六爷说，牛通人性呢。

那头老牛为队里干了一辈子活。队里只有这一头老牛。六爷和它在一起时它还是头犊子，现在，它老了。每天一大清早，六爷都要牵着老牛到屋前矮坡上去啃露水草。老牛啃草，大爷就用蒲扇为它赶牛虻，同时，瞅着它那瘦骨嶙峋的身子，想起它还是犊子时的样子，心里就禁不住酸酸的……

春耕大忙季节，是老牛身上担子最沉重的时候。队里拿不出钱来买头壮牛。从早到晚，老牛都拉着沉重的犁铧在热气蒸腾的水田里蹚。终于在一个炎热的中午，老牛拼出了全身的力气，但犁铧仍是扎在泥土中一动不动。老牛回头无可奈何地望了六爷一眼，就无力地瘫软了下来。

看着老牛满口满鼻的白色泡沫，听着老牛一口口剧烈地喘着粗气，六爷的心颤了一下。烈日下，还有一大片田等着耕，六爷狠了狠心，慢慢走到老牛身边，用手轻轻拍拍老牛的头，滴下两粒浑浊的老泪，喃喃道："老伙计呀！难为……你啦！"

老牛望着六爷，像听懂了他的话……

稍事休息了一阵，老牛又站起来，拉着沉重的犁铧奋力往前挣扎……

春耕终于完了。老牛却不行了，走路腿都有些打颤。眼见老牛不可能再干活了，队长就召集队干部们开会商量,如何处理老牛。六爷不是干部,但他也去开会了。六爷放心不下。队长说:那头牛不能再下田了,喂下去只白费草料,大家看该咋办?

六爷瞪队长一眼,想骂队长没良心,但嘴唇动了动,终于没骂出来。就那么一动不动蹲在屋角,吧嗒着一卷又粗又长的旱烟,神情痴痴的……

会计说:拉到集上也卖不了几个钱。

出纳说:卖?谁要?地不能耕,磨不能拉。

这时队长说:对!干脆杀了,每个人头分两斤牛肉。

会计和出纳都说只好这样了。大伙儿也都巴望美美吃一顿牛肉。

六爷一听,心里猛地一激灵,急急地说:“不能!不能杀啊!它为队里辛辛苦苦了一辈子哩!”

队长他们就说六爷你这是咋啦?它不过是头牛,是畜生嘛!六爷你这是咋啦?

队长他们又说牛不干活还叫牛么?

六爷说:“咋杀得下去呀!”喉咙有些哽。

大家就不管六爷说什么了,一致决定把牛杀了分肉。会计说他在屠宰场有熟人,他明个一早就去请他来。队长说就这样吧。说了他们就站起身来要走了。

就在这时,六爷忽地站了起来,一字一顿说:“那牛,我买了!”

瞅着六爷铁板的脸,都吃了一惊!说那快死的牛买去做甚?喂不好的。

任队长他们咋劝,六爷就是死着性子要买。最后,大家都没办法,就同意了。队长他们商量了一阵,说:400 元吧!

六爷没还价。

六爷回家要拿 400 元买牛。老伴扑过去护住箱子,冲六爷说,你疯啦?这钱是儿子的命换来的哩!你疯啦?……六爷瞅着老伴,泪水突然无声地淌了下来,抚住老伴瘦弱的双肩,动情地说:“老牛劳累了一辈子,可他们要杀它,要杀它……这就像要拿刀捅我的心啊!”

见六爷流泪,老伴也跟着流泪。她知道六爷的心,那年,老牛病了,他到牛房陪了老牛三天三夜……老伴抹了几把泪水,终于不再阻拦六爷了……

六爷将 400 元钱丢给出纳,将老牛牵走了。

队长盯着那 400 元,说:添个两三百元,重新买头牛回来。

六爷将西头一间杂屋打扫得干干净净,将老牛牵了进去。每天早晨到坡上割一筐嫩嫩的露水草回来喂它,还三天两头烧一锅温水给它刷洗身子。家里两升黄豆,六爷几次想磨一顿豆花吃,但终于没有,分几次全炖了倒进老牛槽里。六爷蹲在老牛面前时,就觉得老牛两只大大的眼睛里闪着一种异样的光,似宽慰,又似感激……这时,六爷心里就怔怔的……

尽管有六爷的精心喂养和照料,老牛的身子还是一天比一天弱了……老牛太累、太累了,没有办法阻止它一天天走向死亡……

那段时间,六爷几乎寸步不离地守在老牛身边,就像守着一个即将离自己而去的旅伴。宁愿自己和老伴啃麦麸馍,也匀些白面熬成糊糊给老牛吃。但当六爷见老牛连白面糊糊也不肯吃了时，心里就禁不住涌起一阵酸楚，对老牛道："老……伙计！吃一点儿吧！你吃……一点儿吧！"

十多天后，老牛死了。六爷清清楚楚地记得，老牛咽气前恋恋地望了他一眼。那一眼，深深地刻在了六爷心里。队长来了，对六爷说，剥皮到集上卖肉吧！还能拣回几个钱。六爷不说什么，狠狠瞪了队长一眼。队长说这老头……就走了。

六爷扛上铁锨，到后院选定个地方，就一锨锨默默地铲土。从上午到黄昏，一个大大的坑终于挖好了。六爷请人将老牛抬去埋了。

背地里都说：再瘦也有两三百斤肉，可惜！

第二天一大清早，六爷又到坡上割草。六爷背回来一筐草，老伴不解地说："牛都死了，你还割草做甚？"六爷不语，径直走到院后，将那筐嫩嫩的露水草倒在了老牛坟前……

感恩提示

gan en ti shi

余华的小说《活着》里有两个细节特别感动了我，一个是徐有庆对自己的羊非常喜欢，大队要杀他的羊他死活不肯；另一个细节是苦根喜欢牛，喜欢一头已经没有能力的牛，这头牛快要被杀掉了，但徐福贵买下来给苦根。这两个细节和本文六爷对牛的感情可以做个对比，可以说，六爷对牛的感情完全不是对一个牛，而是对人才有的感情。自从六爷的儿子去世后，六爷对牛的感情更是深，这时候六爷对牛的感情里多少掺杂了一些儿子的成分在里面，所以要杀牛卖牛的时候，六爷都没有同意。最终牛还是死了，死之后也像人一样埋葬。文章很感人，让人看到了一种最纯真的感情，超越了一切。

（韩昌元）

导盲犬又跟主人在一起了，即使是在地狱，导盲犬也永远守护着它的主人。

第一眼是错的

◆文/玲 慧

一天，一个盲人带着他的导盲犬过街时，一辆大卡车失去控制，直冲过来，盲人当场被撞死，他的导盲犬为了守卫主人，也一起惨死在车轮底下。

主人和狗一起到了天堂门前。

一个天使拦住他俩，为难地说："对不起，现在天堂只剩下一个名额，你们两个中必须有一个去地狱。"

主人一听，连忙问："我的狗又不知道什么是天堂，什么是地狱，能不能让我来决定谁去天堂呢？"

天使鄙夷地看了这个主人一眼，皱起了眉头，她想了想，说："很抱歉，先生，每一个灵魂都是平等的，你们要通过比赛决定由谁上天堂。"

主人失望地问："哦，什么比赛呢？"

天使说："这个比赛很简单，就是赛跑，从这里跑到天堂。不过，你别担心，因为你已经死了，所以不再是瞎子，而且灵魂的速度跟肉体无关，越单纯善良的人速度越快。"主人想了想，同意了。

天使让主人和狗准备好，就宣布赛跑开始。她满心以为主人为了进天堂，就拼命往前奔，谁知道主人一点儿也不忙，慢吞吞地往前走着。更令天使吃惊的是，那条导盲犬也没有奔跑，它配合着主人的步调在旁边慢慢跟着，一步也不肯离开主人。天使恍然大悟：原来，多年来这条导盲犬已经养成了习惯，永远跟着主人的行动，在主人的前方守护着他，可恶的主人，正是利用了这一点，才胸有成竹，稳操胜券，他只要在天堂门口叫他的狗停下来，就能轻轻松松赢得比赛。天使看着这条忠心耿耿的狗，心里很难过，她大声对狗说："你已经为主人献出了生命，现在，你的主人不再是瞎子，你也不用领着他走路了，你快跑进天堂吧！"

可是，无论是主人还是他的狗，都像是没有听到天使的话一样，仍然慢吞吞地往前走，好像在街上散步似的。

果然，离终点不远的时候，主人发出一声口令，狗听话地坐下了，天使用鄙夷的眼神看着主人。

这时，主人笑了，他扭过头对天使说："我终于把我的狗送到天堂了，我最担心的就是它根本不想上天堂，只想跟我在一起……所以我才想帮它决定，请你照顾好它。"

天使愣住了。

主人留恋地看着自己的狗，又说："能够用比赛的方式决定真是太好了，只要我再让它往前走几步，它就可以上天堂了。不过它陪伴了我那么多年，这是我第一次可以用自己的眼睛看着它，所以我忍不住想要慢慢地走，多看它一会儿。如果可以的话，我真希望永远看着它走下去，请你照顾好它。"

说完这些话，主人向狗发出了前进的命令，就在狗到达终点的一刹那，主人像一片羽毛似的落向了地狱的方向。他的狗看见了急忙掉转头，追随着主人狂奔。满心懊悔的天使张开翅膀追过去，想要抓住导盲犬，不过那是世界上最纯洁善良的灵魂，速度远比天堂所有的天使都快。

导盲犬又跟主人在一起了，即使是在地狱，导盲犬也永远守护着它的主人。

天使久久地站在那里，喃喃地说道："我一开始就错了，这两个灵魂是一体的，他们不能分开……”

感恩提示

gan en ti shi

我们总是习惯用我们的眼睛判断灵魂，因为我们的眼睛习惯了我们身边的世界。我们以为，世界就是我们看到的那样，我们以为，世界就是我们以为的那样。所以，我们推此及彼，觉得这世界上的灵魂都是这样。

文中的天使，不过就是我们思维的化身，我们坚定地认为盲人能看到了，他的贪婪就会升级，面临只有一个进入天堂的机会，他肯定舍弃他的导盲犬，因为，那不过是一条狗而已。但是，正如文章的标题一样，《第一眼是错的》，其实不仅仅是第一眼，只要我们用我们那被尘世蒙蔽了的眼睛看灵魂，灵魂就是脏的。盲人用他的行动告诉我们，我们错了。但是，那条导盲犬呢？它用它的行动告诉我们，我们又错了。它怎么会舍主人而独自上天堂呢。于是，我们错了第二次，只是，看到这篇文章的人扪心自警，别再一错再错。

（巩高峰）

忽而，他转念回想，猝然想到，野狼的转向莫非预告着前方是一条通向大漠腹地的死亡之路，于是，他意识到只有重新振作，尾随野狼，或许才有可能离开大漠，找到驼队，使别致风景焕发艺术之光。

荒漠一夜

◆文／符浩勇

天蒙蒙亮的时候，他已在大漠的荒滩里跋涉了整整一夜。

他蠕动着苦涩僵硬的舌头，舔了舔嘴唇上的干血泡，面对一望无际的沙梁，不由回望一眼身后伴随的追敌——晨雾里闪着两点绿光的饥饿的野狼，心里又掠过一阵恐惧和绝望。

昨天下午为了拍摄到沙漠上的绿洲，他离开了驼队，深入到荒滩深处。当黄昏降临的时候，沙梁上传来一声凄凉血性的狼嚎声，他回首寻望，蓦然发现了暮色里浮动着两点闪亮的寒光，倏地，疲惫夹带饥饿一同向他袭来……

整整一夜，他别无选择，惶惶地在大漠里奋力向前进。途中，他为补充体力，备用的干粮吃完了,水壶里的水喝干了,肩上压着沉沉的摄影机和背包。但他不忍心将拍到的海市蜃楼般的别致风景一掷了之,那可是他艺术生命的价值所在。然而,野狼显然盯上他了,将他视成大漠里唯一补充营养的佳肴,他只好拼力地在沙漠里走着。他心里明白,在荒滩里,缺水是最大的灾难,野狼同他较量的是毅力和意志,自己若是稍有松懈,在沙梁上倒下,野狼就会冲上前,挥舞双爪,将他撕成碎条,充饥解渴,而他拍摄的荒漠上的别致风景将化为乌有。

他回望野狼时,明显发现野狼的浑身抽搐,脊梁的骨节更加突起,干瘪的肚皮贴在沙土上,喘气声越来越粗重,他们之间的距离越拉越长……渐渐地,野狼举步维艰,停下来了。他心里不由掠过一阵狂喜,野狼终于撵不上自己了。少顷,又见到野狼嚎叫一声,转头调向,灰溜溜地往回逃窜,他不由挺直身躯,英雄般地傲立在沙梁上,似乎嘲笑野狼意志的崩溃瓦解。

当野狼的背影逃遁远去,他又一下子瘫倒在沙梁上,他该往哪里走?何方才能寻到驼铃队?哪里才有水源?严重的缺水,他已鼻孔出血,七窍冒烟,四肢乏力。忽而,他转念回想,猝然想到,野狼的转向莫非预告着前方是一条通向大漠腹地的死亡之路,于是,他意识到只有重新振作,尾随野狼,或许才有可能离开大漠,找到驼队,使别致风景焕发艺术之光。

他复而挺起疲惫的身躯,沿着野狼逃遁的方向赶去。为了避免同野狼孤注一掷,他既不能尾随太近,那样会惊扰它;当然又不能太远,如果稍有松懈,就会迷失跋涉的方向。

芨芨草是大漠里跋涉者的救命圣草,沙梁坎下,野狼过处,芨芨草已被啃尽;他随踪而来,只好刨出草茎,细嚼取湿。野狼困乏了,停下来回头对峙地盯着他;他也停靠下身,机警地准备应对野狼的反扑。有多少回,狼跑他奔,狼歇他停。有几阵子,狼的双腿摇摆踉跄、迷迷茫茫地迈步,他就像虚脱一般神情恍惚、晕晕蒙蒙地跟着……

狼撵人整整一夜,人追狼足足一天,又是日头西斜的时分,终于,沙梁坎下出现了一片罕见的沙洲——那是内陆河被沙漠侵袭仅有的一汪清水。野狼仿佛忘却了疲惫,奋着四蹄奔过去。

他喜出望外,狠狠地咬了一下血唇,忽而,一阵熟悉的驼铃声响过,昨天同行的地质勘探队出现在前方。他顿感泪水漾出眼眶,朦胧中,他看见两名地质队员正端枪向着吸水的野狼瞄准,他声嘶力竭的喊:“别打它,没有它,我走不出荒漠,是它救了我的命……”

感恩提示

gan en ti shi

在沙漠中遇到狼是十分惊恐的事情,本来在沙漠中时时会遇到挑战的事情,能否走出沙漠都是一个疑问,何况遇到狼呢?狼追了他一夜,最后他几乎累倒了,这时候狼突然掉头，他在最后时刻只能打一赌，他相信了狼，跟着狼的方向前进，追了一夜，并最终走出了沙漠。虽然狼都是凶猛残忍的，但是他并不愿意杀死狼，因为在最无望的时候是狼给他引路，给了他生命，所以他的心里应该感谢狼。人与人之间主要是感恩，别人最残忍的表现却不一定是他内心真正的表现，也许那是给你指正一条光明大道。

（韩昌元）

狗一直在认真观察人的肢体语言，兽医兼作家马蒂·贝克医生解释说："它们研究主人的每一个动作，留心倾听主人的呼吸，甚至倾听主人的心跳。"

报恩老狗布利特

◆文/佚　名

布利特是一条有15年狗龄的金黄色猎犬，由于上了年纪，脸部的毛色有些发白，走路都已经有些力不从心了。它心脏不好，肝部还有肿瘤。就算那些特别疼爱宠物的主人也恐怕早就会把它给药死了。幸好布利特的女主人帕姆·西卡懂得什么叫友谊，并懂得凡事得有耐心。

帕姆和她的丈夫特罗伊·西卡住在一幢不算豪华但却收拾得很不错的平房里，红棕色的屋顶，台阶前有一条小径通向大门，小径两旁是修剪得很好的常青树和灌木。这幢房子坐落在长岛附近的一个僻静的居民区。帕姆是一家星级宾馆的经理，特罗伊是个航空调度员。

2000年4月，帕姆得知她的爱犬布利特肝部有了个豌豆粒大的肿瘤。考虑到狗已经上了年纪，洛伦斯·康格罗医生建议不必太放在心上，只需静观病情的发展。

帕姆非常难过，她和布利特的关系非同一般。它刚有一个半月的时候就来到了她家，来到了她的生活中。那天小狗被放在一只礼品篮里，就在大门外。小狗的脖子上还缠了个花结，篮子里还放有一张字条，上面写着："你会当我的妈妈吗？"

布利特从某种意义上说就是她的孩子。帕姆和特罗伊多年来一直想要个孩子，尽管她也怀过四次孕，但每次都以流产告终。"我的全部生命就是这条狗，因为医生说过，我这辈子不可能生了。"帕姆说。当得到布利特患病的消息时，她41岁。

到8月，肿瘤长大了。康格罗医生看出来，西卡夫妇将面临一次痛苦的抉择。"肝里有肿瘤是相当危险的事，因为它们会破裂和流血，最后导致死亡。"这是康格罗的看法。但是给这么大年纪的狗做手术又是件冒险的事，而且手术费不低，得好几千美元。

但是，即使得勒紧裤带，帕姆和特罗伊还是不打算放弃手术。结果给狗做化验、手术和术后护理，他们花了近5000美元。"无论是朋友，还是亲戚，都说为狗花这么一大笔钱是一种丧失理智的举动。”帕姆回忆说，“但布利特是我的朋友，在我生命的好年华一直陪伴着我，我怎么能放弃给它手术？”

特罗伊和帕姆去找到神父，求他为布利特祝福。2000 年 9 月 1 日，一位心脏病大夫和一位外科兽医给布利特摘除了肝里的肿瘤。

布利特不仅经受了这次手术，更令医生们吃惊的是：麻药刚过，它就已经想吃东西了，几天以后便已出院回家。

这是一个小小的奇迹，一年之后又出现了个奇迹——帕姆同丈夫在迪斯尼乐园休假时在家里做了妊娠测试，发现自己竟怀了孕！

帕姆心里明白，这可是她的最后一次机会，所以想方设法都要保住这个孩子。整个秋天和冬天她都在逐步地减少工作量，最后减到每星期只上两个晚上的班。到了第七个月，在医生的建议下，她干脆不再上班。

特罗伊·约瑟夫·西卡于 2002 年 4 月 10 日 11 时 32 分来到世上。小家伙一双蓝眼睛，头上长着浓密的栗色毛发。还在抱孩子出院回家之前，帕姆就给布利特做了家中将增添一个新成员的思想准备。她叫丈夫把在医院包孩子的襁褓带回家，好让狗事先能对这种新味道有所熟悉。

第一个晚上，布利特便把襁褓拖到为它在厨房铺好睡觉的垫子上。如果说他们一开始还对布利特有所担心，怕狗因为孩子而生妒意，可等他们把小家伙带回家，顿时便放宽心了。

“儿子和狗一见面便相处得很好。”帕姆说，“孩子只要一哭，狗便扬起脑袋，看是我还是特罗伊过去。”

5 月 1 日清晨，5 点钟左右，在出院回家两个星期以后，小特罗伊仰面躺在父母卧室的床上，四周都用枕头挡着。他的父亲在冲澡，准备上班。母亲在厨房里热奶。

突然，在她身后的厨房门口出现了布利特。它又吠又蹦，还蹦得老高。“然后，”帕姆回忆道，“还试图把我从走廊拽进卧室。”

帕姆一开始还以为是有小便失禁毛病的布利特想告诉她自己在卧室里闯下了祸。可是那又有什么好急的呢，所以她并不急于跟它去卧室，而是进了洗澡间，想叫丈夫试试奶瓶的温度。然而布利特并不罢休，而是跳得更凶，越来越无所顾忌地想把她拽进走廊，其动作还从没见这么麻利过。

她终于迈着疲惫的步履跟在它的身后向卧室走去。试想一想，一个刚生过孩子的女人，又是清晨 5 点钟，她哪来的精神呢。

一进卧室，她吓得发出一声尖叫，奶瓶也掉到了地下。小特罗伊虽然还躺在老地方，但皮肤发青发暗，小小的身子变得软弱无力，呼哧呼哧地直喘气，都捯不过气来了。

她赶紧把孩子抱起来。“老天爷，求求你了，千万可别夺走我的孩子啊！”帕姆哭着直奔丈夫快要冲完澡的洗澡间。

特罗伊把孩子抱过去，让他俯趴在床上，在他的小背上推拿，像是想推走卡在他呼吸道里的东西。帕姆趁这时候赶紧给 911 打电话。

接到报警之后，一个对呼吸困难实施紧急救助的专业队直奔他们家而来。再过几分钟，警察也赶到了。也是凑巧，他们的邻居戴蒙·艾贝特斯就是急救队的一名经验丰富的医生，他和他的同事们也紧跟在警察身后来到他们家。

急救队的医生让小不点儿吸高浓度的氧气，冲他的嘴巴和鼻子吹气，因为孩子的脑袋太小，根本戴不了头套。过不一会儿，孩子脸上的绀色已经不见，皮肤也恢复了正常颜色。他又能自己呼吸了，不过危险依然存在。

病孩被送进了布鲁克海文医院的医疗中心。他在那里又一次停止呼吸，是医生又一次把他抢救过来。

就在那天早上，小特罗伊被送到斯通尼·布鲁克大学附属医院的儿童复苏室，那里的医生查出他患有肺炎。小家伙有四天的时间用上了呼吸机，又静脉注射抗生素两个礼拜，才把他从死亡线上拉了回来。

“只要以后坐在车里别忘了绑安全带，又能保证不在喝醉酒的情况下开车，他以后就能过上正常和健康的生活了。”斯通尼·布鲁克大学附属医院儿童心脏病科主任托马斯·比昂康耶洛大夫开玩笑地说。

但是，如果布利特那天不是那么拼命地要让帕姆丢下手中的活跟它走进卧室，事情有可能是另外一种结局。布鲁克海文医院的主任医生马克·萨尔茨贝格说：“新生儿最怕得肺炎。他们的大脑对缺氧很敏感，因为人的大脑只有到 2 岁以后才能发育完善。只要缺氧几分钟，小孩的大脑就有可能永久受损，甚至还有可能丧命。”

可是，布利特又是怎样看出小特罗伊有生命危险的呢？

“是这么回事：狗一直在认真观察人的肢体语言，”兽医兼作家的马蒂·贝克医生解释说，“它们研究主人的每一个动作，留心倾听主人的呼吸，甚至倾听主人的心跳。很显然，狗发现小孩不再动弹，听不见他的呼吸，于是发出了警报。一有情况出现，它们通常都是跑去找群落的头领，去商量事情该如何办好，或向头领求助。对布利特来说，帕姆就是头领。”

“我给了布利特生命，它也这样报答了我。”帕姆最后这样说。

感恩提示

gan en ti shi

当读到“对布利特来说，帕姆就是头领”时，眼睛有些发痒。我们总是习惯把狗当成看家守院的东西，它能吃能睡能叫唤，我们就认为它完成了自己的职责。可是有一天它不是以工具的身份出现，而是一个兵，一个把主人当头领的兵，它竟然能听出小主人的心跳和呼吸和平时不同，这样的兵，不仅有勇，更有谋。狗的谋略挽救了小主人，我们认为它是聪明的小兵。可是，这一切是发生在主人勒紧裤腰带为它攒手术费用之后，我们便理所当然地认为，狗是会报恩的，这不过是它的一次回报。但是我相信，狗一直把主人当头领的心态是与生俱来的，无论主人有没有救过它的命，它都能这么做。因为，狗在小兵的角色上，对头领是不求回报的。这一点，已经不用证明了，这是它们的天性。

（巩高峰）

村里不少村民也被白鹤的尖叫声惊醒了，大家纷纷收拾贵重物品乘船逃离。大伙刚上堤坝，张厚义回头一看，整个村庄已淹没在茫茫湖水之中……

白鹤“飞飞”大义报恩记

◆文／谢云辉

白鹤，俗称“仙鹤”，观赏和科研价值极高，为世界珍稀候鸟，国家一级保护动物。多年前，一位洞庭湖渔民从偷猎者枪下救活了一只受伤的雄性白鹤。由此，这只名叫“飞飞”的白鹤与它的恩人结了一段奇缘。

湖南省岳阳市的张厚义在君山岛以西的后湖承包了几千亩水面养鱼。君山后湖地处东洞庭湖，20 世纪 70 年代还是鸟类的天堂，由于乱捕滥杀，候鸟纷纷逃离，白鹤更是一去不复返，昔日热闹的湖区变得一片死寂。面对环境的变迁，曾经举过猎枪的张厚义很痛心和愧疚，当东洞庭湖国家级自然保护区成立后，他成了一名铁杆环保志愿者。

1992 年 11 月 21 日，张厚义驾船驶到君山后面的裤裆湾时，猛地发现前方的芦苇丛里有两个小青年端着猎枪瞄准一只站在水边的大白鸟。在偷猎者就要扣响扳机的瞬间，张厚义大声喝道：“这是保护区，不能打鸟！”两名偷猎者当即收起猎枪溜走了。张厚义将船划过去。在离大鸟 30 米远时，他终于看清了大鸟的模样，顿时惊呆了。“这不是消失多年的白鹤吗？”

张厚义走近白鹤时，白鹤已经无力站起来了。张厚义急忙抱起白鹤仔细端详：这只鹤浑身洁白无瑕，长喙鲜红笔直，颈脖盘曲修长，左脚根部有一个暗红的伤口，渗出的血把脚根部的羽毛都染红了。显然白鹤已被偷猎者用枪打伤，如果不及时治疗，很快就会死去。

张厚义抱着白鹤往家里赶去。到家后，他让老伴捉住白鹤的脚，自己用消毒的刀片小心地划开伤口，取出了一颗铁弹珠……手术后的白鹤气若游丝，张厚义心痛极了。当天晚上，他把毛衣盖在白鹤身上，一夜没睡安稳。

那段时间，张厚义特地买来红富士苹果，细心地喂给白鹤吃。为了增强它的抵抗力，张厚义还买来筒子骨炖大米粥喂给白鹤吃。由于担心白鹤久卧后双腿僵硬，张厚义每天还给白鹤的双腿按摩……

在张厚义的看护下，这只成年雄性白鹤平安度过了危险期，半个月后就能蹒跚着站立。张厚义每天捕完鱼后就拉着白鹤来回走动，以增强它双翅的臂力和脚趾的蹬力。蛰伏了 20 多天，白鹤的心情特别好，嘴里发出“咯咔咯咔”的欢叫声，不停地拍打着双翅。有时张厚义走累了，就让儿子张桥新接替。训练一周后，白鹤恢复了元气，显得神采飘逸，精神抖擞，可以重返蓝天了。

1992 年 12 月 28 日下午，张厚义带着白鹤来到君山后湖放飞。入湖后的白鹤先是振动双翅，然后前引长颈，后伸秀腿，在一声声“咯咔咯咔”的欢叫声中振翅飞翔，愈飞愈高。

没想到第二天一早，白鹤却又飞回了张厚义的家里。此后，张厚义在保护区工作人员甲陪同下，又先后在保护区的大西湖、钱粮湖、采桑湖三次放飞白鹤。可是，每次放飞后，白鹤都在第二天早上飞回张厚义家。三番几次之后，张厚义没辙了。经请示保护区领导同意，他收养了这只通人性重感情的白色精灵，并给它取了一个好听的名字“飞飞”。

每天清晨，飞飞准时 6 点钟起床，然后鼓羽亮翅，催主人起床。白天，张厚义去湖里打鱼，飞飞就在船儿前后翻飞，一会儿张开洁白的羽翼，低低盘旋在半空；一会儿又收起双翅，落在船头，安详地看着主人撒网捕鱼。到了晚上，飞飞就蜷缩在张厚义的脚下，把长喙伸到主人的膝下……

转眼到了阳春 3 月，这个季节草长莺飞，也是洞庭湖的候鸟开始飞回北方的时候。清明节那天，一群鹤飞经张家上空，见状，飞飞一冲而起，跃过屋顶，飞向鹤群。但在天空盘旋了三圈以后，它又回到了地面。三天后，当又一群鹤飞过张家上空时，飞飞发出了几声凄婉的鸣叫之后，再次向高空飞去。张厚义一家听到鹤鸣声，从屋里跑出来怔怔地望着远去的飞飞。可几分钟后，飞飞又一次返回到了地面，落到张厚义的肩上，伸出长长的脖子，在主人的脸上来回摩挲着。看飞飞恋恋不舍的模样，张厚义轻轻地抚摸着飞飞的颈脖，呜咽着说：“去吧，你的同伴在等着你呢？”张厚义知道飞飞已到了求偶配对的时期，他怜爱地嘱咐道：“别忘了冬天回来时带个‘媳妇’回来，让我们也高兴高兴。”说完，他抱起飞飞抛向了天空。

飞飞北去后，张厚义心里怅然若失。1993 年 11 月的一天深夜，刚进入梦乡的张厚义突然听到屋顶的上空传来几声清脆悦耳的鹤鸣声。他连忙推醒老伴说：“飞飞肯定回来了。”老伴以为他想飞飞想坏了，又在说梦话，没理会他，翻个身子又睡着了。可张厚义却怎么也睡不着……

第二天清晨，张厚义早早起了床。当他打开房门，两只大白鸟嚯地从房前的芦苇丛里径直朝他冲来。张厚义惊喜地发现走在前面的正是他日夜思念的飞飞。见到张厚义后，飞飞伸长脖子，拍打翅膀，嘴里不停地“咯咔咯咔”鸣叫，张厚义不禁热泪纵横，不停地抚摸着飞飞的脖子，诉说着久别的思念。亲热够了后，张厚义注意到飞飞身后跟着的白鹤，这是一只刚满 4 岁的雌性白鹤。它通体雪白，喙和脚像火一样红亮，亭亭玉立，就像是一名青春美少女。张厚义对着飞飞连连夸奖道：“真有出息。”

张厚义在侧房用木板和石棉瓦为它们搭了一个大鸟窝，并在上面铺了厚实的稻草，还在门上贴了一个大“喜”字，作为它们的“洞房”。末了，张厚义和家人商量着给飞飞媳妇取名“小雪”。

在飞飞和小雪度蜜月的日子里，张家人在每天的清晨和傍晚，均能看到它们欢乐的舞蹈表演。只见飞飞先轻舒两翼，“咯咔”鸣叫几声后，便轻盈地踏着舞步走向小雪，围着爱妻边转边舞。小雪也缓缓张开双翅，细挪脚步，轻巧地迎着丈夫翩翩起舞。舞到高潮时，夫妻喙对喙，上下轮流翻飞跳跃，引颈长鸣，彼此配合默契，仿佛一对出色的芭蕾舞大师。

“鹤舞渔家”这个消息最后引起了国际鹤类基金会主席乔治·阿基波博士的关注。当时正在伊朗考察鹤类保护的阿基波博士接到报告后，立即偕同夫人专程赶到岳阳。当他和夫人在张厚义家欣赏到飞飞和小雪精彩绝伦的表演时，高兴得手舞足蹈，阿基波博士紧紧地拉住张厚义的手说：“张先生，你太了不起了，我这次从美国到印度、伊朗，还没有零距离观看过一只野生白鹤。而在你家，我却欣赏到如此美妙的双鹤舞蹈。这种野生白鹤的舞蹈表演在我致力于保护鹤类的20多年里，还是第一次观看到。”当他从随行的保护区管理局领导那里得知张厚义枪下救鹤的事迹后，连忙伸出手，紧紧地拥抱着张厚义，说：“张先生，你是保护白鹤的英雄，我代表国际鹤类基金会和国际鹤类保护协会向你表示衷心的感谢！”当天，他郑重地向张厚义颁发了国际鹤类保护协会的徽章，正式吸纳张厚义为会员。

为了观察白鹤的习性，阿基波博士和夫人在张厚义家留了下来，直到过了1994年元旦才回国。在短短的10多天里，阿基波博士夫妇和张厚义一家建立了深厚的友谊，对白鹤更是恋恋不舍。后来，阿基波博士还多次打电话、写信询问飞飞和小雪的情况，并邀请张厚义到美国威斯康星州国际鹤类基金会总部参观访问。

1994年元旦过后，心灵手巧的李霞平姑娘忍不住好奇心，多次前来张家观看白鹤。每次，张厚义的儿子张桥新总是十分热情地为她讲解白鹤的舞蹈艺术和永不弃离的“婚姻”，他们因白鹤越谈越投机，两颗心也慢慢地靠近了。在候鸟返回洞庭湖的季节里，张桥新和李霞平牵手走进了婚姻的殿堂。第二年，李霞平生了个可爱的小天使张结。

转眼两年过去了。飞飞和小雪有了爱情结晶——一只身带黄点的雄性小白鹤。张厚义对这个“重孙子”格外疼爱，还给它取了个“东东”的乳名。

在东东单独放飞的季节里，小结结也能满地飞跑了，聪明活泼的她与东东成了好朋友。每次小结结外出玩耍时，东东就不紧不慢地扑扇着翅膀随着小主人前后翻飞。

1998年11月17日下午，结结在河边采摘一朵漂亮的小花时，失足掉进了河里。东东吓得转来转去，嘴里发出惊慌的鸣叫声。此时，正在附近觅食的飞飞和小雪赶忙飞过来。见小主人落入水中，飞飞用喙碰了碰小雪，示意它与东东留下来看护小主人，自己则急忙朝主人家飞去。飞到家后，飞飞用嘴叼起张桥新和李霞平的裤管，狠劲地往外拉。见飞飞如此焦急的情形，张桥新夫妇顿感事情不妙，于是快步随飞飞跑到河边。一到河边，见宝贝女儿已被河水卷着正冲往洞庭湖，李霞平吓得脸色发白。张桥新急忙纵身跳入河中救起女儿。由于抢救及时，结结没什么大碍。待到孩子苏醒过来，感动不已的李霞平一把抱住飞飞泪流满面。

每到候鸟北飞的3月，张厚义的心情总是特别难受。他已经习惯了每天早上飞飞一家美妙的鹤鸣声；习惯了夕阳西下时，小雪和着晚风翩翩起舞的身影。候鸟返北时，他不得不狠心轰赶，才能让飞飞一家恋恋不舍地离去。

2000年3月，飞飞一家返北后，张厚义家恢复了宁静。可是，直到10月候鸟再次现身湖区的时候，飞飞一家也杳无踪影。每到傍晚时分，张厚义就拿出录放机，沉浸在那清脆悠扬的鹤声里和对飞飞一家的无限思念中……

2000年11月17日深夜，熟睡中的张厚义突然听到寂静的天空中传来一阵阵欢快的鹤鸣声，他以为自己又在梦中，翻过身又酣然睡去。谁知第二天一早，他推开门一看，只见自家屋边的湖边和芦苇丛里白茫茫的一片，在一阵"咯咔咯咔"声中，数百只白鹤纷纷起飞，划破长空，顿时天空一片雪白。突然，三只白鹤离群朝张厚义直飞过来。飞飞一家又回来了，而且还带来了数不清的白鹤和各种候鸟。

东洞庭湖来了数百只白鹤的消息立即在国际湿地保护界引起轰动。要知道，此前，国际鹤类基金会宣布目前全世界只有320只白鹤。很快，来自美国、加拿大、澳大利亚、法国、日本等30多个国家和地区研究白鹤的专家和学者纷纷来东洞庭湖考察。乔治·阿基波博士也来了。经专家们近两年的考察，发现东洞庭湖湿地栖息着900多只白鹤，成为世界罕见的白鹤栖息地。2002年3月，飞飞没有飞回北方，而是留在了张厚义家，这年，夏季多雨，一向温驯可爱的飞飞一家突然显得烦躁不安，食欲大大下降，有时连续数天不到张厚义家来栖息。7月4日凌晨，正当人们进入梦乡时，飞飞一家突然拉警报似的在张厚义家的屋顶上空不停地尖叫，并猛力啄着张家的大门。飞飞一家反常的叫声惊醒了张厚义，他匆忙起床开门，发现屋外已是汪洋一片。"发大水了。"张厚义连忙叫醒家人和邻居。此时，村里不少村民也被白鹤的尖叫声惊醒了，大家纷纷收拾贵重物品乘船逃离。大伙刚上堤坝，张厚义回头一看，整个村庄已淹没在茫茫湖水之中……

白鹤挽救了300多人生命财产的消息传出后，东洞庭湖区的人们开始视白鹤为幸运鸟。湖区规定，每年白鹤来东洞庭湖度冬时，人们不得掏鸟蛋、毁鸟窝，不得在白鹤栖居的湖面上捕鱼打猎。这之后，东洞庭湖的白鹤愈来愈多，成了白鹤生长栖息的乐园。看着今日的成果，张厚义再次幸福地流泪，他没想到自己12年前的一次偶然善举，竟引来如此多的白鹤翩舞洞庭，让这片沉寂之地重现生机。这位曾经的猎鸟高手终于用自己12年的努力洗刷了当年的愧疚。现在，他最大的愿望就是希望洞庭湖永久地成为白鹤的快乐家园，让那曾经枪声不断的岁月成为永远的过去……

感恩提示

gan en ti shi

文章没有读完，眼前已经满是白花花的一片了。清澈的湖面，成群的白鹤，眼花缭乱的鹤舞，耳边还有“咯咔咯咔”的鹤鸣，一切，都是动物群居的和谐美景。这种大聚结让人感动，让人向往。而人类呢，人类有着密集的居住群，但是，他们用钢筋水泥建造着房屋，把几乎每个人都隔开了。即使几个人蜗居一室，人心也加上了防盗门，人与人的交往，不过是一种希望与防备的矛盾交织。如此看来，人类是孤单的。白鹤可以与人亲密，白鹤可以跟白鹤亲密，白鹤可以跟湖泊亲密，所以白鹤的报恩故事才有发生的可能。而相对于人类的孤单来说，人类之间的交往，能让人类自己感动的都越来越少了。向白鹤学一学，那还用说吗？

（巩高峰）

安静下来的猎人掐指一算：豺群出现在院场的日子恰恰就是上个月豺在自己家里养伤的日子，不多不少，整整30天。

报恩的豺

◆文/陈　毓

老猎人是在一丛摇曳的山苇后发现那只豺的。当时夕阳正要落山，一抹余晖凝在山苇上，把山苇花染得异常烂漫。这烂漫留住了老猎人的目光。可是，他立刻凭他几十年做猎人的敏感，发现了草丛后的异样。

山苇丛中有一豺。豺受了重伤，旧的血凝成了黑色，新的血汩汩地从伤口涌出。

老猎人在看清豺的一瞬间脑子里喧腾出一幅画面：一群豺在追逐一只壮硕的野猪。野猪其实已在豺的包围圈里了，也就是说，野猪早已是豺的掌中之物，可豺并不立即捕杀野猪，并不想尽快结束这种包抄与围剿，仿佛这种追逐格外地能让它们感到快乐。

如果站在高处，你会看到这样一幅画面：仿佛前面的豺在引领着野猪跑，而后面的豺在驱赶着野猪跑……让捕食变成了一种游戏。

游戏会在野猪精疲力竭訇然倒地时停止，快乐的豺蜂拥而上。只是老猎人的一个眨眼，野猪已全部填进豺们的胃，连一滴血也不剩。

当这幅暄腾的画面在老猎人的心里尘埃落定的时候，老猎人望了那只受伤的豺一眼，转身向山下走去。

豺也早已看见了猎人，看见猎人的时候，豺因流血过多而黯然的眼睛又暗了一分。

太阳忽地落下山去了，一阵风吹来，那丛山苇摇曳出几分凄凉，猎人就在这时又回来了。

猎人的归来让豺禁不住战栗起来，豺用绝望的眼神看着猎人。

猎人在豺的战栗中撕下自己夹袄的一角，勒紧豺的伤口，把豺扛在肩上，下山，回家。

山里的冬天到来得格外早。当第一场雪落在山洼里的时候，康复了的豺走出猎人简陋的屋舍。豺在雪地上小心翼翼地跳了一下，又跳了一下。豺在第三次跳起的时候回望了一眼老猎人的屋子，豺看见一点火光在幽暗处倏地一闪，豺知道那是猎人的烟头。豺瞬间就消失在林莽里了。

雪接踵而至了。

老猎人在第二天开门的时候费了些周折，门被昨夜的雪封堵住了。

老猎人在奋力拉开大门的时候吃了一惊，猎人倒退了一大步，猎人看见了豺，那只他救过的豺。

那只豺蹲在一大群豺的前面，见门开了，它呼喝了一声，众豺接着大呼，呼喝声穿越林莽，如山崩海啸一般，惊得猎人差点儿坐在了地上，如此呼喝者三。最后在一声更为高昂的呼声后，那群豺旋即消失了，只把寂静留在猎人的门前。直到这时候，猎人才看见面前小山似的一只野猪———当然是死的了。

如斯情景接下来一再发生。

小山似的野猪如今堆满了猎人的屋后，猎人不知道该怎样处理那些野猪，他为难极了。他很怕那些野猪会引来狼。

直到有一个早上，猎人颤巍巍地把门拉开一道缝，他看见往常这个时候出现在家门口的豺群没有出现。老猎人终于重重地跌坐在了地上。

猎人坐在那里，看见消失了的宁静又回到了自己的院场，眼泪差点儿流下来。

老猎人抬头望天，诚心诚意地念了一声佛。

安静下来的猎人掐指一算：豺群出现在院场的日子恰恰就是上个月豺在自己家里养伤的日子，不多不少，整整 30 天。

感恩提示

gan en ti shi

《聊斋志异》里有报恩的狐狸，老人口口相传的故事里有报恩的金鲤鱼，现在，我们看到了《报恩的豺》。豺在我们的印象中总是和凶恶联系在一起的，想来，不过是和狼狈虎豹相等的野生动物。而一群豺围着野猪追逐逗乐的场景也进一步验证着我们的判断。这种凶残的动物，竟然会利用围困中的野猪开心，让人惊悚。

意外的是，猎人对受伤的豺不是坐收渔利，而是撕下绵袄给豺包扎了伤口，扛它回屋养伤。在我们看来，这无异于引狼入室。我们总是防人之心不可无，何况是对豺。但是，豺让我们汗颜了。伤瘉的它领着豺群，用了整整 30 天，把猎人的房前屋后堆满了野猪。豺就是这么报恩的，让猎人兴奋而后怕。但是，这是动物的方法方式，我们已经丑陋到了无所不防的程度，有什么资格去批评豺的报恩方法呢？

（巩高峰）

若不是亲眼所见,我也无法相信这个事实:一只凶猛的墨西哥狼,在临死之前,把自己的孤儿托付给了贝基——它的人类朋友。

贝基与狼

◆文/王　悦

大女儿上学去了,农场里只剩下3岁的小女儿贝基孤零零一个人,她非常渴望有个伙伴。我们曾答应过她,过几天买一只小狗做她的宠物。于是,贝基便开始每天给我讲她和想象中的小狗的故事。

这天,我正在洗盘子,门"嘭"地一响,贝基满脸兴奋地冲了进来。"妈妈!"她大叫道,"快来看我找到的小狗!我已经给它喂了两次水了呀,它一定是渴坏啦!"我无奈地笑了笑,又是小孩子的想象,这次她或许又让花园里的木马扮演她的狗狗了吧。"求您来看看嘛,妈妈。"贝基拉着我的裤腿,眼里满是渴求的神情,"它还在哭呢,而且走不了路,好可怜呀!"看着小女儿可怜的样子,我只好放下手中的活儿说:"好吧,宝贝儿,带妈妈去看你的狗狗。"话音刚落,不等我跟上来,贝基就已跑出门外,消失在灌木丛里了。"你在哪儿呀?"我大声地叫她。"在橡树根这儿。快点儿,妈妈。"我分开多刺的树枝,抬起一只手遮挡耀眼的阳光,向贝基望去。可当我看到眼前的一幕时,顿时如坠冰窟。

贝基正半蹲在地上,而她怀里抱着的,竟然是一只地地道道的狼!那只狼身体的其他部分,完全掩藏在那棵倒掉的橡树后的草丛里。

"贝基……"我的嘴唇变得干涩极了,尽量控制着自己颤抖的声音说,"不要动,我的孩子。"说着,我缓缓地走近了几步。那条深灰色的狼眯起它浅黄色的眼睛,黑色的嘴唇抽紧了,露出两对长长的尖牙。显然,它对我充满了敌意。我也吓坏了,浑身的骨骼都在颤抖。要知道,这只野兽只需要5分钟,就可以轻而易举地把我们母女俩咬死!

突然狼的身体发起抖来。它的牙齿格格作响,发出痛苦的哀叫声。"不要紧,小家伙。"贝基一只手搂着狼头,另一只手轻轻地抚摩着它的鼻梁,低声说:"别害怕。这是我妈妈,她也爱你。"3秒钟后,不可思议的事情发生了——当贝基的小手摩挲着巨大粗糙的狼头时,我听到温和的"梆、梆"的声音从枯萎的橡树干处传来——它居然在摇尾巴!

这只狼为什么会在原地不动?我无从知晓,也不敢进一步靠近。我瞟了一眼那个空空的水碗,忽然想起动物患上狂犬病时,最后的阶段会大量饮水。雅萨克农场里到处都是让人们小心患狂犬病的布告。而且,贝基是说"它渴坏了"吗?事情变得越来越危险了,我必须把我的女儿救出来!

“宝贝。”我的喉咙发紧，却故作温柔地说，“把它放下，到妈妈这儿来。我们去找人帮忙救你的小狗，好吗？”贝基很不情愿地站了起来，吻了吻狼的鼻子后，慢慢地走向我张开的双臂。那只狼用忧伤的黄眼睛看看她，然后趴在地上一动不动了。

见到那狼没有扑上来的意思，我抱着贝基缓缓地退出了灌木丛。当我觉得基本安全后，迅速地跑到了谷仓，找到农场的临时帮手布赖恩，“布赖恩，快！贝基在橡树根那里发现了一只狼，我觉得那家伙有狂犬病。”布赖恩听了，一边转身朝房间跑，一边喊道：“我这就过去！”我急忙把贝基带回了屋子里，哄骗她睡午觉。我不想让她看到布赖恩从工棚里出来，因为我知道他手里会拿着双筒猎枪。

“从现在起，让妈妈和布赖恩叔叔照顾你的狗狗，好吗？”我对贝基说。她天真地点了点头，闭上了眼睛。安顿好孩子后，我很快赶到了橡树根附近，布赖恩正看着地上的动物。“没错，是只墨西哥灰狼。”布赖恩冲我说，“这家伙个头儿还不小呢！它倒是没有狂犬病，但是伤得不轻。我看，还是早点儿结束它的痛苦吧。”说着，他抬起猎枪，瞄准了狼的头。

就在这时，贝基突然从树丛里冒了出来。“布赖恩叔叔，你要给它治病吗？”说着，她把灰狼的头又一次抱在了怀里，小脸深深地埋在了它茂密的深灰色毛皮中。这次，不只是我一个人听到了狼尾巴敲打树干的“梆、梆”声。

那天下午，我丈夫比尔找来了农场的兽医。兽医给狼打的麻醉剂起作用后，他们一起把它从草丛里抬了出来。那家伙至少有1.5米长、50公斤重，后腿有子弹伤。兽医为它清理了伤口，给它注射了青霉素，又在断骨的位置打上了夹板。

做完这些后，兽医皮克调侃地说道：“我在这农场里干了20年兽医，还是第一次有人请我医一只狼。好了，看来你打算把它做宠物？”我和比尔相对一望，都无奈地耸了耸肩，只有贝基欢呼雀跃，拍手叫好。皮克说：“这家伙大概有3岁。即使从小培养，墨西哥灰狼也是极难驯服的一种野兽，它们是没有任何感情可言的魔鬼。但是我很奇怪，它对您的小女儿居然如此信赖。不过在儿童和动物之间发生的事，我们成人是无法了解的。”

贝基给灰狼取了个名字，叫拉尔夫。

在拉尔夫康复之前，贝基每天给它送水和食物。灰狼的元气恢复以后，便跟在贝基身后在牧场里游荡。假如那时你来我的庄园，就经常可以看到一个金发小女孩俯身对温顺的大灰狼说悄悄话。而黑夜降临之时，拉尔夫就会像影子一般无声无息地回到橡树根附近休息。尽管它是一只狼，可拉尔夫在农场中却从没伤害过任何一只家畜，更没有袭击过任何人。这一点，让我和比尔都放了心。久而久之，它仿佛成了我们家庭的一个成员了。

但是每年一到交配的季节，拉尔夫便会消失在周围的群山中，一连几个星期都不回来，这让我们十分担忧。因为这时也正是母牛生崽的季节，其他农场对美洲豹和野狼都非常警惕，一旦发现绝不会留情。可是，拉尔夫一向都很幸运。拉尔夫在牧场的这12年里，对我和比尔一直保持着距离，但它对贝基的感情却从未改变过。就像一对从小玩到大的伙伴，彼此的信任已坚不可摧了。

然而就在第12年的春天，拉尔夫出事了。那天上午，我听邻居说他打死了一只母狼，还打伤了和它在一起的公狼。我听了，隐隐地觉得有些不妙。果然，拉尔夫回到牧场的时候，腰部多了一处子弹伤，鲜血一直流到了后腿，都结成了痂。

已经15岁的贝基，坐在地上抱着拉尔夫的头放声痛哭。此时拉尔夫也已经15岁了，皮毛已经变得灰白。15岁的贝基已是个美丽的姑娘了，可拉尔夫已到暮年。这一次，它没能康复。它一整天一动不动地趴着，到了晚上，却挣扎着消失在了树丛里。第二天早晨，我们在橡树根那里发现了它僵硬的尸体。贝基摩挲着它的脖子，泪流满面地说："我会想念它的。"

突然，橡树干里传出了奇怪的沙沙声，一对小小的黄眼睛正往外张望，树洞的黑影里，两排牙齿闪着白光。是拉尔夫的幼崽！若不是亲眼所见，我也无法相信这个事实：一只凶猛的墨西哥狼，在临死之前，把自己的孤儿托付给了贝基——它的人类朋友。或许它心中清楚，在贝基那里，小狼会得到安全，就像它自己当年一样。

贝基把发抖的幼狼搂进怀里，呜咽着说："别害怕，这是我妈妈，她也爱你。"这一次，我也蹲下身来，眼中噙着泪，却微笑着说："是的，我也爱你。"

感恩提示

gan en ti shi

在我们小学课本里，我们学过一篇讲述井里的狼的故事。在学会那篇课文后，我们知道了狼是凶残而狡猾的，它被人们识别骗局的主要原因就是狼是不会摇尾巴的。现在，我们似乎可以有足够的理由怀疑，狼真的不会摇尾巴？是它不会呢，还是不愿意呢？

如果贝基第一眼见到狼，就像受到惊吓那样后退几步，哭喊着逃回家中，带着父母和邻居，拿着猎枪，把狼打成一餐美味，狼还会跟她摇尾巴吗？当文中狼的尾巴"梆梆"地一响再响时，我们对贝基的担心已经没了。我们除了惊讶，更多的可能是疑惑，为什么一头1.5米长、50公斤的狼愿意对一个孩子摇尾巴？因为孩子把狼当成了和她一样的动物，他们是平等的，没有狼吃人人打狼的根深蒂固的念头。于是，狼只向贝基摇尾巴，于是，我们知道了，狼原来会摇尾巴。

（巩高峰）

缇雅，一个三条腿的残疾狗，用自己的行为告诉人们，身残并不可怕，只要有信心，就能创造奇迹！

一只残疾狗儿创造的奇迹

◆文/佚 名

在生活中，人们总是追求完美，完美的教育，完美的工作，完美的爱情，完美的家庭，完美的宠物……

但这篇故事的主角，一个不完美的生命，却创造了最完美的奇迹。它告诉我们，无论什么样的生命，都有力量迎接挑战，创造生命的奇迹。

皮特热爱打猎，他经常在狩猎季节去沼泽地打野鸭子，他为此收养了一只拉布拉多犬，并且从小训练它衔回猎物。缇雅（狗的名字）是一只精力旺盛的狗，她喜欢游泳，喜欢在水里嬉戏，喜欢跃进水里衔回主人扔出的“猎物”；缇雅同样是皮特两个女儿的好伙伴，她耐心地忍受着小孩子的“蹂躏”，从不恼怒。

缇雅的精力太旺盛了，总是喜欢在空旷的土地上奔跑。但这一天，缇雅在狂奔的时候踩到了一个被汽车碾碎的玻璃瓶子上，轧伤了脚。

回到家，皮特发现缇雅的脚在流血，就自己为缇雅包扎了伤口。没想到，伤口感染，很快，感染遍及整条腿。皮特带缇雅来到动物医院，医生告诉皮特，他们不得不锯掉缇雅的整条腿，否则会危及生命。皮特很为难，他不知道缇雅能否依赖三条腿生活，能否接受三条腿的事实，能否继续开心地生活？如果不快乐，不如安乐死。这是一个很难做出的决定。

兽医告诉皮特，很多案例证实三条腿的狗照样快乐地生活，皮特决定挽救缇雅的生命。

手术后不久，缇雅伤口愈合出院了。令人惊奇的是，缇雅很快就接受并适应了三条腿，她照样从楼梯上跳上跳下，照样和孩子们玩耍，照样衔回皮特扔出去的玩具，照样游泳。三条腿没有给缇雅的生活带来任何障碍，也没有给缇雅的心理带来任何阴影，她还是一样快乐地玩耍，快乐地生活……

手术一年以后的一天，皮特决定带缇雅去打野鸭子。缇雅兴奋极了，她是多么热爱她的工作！

皮特和表哥一起从卡车上卸下小船，拖到水里，他们要划船到河心的小岛上去，谁也没注意到小船底部有一个裂缝。皮特、表哥和缇雅都上了船。

船划到河里，水慢慢地渗了进来。由于船小人多，裂缝迅速扩大，小船终于失去平衡翻到水里,两个人一条狗全都下了水。

深秋的河水冰冷刺骨,皮特和表哥都穿着防水胶皮裤,掉到水里后裤子里一下子就灌满了水,重如千斤,两人拖着沉重的裤腿寸步难移。他们紧紧抓住倒扣的小船,使劲踢着水挣扎着向岸边游。但由于河水冰冷和沉重的双腿,他们很快就筋疲力尽。但危险正在不远的地方等着他们,这是一条开放的河流,不远处就是大西洋,如果不及时脱险,一旦被冲进大西洋,后果不堪设想……

缇雅毫不费力地在水里游着已经接近岸边,她回头察看,发现主人并没有跟上,聪明而忠实的缇雅意识到这次需要衔回的是自己的主人。

她掉头向主人游去,游到船边,叼起了漂在水里的船缆绳,奋力向岸边游去。拖着两个大男人加一个小船,缇雅游得很吃力很慢,但她坚持着,与此同时皮特也和表哥一起奋力踢水,一米,两米……终于,他们登上了岸边的浅滩。皮特和表哥紧搂着缇雅的脖子,感激、赞美的心情无法用语言描述。

缇雅,一个三条腿的残疾狗,用自己的行为告诉人们,身残并不可怕,只要有信心,就能创造奇迹!

感恩提示

gan en ti shi

在人类社会里,残疾,是一种灾难,一个人残疾了,就会整日呆在小屋里,不见人,不见阳光,不见外面的空气。他们拒绝曾经无比熟悉的世界,觉得一切都变了,变得无法挽回,无法接受。人类喜欢把残疾叫成残废,他们也许残的只是一条腿,一双眼睛,或者一只手臂,但是,废的却是整个人,从外到内,由表及里。残疾二字,把人像一只气球一样一扎即破,一败涂地。

缇雅,一条只有三条腿的狗,却用它的经历告诉了我们,少了一条腿,它一样快乐地生活。残疾是今天,改变,不过是一个有些漫长的黑夜,黑夜过后,也许就是带来奇迹的明天。正如缇雅,它用一条狗的奇迹证明了残存带来的希望。那是一场奇迹吗?也许对缇雅来说,那不过是一场游戏,游戏的结果证明,残疾之后,它可以把游戏做得更快乐更成功。

(巩高峰)

十天的试用期很快结束了，还有什么说的，保姆蟒理所当然地成了我家的正式成员。

保 姆 蟒

◆文/沈石溪

儿子生在边远蛮荒的曼广弄寨子，寨子后面是戛洛山，前面是布朗山，都是莽莽苍苍的原始森林。寨子里曾经发生过这样的事：大人上山干活了，比兔子还大的山老鼠从屋梁上翻下来，把睡在摇篮里的婴儿的鼻子和耳朵给咬掉了；一头母熊推开村长家的竹篱笆，一巴掌掴死了看家的狗，把村长刚满周岁的小孙孙抱走了，村长在老林子里找了五年，才在一个臭气熏天的熊窝里把小孙孙找回来，6岁的孩子了，不会说话，不会直立行走，只会像熊样嚎叫，只会四肢趴在地上像野兽似的爬行，成了一个地道的熊孩……

我那时几天几夜都不回家。妻子挑水、种菜、洗衣服什么的，只好把还在吃奶的儿子独自反锁在家里。我们住的是到处有窟窿的茅草房，毒蛇、蝎子、野狗、山猫很容易钻进来，实在让人放心不下。最好的办法，当然是找个保姆来带孩子，但我那时候收入微薄，养家糊口尚且不易，哪有闲钱去请保姆。我和妻子都是下放的知青，也不可能让远在上海的亲人万里迢迢跑到边陲来替我们照看小孩。

就在我犯愁之际，寨子里一位名叫召彰的中年猎人说可以帮我找一个不用管饭、也不要开工资的保姆。除非七仙女下凡、田螺姑娘再世，哪里去找这等便宜的事？我直摇头。召彰见我不相信，就说："你们等着，我立马把保姆给你们带来。"

一袋烟的工夫，我家门前那条通往箐沟的荒草掩映的小路上便传来悠扬的笛声。又不是送新娘来，用得着音乐伴奏吗？我正纳闷儿，召彰已吹着笛子跨进门来。我注意看他的身后，并没发现有什么人影。他朝我狡黠地眨眨眼，一甩脑袋，金竹笛里飞出一串高亢的颤音，就像云雀鸣叫着飞上彩云，随着那串颤音，他身后倏地蹿立起一个"保姆"来。

我魂飞魄散，一股热热的液体顺着大腿流下来，把地都弄湿了一块。不好意思，我吓得尿裤子了。妻子像只母鸡似的张开手臂，把儿子罩在自己的身体底下。

召彰用笛声给我们带来的保姆，是一条大蟒蛇！

"快……快把蟒蛇弄走。召彰，你在开什么国际玩笑，弄条蛇来害我们！"妻子嗔怒道。

"我敢用猎手的名义担保，它是一个最尽心尽职的保姆。我的两个儿子，都是它帮着带大的。哦,假如它伤着你们小宝贝一根毫毛,我用我的两个儿子来赔你们。"召彰很认真地说。

"这……我一看到就恶心,饭也吃不下。"

"先让它试十天吧,不合适,再退给我。"召彰说着,把蟒引到摇篮前,嘴里喃喃有词,在蟒蛇的头顶轻轻拍了三下。蟒蛇立刻像个卫兵似的伫立在摇篮边。

这时,我方看清这是一条罕见的大蟒蛇,粗如龙竹,长约6米,淡褐色的身体上环绕着一圈圈、一条条不规则的深褐色的斑纹;这些斑纹越近尾巴颜色越深,是典型的西双版纳黑尾蟒;在下腹部,还有两条长约三四寸退化了的后肢;一张国字型的小方脸,一条菱形黑纹从鼻洞贯穿额顶伸向脊背,两只玻璃球似的蓝眼睛像井水似的清澈温柔,微微启开的大嘴里,吐出一条叉形的信子,红得像片枫叶。整个形象并不给人一种凶恶的感觉,倒有几分温顺和慈祥。

或许,可以试十天的,我和妻子勉强答应下来。

十天下来,我算是服召彰了。我敢说,天底下再没有比这条蟒蛇更称职的保姆了。假如保姆这个行当也可以评职称的话,这条蟒蛇绝对是一级保姆,就像一级教授或一级作家一样。它不分昼夜忠实地守候在我儿子的摇篮边。夏天蚊子奇多,我们虽然给摇篮搭了个小蚊帐,但儿子睡觉不老实,抡胳膊蹬腿的,不是把蚊帐蹬出一个缺口,让蚊子乘虚而入,就是胳膊或腿贴在蚊帐上,让尖嘴蚊子穿透蚊帐叮咬。几乎每天早晨起来,都会发现儿子嫩得像水豆腐似的身上隆起几个红色丘疱,让我心疼得恨不能自己立刻变成只大壁虎,把天底下所有的蚊子统统消灭光。但自从这条蟒蛇来了以后,可恶的蚊子再也无法接近我儿子了,那条叉形的蛇信子,像一台最灵敏的雷达跟踪仪,又像是效率极高的捕蚊器,摇篮周围只要一有飞蚊的嗡嗡声,它就会闪电般地朝空中窜去,那只倒霉的蚊子就从世界上消失了。过去只要一下雨,免不了会有竹叶青或龟壳花蛇溜进我家来躲雨。有一次我上床睡觉,脚伸进被窝,怎么凉飕飕滑腻腻地像踩在一条冰冻鱼上,掀开被子一看,是一条剧毒的眼镜蛇,盘踞在我的脚跟……这条蟒蛇住进我家的第二天,老天爷就下了一场瓢泼大雨,我亲眼看见有好几条花里胡哨的毒蛇窜到我家的房檐下,在墙洞外探头探脑,但一感觉到蟒蛇的存在,立刻就返身仓皇逃走了。至于老鼠,过去大白天都敢在我家的房梁上打架,一入夜背光的墙角就会传来吱吱鼠叫声。但自打我们请了保姆蟒,嘿,老鼠自觉搬家了,请也请不回来。

第八天黄昏,我到一位猎人朋友家去贺新房子,妻子在家逗儿子玩。突然,寨子里有个女人要生小孩,叫我妻子去帮忙,她就把儿子放进摇篮,交给了保姆蟒。晚上我回家推开门,就闻到一股扑鼻的血腥味,点亮马灯一看,差一点儿魂都吓掉了,只看见保姆蟒长长的身体裹住一匹红豺,蛇头高昂着,嘶嘶有声;被它裹住的那匹豺双眼圆睁着,像要从眼眶里滚出来,豺嘴大张着,嘴洞里含着大口血沫。我用手指碰碰豺眼,毫无反应,豺已被活活勒死了。我急忙奔到摇篮边,可爱的儿子正睡得香,大概梦见了什么好吃的,红扑扑、粉嘟嘟的小脸蛋上漾着一对小酒窝。我这才放心,将马灯举到死豺头上仔细看,绛红色的豺毛乱得像被秋风荡过的树叶,豺牙稀稀疏疏,脱落了好几颗,哦,原来是匹上了年纪的老豺。不难想象，这匹老豺年老体衰，实在饿极了，便铤而走险，从森林里溜到村寨来偷食婴儿；老豺既残忍又狡猾，估计早就躲在附近的草丛里窥探了我家的情况，见两个大人都出门走了，就用爪子刨了个墙洞钻进来；老豺刚进到屋内，保姆蟒就一口咬住豺脖子，并立刻把老豺紧紧缠住；老豺又撕又咬，但无济于事。

等妻子回来了，我俩哄劝了半天，保姆蟒才松开身体，早已僵硬了的老豺咕咚摔下地来。我们仔细查看了一下，保姆蟒脖子和背上被豺爪撕开了好几条口子，流出浓浓的血，靠近尾巴的地方还被叼走一块肉。妻子感动得热泪盈眶。

十天的试用期很快结束了，还有什么说的，保姆蟒理所当然地成了我家的正式成员。请蟒蛇当保姆还有一个很实惠的好处，不用喂食，肚子饿了它会从我家厨房的小窗口翻出去到箐沟，自己觅食。又忠诚又可靠又不用破费，这样的保姆，你打着灯笼也难找哇。

一转眼，儿子开始学走路了，不用我们费心，保姆蟒自觉担当起教儿子学走路的角色。它弓起脖子，高度正好在儿子的小手摸得到的地方，像个活动扶手，随着儿子的行走速度，慢慢朝前蠕动；儿子走累了，随时可以伏在保姆蟒脖子上休息，这时候，保姆蟒便一动不动，像一条结实的栏杆。每当儿子踉踉跄跄要倒时，它就会吱溜贴着地面蹿过去，蛇头很巧妙地往上一耸，扶稳儿子；即使儿子仍摔倒了，它也像柔软的毡子，垫在儿子的身体底下，不让儿子摔疼。

嘿，整个就是一架设计精良的学走路的辅助机器。

光阴荏苒，儿子一点点长大，没想到，我们和保姆蟒之间渐渐产生了矛盾。儿子3岁多了，理应与同龄小伙伴扎堆玩耍，但这么大一条蟒蛇守在儿子身边，小孩子见了都躲得远远的，儿子就显得冷清孤单；好不容易有几个胆子大的小孩跑来与儿子玩踢皮球，保姆蟒守在一边，只要皮球不在儿子脚下，它就会朝着其他小孩张开那张可以吞食麂子的大嘴，吐出鲜红的蛇信子，进行恫吓；孩子们心惊胆战，扔下皮球就逃，儿子不费吹灰之力，就踢赢了球赛。这样的事重复了几次以后，谁也没有兴趣再来找我儿子玩了。

渐渐地，妻子也开始对保姆蟒生出许多不满来。3岁左右的小孩是最可爱最好玩的年龄阶段，对父母充满了依恋，似懂非懂，憨态可掬。妻子喜欢将儿子紧紧搂在怀里，在他粉嫩的小脸上亲个够。每逢这个时候，保姆蟒就会竖起脖子，波浪似的摇晃蛇头，表现得异常痛苦。“去，去，快走开，我亲我自己的儿子。你痛苦个屁呀！”妻子暂停亲吻，朝保姆蟒挥手跺脚进行驱赶，但平时十分听话的保姆蟒这时候却桀骜不驯，嘴里呼呼吐着粗气，不但不离去，还在地上扭曲打滚，直到儿子离开妻子的怀抱，它才会安静下来。

“它嫉妒我和儿子亲热，”妻子忧心忡忡地对我说，“它的目光阴沉沉的，完全是童话里巫婆的眼睛。”

很快，我也对保姆蟒反感起来。事情是这样的，那天晚上，儿子吃了好几块巧克力，临睡前，我让他刷牙。不知道为什么，儿子对刷牙一点儿不感兴趣，我叫了几次，他都装着没听见。白天我上山劳动，又疲又乏，肚子里憋了一股窝囊气没处发泄，这时算找到出气筒子，撩起一巴掌，重重打在儿子屁股上，大声吼道："小赤佬，你敢不听老子的话！"小儿无赖，躺在地上哭闹打滚。我更是火上加油，像个凶神恶煞，举着巴掌刚赶到儿子面前，保姆蟒冷不防从儿子身后窜出来，瞪着眼，弓着脖子，拦住了我；我一怒之下，喝了声："滚！"飞起一脚朝蛇腹踢去，不幸的是，平时看起来行动很迟缓的保姆蟒，这时候却反应极快，蛇脖子像弓似的一弹，那只方方的蛇头就像一柄流星锤，击中我的胸口，我四仰八叉跌倒在地。我的模样一定很狼狈也很好笑，像只被翻转身的甲鱼。板着脸的妻子忍俊不禁"扑哧"笑出声来，儿子也破涕为笑，拍着小手叫："打爸爸！打爸爸！"

我恼羞成怒，恨不得立刻掐断保姆蟒的脖子，我气急败坏地爬起来，还没站稳，蛇头流星锤又"咚"的一声把我搡倒在地；不让我站起来，我就趴在地上不起来了，看你的蛇头流星锤还能奈何我！我匍匐前进，想迂回到墙角去拿扫把收拾保姆蟒，还没爬到墙角，可恶的保姆蟒"刷"的一声窜过来，蛇头一钩，先把我的双臂连同身体一起缠住，然后蛇尾一撩，将我的双腿也绕住了。我还是第一次被大蛇纠缠，那滋味和被绳子五花大绑不大一样，皮肉并不觉得疼，只是胸口被勒得发闷，有一种缺氧喘不过气来的感觉，整个骨架似乎也要被勒散了。我大声叫唤咒骂，保姆蟒就是不松劲。渐渐地，我像得了急性肠胃炎，忍不住要上吐下泻了。妻子看我脸上像涂了层石灰似的发白，吓坏了，喝令儿子把保姆蟒拉开，小儿淘气，嚷嚷道："爸爸不打我，我就叫蟒蟒松开。"我无计可施，只好缴械投降："爸爸不打你了。爸爸错了……"儿子面露胜利的微笑，跑上来摸摸保姆蟒的头，保姆蟒立刻柔顺地松开了身体……

就在我动脑筋想把保姆蟒辞退的时候，我的知青生涯结束了，全家调到西双版纳州的首府——允景洪去工作。城里有幼儿园，儿子也需要个保姆了，正好趁此机会把已惹得我和妻子十分反感了的保姆蟒甩脱掉。那天，我们打整好行李，等保姆蟒从我们厨房的窗口滑进箐沟去觅食时，逃也似的坐上寨子里的马车，扬长而去。

两个月后，我在街上遇见到允景洪来购买农药的召彰，他告诉我说，我们走后，保姆蟒咬着我儿子穿旧的一件小汗衫，待在我们废弃的那间茅草房里，喂它什么它都不吃。召彰用笛声想把它引走，它也不走。半个月后，它活活饿死了，死的时候嘴里还咬着我儿子那件小汗衫……

感恩提示

gan en ti shi

在蟒蛇还是保姆的日子里，我们一家子心安理得地享受着免费保姆的好处。儿子可以学走路不会摔着，大人出门不用有一点儿担心，甚至连蚊子都不用操心驱赶。蟒蛇，在某种程度上比所有的人都实际而恰当。否则，"我"不会把蟒蛇和保姆联系在一起。不用花钱给保姆，不用担心孩子虐待保姆，不用怀疑保姆会偷懒，更别说保姆会偷主人的钱了，因为，蟒蛇除了觅食，它什么都不需要。

但是，一切在蟒蛇和“我们”有冲突之后有了变化，蟒蛇毕竟不是人，它的忠诚是简单而唯一的，它不会见招拆招，它不会给主人赔笑。它只是专心地守护着它心里最应该的小主人的安全。于是，一切都有了微妙的变化。但是当蟒蛇叼着小主人的旧汗衫活活饿死的时候，我们是不是可以原谅蟒蛇的简单而唯一，毕竟，“我们”对蟒蛇的目的，只是利用。需要责怪的，是“我们”过河拆桥的做法。

（巩高峰）

此后的岁月里，每每回顾起无人区的遭遇，我常常陷入沉思。在艰难的人生之旅中，我们能有幸遇到几个如同赞达这样忠勇的朋友？

赞 达

◆文／马文秋

那年，我随援藏医疗队进入藏北地区，为散居在高原上的游牧藏民提供医疗服务。6月的一天，队里派我和一个同伴去最偏僻的木孜塔格山，为几十户藏民注射疫苗。由于同伴身体不适，我带上两天的食品骑上赞达上路了。

赞达是头6岁大的牦牛，我骑它已有几个月。牦牛号称“高原之车”、“冰河之舟”，是青藏高原主要的传统交通工具，能背负重担在极度缺氧的冰天雪地长途跋涉。我曾跟朋友们夸耀：“只要骑着赞达，青藏高原没有我不敢去的地方 ”

遗憾的是，那几天气温偏高，高原的冻土融化，地面开始翻浆，路有些难走。赞达不怕冷但怕热，这泥泞的路面使它相当狼狈。两天过去，我们只走了一半路。在无人区的腹地，我断炊了。晚上露营时着了凉，我不幸又得了感冒。

那天早上，我又累又饿，脑袋像戴了紧箍咒，实在没有力气爬起来。赞达在附近转悠着找吃的。大概10分钟，我看到天空中飘过来一个黑影，是一只胡兀鹫！它两翼伸展，足有3米多，身子也有一米多长，模样相当吓人。

它在低空盘旋一会儿飞走了。20分钟后，又引来十几只胡兀鹫，“嘎嘎”叫了几声后便降落到了地上，慢慢向我靠拢。它们要干什么？从那冷酷贪婪的目光中我蓦然明白，它们是冲我来的！我当即惊出一身冷汗，挣扎着欠起了身子，喘着粗气喊：“滚开！我是个活的，不是尸体，快滚开！”

胡兀鹫受惊退了几步，但并没飞走。这是在无人区，它们可不怕人。尤其看出我极度虚弱，根本没有反抗能力，很快它们又“嘎嘎”怪叫着逼了上来。

我简直快吓瘫了。双手摸索着想找件武器，可地上除了烂泥什么也没有。我只能用毛毯裹住身子。一只胡兀鹫按捺不住，跳起来一下就把毛毯扯了个口子。其余的胡兀鹫也争先恐后乱抓乱啄一气，将我的毛毯撕得稀巴烂。因为大腿被抓破了，我不禁恐怖地高声尖叫："赞达，你在哪里，快来救我！"

喊声未落，我猛觉身后蹄声隆隆，一定是赞达，它发现险情，狂奔着过来救我了。本来它离我不远，大概昨晚为保护我太累了，刚刚打了个盹儿。它的来势猛烈无比，裹挟着一股劲风。

胡兀鹫们纷纷狂叫着扑腾起来。赞达庞大的身躯立马从我头上越了过去，几只未及飞起的胡兀鹫被撞倒了。我的心底涌起一股暖流，这回有救了。

已闻到血腥味的饥肠辘辘的胡兀鹫岂肯放过嘴边的美食？在半空盘旋一阵后，又试着向我冲击了。赞达不停地在我四周和上方跳跃着，拦挡着。

眼看无法取胜，胡兀鹫一起飞向高空，呼唤同伴来增援。

趁这个机会，赞达用嘴拖着我向前疾走——此刻我已没有一丝力气爬上它的脊背——来到几十米外一个洞穴边。那是棕熊冬眠留下来的，现在是空的，完全可以容我藏身，赞达小心地将我放下去。它的举动让我感动得几乎掉下泪来。

赞达没敢久留，转身往回飞跑。片刻间几十只胡兀鹫黑压压地从天而降。我趴在洞边眺望，惊得目瞪口呆。它们恨透了赞达，立即发起凶猛的攻击，为了不暴露我，赞达四蹄腾跃，拼命向前狂奔。残忍的胡兀鹫在它身上狠狠抓扯着，抓出了一些血口子。幸亏它的皮很厚很硬，否则早皮开肉绽了。

赞达跑出了足有200多米，才停下来。这时，胡兀鹫已像吸血鬼一样落满了它全身。赞达好像已无牵挂，气吞山河般吼叫了一声，猛烈地扭动身子，力图摆脱胡兀鹫，可惜效果甚微。我远远地望着，心急如焚。

赞达并没有气馁，稍作停顿后，它突然侧身摔在地上，并接着翻滚起来。这下它身上的胡兀鹫可吃不消了，被整治得狼狈不堪尖叫成一团。见这一招儿奏效，赞达索性不再起来，就躺在地上，不时翻滚几下。

望着苦斗的赞达，我心潮澎湃，不能自已。它的确是太忠勇了。

若说我对赞达有什么恩情的话，就是有一次它得了一种怪病，差点儿送了命。在几乎看不到希望的情况下，我和医生坚持给它治疗。最后它竟奇迹般痊愈了。可我没想到，在这生死攸关的时刻，赞达能如此舍生忘死地救护我。

此后的岁月里，每每回顾起无人区的遭遇，我常常陷入沉思。在艰难的人生之旅中，我们能有幸遇到几个如同赞达这样忠勇的朋友？

今天的我已然知道，如果我真的有两条命，我决计把余下的那条命好好保留，奉献给家人和朋友，直到天长地久。这一切，就让上天作证吧。

感恩提示

gan en ti shi

上天？上天大概只能帮人类作证，别的，只是虚幻的一个词语。当十几只胡兀鹫围攻的时候,上天在哪里?"我"叫天天不应叫地地不灵,上天可能泛着一张湛蓝的脸,木木地看着。这时候,需要朋友,一个把人类当做保护对象的朋友。赞达有足够的资格做朋友,它虽然只是一头6岁大牦牛,但它驮"我"走在高原上,它在危难时刻挺身而出。赞达还有灵性,把"我"藏到一个洞里,狂奔着去吸引胡兀鹫们,这一幕,活生生上演了一出调虎离山。

所以,"我"才发出有幸能遇到几个赞达这样的朋友的感叹。"我"把赞达归入到朋友里了,是的,这个时刻,人类才心甘情愿地把自己恢复为动物,和牦牛成为了朋友。因为,关键时刻,上天不如朋友的表现。上天太远,朋友亲近。

(巩高峰)

我至今仍愿意想象:一只小鸭,一条小狗,它们仍旧在什么地方跑着、叫着,重温着昔日的快乐。

戴茜和皮那特

◆文/[美]帕里斯·佩门特 译/王若地

"送给你只小鸭子,喜欢吗?"4月里的一天,一个朋友来问我。"当然喜欢。"我边说边双手捧过黄毛茸茸的小东西,当即取名叫它戴茜。

那年我13岁,家住得克萨斯州的一个小镇,房子周围用栅栏圈着一个大院子。戴茜在院子里不会出错儿,可妈妈要我先把戴茜放在后廊中,说她还太小。这都是因为有个皮——那——特。

皮那特是一只德国种小猎狗,调皮捣蛋的事够你数一阵儿的。因为它总是见人就攻击——咬人家的小腿,所以就被关在院子里了。

"要是戴茜见到皮那特,恐怕身上剩不下几根毛。"妈妈对我说,"等戴茜一长大,后廊关不住时,就送到你约翰叔叔的农场去。"

春天的天气一天天暖和了,戴茜也一天天长大了。到了5月,它已对外面的世界跃跃欲试了。

一天傍晚,刮起狂风,下起暴雨。突然,一个垃圾桶的盖子在雨水中漂过院子。我冲出去把它盖好,戴茜跟着我也跑出来了。我又转身去追它,可皮那特却抢先跑到戴茜的跟前。

"皮那特!别动它!"我大声吼道。

我心想,戴茜这下儿准是羽毛横飞了。可当我赶过去时,两个小家伙平静地相互对视着,皮那特的小鼻子在戴茜身上嗅来嗅去,而戴茜也用小嘴儿轻轻啄着它的耳朵。

一个炸雷响过,地动山摇。我把戴茜搂在腋下,另一只胳臂夹着皮那特跑回房子里。

打那儿以后，小鸭和小猎狗再不分开了。戴茜搬到了后院和皮那特做伴儿。除了在水盆里戏水之外，它总是陪着皮那特趴在大橡树的树荫下打盹儿。

夏天就这么过去了。皮那特和戴茜已经形影不离。

秋天的一天早晨，我发现皮那特在它们合住的小房子里低声呻吟着。原来它瘫痪了。我们焦急万分，忙带着它去找兽医。

“皮那特的脊椎断了。”医生说，“我明天给它做个手术，如果一切顺利的话，几天以后你们就可以把它领回家了——但它需要重新学习走路，你们要为它活动腿脚，叫它走路。否则它就只能卧床了。”

我们含着泪水走出兽医所，连看都不敢回头看看皮那特。我们开车回家，一路上默默无语。刚进院子就看见戴茜扇着翅膀在院子转来转去寻找着它的朋友。

皮那特的手术很顺利。一星期以后，我们把它抱回了家。戴茜正呆在它们的小房子上，汽车一进院子，它就飞也似的狂奔过来。可惜我们不能把皮那特还给它，因为皮那特得呆在后廊中等到伤口愈合才能出来。

皮那特趴在一条旧棉被上，只能晃晃脑袋，动动前爪，后半个身子好像还不是它的。可至少它已经回到家了。

第二天，皮那特被移到纱门旁。戴茜趴在门前的台阶上，一边啄着纱门，一边声声地叫着，好像是在为病中的伙伴鼓劲。

过了一星期，我们带着皮那特去复查。“它着急走路了吗？”医生问。

“还没有。”

“一定要在皮那特的肌肉萎缩之前锻炼它的后腿。再过两周还不能走路的话，它就永远也站不起来了。”

回家的路上，我们买了一个铁皮大盆，足够皮那特在里面划水的。我灌满了一盆水，放在太阳下面晒热。

晒了一个小时，我抱着皮那特来到水盆旁。戴茜瞧见了，扇动着翅膀，嘎嘎叫着穿过院子跑来。皮那特也“汪汪”地叫着，可怜巴巴地想用无力的尾巴召唤朋友。

戴茜瞧着我慢慢把皮那特放进水盆。皮那特见水就烦，高高地扬着脑袋。戴茜要进去游泳，看它那个急劲儿，我只好把它弄到后廊去，好让皮那特独自活动活动。

我扶着皮那特的肩部在水中游着，眼睛盯着后腿，看有没有活动的迹象。我和妈妈忙了一个小时，前后摆动着它的后腿，模仿着走路。可这一切都白搭了。

妈妈把皮那特抱出来，放在浴巾上说：“让戴茜来吧！别就这么把水倒掉。让她来玩一会儿。”

后廊纱门一开，戴茜便直奔皮那特，高兴地叫着，然后“扑通”跳进水中。

看着戴茜在水中溅着水花，高兴地叫着游来游去，皮那特用前腿支撑着身子，拖着瘫痪的躯体向水盆挪动着。

“我看皮那特是想下水！”我叫了起来，小心翼翼地又把皮那特放进水盆，让它和戴茜呆在一起。

皮那特学着戴茜的样子，用前腿划着水，我就用手托着它。戴茜不停地嘎嘎叫着，催促着皮那特在水中游了几个来回，我就借此为它活动后腿，模仿走路。

这一对儿宝贝在水中玩了一个小时。最后我抱出皮那特，戴茜自己也从水中跳了出来，在我旁边找个地方瞧着我仔细地为皮那特擦干身体。

一会儿，戴茜用嘴一下下地啄着皮那特的耳朵，我看见皮那特竟能缓缓地摇动尾巴了。

以后，我们天天采用这种疗法，当然每次都少不了戴茜陪着，情况一天好似一天，一星期内，皮那特就能自己游水了！后腿前后运动自如。到了两个星期，皮那特活蹦乱跳地跑进了兽医所。医生笑呵呵地向我们谈起当时的忧虑："那时真想不到皮那特会有今天。"

夏天过去了，天气一天天凉快了。秋天的凉爽使这一对儿宝贝益发活泼可爱。它们在院子里相互追逐嬉戏；冲着来访的客人，一个汪汪吼，一个嘎嘎叫。若是碰到个小松鼠，更是穷追不舍。

戴茜来我们家有一年了，皮那特患病时的痛苦和焦急也在我们的记忆中淡漠了。两个宝贝的这种特殊关系在我们眼里是那么自然，那么合乎情理，就像我们人类相互爱慕、依存一样。

一天上午，我们发现戴茜仍旧躺在小房子里，皮那特在旁边轻轻地舔着它那无力的脖子。这只非同寻常的小鸭子欢快的一生结束了——戴茜由于皮那特无意的挤压已窒息而死。

爸爸把戴茜缓缓抱出来。皮那特低声哀鸣着跟我们来到大橡树下，看着我们把戴茜埋葬在下面。它曾两次用爪掘地试图找回它的朋友。

生活恢复了平静。没有了戴茜，皮那特好似失去了以往的热情。它不再对生人叫了，不去给他们添麻烦了。对跑过的小松鼠也视而不见，整天呆在冬天的太阳底下打着瞌睡。

到了5月份，皮那特似乎老了许多。那使人揪心的事情又发生了。一天早晨，它蜷曲着趴在小房子的昏暗角落里。它又瘫痪了。

皮那特又一次动了手术。经过一周的恢复，我们抱它出来，来到铁皮大盆边——我们与戴茜共同度过美好时光的地方。皮那特拒绝合作。"听话，皮那特。快！游泳！"我强忍住泪水，催促着皮那特。

一天又一天，我们抱皮那特来到盆边，放它下水，活动它的后腿。整整两个星期，每天哄着它，让它像从前那样在水里游动。

很快，我们不得不正视现实：皮那特再也不能动了。失去了戴茜的激励和陪伴，皮那特残废了，直至最后拒绝进食、饮水。

手术后的第三个星期，皮那特被带到兽医所，这是最后的一次。我们大家禁不住泪如泉涌，与它告别，就连医生也是眼闪泪花把皮那特抱出去的。

皮那特和戴茜早已成为多少年前的往事。可我至今仍愿意想象：一只小鸭，一条小狗，它们仍旧在什么地方跑着、叫着，重温着昔日的快乐。

感恩提示

gan en ti shi

一条猎狗，一只小鸭子，一段温馨而感人的故事。可能我们都没想过，一条凶巴巴的猎狗冲着所有的动物叫，一只鸭子可怜兮兮地躲在院子里叫，它们竟然能成朋友，包括它们的主人都觉得诧异。从此，它们开始了它们短暂而快乐的一生。相携相依，相互鼓励，它们把动物所有的本能都显露得那么可爱。也许，这样的生活就是我们人类所认为的幸福而快乐的日子吧，但是，正是它们的甜蜜而依偎，所以戴茜被皮那特无意中压死了，故事戛然来到结尾。曾经一对亲密无间的伙伴，如今天上人间，生离死别。皮那特怎么表达自己的愧疚与后悔？绝食、绝水，也许，皮那特是想早一些进入天堂，寻找它曾经的伙伴吧，人类不必伤心。

（巩高峰）

等到陆机读完信，才发现黄耳已经因为力气用尽而死了。陆机难过极了，抱着黄耳的尸体痛哭。

忠狗送信记——灵犬黄耳

◆文/秦　爱

狗，真的是人类最忠实的朋友，在没有铁窗和防盗设备的古代，狗就是门户安全的守卫。魏晋时代，有一个有名的士人名叫陆机。他曾经养了一只善解人意的狗，名字叫“黄耳”。有一次，陆机在京师有急事想要通知家人，但是却又找不到一位能够信任的送信人。

“唉！这该怎么办？这件事如果不赶快通知母亲，那她老人家一定会担心的。”

陆机在房中走来走去，一边叹气一边想办法，忽然，他低头看见了黄耳，于是灵机一动，把黄耳叫过来吩咐：“黄耳啊！这就要靠你喽！我把这封信写好，你就替我带回家去，要记得带一封回信回来喔！”

黄耳听完陆机的话后，神态严肃，好像了解这是一项重要的任务。

陆机写好信后，把信绑在黄耳的身上，然后拍了拍黄耳的头，对它说：“好狗儿，一切就靠你了。现在去吧！”黄耳听了，就出发了。

一路上，黄耳都不敢稍做停留，不停地向前跑。饿了就找些剩菜剩饭来吃，渴了就喝露水或雨水。就这样，不管日晒或雨淋黄耳一直向家中跑去。自从黄耳走后，陆机几乎每天都站在门边望着家乡的方向，心中想着："不知道黄耳到家了没有？希望它一路平安。唉！我叫一只狗送信会不会太为难它？"

陆机每天站在门边等候，都把门槛踏坏了。好不容易过了50天后，黄耳终于面容憔悴地拼命跑回来。

"喔！我就知道你一定会办到的，真是我的好狗。"陆机高兴地抱着黄耳，并且迅速地拿下黄耳带回来的信。

陆机赶紧打开信来看，黄耳这时已经筋疲力尽地倒在地上，一动也不动了。

等到陆机读完信，才发现黄耳已经因为力气用尽而死了。陆机难过极了，抱着黄耳的尸体痛哭。

"黄耳，你真是一只忠心的好狗，都是我害死你的，呜……我一定会好好埋葬你的，呜……"

陆机在离家不远的地方，选了一块地替黄耳建了一个墓冢。这个地方就是后来人们所谓的"黄耳冢"。

感恩提示

gan en ti shi

论忠信，所有的动物可能都不是狗的对手，这些动物里面，包括人。黄耳可以风餐露宿，可以忍饥受饿，可以不顾性命，而黄耳所做的这一切，动力仅仅是主人陆机的一个信任的眼神，一次轻轻的抚摸。于是，黄耳便踏上了一条可能的不归路。

而当黄耳风尘仆仆地把信带到主人手里的时候，主人的第一个动作是先看信。所以，黄耳是死在主人如释重负之后的。黄耳的故事也能让我们看出，对于狗，从来都是被我们人类当做工具。那么，一件工具的最终归宿是不是就是一个墓冢呢？《灵犬黄耳》是个古代狗的故事，想来作者也许无意中在证明，对于"狗是人类最忠实的朋友"说法的论证，古已有之。不过能把工具改称为朋友，也是一点儿进步。

（巩高峰）

母狼一边走一边频频回头，在母狼回头的时候，我发现母狼的眼里竟有点点的泪花……

让狼舔舔你的手

◆文 / 闵凡利

那是20世纪60年代初期，我在东北的一个深山老林里伐木头。我们一组三个人，分别是老张、小李和我。老张是猎人出身，常做夹子什么的来捉一些动物添补家用。小李年龄和我差不多，都是20多岁。可巧那段时间，老张回关内老家了，我们组就只剩两个人了。这一天，我和小李正锯着树，猛然听到一只狼的嗥叫，声音极其凄惨。我和小李就停下手中的活，循着叫声找去，果然发现一只狼被老张的夹子夹住了。狼看到我们，眼里露出凶狠的光。我们从它不停滴淌的乳汁上知道这是一只正值哺乳期的母狼。老张这次回家不知啥时回来，这只母狼若没人处理会被饿死，它的那一窝小狼崽也就完了。我和小李商量，决定救活这只狼。

我俩费了九牛二虎之力，终于在一个树洞里找到了狼穴，将五只可爱的小狼崽抱到了母狼跟前喂奶，以免饿死。为了让母狼有充足的奶水，我和小李把吃的省出来给母狼。因母狼被夹住了，没有自卫能力，为防止别的动物侵袭它们，我俩就在附近搭了个窝棚，看护着这个狼家庭。

刚开始给母狼喂食时，它龇着牙向我们发威，不许我们靠近它。过了五天，母狼见我们没恶意，态度比以前和善多了，我们给它喂食时，眼里的光柔和了很多。又过了两天，竟向我们摇尾巴了。我们知道母狼现在已经完全信任我们，允许我们靠近它了，我们就这样把母狼身上的夹子松开。获得自由的母狼先把自己的那五个崽逐个舔个遍，然后走到我和小李的身边，围着我俩转了一圈，用舌头舔了舔我的手，又去舔了舔小李的手。之后，我给它的伤腿上了药。母狼的眼里露出感激的光，它领着五个小崽子围着我俩转了三圈，接着仰起头长嗥了一声。这一声，我虽然不知道母狼说的是什么，但我能感觉出，它是在用这种方式来表达自己的感激。过了一会儿，母狼就带着狼崽走开了。母狼一边走一边频频回头，在母狼回头的时候，我发现母狼的眼里竟有点点的泪花……后来，母狼流泪的一幕常常出现在我的眼前，它用涩涩的舌头舔我的感觉时时让我感动和温暖。也就在狼舔我手背的时候，我知道了什么是真诚。我时常想，如果我们能做到让狼舔你的手，还在乎得不到真诚吗？

感恩提示

gan en ti shi

不知道当狼闪着泪光轻轻舔拭“我”的手的时候,“我”怕不怕?狼的舌头的粗糙,狼的感激的柔软,会不会让“我”两股战战?因为我们救的是狼,而从小到大,大人教我们的是,狼是凶残的动物,它是会吃小孩子的。

显然,“我”没怕,因为狼舔“我”的感觉是涩涩的,让我感动和温暖,并且,在之后的岁月里,“我”还会时时想起,并体味着狼的真诚。是狼和人之间的和谐让我不再害怕并愿意经常回忆吧?反正,“我”付出的真诚,收获了真诚,还收获了让自己一辈子都不会遗忘的感受。那么,现在,问你一声,当狼用它真诚的舌头涩涩地舔向你的手背的时候,你怕不怕?读了《让狼舔舔你的手》,我不怕了,因为,我愿意回报我的真诚。你呢?

(巩高峰)